AE
&I

Todos nosotros

Autores Españoles e Iberoamericanos

Javier Menéndez Flores

Todos nosotros

Planeta

Av. Diagonal, 662-664, 08034 Barcelona
www.editorial.planeta.es
www.planetadelibros.com

Diseño de la colección: © Compañía

Primera edición: septiembre de 2020
Depósito legal: B. 12.187-2020
ISBN: 978-84-08-23285-8
Composición: Realización Planeta
Impresión y encuadernación: Rodesa
Printed in Spain - Impreso en España

El papel utilizado para la impresión de este libro está calificado como **papel ecológico** y procede de bosques gestionados de manera **sostenible**

A Margarita, Javier y Rodrigo,
portadores de luz, tierra firme.

A Marisa, Joaquín y Cuto,
por todo lo que ellos ya saben.

Y a Esther, in memoriam.

Un mundo como un árbol desgajado.
Una generación desarraigada.
Unos hombres sin más destino que
apuntalar las ruinas.

BLAS DE OTERO

Y hay días en que somos tan lúgubres, tan lúgubres,
como en las noches lúgubres el llanto del pinar;
el alma gime entonces bajo el dolor del mundo,
y acaso ni Dios mismo nos puede consolar.

PORFIRIO BARBA JACOB

PRÓLOGO

La oscuridad de la casa lo paralizó. Era una oscuridad completa, mayor aún que la del exterior, y sus ojos necesitaron varios segundos para adaptarse a aquella total falta de luz y poder distinguir los contornos. Cuando por fin lo hicieron, supo que estaba en la cocina.

Avanzó, cauteloso, y sintió de pronto un leve golpe en el hombro izquierdo que le hizo volverse con ímpetu. A un palmo de su cara, una lámpara de mimbre oscilaba como un péndulo. Detuvo su movimiento con un dedo. Después contó hasta diez y siguió adelante. Salió a un pasillo y una débil luz, al fondo, se convirtió en su objetivo.

Mientras caminaba, muy despacio, sus manos se aferraban a la pistola. Un olor penetrante, desagradable, el propio de aquellos lugares que no se han ventilado en mucho tiempo, lo invadía todo.

Le llegó un sonido que parecía provenir de un televisor o un aparato de radio, y creyó distinguir voces infantiles.

Cuando alcanzó la puerta en cuyo interior estaba la luz, tomó aire y la cruzó.

La figura que se abalanzó sobre él blandía una barra de hierro.

Disparó.

Su atacante se desplomó y, por un momento, con el estampido retumbando en su cabeza, tuvo la sensación de que la imagen se congelaba. De que todo aquello que tenía ante sí —el cuerpo en el suelo, que resultó ser el de una mujer joven, y la sala de estar con sus muebles— era una simple fotografía, algo irreal.

Fueron apenas unos segundos. El tiempo que transcurrió

hasta que la puerta que se encontraba en el extremo opuesto de la habitación se abrió de golpe y de ella surgió un hombre con el torso desnudo y una escopeta entre las manos.

Se miraron a los ojos durante una décima de segundo que lo contuvo todo. Pero antes de que aquel en cuyo rostro creyó detectar el principio de una sonrisa pudiera abrir fuego, él volvió a disparar. Le acertó de lleno en el corazón y murió en el acto.

La joven emitió un grito estridente y monocorde, un aullido de rabia y dolor. Sin dejar de tocarse la pierna herida, le lanzó una mirada cargada de odio.

Apartó la vista de ella y contempló al hombre. A pesar de haberlo sospechado, aún le costaba creerlo.

Reparó entonces en el televisor, que reproducía una película en blanco y negro, muy antigua, que no supo identificar.

Miró de nuevo a la muchacha, que, con gesto retador, dijo:

—Estás muerto.

Le sostuvo la mirada y acudió a su archivo mental. Sí, el parecido era notable. Aquello era increíble.

Volvió a fijarse en el cuerpo tendido en el suelo. Ahí estaba; había neutralizado, al fin, la amenaza. ¿Por qué lo gobernaba entonces semejante desasosiego?

Receloso, alerta, repasó otra vez cada detalle de la habitación. Sus manos, sudorosas, calientes, vivas, apretaban la pistola; sus ojos se empeñaban en encontrar *algo*. Era como un lobo acorralado.

Se observó un segundo en el espejo de cuerpo entero del armario empotrado que tenía justo enfrente: se vio extraño. Barrió de nuevo la habitación con la mirada y se detuvo una vez más en la chica, y después en el hombre al que acababa de matar.

Y algo ocurrió, en su interior, en ese preciso instante. Un clic que se encendió con resonancia de trueno.

Mientras su cabeza giraba hacia el frente, sus manos comenzaron a ascender. Y con ellas, la pistola.

Pero fue demasiado tarde.

PRIMERA PARTE

—

LOS OJOS DE ELENA
(NOVIEMBRE-DICIEMBRE DE 1981)

Todo podía ser en lo oscuro del cuarto.
Al fondo del pasillo
latía todo el negro de este mundo,
todas las vagas fuerzas enemigas,
todas las negaciones...

José María Valverde

Con un pincel de luz cierra tus ojos.
Duerme.
La noche es larga, pero ya ha pasado.

Vicente Aleixandre

CAPÍTULO 1

Fue como si un pájaro gigante surgiera de improviso al otro lado del parabrisas. Un pájaro que en vez de alas tuviera unos brazos larguísimos, y cuyos ojos —desorbitados, terribles— quisieran atravesar a aquellos otros que los enfrentaban desde el interior del vehículo, incapaces de reaccionar aún ante la visión que precedió al tremendo impacto.

El frenazo se produjo, de hecho, uno o dos segundos después del golpe, y el conductor sintió cómo su cuerpo era empujado hacia delante con fuerza y la frente se le clavaba en el volante.

No tardó demasiado en volver en sí, no más de diez segundos, aunque cuando sus párpados se despegaron había perdido la noción del tiempo.

A través del vidrio, que tenía una rotura a un lado que le pareció una gran tela de araña, la calle se veía oscura y desierta. Tragó saliva y se tocó la zona dolorida. Al ver la sangre en sus dedos, soltó una maldición. Abrió la puerta y salió, y casi al instante tuvo que agarrarse al coche, porque se sintió mareado y temió caer.

Caminó con pasos vacilantes hacia la parte delantera y observó los notables desperfectos en el parachoques y el capó. Los latidos de su corazón comenzaron a acelerarse.

Miró alrededor con temor, deseando no encontrarse allí, y entonces lo vio. El cuerpo, a varios metros de donde él estaba.

Por un momento se quedó paralizado, como si ni uno solo de sus músculos le perteneciera. Dudó si avanzar hacia él o acudir de inmediato en busca de ayuda. Pero antes de que pudiera darse cuenta, ya estaba delante del cadáver.

Supo que era cadáver por sus ojos, abiertos y desprovistos

de vida. Unos ojos muy distintos a los que había mirado desde el interior del coche. La melena pelirroja se confundía con el charco de sangre y la piel era tan blanca que brillaba en mitad de la noche, como si despidiera luz.

Se llevó las manos a la cara, con gesto de horror y desesperación, y comenzó a llorar.

Y fue tal su conmoción que en ese momento no le extrañó que la muchacha estuviera completamente desnuda.

CAPÍTULO 2

Desde lejos parecía un simple bulto, un pequeño mueble cubierto con un trozo de tela. De cerca, el bulto se movía. En realidad, más que un movimiento propiamente dicho era un temblor; un latido constante. Debajo de esa tela, una manta raída, se acurrucaba un cuerpo y sólo el dueño de ese cuerpo sabía si lo que motivaba aquel temblor era el frío intenso o el pánico. Lo más seguro era que se tratase de una mezcla de ambos.

En el suelo de cemento, junto a aquel cuerpo oculto que se encontraba en un sótano a oscuras, había un bidón lleno de agua, una bandeja con comida que permanecía intacta y una palangana a modo de retrete.

Pasaron varias horas y la escena no varió nada. El mismo movimiento apenas perceptible, la misma imagen detenida.

Hasta que, de pronto, tímidamente, de la tela comenzó a emerger una cabeza. Cuando asomó del todo, sus ojos trataron de vencer la oscuridad reinante.

Aún le costaba creer que se encontrara allí; aquello no podía ser otra cosa que una pesadilla. Pero el tiempo pasaba y esa maldita pesadilla no tocaba a su fin.

Lo primero que vio, una vez que sus ojos consiguieron adaptarse a la oscuridad, fue la comida, y le sobrevino en el acto una arcada.

Con un mortificante sentimiento de culpa por haber sido tan ingenua —tan *pardilla*, habría dicho su padre—, recordó la violencia de todo cuanto había acontecido al poco de salir del bar: la fuerza con la que fue reducida en el coche, los golpes recibidos, el miedo incapacitante. Recordó cómo, tras un paréntesis en negro, despertó, encogida sobre sí misma, en aquel lugar, la guarida inefable de un monstruo, y volvió a visualizar el instante en el que se levantó y recorrió el sótano a ciegas mientras gritaba presa de un terror inédito en ella. Se vio chillando, desesperada, en aquel espacio infernal hasta que la voz ya no le salía del cuerpo. Y fue entonces cuando él apareció y lo llenó todo con su presencia.

Su corazón se aceleró al revivir el momento en el que ocurrió. El momento en el que se abalanzó sobre ella y...

Sonó el ruido de un cerrojo al descorrerse, arriba. Después, el de una puerta que chirrió al ser abierta. La potente luz se encendió y la cegó. Oyó los pasos pesados que descendían por unas escaleras metálicas. Clanc, clanc, clanc...

La cabeza se sumergió en la manta. De nuevo, parecía un inofensivo bulto en aquel sótano tan helado como una cámara frigorífica.

Pero ese bulto era una chica que deseó con toda intensidad poder volatilizarse, desaparecer. Una chica que empezó a llorar y a musitar «mamá, mamá, mamá...» mientras los pasos, inapelables, sonaban cada vez más cerca.

CAPÍTULO 3

Los locales de la Brigada Regional de Policía Judicial, en la Puerta del Sol, no eran el lugar más bonito del mundo. Ninguna oficina lo es —si es que aquel recinto policial podía recibir semejante nombre—, pero ese era un sitio especialmente gris y hosco, en absoluto acogedor, con el mobiliario sobrio y funcional propio de las comisarías y unos habitantes que, a fuerza de lidiar con delincuentes de todo pelaje, exudaban mal humor de manera casi constante. Un carácter atrabiliario y cínico que ni siquiera lograban atemperar en los momentos de relativa relajación, cuando intercambiaban comentarios acerca de fútbol o de lo que habían hecho, solos o en compañía de sus familias, en sus días libres.

A Diego, en cambio, le parecía encontrarse en el paraíso. Desde que dos años y medio antes obtuvo el título de inspector y fue destinado allí por la mediación de uno de los instructores de la Escuela Superior de Policía, un comisario, aquellas fieras dependencias, cuyas paredes habían presenciado los abusos físicos y psicológicos de cientos de personas durante los siniestros años del franquismo, eran para él como una segunda casa. Llevar la placa que llevaba y trabajar en ese lugar no era sólo un motivo de orgullo, era algo que había deseado desde niño y no escatimó esfuerzo y sacrificio para conseguirlo. Formó parte de la primera promoción de inspectores del recién creado Cuerpo Superior de Policía y sus brillantes calificaciones auguraron el nacimiento de un excelente profesional. Aquel vaticinio no tardó en cumplirse, ya que en el poco tiempo que llevaba en la brigada ya había ascendido a inspector de segunda y recibido doce menciones oficiales de felicitación por su trabajo.

Su aspecto era impecable, como cada día, algo que le valió el apodo del Pincel entre sus compañeros, por lo general muy poco atentos a su indumentaria. Aquella mañana llevaba, bajo la gabardina beis, un traje oscuro que le sentaba bien a su metro ochenta y una corbata azul trufada de aves que le había regalado Mónica. Cuando saludó a Rosa, una de las secretarias, esta le dijo, la sonrisa franca por delante:

—Hola, guapo.

La voz dulce de la administrativa contrastó con la que sonó a continuación, un bramido de sobra conocido.

—¡Álamo!

Sentado a su mesa, tomada por una cordillera de papeles, el subcomisario José Carranza rugió su apellido mientras le indicaba con el brazo que se acercase. Por más que madrugara, siempre que llegaba a la brigada su superior ya estaba allí. Se preguntó, como tantas otras veces, si acaso dormía en los calabozos.

—Buenos días, jefe.

—Cojonudos, Álamo, cojonudos. —Su humor rebosaba miel, para variar—. Siéntate, anda.

Se sentó frente a él y, como cada vez que lo tenía delante y el otro no le miraba —estaba buscando algo entre el desorden de papeles—, su vista se entretuvo en las marcas de viruela que endurecían su rostro ancho y expresivo, rematado por un pelazo blanco peinado con esmero. La suya era una cabeza imponente, una señora testa.

—Aquí. A ver qué te parece. —Dejó el Ducados en un cenicero metálico y triangular de Cinzano, sacó unas cuantas fotografías de una carpetilla blanca y se las tendió—. La atropellaron hace una semana, de madrugada. Sorpréndeme.

Diego tomó las fotos y las fue pasando una a una con calma. La chica debía de haber sido muy guapa, pero aquellas desoladas imágenes no le hacían justicia. Terminó de verlas todas y tragó saliva antes de decir:

—Está desnuda.

—Bingo.

—¿Y se puede saber qué hacía desnuda en mitad de la calle?

—Eso mismo me he preguntado yo, querido Watson —sonrió sin que aquello le hiciera la menor gracia y mostró una dentadura poderosa, de mastín—. ¿Y a que no sabes otra cosa?

Miró a su superior desde sus ojos verdes. No terminaba de acostumbrarse al hecho de que cuando hablaba de un fallecido, y más aún si, como en ese caso, se trataba de alguien joven, mostrara semejante retranca.

—El qué, jefe.

—Pues verás. —Le dio un par de caladas al cigarrillo—. La familia de esta preciosidad denunció su desaparición hace casi dos semanas.

Diego renunció a la visión de la impertinente media sonrisa del subcomisario y volvió a concentrarse en una de las fotografías. De tan blanca como era, la piel de aquella chica resultaba luminosa. Su cuerpo parecía un brote de belleza truncada en un reino de oscuridad. Una flor milagrosa que había pagado muy cara su osadía. Y esos ojos. Abiertos hasta el límite; congelados en el instante justo en el que fue arrollada.

Carranza iba a añadir algo, pero levantó de pronto el brazo y bramó:

—¡Guzmán!

El inspector de primera Roberto Guzmán acababa de llegar.

—Buenas, jefe —dijo mientras se llevaba la mano a la sien y componía el consabido saludo militar. Luego golpeó el hombro de Diego antes de dejarse caer en la silla contigua—. Qué pasa, Pincel.

Como siempre, tenía aspecto de haber mantenido una fiera lucha con las sábanas. Aunque aún no había cumplido los treinta y cinco, era imposible echarle menos de cuarenta y tantos.

—¿Puedo? —Señaló la cajetilla de Ducados.

—Joder, Guzmán, ya estamos. Gastas menos en tabaco que mi difunta abuela. Sí, anda, coge uno, no te prives.

—Gracias, jefe.

Sacó un cigarrillo y lo encendió con un ostentoso mechero de oro.

—Acepta un consejo: vende ese cacharro y con lo que te den te compras un estanco.

—No puedo hacer eso, jefe, era de mi viejo. —Le guiñó un ojo a Diego mientras expulsaba el humo y deslizaba el mechero en el interior de su chaqueta—. Además de que si compro no consigo dejar de fumar, que es de lo que se trata.

—No me jodas, Guzmán. Llevas dejando de fumar desde que te conozco y son ya unos añitos. En fin, vamos al lío. Álamo, pásale las fotos a este gorrón.

Se las tendió y el otro las miró sin prisa.

—Está desnuda. —Carranza y Diego cruzaron una mirada afirmativa—. Bonita chica. Qué desperdicio.

—Le estaba diciendo a Álamo que a esa «bonita chica», que se llamaba... —leyó en la cubierta de la carpetilla un nombre escrito con rotulador rojo— Elena Vicuña Blanco, de veinte años, la atropellaron hace una semana...

—¿Y qué coño pintamos nosotros en un caso de atropello?

—Si me dejas terminar, Fittipaldi, lo entenderás. Su familia denunció su desaparición... —echó un rápido vistazo al expediente— diez días antes del atropello.

—Vaya. Sorpresas te da la vida.

—Y tanto que sí. Pero agarraos a la silla porque ahí no termina la cosa. El recién horneado informe forense habla de desgarros en vagina y ano, pérdida de tres piezas dentales y contusiones en distintas partes del cuerpo. Según dicho informe, ni la pérdida de los dientes ni las contusiones fueron producidas por causa del atropello, ojo, sino por golpes recibidos en los días precedentes.

—¿Un secuestro? —preguntó Guzmán, aunque sonó a afirmación.

Carranza subió los hombros y apretó los labios.

—Eso parece. Ahí es donde entráis vosotros. El caso es que la última vez que la vieron fue en un bar de copas en el barrio de Malasaña. Había ido allí con unos amigos. Parece ser que era una chica muy lista, universitaria. Estudiaba Arquitectura. El padre debe de ser alguien importante, puesto que las órdenes vienen de arriba. Me han dicho que le dé máxima prioridad. ¿Alguna pregunta? —Los inspectores cruzaron una mirada rápida, tras lo cual negaron con la cabeza—. Perfecto. No se pongan cómodas, señoritas, que tienen que hacer una visita. —Les tendió unos folios grapados—. Además de la diligencia del levantamiento del cadáver y del informe de la autopsia, ahí tenéis una copia de la declaración que prestó el tipo que la atropelló, con sus datos personales. No dice nada de interés, pero estoy seguro de que gracias a vuestra diplomacia y poder de persuasión lograréis dar con algún hilo del cual tirar. Y de paso podéis echar un vistazo al lugar del atropello, que está muy cerca de su domicilio, a ver si se os ilumina el magín. Hala, marchando, que es gerundio.

Diego se levantó sin más y se dirigió hacia la salida. Guzmán se inclinó y estrujó lo que quedaba del cigarro en el cenicero del subcomisario mientras decía:

—¿Ha visto, jefe? Ni siquiera me los termino.

Luego se puso en pie, sin evidenciar prisa, y siguió a Diego.

Lo que menos le gustaba hacer a Guzmán, menos aún que llevar a su parienta, como él se refería siempre a Socorro, su mujer, al teatro o al cine, era conducir. Por eso, y amparado en su más alto rango en la escala ejecutiva, les pedía a sus compañeros que lo hiciesen ellos. Diego pilotaba el Seat 131 azul marino de la brigada con alegría, incluso con demasiada alegría, pisándole cuando el semáforo ya iba a cambiar a rojo y zigzagueando entre los otros vehículos como un audaz piloto de Fórmula 1, algo que a Guzmán no parecía importarle, al contrario. Cuanto antes llegasen a su destino, antes abandonaría el maldito coche.

Iban con la radio puesta. Escuchaban a Luis del Olmo en Radio Nacional de España. El boletín informativo interrumpió la voz del locutor. Habían encontrado a la actriz Natalie Wood sin vida en las aguas de la isla de Santa Catalina, en la costa californiana próxima a Los Ángeles, junto a una lancha neumática. Tenía cuarenta y tres años.

—Qué lástima —comentó Guzmán—. Con lo buena que estaba... ¿Te acuerdas de aquella película que hizo con el guaperas de Warren Beatty, no sé qué de la hierba...? Uf. Qué cosa más bonita.

—No te tenía por cinéfilo, Roberto.

Este se limitó a sonreír y trasteó en el dial hasta que una canción captó su interés. Con su fraseo inconfundible, Julio Iglesias le decía a una mujer que no fuera presumiendo por ahí diciendo que no podía estar sin ella.

—Una sola broma, Pincel, y te pego un tiro.

Pero él no dijo esta boca es mía y dejó que el cantante

madrileño, ya una estrella mundial, siguiera entonando sus cuitas.

Cuando enfilaron la calle del General Ricardos, en el distrito de Carabanchel, buscaron la dirección a la que se dirigían. La encontraron al poco. No había sitio, por lo que estacionaron montando el coche sobre la acera, en una esquina, en pleno paso de cebra. Las multas que les llegaban eran tan inocuas como una pistola de juguete.

El cielo se mostraba huérfano de nubes y la mañana era fría, aunque menos de lo que debería por las fechas en las que se encontraban. Aun así, Diego sentía añoranza del verano.

Nada más entrar en el portal, el cartel de «NO FUNCIONA» que colgaba de la deslucida puerta del ascensor hizo brotar un gruñido de la garganta de Guzmán, cuyo estado de forma distaba océanos del de un atleta.

—Su puta madre —maldijo—. Cuatro pisos... —Meneó la cabeza con pesar—. En fin. Vamos allá.

Cuando alcanzaron el rellano de la cuarta planta, tuvo que apoyarse en la pared. Tenía el rostro enrojecido y respiraba pesadamente.

—¿Te encuentras bien?

Necesitó unos segundos para contestar.

—De la hostia. Es más, este es uno de los momentos más felices de mi vida.

Despegó la espalda de la pared y se plantó delante de la puerta. Pulsó el timbre y esperaron. Oyeron unos pasos, al poco. Una voz femenina preguntó:

—¿Sí? ¿Quién es?

—Somos de la policía —dijo Guzmán por toda respuesta.

Después de unos segundos de silencio, oyeron cómo un cerrojo se descorría y la puerta se abrió. Una mujer menuda, en la cincuentena, los miró.

—Buenos días. Somos los inspectores Guzmán y Álamo. Venimos a hablar con el señor Sánchez. Es por lo del accidente. ¿Está en casa?

La mujer observó con un punto de recelo a aquella pareja tan dispar. El hombre con el abrigo loden verde y aspecto destartalado, y el joven alto y guapo con aquella gabardina de gánster.

—Mi marido está en casa, sí, pero está descansando. Se encuentra muy afectado por... aquello. Él ya habló con compañeros de ustedes.

Guzmán asintió.

—Sí, así es, pero el caso ha pasado a nuestro departamento y necesitamos hacerle unas pocas preguntas. Son meras formalidades, no se alarme. —No vio en los ojos de la mujer indicio alguno de colaboración—. Nos hacemos cargo de lo duro que esto debe de estar siendo para ustedes, señora. Pero le aseguro que no entretendremos a su marido más allá de unos minutos. Cuanto antes aclaremos ciertos puntos, antes saldremos de sus vidas, se lo garantizo. Si es usted tan amable de avisarle...

Ella, al fin, suspiró resignada.

—Pasen y esperen un momento aquí, por favor.

Entraron y permanecieron de pie en el minúsculo recibidor. Mientras la mujer se internaba en la vivienda, se observaron un momento en un espejo de marco dorado que se encontraba encima de una barroca cómoda de madera y mármol. Guzmán intentó, sin éxito, mejorar su aspecto: se peinó con la mano el pelo, que ya le empezaba a clarear, y el fino bigote, y se recompuso la ropa, que en él parecía siempre de segunda mano aunque la acabara de estrenar. Diego se dio el visto bueno de un rápido vistazo y enseguida se fijó en la figurita de porcelana de un perro con un ave atrapada en sus fauces y en la fotografía que había al lado, en un pequeño marco de plata: dos jóvenes que se pasaban los brazos por los hombros y sonreían a cámara. Luego, ambos hombres se miraron un segundo. Guzmán chasqueó la lengua y le dijo a su compañero, apenas en un susurro:

—La gente nos ama. A la pasma. No lo olvides nunca.

Diego sonrió por vez primera.

La mujer reapareció y les pidió que la siguieran. Recorrieron un pasillo estrecho en el que todas las puertas estaban cerradas y desembocaron en un salón humilde pero ordenado y limpio. Allí los esperaba el hombre, de pie.

—Buenos días, señor Sánchez —dijo el policía mientras le ofrecía la mano—. Inspector Guzmán. Él —señaló a Diego con un gesto de la cabeza— es el inspector Álamo.

Tras estrecharles la mano sin apenas apretar, les pidió que tomaran asiento en un sofá. Él hizo lo propio en un sillón. Tenía despeinado el poco pelo que le quedaba, y una barba incipiente, y bajo el batín que llevaba puesto se dejaba ver un pijama a rayas. Las ojeras, notorias, que le otorgaban al largo rostro un cariz aún más demacrado, parecían haber sido dibujadas con un grueso lápiz negro.

—Sabemos que está usted muy afectado por lo que pasó y no pretendemos robarle mucho tiempo —le adelantó Guzmán en tono tranquilizador—. Únicamente queremos que nos cuente cómo fue el accidente y preguntarle si ha recordado alguna otra cosa. Algo que se le pasara en su anterior declaración.

El hombre movió la cabeza con gesto de fatiga. Se veía que le costaba hablar. Sus interlocutores tenían ya en las manos libretas y bolígrafos. Despacio, con frases entrecortadas, débiles, les dijo que cuanto podía contarles ya se lo había relatado a los otros agentes con los que habló; que todo sucedió muy deprisa: iba a trabajar y las calles, como siempre que salía de casa, tan temprano, estaban vacías, no se veía un alma, y que aquella chica, que Dios la tuviera en su gloria, apareció allí, frente a él, de improviso, igual que si hubiera caído del cielo, como un fantasma. No pudo reaccionar a tiempo. Sintió el choque y acto seguido perdió la consciencia. Se dio un golpe en la cabeza (se señaló la frente, en la que se apreciaban una costra y una contusión).

Cuando Guzmán le preguntó si le dio la impresión de que estuviera asustada y pareciera huir de alguien, el hombre cerró los ojos y viajó al momento justo en el que ella se materializó al otro lado del parabrisas, en un intento de recuperar los ojos que vio, que miró, que le miraron, las palabras que esos ojos parecían transmitirle, pero lo más que acertó a decir fue que el gesto de aquella chica era de pánico o furia. No recordaba haber visto a nadie alrededor, ninguna persona, ningún coche. Y tampoco supo decirles si llegó por el lado derecho o el izquierdo, pues estaba delante de él cuando la atropelló.

Diego no abrió la boca y dejó que fuese su compañero quien formulase las preguntas, y por un momento tuvo la extraña sensación de haber vivido ya ese momento. Entonces, aprovechando el espacio de silencio tras una respuesta, lanzó:

—¿Y no le extrañó que la chica estuviera desnuda?

El hombre lo miró muy fijo, y él no logró interpretar aquella expresión.

—Pues la verdad es que de eso me di cuenta más tarde, aunque le parezca mentira. Cuando llegaron la ambulancia y la policía, yo estaba medio aturdido aún. Pero cuando poco después aparecieron el juez y el médico forense, lo comentaron, que la muchacha estaba desnuda, y ahí es cuando reparé en ello y me chocó, claro que sí. Quiero decir que cuando la miré por vez primera lo que vi fue un cadáver sobre un charco de sangre... El golpe y la visión del cuerpo me dejaron muy impresionado, ya les digo. Me mareé y vomité... A duras penas lograba mantenerme en pie... —Y comenzó a llorar. Como tantas veces había hecho desde el accidente—. Sólo era una niña... —sollozó—. Tenemos un par de hijos de edades similares, conque figúrense...

Un silencio aplastante e incómodo invadió el salón. La mujer se puso en pie dando por concluida la entrevista. Los policías intercambiaron una mirada cómplice e imitaron a la dueña de la casa.

—Muchas gracias por su ayuda —dijo Guzmán—. Trate de descansar.

El hombre asintió; sus lágrimas aún eran visibles. Los inspectores caminaron hacia la puerta seguidos de la mujer. Salieron al rellano y Guzmán se volvió:

—Si su marido recordara algo más, lo que sea, le ruego que nos avise enseguida. —Le tendió una tarjeta.

La mujer la cogió, asintió y cerró la puerta.

Ya en la calle, decidieron entrar en un bar. Se sentaron junto a una ventana desde la que se veía esa horrenda calle de barrio obrero. Diego se conformó con un café con leche, mientras que su compañero optó por un café solo y un brandi. Cuando les sirvieron, Guzmán levantó su copa y, antes de darle un trago, recitó el eslogan de aquella bebida:

—Soberano. ¡Es cosa de hombres!

—Salud.

Dejó la copa en la mesa, se levantó y fue hasta la barra. Les pidió un cigarrillo a dos muchachos que llevaban monos de pintor.

—Bueno —dijo mientras se sentaba de nuevo, se encendía el cigarro y sacaba su libreta—. El tipo no nos ha sido de mucha ayuda, la verdad...

—Hay una cosa... Cuando ha dicho que la cara que vio era... —Diego repasó sus notas— «de pánico o furia»... ¿Qué te parece?

—Pues me parece que una persona que ve cómo un coche se abalanza sobre ella no pone la mejor de sus sonrisas.

—Ya. Aun así..., no sé.

—En fin. Tenemos mucho lío por delante. A ver, pasos a seguir. Hay que ir a la escena del atropello y preguntar a los vecinos y comerciantes si vieron algo, aunque me imagino que las tiendas estarían cerradas a esas horas. —Guzmán iba tomando notas con su letra minúscula y apretada; Diego hacía lo mismo con su letra grande y alabeada—. Hay que hablar con los amigos de la chica que estuvieron con ella la noche de su desaparición. Deberíamos hacerlo de manera informal, quedar con ellos en cafeterías; que no parezca que son sospechosos ni nada por el estilo y así puedan hablar sin sentirse presionados.

Diego asintió y señaló:

—Habría que ir también al bar en el que estuvo y hablar con los camareros.

—Cierto.

Apuntaron los deberes en sus respectivas libretas y después permanecieron un rato en silencio. Fue Diego quien lo rompió:

—Lo de que esa chica estuviera desnuda es, desde luego, inquietante. Completamente desnuda corriendo por la ciudad en plena madrugada. Es claro que escapaba de alguien. ¿Vendría de una casa..., de un coche...?

Guzmán meneó la cabeza.

—Vete tú a saber. Es ahí adonde debemos llegar: a lo que quiera que sea lo que motivó que esa muchacha anduviese en pelota picada por la ciudad. En una carrera tan loca que no fue capaz de ver, estando las calles desiertas, al coche que la mató.

—Quizá prefirió lanzarse a ese coche antes que ser atrapada por su perseguidor o perseguidores.

—Quizá... ¡Hostia puta! —Al ir a beber, un poco de café se le derramó en el pantalón. Le pidió un poco de soda al camarero para limpiarse—. Verás cómo se va a poner la parienta, joder. Me tiene frito, no me pasa una. Y encima le he prometido que esta semana la llevaría al teatro, y sólo de pensarlo me sube la fiebre. Estrenan una obra de Lina Morgan, *Vaya par de gemelas,* imagínate. La madre que me parió un millón de veces. Por eso, enfrascarme en este caso me va a venir de miedo. Lo mismo hasta nos exige horas extra y puedo postergar ese suplicio unos días...

Guzmán y su mujer no habían podido tener hijos y ella lo sometía a un ajetreo constante —cine, teatro, cenas— que el policía cumplía con una resignación no exenta de amargura. Pasaba demasiadas horas tras la pista de asesinos y chorizos, y cuando llegaba a casa lo único que le apetecía era servirse una cerveza bien fría, arrellanarse en su viejo y hospitalario sillón de orejas y devorar novelas policíacas mientras escuchaba, en cintas casete, baladas románticas y boleros.

Diego lo miró y no pudo evitar pensar en la buena suerte que él tenía. A diferencia de su compañero, había quedado en recoger a Mónica para ir a cenar y no cambiaría ese plan por nada del mundo. Desde que se conocieron, dos años atrás, cuando hacía apenas unos meses que se había estrenado como inspector, la intensidad de su relación no había disminuido. Seguía igual de enamorado de esa mujer inteligente y atractiva que el día que la vio por vez primera en la cafetería de la facultad de Derecho, adonde había ido a buscar a un amigo. Nada más verla, con aquel bonito vestido verde, le llamó la atención su mirada desafiante, provocadora incluso, y aunque reparó en el acto en su aspecto de niña bien, lo que *a priori* habría bastado para disuadir de aquella empresa a un chico de barrio como él, hizo algo que no solía hacer: la abordó. Ella actuó con total naturalidad. En vez de sentirse molesta o fingir una mojigatería de la que carecía, se mostró simpática, receptiva y segura de sí, y aunque no dio muestras de sorpresa, se sintió íntimamente halagada. Y cuando él se marchó, lo hizo con una servilleta en el bolsillo en donde ella había anotado, con un bolígrafo verde y en una letra redonda y clara, su nombre y número de teléfono. Al poco, cuando ya se habían entregado el uno al otro en el pequeño y modesto apartamento que él tenía alquilado, Mónica le confesó que en el instante en que lo vio sintió una turbulencia interior y supo que ese chico tan guapo y con ese aire de luchador, con su inequívoco aspecto de muchacho de origen humilde que trata de prosperar en la vida, iba a estar con ella. Mónica iba a la universidad por las mañanas y todas las tardes acudía al despacho de su padre, un eminente abogado, en donde se familiarizaba con el funcionamiento de la que en breve iba a ser su profesión. Y él trabajaba demasiadas horas en la brigada, un lugar en el que la palabra *horario* no existía. Pero trataban de pasar juntos el mayor tiempo posible y cuidar de lo que sabían que era lo mejor que poseían. Se casarían en cuanto ella terminase la carrera y en sus planes entraba tener hijos. Pero hasta que ese día llegara, pensaban disfrutar de su libertad todo el tiempo que pudieran.

—Bueno, pues ya que estamos, vamos a acercarnos al lugar del atropello. —Guzmán sacó del interior de su chaqueta la declaración que les había dado el subcomisario. Desdobló los folios y buscó la dirección—. A ver si, como dice Carranza, al sitio le da por revelarnos algo.

Cuando los dos policías salieron del bar y se dirigieron al coche, a Diego le asaltó, a traición, igual que un flechazo inesperado, una imagen: los ojos de Elena Vicuña. Aquellos ojos detenidos para siempre en un gesto de espanto o de ira. Unos ojos que habían dejado de ver, de desear, de sentir el mundo. Y recordó su piel tan blanca, rebosante de luz. Como si aquel cuerpo inerte, roto, les estuviera hablando de la única manera de la que era capaz. Como si les estuviera gritando, implorando, que no la olvidasen. Porque su muerte sólo sería definitiva si sepultaban su caso en las profundidades de un archivador preñado de nombres de personas que ya no existían y de las que en unos años, no demasiados, nadie se acordaría.

Y en ese instante, aun sin ser consciente de ello, entre esa chica y él se creó un vínculo que iba a marcar su vida.

CAPÍTULO 4

No se había puesto en pie desde que él la visitó por vez primera. Tuvo que reunir el valor suficiente, vencer el bloqueo mental que la oprimía y después hacer uso de todas sus mermadas fuerzas.

Se sujetó a la pared y cerró los ojos. Tenía los músculos de las piernas agarrotados y le costaba dominarlas; no parecían suyas. Cuando al cabo de varios minutos dio el primer paso, despacio, se fue al suelo igual que un muñeco de trapo. El dolor se activó como una alarma e hizo que su rostro se contrajese.

Aquel era un dolor perfectamente localizado. Un dolor quemante en la vagina y el ano. Un dolor que iba acompañado de un sentimiento de vergüenza del todo nuevo para ella.

Pese a su juventud, sabía que el dolor físico, cuando no era excesivo, podía ser llevadero, que era posible vivir con él. Lo sabía porque había jugado muchos años al baloncesto y se había golpeado infinidad de veces y causado alguna lesión. Su entrenador, Aureliano, siempre las trató, a ella y al resto de las jugadoras del equipo, como si fueran chicos. Cuando se caían, les gritaba que no era nada, que se levantasen y siguieran —«¡arriba, vamos!»—, y aquello la ayudó a acorazarse ante el dolor, a sobrellevarlo con estoicismo.

Sin embargo, la vergüenza era un lastre que pesaba demasiado y para el que no existía un remedio eficaz salvo el transcurrir del tiempo, que, aunque no lo curaba todo, como aseguraba pomposamente la sabiduría popular, al menos conseguía mitigar los efectos de cualquier recuerdo negativo que gravitase sobre uno.

Se levantó, respiró hondo y dio un paso. Despacio. A este

lo siguió otro y otro más. Su mano izquierda se apoyaba en todo momento en la pared y su brazo derecho se extendía para mantener el equilibrio.

Al dar un nuevo paso, volvió a caer. Las lágrimas escaparon de sus ojos mientras se enderezaba y erguía.

En las siguientes horas besó el suelo un par de veces más, pero se levantó y continuó caminando. Hasta que llegó un momento en el que fue capaz de sostenerse sin necesidad de apoyarse y de avanzar sin caer.

Caminó por el simple hecho de desentumecer los músculos y para distraer el pensamiento. Si estaba quieta era mucho peor.

Entonces algo llamó su atención. Se trataba de un bulto en el suelo. Se agachó y lo tocó. Era ropa. Bragas, un sujetador, un par de vaqueros, todo roto. Se preguntó quiénes habían sido sus dueñas y, con un horror creciente, dónde estarían ahora.

Al levantarse y moverse, pisó algo duro que produjo un chirrido desagradable que la asustó.

Volvió a agacharse y palpó el suelo. Cogió algo —eran varios fragmentos, en realidad— y lo miró. Cuando se dio cuenta de lo que era, lo soltó, espantada, como si le quemase la mano, y volvió lo más deprisa que pudo al rincón que ocupaba. Se tumbó en el suelo helado, se tapó con la manta y comenzó a temblar.

Y mientras temblaba gobernada por el pánico, no dejó de preguntarse de quién serían esos dientes.

CAPÍTULO 5

Raquel Sanz se expresaba con la claridad de un libro abierto y transmitía una madurez impropia en alguien de su edad. Los dos inspectores la escuchaban atentos e iban anotando en sus libretas datos e ideas mientras ella contestaba sus preguntas con gran expresividad, sirviéndose en todo momento de la ayuda de unas manos pequeñas que se movían ante ellos como las de un prestidigitador.

Accedió a verlos a la hora de comer, en una popular cafetería cercana a su trabajo, Hontanares, en la avenida de América. El motivo de aquel encuentro le quitó el hambre, les dijo, por lo que ante ella sólo había una Coca-Cola y unas patatas fritas que no probó, al contrario que el inspector Guzmán, que ya llevaba unas cuantas. Era rubia, menuda y de contornos generosos, pero tenía unas facciones bonitas y unos ojos de un azul prodigioso en el que era imposible no zambullirse. Al poco de comenzar a hablar, Diego observó que, sin ser una de esas mujeres que hacen que los hombres se vuelvan a su paso para alegrarse el espíritu, poseía uno de esos atractivos que se acrecientan en las distancias cortas, y concluyó que gracias a su labia y desenvoltura no debían de faltarle pretendientes.

Por ella supieron que Elena Vicuña Blanco había sido una estudiante sobresaliente y que tenía mucho éxito con los chicos, pues además de guapa era dueña de una personalidad poderosa. Raquel y ella habían sido íntimas; de esas amigas que durante un tiempo parecen novias y se lo cuentan absolutamente todo, lo bueno y lo peor. Se conocieron en el instituto, el Cardenal Cisneros, en el distrito Centro, donde cursaron el BUP y el COU. A Raquel no le gustaba estudiar y, como sus padres tenían una próspera empresa de telas, tras examinarse de la selectividad y suspenderla, dijo adiós a los libros y se incorporó al negocio familiar. La noche en que Elena desapareció habían salido a celebrar el cumpleaños de Raquel. Las habían acompañado otros dos antiguos compañeros del instituto, Ramón y Carlos, y un nuevo amigo de Elena al que había conocido en la universidad, Andrés.

Guzmán terminó de masticar una patata y le preguntó:

—Entonces, habíais ido a cenar.

—Así es. Estuvimos por Malasaña. Fuimos de tapas y luego a varios bares de copas.

—El bar en el que os separasteis... —consultó sus notas—, La Vía Láctea, en la calle de Velarde, ¿a qué hora fuisteis allí?

—Sobre las dos de la mañana.

—¿Recuerdas cuándo la viste por última vez?

—Estuvimos todo el grupo un rato juntos, pero luego nos dispersamos. Aunque el sitio no es muy grande, era viernes y había muchísima gente. Me encontré con un chico al que conocía y me puse a hablar con él...

—Concéntrate en Elena, por favor —le pidió Diego—. ¿Qué hacía en el bar, con quién estaba?

—Es que ya les digo que hubo un momento en el que la perdí de vista y ya no la volví a ver... Al poco de llegar, pedí unos chupitos y todos brindamos. Elena se reía mucho, estaba contenta. Recuerdo que en ese momento sonó una canción de los Clash que nos vuelve locas..., perdón, que a ella la *volvía* loca. Todos nos pusimos a saltar y a cantarla a gritos. Bueno, todos no. Carlos tenía un careto que daba miedo...

—¿Carlos? ¿Por qué razón?

—A ver. Desde el principio de la noche pareció que Andrés lo miraba por encima del hombro. Como si por el hecho de que él fuera universitario y Carlos un simple mecánico de coches estuvieran en peldaños distintos. Elena le reía a Andrés todas sus gracias y maldades, se los veía muy cómplices, y a Carlos, en cambio, parecía que se le hubiera muerto alguien. Con lo mal que el pobre lo había pasado por ella...

—¿Qué quieres decir? —preguntó Guzmán.

—En tercero de BUP estuvieron enrollados. La cosa no duró mucho; ella lo dejó a los pocos meses, pero a él se le seguía viendo coladito. —Los dos policías se miraron incrédulos—. Siempre he pensado que se puso a trabajar en el taller de su padre a raíz de la ruptura con Elena. Carlos no tiene un pelo de tonto. De hecho, podría haber sido un buen estudiante, y trabajar con su padre le horrorizaba. Lo sé porque me lo contó. Pero cuando Elena cortó con él, su comportamiento cambió y perdió el interés por las clases. Ni siquiera se matriculó en COU. Terminó el bachillerato a duras penas y se plantó.

—¿Por qué no contaste nada de esto en la comisaría, cuando fuiste con los padres de Elena a denunciar su desaparición?

—¿Y eso cómo lo sabe?

—Pues no porque tenga dotes de adivino, aunque ya me gustaría, sino porque hemos leído el acta de declaración de la denuncia, como es nuestro deber.

—Ah, claro, qué tonta. Pues no lo sé. Nadie me lo preguntó. Además... Bueno, de eso hace mil años. No irán a pensar que Carlos pudo tener algo que ver con lo que le pasó a Elena, ¿verdad? Él habría sido incapaz de hacerle daño. Estoy segura de que la quería. Puede que aún la quiera.

—Hay amores que matan —sentenció Guzmán al tiempo que anotaba algo en su libreta.

Aquella frase cogió desprevenida a la chica, que se agitó en la silla y puso gesto de sorpresa. Diego intervino:

—Ayer estuvimos hablando con tu amigo Ramón y no nos contó lo de Elena y Carlos.

—Normal. Ramón y Carlos son íntimos amigos e imagino que no quería perjudicarlo. En realidad, tampoco sé muy bien por qué les he contado lo suyo con Elena... Pero, de verdad, créanme. Carlos, a pesar de su aspecto fiero, es un cielo, un pedazo de pan. Él nunca le habría hecho daño a Elena. Jamás.

—¿Tienes mucho trato con él?

—Hablamos de vez en cuando, pero vernos nos vemos poco. Si seguimos manteniendo contacto es gracias a mí. Cuando le pedí que viniera a mi cumpleaños, me dijo que ese día le venía mal, que tenía que hacer no sé qué historias, y aquello me sonó a simple excusa. El caso es que me puse tan pesada que, al final, cedió. Bueno, Ramón me ayudó a convencerlo. Carlos siempre me ha parecido un buen tío. Y es muy atractivo, aunque no sea mi tipo.

—¿Lo viste marcharse del bar?

—Sí, salió con Ramón. Yo estaba cerca de la puerta y los vi en el momento en que se iban. No recuerdo qué hora era. Se despidieron de mí.

Los policías intercambiaron una mirada y consultaron sus notas. Aquello coincidía con lo que les había dicho Ramón: que él y su amigo Carlos abandonaron juntos el bar. Hablaron con él la tarde anterior; quedaron en la cafetería de El Corte Inglés de Preciados, a dos pasos de la brigada, y no les dio ningún dato de interés. Por más que lo intentaron, aquel muchacho no sabía qué había hecho Elena una vez que entraron al bar. La vio un par de veces, aseguró, bailando y pidiendo una copa, pero no fue capaz de decirles con quién o quiénes estaba.

—Era tu cumpleaños —observó Diego—, ¿no te extrañó que tus amigos se fueran tan pronto?

—Cuando me dijeron que se iban, les pedí que se quedasen un poco más y me contestaron que al día siguiente tenían cosas que hacer. Y tampoco les insistí mucho, la verdad.

—El día siguiente era sábado —dijo Guzmán. Ella se encogió de hombros.

—Ya. No lo sé. A lo mejor fue una simple excusa porque querían irse y ya está. De todos modos, ya les he dicho que habíamos cenado juntos y habíamos tomado copas en distintos locales. No es que se marcharan enseguida.

—¿Y Andrés? —La chica compuso un gesto de «qué pasa con él»—. ¿Qué hizo en el bar?

—Lo vi con un par de chicos cuando fui al baño y ya no volví a verlo hasta que me marché.

—¿Qué tipo de relación mantenían Elena y él? —preguntó Diego—. ¿Estaban juntos?

Ella sonrió.

—No, no, qué va. Eran sólo amigos.

—¿Por qué estás tan segura? —inquirió Guzmán.

—Pues porque Elena no era precisamente el tipo de Andrés.

—¿No hemos quedado en que era un cañón? —dijo el inspector de forma espontánea. Al ver la expresión reprobatoria de la chica, se corrigió—. Perdón. Lo que quiero decir es que

Elena era muy guapa, ¿no? Supongo que era el tipo de cualquier chico.

—Sí, desde luego. Pero de cualquier chico al que le gustasen las chicas —respondió, y volvió a beber mientras lo miraba fijamente a los ojos.

—Entiendo —dijo Guzmán con un carraspeo de la voz. Diego habría jurado que ella estaba disfrutando viéndole la cara a Roberto tras el corte que le acababa de dar.

—Por favor —pidió Diego—. Trata de recordar la última vez que viste a Elena.

—Ya les he dicho que el bar estaba hasta arriba de gente y como estábamos de celebración... Ya saben: bebimos un poco. —Hizo una pausa breve—. Un momento. Estaba en la barra y se reía mucho.

—¿Con quién estaba?

Raquel cerró los ojos. Estaba en pleno viaje. Al cabo de unos segundos, meneó la cabeza.

—Había alguien con ella, desde luego, pero no vi quién era. Estaba en la barra, ya digo, la vi de frente. La persona que estaba con ella se encontraba de espaldas a mí. Fui al baño una vez y ya no la vi en la barra. Debió de marcharse en ese momento, mientras yo me encontraba en el baño, porque al irme del local la estuve buscando y no la encontré.

—¿No te pareció raro que se hubiera ido sin más, sin decirte nada?

—No. Bueno, sí. Quiero decir que era mi cumpleaños y que lo lógico es que se hubiera despedido de mí. Llevábamos un par de meses sin vernos porque desde que dejamos el instituto ya no nos veíamos con la misma frecuencia, y lo normal habría sido que me hubiese dicho algo. No sé. A lo mejor había bebido demasiado y se encontró mal y decidió irse.

—¿Crees que pudo marcharse con algún chico?

—Pues no lo sé. Es posible.

—¿Con Andrés?

Negó con la cabeza.

—No, con Andrés no. Cuando la busqué para despedirme de ella, lo vi. Le pregunté si sabía dónde estaba y me dijo que ni idea.

Guzmán se frotó la cara con ambas manos antes de preguntarle:

—Elena era una chica liberal, ¿verdad?

—¿A qué se refiere?

—Bueno, ya sabes. Si conocía a un chico y le gustaba, no tenía reparos en irse con él.

No supo si echarse a reír o levantarse y largarse. Estaban a finales de 1981, por el amor de Dios, y los tiempos, por fortuna, habían cambiado. Los jóvenes ya no eran los de una generación anterior. El fin de la represión había desatado al personal. El sexo estaba en todas partes, flotaba en el ambiente como una fragancia cargada de sugerentes promesas. Había sexo en las películas, en las obras de teatro, en los libros, en las canciones, en las revistas y, por supuesto, en la calle. En los bares y discotecas a los que Elena y ella iban, la gente ligaba sin apenas proponérselo y después, esa misma noche, podían practicar sexo con naturalidad en un coche o en las profundidades de un parque. Había, además, sustancias que ayudaban a desinhibirse y a entonarse, y que estaban al alcance de cualquiera. Y aquello no sólo lo disfrutaban los jóvenes: hacía unos meses que se había aprobado la Ley del Divorcio y mujeres y hombres maduros que acababan de librarse de sus grilletes, sobre todo ellas, actuaban con total libertad. Pero ¿de qué coño le estaba hablando ese dinosaurio con bigote?

—A ver —suspiró—. Ella no tenía novio...

—No es eso lo que te estoy preguntando.

—Sé perfectamente lo que me está usted preguntando, si mi amiga era un putón.

—Eh, oye, yo no he dicho eso...

—Pero lo ha insinuado.

Diego decidió echar un cable a Guzmán:

—No te lo tomes a mal, por favor. Necesitamos saber. Saber cómo era Elena. Y si es posible que, como apunta mi compañero, hubiese conocido a alguien aquella noche y se hubiese ido con él.

Ella lo miró como si acabara de verlo. De pronto, reparó en que aquel tío con ese pelo negro y fuerte, esos ojazos verdes, la nariz larga y recta y esa boca sensual, de labios gruesos, como a ella le gustaban, era demasiado guapo para ser poli. Y demasiado joven: le calculó veintipocos. El otro capullo, en cambio, tenía una pinta de policía que echaba para atrás, de policía cabrón, con aquellas mejillas flácidas y el bigotito, pero él no.

—No es imposible que hubiese conocido a alguien y se hubiese ido con él, desde luego, aunque nunca antes viví esa situación. Quiero decir que estando con ella nunca se había ido con alguien a quien acabara de conocer. Eso no significa que fuera una estrecha. Elena gustaba a los tíos más que a un tonto una piruleta, ya se lo he dicho, y a ella le gustaban los hombres, claro que sí. Los hombres guapos. Más o menos como usted.

Diego notó fuego en las mejillas.

—Yo ya se lo he dicho muchas veces —comentó Guzmán con una sonrisa curva—. Que con su percha tendría que haberse hecho modelo o actor en vez de policía. Aún está a tiempo, pero no me hace caso... —Miró a su compañero con gesto guasón y este decidió ignorarlo—. En fin. ¿Has pensado que a lo mejor no se despidió de ti porque se fue con alguien, como tú misma apuntas, y no quería que lo vieras? Como dices que nunca antes lo había hecho, quizá pensó que era mejor largarse a la francesa.

—No sé por qué iba a actuar así. Yo nunca la juzgué y tampoco lo habría hecho esa noche. Pero quién sabe. Creo que la conocía bien, pero a veces las personas hacemos cosas que desconciertan a quienes más nos conocen.

—Has dicho que no tenía novio —intervino Diego.

—No lo tenía, no.

—Pero ¿sabes si se veía con alguien, si tenía algún amigo... especial?

—No, que yo sepa.

—¿Recuerdas cuál fue su último novio?

Ella meditó unos segundos y negó con la cabeza.

—No le recuerdo ningún novio-novio.

—¿En serio?

—Sí. Creo que la relación más larga que le conocí fue la que tuvo con Carlos y tampoco duró gran cosa, como medio curso. Aunque no estaban juntos a todas horas, para nada. Ahora que lo pienso, creo que ella nunca estuvo realmente enamorada de nadie. Tenía líos, se enrollaba con los chicos que le apetecía, pero no le gustaban las ataduras ni tener que darle explicaciones a nadie. Era una mujer libre. La más libre que he conocido nunca.

Los inspectores escribieron en sus libretas y Guzmán preguntó:

—¿Cuándo saltaron las alarmas de su desaparición?

—Al día siguiente. Mi madre me despertó y me dijo que la madre de Elena estaba al teléfono. Eran las nueve y pico de la mañana, y aún no había vuelto a casa.

—¿Qué pensaste en ese momento?

—Aquello me extrañó. Y me preocupé, claro. Llamé a Carlos y a Ramón; no sabían dónde podía estar. Yo no tenía el teléfono de Andrés, pero los padres de Elena lo consiguieron a través de otra compañera de la facultad. Tampoco sabía nada. Sus padres aguantaron un par de horas y luego se decidieron a llamar a la policía. Les dijeron que era mayor de edad y que había que esperar; que si estuvo de fiesta la noche anterior, lo más seguro era que se encontrase con alguien y que ya aparecería. Pero el padre de Elena no se conformó con eso. Hizo unas llamadas, porque está muy bien relacionado, como imagino que sabrán, y pasado un rato me llamaron para decirme que iban a ir a la comisaría y que si quería acompañarlos. Y fui, por supuesto. Sé que compañeros de ustedes hablaron también con Carlos, Ramón y Andrés. —Guzmán asintió: habían leído sus declaraciones—. Y ya no volví a saber nada hasta que su madre me llamó para contarme lo del atropello.

—¿Te suena si conocía a alguien por la zona en la que fue atropellada, en Carabanchel?

Negó con la cabeza.

—No, que yo sepa. Yo diría, incluso, que en su vida había estado en ese barrio. Cuando la imagino corriendo por allí desnuda... —Hizo una pausa y bebió—. Jolín, no se pueden imaginar lo raro que se me hace pensar que ya nunca la voy a volver a ver...

Sus ojos se humedecieron y los dos hombres guardaron silencio. Ella sacó un pañuelo del bolso y se enjugó las lágrimas. Por un momento, pareció distinta. Mayor.

—Sus padres están destrozados. La querían muchísimo.

Tienen otra hija, Claudia, más pequeña, pero yo creo que Elena era su favorita. De su madre, desde luego.

—¿A qué se dedican los padres de Elena? —preguntó Diego.

—Eladio es ingeniero. Y Margarita no trabaja. Los dos son de muy buena familia. Ella es aristócrata.

—Al hilo de esto, y al margen de la desaparición de Elena, hay una cosa que me intriga —observó Diego—. ¿Por qué razón unas chicas como tú y Elena, de familias... con posibles, fuisteis a un instituto público y no a un colegio privado? Ramón y Carlos no pertenecen a vuestro ambiente.

—¿Usted sabe lo que es un colegio de monjas? Mejor que no lo sepa. Las dos habíamos ido a colegios de monjas y las dos decidimos, cada una por nuestra cuenta, y quizá por eso nos hicimos amigas, porque teníamos muchas cosas en común, ir a un instituto y relacionarnos con gente normal. Y con chicos, claro que sí. A mí, ya se lo he dicho, no me gusta estudiar, nunca me gustó, y he podido permitirme no hacerlo. Pero Elena nunca sacó una nota por debajo del notable, por lo que el salto del colegio al instituto no la afectó para nada. Al contrario: allí vivió experiencias que la enriquecieron. Y claro que a sus padres no les hizo ninguna gracia; ellos no querían que fuese a un instituto ni a tiros. Igual que me pasó a mí, tuvo que vencer la oposición de sus padres. Pero menuda era mi Elena. De armas tomar.

Los policías repasaron sus notas y después se miraron; Diego indicó con un gesto que por él ya estaba.

—Pues hemos terminado —zanjó Guzmán—. Vamos a pasar a limpio todo lo que nos has contado. ¿Te importaría acercarte a la brigada a partir de mañana para leerlo y firmarlo? —Le tendió una tarjeta que ella cogió.

—En absoluto. Cuenten con ello. Ojalá puedan averiguar algo. Ella no merecía lo que le pasó. Nadie lo merece, pero Elena todavía menos.

Se levantó y, de pronto, se acordó de algo. Sacó un pequeño sobre del bolso y, apenas extendió el brazo, Guzmán lo atrapó con una mano que se cerró en torno a él como un cepo.

—La foto que me pidieron. Es del año pasado.

En la imagen, las dos amigas posaban agarradas delante del estanque del Retiro. Elena era realmente guapa. Preciosa.

Podría haber sido actriz o modelo, pensó Diego al tiempo que en su cabeza volvía a visualizar su piel blanquísima en medio de la noche y sus ojos dislocados, y sintió un acceso de rabia.

Salieron a la calle y se despidieron de ella. La mañana era limpia y fría, y el aire que corría era una leve caricia. Pese a las fechas en las que se encontraban, seguía sin llover. Los medios de comunicación llevaban semanas insistiendo en las graves repercusiones económicas que la sequía tendría para el país.

Se quedaron detenidos en la puerta de la cafetería mientras veían alejarse a la muchacha. La menuda y exuberante figura se fue haciendo aún más pequeña a medida que ponía mayor distancia entre ellos, hasta que otros cuerpos en movimiento la engulleron definitivamente.

Tras desplazarse días atrás al punto exacto del atropello y echar un vistazo para hacerse una composición de lugar, decidieron comenzar la investigación de forma cronológica. Hablarían primero con las personas que acompañaron a Elena Vicuña la noche en que fue vista por última vez; visitarían después el bar de copas en el que estuvo, por si algún trabajador la recordaba y podía darles algún dato de interés, y tantearían por último a los vecinos de las viviendas colindantes con el sitio del siniestro.

Guzmán se mordió el labio inferior y arrugó el entrecejo. Todavía no tenían nada. ¿O sí?

—¿Qué te parece si le hacemos una visita sorpresa al tal Carlitos? —propuso—. Ya sabes. En plan «Avon llama a tu puerta».

Tanto a Ramón como a Raquel los habían citado, y pensaban hacer lo mismo con Carlos y Andrés. Pero la revelación que les había hecho la chica cambiaba las cosas. Diego levantó los hombros e hizo un chasquido con la lengua, lo que equivalía a un «venga», y se pusieron en marcha.

De espaldas, de camino al coche, los dos inspectores de policía semejaban una despreocupada pareja de paseantes.

Nadie podía imaginar que aquellas dos figuras estaban siguiendo el rastro de un posible secuestrador y violador. O varios. Y, quizá, de un asesino. O varios.

CAPÍTULO 6

Las primeras veces trató de resistirse, Dios era testigo de ello. Lo intentó con orgullo y temeridad, poniendo en juego su vida. Se lo había repetido a sí misma hasta la tortura, en los largos espacios de soledad en el sótano, para desalojar un sentimiento de culpa que era tan doloroso como el daño físico infligido, quizá mayor. Porque cuando él se marchaba, las imágenes de lo sucedido no dejaban de pasar por su cabeza igual que una película que, una vez concluida, volvía al principio, sin descanso, y el sentimiento de suciedad que la invadía era como un animal hambriento que le estaba devorando las entrañas.

Pero, al final, tuvo que ceder. Hubo de hacerlo, aunque se maldijese por ello, porque quería vivir. No entendía por qué razón, pero quería seguir viviendo.

Como en ese preciso momento, en el que él estaba dentro de su cuerpo y la miraba directamente a los ojos desde su posición superior y ella no hacía más que decirse «aguanta, aguanta, aguanta». Porque él había sido muy claro al respecto: si no colaboraba, la mataría. Y ella había visto aquella ropa, y los dientes, y sabía que no mentía.

Por ello, soportaba las furiosas embestidas, la fuerza insólita de todo su cuerpo, el desgarro que le provocaba aquel enorme pene que entraba caprichosamente por un orificio y por el otro, que se vaciaba en ella o sobre ella y, al rato, con una capacidad de recuperación asombrosa, que en su corta vida sexual ella no había conocido, volvía a la carga.

Había siempre un momento, durante la violación, en el que todo a su alrededor se ralentizaba y se tornaba borroso. Entonces era capaz de abandonar su cuerpo —aquella cáscara ultrajada— y salir de esa vida opresiva, volar. Cuando atravesaba esa barrera, el dolor desaparecía por completo y ella estaba ya en otra parte. En la playa de Silgar, en Sangenjo, en donde había veraneado desde que guardaba memoria. O tumbada en el césped con Álvaro, su amor, aunque hacía ya tres eternos meses que no estaban juntos. O en su apartamento acompañada de Belén y Esmeralda, sus amigas de la infancia, que habían ido a visitarla a Madrid y con las que pasó unos días en los que se rieron tanto que llegó a tener agujetas en el abdomen.

Pero, de golpe, la fantasía amable se evaporaba y volvía a sentir plenamente su cuerpo, que ya no era una mera cáscara, sino un entramado de terminaciones nerviosas. Volvía a enfrentar esos ojos inyectados en sangre y esa boca cuyos labios se entreabrían por causa del placer, y notaba al monstruo en su interior, lacerante, despiadado, y la realidad inasumible lo invadía de nuevo todo.

Una vez saciado, se ponía en pie y se marchaba sin más. Apenas le hablaba. Y desde el mismo instante en que se quedaba sola, se activaba en su cerebro un doble calvario: el de no dejar de preguntarse cuándo volvería a visitarla para profanar su cuerpo y el de combatir aquella soledad aniquiladora.

Para no pensar, para poder sobrellevar lo insoportable, trataba de dormir, que es la forma más sencilla de evadirse de la realidad. Pese al frío y al miedo constantes, lo conseguía a ratos, aunque no estaba segura de la duración del sueño, ya que allí todo era oscuridad y carecía de la menor referencia temporal.

De hecho, a partir del dato de la noche en que la sustrajeron de su mundo, en que la arrancaron de cuajo de él como quien desarraiga una flor, había tratado de calcular qué día era, cuánto llevaba allí encerrada, pero le resultaba imposible saberlo.

Se sentía mortalmente desubicada, fuera de la realidad.

Bebió un sorbo de agua y se escondió de nuevo bajo la manta. No había rezado desde que era niña, pero allí, aun de forma inconsciente, lo hacía todo el tiempo.

Y volvió a hacerlo. Juntó las manos, cerró los ojos y comenzó: «Padre Nuestro, que estás en los cielos, / santificado sea tu nombre...».

Pero Dios debía de estar muy ocupado, porque seguía sin dar señales de vida.

CAPÍTULO 7

Se dirigieron a Cuatro Caminos, cerca de cuya glorieta se encontraba el taller en el que Carlos Garrido, amigo de Elena Vicuña y, según acababan de saber, su exnovio —o examante, al menos—, trabajaba.

En la radio, una voz masculina informaba de que, mientras los democristianos de la plataforma moderada de UCD estudiaban seriamente la posibilidad de abandonar el partido, seis nuevos ministros habían jurado el cargo en el Palacio de la Zarzuela ante sus majestades los reyes, don Juan Carlos y doña Sofía.

—Me aburro —dijo Guzmán, y comenzó a manipular el dial. Ignoró las emisoras con información política y también una canción de *rock*, pues opinaba que ese estilo era simple y puro ruido, y, al fin, dio con otra que pareció ser de su agrado. Su intérprete afirmaba varias veces y decía quererla con el corazón.

—¿José Luis Perales también? —Fue una pregunta retórica.

Sonrió antes de contestar, sin dejar de mirar al frente.

—No, si te parece me gustan los Cals esos.

—Los Clash, Roberto, los Clash, que no estás en el rollo.

—Como cojones se diga. A este por lo menos se le entiende, lo cual es de agradecer.

—Y tanto que se le entiende.

Lograron aparcar en una calle minúscula perpendicular a Bravo Murillo, a sólo un par de manzanas de su destino. Cuando llegaron al taller, sobre el que un letrero recién pintado anunciaba «TALLERES GARRIDO», estaba cerrado.

—Parece ser que esta gente come —dijo Guzmán en un alarde deductivo—. ¿Qué te parece si los imitamos?

Entraron en el primer bar que vieron. Olía a fritanga y en la barra varios parroquianos debatían sobre fútbol. Concretamente, sobre la lesión de rodilla de Santillana, que al parecer no era tan grave como se pensó en un principio. Uno dijo que daba igual que tuviese mal la pierna porque lo único que valía la pena de él era la cabeza, y otro le contestó que eso lo decía alguien que lo único que tenía de valor era su mujer. Si no llegaron a las manos fue porque el dueño del sitio, un tipo que no pesaría menos de cien kilos, amenazó con abandonar la barra y sacarlos a la calle a mamporros.

Se sentaron en taburetes y pidieron pinchos de tortilla de patatas con pimientos, y Coca-Cola. Guzmán engulló el suyo como si se lo fuesen a robar. A continuación, se ventiló un montado de lomo con queso. Pese a ser de esas personas que parecen delgadas —un falso delgado—, estaba echando una buena barriga. Remataron el almuerzo con sendos cafés y Guzmán le gorroneó un cigarro a un hombre con aspecto de jubilado que leía un periódico deportivo. Diego se percató entonces de que a su compañero le daba igual que fuera rubio o negro; fumaba lo que había. Todo con tal de no rascarse el bolsillo.

Cuando volvieron al taller, ya estaba abierto. Un tipo de unos cuarenta años, calvo y tripón, vestido con el preceptivo mono de mecánico, les salió al paso apenas entraron.

—Buenas tardes. ¿En qué puedo ayudarles?

—Buscamos a Carlos Garrido.

—¿Quién le busca?

—Inspector Guzmán. —Sacó la placa y se la colocó justo delante de la cara, a un palmo de la nariz.

—Un momento.

Vieron cómo se adentraba en el taller y se agachaba junto a un cuerpo que hurgaba en las tripas de un coche. Los dos policías oyeron claramente lo que le decía, pues pareció que elevaba el tono a propósito:

—Una pareja de *chapas* pregunta por ti.

Carlos Garrido salió de debajo del coche, se levantó y se frotó las manos con un trapo. Llevaba un mono gris decorado con innumerables manchas de aceite de motor y les lanzó una mirada valorativa antes de acercarse a ellos. Tenía el pelo corto y negro, y unos ojos del mismo color, grandes e intensos. Bajo su aspecto de boxeador, irradiaba una belleza de animal salvaje. Un animal alerta.

—Ustedes dirán.

—Queremos hacerte unas preguntas en relación con Elena Vicuña —soltó Guzmán sin rodeos.

—Ya declaré en la comisaría.

—Te felicito. Y ahora haz el favor de acompañarnos a ese bar de ahí enfrente, anda.

—¿Qué ocurre?

En el piso superior, delante de la puerta acristalada de lo que parecía una oficina, un hombre bajito y calvo, en la sesentena, los miraba expectante.

—Jefe, le robamos un rato a su empleado —anunció Guzmán levantando su placa.

—Mi empleado es también mi hijo. ¿Se puede saber qué es lo que pasa?

El policía miró al chico y le dijo:

—Será mejor que le expliques a tu viejo por qué hemos venido. Ya sabes dónde estamos. No tardes.

Cuando el chico entró en el bar, ambos estaban sentados a una mesa al fondo del local. Delante de Diego había un vaso de agua y Guzmán acariciaba el lomo de una copa de coñac. Los dos tenían las libretas y los bolígrafos a la vista. Se sentó frente a ellos.

—Sabemos lo tuyo con Elena —disparó Guzmán.

El muchacho guardó silencio unos segundos. Los cuatro ojos que lo observaban parecían puñales.

—¿Se lo ha dicho Raquel? —No contestaron y él meneó la cabeza—. Imagino que ustedes estarán casados o que tienen novias. Y, seguramente, antes tuvieron otras novias y otras aventuras. Pues eso mismo me pasa a mí. De lo mío con Elena hace más o menos un siglo, y fue breve.

—No te compares con nosotros, hazme el favor. A ninguna de nuestras novias le dio por correr en bolas por la calle dos semanas después de denunciarse su desaparición ni acabó reventada por un coche. Y a ti aún te gustaba la chica —le apretó Guzmán.

—¿Y eso usted cómo lo sabe? ¿Acaso está en mi cabeza?

—Conmigo no te hagas el listo, mucho cuidado. Tu amiga Raquel nos lo ha contado.

—Y ella qué coño sabrá.

—Controla esa lengua, chaval. —La mano de Guzmán se cerró alrededor de la copa; quizá imaginó que sus dedos apretaban el cuello del muchacho—. Creo que la noche en que celebrasteis el cumpleaños de Raquel, la noche en la que Elena desapareció, no lo pasaste muy bien.

Permaneció en silencio y les aguantó la mirada. Diego se fijó en sus nervudos antebrazos, en la fuerza que desprendían, y en sus manos de trabajador, grandes, con una constelación de pequeñas cicatrices en ellas y las uñas tan estropeadas que daba pena verlas. Ignoraba si los padres de Elena le llegaron a conocer, pero sin duda alguna habrían desaprobado esa relación.

—¿Raquel también les ha contado que cuando estaba con Elena intentó enrollarse conmigo en una fiesta?

—Venga ya —exclamó Guzmán con una sonrisa seca—. Eso no te lo crees ni tú.

Él también sonrió antes de decir:

—Pregúntenselo. A ver si tiene ovarios para negarlo. Nunca se lo conté a Elena, aunque ahora me doy cuenta de que quizá debí hacerlo.

Ambos policías se miraron fugazmente. Diego recordó que Raquel les había dicho que Carlos era muy atractivo, aunque no fuese su tipo. No obstante, aun en el caso de que existiese un fondo de despecho en la revelación que la amiga de Elena les hizo, eso no invalidaba el hecho de que ambos estuvieron juntos. Y eso era lo que de verdad importaba.

—El amigo de Elena, Andrés. —Guzmán ignoró lo que les acababa de decir y continuó con su estrategia de ataque—. Te las hizo pasar canutas, ¿eh?

—¿La *loca* esa? Bah. Tendría que haberle dado un par de galletas. Me habría quedado como Dios, la verdad.

—Ya. ¿Fue eso? ¿Te calentaste porque la bella Elena no sólo no te hacía ni puto caso, sino que encima se descojonaba cuando su amigo mariquita se burlaba de ti? ¿Te cegó la ira y decidiste seguir a Elena cuando salió del local y secuestrarla?

—¿Qué? ¿Secuestrar a Elena? Por Dios. Está usted mal de

la cabeza. ¡Yo quería a Elena, joder! ¡Nunca le habría hecho daño!

El camarero y todos los clientes del bar se volvieron hacia ellos.

—Oye, tranquilízate —le pidió Diego, que abrió la boca por vez primera.

La mirada del chico era un incendio. Su rabia podía olerse a un kilómetro. Guzmán le escrutaba en busca de alguna señal de fingimiento; trataba de calibrar la sinceridad de su reacción.

—Pero ¿cómo pueden pensar que yo le hice algo? Si alguien le hizo daño, está ahí fuera..., en algún sitio. Dejen de perder el tiempo conmigo y salgan a buscarlo.

—Según Raquel, dejaste el instituto después de que Elena te mandara a paseo —Guzmán seguía empeñado en acorralarlo.

—Eso no es cierto.

—Pero sí que lo es que terminaste el bachillerato de milagro y que dejaste de estudiar.

El chico meneó la cabeza.

—Me dejó de interesar, eso es todo. Quería ganar pasta, comprarme un coche... No tuvo nada que ver con Elena.

—Raquel asegura que le contaste que odiabas trabajar con tu padre.

—Joder con Raquelita... ¿Y a quién coño le gusta trabajar con su padre, si puede saberse? Pero lo que obtengo a cambio me compensa. Además de este taller, tiene otros dos. Mi hermana mayor es ama de casa y hace su vida, por lo que algún día serán míos. —Se levantó—. Creo que ya les he dicho cuanto tenía que decirles. Ahora, si me disculpan, tengo mucho trabajo.

—¡Eh, quieto parao! —exclamó Guzmán—. Siéntate ahora mismo. A no ser que quieras que te meta esta copa por el culo. O, si lo prefieres, continuamos la charla en la brigada. Para nosotros es mucho más cómodo, te lo aseguro.

Tras unos segundos de duda, en los que el camarero volvió a concentrar su atención en ellos, el chico acabó cediendo y se dejó caer en la silla. Miró muy fijo a Guzmán, lo que provocó una sonrisa en el policía.

—Sí, ya sé lo que estás pensando... —dijo divertido—. Piensas que si no llevase placa y pistola, me iba a enterar. Pero resulta que llevo una placa y una pistola bien grande, es cierto, y eso no hay forma de cambiarlo. Y si me sigues mirando así —se inclinó hasta situar la cara a escasos centímetros de la del muchacho—, te arreo tal hostia que te vas directo al suelo.

Diego se removió en su silla, incómodo, e intervino para rebajar la tensión.

—Será mejor que nos ayudes, Carlos. El hecho de que tuvieseis una relación sentimental en el pasado no te beneficia en el caso de una desaparición. Y más cuando estuviste con ella la noche anterior.

Suspiró, resignado, antes de hablar.

—Andrés me estuvo tocando los huevos toda la noche, y si no le paré los pies fue, precisamente, por respeto a Elena. ¡Claro que no lo pasé bien! Pero no porque ella no me hiciera caso, eso ya hacía demasiado que lo tenía asumido. No lo pasé bien porque aquel imbécil no dejó de recordarme, con sus dañinas indirectas y sus miradas irónicas, que jugábamos en ligas distintas. Que yo no era más que un pobre currito, un puto mecánico, y que si tuve la fortuna de besar esos labios y abrazar ese cuerpo fue porque la diosa Elena sintió curiosidad por saber a qué sabía un chico de clase trabajadora... —Pareció, de pronto, que perdía el control, pero se recompuso y habló con un dejo melancólico—. Y seguramente tenía razón, el muy hijoputa. Tardé en entender que sólo fui para ella un entretenimiento pasajero... Pero cuando pienso en lo que le pasó, no termino de creérmelo. Lo juro por mi vida. La quise con todo mi ser y ojalá la hubiese acompañado a casa esa noche. Ahora seguiría viva.

Una lágrima irrevocable rodó por su mejilla y se la limpió en el acto con el dorso de la mano. Con aquella manaza curtida por el duro trabajo diario. Diego se sintió mal. No obstante, decidió proseguir.

—Cuando estabais en La Vía Láctea, ¿la viste hablando con alguien? ¿Alguien que no conocieses y que te llamara la atención por algo?

—No conocía a todos sus amigos. Parece ser que ella iba bastante por allí, yo era la primera vez que pisaba ese sitio. La vi hablando con varias personas, nadie que yo conociera. Y no recuerdo a ninguna en especial.

—¿Chicos, chicas?

—Chicos y chicas. Gente. Todos ellos desconocidos para mí.

—¿Qué hicisteis tu amigo Ramón y tú cuando salisteis del bar?

—Nos comimos un bocadillo en un puesto callejero. Luego lo dejé en su casa y me fui a dormir.

Ramón les había dicho que Carlos lo acercó a su casa; omitió lo del bocadillo.

—¿A qué hora llegaste a tu casa?

—No lo sé. Las cuatro menos algo.

—¿Quién puede atestiguarlo?

Se encogió de hombros.

—Mi padre. Se despertó cuando llegué. O a lo mejor ya estaba despierto. Siempre que salgo se inquieta. No me lo dice, porque ya no soy un niño, pero lo sé.

Guzmán tamborileó en la mesa y se llevó la copa a los labios sin dejar de mirarlo. Sólo le faltó acercarle el rostro al cuello y oliscarlo como un perro adiestrado. Luego sacó una tarjeta y la puso delante de él.

—Mañana por la tarde, sin falta, te pasas por la brigada para firmar el acta de tu declaración.

—¿De mi declaración?

—Sí, joder. De todo lo que nos acabas de contar. Nosotros nos encargamos de redactarla y tú sólo tienes que leerla y darle el visto bueno. ¿De acuerdo? —Asintió—. Y procura portarte bien y estar localizable en todo momento. No es imposible que en los próximos días necesitemos volver a hablar contigo.

—Ya saben dónde estoy —dijo mientras se levantaba—. Y ojalá encuentren pronto a quien estuvo con ella. Insisto: no pierdan el tiempo conmigo.

Cuando salió del bar, Guzmán se levantó y les pidió un cigarro a unos jubilados que jugaban al dominó. Lo encendió con su lanzallamas dorado y salieron a la calle.

No cruzaron una sola palabra durante el tiempo que emplearon en llegar al coche. Les habían cascado una multa; Guzmán la estrujó y la tiró al suelo con expresión de placer. Diego pensó que, para ser policía, su sentido cívico era manifiestamente mejorable, pero estaba tan enfadado que aquello le pareció una menudencia. Su cara de palo no le pasó inadvertida a su compañero.

—¿Y a ti qué coño te pasa? ¿Estás con la regla o qué? —dijo tras dejarse caer en el asiento.

—No me ha gustado tu modo de actuar, Roberto. No somos jueces, somos investigadores y tenemos que cuidar las formas. No me he sentido nada cómodo.

—Mira tú el señor marqués... La verdad es que me importa tres cojones lo cómodo que te sientas, ¿no te jode? ¿Te tengo que recordar qué es lo que estamos investigando?

—En absoluto. Pero las formas, insisto, son importantes.

—¡A la mierda tú y tus formas! ¡Anda ya! Estamos hablando de una chica a la que muy probablemente secuestraron y violaron, y a la que un coche le rompió todos los huesos. Y tus putos remilgos no nos van a impedir llegar al fondo de las cosas.

—Claro, claro. El fin justifica los medios, ¿no? Parece que nada ha cambiado desde el 39... Franco sigue vivo y no tenemos una Constitución.

—Dos cosas, Pincel, y que te queden claritas. Una: el fin justifica los medios, en efecto. Sobre todo, cuando hay posibles delitos de sangre. O lo que es lo mismo, un hijoputa, o varios, detrás de esto. Porque tiene toda la pinta, por si no te has dado cuenta. Y dos: ojalá el Generalísimo aún viviera. Las cosas iban a ser muy diferentes, eso tenlo por seguro.

—Ya. Qué pena que el descerebrado de Tejero no se saliera con la suya, ¿verdad, Roberto? Llevas desde entonces de luto.

—Pues ya que me lo preguntas te diré que sí. Una verdadera pena, no lo sabes bien. Pero ¿tú has visto cómo está este puto país? La UCD es un polvorín, un barco a la deriva que hace agua desde la proa a la popa. Fíjate cómo lo estarán haciendo de mal que tus amigos los socialistas amenazan con llegar al poder, y eso ya sería... En fin, prefiero no pensarlo. Joder, si es que llevan los tíos cuatro días legalizados y ya pretenden gobernarnos... ¡Pero cómo va a ser...! —Meneó la cabeza contrariado—. Sí, para mí sería un notición que un nuevo Tejero, con los mismos cojones y un poco más de materia gris, volviera a tomar el Congreso. Pero ojalá que en ese caso se hicieran las cosas como Dios manda.

—Ya decía yo que Dios tardaba mucho en salir de tu boca... Vosotros oís ruido de sables a todas horas. Vivís instalados en la nostalgia del poder absoluto.

—¿Nosotros? ¡¿Nosotros?! Di mejor los fachas. Los malditos fachas como yo, ¿no? Qué va, Dieguito, no te equivoques ni un pelo. *Nosotros* no somos los únicos que oímos ruido de sables. Ese ruido retumba en la cabeza de muchos, de uno y otro lado. A ver si espabilas, coño, que estás a por uvas.

—Yo sólo sé que debemos respetar el orden democrático. Y que debemos aprender de nuestros errores.

—¡Vete a cagar! ¡Me paso tu discurso progre por la entrepierna! ¡Pareces de la UGT, qué asco! —Dio dos largas caladas al cigarro, compuso un gesto reflexivo y expulsó el humo como si escupiera fuego—. Despierta de una vez, joder. Solamente existen dos tipos de policías, en eso estamos de acuerdo. Pero no son los que tú crees, so ingenuo. Los únicos policías que hay son los que quieren encontrar a los malos y castigarlos, al precio que sea, y los que se la cogen con papel de fumar. Y yo sé muy bien en cuál de esos dos bandos estoy y en cuál estás tú.

Roberto Guzmán y Diego Álamo representaban, en efecto, dos tipos de policías antitéticos. Eran, respectivamente, la alegoría misma de los viejos y los nuevos tiempos. Al primero se le retorció el colmillo en vida de Franco, en unos años, demasiados, en los que quienes ostentaban alguna forma de autoridad, y más aún si esa autoridad la representaba una placa, se sabían intocables, mientras que el segundo juró el cargo de inspector en un país ya democrático. Una democracia en pañales y con unas patas fragilísimas, y donde los modos y costumbres de la dictadura seguían palpitando en casi todas las instituciones del Estado, pero democracia al fin y al cabo.

Guzmán era un policía de la vieja escuela; un tipo duro y descreído. Todo cuanto sabía lo aprendió en la Brigada de Investigación Criminal, que, junto a la Brigada de Investigación Social, la temible Político-Social, encargada de reprimir a los opositores franquistas, formaba parte del antiguo Cuerpo General de Policía.

Respecto al *modus operandi* de la Político-Social, hasta un párvulo sabía cómo se las gastaban sus esbirros cuando querían escarmentar a los elementos subversivos. Aun en los coletazos del régimen franquista, su fiereza y crueldad eran proverbiales. Los puñetazos y porrazos, los golpes con toallas húmedas, las incisiones con hojas de afeitar y las quemaduras de cigarrillos eran prácticas habituales en sus interrogatorios. Actuaban con total impunidad, sin ningún tipo de control judicial. Ellos eran la ley.

Los integrantes de la Brigada de Investigación Criminal no arrastraban esa fama de violentos y se los consideraba buenos investigadores, pero tampoco es que fuesen unos angelitos y se sirvieran de bombones y ramos de rosas cuando de obtener resultados se trataba. En ese sentido, Guzmán había tenido unos excelentes maestros. Gente como Carranza, el actual subcomisario, y quienes se situaban por encima de él en la escala de mando. Policías de granito que buscaban resolver los casos en los que trabajaban de la forma que fuera, sin miramientos, y a los que nunca les asaltaban dilemas morales. Si tenían que acariciarle un poco la cara a alguien para que acabase confesando un crimen o un delito, no les temblaba el pulso. Luego añadían un nuevo título a su abultado palmarés, una muesca más, y esa noche dormían del tirón.

La muerte del Caudillo y la transición a la democracia cambiaron el clima, al menos en apariencia, dentro del edificio de la Real Casa de Correos, sede del Cuerpo General de Policía. Este sufrió una reestructuración y se transformó en el Cuerpo Superior de Policía. No obstante, en vez de sustituirlos y prejubilarlos juiciosamente, a la mayoría de los miembros de las brigadas criminal y social se los trasvasó al recién creado cuerpo —la Político-Social pasó a denominarse Brigada Central de Información y se ampliaron sus competencias— y, en teoría, no les quedó otra que comenzar a mudar la piel y observar las nuevas reglas de juego. Las manos, siempre prestas al bofetón y al tirón de pelo, a la intimidación y el abuso, debían permanecer en los bolsillos. Los golpes sólo podían propinarse con la lengua.

Pero esa era la bonita teoría; la práctica es siempre mucho menos poética. La cabra, conviene no olvidarlo, nunca deja de buscar la ocasión de lanzarse a su añorado monte y uno es, en esencia, aquello de lo que se ha alimentado. Por eso, cuando la tensión afloraba, el inspector de primera Roberto Guzmán —y quienes como él se hicieron policías en el régimen anterior, el del gobierno del miedo— viajaba en el tiempo, a sus años mozos, y su vena expeditiva tomaba el control de sus actos. El clásico lo habría expresado aún mejor: aquello era algo superior a él, no podía evitarlo.

—Fin de la discusión, Pincel. A tomar por el culo. Me caes bien, en serio, y es posible que llegues a ser un buen poli, tienes madera. Pero no voy a aguantarte la matraca progre un solo día más. Estás avisado. Aquí estamos para lo que estamos, no lo olvides, no para meternos en disquisiciones bizantinas. ¡Que esto no es el Café Gijón, hostias! —Bajó la ventanilla y arrojó la colilla—. Y ahora tira para la brigada, ea. Tenemos que redactar las actas de las declaraciones y los informes de nuestras gestiones para el juez, y esta noche me tengo que recoger antes para llevar a la parienta al estreno del bodrio ese de la Lina Morgan. No quiero calentarme más, que bastante tengo ya con la que me espera.

Diego guardó silencio y encendió el motor. Cruzó Cuatro Caminos y continuó por Bravo Murillo en dirección a la Puerta del Sol.

«Menudo día de mierda», pensó. Y aquello no había hecho más que empezar.

Esa tarde, aprovechando el escaqueo de Guzmán, intentaría marcharse antes. Llamaría a Mónica y le propondría pasar a recogerla para ir al cine. Ella le había dicho que le apetecía mucho ver *La vida de Brian*, de los Monty Python, en versión original subtitulada, y aunque él prefería entregarse a una película de más fácil digestión que le ayudara a relajarse, como *En busca del arca perdida* o *Evasión o victoria*, le parecía bien. Todo lo que ella sugería siempre le parecía bien.

Sí, ir al cine con Mónica y luego tomar una cerveza y quizá cenar actuaría en él como una cura terapéutica.

Se agarró a ese pensamiento para tratar de sacar de sí el malestar que le había causado la tensa charla con aquel muchacho y la posterior discusión con el cafre de Guzmán, y espoleó el acelerador con ganas.

El coche dio un respingo y su compañero contrajo el rostro y se pegó al asiento como si una ventosa lo estuviese succionando.

CAPÍTULO 8

—

Sonó «Enamorado de la moda juvenil», de Radio Futura, y la chica soltó un grito y echó a correr hacia la pista de baile. Entre los cuerpos en movimiento su rubia melena parecía una antorcha loca, y su rostro, con los ojos cerrados y esa boca que seguía palabra por palabra la letra de la canción, revelaba la euforia que la invadía. Llevaba una cazadora de cuero, una falda negra muy corta y unos zapatos de tacón rojos que, bajo las luces intermitentes, refulgían como espejos.

Cuando llegó el estribillo, lo cantó con ganas: «Y yo caí / enamorado de la moda juvenil, / de los precios y rebajas que yo vi, / enamorado de tiiiiiii. / Sí, yo caí / enamorado de la moda juvenil, / de los chicos, de las chicas, de los maniquís, / enamorado de tiiiiiii...».

Entonces lo vio. Estaba apoyado en la barra y la observaba fijamente.

Sintió un pinchazo en el estómago, algo que nunca antes le había pasado.

Aquel chico tan guapo, guapísimo —si hubiese tenido que puntuar su belleza del uno al diez, le habría puesto un once—, la estaba atravesando con la mirada. Y a partir de ahí su baile, que comenzó espontáneo y desinhibido, se volvió consciente y calculado.

El sorpresivo espectador levantó el vaso y le dedicó un brindis. Ella sonrió abiertamente. Tras beber, señaló el vaso con un dedo y la chica le leyó los labios: «¿Quieres?».

Caminó hacia él. Y enseguida, sin darse apenas cuenta, estaba bebiendo y riéndose demasiado con aquel desconocido.

La música, la escasa luz, el alcohol, ese chico..., todo era perfecto, pensó. Y se dejó llevar por el momento como quien se deja mecer por las olas de un mar en calma. Fue así como surgió el primer beso, suave y lento, al que le siguieron otros de mayor intensidad.

Estuvieron así un rato, poco, en realidad, hasta que él le susurró algo al oído y ella le respondió dirigiéndose a la salida. Ni siquiera se despidió de Nieves, era mejor así. Estaba acompañada de sus amigos y no se iba a quedar colgada.

En la calle, los besos se sucedieron. Ya no eran dos bocas que se tanteaban, tímidas y cautelosas, sino dos lenguas ávidas.

Le dijo que tenía el coche aparcado muy cerca de allí y ella —contenta, ilusionada— caminó de su mano a través de la noche, hasta que esta los engulló.

Porque la noche invita a la evasión y trata de hacer creer a quienes la transitan que es igual de acogedora que una habitación con manta y chimenea. Pero eso sólo es así para los que tienen la precaución de guardar la ropa mientras nadan y para esos pocos escogidos que jamás se mojan bajo un aguacero.

Para aquellos otros que no están alerta y le pierden el respeto, que se acercan más de lo aconsejable a la fiera para darle de comer, fatalmente confiados, la noche es siempre despiadada y actúa como una daga o una garganta.

Y entonces es ya demasiado tarde para dar un paso atrás y eludir su letal abrazo. Para escapar.

CAPÍTULO 9

El arma reglamentaria, una pistola semiautomática Star 28 PK del calibre 9 mm Parabellum, vibró entre sus manos como un pez vivo con cada uno de los trece disparos que efectuó. Pese a su considerable tamaño, su armazón de aluminio no la hacía en exceso pesada; no llegaba al kilo. Diego mantenía la posición correcta: espalda erguida, piernas ligeramente separadas y brazos extendidos. Extrajo el cargador, que aunque tenía capacidad para quince cartuchos no era aconsejable colmarlo si se querían evitar problemas de alimentación, e introdujo uno nuevo.

Volvió a concentrarse en el blanco y comenzó a abrir fuego. Dejaba pasar un par de segundos entre disparo y disparo. De los últimos veintiséis, acertó de pleno diecinueve veces. Un porcentaje extraordinario.

Aquel olor tan familiar lo llenaba de paz. Allí, en esa misma sala de tiro, se había formado como tirador. Estaba en la que había sido su academia, en la calle de Miguel Ángel. En su preparación como inspector de policía no sólo había destacado en materias como Derecho Político y Psicología Criminal, también lo hizo en los ejercicios de lucha y combate, y en las prácticas de tiro. Bien es verdad que tuvo unos instructores sumamente entregados, con algunos de los cuales aún mantenía contacto, pero sin su talento natural y su disciplina soviética nunca habría alcanzado semejante nivel.

Guardaba muy buenos recuerdos de su paso por la academia, donde vivió días ilusionantes e hizo buenos amigos, hombres y mujeres. Porque la primera hornada de inspectoras de policía del país salió, precisamente, de su promoción. Una de ellas fue María José García Sánchez, la primera víctima femenina de ETA. La abatió un comando de la banda terrorista en Zarautz, Guipúzcoa, mientras participaba en un operativo como miembro de la Brigada Central de Información. Diego apenas la trató, pero sí que entabló buena amistad con otras dos alumnas. Con una, Inés, tuvo algo más que eso, aunque en cuanto conoció a Mónica puso fin a la relación. Ella no se lo tomó nada bien, sufrió bastante. Hacía poco que había sabido, a través de un amigo común, otro inspector, que se había casado con un médico y que se la veía feliz, y él se alegró mucho por ella. Era una buena chica y llegaría a ser una magnífica policía, y tener conocimiento de que había rehecho su vida le supuso un alivio, pues durante un tiempo le invadió un desagradable sentimiento de culpa.

La Escuela Superior de Policía ya no se encontraba allí. Al año siguiente de que dejara la academia, y debido a que las plazas convocadas alcanzaron el millar y exigían unas dependencias que se ajustasen a tamaña demanda, su ubicación se trasladó a una doble sede, en San Lorenzo de El Escorial y en Ávila. Pero volver a ese lugar le reconfortaba. Le hacía congraciarse con un sentimiento incontaminado, aquel que lo llevó a ser policía. Por más que el desempeño de su profesión, el implacable día a día, como sucedía en cualquier ámbito, deparase sinsabores y pequeñas decepciones.

Mientras recogía sus cosas, no pudo evitar preguntarse, como tantas otras veces, qué habría opinado su padre de su decisión de hacerse policía. Murió a los treinta y ocho años como consecuencia de una neumonía. Diego era muy pequeño entonces, tenía tan sólo siete años, por lo que los recuerdos que conservaba de él eran más que vagos. Pero había dos imágenes que permanecían intactas en su memoria. En una lo cogía en brazos y lo subía al caballo de un tiovivo; ahí era un hombre sonriente y cálido. Y en la otra lo veía entrar por la puerta de casa vestido con una gabardina y con el gesto serio, casi enfadado. Durante años, esa segunda imagen le hizo pensar en él como en un detective de película, y en incontables ocasiones se torturó pensando si aquel recuerdo, casi con toda seguridad distorsionado y, sin duda, magnificado, pudo activar de forma inconsciente su deseo de hacerse policía. Prefería pensar que el motivo real de esa decisión tuvo que ver con algunas de las series de televisión que vio de niño, y las cuales le fascinaron. Series como *Arresto y juicio* y *El agente de CIPOL*. Cuanto sabía de su padre se lo habían contado su madre y su hermana Nuria, seis años mayor que él. Ambas le dijeron que si viviera estaría orgullosísimo de la carrera que hacía, pero Diego no estaba muy seguro de ello. Los orígenes humildes de su padre y el hecho de ser hijo de un soldado republicano que murió en la guerra, su abuelo Manuel, le hacían pensar que desaprobaría su trabajo. La figura del policía, y más aún la de un inspector —por no hablar ya de los altos cargos—, todavía seguía asociada a la derecha, pese a que él mismo, demócrata convencido, desmintiera radicalmente esa creencia.

Pasaban las nueve de la noche cuando salió a la calle. El golpe de frío actuó como un manotazo en el rostro, si bien consiguió congelar sus desapacibles pensamientos. Guzmán tenía bastante papeleo atrasado y acordaron que se acercase él solo al bar en donde Elena Vicuña fue vista por última vez.

De camino al coche, repasó la conversación que aquella misma mañana habían mantenido con Andrés, la bestia negra de Carlos la noche en que la chica desapareció. Se citaron en una cafetería de la calle de Isaac Peral, en Moncloa, relativamente cerca de la Escuela Técnica Superior de Arquitectura en la que él estudiaba. A aquel muchacho atildado y un tanto cursi se le notaba también bastante afectado por la muerte de su amiga, pese a que no hacía mucho que la conocía. Cuando le preguntaron si recordaba haber visto a Elena y a Carlos hablando solos en el bar o discutiendo en algún momento de la noche, contestó que, si lo hicieron, él desde luego no lo presenció, pero se encargó de dejar constancia de que Elena no sentía el menor interés por su antiguo compañero, a quien siempre se refirió, con un énfasis inequívocamente peyorativo, como «el mecánico». Tampoco la vio hablando con ningún otro chico, algo que justificó por la sencilla razón de que se separaron al poco de llegar al bar. En lo relativo a las horas, su testimonio coincidía con el de los otros amigos con los que hablaron. Y no, no le constaba que ella se estuviera viendo con alguien por esas fechas. Parecía centrada por entero en los estudios y, cuando salía, lo único que buscaba era evadirse y disfrutar.

Entró en el coche y le pisó con ganas. Quería llegar lo más pronto posible a La Vía Láctea, pues era viernes y si se le hacía tarde, habría mucha gente y le costaría más que le prestaran atención.

Aparcó a un par de manzanas del bar. Mientras caminaba, observó su reflejo en el espejo de una tienda y se dijo que, aunque no aparentara ser el vocalista de una banda pop, no se veía tan mal. Antes de ir a la que fue su academia pasó por casa para cambiarse. No quería presentarse con traje y corbata en un local frecuentado por roqueros y modernos, ya que a las personas con las que hablara les costaría comportarse con naturalidad ante un policía que encima iba vestido de poli. Llevaba, pues, una cazadora azul marino, camisa *sport* y vaqueros, y calzaba unos zapatos castellanos burdeos. Con aquella indumentaria seguía siendo un forastero en un sitio como ese, pero al menos se había desprendido del tufillo a polizonte.

Era la primera vez que entraba en aquel lugar, y le gustó. Sus carteles y *posters* de grupos musicales eran originales, y la luz íntima y la música, *rock*, ayudaban a desconectar. Pensó que había hecho bien yendo solo; a Guzmán aquel «ruido» podría haberle provocado una apoplejía instantánea. Se imaginó allí con Mónica, a la que esa noche no vería porque tenía que estudiar. Otro día la llevaría a tomar una copa; tal vez fuesen con amigos. Le iba a encantar.

Había únicamente un par de parejas y un tipo que bebía solo. Se acercó a la barra.

—Hola. ¿Eres el encargado?

El joven, que estaba introduciendo refrescos en una de las cámaras frigoríficas, levantó la vista y lo miró con desconfianza.

—No estoy interesado en comprar nada.

—Me alegro mucho por ti. —Le enseñó su placa—. Necesito hacerte unas preguntas. —Sacó la fotografía del interior de su cazadora y la puso encima del mostrador—. ¿Has visto alguna vez a la chica pelirroja? Es difícil de olvidar.

El muchacho se quedó bloqueado, como si le estuviera gastando una broma.

—Por favor, la foto. —Golpeó con los nudillos la superficie que los separaba.

Le obedeció y observó unos segundos la fotografía en la que Elena y Mónica posaban en el Retiro.

—Sí, la he visto por aquí.

—¿Sí? Perfecto. Me consta que estuvo en este bar la noche del viernes 13 de noviembre, hace justo tres semanas.

Lo siguió mirando con cara de no entender nada.

—Verás. Necesito que hagas un ejercicio de memoria y que me digas si recuerdas haberla visto esa noche y, de ser así, con quién.

—¿Hace tres semanas? Uf, ni idea. No me acuerdo ni de lo que hice ayer, conque figúrese hace tres semanas...

—Ya.

Apartó la mirada de él y la fijó en distintos puntos del local. Una de las parejas estaba bailando y la otra se besaba. Entretanto, el tipo solitario fumaba y bebía mientras marcaba con el pie el ritmo de la canción que sonaba en ese momento.

—Mola —dijo Diego, que había vuelto a mirar al camarero y señalaba hacia arriba—. ¿Quiénes son?

Compuso un gesto de difícil traducción antes de decir:

—Son los Ramones, tío. «I wanna be sedated».

—¿Ramones? ¿Y cantan en inglés?

—Joder, claro. Es un grupo yanqui. Tan yanqui como la tarta de manzana.

—Qué bueno. Pues tomo nota. Ya sé cuál va a ser el próximo disco que me compre... —Siguió el ritmo con la cabeza unos segundos—. En fin. ¿Hay alguien más con quien pueda hablar, algún compañero tuyo? ¿Sabes si tu jefe se encontraba aquí esa noche?

El chico miró en ese momento a la puerta y vio a una pareja que acababa de entrar.

—Pues va a estar de suerte. Esos dos son mis jefes.

Diego se volvió y vio a una mujer y a un hombre cargados con bolsas. Cuando se acercaron a la barra, se presentó y les mostró la fotografía. Ella, atractiva y de aspecto elegante, de unos veintitantos años, afirmó varias veces con la cabeza antes de hablar:

—Sí, claro. Viene mucho por aquí. Es una chica guapísima. Pero ¿qué es lo que pasa?

Les contó. La mujer evidenció sorpresa y se entristeció.

—Dios mío, qué horror. Qué pena.

—¿Recordáis haberla visto la noche del viernes 13? Hace justo tres semanas.

—Sí, yo he visto también a esa chica —manifestó el hombre, algo mayor que ella y con cara de espabilado—, pero difícilmente le podríamos decir si la vimos una noche de hace casi un mes. ¿Sabe cuánta gente pasa por aquí, y en fin de semana?

—Ya, ya, me hago cargo. Pero quiero que entendáis que cualquier dato que podáis facilitarme nos será de gran ayuda para la investigación.

—Yo la vi marcharse —dijo ella—. Hace unas semanas, pero no sé si fue esa misma noche. Aunque pudiera ser que sí, porque no recuerdo haberla visto después.

—¿Iba sola o acompañada?

—Con un chico. Esa noche salí a cenar con unas amigas y estuve ausente del bar unas horas, y al entrar, ya tarde, me los crucé en la puerta. Como le he dicho, venía bastante y nos conocíamos de vista. Nos dijimos adiós y ya.

—¿Cómo era el chico? —Sacó la libreta y un bolígrafo y comenzó a tomar notas.

—La verdad es que no me fijé bien porque la miré a ella... Moreno, quizá. Con una cazadora de cuero, creo. No estoy muy segura.

—¿Si lo vieras otra vez lo reconocerías?

—Lo dudo. Ya le digo que a quien miré fue a ella.

—¿Y cómo estás tan segura entonces de que iba sólo con una persona, un chico?

—Porque salió con él e iban solos, de eso no me cabe duda.

Se la quedó mirando, pensativo. Quizá no fuese esa noche o quizá sí. El caso es que la dueña del local la había visto salir de allí acompañada de un chico, es decir, de un hombre, y eso ya era algo. No mucho, desde luego, pero más que nada.

—Dices que os dijisteis adiós...

—Sí.

—¿Y a ella se la veía bien?

—Perfectamente.

—¿No te dio la sensación de que estuviese bebida o de que tuviera cara de preocupación?

—En absoluto. De hecho, me sonrió.

—Te sonrió.

—Así es. Yo diría que estaba contenta.

Él movió afirmativamente la cabeza mientras procesaba aquella información y apuntaba algo en su libreta, que al poco guardó.

—Está bien, eso es todo. Muchas gracias por vuestro tiempo.

—No, por favor, al contrario. Ojalá pudiésemos serle de más ayuda —dijo ella—, pero eso es lo único que recuerdo. No sabe qué pena me da. Sus padres deben de estar rotos...

Diego se acordó de pronto de lo que la amiga de Elena, Raquel, les había dicho a él y a Guzmán, que sus padres estaban destrozados. Contestó con un escueto «lo están» y después se despidió de ellos y salió del local.

Miró a ambos lados de la calle; grupos de jóvenes caminaban entre risas y gritos. Se preguntó por dónde tiró Elena Vicuña aquella infausta noche, si hacia la izquierda o hacia la derecha; con quién salió (¿con ese misterioso muchacho del que acababan de hablarle?), a qué lugar se dirigió. Y esas preguntas sin respuesta activaron en él un molesto sentimiento de derrota.

—¡Socorro...! ¡Ayuda...! ¡Al ladrón!

Aquellos gritos de auxilio lo sacaron de su ensimismamiento.

Un joven corría hacia él y llevaba un bolso en una mano.

Cuando llegó a su altura, estiró el pie y el muchacho salió despedido y rodó por el suelo con estrépito. Tuvo suerte de no golpearse la cabeza.

Intentó levantarse, pero se encontró con un zapato que le oprimía el pecho y se lo impedía. Desde el suelo, el gesto angustiado, vio la persuasiva placa que Diego le mostraba.

—Yo que tú me quedaría ahí quietecito.

Enseguida llegaron un chico y, al poco, una chica.

—¡Ca... brón! —gritó él, jadeante, mientras intentaba darle una patada.

—¡Eh, tranquilo! —Diego lo empujó sin soltar su presa—. No se te ocurra tocarle.

—¡El muy hijo de puta le ha robado el bolso a mi novia!

—Muy bien, pero ya estoy yo aquí. Soy inspector de policía. Haz el favor de calmarte.

—¡Mi mujer está enferma y no tenemos dinero! —gritó el joven con voz suplicante.

—¡Y unos cojones, puto yonqui de mierda! —le respondió el novio de la chica, que tenía un cabreo del todo comprensible.

Pero eso le dio igual a Diego, que lo miró muy serio y lo señaló con el dedo:

—Te juro que si vuelves a abrir la boca hago que te detengan a ti también. —La chica recogió su bolso del suelo y le pidió a su novio que se tranquilizara, y este terminó aceptando a regañadientes—. Bien. Comprueba que esté todo.

Ella le obedeció. Hurgó en el bolso y, al poco, dijo:

—Sí..., parece que no falta nada.

—Vale. Ahora necesito que llaméis a la policía mientras yo lo retengo. Entrad en este bar.

No fue necesario. En ese momento pasó un coche patrulla de la Policía Nacional, un Seat Ritmo marrón, y el chico se plantó delante de él y agitó los brazos con la misma energía que si llevara todo un día vagando por el desierto y acabara de toparse con un oasis.

Dos agentes con el uniforme también marrón descendieron del vehículo y Diego, tras identificarse, les explicó lo ocurrido. Esposaron al tironero, que se quejó a gritos y los llamó «maderos de mierda» y «putos fascistas», y lo introdujeron sin demasiado cariño en la parte trasera del automóvil. Luego le pidieron a Diego el número de su carné profesional y, por último, les dijeron a los dos chicos que si querían formalizar una denuncia podían ir a la comisaría de la calle de la Luna, a donde ellos se dirigían.

En cuestión de segundos, Diego volvió a verse solo delante de la puerta de La Vía Láctea. Por esa calle seguían desfilando jóvenes a la conquista de la noche. Pensó que la maldita heroína era ya una epidemia como la peste negra, pues los heroinómanos como aquel al que acababa de interceptar en plena huida, muchos de los cuales no habían cumplido los veinte, se contaban por cientos, y los atracos a todo tipo de comercios para poder pagarse el vicio se habían disparado en los últimos dos años. Él intervino un par de veces en robos cometidos por drogadictos, en una farmacia y en un supermercado, y guardaba muy mal recuerdo de ambos. Esos chicos, que arrastraban un drama de familias desguazadas y se enfrentaban a un futuro imposible, daban más lástima que miedo. ¿Cómo se podía haber llegado a semejante extremo en tan poco tiempo? Aquello se estaba convirtiendo en un problema de Estado que exigía una pronta respuesta política, ya que la policía era puramente represora y en las cárceles la población adicta no paraba de crecer.

Llenó los pulmones de aire frío y caminó hacia su coche sin prisa, dejando que los pensamientos fluyeran.

El episodio recién vivido se disipó como vapor de agua y en su cabeza volvió a reinar Elena Vicuña con su piel luminosa y sus ojos aterrados, y las preguntas sin respuesta regresaron para martirizarlo.

CAPÍTULO 10

Podía ponerse en pie, pero no así avanzar. Del collar de hierro que rodeaba su cuello salía una cadena gruesa y no demasiado larga —lo suficiente para que pudiese permanecer tumbada— que estaba sujeta a una argolla clavada a la pared. La chica no había dejado de gritar desde que se despertó y ella trataba de consolarla en vano.

El hecho de que llevara más tiempo en aquel sórdido lugar y fuese capaz de guardar silencio era el motivo de que no estuviese encadenada. Nunca lo había estado, en realidad. Seguramente, porque siempre estuvo sola. Pero ahora que tenía una compañera, su captor prefería mantener a una de ellas inmovilizada para velar por su propia seguridad cuando las visitase.

Al verlo bajar al sótano con ella en brazos, inconsciente, sintió una mezcla de alegría y terror. Alegría porque ya no iba a estar sola y terror porque quizá había llegado el momento de ser *sustituida.* Sin embargo, allí seguía. Allí estaban las dos.

Bajo la potente luz blanca que él encendía cada vez que hacía acto de presencia y a la que tardaba varios segundos en habituarse, pudo ver su bonita melena rubia y rizada, y se fijó en que tan sólo uno de sus pies iba calzado. Aquel llamativo zapato de tacón rojo, tan exótico en aquel paisaje desnudo y horrendo, la puso aún más triste. Quizá porque no pudo evitar imaginarse el momento en el que aquella chica los compró; el instante de felicidad que debió de sentir tras salir de la tienda con sus flamantes zapatos de tacón rojos en una bolsa.

Arrodillada ante ella, le pidió una vez más que se calmase, que nada iba a conseguir gritando, que nadie la oiría. Tardó mucho tiempo en lograrlo. Y si lo hizo no fue por su gran poder de persuasión, sino porque el agotamiento pudo finalmente con ella.

Al cabo de unos minutos, con una voz debilísima, le preguntó cuánto tiempo llevaba allí. Le contestó que no estaba segura. Días. ¿Una semana, tal vez? Una eternidad. Respondió a todas sus preguntas: había recorrido aquel espacio palmo a palmo y no, no existía forma de salir de allí. Las pequeñas ventanas que se encontraban en la parte superior estaban condenadas con chapas de acero y no había ningún tipo de herramienta, nada, con la que poder forzarlas. Las paredes eran muy gruesas —lo sabía porque gritó hasta romperse la voz— y la puerta que comunicaba con la vivienda tenía una plancha de hierro que la volvía inexpugnable. En resumen, aquello era un búnker. Un ataúd en forma de habitación. El monstruo se ocupó de que así fuera.

La chica volvió a llorar, desconsolada, y ella la abrazó. Al poco, ambas sintieron el calor de la otra.

Cuando llevaban un buen rato así, los cuerpos pegados, advirtió que su nueva compañera estaba dormida. Había gritado tanto y con tanta desesperación que el cansancio se apoderó por completo de ella.

La apoyó en el suelo con delicadeza; luego se tumbó a su lado, cubrió sus cuerpos con la manta que él había dejado y volvió a abrazarse a ella.

Intentó dormir para evitar pensar, para alejarse de allí, para desaparecer.

Pero estaba demasiado ansiosa y le resultó imposible conciliar el sueño.

CAPÍTULO 11

Según entró en la brigada, temprano, a la misma hora en que lo hacía cada mañana, vio al subcomisario Carranza sentado a su mesa con semblante serio, asintiendo a lo que le decía el hombre que tenía enfrente y que iba acompañado de una mujer. Al reparar en su presencia, su jefe le hizo una señal con los ojos para que se acercara.

—Buenos días.

—Álamo, te presento a los padres de Elena Vicuña Blanco. Don Eladio y doña Margarita.

Se trataba de una pareja de aspecto distinguido. Calculó que estarían en los cincuenta y pocos. Les tendió la mano, que ellos estrecharon sin levantarse.

—Siento mucho lo de su hija.

Ambos hicieron un gesto afirmativo con la cabeza.

—Los señores se han tomado la molestia de venir a vernos para interesarse personalmente por el curso de la investigación. El comisario se encuentra de viaje y no han podido hablar con él, pero ya les he dicho que le hemos dado la máxima prioridad.

Diego captó el mensaje de advertencia de su superior.

—Así es. Desde que el subcomisario nos encomendó el caso, el inspector Guzmán y un servidor nos dedicamos por entero a él.

—Son dos de nuestros mejores hombres —señaló Carranza.

El padre de la fallecida, un hombre delgado y de pelo abundante, castaño con vetas blancas, le clavó la mirada. Él sintió la fuerza de aquellos ojos azules, bajo los cuales se apreciaban unas ojeras que delataban la falta de sueño.

—¿Tienen alguna pista? —Su voz, grave y con el tono característico de quien está acostumbrado a mandar, imponía respeto.

—Como ya le he dicho... —intervino el subcomisario.

—Lo sé —le cortó—, pero quisiera oírlo por boca de una de las personas que están investigando directamente el caso.

Carranza se tragó la lengua.

—Bueno... —dijo Diego—. Aún es pronto. Estamos en la fase inicial de la investigación, aunque confiamos en obtener resultados en breve.

—Ya —asintió sin dejar de mirarle a los ojos—. Sé que estuvieron hablando con Raquel.

—Sí, con ella y con el resto de los amigos que acompañaron a su hija esa noche.

—Esos chicos... En fin. Elena es... —se detuvo de pronto, consciente de la errónea utilización del tiempo verbal— *era* una chica con una gran personalidad. A su madre y a mí nos habría gustado que se relacionara con otras personas, gente de su ambiente, los hijos de nuestros amigos..., pero ella no aceptaba intromisiones a ese respecto. Y como era una estudiante excepcional y cumplía de sobra con sus obligaciones, lo pasábamos por alto.

Ante aquellas palabras, toda una declaración clasista, Diego sólo pudo guardar silencio. No sabía si se trataba de una justificación, de un «nosotros hicimos todo lo posible para que nuestra niña no alternase con gente de baja ralea, pero no hubo manera», o de una mezcla de enfado e impotencia por no haber sabido domeñarla. Enfado e impotencia porque se hubiese juntado con personas indeseables que, de alguna forma, propiciaron su prematuro y luctuoso final.

—Elena era un espíritu libre —prosiguió—, pero quiero que tengan bien presente que nunca, jamás, habría hecho ninguna tontería. Tenía la cabeza sobre los hombros, no lo duden.

Diego asintió.

—Estoy seguro de ello, señor Vicuña.

—Escúcheme bien, inspector —dijo mientras se ponía en pie. Era de la misma estatura que Diego—. Alguien la engañó y tienen que encontrarlo como sea. Esto no puede quedar impune. Y quiero que ambos sepan otra cosa. —Lanzó una rápida mirada al subcomisario y volvió a fijar los ojos en Diego—. Esto no les atañe tan sólo como policías, les atañe además como ciudadanos. Como integrantes de la sociedad en la que viven. Elena era nuestra hija, nuestra hija del alma, pero era a su vez parte del futuro de este país. Era una chica brillante y habría sido una gran profesional, y por eso lo que ha ocurrido no es sólo una tragedia familiar, algo que nos afecte únicamente a las personas que la amábamos y la amaremos siempre; es una tragedia para todos. —Pareció tomar aire antes de añadir, con mayor énfasis aún del que de por sí utilizaba en cada una de sus frases—: Cuando un joven lleno de talento y potencial muere, muere también una parte de lo mejor de todos nosotros. Les ruego que no lo olviden.

Aquellas palabras provocaron un silencio incómodo. Carranza y la mujer se pusieron en pie a la vez. Los cuatro se miraron a los ojos, pero había poco más que decir.

—Hallaremos al responsable, denlo por hecho —aseveró Carranza, y Diego le maldijo interiormente por ello. ¿Y si no lo conseguían? ¿Y si no eran capaces de dar con el causante o causantes de la muerte de aquella chica? «Hay cosas —pensó— que no deberían garantizarse nunca». Cosas con las que no se podía jugar.

—Ah, por cierto —dijo Vicuña—. He tenido ocasión de entrevistarme con el juez instructor, Fermín Robles. La verdad es que me ha parecido un hombre cabal. Aunque ponerse en nuestra piel es imposible, ha entendido perfectamente lo sensible que este caso resulta... —Miró a su mujer un segundo antes de añadir—: Confío en que la relación que mantendrán con él será fluida.

Diego detectó un brillo de recelo en aquellos ojos claros.

—Señor Vicuña —dijo el subcomisario tras un carraspeo con el que evidenció el malestar que aquella velada advertencia le producía—. Es nuestra obligación, en tanto que Policía Judicial, practicar las diligencias necesarias para comprobar los delitos públicos y descubrir a los delincuentes, y para ello dependemos de los jueces, los tribunales y el ministerio fiscal. Así lo establecen la Constitución y la Ley de Enjuiciamiento Criminal, y procuramos respetar ambas escrupulosamente.

Quiero decirle con esto que nuestra relación con los jueces instructores, sean jóvenes o no tan jóvenes y más o menos cabales y sensibles, porque créame que hay de todo, como en botica, es perfectamente fluida. Y tenga por seguro que los informamos de manera puntual de cuantas gestiones llevamos a cabo para el esclarecimiento de los hechos que investigamos.

Si pensaba que Eladio Vicuña se iba a arrugar, no podía estar más equivocado.

—No sabe cuánto me alegra oírle decir eso, subcomisario. Así es como debe ser. Yo también pienso que nuestra Carta Magna está para cumplirla, y por eso creo firmemente en el imperio de la ley.

Aunque Carranza no estaba acostumbrado a que le hablaran de aquel modo, entre paternalista y resabiado, su olfato, que rara vez le fallaba, le dijo que debía anteponer su prudencia a su orgullo y guardar silencio. Con gesto circunspecto, se limitó a acompañarlos a la puerta después de que se despidieran de Diego.

Habían caminado sólo unos pasos cuando la mujer pareció pensárselo mejor. Le dijo algo a su marido, se volvió y retrocedió.

—Disculpe, inspector.

—¿Sí?

—Es usted muy joven, por lo que imagino que no tiene hijos. ¿Me equivoco?

Él le aguantó la mirada antes de responder. Bajo aquellos ojos marrones y vivos, tenía los mismos surcos oscuros que su marido. Pero a pesar de ello, y de que ya no era ninguna niña, aún resultaba atractiva. Por un momento creyó ver en ella a su hija. De haber seguido viva, Elena Vicuña, con los años, se habría llegado a parecer mucho a esa mujer que tenía delante.

—No se equivoca, no.

—Aunque algún día los tendrá, ¿verdad?

—Es algo que entra en mis planes, sí.

—Bien. Cuando eso ocurra, cuando vea a su hijo o hija por vez primera, entenderá lo que es el amor verdadero. El amor con mayúscula. —Se interrumpió un par de segundos. Sus ojos brillaban, aunque fue capaz de embridar las lágrimas—.

Nuestra vida, la de mi marido y la mía, ya nunca será la misma. Y no lo será porque una de las dos personas a las que más queremos ha desaparecido para siempre. Sé muy bien que mi Elena, el ser más precioso que existía, ya no volverá, que nadie me la va a devolver, pero aun así hay que atrapar al responsable de su muerte para que lo que nos ha ocurrido a nosotros no le ocurra a nadie más. Para que este infierno por el que estamos pasando no se repita. Y porque, como bien ha dicho mi marido, con su muerte algo de todos nosotros, de usted también, no lo olvide, ha muerto. Confío en su buen hacer, inspector. Es un hombre joven y quiero pensar que le gusta su trabajo. Pero le pido por favor que le dedique a esta investigación todo su talento y esfuerzo.

Diego pensó que su estrategia de implicarle emocionalmente en el caso denotaba inteligencia y se dijo que ojalá la vida no le pusiera jamás en la terrible situación en la que se encontraba esa valiente y destrozada madre.

—Lo hago y lo haré. Téngalo por seguro.

—Gracias.

—¿Le importa que le haga una pregunta?

—Usted dirá.

—¿Sabe si su hija se veía con algún chico?

Ella rio con amargura antes de contestar.

—Ojalá lo supiera. Mi hija pequeña es transparente como un vaso de agua, pero Elena era la persona más hermética y reservada del mundo. Parece mentira que dos hermanas puedan ser tan distintas... No, nunca nos hablaba de eso. Teníamos que arrancarle la información con un sacacorchos y aun así era bien poco lo que sabíamos de los chicos con los que se veía, apenas nada. Pero, como mi marido les ha dicho, era tan brillante en los estudios, tan sumamente responsable, que respetábamos su privacidad y procurábamos mantenernos al margen.

—Le agradezco mucho su franqueza, señora Blanco.

Ella asintió y se alejó para reunirse de nuevo con su marido y con Carranza, que charlaban junto a la puerta. Y él se quedó allí varado, entre aturdido y triste, y se preguntó si había hecho bien en prometerle nada, aunque fuese de manera indirecta.

Roberto Guzmán apareció al poco, cuando el matrimonio

ya se había marchado, y saludó con un amoroso «feliz lunes de mierda». Se encontraban en pleno puente de diciembre, pero a ellos les tocaba pringar. Diego le contó la visita que habían recibido y la intensa conversación que acababan de mantener.

—Vaya, Pincel, cómo haré que siempre me pierdo lo mejor... —dijo con su habitual cinismo. Deseó estrangularle.

Tras una breve charla con el subcomisario, en la que este los apremió a que se emplearan a fondo porque necesitaban resultados ya, partieron en dirección a Carabanchel.

Diego se mantuvo en silencio todo el trayecto, incapaz de quitarse de la cabeza las palabras cargadas de dolor y verdad de los padres de Elena Vicuña. Su compañero disfrutó, en cambio, de varias canciones que parecían haber sido escritas para él; como «Latino», con la que un joven cantante de voz poderosa acababa de ganar el Festival de la OTI.

Cuando llegaron al lugar del siniestro, se situaron en el mismo punto en el que ocurrió. Libretas en mano, observaron los edificios que los rodeaban —casas humildes y deslucidas de un máximo de cuatro pisos de altura— y fueron anotando las ventanas y balcones desde los cuales podía verse con claridad el sitio.

La calle en la que arrollaron a Elena era de un solo sentido. Si escapó de un portal, pudo salir al paso del coche que la mató por el lado derecho o el izquierdo, indistintamente. Es decir, desde una vivienda que estuviera en cualquiera de las dos aceras. Pero si salió de un vehículo, los inspectores, tras analizar con detenimiento el entorno, concluyeron que sólo pudo hacerlo por el izquierdo, pues en ese lado había una calle que desembocaba en aquella por la que circulaba el conductor, mientras que a la derecha de este únicamente estaban las fachadas de las casas.

Si habían de inclinarse por una de esas dos posibilidades, creían que, aunque resultase menos lógico, la chica, en el momento de ser atropellada, provenía de un coche y no de un portal. Pensaban que en el segundo caso habría corrido en todo momento por la acera, por mucho pánico que tuviese, y no por la calzada, atravesando una calle a la desesperada, sin mirar, algo que en cambio sí pudo hacer si acababa de lanzarse de un automóvil en marcha y había emprendido una huida.

Aquello no era más que una hipótesis, una mera conjetura que debían verificar. Pero, de ser cierta, la chica había llegado de otro lugar. La estaban trasladando y, en un descuido del conductor, se dio a la fuga.

Entraron en una cafetería y diseñaron un plano. Tenían que visitar muchas viviendas para tratar de dar con una pequeña llama entre tantísima oscuridad.

Aquello era —y lo sabían— lo de la aguja y el pajar.

CAPÍTULO 12

Estaban abrazadas y la chica rubia no podía dejar de llorar. Ella se apretaba contra su cuerpo y le dirigía palabras tranquilizadoras, cariñosas. ¿De dónde sacaba fuerzas para alentarla? La nueva habitante del sótano no había sentido aún sobre sí el peso del monstruo, mientras que ella ya sabía lo que era eso. Lo sabía muy bien. Quizá por ello, de manera inconsciente, trataba de protegerla, puesto que se veía reflejada en ella. En los primeros días que pasó allí sola, perdida, atenazada por el miedo.

Hacía frío; en aquel lugar siempre hacía frío. Pero, cuando la cabeza se concentra en algo, se preocupa, teme, el frío es secundario, irrelevante. El miedo, como el amor, tiene la capacidad de eclipsar todo lo demás. No admite la posibilidad de experimentar ninguna otra cosa fuera de ese sentimiento. Y la chica que tenía entre sus brazos estaba aterrorizada, igual que un niño en mitad de la oscuridad.

El ruido del cerrojo al descorrerse, arriba, le estalló en los oídos como una bomba.

La luz insoportable dañó sus ojos.

Los pasos rotundos sobre los peldaños metálicos —clanc, clanc, clanc...— eran el preludio del dolor y la impotencia.

Las dos chicas se abrazaron aún con mayor fuerza y rezaron mentalmente.

Cuando él se plantó delante de ellas, le ordenó que se apartara, que volviera a su rincón. Pero con un valor que no sabía de dónde le salía, lo ignoró y se mantuvo quieta.

Entonces, le lanzó una patada en el estómago y luego otra, lo que provocó que soltara a la chica en el acto y se retorciera por el dolor. La agarró del pelo y la arrastró por el suelo hasta dejarla en el otro extremo del sótano. Después le dio una última patada que hizo que se encogiera sobre sí misma.

Caminó hacia la chica rubia y esta empezó a gritar como si la estuviesen despellejando viva. Se agachó y le descargó dos puñetazos en el rostro.

Se hizo el silencio.

Le subió la falda y le arrancó las bragas, que no soltó. Luego se desabrochó los pantalones y entró en ella con un certero golpe de cadera. Gruñó de placer y, en menos de un minuto, cayó sobre ella como si hubiera sido abatido de un disparo. Su respiración era pesada y uniforme. Era la respiración de un depredador tras dar buena cuenta de su presa.

Al cabo de unos minutos, volvió a la carga. Mientras se hundía con fuerza en ella y le apretaba con una mano la cara contra el suelo y con la otra le tiraba del pelo, la chica permaneció estática y en silencio.

Cuando se marchó, la habitante veterana se arrastró muy lentamente hacia su compañera. Sentía un gran dolor en la zona en la que la había golpeado, pero en ese momento debía estar a su lado como fuera. Sabía que la necesitaba.

Al llegar junto a ella le susurró algo, le palpó el rostro, le acarició el pelo. La chica tenía la mirada perdida. Le colocó la falda, cogió la manta y se acurrucó junto a ella.

La vida, en ese instante, era un paréntesis, una pausa, un segundero quedo.

Mientras envolvía aquel cuerpo sin autoridad, ultrajado y vencido, se sentía como si no existieran. Como si estuviesen en un no-lugar y no fueran nada. Un cero absoluto.

Eso sería así hasta que él volviera. Entonces, igual que una fiebre repentina, el miedo y el dolor reaparecerían y romperían esa burbuja protectora.

CAPÍTULO 13

—

Antes de iniciar la ronda de visitas y comenzar a llamar puerta por puerta como obstinados vendedores de enciclopedias, Guzmán y Diego descartaron los pisos interiores; es decir, aquellos cuyas ventanas no daban a la calle en la que se produjo el atropello, sino a patios grises y deprimentes que olían a guisos que quitaban el hambre de golpe y que la ropa tendida homogeneizaba hasta el punto de parecer todos el mismo. Charlaron además con los porteros de las fincas seleccionadas y recabaron información de cada uno de los vecinos. A partir de esos datos, decidieron prescindir también de las viviendas que se encontraban habitadas por gente muy mayor o impedida. Eran muchas las casas y ellos sólo dos y, por esa razón, tenían que ser lo más certeros posible.

Hablar con los propietarios e inquilinos de todos los pisos fue una tarea tediosa y agotadora que les llevó varios días (trabajaron incluso el martes festivo, día de la Inmaculada Concepción). Se presentaban, les pedían que se identificasen y mantenían con ellos una breve conversación. En realidad, se trataba de contestar, primero, una pregunta muy concreta: tal noche atropellaron mortalmente a una chica en esta calle, en un lugar bien visible desde su casa, ¿oyó el golpe? Si la respuesta era negativa, anotaban el nombre de todos los ocupantes para una ulterior comprobación y adiós muy buenas. Pero si por el contrario era afirmativa, las cuestiones que plantearon fueron: ¿se asomó a la ventana y vio el coche y a la chica?, ¿se fijó en si aparte del conductor que la atropelló había alguien más alrededor, algún vehículo o persona?, ¿notó algo extraño, fuera de lugar?

No pocos vecinos estaban ausentes en el momento en que

pulsaron el timbre de sus puertas, por lo que tuvieron que ir a la misma casa en varias ocasiones, a la hora de comer o a última de la tarde, hasta que dieron con ellos.

Diego no lo pasó nada bien en aquellos intercambios. Aunque formara parte de la esencia de la investigación policial, no terminaba de acostumbrarse a tener que hablar de Elena Vicuña como si fuese un simple objeto. A pesar de que eso, mantener la cabeza fría, era justo lo que había que hacer para llegar al fondo de las cosas y la verdadera clave para ser un buen investigador. La madre de la chica le dijo que devolverle la vida era imposible, pero sí que podían tratar de evitar que aquello se repitiese. Y aunque esa mujer intentó llevárselo al terreno de las emociones —al describirle lo que sentiría cuando fuese padre— para que su interés por el caso no se enfriara, él sabía que si querían esclarecer aquel pozo de oscuridad debían realizar un análisis desapasionado de los hechos y rehuir la más leve implicación emocional. Sin embargo, ¿cómo demonios se hacía eso?

Guzmán no tenía ese problema. Aquel era un caso que había que resolver, por supuesto, y debían detener al responsable o responsables y castigarlos con todo el peso de la ley, que pagaran sus culpas. Sólo que él ya era perro viejo y nunca, en ninguna investigación en curso, por terrible que fuera, se dejaba contaminar emocionalmente. Su corazoncito lo guardaba para sí, para sus baladas románticas y sus novelas policíacas de buenos y malos, tan maniqueas como él mismo, y para su parienta, a quien, en el fondo, y a pesar de que no paraba de despotricar contra ella porque lo tenía siempre en danza, quería. Eso no significaba que fuese por completo impermeable a cuanto sucedía a su alrededor, puesto que aquel era uno de los trabajos más sensibles que existían. Lo que sucedía es que sabía cómo acorazarse para que el horror con el que llevaba tantos años conviviendo no consiguiera afectarle.

Además del desgaste personal que el imprescindible trabajo de campo acarreaba, al final de cada extenuante jornada sobre el terreno los dos policías acudían a la brigada y comenzaba otra labor no menos pesada: verificar si las personas cuyas viviendas habían visitado tenían antecedentes policiales o penales (antes de que los trasladaran a los juzgados, a los detenidos de todas las comisarías de Madrid los enviaban a la DGS, donde se les abría un expediente, por lo que ellos disponían de toda la información delictiva). Aquel no era un trabajo rápido en absoluto, ya que debían repasar las fichas una por una.

El caso es que, hasta el momento, ni las visitas ni las comprobaciones habían conducido a sitio alguno. Respecto a los miniinterrogatorios, no obtuvieron ni un solo testimonio de valor. Unos pocos de los entrevistados reconocieron haberse despertado por el ruido del impacto y haberse asomado a la ventana. Vieron al conductor y a la chica, inerte a unos metros del coche, y llamaron a la policía, pero, aparte de eso, ninguno recordaba haber advertido nada llamativo. Y en cuanto a los antecedentes, ni una sola de las cerca de cien personas que figuraban en sus notas —con las que hablaron y los familiares con los que compartían techo— estaba fichada.

Después de una infructuosa mañana de pesquisas, la última, pues ya habían agotado la totalidad del recorrido que se habían fijado, entraron a comer a una cafetería. Estaban muy desanimados y con las mismas ganas de regresar a la brigada con las manos vacías que el niño con varios suspensos de llegar a su casa.

Se sentaron junto a la cristalera que permitía ver la calle y Diego se fijó en el cielo, que tenía esa belleza hostil que precede a la tormenta. La sequía era aún una terrible realidad. En distintas provincias se estaban sacrificando cabezas de ganado que no se podían ordeñar para la obtención de leche, y aunque en algunos puntos del país se habían producido lluvias débiles, allí, en la sufrida Madrid, pese a ese sombrío cielo que agrietaba el ánimo, la lluvia seguía resistiéndose a irrumpir.

Su vista pasó del hosco cielo al televisor. En los informativos hablaban de la pasarela que se había comenzado a instalar en el paseo de la Castellana para conectar el estadio Santiago Bernabéu con el Palacio de Congresos durante el Mundial de fútbol. Tenía ciento cincuenta metros de longitud y costaría sesenta millones de pesetas. Desde hacía meses, la Copa Mundial de Fútbol, cuya mascota era una naranja vestida con el uniforme de la selección española, era un tema de conversación omnipresente. Mientras expulsaba el humo de un cigarro que había pedido nada más entrar a la cafetería, Guzmán, que no soportaba el fútbol y menos aún a la gente que hablaba de él —aquella era una de las cosas que peor llevaba de la brigada, donde todo dios era futbolero—, meneó la cabeza y se quejó de semejante dispendio.

—Menuda pasta, la hostia. Qué desperdicio. Estoy hasta los mismísimos cojones del Mundial, del capullo de Naranjito y de todos los gilipollas que no hacen más que hablar del Mundial y del capullo de Naranjito.

—Venga, hombre, no seas así. Piensa en el dinero que va a entrar en el país y que tanta falta hace.

—No te engañes, Pincel, que tú y yo vamos a seguir cobrando lo mismo. La misma mierda de sueldo, quiero decir.

Tras dar cuenta del menú del día, que consumieron en absoluto silencio, pidieron café y Guzmán gorroneó un cigarro a una pareja que estaba en la barra.

—No tenemos nada —dijo volviendo a la mesa—. Nada de nada. Toda la semana dale que te pego, subiendo y bajando escaleras, visitando pisos inmundos y repasando ficheros para esto. Hay que joderse. A ver cómo se lo explicamos ahora al jefe... Me da que vamos a acabar dirigiendo el tráfico, fíjate.

Diego no hizo el menor comentario, estaba demasiado enfadado. Enfadado con las circunstancias y consigo mismo. No haber encontrado una sola pista, después de las muchas horas de trabajo que le habían dedicado a ese caso, era algo que lo aplastaba. No había podido ver a Mónica en toda la semana y ni un solo día logró dormir más de cuatro horas. Y todo ese esfuerzo para nada, como bien acababa de señalar su compañero.

Pero no se iba a dar por vencido. En cuanto llegasen a la brigada, volvería a repasar sus notas por si hubieran pasado algo por alto, cualquier mínimo detalle. Estaba convencido de que tenía que haber alguna cosa, por pequeña que fuese.

Entró un hombre en silla de ruedas; lo empujaba una mujer joven. Esta miró hacia las mesas que estaban junto a la cristalera, donde se encontraban los policías, y vio que había una libre. Fue hasta allí y lo colocó delante del cristal, en oblicuo, de tal forma que pudiera observar la calle.

Por un momento, Diego lo miró sin verle. Como si sus ojos

apuntaran hacia él, pero estuviera pensando en otra cosa; y, de hecho, así era. Seguía machacándose por la deprimente falta de resultados mientras el hombre miraba al exterior, a ese cielo cargado de ira que amenazaba con romperse de un momento a otro.

Guzmán hizo un comentario, pero él no lo escuchó. Oyó su voz, con el tono cínico de siempre, pero su cabeza no fue capaz de retener las palabras porque estaba pendiente de otra cosa.

Ahora no sólo miraba al recién llegado, sino que lo veía. Veía su gesto concentrado, sus ojos vivos. Unos ojos dirigidos a ese cielo por el que él se había sentido atrapado media hora antes.

Dio un sorbo a su café, muy despacio. Lo hizo de forma mecánica, involuntaria, igual que si se hubiese llevado la mano al flequillo para retirárselo de la frente.

Y, mientras lo hacía, algo empezó a cobrar cuerpo en su mente, a concretarse, hasta que adquirió —al tiempo que sentía un hormigueo en el estómago— plena naturaleza. Como una chispa que al poco de nacer es ya un fuego.

Con la taza todavía en alto, ladeó la cabeza y miró a su compañero, y este, al ver sus ojos, su gesto de absoluta sorpresa, entendió que algo ocurría.

CAPÍTULO 14

Tenía la cabeza de ella sobre los muslos e intentaba que bebiera, pero aquellos labios no hacían el menor caso. Se mojó entonces los dedos y los pasó con suavidad por ellos mientras le hablaba con cariño y trataba de infundirle ánimo.

El monstruo había visitado varias veces a la chica rubia y esta, después de su primer intento de repelerle, que fue abortado con dos precisos puñetazos en la cara, ya no volvió a resistirse.

A ella no la había tocado desde entonces y, tras recibir varias patadas y ser arrastrada por el suelo, no intentó defender a su compañera porque sabía que era inútil; que lo único que conseguiría con ello sería poner su vida en peligro. Sin embargo, cada vez que él salía del sótano, se acercaba a ella y la arropaba para que supiera que no estaba sola, que tenía una amiga.

Pero de nada servía. Desde la primera violación, se instaló en algún lugar dentro de sí y no parecía dispuesta a salir de él. Su manera de reaccionar a aquellas agresiones fue la desconexión total. Se preguntaba cómo funcionaría su cabeza, qué estaría pensando, si seguiría vinculada aún a la realidad o la habría abandonado por completo.

¿Por qué ella se agarraba con tanta determinación a la vida y aquella chica no? ¿Por qué?

No existía una respuesta para eso. En circunstancias extremas, las personas actuamos de muy distinta forma. Ella eligió resistir, seguir respirando el mayor tiempo posible, todo cuanto su verdugo le permitiera, pero su compañera se bloqueó, cerró la puerta y arrojó la llave al mar. Claudicó.

Reparó en que siempre había sido así, desde que era niña.

Cuando le surgía algún problema, en vez de dejarse seducir por el tentador sentimiento de derrota y sumirse en la tristeza, se enfrentaba a él y luchaba para que el sol se impusiera a las tinieblas.

Tenía orgullo. Tenía amor propio. Tenía unas inmensas ganas de vivir.

Y en ese momento su subsistencia dependía en buena parte de aquella chica.

Su deseo de que despertase y volviera no era, por lo tanto, del todo desinteresado. La necesitaba, la necesitaba mucho. Porque no podía dejarla allí sola. Ambas se darían fuerza, se apoyarían la una en la otra, tratarían de sobrevivir a aquel infierno juntas. Por eso seguía hablándole, acariciándole el rostro, dándole calor.

Pero la chica era un trozo de carne inerte. Una llama cuya luz era cada vez más débil, apenas un leve destello.

«No te mueras, por favor. Por lo que más quieras, no me dejes aquí sola... con él», se decía a sí misma.

No había en todo el mundo dos personas que estuvieran más desasistidas y expuestas al peligro que ellas.

CAPÍTULO 15

El segundo timbrazo retumbó en sus oídos. Los dos inspectores se miraron un segundo y después volvieron la vista al frente. Al otro lado de la puerta sonaron unos pasos apresurados y una voz:

—¡Ya va, ya va...! ¿Quién es?

Se identificaron y la puerta se abrió. Una muchacha menuda, delgada, los observó desde unos ojos inmensos. Le explicaron por qué estaban allí y ella, tras pensárselo un instante, los invitó a pasar.

Nada más entrar en el salón, cuyas paredes se hallaban cubiertas de bodegones que, según se desprendía del caballete que destacaba en una esquina, parecían haber sido pintados por el propietario de la casa, vieron a este en su silla de ruedas, frente a una de las dos ventanas. Junto a él había una mesita; sobre ella, unos prismáticos. Tenía la radio puesta y en aquel momento sonaba una canción de Rocío Jurado, «Como yo te amo».

Cuando Diego vio en la cafetería al hombre en silla de ruedas que miraba al exterior, al cielo furioso que él también escrutó y que no lograba quitarse de la cabeza, recordó que uno de los porteros con los que habían hablado les describió a los vecinos del inmueble y mencionó a un anciano paralítico y huraño, al que ellos, craso error, descartaron de inmediato. Pensó que un hombre así, impedido, observaría con frecuencia la calle, como había hecho el de la cafetería. Y aunque el accidente ocurrió de madrugada, los viejos tenían sus propios horarios y costumbres. Tal vez trasnochase o padeciera insomnio.

Y ahora estaban allí, en su casa. Diego y Guzmán se acercaron a él. Las cortinas de aquel tercer piso estaban descorridas y ambos pudieron ver con claridad el punto en el que se produjo el atropello.

—Tomás —dijo la chica—. Son de la policía. Han venido a hablar con usted.

—Buenos días —saludó Guzmán—. Verá. Estamos aquí porque...

—Sé muy bien por qué están aquí —lo interrumpió el viejo. Los dos hombres se miraron. Él se giró y quedó frente a ellos. Tenía una larga melena blanca y una mirada azul muy profunda—. Han venido por la chica que murió atropellada, ¿verdad?

Diego tragó saliva y sintió lo mismo que había sentido unos minutos antes en la cafetería, un ligero cosquilleo en el estómago.

—Así es —contestó Guzmán—. ¿Hay algo que usted pueda decirnos al respecto? ¿Lo vio?

—Laura, anda, sigue haciendo tus cosas. —La chica obedeció y salió del salón—. Es una vecina. Viene a ayudarme unas horas al día. Limpia un poco y cocina, y se gana un dinerito. Tampoco mucho, no se vayan ustedes a creer, que uno no es Rothschild... Es buena muchacha, pero un poco pesada. Siempre está con la matraca de que tengo que salir más, que no puedo estar todo el día encerrado en casa. Pero la verdad es que ahí fuera no se me ha perdido nada, ¿saben? Cuando era joven... Ah, eso era otra historia. Me tenían que haber visto entonces, no paraba quieto un segundo. Pero desde que mi mujer murió, la pobre, y yo me quedé confinado en esta maldita silla por culpa de la diabetes, mi interés por el exterior es nulo. Tengo mis cuadros, la radio y estas ventanas, y no necesito más.

Los policías intercambiaron una mirada de resignación. Con los viejos había que mostrarse paciente, pues aprovechaban la mínima para soltarte el rollo.

—Aquí no es que tenga unas vistas maravillosas, esto no es el alcázar de Toledo, qué demonios, pero al menos me entretengo. Y sí, vi el atropello.

—¿*Vio* el atropello? —inquirió Diego—. ¿O lo oyó y se asomó a la ventana?

—Creo haberme explicado perfectamente, caballero. Lo vi, sí. Por las noches duermo mal, me cuesta conciliar el sueño —Diego comprobó con satisfacción que sus sospechas se confirmaban—, y lo que hago es poner la radio y observar la calle y las casas de enfrente con los prismáticos. No hay excesivo movimiento, pero a veces ves cosas interesantes —dijo esto último con una sonrisa pícara.

—¿Y qué fue *exactamente* lo que vio aquella noche? —preguntó Guzmán.

Los dos policías estaban de pie frente al anciano y tenían las manos en los bolsillos de sus respectivas prendas de abrigo. Aquello parecía la escena de una obra de teatro. Una obra de intriga.

—Pues vi cómo el coche atropellaba a esa chica, tal cual. Ella iba corriendo desnuda por la calzada, una cosa increíble, de locos. Después del choque, el vehículo se quedó parado y el conductor tardó en salir. Luego, cuando vio a la chica en el suelo, empezó a hacer aspavientos con los brazos y a moverse como si tuviera picores por todo el cuerpo... Y no era para menos, claro.

—No lo entiendo... —Diego meneó la cabeza—. ¿Por qué no dijo nada de esto?

—Sí que lo hice, oiga. Llamé a la policía para informarlos, aunque en cuanto di el aviso colgué. No quería líos. Además, la chica ya estaba muerta. No se movía.

Diego tragó saliva antes de decir:

—¿Vio algo más..., a alguien más?

El viejo movió la cabeza afirmativamente.

—Sí.

—¿Sí...?

—Sí, sí.

—¡¿Y qué es lo que vio?! —No pudo evitar que el tono de su voz se elevara. Ante el gesto de sorpresa del viejo y de su compañero, que le dirigió una mirada sorprendida, repitió la pregunta en tono sosegado—: Disculpe... ¿Qué fue lo que vio?

—Cuando la chica estaba a punto de salir a esta calle, vi, a pocos metros de ella, una furgoneta, y me dio la impresión de que la perseguía.

Diego y Guzmán se miraron, y el segundo dijo:

—Una furgoneta... ¿Por qué le pareció que la perseguía?

—Pues porque, cuando atropellaron a la chica, la furgoneta dio marcha atrás y se metió a toda velocidad por una pequeña calle paralela a esta, y lo lógico es que hubiese parado para acudir en su ayuda. ¿No les parece?

Los dos policías guardaron silencio y permanecieron inmóviles. Como si fueran actores de una película que un espectador acababa de poner en pausa. Al fin, Diego consiguió decir:

—¿Está completamente seguro de eso?

—Y tanto. Estos de aquí —señaló los prismáticos— no mienten jamás.

—Y esa furgoneta... —intervino Guzmán— ¿recuerda de qué color era?

—Sí, claro que lo recuerdo —dijo. Los dos policías volvieron a mirarse con la misma expresión que habrían puesto si les acabaran de anunciar que les había tocado el Gordo de la Lotería de Navidad. Diego sintió crecer el cosquilleo en el estómago y las manos empezaron a sudarle—. Era una furgoneta naranja.

CAPÍTULO 16

Se puso a tararear una canción. Fue algo indeliberado, automático, y notó que le sentaba bien. Lo hizo mientras acariciaba la cara de su compañera, helada desde hacía rato.

No supo por qué eligió aquella canción de Cecilia, «Fui», que siempre le había parecido muy triste, tristísima, como casi todas las suyas; por eso las evitaba. Como evitaba las canciones tristes en general, de cualquier otro cantante, pues sabía lo adictivas que eran y el poso de malestar que le dejaban. A veces, incluso, durante horas. Terminó por comprender que había sido la canción la que la eligió a ella y no al revés.

Con la melena sobre el regazo, como un trozo de tela —un trozo de seda—, los dedos hundidos en los rizos, tarareó esa oscura canción en la que una mujer admite no ser especial ni única, sino una de tantas. Una muesca más en el historial amatorio de él, un presente que ya es pasado. Y tal vez por el hecho de hacerlo, de reconocer su falta de excepcionalidad, se convierte en alguien especial y único.

Le habría gustado saber qué hora era. Precisar aquel momento, datarlo. O, al menos, saber tan sólo si era de día o de noche; no era pedir mucho. Pero no había forma de saberlo. Aquello no era más que la continuidad de esa pesadilla a la que un día despertó, horrorizada, y en la cual seguía instalada de manera ineluctable.

De pronto, se sintió abatida. Igual que si hubiese estado soportando un peso excesivo durante demasiado tiempo y acabara de darse cuenta de que era absurdo seguir engañándose porque no podía continuar e iba a ser aplastada sin remedio, vencida. Pese a todo lo que había padecido desde que se encontraba allí, pensó que quizá en ese preciso instante estuviese viviendo el episodio más negro de su existencia. El pozo más hondo de cuantos había conocido. Quizá.

Y algo sucedió entonces. Cayó en la cuenta de que, por primera vez desde que estaba encerrada en ese sótano, se había olvidado de él, y de que en cualquier momento podía hacer acto de presencia.

Pero por increíble que resultase, la amenaza de su visita pasó a un segundo plano. Sólo tenía la cabeza para ese dolor. Sus sentidos, su atención, no podían centrarse en nada que no fuese aquel naufragio, aquella caída a los infiernos.

Y, como para darse ánimos, tarareó más fuerte, más alto, esa canción que escribió y cantó una mujer libérrima que ya había muerto, y que cuando la compuso debió de sentirse tan rota como ella se sentía, tan sumamente desolada.

Los versos del estribillo estaban alojados en su cerebro, afilados y heridores: «¿Qué soy yo? / Yo soy igual que las demás: / una palabra, una noche fingida / y una despedida».

Aunque pensaba que ya no era posible, que había desalojado de sí hasta la última lágrima, se abandonó a un llanto largo y silencioso que era a su vez una forma de rebeldía. Un modo de seguir sabiéndose persona y no una simple bestia confinada.

Porque aún era capaz de sentir. Aún no la había anulado del todo.

Ese llanto era también un aviso: no iba a ceder todavía, por terribles que fueran las circunstancias. Seguiría agarrada a aquel precario tronco, clavando las uñas y los dientes en él si hacía falta, y trataría de no pensar que, bajo sus pies, la inmensidad aterradora de un abismo la aguardaba sonriente.

CAPÍTULO 17

La alegría que les produjo dar con una pista, la primera, les duró tan sólo unas horas. La tarde siguiente al anuncio de la buena nueva, Carranza les hizo pasar a una habitación que hacía las veces de sala de juntas y cuyo único mobiliario era una larga y fea mesa rodeada de sillas, y en donde el comisario, Carlos Ledesma, aguardaba con expresión severa, casi de luto.

Les sorprendió ver en aquella gélida estancia de paredes color ocre a otros dos inspectores, ambos de segunda, Javier García, un tipo enjuto, nervioso y locuaz, poco mayor que Diego, y Ángel Monzón, un policía alto, fuerte y de carácter reservado con el que Guzmán tenía una buena relación. Eran de la misma quinta y provenía, como él, de la antigua Brigada de Investigación Criminal. Saludaron a su superior con un «buenas tardes, señor» y a sus colegas con un gesto de la cabeza que estos les devolvieron.

El subcomisario abrió la improvisada reunión y fue al grano. Tenían a otras dos veinteañeras desaparecidas, con una diferencia entre ambas desapariciones de una semana. A simple vista podía tratarse de dos nuevos casos de personas desaparecidas de los muchos que se registraban cada mes en la capital, que era como un gran sumidero de almas descarriadas. Dos casos sin relación aparente con el que ellos estaban investigando, por lo que Guzmán y Diego se miraron con gesto de incomprensión. Pero Carranza, con su cabeza de bisonte y su verbo directo como un disparo a quemarropa, se ocupó de iluminarlos. No iba a estar ahí el capo Ledesma porque le apeteciera jugar al parchís con ellos. La cosa era que tanto a Patricia Feijoo Ramos como a Ana Casado Fernández, de veintiún y veintitrés años, respectivamente, las unía con la malograda Elena Vicuña una llamativa circunstancia: fueron vistas por última vez en locales de ocio. Bueno, a Patricia, que era natural de Pontevedra y estudiaba Bellas Artes en la Universidad Complutense, en realidad nadie la había visto, pero cuando denunciaron su desaparición se supo que había hablado por teléfono con una amiga a la que le dijo que iba a pasarse por un bar con la esperanza de encontrar en él a su exnovio. Compartía un apartamento con otra chica que viajaba mucho por trabajo y que no reparó en su ausencia hasta pasados cuatro días. En cuanto a la segunda muchacha, Ana, era de un pequeño pueblo de Salamanca y llevaba apenas un par de meses en Madrid. Trabajaba como dependienta en los grandes almacenes Sears y fue la inasistencia a su puesto de trabajo, varios días después de acudir con una compañera a una conocida discoteca, lo que desató las alarmas. Ahí, concluyó Carranza, había un más que probable nexo, y el que no lo viera debería visitar al oculista con carácter de urgencia.

Flaco como un lápiz, de facciones afiladas y el pelo entrecano peinado hacia atrás con ríos de fijador, el comisario tomó en ese momento la palabra y lo hizo en tono solemne:

—Aunque aún no está confirmado, podría tratarse de un mismo secuestrador, o secuestradores, y eso, señores, es un asunto muy serio. —Los cuatro hombres lo observaban en silencio—. No hace falta que les diga lo que algo así, en el caso de confirmarse, insisto, podría suponer para el Cuerpo. Nos jugamos mucho; todo. Nuestra credibilidad y nuestra reputación. —«Y la vida de esas chicas, cretino», pensó Diego—. Ustedes dos —les lanzó una mirada aséptica— han empezado a trabajar en este caso, aunque por el momento no parece que hayan avanzado gran cosa...

—Verá, señor... —comenzó a decir Guzmán con un hilo de voz.

—Aún no he acabado, inspector. —El aludido cerró la boca como un perro de dibujos animados y García esbozó una sonrisa curva, apenas perceptible, pero a Diego no se le escapó—. Aquí no estamos para justificarnos, caramba, sino para resolver. Hay que seguir hasta dar con el causante, o causantes, de esto. De cualquier modo, ahora el círculo se ha abierto y el trabajo se multiplica, por lo que sus compañeros Monzón y García se van a unir a la investigación. Es obvio que ocho ojos ven más que cuatro.

Los cuatro inspectores se lanzaron miradas furtivas.

—Les vamos a asignar, además, una secretaria que estará a su entera disposición. ¿Alguna pregunta?

Pasaron unos segundos helados en los que nadie abrió el pico.

—Bien. Seguirán reportando sus avances a Carranza, pero quiero que sepan que tanto yo como el jefe superior vamos a estar muy pendientes de este caso. Y cuando digo pendientes, quiero decir *extremadamente* pendientes. Espero que la confianza que estamos depositando en ustedes empiece a dar frutos pronto. Por el bien de todos.

Sin más, se levantó y abandonó la habitación.

—A ver, nenas —dijo Carranza en un tono que daba a entender que ya podían relajar las mandíbulas—, asignación de tareas. Como Monzón y García están más frescos, se van a ocupar de entrevistarse con el círculo íntimo de las dos nuevas chicas...

—Pero jefe —protestó Guzmán—, nosotros estamos familiarizados con todos los detalles de este caso y lo lógico es que nos encarguemos de eso.

—¿Y para qué coño están los informes? Les dais todo lo que habéis reunido hasta la fecha y así ellos sabrán lo mismo que vosotros.

—Jefe —intervino Diego—, permítame que le diga que eso sería un error. Corríjame si me equivoco, pero el tiempo, aquí, es un factor decisivo. Si ellos tienen que ponerse al día con lo que nos ha llevado semanas recabar, jugamos contra el reloj. Siempre habrá detalles, matices, que no podamos trasladar a un informe, por lo que opino lo mismo que Roberto.

Carranza meditó unos segundos y luego dirigió una mirada a los inspectores recién incorporados. Dada su juventud, García era ambicioso y entendía que ese caso podría servir muy bien a sus intereses de medrar en el Cuerpo, y hacerse cargo de las entrevistas suponía un caramelo. Pero no era estúpido y conocía el funcionamiento de la brigada, por lo que dejó que fuese su compañero, que aunque tenía su misma categoría era un veterano, quien se pronunciase.

—Me parece bien, jefe —dijo Monzón—. Ellos han estado trabajando en este caso desde el principio y creo que podrán avanzar más que nosotros en las entrevistas.

Diego le devolvió la sonrisa oblicua a García.

—Entonces no se hable más. Vosotros dos contactáis con el entorno cercano de las chicas dos y tres. —Lanzó una carpetilla a Guzmán—. Ahí tenéis las denuncias que se presentaron. Y vosotros —se dirigió a García y a Monzón— ya podéis empezar a remangaros la camisa y a guardar la pipa en el cajón, porque vuestro trabajo va a ser la hostia de divertido. Vais a rescatar todos los expedientes de desapariciones de chicas de los últimos años. —Los dos inspectores resoplaron—. Sí, sí, ya sé. Pero a ver si os pensabais cuando decidisteis haceros policías que esto era como en *Starsky y Hutch*, todo persecuciones y chicas guapas, ¿no te jode? Monzón, no te hagas el sorprendido, coño, que tú ya tienes espolones en los huevos... —García le lanzó una mirada asesina a su compañero. Si hubiese dicho que sí a las entrevistas, aquello no estaría pasando—. Pues eso. Buscad a chicas desaparecidas que tengan más o menos la edad de las tres que conocemos y, a ser posible, que fuesen vistas por última vez en un bar o discoteca; cualquier cosa que entendáis que puede guardar relación con este caso. Álamo, ¿qué sabemos de la furgoneta?

—Ya hemos contactado con la Jefatura Central de Tráfico y estamos a la espera de que nos faciliten el número de furgonetas naranjas registradas en Madrid capital. Una vez que tengamos ese dato, nos centraremos en los propietarios que residan cerca de la zona en la que se produjo el atropello. Le adelanto que llevará su tiempo.

—Pues eso es justo lo que no tenemos. Llamadlos y dadles el coñazo, que aquí al que no llora no se la maman. Ah, una última cosa. Respecto al juez, he hablado con el comisario y creemos que es mejor no decirle nada sobre esta nueva línea de investigación. No podemos demostrar aún la conexión entre las tres chicas, más allá de las meras conjeturas, y los jueces no se alimentan de conjeturas ni se caracterizan por su desbordante imaginación. Seguid, eso sí, enviándole informes de las gestiones que realicéis acerca de Elena Vicuña, que vea que no lo dejamos de lado y observamos las reglas del juego, pero, de momento, nada más. ¿Alguna duda o comentario a propósito de esta cuestión?

Miró a Diego directamente y este recordó de pronto una frase que pronunció Eladio Vicuña: «Creo firmemente en el imperio de la ley». Sacudió la cabeza y dijo:

—Ninguna duda, jefe. Está todo cristalino.

—Perfecto, entonces. Hala, a currar.

Salieron y se dirigieron a su zona de trabajo. Carranza se acercó a una mujer y esta se levantó y lo acompañó adonde estaban los inspectores.

—Almudena os va a ayudar en todo lo que necesitéis.

Los hombres le dieron algunas indicaciones. Monzón aprovechó para romper el hielo con sus dos compañeros.

—Chicos..., estamos aquí para ayudar, no lo dudéis.

—Seguro que sí —respondió Guzmán, y acto seguido le lanzó una mirada retadora a García—. Pero haz el favor de decirle al jovencito Frankenstein que se lo tome con calma, que ya tendrá ocasión de recibir sus medallitas.

Diego pensó que su colega no había reparado en el gesto que hizo, pero era evidente que lo subestimó y que estaba más atento de cuanto sucedía a su alrededor de lo que parecía.

—Tranquilo, Roberto —dijo García—, te digo lo mismo que te acaba de decir Ángel. Todos a una, como los de Fuenteovejuna.

Guzmán asintió y el grupo se dispersó, y cada cual ocupó su mesa. Era viernes por la tarde, pero había mucho que hacer. Comenzaron a tomar notas, a consultar papeles y a realizar llamadas. Ahora tenían claro, pese a la insistencia del comisario en que aún no había nada confirmado, a lo que se enfrentaban. Era un caso duro y difícil, pero también, desde el punto de vista de un investigador, apasionante. Por eso, a García los ojos le brillaban como nunca antes.

Diego leía una de las denuncias de la desaparición de las nuevas chicas cuando levantó la vista un momento y vio a Guzmán sonriendo mientras abría un bloc.

—¿Se puede saber de qué te ríes?

—Nada, Pincel. Es que no te puedes imaginar lo contento que estoy.

—¿Y eso?

—La parienta. Habíamos quedado en ir esta noche a Pasapoga para ver a Fernando Esteso, que está arrasando con un nuevo espectáculo. Figúrate. Y ahora ya tengo la excusa perfecta para librarme. Al menos, por el momento.

Se le quedó mirando unos segundos y sacudió la cabeza.

—Vaya huevos que tienes, Roberto.

Soltó una carcajada antes de decir:

—Como los de un toro, Pincel. Como los de un toro.

CAPÍTULO 18

En cuanto oyó el chasquido del cerrojo, aquella temida señal de alarma, se apartó de ella, corrió hacia su rincón y se cubrió con la manta.

El sonido de los pasos sobre los peldaños metálicos despertó el miedo de siempre.

Lo sintió muy cerca; sabía que estaba ahí, a unos pocos metros, delante de su compañera. Oyó un par de golpes —él le lanzó unas patadas en la pierna y el cuerpo no se movió— y permaneció expectante.

Luego pudo oír cómo la arrastraba y, casi enseguida, el golpeteo uniforme en las escaleras: el hombre subía a la muchacha tirando de las piernas y la cabeza iba chocando con cada uno de los escalones.

Aquel le pareció un sonido horripilante.

Oyó, por último, el ruido de la puerta al cerrarse y el del vuelo del cerrojo, que volvió a convertir aquel sótano en una cámara sellada.

Aunque el peligro ya había pasado, permaneció oculta bajo la manta. Se sentía más sola que nunca en aquel lugar, más desamparada, y el único escudo posible era aquel pedazo de tela.

Cuando ocurrió, cuando se dio cuenta de que, pese a estar entre sus manos, se acababa de ir, se limitó a abrazarla aún más fuerte. Hundió el rostro en su preciosa melena y lloró en ella. Lloró con lástima y con ira.

Después se recostó a su lado y le siguió contando cosas de su vida, del que había sido su novio, de sus amigas, de la universidad, de sus padres, como había hecho cada uno de los días que estuvieron juntas. Días en los que se fue apagando de forma paulatina, como una cerilla, sin que lograse reactivarla.

Pese a que no volvió a oponer resistencia, él no había dejado de golpearla, a veces con furia, en cada visita. No quiso verlo; nunca quiso ver cómo se ensañaba con ella, pero era imposible no oírlo y estremecerse. Y cada vez que el hombre se marchaba y ella volvía a su lado, advertía nuevos hematomas en su bonito rostro.

Bajo la engañosa seguridad que la manta le ofrecía, empezó a hablar como si ella todavía siguiera a su lado. Habló, en tono confesional, del día en que Álvaro le dijo que quería dejarlo y ella notó un dolor repentino y muy intenso en el centro del pecho, como si algo en su interior se hubiese roto. Le preguntó que por qué razón, si estaban bien. O eso, al menos, era lo que ella creía, qué tonta. Él contestó que se sentía confundido —«estoy hecho un lío», dijo— y necesitaba estar solo un tiempo, que sería bueno para los dos que se tomasen un descanso. Cuando quiso saber si era porque había conocido a alguien, él lo negó de forma tajante, casi ofendido, aunque por la expresión de su rostro, que tan bien conocía, supo que no era cierto, que mentía. Y al cabo de un par de meses se confirmaron sus sospechas: lo vio salir de un bar con una chica morena de la mano, y fue un choque tan impactante y doloroso que, en vez de actuar con naturalidad, se escondió en un portal para que él no la viese. Y en las sombras de aquel portal se sintió portadora de la mayor de las tristezas.

Al acabar su relato se preguntó si se encontraría en aquel sótano de haber seguido con él. Se hizo esa pregunta a sabiendas de que era absurda, ya que fue a ese bar sola, casi furtivamente, con la intención de verlo, pues fue de allí de donde lo vio salir un mes atrás acompañado de esa chica y pensó que quizá podría verlo de nuevo y hacerse la encontradiza. Si Álvaro no la hubiera dejado, ella no estaría en ese sótano. Así de claro. Puesto que esa noche, la maldita noche en que ocurrió, la maldita noche en la que cayó en la trampa como un animal confiado, ella no habría ido a aquel bar.

Entonces lo odió. Lo odió aún más de lo que ya lo odiaba, de lo mucho que llevaba odiándolo desde el mismo instante en que la abandonó.

Las lágrimas caían por su rostro mientras apretaba fuerte

contra el pecho el zapato rojo de tacón —que había recogido y que era su posesión más preciada, la única— de Ana.

Porque así era como la chica rubia que ya no estaba allí —y, en realidad, en ninguna otra parte— le dijo que se llamaba. Ana Casado.

CAPÍTULO 19

—

Mónica bailaba con su amiga Carmen sin parar de reír y él la observó desde la barra con la fascinación enamorada con que la miraba siempre. Verla así, feliz, le reportó unos segundos de placer.

Pero aquella agradable sensación se fracturó de golpe cuando, igual que un fogonazo, su memoria le devolvió la imagen nítida de Elena Vicuña derramada sobre el asfalto. Elena Vicuña, que apenas un mes antes estuvo con sus amigos en un bar situado a muy poca distancia de aquel y que con toda seguridad bailó entre risas, como en ese momento lo hacía su novia, incapaz de imaginar que estaba a punto de quedar atrapada en una letal tela de araña.

Diego habría preferido no salir, pues se hallaba enfrascado en aquel caso y la presión de sus superiores empezaba a volverse agobiante, pero la mejor amiga de Mónica celebraba su cumpleaños y le fue imposible zafarse. Además, llevaban sin verse toda una semana, ya que él trabajó también el sábado y el domingo, y aquella era la excusa perfecta para hacerlo.

Después de una cena espléndida en Zalacaín, en una de las zonas nobles de la ciudad, se habían desplazado a El Penta, en Malasaña, al Madrid canalla. Allí estaban también el novio de la cumpleañera, Nacho, y otras dos parejas, Aurora y Daniel, y Teresa y Jacobo. Eran, como el resto de los amigos de su novia, y como ella misma, cachorros de clase alta. Triunfadores *avant la lettre* que no podían evitar exhibir un asomo de altivez, distintivo característico de su privilegiada procedencia. Entre sus progenitores se contaban dos magistrados, un notario, un abogado de renombre, un registrador de la propiedad y hasta un político y un banquero, y ellos estaban llamados a seguir sus ilustres pasos y, en un futuro no demasiado lejano, mover los hilos de la sociedad.

Aunque Diego se sabía un intruso en aquel mundo, reunía algunas cualidades a su favor: era inteligente y creía en la cultura del esfuerzo, ventajas incontestables para abrirse camino en la vida y, si lo deseaba, llegar a formar parte de las élites. Por lo demás, el hecho de ser inspector de policía le otorgaba cierto exotismo. Aquellos pijos de gustos refinados y vidas desahogadas pero carentes de la menor emoción, que, pese a la excelente situación económica de la que sus familias gozaban, no disfrutaban en su justa medida de cuanto tenían porque siempre habían dispuesto de ello, le veían como a un hombre de acción. Alguien que siempre llevaba un arma encima y para el que cada día era una sorpresa, ya que debía habérselas con atracadores y asesinos a los que ellos sólo tenían acceso a través de las películas y los noticiarios. Él, en fin, era una pieza suelta entre aquellos niños bien del barrio de Salamanca que al cabo de cada curso universitario viajaban a Londres o a París para perfeccionar el idioma y después se trasladaban a suntuosas residencias de verano que databan de la época de sus tatarabuelos, y sin embargo lo recibían con agrado y naturalidad, porque aportaba una nota de color y resultaba sumamente atractivo. Aunque a Diego poco o nada le importaba con qué ojos lo mirasen y lo que pensaran de él, pues lo único que le interesaba de ese grupo era ella, Mónica, su amor.

Las dos chicas fueron a la barra a repostar y besaron a sus novios. El vino de la cena y las varias copas las tenían muy contentas y hablaban como cotorras, pisándose la una a la otra. Ambas eran guapas, pero a primera vista Carmen destacaba: rubia de ojos verdes y con unos pechos poderosos que siempre atraían las miradas de los hombres. Y encima era de las que se hacían notar, pues se expresaba a gritos. Mónica era todo lo contrario, una brisa. Morena, delgada, de estatura media y ojos castaños e inteligentes, manejaba la ironía como un bisturí y odiaba llamar la atención.

Apoyado también en la barra, Nacho, con su pelo rubísimo y rizado y unos expresivos ojos azules, lo miró sonriente:

—Joder. Con estas dos no hay quien pueda.

Diego asintió y forzó una sonrisa. Trataba de que no se le

notase la desazón que sentía por la inoportuna irrupción de Elena Vicuña en sus pensamientos.

Carmen intervino:

—Cariño, eso que acabas de decir bien vale un chupito. —Y le mostró cuatro dedos al camarero mientras con la otra mano levantaba un pequeño vaso.

—Uf, yo ya voy al límite... —rehusó Diego.

—Venga, hombre, no seas seta. Y así cuando estés más entonado me la enseñas, que mira que te lo he pedido veces y siempre te haces el remolón. Con las ganas que tengo yo de vértela...

Mónica saltó cual leona:

—¡Chsss, quieta ahí! Diego sólo me la enseña a mí. Y, por cierto, es muy grande. ¡Inmensa!

Rieron.

El juego que les daba la pistola de Diego era ya un clásico cada vez que quedaban.

—No seas así, Mónica —intervino Nacho—. Que nos la enseñe a todos, anda, que nunca se la hemos visto y nos morimos de ganas.

—¡Que nos la enseñe, que nos la enseñe...! —gritó Carmen mientras golpeaba la barra con ambas manos.

—Es que no quiero intimidaros —les siguió, como siempre, el juego—. Tardaríais meses en reponeros de la impresión.

—Mmmm —Carmen se mordió el labio inferior con intención—. Pues fíjate que ahora me apetece vértela más que nunca...

Volvieron a reír.

Las otras dos parejas bailaban. Aurora parecía una monja, pero se movía, en cambio, como si estuviera poseída —cuando se arrancaba a bailar la llamaban Regan, como a la niña de *El exorcista*—, y Daniel, su novio hecho a medida, con ese aspecto de catequista o gris opositor que le daban las gafas de pasta, la ropa clásica y el pelo corto, la imitaba con más entusiasmo que destreza. A su lado, Teresa y Jacobo, rubios y atractivos como dos suecos —podían pasar por hermanos—, no podían evitar reírse con el espectáculo que ofrecían sus amigos entre aquellos tipos con cazadoras de cuero negro y aquellas chicas con los pelos de colores.

Carmen les gritó:

—¡Vamos, Aurora, Dani, dadlo todo!

Él la miró y, con una sonrisa infantil, levantó el vaso a modo de respuesta. Ella permaneció con los ojos cerrados, en su mundo interior. Hasta el último átomo de su cuerpo estaba concentrado en el baile.

Sonaba una canción de ritmo frenético, cantada en inglés, que Diego, que no tenía ni idea de música, no había escuchado nunca, aunque supo que era de los Clash, porque Carmen lo anunció a gritos mientras saltaba. Y el nombre de ese grupo le devolvió de nuevo a Elena Vicuña, a la que imaginó bailando esa misma canción en La Vía Láctea poco antes de que su rastro se perdiera.

El camarero sirvió los chupitos de whisky y Nacho propuso un brindis:

—Por la rubia más morena que he conocido en mi vida... —Carmen se abalanzó sobre él y le dio un beso de lo más teatral—. Vaya, cariño. Tendré que hacer esto más a menudo...

Brindaron y vaciaron los vasos. En ese momento, Mónica dio un brinco:

—¡Eh! ¡Nuestra canción!

Agarró a Diego de una mano y tiró de él. Era «Here comes the sun», de los Beatles, y fue la canción que sonó cuando se dieron el primer beso, dos años atrás, en otro bar de copas. Bailaron mirándose a los ojos y, mientras Mónica cantaba sobre la voz sosegada de George Harrison, él fue consciente de que el tiempo que llevaban juntos no había conseguido erosionar la pasión, al contrario. Sentía lo mismo que el día que la vio por vez primera, la misma necesidad de ella.

A *su* canción le sucedió «Chica de ayer», de Nacha Pop, cuya letra mencionaba aquel bar, lo que provocó un grito general, y ella lo retuvo para que la bailasen también.

Cuando finalizó volvieron a la barra y Mónica, tras decirle a Carmen que era una lástima que no llevasen una cámara para inmortalizar a Aurora, que parecía haber entrado definitivamente en trance, le notó abstraído y agitó una mano delante de su cara.

—¡Hey, señor Álamo, haga usted el favor de volver a la Tierra!

Diego sonrió, pero sus ojos no engañaban. Ella lo abrazó.

—No creas que no me he dado cuenta de que llevas toda la noche en Marte.

Él frunció los labios antes de hablar.

—Ya sabes. Es el maldito caso en el que ando. Estamos atascados y es un asunto tan delicado...

Ella apretó el abrazo y lo miró a los ojos.

—Lo resolveréis, ya verás. Daréis con algo que iluminará el camino. Es cuestión de tiempo.

—Ojalá fuese así de sencillo... —Negó con la cabeza—. Y en cuanto al tiempo, precisamente lo que me reconcome es saber que hay un par de chicas que en este momento, mientras nosotros estamos aquí tan a gusto, pueden estar sufriendo. Chicas cuyas vidas corren peligro.

—Eso no te puede condicionar, cielo, no es justo. Quédate con que estás haciendo todo lo que puedes...

—Lo sé, lo sé... Pero imagina por un momento que fuesen chicas a las que conocemos. Cualquiera de tus amigas, sin ir más lejos.

—O yo misma.

La apretó muy fuerte contra sí.

—No digas eso, por favor. No lo digas nunca.

Estuvieron así, fundidos, con los ojos cerrados, un rato, hasta que ella dijo:

—¿Te parece que nos vayamos?

—Cuando tú quieras. Es el cumpleaños de tu amiga y no se lo quiero chafar.

—No vamos a chafar nada. Creo que la fiesta ya ha dado bastante de sí.

Como si los hubiera oído, Carmen propuso ir a tomar «la penúltima» a la discoteca Pachá, que estaba a dos pasos de allí, pero Mónica anunció que se retiraban. Era jueves y Diego madrugaba al día siguiente. En realidad, a las pocas horas. Carmen insistió, como en ella era costumbre. Apeló a que era su cumpleaños y a que un día era un día, qué coño —ella, cuya filosofía de vida era «como fuera de casa en ningún sitio»—, pese a lo cual su amiga no cedió. Le dijo que ya continuarían la fiesta cualquier otra noche y que lo mejor que ella podía hacer era irse también a dormir porque iba bastante pasada de vueltas. Entre el vino, las copas y los chupitos se habían pimplado una licorería entera.

Tras despedirse de todos —incluida la entusiasta Aurora, que emergió unos segundos de sus dependencias interiores, el tiempo justo para besarlos, y volvió a desconectar—, salieron a la calle.

Subieron al Renault 5 Alpine amarillo de Diego, que milagrosamente habían conseguido aparcar a una sola manzana de distancia, y tiraron por Fuencarral, que se veía iluminada por los adornos navideños. Por fin había llovido, apenas cuatro gotas, y el asfalto estaba mojado, por lo que ella le pidió que no corriera, algo que él hacía casi siempre con aquel bólido al que la definición que mejor se le ajustaba era la de *pequeño pero matón.*

En la glorieta de Bilbao enfilaron por Sagasta, continuaron por Génova, cruzaron la plaza de Colón —pillaron todos los semáforos en verde y él tuvo que hacer un esfuerzo para no apretar el pie derecho a placer en esa larga recta— y entraron por Jorge Juan para llegar a la casa de Mónica, en Velázquez, donde iban a pasar la noche. Su padre estaba de viaje y no volvería hasta un par de días después. Aunque solían ir al apartamento de Diego, siempre que les era posible dormían allí porque no había color.

Los padres de Mónica se separaron cuando ella era pequeña. La madre, una francesa cosmopolita, hija de aristócratas, decidió regresar a su país y acordaron que la niña se quedase con él a condición de que pasara con ella todos los veranos.

Vivía, pues, con su padre en un edificio señorial, en un piso inmenso en el que lo difícil era no perderse. Él tenía el despacho, Téllez & Asociados, uno de los mejores bufetes de la capital, en otro piso de ese mismo inmueble.

Entraron en la vivienda y fueron directos a su habitación. Mónica se desnudó del todo y se metió en la cama.

—Qué frío tengo, cielo. Corre, ven a darme calor.

No se hizo de rogar. Se desvistió, veloz, y se reunió con ella.

Abrazados, comenzaron a besarse. Después de dos años de relación se conocían muy bien; eran ya amantes expertos y sabían qué caricias tenían que emplear para satisfacerse. Y como además llevaban varios días sin verse, se cogieron con muchas ganas.

Él abandonó su boca y descendió por su cuello, por sus breves pechos —en los que se demoró para agrado de ella—, por su vientre plano y cálido, hasta que separó con suavidad sus muslos y hundió la cabeza entre ellos para besarla como a Mónica le gustaba. Gimió, le agarró el pelo y le guio; marcó el ritmo. Diego, cuyas manos cubrían casi por entero sus glúteos firmes y pequeños —tenía el culo más bonito que había visto nunca—, podía sentir la piel erizada bajo los dedos, y sus besos ya no sólo fueron con la boca, sino que utilizó todo el rostro, húmedo enseguida por la excitación de aquel sexo.

Notó la llegada del orgasmo por las sacudidas de las caderas, como intermitentes descargas eléctricas, y por el grito desinhibido que escapó de su garganta.

Al cabo de unos segundos de quietud, Mónica tiró de él y fue ella quien bajó. Cerró los ojos cuando sintió la humedad de su boca; aquellos labios que subían y bajaban por su miembro, que lo envolvían con la presión y la cadencia justas mientras la lengua hacía el resto. Permanecieron así un rato y, de pronto, se incorporó, la tumbó boca arriba y la penetró.

Se miraron a los ojos con las manos agarradas y una sonrisa de felicidad. Diego se movía dentro de ella tan profundamente como le era posible y aumentó la velocidad de sus acometidas de forma progresiva.

De repente, Mónica lo volteó y se colocó encima. Siguieron mirándose muy fijo e intercambiaron una colección de palabras que únicamente utilizaban entre ellos. Entonces, ella le dijo con la voz excitada que ya iba a llegar y le pidió que la acompañase, y él lo hizo.

Saltaron juntos al vacío y, por un momento de pura magia, creyeron flotar como astronautas a la deriva, fundidos el uno en el otro igual que siameses, hasta que aterrizaron en un abrazo de dicha y satisfacción.

No dijeron nada, sobraban las palabras. Tan sólo sonrieron y se besaron muy despacio. Luego ella pegó la espalda en el pecho de él, le cogió el brazo y se lo pasó por encima. Y en menos de un minuto estaban los dos dormidos.

Se despertó sobresaltado. Vio el rostro de Mónica con los

ojos cerrados; su respiración era suave. Se levantó tratando de no hacer ruido, se puso la camisa y los calzoncillos, y salió de la habitación.

En el pasillo, de camino a la cocina, la madera del parqué crujió bajo sus pies como un animal herido. Le dolía la cabeza; había bebido más de la cuenta. Agotó dos vasos grandes de agua. El reloj de la pared marcaba las cuatro y media de la mañana.

Echó a andar hacia la biblioteca. Encendió una lámpara y observó la espectacular colección de libros, un par de miles de volúmenes de historia, narrativa y poesía. Los lomos en piel se mezclaban con los títulos en rústica de reciente publicación. Aquel lugar lo llenaba de paz y, al mismo tiempo, le hacía sentirse muy pequeño. Era una sensación contradictoria, tan placentera como hiriente.

En las baldas, numerosas fotografías enmarcadas de una Mónica niña, sola o con sus padres, junto a otras en las que un Ignacio Téllez sonriente y atractivo, con un punto presuntuoso, posaba con distintas personalidades de la política y las finanzas.

El nombre de su futuro suegro aparecía con frecuencia en la prensa por los casos importantes que llevaba. Hijo de un juez y de una maestra, era un hombre ilustrado e inquieto que no fue capaz de resistirse a la tentación de coquetear con la política. Él mismo le había relatado a Diego, con un indisimulado brillo de orgullo en la mirada, que formó parte del grupo de intelectuales y dirigentes políticos que, con el jurista y pensador Antonio García-Trevijano a la cabeza, fundó la Junta Democrática de España, un organismo que reunió a una coalición de fuerzas políticas, sindicales y sociales de oposición al régimen franquista y por la democracia, que contó con la simpatía de distintos países europeos. Aquello había sido hacía nada, en 1974, en pleno tardofranquismo. El día de su presentación en París, de la que se encargaron el político Santiago Carrillo y el escritor Rafael Calvo Serer, él estuvo allí, y Diego pudo ver algunas fotos que lo acreditaban. Pero una vez muerto Franco y promulgada la Constitución, el interés de aquel sagaz abogado por la política activa fue decreciendo y terminó por centrarse enteramente en su despacho, el cual le ocupaba demasiado tiempo como para emprender ninguna otra aventura, y menos aún la política, actividad que exigía una dedicación exclusiva. A pesar de su rechazo al franquismo, en modo alguno podía considerarse a Ignacio Téllez como alguien de izquierdas. Era, de hecho, un republicano de derechas al que sus conocidos definían como *rara avis*, ya que no se sentía identificado con ninguno de los partidos políticos existentes. Prueba de ello es que no coincidía, como había expresado alguna vez en presencia de Diego, con muchos de los planteamientos del principal partido de la derecha, la Alianza Popular presidida por Manuel Fraga y con Jorge Verstrynge al frente de la secretaría general (tenía fotos con ambos en las paredes de la biblioteca). Sin embargo, la posibilidad de que el PSOE llegara al poder, como pronosticaban la mayoría de las encuestas —la UCD era un animal moribundo—, le inquietaba.

Diego reparó en que, pese a llevar ya dos años con Mónica, había coincidido en muy pocas ocasiones con su padre. Viajaba mucho por trabajo y a él tampoco es que le sobrara el tiempo. No se le escapaba que él no era, al menos en principio, lo que aquel prócer esperaba para su amada hija única. Cuando le anunció que estaba saliendo con un inspector de policía, se quedó un tanto descolocado, como ella le relató luego, pero tras hablar con él por vez primera, en un cóctel que ofreció en su casa, se llevó una grata impresión. «En honor a la verdad, parece que ese chico tiene la cabeza sobre los hombros —le dijo a Mónica, para su alegría. Y añadió, guiñándole un ojo—: Por cierto, bonita cabeza la suya». Y ella se lo contó palabra por palabra.

No pudo evitar acordarse de su padre. Si Ignacio Téllez representaba el paradigma del triunfador, Anselmo Álamo era la cara sombría de esa moneda. Hasta su repentina muerte, trabajó como dependiente en una tienda de ropa para hombre cercana a la plaza Mayor. Su vida fue, pues, la de un ciudadano gris. Alguien que murió de forma prematura y que no dejó huella alguna salvo para sus seres queridos, que se reducían a su mujer e hija y a un chaval que atesoraba unos recuerdos de él del todo escuálidos y que creció sin la figura paterna que, por causa de esa ausencia, tanto mitificó. Muchas veces se había preguntado si tal vez quería corregir con sus actos, con su trabajo y dedicación, todo aquello que su padre no había logrado en vida, reparar sus carencias, su currículum inexistente. Y lo único que esas preguntas conseguían era angustiarle.

Se acercó a una de las ventanas de aquella inmensa estancia y miró la calle desde el séptimo piso en el que se encontraba. Estaba desierta. Permaneció así un rato, con la vista perdida en una de las más caras arterias de Madrid, sin pensar en nada concreto.

Y entonces, se sobresaltó.

Allí abajo, tendida sobre el negro y frío asfalto, estaba Elena Vicuña, con su piel color nieve y su melena pelirroja. Sus ojos abiertos, que parecían mirarlo, buscarlo, interpelarlo, eran un grito constante que le acuchillaba la conciencia.

Sintió un frío súbito y se apartó del cristal dando un salto hacia atrás. Los latidos de su corazón parecían el ruido de las pisadas de un caballo desbocado.

Pasados unos segundos, avanzó y miró de nuevo al exterior. Nada. Allí no había más que coches aparcados y una calle vacía, triste.

Volvió a la habitación de Mónica con sensación de zozobra y entró en la cama con todo el cuidado que pudo. Ella cambió de postura y lanzó un gruñido, aunque no se despertó. Al aspirar el olor de su pelo, se encontró repentinamente mejor. Mucho mejor.

Pensó que tal vez podría dormir, aún, un par de horas, lo cual le vendría muy bien. Pero, por más que lo intentó, no consiguió quitarse de la cabeza aquella poderosa visión y encontrar el sueño.

CAPÍTULO 20

Le picaba la cabeza. Le habían salido llagas en la boca. Las encías le sangraban. Tenía la piel de brazos y piernas reseca, y el dolor en la espalda como consecuencia de dormir sobre el suelo se volvía por momentos insoportable. Su dieta se limitaba a pan y algo de embutido; algún día, galletas. Se sentía débil y sucia. Sucia por fuera, porque por dentro hacía ya tiempo que había dejado de juzgarse. ¿Y acaso debía hacerlo? ¿Acaso tenía ella alguna culpa de lo que aquel monstruo le hacía, del infierno inenarrable al que la estaba sometiendo? Sólo que la cabeza va por libre y el sentido común, la lógica, la razón no siempre se imponen.

Desde que Ana se fue, pobrecita, él había vuelto a visitarla. Al menos, no la golpeaba. Y cada vez que se marchaba, a pesar del asco, de la repulsión que su cuerpo aplastante y todopoderoso le producía, pensaba que acababa de ganar otra batalla, pues continuaba con vida.

Trazó líneas en el suelo con el dedo índice, sobre el polvo. Dibujaba. Debía encontrar algo con lo que mantenerse entretenida, porque, de lo contrario, se iba a volver loca. Allí no existía el tiempo, todo era silencio y oscuridad, y un día descubrió, con una alegría emocionada, que podía dibujar, que era, quizá, lo que más le gustaba hacer de cuantas cosas amaba. Aunque llamar dibujar a lo que hacía en aquel sótano era ser en exceso optimista. Era un poco como el pianista que, a falta de piano, comienza a mover los dedos sobre una mesa sin poder extraer de ella el menor sonido —externo, puesto que en su cabeza sí que suena—, pero en la que es capaz de marcar toda una pieza musical, desde la primera hasta la última nota.

Dibujaba escenarios y rostros.

Dibujó los jardines de la plaza de la Herrería de Pontevedra, con la fuente en el centro y la imponente iglesia-convento de San Francisco vigilándola. Aquella postal tan asociada a su infancia y adolescencia, pues siempre había vivido muy cerca de allí y de niña corrió por ese lugar y jugó y se enfadó con sus amigas, y de estudiante se sentaba en esos jardines con sus compañeras después de las clases y respiraba el aire puro de su ciudad, el mejor del mundo.

Dibujó la Puerta de Alcalá, con sus tres cuerpos con cinco vanos, el frontón con los dos torsos y los cuatro niños/virtudes sobre los arcos laterales. Aquel monumento, que la fascinaba, fue uno de los lugares que más frecuentó en sus primeras visitas a Madrid. Se apostaba enfrente con un bloc grande y lo copiaba una y otra vez, desde distintos ángulos, hasta que de tanto hacerlo acabó memorizándolo.

Dibujó las caras de sus amigas Esmeralda y Belén. La primera con ese rostro largo y un poco caballuno, pero con los ojos muy grandes y vivos y la boca gruesa y bella. Y la de Belén, con su pelo demasiado corto —siempre lo llevó como un chico—, sus ojos pequeños y sus dientes perfectos que no dejaba de mostrar, orgullosa, sin duda, de ellos.

Y dibujó también a Álvaro. El pelo algo largo y la cara delgada en la que se insertaban unos ojos almendrados y una nariz y una boca grandes y bonitas.

Se preguntó, de pronto, qué tenía esa chica morena a la que vio agarrada de su mano que ella no tuviese. Le pareció poca cosa. ¿Sería más divertida que ella? ¿Más inteligente? ¿Tendrían mejor sexo?

Aquella palabra, sexo, se le atragantó. ¿Cómo pensar en sexo después de lo que estaba padeciendo?

El dedo se movía con seguridad sobre el suelo. Ya había terminado la melena y ahora se recreaba en sus hermosas facciones.

Cuando concluyó, miró —en realidad, lo veía en su cabeza— el rostro de Ana Casado y un tsunami de tristeza la sepultó.

Volvió a su rincón y se deslizó bajo la manta. Agarró el zapato, lo apretó muy fuerte contra sí y emprendió la salvadora búsqueda del sueño.

Necesitaba ausentarse momentáneamente de allí. Necesitaba desaparecer.

CAPÍTULO 21

Parecía que aquella fría mañana de diciembre el subcomisario José Carranza hubiese desayunado guindillas con salsa de Tabasco. La noche anterior, tarde, al filo de las doce, Carlos Ledesma, el comisario, lo llamó a su casa para informarlo de que la inesperada intervención del padre de Elena Vicuña Blanco no había caído en saco roto: tanto el ministro del Interior como el director de la Seguridad del Estado habían telefoneado al jefe superior de Policía y este, a su vez, a él. El Cuerpo Superior de Policía dependía del Ministerio del Interior, si bien lo hacía a través de la Dirección General de Seguridad, la DGS. En las más altas instancias había una lógica preocupación por una serie de desapariciones de chicas con un denominador común: todas ellas fueron vistas por última vez en bares de copas o discotecas. Conclusión: había que resolver ese caso cuanto antes, puesto que Eladio Vicuña, que por alguna razón que no llegaban a explicarse tuvo conocimiento de que había otras chicas desaparecidas en idénticas circunstancias a las de su hija, amenazó con visitar la redacción de un importante periódico progresista si no se producía algún avance en breve, lo que podría ocasionarles serios problemas. Y no parecía que aquel hombre fuese de farol. Un par de días después del atropello, varios diarios recogieron en las páginas de sucesos que una muchacha que iba totalmente desnuda había sido atropellada en una calle de Carabanchel. De aquello no se volvió a hablar, pese a lo singular de la noticia, pero cualquier nuevo dato, y más si entraban en juego jóvenes desaparecidas, habría supuesto un caramelo irresistible para la prensa. Por último, Vicuña puso al corriente de aquellas desapariciones al juez instructor, Fermín Robles, al que no le gustó nada que fuese el padre de la víctima y no la Policía Judicial quien lo informase de algo de semejante entidad. A partir de ese momento, quería conocer hasta el último detalle de las gestiones que la Brigada Regional de Policía Judicial llevara a cabo, incluidas, por supuesto, las relativas a la investigación de las dos chicas desaparecidas. Fin del secretismo.

Carranza miró con expresión dura a sus cuatro subordinados antes de decir, señalando la mesa con un dedo índice que parecía un habano:

—Quiero resultados. Y los quiero ya. El comisario tiene el aliento de toda la cúpula en la nuca y ha sido cristalino como el agua de Lourdes. Necesitamos algo con lo que acallar a las fieras. Y cuando digo algo, estoy hablando de alguna pista que de verdad pueda ayudarnos a resolver este puto caso. —Dio una profunda calada a su Ducados y Guzmán salivó como el perro de Pávlov—. Hasta ahora, tan sólo sabemos que en el lugar en el que atropellaron a la única víctima había una furgoneta naranja que, según un testigo de cojones, una momia en silla de ruedas, parecía perseguirla.

—Aún estamos a la espera de lo que nos digan desde la Jefatura Central de Tráfico, jefe.

—Me importa tres cojones, Guzmán. Sabes muy bien que eso es una mierda. ¡Una mierda! —Golpeó la mesa. El inspector bajó la vista y García se relamió. Monzón y Diego cruzaron una mirada de circunstancia—. Coño. En Atlanta, hace sólo unos meses, el FBI atrapó a ese hijo de puta asesino de niños. ¿Es que nosotros vamos a ser menos que ellos?

Diego había seguido en la prensa con mucha atención la ola de asesinatos de niños negros —veintiocho en total— en Atlanta, que se saldó con un detenido, Wayne Bertram Williams, un fotógrafo negro de veintitrés años. Aunque se encontraba a la espera de juicio acusado únicamente de la muerte de dos veinteañeros, lo cierto era que desde su detención los asesinatos de niños cesaron.

—A ver, Guzmán. ¿Los americanos la tienen más larga que nosotros?

Roberto suspiró.

—No, jefe.

—Pues eso mismo pienso yo, joder. Si los yanquis trincaron a ese cabronazo, nosotros tenemos que echarle el guante al secuestrador de esas chicas. O a los secuestradores. Tenéis que encontrar algo más, hostias. Tenéis que dar con la tecla. Si no, estamos bien jodidos. Todos. Vosotros y yo. Haced el favor de concentraros en vuestros pequeños avances. Cada pareja a lo suyo y los cuatro a una, como D'Artagnan y los tres mosqueteros. Venga, pues. —Dio una sonora palmada—. A trabajar. No tenemos un solo minuto que perder. Ah, y una última cosa. Si me entero de que alguno de vosotros ha rajado más de la cuenta y ha hecho que Eladio Vicuña se entere de la existencia de esas otras desapariciones, le cortaré los huevos con mis propias manos y se los echaré a los cerdos.

A pesar de la visión pesimista del subcomisario, al que los latigazos de sus superiores le impedían atisbar el más mínimo rayo de sol, en la última semana —desde que tuvieron conocimiento de las dos nuevas desapariciones y Ángel Monzón y Javier García se sumaron a la investigación— no habían parado un segundo. Trabajaron hasta en domingo. Llamadas, entrevistas personales, comprobaciones de datos. Y aunque aún no disponían de una pista sólida, habían averiguado muchas cosas que les hacían pensar que iban por el buen camino.

Para empezar, los recién incorporados inspectores dieron en los archivos con varias jóvenes desaparecidas. Cinco, concretamente. Las desapariciones se remontaban a dos años atrás, si bien se desconocía cuáles habían sido sus últimos movimientos. Es decir, que, a diferencia de las tres chicas actuales, estas pudieron haber estado en locales de ocio o no. En cualquier caso, ¿cómo era posible que aquello no hubiese trascendido? Podía deberse a dos razones: una investigación policial chapucera, lo cual no era algo tan infrecuente, o un escaso interés por parte de los familiares, si no ambas cosas. Cada uno de los expedientes que encontraron constaba de apenas un par de folios mecanografiados, muy poca chicha a la que hincarle el diente. Todos esos informes llevaban la firma de dos inspectores que desarrollaron su carrera en la Brigada de Investigación Criminal y que se habían jubilado recientemente, Ojeda y Valladares, y que, a tenor de la endeble información que esos papeles recogían y de la fama de flojos que ambos tenían en el Cuerpo, en la última recta de su carrera parecían habérselo tomado con una calma excesiva, incluso para dos maulas como ellos. Las cinco muchachas provenían de tres provincias —Extremadura, País Vasco y Castellón— y todas eran de extracción humilde. Habían abandonado las casas en las que crecieron para trasladarse a la capital, sin otras pertenencias que lo puesto, con la intención de prosperar, de buscarse la vida, pero no se las había vuelto a ver. Cinco infelices a las que la tierra se tragó.

A partir de esa nueva información, los dos policías se pusieron en marcha. Lo primero que hicieron fue telefonear a sus viejos colegas y preguntarles por aquellas chicas. Los dos jubilados estuvieron afables e incluso bromistas, pero se ciñeron estrictamente a lo que habían dejado por escrito. Si no había más, se excusaron, era porque no encontraron nada, así de simple, y las reclamaciones, ya se sabe, al maestro armero.

Después llamaron a los familiares y allegados de las jóvenes para hacerles nuevas preguntas y se entrevistaron con algunas de las personas con las que habían mantenido trato en Madrid, a quienes les mostraron a su vez imágenes de las otras chicas por si las conocían, en un improbable intento de establecer alguna conexión entre ellas. También tuvieron ocasión de acercarse a bares de copas y discotecas cercanos a los domicilios que figuraban en los dosieres. Aún no tenían nada.

Guzmán y Diego, entretanto, contactaron con los padres de las dos últimas muchachas desaparecidas. Los de Patricia Feijoo, propietarios de un par de prósperas ferreterías en Pontevedra, se habían desplazado a Madrid en cuanto supieron de la desaparición de su hija y pudieron reunirse con ellos. Estaban muy preocupados. Era hija única y se hacía evidente que la querían mucho. No entendían qué le había podido pasar; ella no era de las que desaparecen sin más, sino una chica madura y responsable. Fue su compañera de piso, una joven abogada que trabajaba para una multinacional y viajaba casi todas las semanas, quien alertó de su desaparición y puso la denuncia. Cuando volvió de viaje, la casa olía muy mal, pues la basura llevaba varios días en el cubo. La habitación de su compañera, que siempre estaba impecable, se veía desordenada, con la cama deshecha y prendas de ropa por el suelo, como si hubiese salido de forma precipitada. Sobre la mesa de trabajo, un dibujo a carboncillo de la plaza Mayor a medio hacer. Como la abogada pasaba muchos días fuera, instaló un contestador automático, que compartía con Patricia, para poder recibir recados de trabajo y llamadas familiares. El aparato contenía seis mensajes nuevos, dos de los cuales estaban dirigidos a ella. El más antiguo tenía tres días y era de su amiga Esmeralda, de Pontevedra, que le preguntaba si había ido finalmente a ese bar del que le habló y se había encontrado a su ex. El otro era de sus padres, que llamaban para saludar y para saber si todo iba bien. La abogada les devolvió las llamadas: no sabían nada de ella desde hacía días. Consiguió de igual modo hablar con una compañera de la universidad, que le dijo que llevaba varios días sin aparecer por clase. Telefoneó de nuevo a sus padres y decidieron denunciar su desaparición. Estos les confirmaron a su vez a los dos policías la ruptura con su novio, Álvaro, con el que había estado saliendo dos años y del que, aseguraron, estaba muy enamorada. A pesar de que las últimas veces que hablaron les dijo que se encontraba mucho mejor, que no se preocupasen, sospechaban que seguía pasándolo mal.

Diego mantuvo una conversación telefónica con Esmeralda y ella le contó lo que había hablado con Patricia. Un mes atrás vio a su ex en un bar, acompañado de una chica, y pensó de pronto en volver a ese sitio, sola, por si la suerte se ponía de su parte y lo veía de nuevo. Ella le dijo que estaba loca, que se olvidara de una vez de él, que no la merecía. Que ella valía cien veces más y que, con lo guapa e inteligente que era —algo que era cierto, al menos lo de la belleza, pues sus padres les mostraron fotos de ella y era preciosa—, los pretendientes le iban a salir hasta de debajo de las piedras. Pero estaba muy «enganchada» a él y no le hizo caso. No recordaba el nombre del bar o tal vez ni siquiera se lo dijo. Simplemente, le mencionó un bar y ya está.

Hablaron también con el exnovio, con el que se citaron en una cafetería. Álvaro Hernández, estudiante de Medicina, se mostró muy sorprendido y aun apenado cuando lo informaron de la desaparición de Patricia, y se ofreció a ayudarlos en lo que hiciera falta. No la había vuelto a ver desde que rompieron, más de tres meses atrás, y ahora estaba saliendo con otra chica, una compañera de la facultad. Los inspectores le dijeron que al parecer ella lo vio salir tiempo atrás de un local de copas y que la noche en que desapareció le dijo a una amiga que iba a volver a ese sitio por si se encontraba con él. El muchacho, que pareció sentirse realmente mal ante esa nueva información, no sabía de qué bar podía tratarse. Le pidieron entonces que les indicara a cuáles solía ir y les dio unos cuantos nombres. Entre ellos figuraba La Vía Láctea. Diego volvió allí y habló de nuevo con el encargado y con el matrimonio propietario, sólo que en esta ocasión no tuvo tanta suerte: no recordaban haber visto a esa chica.

El caso de Ana Casado era distinto. Sus padres, salmantinos, de Almenara de Tormes, eran gente de campo, muy mayores, y los inspectores, que se desplazaron hasta aquel minúsculo pueblo para hablar con ellos, notaron enseguida que no tenían apenas relación con su hija. Ni siquiera sabían que estaba viviendo en Madrid; se enteraron de ello cuando recibieron la llamada de un empleado de los grandes almacenes Sears. Su hija llevaba varios días sin acudir al trabajo y uno de los dos teléfonos de contacto de que disponían era ese. Era la pequeña de ocho hermanos, la mitad de los cuales habían muerto por causas diversas, y los otros tres malvivían con trabajos esporádicos de hostelería y limpieza. Ella quería dejar atrás aquella vida sin horizontes y primero probó suerte en Salamanca capital. Trabajó de camarera en un hotel y en distintos bares, y eso fue lo último que sus padres supieron de ella.

Las lagunas de su historia las rellenó la última persona que la había visto, Nieves, la misma que denunció su desaparición. Guzmán y Diego se vieron con ella durante las dos horas que tenía para comer. Les dijo que hacía poco que se conocían, pero que enseguida conectaron porque, además de guapa, Ana era una chica «majísima, un encanto». La salmantina le había contado que tras mucho meditarlo se decidió a viajar a Madrid, donde las oportunidades siempre serían mayores. Entró a trabajar en Sears, donde se conocieron, por un anuncio en el periódico en el que buscaban dependientes. Se hospedaba en una pensión, aunque había empezado a buscar piso compartido. Nieves vivía con sus padres y le dijo que si quería podía quedarse en su casa hasta que encontrara algo, que tenían sitio, pero ella, tras agradecérselo, rechazó la propuesta, quién sabe si por orgullo o vergüenza. Les dijo a los dos policías que ella había quedado en ir con unos amigos a la discoteca Cerebro, en la calle de Magallanes, y que se lo comentó a Ana. Como ella llevaba poco tiempo en la ciudad y no conocía a nadie más, se apuntó. Bailaron, bebieron y se divirtieron mucho, pero hubo un momento en el que la perdió de vista porque la discoteca era un hervidero, y ya no volvió a saber de ella. Aquella noche de jueves llevaba una falda corta negra, una cazadora de piel y unos zapatos de tacón rojos. Al día siguiente no acudió al trabajo, ni el sábado. El domingo era festivo y los almacenes no abrían. Para taparla, le dijo al encargado de planta que la había llamado para decirle que estaba enferma. Nieves pensó, en efecto, que lo más seguro era que se hubiese puesto mala. El caso es que esperó al lunes y tampoco apareció. Ella no sabía en qué pensión estaba, por lo que se armó de valor y le confesó la verdad al encargado, que no sabía nada de ella desde que salieron juntas el jueves pasado y que se estaba empezando a preocupar. Cuando minutos después su compañero le comunicó que había llamado a la pensión y que le habían dicho que llevaban días sin verla, y que sus padres, por no saber, ni siquiera sabían que trabajaba allí, se decidió a denunciar su desaparición.

Guzmán y Diego visitaron la pensión y el dueño les abrió la puerta de su cuarto. Tenía muy pocas cosas: algunos vestidos, un abrigo, un par de zapatos y poco más. En un cajón guardaba unas cartas de amor, fechadas tres años atrás, y unas fotos, recortadas de revistas, de famosos actores de Hollywood: Paul Newman, Steve McQueen, Robert Redford. También unas pocas fotografías suyas, en compañía de alguna amiga y sola. Por lo demás, la habitación estaba impoluta, lista para superar el más exigente examen de limpieza. Los policías llamaron de nuevo a sus padres y les preguntaron por el chico que firmaba aquellas apasionadas cartas infestadas de faltas de ortografía y lugares comunes, un tal Matías, y los ancianos les dijeron que era un zagal del pueblo con el que su hija se veía, pero que había fallecido un par de años atrás en un accidente de moto.

Y en ese punto estaban. La noche anterior, por «imperativo matrimonial», según sus propias palabras, Guzmán tuvo que llevar a su parienta a cenar y a tomar una copa —acabaron en la sala Xenon, en Callao, y se recogieron al terminar el show de Raúl Sénder, lo que al día siguiente calificó ante sus compañeros como «una velada para enmarcar»—, y Diego estuvo en el cumpleaños de la mejor amiga de Mónica, pero esa noche quedaron en ir juntos a Cerebro por si sonaba la flauta.

Estuvieron todo el día repasando la información recabada y contrastando datos con Monzón y García, que, en honor a la verdad, estaban echando el resto. Y ya de noche salieron hacia la discoteca.

En la puerta de la brigada se cruzaron con un inspector de rostro amplio y mirada viva cuyas pesquisas propiciaron la detención, unos meses atrás, de Rafael Escobedo Alday, acusado del asesinato de los marqueses de Urquijo. El crimen de aquel matrimonio ligado a la nobleza y las altas finanzas había conmocionado a la opinión pública y todavía planeaban sobre él muchos interrogantes. Escobedo se hallaba en prisión preventiva, a la espera de la celebración del juicio. Se saludaron y, durante un segundo, Diego sintió envidia de él. Mientras que aquel colega, joven también, atravesaba un momento profesional especialmente dulce, ellos andaban atascados y bajo la severa lupa de sus superiores. Como si Guzmán le hubiera leído el pensamiento, dijo:

—Ahí lo tienes al tío. Más orgulloso que un pavo real. Y nosotros sorbiéndonos los mocos, me cago en la puta de oros.

Pese a que era viernes noche y el tráfico a esas horas era ya infernal, Diego sacó la sirena y puso el Seat 131 a bailar entre los coches. Fueron tantos los bandazos que dio que a Guzmán se le quitaron las ganas de buscar música en la radio y optó por recostarse y cerrar los ojos. El simulacro de siesta duró un suspiro, pues llegaron a la calle de Magallanes, en el distrito de Chamberí, en poco más de quince minutos. Niki Lauda no habría tardado menos.

El portero de la discoteca, una suerte de gorila de mirada estulta, observó sus convincentes credenciales y los dejó pasar. Acababan de abrir y apenas había movimiento. Se cruzaron con un par de rubias en minifalda que quizá trabajaban allí, una de las cuales miró a Diego y compuso una sonrisa cargada de intención que él fingió no ver. Guzmán pensó que su novia le debía de tener contentísimo, ya que el muy cabrón parecía impermeable a las flechas que las mujeres, jóvenes y mayores, le lanzaban de continuo.

Fueron directos a la barra. Un camarero de uniforme, con el pelo largo y mostacho, que a Diego le recordó al presentador de televisión José María Íñigo, les preguntó qué les ponía mientras se ajustaba la pajarita. Se identificaron y le mostraron una de las fotografías de Ana Casado que habían encontrado en su cuarto de la pensión.

—¿La recuerdas? —preguntó Guzmán.

El camarero asintió en el acto.

—Está bastante cambiada, pero sí. Estuvo aquí hace unas cuantas noches. La vi bailar y la niña era un espectáculo.

Diego y Guzmán se miraron y sintieron algo muy parecido al placer. El segundo prosiguió:

—Eso fue la noche del jueves 3 de diciembre.

—Pues no sé. Si usted lo dice...

—¿Qué más recuerdas de ella? ¿La viste con alguien?

—Sí. Estuvo bailando con un grupo de amigos. Y luego la vi en esta barra, justo donde están ustedes dos ahora, dándose el lote con un guaperas al que he visto por aquí alguna vez. Menuda suerte, el cabrón. Con perdón.

—¿Estás seguro de eso? —preguntó Diego.

—Como de que esta discoteca se llama Cerebro y está llena de descerebrados. Segurísimo.

—Dices que conoces al tipo.

—Ya les digo que de vista. No era esa la primera vez que lo veía comerse el pico con una titi. Está muy bien plantado; tiene pinta de torero. Un chuleta, vamos. Algunas van buscando a tíos con pasta y les da igual que sean ruinas humanas, pero hay otras a las que les gustan los guapos. Eso lo veo aquí cada noche. Usted —miró a Diego— arrasaría, se lo digo yo. Con las fans de los guapos, quiero decir.

Él ignoró tanto aquel comentario como la sonrisa ladeada de su compañero.

—¿Cómo te llamas? —le preguntó Guzmán.

—Marcelo, para servirle.

—Pues te voy a decir lo que vas a hacer mañana a primera hora, Marcelo.

—¿Mañana? Mañana es sábado, por si no se ha dado usted cuenta.

—Por supuesto que me he dado cuenta. Pero hay cosas, como esta, en las que hay vidas en juego, que no entienden de fechas.

—¿Sería mucha indiscreción preguntar de qué va la cosa exactamente?

—Pues no sé si es mucha indiscreción o no, pero lo acabas de hacer. Lo único que puedo decirte es que esta belleza ha desaparecido y que estamos buscándola, y que cada segundo cuenta. Mañana, como te iba diciendo, te vas a presentar a primera hora en los locales de la brigada...

—¿La brigada?

Guzmán miró al techo y suspiró.

—Coño, Marcelo, a ver si me dejas terminar una frase. La brigada, sí. Brigada Regional de Policía Judicial, si te gusta más así, en la Puerta del Sol. No tiene pérdida. Es el edificio de la Dirección General de Seguridad, la DGS, que seguro que te suena más... —Asintió. Por desgracia, todo el mundo sabía qué sitio era ese—. Bien, ya veo que nos vamos centrando. Pues, como te decía, vas a ir allí y le vas a explicar a un dibujante cojonudo que tenemos cómo es el careto del casanova ese. Y a partir de este momento mantén los ojos igual de abiertos que los de una lechuza, por si acaso volvieras a verlo. Toma. —Colocó sobre la barra una tarjeta—. Si lo ves, a la hora que sea, llamas a este número en el acto. A quien te coja le dices —sacó un bolígrafo y comenzó a escribir— que has hablado con los inspectores Álamo y Guzmán. ¿Te ha quedado claro?

—Clarísimo. Tan sólo una pregunta, jefe. ¿A qué llama usted *primera hora*?

El policía compuso una sonrisa de actor de comedia barata y dijo con voz melosa:

—¿Cómo le va al señorito a eso de las nueve?

—Hombre. Por irme me va mucho mejor a las doce, que trasnocho mucho.

—Pues cuando salgas de la brigada te echas la siesta de tu vida, pero mañana te quiero allí a las nueve en punto como un clavo. No me falles, ¿eh? —Levantó el dedo índice con gesto admonitorio—. A ver si voy a tener que volver para darte un tirón de orejas.

—Descuide, jefe, allí estaré. Como un clavo.

—Así me gusta. Y alégrame esa cara, Marcelo, joder, que no todo son malas noticias. Vas a probar el mejor café que hayas bebido en tu vida.

Diego le lanzó una mirada divertida. El café del bar de la Jefatura Superior de Policía era matarratas. Eso sí, etiqueta negra.

—Pues a esas horas necesitaré dos tazas para estar medianamente lúcido.

—Las que quieras, campeón. Como si te da por beberte un litro, tú por eso no sufras. ¿Dónde hay un teléfono?

—Allí al fondo, junto a los aseos.

—Voy a llamar a Carranza —le dijo a Diego— para que avise ahora mismo al retratista y esté mañana temprano en la brigada.

Volvió al poco, frotándose las manos.

—Ya está. Todo arreglado. Por cierto, Marcelo, ¿no tendrás por ahí un cigarrito?

—Pues claro que sí. —Se sacó del bolsillo un paquete de Winston y se lo tendió. Guzmán tomó un cigarro y le prendió fuego con su lanzallamas de oro.

—Menudo aparato de rayos láser que lleva...

—Era de mi viejo y es cojonudo. No falla nunca. Oye, que digo yo que ya que estás ahí podrías estirarte y ponerme un vasito del mejor whisky que tengas. Mi compañero y yo cerramos la tienda por hoy.

—Eso está hecho, jefe. ¿Lo mismo para usted?

Diego resopló. Estaban de servicio, pero qué coño. Roberto tenía razón: se lo habían ganado.

—A mí me va bien con una cerveza.

—Marchando.

Los dos inspectores se miraron un momento y sonrieron. Había que ser cautos, mucho, pero, después de la semana de mierda que llevaban, la información que les acababa de dar aquel obsequioso camarero sonaba a música celestial y bien merecía un trago. O dos. Cuando les pusieron las copas delante, las levantaron y Diego dijo:

—Salud.

—Salud, sí. Y que el hijoputa ese se vaya preparando porque vamos a caer sobre él como las siete plagas de Egipto.

—¿No eran diez?

—Qué más da, Pincel. Como si fueron cincuenta y siete. Bebe, anda.

Y bebieron.

CAPÍTULO 22

Cuando le ordenó que se levantase y echara a andar, sintió un miedo atroz. Antes le había colocado un collar de hierro del que salía una cadena, el mismo que Ana Casado llevó durante todo el tiempo que estuvo confinada, y se preguntó por qué. Pero le obedeció sin oponer resistencia. ¿Acaso podía hacer otra cosa?

Tiró de ella como si fuese un animal de carga o una esclava de película, le advirtió que no se le ocurriera hacer ninguna tontería, pues en ese caso la mataría sin pensarlo un segundo, y la condujo escaleras arriba. Dios, ¿adónde la llevaba?

Al abrirse la pesada puerta, pasaron de la luz artificial y cegadora del sótano a la luz natural, tenue y apenas dañina, que invadía la vivienda, y ella la recibió con una mezcla de alegría y vértigo. Contuvo la emoción mientras trataba de ver dónde estaba, captar cuanto le fuera posible de aquel lugar.

Lo que vio fue un pasillo largo con habitaciones a ambos lados y una pared al fondo. En el suelo, a unos pocos pasos de donde se encontraban, un agujero de gran tamaño se abría amenazador, como las fauces de una bestia fantástica, ante ellos. Le dijo que tuviera cuidado, ya que si pisaba mal podría precipitarse por él.

Caminaron por uno de los bordes, bien arrimados a la pared, sobre los restos de un viejo parqué —allá abajo había un sótano lleno de escombros—, y nada más sortear el peligro, apareció un segundo agujero.

Volvió a prevenirla. Tras rebasarlo, surgieron dos habitaciones, una frente a la otra, y él la introdujo en la de la derecha.

Aquel era el cuarto de baño más sucio y menesteroso que

hubiese visto nunca. Tenía una pequeña ventana, provista de un cristal esmerilado y con una reja interior, en la parte superior de la pared que enfrentaba la puerta. Él le quitó el collar para que pudiera desvestirse y volvió a ponérselo, tras lo cual la hizo entrar en una bañera que, habida cuenta de lo negra que estaba, parecía que no había sido utilizada en años, y enganchó la cadena a una argolla atornillada al azulejo. Le señaló una repisa fabricada con varios ladrillos, sobre la que descansaban una pastilla grande de jabón de cocina y una toalla astrosa, y le dijo que se lavara.

No había agua caliente, la avisó, algo que a ella le dio igual. Era una chica del norte, sana y fuerte, y necesitaba desprenderse de aquella capa de suciedad que la cubría, de toda la suciedad que sentía, y la temperatura del agua, por extrema que fuera, no iba a impedírselo.

Abrió el grifo y comenzó a aplicarse agua en las extremidades y, una vez que se hubo mojado todo el cuerpo, a enjabonarse. Parecía mentira que un acto anodino como era frotarse la piel con jabón pudiera resultar tan beneficioso para la mente. Aquello la humanizaba; le devolvía el estatus de persona, la dignidad que el encierro a oscuras, apartada de todo hábito cotidiano, le había arrebatado.

El agua fría tuvo un efecto resucitador. Tenía la piel de gallina y no podía dejar de temblar, aunque al mismo tiempo se sintió más viva de lo que había estado nunca en aquella cárcel.

Lo más delicado era lavarse el pelo. Lo tenía demasiado largo y lo que hizo fue inclinarse y dejar que la melena se derramase hacia delante como una cortina, para que el agua la dañase lo menos posible. Un agua realmente fría, sí, más que en Madrid, pensó, y entonces cayó en la cuenta de que tal vez no se encontrara en la ciudad.

Tras escurrirse el pelo y hacerse un moño alto, agarró la toalla con manos trémulas y se cubrió con ella, como hacía siempre que se duchaba, igual que cuando era pequeña, y se quedó en cuclillas, acurrucada bajo aquel áspero trozo de tela, durante un rato.

Él no había dejado de observarla ni un segundo. Permaneció todo el tiempo apoyado en la puerta y siguió con ojos de cazador codicioso cada uno de sus movimientos. Ella, que trató de actuar con naturalidad a pesar de su temible presencia, sabía que no lo hizo por vigilarla, ya que estaba sujeta a la pared por medio de aquella cadena y no había forma de que se liberara, sino porque disfrutaba con el espectáculo de su desnudez y su dolor.

De pronto, como si le hubiera leído el pensamiento, dio unos pasos decididos al frente y entró en la bañera. Tiró de ella, le arrancó la toalla, se bajó los pantalones y la violó allí mismo, contra la pared, recién lavada. Le apretó la cara contra las infames baldosas y se hundió en su cuerpo aterido con la misma fuerza que habría empleado en echar abajo una puerta. Con tanta fuerza, de hecho, que llegó a levantarla por completo del suelo. A ella se le escaparon las lágrimas en silencio mientras se mordía el labio inferior hasta hacerlo sangrar, pero aguantó las violentas acometidas sin dejar de rogarle a Dios que aquel suplicio fuese breve.

Y Dios, en esta ocasión, pareció escucharla, ya que apenas dos minutos después el monstruo emitió el bronco gemido acostumbrado.

Una vez saciado, se abrochó los pantalones, soltó la cadena de la argolla, le quitó el collar y abandonó la bañera. Le dijo que saliera y que se vistiese deprisa, y después le puso de nuevo el collar.

Según dejaron el baño, se fijó en la habitación que había enfrente, en lo que debió de ser un dormitorio y ahora no era más que otra escombrera, y antes de que notase un tirón en el collar que le indicaba que tenían que ir hacia la izquierda, de vuelta al sótano, tuvo ocasión de mirar a su derecha, a la pared que se veía al fondo y poco antes de la cual se adivinaba otra puerta.

Volvieron a bordear las zonas mutiladas del suelo y bajaron las escaleras, él detrás de ella. Después, la liberó de la cadena y se marchó.

Ya sola, bajo la manta, con el pelo todavía húmedo, se sumió otra vez, como cada día sin apariencia de día, en un pozo de desesperanza. Sólo que cuando, ovillada, consiguió entrar en calor, la sensación de la piel limpia, renovada, le provocó cierto placer y no quiso dejarlo escapar.

De ese modo, colocó la nariz sobre el antebrazo y aspiró con fuerza el olor del jabón. Y esa leve novedad, ese evento distinto en la sucesión de horas idénticas —de horas que no eran horas, ya que el tiempo, allí, tenía la entrada vetada—, logró colorear por momentos el negror en el que estaba instalada.

Al poco, consiguió abandonar el sótano: se durmió.

CAPÍTULO 23

El solícito camarero de Cerebro cumplió su palabra y se presentó en la brigada a las nueve de la mañana en punto de aquel sábado de diciembre tan próximo a las Navidades. Allí, con un humeante vaso de café entre las manos que le supo a «gloria bendita» —había paladares para todos los gustos, por increíble que pudiera parecer—, le explicó a un dibujante malhumorado por tener que madrugar en fin de semana cómo era el rostro del que para los inspectores se había convertido en el principal sospechoso.

Los ojos, que, junto con la nariz, la boca y la forma de la cara, eran los rasgos esenciales, resultaban lo más difícil de describir, pero el camarero aseguró recordarlos muy bien. Igual de seguro se mostró cuando dijo que carecía de lunares o cicatrices, de cualquier marca distintiva que ayudara a identificarlo.

Al ver el retrato robot, Diego se acordó del actor francés Alain Delon. Esa belleza felina y ese aire chulesco, como de príncipe de los suburbios. No sabía hasta qué punto ese dibujo era fiable, ya que siempre se había mostrado escéptico con aquello. Consideraba que era una técnica más peliculera que otra cosa, pues, para empezar, habría que ver cómo se expresaba aquel que le transfería los datos al retratista, quien, a su juicio, era el menos responsable del resultado, porque las más de las veces trabajaba a partir de explicaciones confusas. Y aunque ese camarero tenía un pico de platino iridiado, quizá no supo trasladarle al artista con la suficiente precisión los rasgos de aquel hombre. Algo que no resultaba tan sencillo y que no todo el mundo era capaz de hacer.

Eso era, no obstante, lo único con lo que contaban y a ello debían agarrarse. Aquel dibujo y el dato de la furgoneta naranja, de la cual seguían esperando la información solicitada («hay que joderse con la puta Jefatura Central de Tráfico», maldijo Guzmán tras llamarlos una vez más y obtener un «estamos trabajando en ello» por toda respuesta), eran los clavos ardiendo a los que se aferraban.

Los cuatro inspectores ocupaban sus respectivas mesas y también Carranza, quien la noche anterior recibió con optimismo la llamada de Guzmán en la que le pedía que avisara al dibujante porque el camarero de una discoteca aseguraba haber tenido delante de sus narices a Ana Casado con un tipo al que conocía de vista.

Lo de trabajar en sábado ya lo tenían más que asumido, por lo que ninguno de ellos despotricó. Eran muy conscientes de que, con esas dos chicas desaparecidas, cada minuto poseía un inmenso valor.

Hacia el mediodía, Javier García colgó el teléfono y se quedó unos segundos pensativo. Mordió el culo de un lápiz con la vista clavada en la fotografía de su novia, que reposaba sobre su mesa en un pequeño marco dorado. Después, se puso en pie y avanzó, resuelto, hacia el subcomisario. Hablaron unos minutos y, al poco, se levantaron y se reunieron con los otros tres inspectores.

—¿Os acordáis de Paco Aguilar? —preguntó García mirando a sus colegas.

Aguilar trabajó un par de años en la brigada, hasta que pidió el traslado a una comisaría de Sevilla porque acababa de casarse y tanto su mujer como él eran de allí.

—Sí, claro —contestó Guzmán—. Un buen tipo. Listo y currante. ¿Sigue en Sevilla?

—Allí sigue. Nos llamamos de vez en cuando. En su día trabajamos codo con codo en un par de casos y sintonizamos enseguida. La cosa es que le comenté lo de esta investigación y me dijo que él, poco antes de marcharse, hace año y medio, había estado detrás de la desaparición de una chica a la que se vio por última vez en un pub y que, al rastrear los nombres de una agenda que encontraron en su casa, dio con dos pájaros con antecedentes policiales, uno por estafa y robo y el otro, tócate los cojones, por intento de violación.

Guzmán y Diego se miraron.

—Entiendo que habló con ellos —dijo Monzón.

—Lo hizo.

—¿Y?

—Parece ser que ambos tenían coartadas sólidas para esa noche.

—A pesar de ello —apuntó Guzmán—, es algo llamativo.

Carranza movió afirmativamente su señora cabeza como uno de esos espantosos perros que se colocaban en la parte trasera de los coches.

—Pero ¿no me vais a hacer la pregunta? —inquirió García sorprendido.

Lo miraron. El silencio se prolongó más de la cuenta. Hasta que Diego dijo:

—El expediente.

—¡Exacto! —exclamó García.

—No dimos con él cuando estuvimos buscando casos de chicas desaparecidas —añadió Monzón.

—Así es. Y el caso es que después de hablar con Aguilar, que recordaba perfectamente el nombre de la chica, Dolores Gutiérrez, me puse a buscarlo y no aparece por ningún sitio. No está.

Las miradas de todos se clavaron en Carranza.

—Recordad que hace unos meses liaron la de Dios cuando vinieron a pintar —dijo él, y casi pareció una justificación—. Movieron archivadores y muebles, y varios inspectores se quejaron de que se habían extraviado papeles...

—Ya, jefe —protestó García—. Pero es raro, joder.

—Es más que eso —añadió Carranza—: es una putada bien gorda. Supongo que sabéis que se abrió una investigación interna que no llevó a ningún sitio.

—Pues mira tú qué bien —se lamentó Diego.

—Al no estar el expediente —continuó García—, no podía saber quiénes eran esos dos artistas con antecedentes. Así que he vuelto a llamar a Aguilar y, como el cabrón es un buen policía, resulta que suele guardar copias de la documentación principal de todos los casos que investiga. Pero da la puta casualidad de que está en plena mudanza y anda con un lío de cajas del carajo. Ha prometido llamarme en cuanto dé con ella.

—Buen trabajo, García —le felicitó inopinadamente Carranza, nada dado a las palmadas en el hombro.

—Gracias, jefe.

—Pero no te me duermas. Dale el coñazo a Aguilar; hazle ver que es un asunto de máxima prioridad. Tal vez por ahí obtengamos algo de peso.

—Lo haré, descuide.

Volvieron a sus respectivos sitios.

Guzmán apoyó el pie en su mesa para abrocharse el cordón del zapato y Diego se fijó en la cartuchera de piel que llevaba sujeta al tobillo y que dejaba a la vista la cacha de madera de una pequeña pistola. Nunca se la había visto.

Al incorporarse, advirtió la mirada de su compañero. Sonrió y desenfundó el arma.

—Semiautomática Star del calibre 25 ACP —explicó, como un vendedor de pacotilla, mientras sopesaba la pistola—, modelo Starlet, doce centímetros de longitud total y capacidad para ocho cartuchos. Aquí donde la ves, esta chiquitaja me salvó una vez la vida.

—¿En serio?

—Y tanto. Fue durante el atraco a un banco. Uno de los atracadores me desarmó y al muy gilipollas no se le ocurrió cachearme, pues no imaginó que llevaría una segunda pipa encima. O a lo mejor es que estaba muy nervioso. Sí, seguramente fue eso. Sea como fuere, se trató de un error fatal para él y, como te digo, de mi salvación.

Diego dudó unos segundos antes de hacer la pregunta:

—¿Lo mataste?

Sonrió de nuevo y devolvió la pistola a su cartuchera.

—Acepta un consejo, Pincel. Hazte con una como esta, o similar, y llévala siempre contigo como si fuera tu segunda polla. A lo mejor un día es ese tablón milagroso que aparece cuando uno se ha quedado sin fuerzas en altamar y te salva el culo. Lo mismo hasta te acabas acordando de mí con una sonrisa, fíjate. —Le guiñó un ojo.

—Lo tendré en cuenta.

Enseguida se vieron enfrascados otra vez en sus papeles. Aquel iba a ser un día largo y nada divertido, y Diego pensó, con un repunte de impotencia, que aquella era una lucha desigual, pues se enfrentaban al tiempo con inofensivas balas de fogueo.

CAPÍTULO 24

Además de una ráfaga de aire limpio, tan necesario, tan balsámico para ella después del tiempo que llevaba allí encerrada, retenida contra su voluntad por un monstruo, la breve salida del sótano, a pesar de su salvaje colofón, de la violenta escena en la bañera, le había supuesto un atisbo de esperanza. Una inyección de luz.

Allí dentro no tenía ninguna posibilidad, estaba por completo vendida. Fuera, en cambio, la cosa era distinta. Quién sabía. A lo mejor, si él la volvía a dejar salir podría aprovechar un descuido y tratar de escapar. No conocía la vivienda, y aunque en el improbable caso de que consiguiera burlarle ya sabía por dónde debía tirar —seguir por aquel pasillo—, desconocía si la puerta o puertas de acceso a la casa estarían abiertas —sin la llave echada— o si habría alguna ventana que no tuviese rejas y por la cual pudiera huir. Pero el solo hecho de fantasear con esa posibilidad era ya un aliciente en la situación desesperada en la que se encontraba, y un motor. Sí, pese a ser terriblemente consciente de que eso podía conducirla a la muerte.

En aquel momento de creciente ansiedad, las preguntas de los últimos días la aguijonearon con mayor fuerza aún: ¿la estarían buscando? ¿Contemplarían la posibilidad de que le hubiese pasado lo que en realidad sucedía, que la hubieran secuestrado?

Imaginó el desconcierto y la preocupación de sus padres, y quiso pensar que habrían acudido a una comisaría a denunciar su desaparición. Ella nunca dejó de comunicarse con ellos de forma tajante, jamás pasó tanto tiempo sin dar señales de vida, y eso ya era un motivo más que justificado para que se encendieran las alarmas.

Y luego estaban Esther, su compañera de piso, y su amiga Esmeralda, a quien le dijo que pensaba ir a aquel bar por si tenía la suerte de volver a ver a Álvaro. ¿Habrían hecho algo?, ¿habrían temido por ella? Esther tendría que haberse dado cuenta, al menos, de que toda su ropa estaba en casa, de que se marchó con lo puesto, sin equipaje alguno, y sus compañeros de la facultad deberían haber acusado de igual modo su ausencia continuada, pues ella rara vez faltaba a clase.

Una vez más, arañó la esperanza al imaginar a la policía tras su pista. Eso la llevó a pensar cómo se hacía para dar con un secuestrador, de qué forma comenzaban a tirar del hilo que pudiera conducirlos hasta ella. Y ahí entraba también Ana Casado, de cuya vida nada sabía, pero que, por pura lógica, habría dejado tras de sí el mismo reguero de preocupaciones y preguntas por parte de sus familiares y amigos que ella.

Y tenía que haber más. Tenía que haber más chicas. Pues aquella ropa y aquellos dientes...

Se estremeció y, en medio de ese acceso de terror e indefensión, volvió a oír el ruido que produjo el cuerpo de Ana cuando él la arrastró escaleras arriba. Se tapó vanamente los oídos, como si de esa forma pudiera acallarlo, cuando era su cabeza la que lo reproducía con una crueldad que ella creía no merecer.

Pasados unos minutos, tumbada bajo la manta en posición fetal, trató de concentrarse de nuevo en lo poco que logró ver de la casa; en aquel pasillo al que le faltaban grandes trozos de suelo —a través de esos agujeros se podía ver la prolongación del sótano en el que ella se encontraba, que debió de haber sido tabicado—, y al fondo del cual había una pared. Pero justo antes de esa pared vio una puerta. ¿Conduciría esa puerta a la calle, hacia su salvación?

Aunque así fuera, ¿de qué forma, en el caso de que volviese a dejarla salir, podría llegar a zafarse de su carcelero y huir? Él era mucho más fuerte y ella no disponía de ningún elemento externo en el que apoyarse. Porque en aquel sótano no había nada. Nada de nada. Y el cochambroso cuarto de baño tampoco contaba con accesorios o herramientas de las que valerse para intentar reducirle.

Pero siguió pensando en ello, en ese imposible.

Había descubierto ahí, en ese ejercicio de devanarse los sesos intentando hallar la salida del laberinto, una eficaz compañía y no iba a despegarse de ella de ninguna de las maneras.

CAPÍTULO 25

Aquella mañana de lunes, el ambiente en la brigada era sombrío. La causa de ese desánimo generalizado nada tenía que ver con ninguna de las investigaciones en curso, muchas de ellas para echarse a llorar, sino con la derrota el día anterior del Real Madrid frente al Barcelona en el Camp Nou. De nada sirvió el mágico tanto de Juanito con la zurda, su pierna mala, pues Alesanco, con un misil de falta, y Quini, con otros dos goles, le dieron la victoria al equipo anfitrión. Aquel encuentro había marcado un récord continental de asistencia a un partido de fútbol, con casi ciento veinte mil personas, por lo que se convirtió en todo un acontecimiento e hizo que la pesadumbre de los madridistas fuese todavía mayor.

De los funcionarios que integraban la docena de grupos con los que la Brigada Regional de Policía Judicial contaba para perseguir —indistintamente, ya que se organizaban en turnos— las principales actividades delictivas, desde homicidios a delitos económicos, pasando por atracos, robos, secuestros, violaciones y tráfico de estupefacientes, el noventa por ciento eran merengues, y para al menos la mitad de ellos el equipo blanco suponía una deidad que ocupaba un lugar fundamental en sus vidas. Sin embargo, los cuatro inspectores que trabajaban en la Operación Copas, como denominaron a la investigación en la que andaban inmersos, tenían sobrados motivos para sonreír.

Aguilar había llamado a primera hora a Javier García y le había dado los datos más relevantes que conservaba de la desaparición de Dolores Gutiérrez. También, los nombres de los dos tipos a los que había tomado declaración. Al estar fichados pudieron consultar sus expedientes, pero les chocó que carecieran de fotografías. Revisaron al azar otros expedientes de la misma época y observaron que algunos tampoco tenían foto, por lo que concluyeron que aquello se debió a una negligencia más de las muchas que allí se cometían. El caso es que Aguilar tampoco disponía de las fotos, pues tan sólo guardaba los datos personales y una copia de las declaraciones que quedó en enviarles, y por ello no pudieron compararlas con el retrato robot. Entonces, lo que García hizo fue mandarle a su colega, por correo urgente, una fotocopia del dibujo, por si le recordaba a alguno de ellos, pero entretanto, para no estar de brazos cruzados hasta que lo recibiera, decidieron hacerles una visita.

Las buenas noticias no acababan ahí. La Jefatura Central de Tráfico les había facilitado, por fin, los datos referentes a las furgonetas naranjas matriculadas en Madrid capital. Utilizando como punto de partida el lugar del accidente, iban a trazar un perímetro que comprendería el distrito de Carabanchel y una porción de cada uno de los distritos limítrofes: Arganzuela, Usera y Latina, y después comprobarían qué furgonetas de las del listado que se les había remitido entraban en él. Para ello, debían repasar una a una las direcciones y seleccionar aquellas que pertenecieran a cualquiera de esas demarcaciones.

Monzón y García se quedaron en la brigada para encargarse de esa tediosa labor mientras que Guzmán y Diego, tras llamar varias veces a un número de teléfono en el que nadie contestó, fueron a buscar al tipo con antecedentes policiales por intento de violación.

Guzmán agradeció sobremanera salir a la calle, pues pensaba que la cabeza le iba a estallar si oía un solo lamento más sobre las jugadas dudosas y las decisiones arbitrales injustas. «Que se vayan a la mierda, joder», se dijo. Los futbolistas iban a seguir siendo unos privilegiados y ellos tenían que levantarse cada día con el pico y la pala para poder subsistir. Sí, que se fueran todos a la mierda.

Tenían la dirección de una cafetería en la que aquel sujeto, Alberto Martín Carrasco, de veintiocho años, trabajaba cuando le interrogó Aguilar, y allí se plantaron.

Estaba en la calle de Donoso Cortés, en el barrio de Gaztambide, distrito de Chamberí. El dueño, un gordinflón con el pelo largo y grasiento, les dijo que hacía meses que el hombre al que buscaban no trabajaba allí, aunque le sonaba que otro de sus camareros tenía buena relación con él. Le avisó y este, en un principio, se mostró esquivo con los policías y aseguró no saber nada de él desde que se despidió. Pero Guzmán, que reparó enseguida en unos pequeños tatuajes que tenía en la mano, le advirtió que podían llevarlo a la brigada y comprobar si estaba limpio o, por el contrario, atesoraba algún antecedente. Y si eso era así, por pequeño que fuera lo que encontrasen, le iban a mirar con lupa hasta entre los dedos de los pies y se iban a convertir en su sombra. El tipo cambió entonces de parecer y dijo recordar, de pronto, que se habían visto hacía cosa de un mes. Quedaron para tomar unas cervezas y él le acercó luego en coche a casa de su hermana, en Tetuán, donde al parecer estaba viviendo. No se acordaba del nombre de la calle ni, como es lógico, del número del portal. Guzmán le dijo a su jefe que se lo robaban un rato, un par de horas a lo sumo, y le hicieron acompañarlos para que los guiara hasta aquel domicilio.

En cuanto Diego puso el coche en marcha, Guzmán encendió la radio. La voz grave de un locutor hablaba de tres nuevas víctimas, dos mujeres y un hombre, por causa del síndrome tóxico. El número de muertes por consumo de aceite de colza desnaturalizado se elevaba ya a doscientos veintiocho.

—A los hijos de puta que han comercializado la mierda esa de aceite les iba a dar yo una buena dosis de su misma medicina... —soltó Guzmán mientras cambiaba de emisora. El camarero se encogió en el asiento de atrás como un bicho bola.

Cuando veinte minutos después llegaron al portal en el que el tipo que los acompañaba aseguró haber dejado a su amigo hacía un mes, en una pequeña calle que hacía esquina con la del Marqués de Viana, Guzmán parecía del todo absorto en la canción de Danny Daniel que sonaba, «Por el amor de una mujer».

Aparcaron a unos pocos metros, en un paso de cebra, y le dijeron al camarero que saliera. El piso era un primero, lo cual le produjo una inmensa alegría a Guzmán porque no había ascensor.

Al otro lado de la puerta se oía nítidamente el llanto de un bebé. Llamaron.

Al poco, la puerta se abrió con fuerza. Una mujer en bata, despeinada y con ojeras, con una niña pegada al cuerpo, se los quedó mirando con gesto de auténtica sorpresa.

—Buenos días —saludó Guzmán mientras le mostraba su placa—. Buscamos a Alberto Martín.

La mujer echó un rápido vistazo al tipo que acompañaba a los dos policías, que rehuyó su mirada, y negó con la cabeza antes de decir:

—Ya no vive aquí.

Guzmán torció los labios.

—¿Es usted su hermana? —La mujer asintió—. ¿Y dónde se supone que vive el hermano de usted?

—No tengo ni idea. Discutimos y se marchó.

Los inspectores se miraron.

—¿Está su marido en casa?

—No tengo marido. —Y como para justificar la presencia de la niña, añadió—: Soy madre soltera.

—¿Sabe? —dijo Guzmán, las manos en los bolsillos de los pantalones—. Si yo tuviese una niña pequeña, antes de abrir la puerta de la calle preguntaría quién es para evitar sorpresas desagradables. Pero usted ha abierto sin preguntar, como si esperara a alguien o ya supiese quién era.

—¿Qué? No sé de qué está usted hablando... Yo siempre abro la puerta así...

En un gesto que sorprendió a Diego, Guzmán la apartó y accedió a la vivienda con decisión.

—¡Eh, oiga! ¿Qué está haciendo? ¡No puede entrar así en mi casa...!

La ignoró y fue recorriendo una a una todas las habitaciones. La mujer lo seguía con la niña encima, sin dejar de protestar, pero el policía estaba decidido a llevar a cabo el registro.

Mientras Diego permaneció en la puerta de la calle junto al camarero, evidentemente incómodo ante esa anómala situación, su compañero miró en la cocina, en el baño, en los dos dormitorios. El piso era una pocilga; todo estaba hecho un desastre: las camas sin hacer, ropa por todas partes, platos sin fregar... En uno de los cuartos vio al causante del llanto que les llegó desde fuera, un bebé en su cuna, y aunque el sujeto al que buscaban no estaba allí, las numerosas prendas de vestir de hombre que había le indicaron que, al contrario de lo que la mujer sostenía, seguía viviendo en esa casa.

Abandonó la vivienda bajo una lluvia de improperios —«es un encanto esta chica, ¿eh?», le dijo a Diego guiñándole un ojo— y salieron a la calle.

Se quedaron un momento varados delante del portal. Guzmán resoplaba, agotado por su repentino impulso; el camarero rezumaba nerviosismo y no sabía dónde meterse, y Diego se reponía de la impresión. «Puto Roberto y sus modales de John Wayne —se dijo—. La madre que lo parió una y mil veces».

Y así estaba, maldiciendo para sus adentros a Guzmán, cuando notó de pronto que la expresión de la cara del camarero sufría una ostensible alteración.

Siguió la dirección de su mirada y vio a un tipo de veintitantos años —cazadora de cuero, vaqueros ajustados y zapatillas deportivas— que caminaba hacia ellos. Iba con la vista fija en el suelo.

Al levantar el rostro, a pocos metros ya del portal, se sorprendió al ver a su amigo acompañado de aquellos dos individuos trajeados y, en el acto, se volvió y echó a correr.

—¡Eh! ¡Quieto ahí! —gritó Diego.

Y salió tras él.

Guzmán se quedó con la boca abierta ante la inesperada imagen: su compañero corriendo a toda mecha en pos de aquel individuo.

—Hostia puta... —fue lo único que acertó a decir mientras agitaba la cabeza.

Pero el espectáculo duró menos que poco.

Tanto él como el camarero pudieron ver cómo, al ir a cruzar la calle, un coche frenó en seco y el huido chocó con él y salió despedido.

Diego le mostró su placa al sorprendido conductor, se situó junto al hombre atropellado y le preguntó desde su altura:

—¿Te encuentras bien?

El interpelado lo miró con ojos extrañados, como si acabara de despertarse.

—¿Te encuentras bien? —repitió.

Pasaron unos segundos y, al fin, dijo:

—Bi... en... Es... toy... bien...

Diego tiró de él y lo condujo a la acera, donde lo apoyó en un coche aparcado.

Guzmán llegó unos segundos después con el camarero, que estaba lívido, y le preguntó:

—¿Se puede saber por qué cojones has salido corriendo al vernos?

Lo miró con gesto extraviado, la respiración agitada, mientras Diego lo sujetaba para que no se fuese al suelo. Permaneció en silencio.

—Muy bien —dijo Guzmán—. Pues nos vamos a la brigada cagando leches. Me parece que tienes muchas cosas que contarnos.

—Oigan —intervino el camarero—, ¿y yo qué hago?

—Tú ya puedes darte el piro, *colega.*

—Pero...

—No esperarás que te llevemos de vuelta a la cafetería, ¿verdad? —le cortó Guzmán—. Anda. Tira para el metro y quítate de mi vista, no vaya a ser que me arrepienta y te vengas también con nosotros. —Mientras el camarero se alejaba de ellos todo lo deprisa que podía, se dirigió a Diego—: Venga, Pincel. No perdamos ni un segundo más en este barrio de mierda.

Fueron hacia el coche. Diego tuvo que ayudar al tipo, cuyos pasos eran vacilantes, y al llegar al vehículo lo esposó, lo metió en la parte trasera y se pusieron en marcha.

Ya en la brigada, lo condujeron a los calabozos. Caminaron a través de un corredor con puertas a ambos lados —un corredor cuya sola visión estremecía a quien lo visitaba por primera vez—, en donde el único elemento que rompía la monotonía era un triste banco de madera, y lo introdujeron en una de las celdas, en la cual había una luz que permanecía siempre encendida. Cerraron la pesada puerta de chapa y se dirigieron a la zona superior.

Informaron al subcomisario del incidente, bajo la atenta mirada de Javier García y Ángel Monzón.

—Muy bien —dijo Carranza—. Vamos a dejarlo unas horitas ahí abajo para que se le aclaren las ideas. Ahora, os vais a poner a trabajar los cuatro en el listado de las furgonetas, para ir avanzando por ahí, y luego os quiero bien frescos para el interrogatorio. Sea lo que sea lo que haya hecho, nos vamos a enterar.

—¿Va a informar al juez? —preguntó Diego.

—No hasta que el pájaro trine. Hemos ido a su domicilio y, cuando nos ha visto, ha echado a correr, por lo que lo hemos traído a la brigada para interrogarlo, como es nuestro deber. ¿Algún problema?

Diego negó con la cabeza.

—Ya me figuraba —soltó el subcomisario como si escupiera.

—Jefe, ¿quién lo va a interrogar? —preguntó García, siempre ávido de participación activa y de seguir labrando su camino hacia la gloria.

—Que comiencen Guzmán y Álamo, aunque quiero que estéis los cuatro con él en la habitación. Que el hijoputa ese se sienta presionado en todo momento.

Los inspectores se miraron y asintieron, y al poco estaban inmersos en la árida búsqueda de furgonetas naranjas, potencialmente sospechosas, que esa misma mañana habían iniciado García y Monzón.

Varios metros por debajo del suelo que pisaban, un hombre sentado en un catre miraba la pared insalvable de su celda y se preguntaba una y otra vez cómo diablos habían conseguido llegar hasta él.

CAPÍTULO 26

Contó treinta vueltas. Aquel sótano era un cuadrado casi perfecto que le permitía dar doce zancadas por lado. Se detuvo, apoyó las manos en las rodillas y respiró hondo.

Tuvo la tentación de dejarlo ya y tumbarse, pero la venció y, al cabo de unos segundos, emprendió otra vez la carrera. Después de todo el tiempo que llevaba allí encerrada, podía ver a la perfección en la oscuridad, lo que impedía que chocase con las paredes o con esa escalera metálica que era como el sendero que descendía hacia aquel infierno.

Estaba entrenándose, cogiendo fuerzas. Desde que él la sacó del sótano para llevarla al inmundo cuarto de baño, sus expectativas habían dado un giro. Y aunque sus probabilidades de sobrevivir, de zafarse del monstruo, seguían siendo remotas, casi nulas, ya no se le antojaba una misión imposible. Si estaba atenta, podría hallar su oportunidad. Tratar de engañarle y escapar. Pero para ello debía encontrarse físicamente fuerte.

Al terminar la carrera —había contado otras diez vueltas— comenzó a hacer ejercicios. Los mismos que realizaba en las sesiones de entrenamiento de baloncesto cuando era niña, flexiones y abdominales. Las flexiones siempre le costaban una enormidad: los brazos, de pronto, dejaban de obedecerle y el cuerpo se negaba a subir y terminaba sucumbiendo. Las sesiones de abdominales eran más llevaderas. Se entrelazaba las manos sobre la nuca y comenzaba a elevar el tronco, un-dos, un-dos, un-dos...

Como casi todo en esta vida, era una cuestión de simple rutina. Y ella sabía amoldarse muy bien a ella, siempre lo hizo. *Aplicada* era, quizá, el adjetivo que mejor la definía. Y tenaz.

Además, no tenía otra cosa que hacer y la mera realización de aquella actividad era ya una ayuda inapreciable en la situación en la que se encontraba. Si no lograba mantener la cabeza activa, ocupada, entraría en el mismo pozo nigérrimo que succionó a Ana y la engulló para siempre.

También había empezado a comer, por vez primera, todo lo que él le ponía. Lo hacía como lo haría un robot, sin apenas saborear lo que enseguida tragaba. Si tenía que enfrentarse a su captor, debía contar con la mayor energía posible y, para ello, hasta la última miga de pan sumaba.

Cuando terminó, se ocultó bajo la manta, cerró los ojos y visualizó, por enésima vez, el tramo de pasillo que no había recorrido y el cuarto de baño. Allí, en algún lugar, estaba el cabo del cual debía tirar para alcanzar su objetivo, que no era otro que vivir, seguir viviendo. Pues después de lo que le había pasado a Ana y, casi con toda seguridad, a las otras chicas que la precedieron —todas ellas aterradas, todas ellas impotentes y vencidas de antemano—, era consciente de que acabaría corriendo idéntica suerte. Y no podía cruzarse de brazos y esperar sin más a que ese día llegase.

Tenía que intentarlo. Y si tenía que morir, lo haría matando.

El cuarto de baño. Y el pasillo. Ahí estaba, ahí debía de estar, se repetía con una insistencia obsesiva, dolorosa, la solución al problema, la salida del laberinto.

Y la buscaba. Incansablemente.

CAPÍTULO 27

Los cinco hombres acababan de entrar en el cuarto. La decoración era tan sobria como el pasillo de un hospital de la Unión Soviética, sólo que más cutre. En las paredes color crema se apreciaban un par de *posters* de armas cortas, un desgastado calendario con el nombre de un taller de reparación de coches y las fotos de dos chicas, rubia y morena, de grandes pechos. Había una única ventana, provista de rejas, una bombilla desnuda que colgaba del techo y, en el centro de la habitación, una mesa corriente con tres sillas también corrientes, las cuales estaban ocupadas en ese momento por el detenido y por Guzmán y Diego. Los dos policías se situaron enfrente de aquel, que iba sin esposas. Monzón se encontraba apoyado en la pared con las manos en los bolsillos, junto a un espejo grande, rectangular —en realidad, un vidrio polarizado para que pudieran observarlos desde el exterior—, y García estaba al lado de la puerta, con los brazos cruzados. Este, nada más ver a aquel desgraciado, comentó que, aunque no era feo, se parecía al del retrato robot tanto «como un perro a un caballo», pero, pese a que el resto de los inspectores asintieron, quién sabía.

La cara del detenido, además de cansancio, revelaba un inequívoco estado de angustia. Diego había visto esa misma expresión otras veces; en individuos que visitaron los sótanos y que luego debían enfrentarse a un interrogatorio con policías pétreos que sólo daban por finalizada la sesión cuando obtenían lo que andaban buscando y que para conseguirlo no reparaban en barras. Carranza decidió castigarlo psicológicamente todo lo posible y, sabedor de lo mucho que aquel encierro desquiciaba, lo había mantenido en el calabozo algo más de lo previsto en un principio, hasta las ocho de la mañana del día siguiente. Lo único que le dieron en todas esas horas fue agua.

Guzmán, que ya se había tomado su dosis matinal de vitaminas, consistente en un café solo con un chorrito de coñac y un cigarrillo (aquella mañana tocó un Rex que gorroneó en la cafetería), se sentía en forma y arrancó el interrogatorio con su verbo directo.

—A ver, Zátopek. ¿Me puedes decir por qué saliste echando hostias cuando nos viste?

El hombre guardó silencio.

—Venga, va, empezamos de nuevo. ¿Por qué coño echaste a correr cuando nos viste? —repitió mientras tamborileaba con los dedos sobre la mesa.

Tardó aún unos segundos en hablar.

—Les debo dinero a unos tíos... —dijo sin mirarlo a los ojos—. Creí que habían mandado a alguien para cobrar la deuda y me acojoné.

—Y una mierda como una casa de grande. Ahora resulta que aquí mi colega y un servidor tenemos pinta de recaudadores de algún mafiosillo de medio pelo... No nos tomes por gilipollas, anda, ni nos hagas perder el tiempo, que ya deberías saber que es oro.

—Si no me crees, es tu problema.

—A mí no me tutees, ¿vale?, que no somos primos. Un respeto. Y el problema lo vas a tener tú, y bien gordo además, como no empieces a largar. —Dio unas palmaditas en la mesa: perro viejo en esas lides, sabía que las manos, en aquel momento, tenían un enorme poder intimidatorio, por lo que se apoyaba mucho en ellas al hablar, las movía, las mostraba. No eran dos simples manos, eran dos armas—. No me vengas con cuentos chinos. Cuando nos viste, sabías perfectamente que éramos polis. Mi compañero tal vez pueda pasar por actor, mira qué pinta tan estupenda tiene el tío, pero yo asumo que canto a madero a un kilómetro. Qué le vamos a hacer.

García y Monzón sonrieron ante aquel comentario; Diego no. Por su parte, el tipo se mantuvo callado.

—No te gustan los polis, ¿verdad, Alberto?

Esta vez sí lo miró a los ojos cuando dijo:

—Claro que no. Me las habéis... Me las han hecho pasar putas.

—Pues por algo será, ¿no te jode? Cuando alguien sigue el camino recto y no se desvía de él, no tiene el gusto de conocernos. Pero me temo que ese no es tu caso. —Se colocó distraídamente la corbata y le preguntó—: ¿Sabes por qué estás aquí?

—No —contestó negando con la cabeza—. Ni idea.

—Claro, y yo soy Papá Noel. Corta el rollo ya. Te conozco, bacalao. La mayoría de las palabras que salen por esa boquita tienen el mismo valor que un duro de cuatro pesetas. Repito: ¿sabes por qué estás aquí?

—Dígamelo usted.

Guzmán se estaba empezando a calentar.

—Desde luego, no por haber hecho nada bueno. —Dejó pasar unos segundos antes de decir—: ¿Dónde estuviste las noches del viernes 13 y el jueves 26 de noviembre, y la del jueves 3 de diciembre?

El interrogado lo miró con gesto de sorpresa.

—Oiga, y yo qué sé. A ver si se piensa que soy una secretaria.

—A mí háblame bien, montón de mierda —lo señaló amenazadoramente con un dedo—, si no quieres que te lave la boca con agua del retrete. Y no es broma.

No lo era. Diego miró el suelo de sintasol que imitaba parqué. Si aquel sujeto no cambiaba de actitud, lo iba a pasar mal. Decidió intervenir:

—¿No te das cuenta de que tu huida te convierte automáticamente en sospechoso?

—¿Sospechoso? —Lo miró con los ojos muy abiertos y notó el miedo en ellos—. ¿Sospechoso de qué?

—Te lo preguntaré otra vez —insistió Guzmán—. ¿Dónde estuviste las noches del viernes 13 y el jueves 26 de noviembre, y la del jueves 3 de diciembre?

—¡No tengo ni idea, se lo juro...! Joder, si casi estamos en Navidades... ¿Cómo quiere que me acuerde de lo que hice hace un mes?

Guzmán y Diego se miraron. El primero chasqueó la lengua y decidió cambiar de táctica.

—A ver, figura. ¿Qué coche tienes?

—¿Coche? No tengo coche.

—¿Estás seguro?

—¿Y a usted qué le parece...? Sabré yo si tengo coche o no...

—Pues eso no es lo que nos han contado —mintió Guzmán—. Tu amigo el camarero nos ha dicho que tienes una furgoneta naranja de esas que se ven a dos manzanas de distancia.

—¿Qué? Yo no he tenido una furgoneta en mi puta vida. Ni naranja ni de ningún otro color.

—Pues eso no es, repito, lo que asegura tu amigo.

—Ese puto chota... Se va a enterar cuando lo vea... No tengo ninguna furgoneta naranja, cómo quiere que se lo diga... Ojalá tuviera un coche, pero no me lo puedo permitir.

—Pobrecito. Me vas a hacer llorar. Y hablando de tu economía, ¿a qué te dedicas ahora?

—Estoy desempleado.

—Estás desempleado. —Levantó el rostro y miró a sus compañeros con expresión divertida—. ¿Habéis oído? Alberto está «desempleado». Pero qué chico más fino, caramba. Desde luego, si hubiéramos sabido que eras marqués, nos habríamos puesto unos elegantes fracs para hablar contigo... —Miró a Guzmán con un brillo en los ojos que el policía había visto mil veces: el del odio. Y eso le hizo saber que estaba haciendo bien su trabajo. Cojonudamente bien—. A ver, vuesa merced. Digo yo que algunos ingresos tendrás. Tu hermana tiene que alimentar a dos churumbeles e imagino que te tocará arrimar el hombro para aportar algo a la economía familiar.

—No tengo nada fijo. Lo que me va saliendo. Camarero, mudanzas, pintura, alguna chapuza por ahí...

—Coño, Alberto. Eres lo que se dice un hombre del Renacimiento. —Miró de nuevo a su alrededor mientras la carcajada de García retumbó en la habitación—. Hay que joderse, macho. Sirves para todo. En fin. ¿Y el dinero que dices que debes? ¿Para qué lo querías? ¿En qué te lo puliste?

—En nada en particular. Usted lo ha dicho: los críos, mis sobrinos. Mi hermana no trabaja y soy yo quien tiene que llevar el pan.

—Hemos estado en esa casa en la que habitas y no es precisamente el palacio de Buckingham. No veo yo dónde se ha podido ir un duro en semejante cuchitril...

—Hacen falta muchas cosas. Comida, ropa, pañales... Y luego los gastos de la casa. Joder, no se acaba nunca. Mi hermana está sola y...

—¡Eh, eh! Para el carro, anda —lo interrumpió Guzmán—, que esto se empieza a parecer demasiado a una charla de amas de casa en el mercado. Que si qué cara está la vida, que si así no hay quien pueda... Nada, Alberto, que te empeñas en tomarnos por gilipollas...

Monzón se acercó a Guzmán y le susurró algo al oído; luego, volvió junto al espejo. Se tomó un tiempo, como si estuviera mascando lo que su compañero le acababa de decir, y, finalmente, soltó:

—Dolores Gutiérrez. —Y observó con atención su rostro por si este le revelaba la más mínima señal. Lo que vio en él fue extrañeza. Sorpresa. Pasados unos segundos, repitió—: Dolores Gutiérrez.

—¿Qué?

—Eso digo yo. Qué.

El silencio se prolongó hasta que Guzmán golpeó la mesa con la mano, urgiéndole a abrir el pico. El interrogado sacudió la cabeza.

—Ya hablé de eso en su día con otro poli... —Su gesto denotaba hartazgo—. No sé nada de esa chica.

—Y, sin embargo, tu nombre estaba en su agenda. Fíjate qué cosas.

—Curramos juntos en una cafetería y ya. Nunca la vi fuera del trabajo. Lo expliqué en su momento.

—¿Sabes que Dolores sigue desaparecida?

Compuso un gesto de «y a mí qué me cuenta».

—No tengo ni idea de eso.

—¿Recuerdas cuándo fue la última vez que la viste? —preguntó Diego.

—¿A Dolores? Buf. Dejó de ir al bar. De repente. Al dueño le chocó que dejara de ir sin avisar. Era una tía legal, que cumplía. Curraba y no perdía el tiempo como otras. Y unas semanas más tarde, se presentó un poli que me hizo muchas preguntas y al que le dije todo lo que quería saber. Y no tengo nada más que decir.

—Qué te parece si hablamos de ese intento de violación que figura en tu expediente... —soltó Guzmán.

—¿Qué?

—La chica en cuestión se llamaba... —Consultó unos papeles que había sobre la mesa—: Amalia Requena.

—Oigan. No sé a cuento de qué viene esto ahora... ¿Qué estoy haciendo aquí?

—Limítate a contestar a lo que se te pregunta y no te me pongas nervioso.

—No estoy nervioso —mintió.

—Estupendo. Entonces cuéntanos, tranquilamente y con buena letra, lo de la señorita Requena.

Miró a los dos policías con cara de no entender nada y volvió a sacudir la cabeza.

—¿Quiere que le hable de Amalia? Muy bien, le hablaré de ella. Amalia era un mal bicho. Estuvimos liados un tiempo, pero acabé harto de ella. Hasta los mismos cojones. Me tenía agobiadísimo, no me dejaba respirar, era insoportable. Y cuando le dije que se acabó, que habíamos terminado, la tía se puso histérica. ¡Se volvió loca! Me pegó y todo... Y la muy cabrona se inventó ese cuento de la violación sólo para hacerme daño, para vengarse de mí...

—Porque tú, claro, no le pusiste un dedo encima ni la forzaste.

—¡Pues claro que no! ¡Jamás! Y deberían saber que no me condenaron, porque el juez no se creyó ni una sola de las palabras que salieron de la boca de esa chiflada... Miren. Yo nunca he obligado a una mujer a tener relaciones. Nunca me ha hecho falta, además.

—Claro, claro. Señoras y señores, con todos ustedes Alberto Valentino, el rompecorazones de Tetuán.

La risa de García volvió a atronar en la habitación. Diego le dijo algo al oído a su compañero y este asintió.

—¿A qué sitios sueles ir a tomar copas? —preguntó Diego.

—¿Y eso?

—Ya te he dicho que te limites a contestar aquello que se te pregunta —le advirtió Guzmán.

—Pues yo qué sé. No voy a ningún sitio fijo. A bares del barrio. Alguna vez, a alguna disco del centro.

—¿Conoces un bar llamado La Vía Láctea?

—Ni idea.

—Está en el barrio de Malasaña.

—Nunca voy por esa zona.

—¿Y la discoteca Cerebro?

—Sí.

—¿Sí? ¿Eso significa que sueles ir mucho?

—No. Eso significa que la conozco. He estado allí un par de veces.

—En la de la calle de Magallanes, ¿no? —dejó caer distraídamente Diego.

—No, en la de Princesa. Donde está la estatua esa de los cubos.

—Entonces, a la de la calle de Magallanes nunca has ido...

—No.

En aquel momento se hizo un silencio de hielo. Los cuatro inspectores cruzaron miradas entre ellos.

Guzmán le guiñó un ojo a García y este salió. Volvió al poco con un sobre grande que colocó encima de la mesa, delante de sus dos colegas, mientras le lanzaba una mirada hostil al detenido y se situaba otra vez junto a la puerta.

Los dedos de Guzmán abrieron el sobre y sacaron tres fotos. Las colocó, una al lado de la otra, a escasos centímetros de él. Ahí estaban, sonrientes, Elena Vicuña, Patricia Feijoo y Ana Casado. Tres chicas guapas. Mucho. Una de ellas, muerta; las otras dos, en paradero desconocido.

Diego observó cómo el sospechoso las contemplaba y luego los miraba, con los labios ligeramente abiertos, el gesto sorprendido.

—¿Qué es esto?

—Eso dínoslo tú —le contestó Guzmán.

—¿Yo...? ¿Y qué quiere que les diga?

—Te sugiero que empieces por el principio. Conociste a la pelirroja —golpeó con el dedo varias veces la foto de Elena Vicuña— en La Vía Láctea, ¿verdad? Fue el viernes 13 de noviembre. ¿Dónde fuisteis al salir de allí?

Aquel rostro, pensó Diego, reflejaba una sorpresa verdadera.

—Ya le he dicho que nunca he estado en ese sitio. Y a estas tías no las he visto en mi vida.

Respuesta incorrecta. Guzmán emitió un suspiro profundo y se puso en pie con movimientos lentos. Después, comenzó a caminar por la habitación en círculos. Cuando desaparecía de su ángulo de visión, la ansiedad en la cara del tipo se hacía evidente. Monzón y García presenciaban la escena con una sonrisa. En realidad, aquella era una escena que había tenido lugar, en esa misma habitación y en otras de aquel edificio, muchas veces. Siempre allí, arriba, nunca en los calabozos. La estopa siempre se daba en los cuartos. Quizá porque a los policías el decorado de una celda les parecía en exceso deprimente y preferían trabajar con un paisaje más agradable.

Diego se decía a sí mismo «vamos, Roberto, no me jodas. Deja de hacerte el Clint Eastwood de pacotilla y siéntate de una vez. Sigamos por el buen camino».

Pero Guzmán no se sentó, qué va. De pronto, se situó detrás del detenido, lo agarró del pelo y le arreó un guantazo que sonó como un petardo.

Diego se removió, incómodo, en su silla. Aquello le pareció del todo innecesario. Las sonrisas de Monzón y García se acentuaron. Y ahora sí que tomó asiento. Le clavó la mirada y dijo:

—La conociste aquella noche en La Vía Láctea y te la llevaste a algún sitio. Bien. ¿Adónde?

Se frotó la mejilla golpeada en un intento de paliar el tremendo picor que sentía. Sus ojos despedían un brillo mezcla de rencor y miedo. En un tono sosegado, a menor velocidad de la normal, dijo:

—Yo no estuve en ese sitio. No lo conozco. Y tampoco conozco a esas tías. No las he visto nunca. Ya-se-lo-he-dicho.

Ante esa lenta cadencia, un observador atento habría interpretado un intento de asimilar lo que sucedía en aquel cuarto. Pero Guzmán estaba desatado.

—La pelirroja se te escapó, ¿verdad? La estabas trasladando en una furgoneta, solo o con alguien más, y se te escapó. Y las otras dos, ¿dónde las tienes? ¿Qué coño has hecho con ellas?

—¡No sé de qué me habla! —estalló repentinamente. Se le veía muy alterado.

—¡¿Entonces por qué cojones saliste corriendo al vernos?! —gritó Guzmán aún más alto mientras se levantaba y avanzaba hacia él.

Se protegió la cabeza con ambos brazos, pero esta vez el golpe le llegó por detrás. García estaba de pie tras él y le arreó un bofetón.

—¡Hijos de puta! —exclamó—. ¡Cabrones!

Guzmán le agarró por los hombros y lo zarandeó con fuerza.

—¡Vas a cantar, mariconazo! ¡Te aseguro que vas a cantar!

Diego se levantó y abandonó la habitación.

De camino a su zona de trabajo, vio al comisario Ledesma y al subcomisario Carranza, quienes estaban siguiendo el curso del interrogatorio a través del vidrio polarizado como si estuvieran en el cine. Sólo les faltaban las palomitas o el bocadillo. Le dirigieron un rápido vistazo y volvieron a mirar al frente. Conque eso era lo que había. «Pues muy bien, cojonudo. Viva la sacrosanta democracia».

Buscó a Almudena, la secretaria. Estaba sentada a su mesa, escribiendo a máquina. Le preguntó si el camarero de Cerebro había dado, por fin, señales de vida, y ella negó con la cabeza. Lo llamó un par de veces, pero no cogía.

Habían intentado localizarlo, infructuosamente, durante todo el día anterior. La discoteca cerraba los lunes y en el número de teléfono que dejó cuando estuvo dándole indicaciones al dibujante, el de su domicilio, nadie contestaba. Diego y García se desplazaron hasta allí y aporrearon su puerta un buen rato, sin éxito, y antes de irse hablaron con el conserje, le dejaron una tarjeta y le pidieron que en cuanto lo viese le dijera que los llamara, que era muy urgente.

—Sigue insistiendo, Almudena, por favor.

—Descuida, Diego.

—Gracias.

Fue a los servicios y se lavó la cara. Luego se observó un rato en el espejo. ¿Estaban haciendo bien las cosas? El rostro de Elena Vicuña se apoderó entonces de sus pensamientos y sus ojos sin vida le dieron la respuesta.

Cuando, de camino al cuarto en el que estaba teniendo lugar el interrogatorio, volvió a pasar delante de Ledesma y Carranza, este le dijo, desde una distancia de varios metros y bajo la atenta mirada del comisario:

—Nos va mucho en esto, Álamo, conque vamos a dejarnos los escrúpulos en casita, ¿eh? Piensa en esas pobres chicas, joder. Ellas son las que me dan pena, no tipejos como este. ¿Queda claro?

Asintió y entró en la habitación.

García ocupaba ahora la silla en la que él había estado sentado. Monzón seguía en el mismo sitio, junto al «mirador», y al verlo aparecer, le sonrió. Se fijó en el detenido. Tenía un ojo morado y un hilo de sangre descendía desde la comisura de la boca hasta la barbilla. Respiraba pesadamente, lo que indicaba que le habían castigado el cuerpo. En el poco tiempo que estuvo fuera, los chicos se emplearon a fondo.

La voz del inspector de primera había recuperado la calma y ya estaba en modo Guzmán.

—Venga, Alberto, campeón —dijo—. Vamos a llevarnos bien, anda. Es lo mejor para todos. Tú nos cuentas la verdad y no la sarta de trolas que nos has soltado hasta ahora, y nosotros te tratamos como a un caballero. Si te portas como un tío, me comprometo a traerte té con pastas y podemos ponernos a bailar todos juntos «El baile de los pajaritos» de la rubia esa del acordeón que está hasta en la sopa.

Diego se situó junto a la puerta, donde antes estuviera García, y observó esa escena de película de policías y ladrones con ojos escépticos. Aquellos dos inspectores —se vio a sí mismo en García— estaban tratando de que el hombre que tenían enfrente sacara de un momento a otro un conejo de la chistera. Bien es verdad, se dijo, que su nombre figuraba en la agenda de una muchacha que había desaparecido en las mismas circunstancias que las chicas a las que estaban investigando, y que cuando los vio en el portal de la casa de su hermana salió disparado como un cohete, lo cual lo convertía en sospechoso, pero, tras analizar la expresión de su cara y sus gestos, pensó que o era un actor soberbio, digno de un Óscar, o no tenía ni pajolera idea de qué diablos le estaban hablando.

Guzmán volvió a preguntarle, de manera insistente, por la

furgoneta naranja, por Dolores Gutiérrez, por Elena Vicuña, Patricia Feijoo y Ana Casado, y, sobre todo, por la razón por la cual había echado a correr cuando los vio. Para el policía, la cosa era bien sencilla: quien nada tenía que ocultar, no huía. Lo contrario no hacía sino alentar las sospechas y delatar algún tipo de culpabilidad. Y si se aplicaba la más estricta lógica, aquella máxima carecía de contestación. Pero el tipo respondió a cada una de las preguntas de la misma forma que hiciera antes: no poseía ninguna furgoneta, no había visto jamás a esas chicas y si salió corriendo nada más verlos fue porque pensó que estaban allí para cobrar una deuda. Y de ahí no se movía un milímetro.

Llamaron a la puerta.

Diego abrió; era Almudena. Acababa de hablar con el camarero de la discoteca: habían ingresado a su madre en el hospital y pasó la noche con ella, de ahí la ausencia de su domicilio. Iba de camino para la brigada.

—Perfecto. Muchas gracias.

La secretaria asintió y se retiró.

Se acercó a Guzmán y se lo dijo al oído. Luego, repitió la acción con los otros dos inspectores. Se miraron y permanecieron en silencio cerca de un minuto.

De pronto, Guzmán se puso en pie y salió. Cuando regresó, llevaba algo en una mano.

En el momento en que el tipo vio lo que era, pegó un bote en la silla. Monzón tuvo que acercarse a él a toda velocidad para ayudar a García y entre los dos consiguieron inmovilizarlo.

Diego no daba crédito. El cabrón de Guzmán había vuelto a recurrir al viejo truco de las tenazas. La madre que lo parió.

—¡Sujetadlo bien! —gritó mientras esgrimía la enorme herramienta de hierro forjado y se inclinaba sobre él.

—¡No! ¡Socorro! ¡Por favor! ¡Socorro!

—¡Sí, tú grita, grita! ¡Esto te pasa por no querer cantar!

Cuando le desabrochó la bragueta e introdujo la mano en ella, el tipo chilló como un cerdo en un matadero:

—¡No, por favor! ¡Se lo suplico! ¡Le contaré todo! ¡Por Dios!

Una mancha se manifestó en su pernera y el policía dio un paso atrás.

—Coño, Alberto, qué asco —se quejó, torciendo el gesto—. Eres un cochino. Mira que mearte encima... Menos mal que he sacado la mano a tiempo, que si no... —Se sentó, dejó tranquilamente las tenazas sobre la mesa y, mientras los dos inspectores lo soltaban pero permanecían de pie junto a él, dijo—: A ver. Qué es eso que tienes que contarme.

Y entonces cantó. Entonces les confesó por qué salió corriendo cuando los vio.

Con voz llorosa, les dijo que él y un colega habían robado a un joyero en su domicilio hacía unos días. Lo siguieron durante semanas y anotaron todos sus movimientos y rutinas, hasta que eligieron el momento adecuado para actuar. El tipo estaba con su mujer y, al verlos, se acojonó vivo, por lo que hizo cuanto le pidieron y no tuvieron que recurrir al uso de la violencia. Se llevaron varios muestrarios de joyas con cadenas, anillos y relojes de oro. Y dinero en efectivo. Un buen golpe. Los dejaron inmovilizados y se marcharon. Unas horas después, llamaron a la policía e informaron de que el matrimonio estaba maniatado en su casa. Cuando vio a Guzmán y a Diego delante del portal de la vivienda de su hermana, supo en el acto que eran de la pasma y pensó que habían ido a buscarlo por aquel robo. Eso fue lo que lo impulsó a salir corriendo, no había ninguna otra razón. Desconocía cómo coño habían dado con él, puesto que se pusieron pasamontañas, pero sólo pudo ser a través del Chino, su compinche. Seguramente, el muy cabrón se había ido de la lengua por algún motivo —quizá cometió un desliz en plena juerga ante la gente equivocada: cuando bebía mucho, perdía el control—, y de esa forma llegaron hasta él. Revelarles lo del robo podía parecer una insensatez, pues nadie lo iba a librar de pasar una temporada en el talego, pero comparado con el asunto que querían endosarle, nada menos que desapariciones de mujeres... No, eso ya eran palabras mayores. Lo dejó bien claro: no tenía ninguna furgoneta y nunca había visto a esas chicas. Jamás.

Los policías se apresuraron a comprobar si aquella historia era cierta. Con los datos que les facilitó, García y Monzón se dirigieron a la joyería para hablar con el dueño y que este lo confirmara o desmintiera.

Diego y Guzmán esposaron al individuo a la silla y abandonaron el cuarto. El comisario y el subcomisario se habían marchado a tomar un café y Guzmán le dijo a su compañero que él también salía porque le vendría bien un cigarro.

—¿Vienes?

—No, gracias. Prefiero estar aquí por si llega el camarero.

—Tú mismo. Por cierto —señaló con una sonrisa malvada—, no creas que no me he dado cuenta de lo bien que lo has pasado ahí dentro. Casi tienes un orgasmo.

—En fin, Roberto. Si no te importa, vamos a dejarlo.

—Algún día te quitarás todos esos remilgos que tienes y entenderás que no es posible nadar sin mojarse, y ese día serás mejor policía.

—Claro, claro. Tú enséñame, que yo aprenderé. Cuando ese día llegue, lo primero que haré será ir a una ferretería y agenciarme las tenazas más grandes que tengan. Sin ellas, nunca seré un poli completo.

Guzmán rio.

—Eso significaría que te has vuelto un hombre sabio. ¿Te has fijado en la cara que ha puesto cuando las ha visto? De golpe, todo ha cambiado. Para bien. Mano de santo, Pincel. Las putas tenazas son mano de santo.

Y se marchó con la sonrisa puesta.

Cuando regresó, quince minutos después, acompañado de Carranza y Ledesma, el camarero acababa de llegar. Los cinco hombres caminaron hasta situarse delante del vidrio polarizado.

—No es él —dijo categórico.

—¿Estás seguro? —preguntó Diego.

—Y tanto. Ni siquiera se le parece.

Los jefes y los inspectores se miraron. Aquello no iba bien.

Al poco de marcharse el camarero, García y Monzón estaban de vuelta en la brigada y confirmaban la versión del detenido. En efecto, el joyero sufrió un robo en su domicilio unos días atrás y todo ocurrió tal y como les había relatado. Denunció lo ocurrido en la comisaría de Chamberí. Monzón les mostró una fotocopia que habían hecho de la denuncia.

Se pusieron a hablar entre ellos atropelladamente, a valorar la situación.

Estaban nerviosos. Y cabreados. Y hartos.

Entonces, Almudena volvió a aparecer con un recado urgente para García.

—Tienes una llamada —le dijo—. Es Paco Aguilar desde Sevilla.

El inspector se alejó a la carrera. Un par de minutos más tarde, volvió sacudiendo la cabeza.

—Me dice Aguilar que el retrato robot guarda «cierto parecido» con Sebastián Mayoral, el tipo de los antecedentes por estafa y robo. Parece ser que ese de ahí no es nuestro hombre.

Todos se miraron. Y un silencio oneroso, fruto del desaliento y la rabia, se apoderó del lugar.

El comisario se llevó al subcomisario a un aparte e intercambiaron unas palabras. Al jefazo se le veía muy contrariado; movía mucho las manos y apuntaba con un dedo al techo en un gesto que era fácil de interpretar: sus superiores querían resultados ya y él estaba sometido a una gran presión. Al otro no le quedó más remedio que aguantar el chorreo y maldecir su suerte.

Ledesma se marchó con el semblante como el filo de una navaja albaceteña y Carranza se acercó a sus hombres y señaló al interrogado desde el otro lado del cristal.

—Quiero que esa escoria firme una declaración inculpándose del asalto al domicilio del joyero, de la retención de este y de su mujer por medio del uso de la fuerza y la intimidación, y del consiguiente robo de joyas. Luego lo lleváis cagando hostias a los juzgados. Y ojito: el médico forense del juzgado le hará un examen, por lo que no os olvidéis de señalar en el atestado que presentó resistencia y no tuvimos más remedio que reducirle. Y después a seguir, me cago en la hostia puta. Que estamos igual que estábamos. Me parece que ya sabéis lo que tenéis que hacer.

Todos ellos asintieron. Vaya si lo sabían.

CAPÍTULO 28

La bestia la obligó a hacerle una felación y luego se derramó sobre ella. Cuando se marchó, aquella luz infernal se apagó y, en la más completa oscuridad —su aliada—, en lugar de arrebujarse bajo la manta y abandonarse al llanto y a la desesperación, como había venido haciendo desde su primer día allí, se limitó a limpiarse y luego se puso en pie y comenzó a correr.

Una vuelta. Dos. Tres. Así hasta contar veinticinco.

Se detuvo a tomar aliento. Había corrido fuerte, a buen ritmo. Había corrido con rabia, con la potencia que le proporcionaba un fuego que crecía en su interior y actuaba en ella a modo de acicate.

Aquella era su manera de golpearlo, de pisotearlo, de acabar con él.

En su cabeza, cada zancada que daba era una patada que le propinaba al monstruo. Pisaba el suelo, pero en realidad era su cara lo que aplastaba. Sus costillas. Sus testículos. Estaba rompiendo todos sus huesos, todos sus órganos vitales.

A pesar de encontrarse agotada, aún no había sacado de sí el demonio que llevaba dentro; toda aquella ira que clamaba en su interior, que burbujeaba como la lava de un volcán en erupción, por lo que reanudó la carrera y corrió, de nuevo, con furia.

Cuando paró, descansó apenas unos minutos y se lanzó a hacer sus ejercicios. Flexiones y abdominales. Se movía de manera mecánica, igual que un autómata. Como un soldado que ejecutaba órdenes sin necesidad de hacerse preguntas.

Desde que empezó a dar forma a su plan, se había propuesto alimentarse del odio hacia su verdugo y secuestrador y del amor a todas aquellas maravillosas cosas que le aguardaban ahí fuera, tras esas paredes, y que constituían su existencia entera: su familia, sus amigas, el dibujo, el sol, el mar, la comida..., la vida.

Había acabado el tiempo de las lamentaciones.

La mala suerte se había fijado en ella, sí, le había lanzado su red con excelente puntería, eso era un hecho. Pero ella debía encontrar el modo de enderezar aquella situación y regresar al mundo que tenía antes de sufrir ese accidente, ascender a la superficie.

No pensaba acabar como Ana —bendita fuera donde quisiera que se encontrase— ni como ninguna de las otras chicas —¿cuántas?— que habitaron ese lugar antes que ella. Aunque, si así fuera, si, al final, sus esfuerzos no valían de nada y fracasaba —tenía que evitar pensar en eso, pues la idea de la derrota sólo serviría para mellar su ánimo—, al menos lo haría sabedora de que presentó batalla y le plantó cara al mismo demonio. De que luchó.

Lo haría con inteligencia y fuerza. De lo segundo estaba menos dotada que él, sin duda, pero contaba con algo a su favor: el monstruo no imaginaba, no podía imaginar lo que ella llevaba planificando desde el día que la sacó del sótano y la condujo al cuarto de baño. Estaba tan seguro de sí, de su superioridad, de que el terror que ejercía sobre ella la mantendría a raya, la anularía, que si lograba rebelarse lo pillaría por sorpresa.

«Sigue abusando de mí —se decía—, sigue usándome cuanto te plazca. Pero, por favor, no te canses, mantenme con vida. Y en cuanto cometas un descuido, lo aprovecharé. Trataré de vencerte».

Terminó sus ejercicios, bebió agua, se tumbó bajo la manta y, en cuestión de segundos, desapareció de allí.

CAPÍTULO 29

Observó el triste trío de doses como si por el hecho de concentrarse en él fuera a mudar en escalera de color. Las otras dos cartas —un cuatro y una jota— eran inservibles. O, como él estaba pensando en ese momento, una puta mierda. En resumen, la suya era una inocua espada de madera que nada pudo contra la ametralladora en forma de póquer de ochos que acababa de poner sobre la mesa el tipo gordo que sudaba como un marrano y con el que la suerte se había encoñado aquella noche, pues el muy cabrón los había desplumado a todos.

La foca esa. Lo miró y fantaseó con sus manos cerrándose alrededor de su cuello de neumático. O dándole un martillazo detrás de otro en la cabeza mientras la sangre saltaba y le salpicaba el rostro y la ropa. O atropellándolo con el coche y pasando luego por encima de su seboso cuerpo varias veces, hasta dejarlo irreconocible; una masa amorfa y sanguinolenta que ya jamás volvería a jactarse de su buena racha. Lo pensó mientras lo miraba a los ojos y le sonreía, como un perfecto caballero inglés.

Su suerte estaba en un lodazal desde hacía tiempo, no era cosa de una sola noche. Ojalá. No daba una, joder. Si ponía un circo, los enanos se le volvían gigantes. Su mejor jugada de las dos últimas semanas había sido un *full* compuesto de un trío de sietes y una pareja de jotas, una mano espléndida. Pero cuando, convencido de que nadie iba a superar eso, ya iba a agarrar la pasta, quinientas mil calas que le habrían supuesto un mes de oxígeno, una bendita tregua, otro de los jugadores, un enano con bisoñé y pinta de pedófilo, lo miró con una sonrisa repugnante y puso delante de su jeta incrédula un póquer de dieces. Fin del sueño.

¿Qué había sido de aquellos tiempos, no tan lejanos, en los que se embolsaba pequeñas fortunas casi cada semana? Un dinero que entre sus dedos desaparecía como si en vez de estar hecho de papel fuese gaseoso, pero daba igual porque volvía a jugar y ganaba de nuevo. Otra vez. Y otra. Y otra más. Fue en esa época cuando, en una timba en un chalé cercano a la Cuesta de las Perdices, había ganado la mejor mano de su vida con una inaudita flor imperial, cinco preciosos diamantes correlativos —del diez al as—, la única que había logrado y que, seguramente, lograría, y con la que se levantó cinco kilos. Jesús. Cuando después de celebrarlo en varios bares y discotecas llegó a casa, menos embriagado por causa del alcohol y las anfetaminas que por la euforia de su triunfo, cogió los talegos igual que si acabara de asaltar un banco y, como en las películas, los lanzó a la cama y se revolcó encima de ellos igual de feliz que un cerdo en el barro.

Ahora, en cambio, estaba en apuros. Debía mucha guita, demasiada. Y la suerte, la muy puta, andaba desenamorada de él.

Bebió dos tragos de aquel estupendo whisky de malta y dejó que le bajara por la garganta como una caricia agridulce. Con un whisky como ese las penas eran exactamente igual de perras, pero, hostias, qué cojonudo estaba.

—¿Otra? —El gordo apestoso le sonrió mientras señalaba las cartas, ufano. Se imaginó despedazándolo con un hacha. O rociándolo con gasolina y echándole una cerilla mientras le decía: «Arde en el infierno, maldito gorrino». O decapitándolo con una sierra mecánica.

—Me temo que me retiro, amigos —dijo con voz calmada, cordial.

Los otros cuatro jugadores se repartieron las cartas y él salió de la habitación, cerrando tras de sí. ¿Iba un poco borracho? Pudiera ser.

Se detuvo en el pasillo y aguzó los oídos. La oscuridad era casi completa, pues por el lado izquierdo, al fondo, entraba una pequeña lengua de luz proveniente de la calle.

El silencio era atronador. Acojonaba. Caminó muy despacio sin dejar de mirar la puerta que, a tan sólo unos pocos metros de distancia, parecía inalcanzable.

Ya casi había llegado. Estiró el brazo hacia el picaporte, como el náufrago que se topa con un pecio al que asirse, y...

No pudo agarrarlo.

Un hombre grande, fuerte, con trazas de boxeador, surgió de pronto de las sombras y se colocó justo delante de la puerta, cerrándole el paso.

—Don Adolfo quiere verte —rugió.

Su cuerpo se agitó por el susto.

—Eh... Verás. Tengo algo de prisa, tío. Dile que mañana vengo a verle sin falta, ¿vale?

—¿No me has oído? Don Adolfo quiere verte. Ahora. Ya.

Aquella expresión no admitía réplica. Imaginó que sacaba una pistola y le disparaba en la cara. Luego, con aquel cabronazo ya en el suelo, volvía a dispararle una y otra vez hasta agotar el cargador.

Pero lo que en verdad ocurrió fue que sonrió de manera un tanto absurda, sin que aquello le hiciera la menor gracia, y se volvió al tiempo que maldecía, una vez más, su suerte.

Caminó por el piso hacia la habitación en la que ya había estado en alguna otra ocasión y que hacía las veces de despacho del propietario de aquel chalé de Arturo Soria.

Entró.

—¡Hombre, mi querido amigo! Pasa y siéntate, anda.

Al otro lado de un escritorio barroco, el pelo largo peinado hacia atrás con gomina, un pañuelo de seda en el cuello, camisa blanca y una *blazer* azul marino con botones dorados, Adolfo Pajares, más conocido como don Adolfo, parecía el remedo barato de un marqués de película. Le llegó como una bofetada la peste a Varon Dandy en la que aquel individuo parecía sumergirse a diario.

—¿Quieres? —Levantó una botella de whisky Chivas Regal y dejó a la vista un relojazo de oro que tenía tanto de derroche de ostentación como de signo de poderío, ya que semejante pieza resultaba inalcanzable para el español medio.

—No, gracias, ya voy servido.

El anfitrión se encogió de hombros y, tras servirse tres dedos en un vaso *ad hoc*, le dedicó una sonrisa de serpiente venenosa, hizo la señal de brindis y se mojó los labios.

Notó de pronto algo tras él y se volvió.

El gorila lo había seguido y allí estaba: de pie como una estatua griega junto a la puerta del despacho, con las manazas entrelazadas a la altura de la bragueta. Mirándolo como si lo estuviera radiografiando. Sintió un sudor frío. Aquel hijo de mala madre era como un dóberman dispuesto a saltar sobre su yugular en cuanto oyera un simple chasquido de dedos.

—Cuéntame. ¿Qué tal se ha dado la noche?

Lo miró a los ojos e imaginó que le introducía una granada bajo la camisa, salía corriendo y oía el ruido de la explosión. Sus pedazos embadurnaban las paredes.

Sonrió lo justo antes de decir:

—No ha ido muy bien, la verdad.

—¿No? —La cara de su interlocutor cambió. A la sonrisa de actor de sainete le sucedió una máscara helada—. Vaya. No sabes cuánto lamento oír eso. Lo lamento profundamente.

El sudor frío se hizo aún más patente.

—Pero estoy seguro, don Adolfo, de que mi suerte va a cambiar en breve. Lo presiento.

El hombre volvió a mojarse los labios sin dejar de mirarlo.

—¿Quieres que te recuerde el dinero que me debes o no hace falta?

—Se lo devolveré todo, don Adolfo. Hasta la última peseta.

—Ya lo creo que lo harás. Y es más, dentro de exactamente una semana.

—¿Una semana?

—Siete días. Ni uno más.

—Pero ¿de dónde quiere que saque esa suma en tan poco tiempo?

—Ese no es mi problema. Tú sabrás. Pídeselo a tu papá. O a una de esas ricachonas a las que te beneficias. O véndele el culo a alguien, eres muy guapo. O atraca un puto banco, qué sé yo... —Se inclinó sobre la mesa, apoyó ambas manos en ella y lo miró fijamente—. La verdad es que me importa una mierda cómo lo consigas, pero quiero mi puto dinero. Ya sabes lo que Rico —levantó un segundo la vista hacia el gorila— puede hacer contigo a una simple orden. Podría dejar tu bonita cara como la del hombre elefante. Te aseguro que le envidio; no he conocido a nadie a quien le guste tanto su trabajo.

Sintió un miedo superlativo y un nuevo escalofrío recorrió

su cuerpo. En buena hora se había puesto en manos de aquel usurero malnacido cuya principal fuente de ingresos eran las timbas clandestinas y los préstamos a tipos desesperados como él, con unos intereses exorbitados que difícilmente podían asumirse. Padres de familia que se dejaron tentar por el vicio habían acabado entregándole a Adolfo Pajares las llaves de sus casas y de sus coches por la imposibilidad de cancelar en metálico las deudas contraídas. Aquel era un infierno en el que don Adolfo reinaba sin dejar de exhibir su temible tridente.

—Conseguiré la pasta. Sólo necesito algo más de tiempo...

—Una hermosa semana he dicho. Ni un minuto más. A partir de ahí, nadie en este mundo querría encontrarse en tu pellejo. Tengo una reputación, compréndelo, y si la gente se enterase de que me estoy ablandando, imagínate. Sería mi ruina.

—Le juro que si me alarga el plazo no se lo diré a nadie. Se lo juro por mi madre. Por mi vida.

El prestamista se levantó y se volvió hacia la ventana que había justo detrás del escritorio y que daba a un frondoso jardín.

—El reloj se ha puesto en marcha, *mon ami*. Nos vemos aquí dentro de ciento sesenta y ocho horas. No faltes. No me gustaría tener que mandar a buscarte. Y a ti te gustaría aún menos. Rico, acompaña al caballero a la salida.

Se levantó, mudo por las circunstancias, y echó a andar seguido en todo momento por el matón, quien, pese a su tamaño, era tan silencioso como un gato.

Cuando iba a salir, el gigante le lanzó un directo a la boca del estómago y él sintió un dolor intenso que lo obligó a doblarse sobre sí mismo.

—Esto —le dijo— es para que tengas muy presente lo que puede ocurrirte si no vienes aquí en una semana con la pasta.

Ya en la calle, paró un taxi. Le indicó al conductor que lo llevara al Hotel Mindanao, en el paseo de San Francisco de Sales.

Al llegar, se dirigió a la cafetería. En aquel lugar había seducido a algunas mujeres de alto poder adquisitivo a las que sus maridos ignoraban y engañaban, y que por esa razón andaban muy necesitadas de cariño. Con todas ellas acabó de la misma forma: cuando las sableó al máximo y vieron de qué pie cojeaba, dejaron de verlo. A pesar de sus eficaces atenciones, era un lujo demasiado caro para cualquier mujer, porque no había dinero suficiente con el que saciarle. Siempre quería más y más y más.

Pidió un whisky. Bebió un trago e hizo un barrido por toda la planta en busca de una potencial presa. Nada. Ni una mujer sola. Chasqueó la lengua y se encaminó al teléfono. Sacó una agenda de bolsillo y, a lo largo de quince minutos, marcó distintos números. Al reconocer su voz —antes, incluso, de que dijera su nombre—, las mujeres cortaban la comunicación de inmediato.

Tras agotar el repertorio, estuvo un rato largo dándole vueltas, sopesándolo, hasta que, al fin, se decidió y marcó el número que no tenía anotado en la agenda, pues se lo sabía de memoria. Descolgaron al cuarto timbrazo.

—Soy yo —dijo.

Hubo un silencio; después, una voz grave contestó. Le dijo que aquel no era un buen momento. Él volvió a hablar, ajeno a la advertencia:

—Necesito pasta.

El silencio fue la única respuesta que recibió.

—¿Eh, oye? ¿Estás ahí?

La voz contestó afirmativamente.

—Necesito pasta —repitió—. Y la necesito ya.

Su interlocutor le dijo que le había entregado todo el dinero acordado.

—Lo sé. Pero le he estado dando vueltas y me parece que los servicios prestados son muy superiores al dinero recibido, por lo que quiero más. —Su voz traslucía un leve temblor, como si tuviera miedo.

La respuesta volvió a ser el silencio.

—¡Eh! ¿Me has escuchado?

Sí, claro que lo había escuchado, pero no estaba de acuerdo. Un trato era un trato y debía respetarlo.

—Ya, pero ahora el trato ha cambiado. Y no es algo discutible. Vas a tener que darme más dinero si no quieres que tu secretito salga en las primeras páginas de los periódicos y en los telediarios.

Le dijo que no podía hacer eso, puesto que él también estaba implicado.

—Si no consigo ese dinero, soy hombre muerto. O sea, que me da absolutamente igual. No tengo elección.

Al cabo de un nuevo silencio, preguntó de cuánto dinero estaban hablando.

—Un kilo y medio.

Oyó aquella risa como un cuchillo.

—Puede parecer mucho, pero es más que justo. En realidad, la labor que he desarrollado para ti no tiene precio. Y una cosa más: una vez que me pagues, no quiero volverte a ver. Se acabó. Hasta aquí hemos llegado.

Intentó hacerlo entrar en razón, calmarlo.

—Necesito ese dinero, ya te lo he dicho. Y vas a dármelo. Esto no es una negociación, es... una orden.

«¿Una orden?», repitieron al otro lado de la línea.

—Así es —contestó después de tragar saliva.

No disponía de esa suma, le dijo.

—Pues rompe la hucha o vende tu colección de sellos —dijo armándose de un valor del que carecía—. ¿Sabes? Estoy seguro de que no te resultará difícil reunir esa pasta. Te doy cinco días.

«Imposible», fue la respuesta.

—No, no lo es. Es mucho lo que te juegas. Cinco días, ¿queda claro? El lunes. Si para entonces no tengo el dinero, pienso cantar la traviata desde el primer hasta el tercer acto. Y no te quiero ni contar lo que va a ser de ti si eso ocurre...

Se hizo el silencio. Un silencio que duró cerca de quince segundos, una eternidad. Después, la voz volvió a hablar. Propuso un lugar para el encuentro.

—No, no, de eso nada, monada. Yo te diré dónde.

Le dijo el sitio y la hora, y, antes de que el otro pudiera añadir algo, colgó.

Cuando lo hizo, apoyó la frente en la pared y comenzó a respirar muy fuerte. Le había echado muchos huevos, pensó. Pero ¿acaso tenía otra opción?

Volvió a la cafetería. Aquello seguía igual de matado, por lo que decidió largarse.

Paró un taxi y se dirigió a la calle de Fuencarral esquina con La Palma.

Veinte minutos más tarde, entraba en El Penta. Pidió un whisky y permaneció de pie en la barra. Había poca gente. Varias parejas, un par de grupos de amigos y... una chica que bailaba sola una canción de los Jam, «Going underground».

La mirada le brilló y su instinto depredador se activó en el acto. Era una morena muy guapa. Llevaba unos vaqueros que le marcaban bien el culo; un culo estupendo, observó. Estaba concentrada en el baile, los ojos cerrados, ajena a todo lo demás.

Se acodó en la barra y se preparó para hacerle una señal en cuanto abriera los ojos, pero en ese momento un tipo salió de los baños y la agarró por detrás. Ella se giró y se dieron un beso profundo.

«De puta madre», pensó mientras desviaba la vista hacia su vaso y observaba el líquido dorado. Qué se le iba a hacer. Había días y días, y aquel era de los que convenía enterrar cuanto antes.

Salió a la calle un cuarto de hora después. La noche era fría, por lo que se abotonó la americana, se subió los cuellos y metió las manos en los bolsillos.

Echó a andar sin prisa a lo largo de la Corredera Alta de San Pablo, cruzó la plaza de San Ildefonso y continuó por la Corredera Baja de San Pablo hasta llegar a la calle del Pez. Llevaba dos días fuera de casa y necesitaba una ducha larga y dormir, al menos, doce horas. Luego, quizá, todo lo vería con ojos distintos.

Cuando a unos pocos metros del portal se llevó la mano al bolsillo para sacar las llaves, dos hombres surgieron de las sombras y le cortaron el paso. Eran los inspectores Diego Álamo y Javier García.

—¿Sebastián Mayoral? —preguntó el primero.

Los miró sin la menor señal de alarma, como si le estuvieran pidiendo fuego.

—¿Quién lo pregunta?

Le mostraron sus placas. La voz de García sonó imperativa:

—Vamos. Acompáñanos.

CAPÍTULO 30

Habían pasado, quizá, varias horas —la medición del tiempo era un tesoro que no estaba a su alcance— y aún le dolía el cuello. Cuando las manos del monstruo se enroscaron en él y apretaron, leyó en sus ojos una determinación asesina. Los dedos se cerraron más y más, y el dolor y la falta de aire dieron paso a un pánico en estado puro. Hubo un momento, terrible, en el cual pensó: «Ya, se acabó, estoy muerta», pero entonces la soltó y abandonó el sótano como un diablo enfurecido. Fue igual que sacar la cabeza del agua a una décima de segundo del ahogamiento.

Estaba tumbada bajo la manta y lo recordaba con angustia mientras se tocaba la zona dolorida. Desde que bajó, su actitud fue más violenta que de costumbre. La golpeó repetidas veces antes de penetrarla; la violó con una furia mayor de la habitual y su mirada poseía un brillo inédito. Había fuego en aquellos ojos. Y eso le hacía pensar hasta qué punto cada nuevo día de encierro y horror era, sin embargo, un regalo, pues podía tratarse del último.

Sus carreras y ejercicios en la oscuridad de aquel minúsculo mundo en el que permanecía confinada, enterrada en vida, la habían introducido en una burbuja en la que la palabra *muerte* no tenía cabida —no podía tenerla—, ya que su esfuerzo perseguía un único objetivo: la supervivencia. Tenía claro que para continuar con vida debía actuar; que el inmovilismo, la inacción, equivalía a esperar, resignada, el momento fatídico: ese en el que la cuchilla caería, inapelable, sobre su nuca. Pero esa última visita le hizo ver lo insoportablemente frágil que era el suelo que pisaba y su nula capacidad para cambiar aquella situación y darle un giro drástico a su adversa suerte.

Se dio cuenta de que estaba fantaseando con algo que resultaba tan difícil de materializarse que rozaba lo imposible. No sólo debían darse una serie de circunstancias favorables que le permitieran encontrar un resquicio por el cual entrar —para salir—, sino que ninguna dependía de ella.

Si tenía el atrevimiento de pedirle que la dejara volver a lavarse, sospecharía. Y aunque no lo hiciera, la certeza de que ella deseaba hacer algo alimentaría en él la necesidad de negárselo para, así, disfrutar todavía más con su dolor y privación, y con el hecho de saberse todopoderoso.

Estaba en manos de un psicópata, no debía olvidarlo, y si trataba de ganarse su corazón, tan sólo conseguiría el efecto contrario.

No tenía ganas de levantarse y ponerse a correr. ¿Cómo iba a hacerlo? Y además, ¿para qué? ¿Y si después de todo ese esfuerzo él entraba de repente y decidía que esa fuente ya se había agotado y la mataba sin más?

Necesitaba como fuera algún tipo de estímulo, agarrarse a algo, sentir que el camino que transitaba, aunque cargado de minas, podía conducir hacia la luz.

Eso la hizo pensar de nuevo en el exterior, en lo que estaría pasando ahí fuera, en los esfuerzos de su familia y en la posible búsqueda de la policía. ¿Estarían avanzando, irían por el buen camino, cerca de apresar al monstruo y liberarla?

Rezó. Con las manos unidas y apoyadas sobre los labios, le pidió a Dios que interviniera, que no la olvidase. Que le diera fuerzas para seguir; que la bestia no decidiera, de pronto, matarla; que guiara a la policía hasta el lugar en el que se encontraba.

Le pidió todas esas cosas a aquel cuya existencia nunca tuvo muy clara —a pesar de su educación religiosa—, porque precisaba saber que nada estaba decidido de antemano y que cualquier situación podía experimentar un cambio inesperado, incluso una tan ominosa y aplastante como la suya.

Y mientras lo hacía, siguió carcomida por la duda de si debía levantarse o buscar el escape seguro del sueño.

CAPÍTULO 31

—¡Es él, es él...! —gritó invadido por una emoción infantil. Pero al ver el gesto adusto de Guzmán, embridó su euforia—. Perdón. Es él.

—¿Estás seguro? —preguntó Diego.

—Totalmente. Como de que estamos en la brigada y en plenas Navidades.

Al otro lado del vidrio polarizado, recostado en una silla, Sebastián Mayoral era una figura bella y abstraída. Aun a solas, tenía el mismo gesto distante que compuso en el momento de su detención. Se mostró tranquilo, colaborador, aunque manifiestamente ajeno. Como si nada de lo que estuviera ocurriendo fuese con él.

Esta vez decidieron asegurarse bien antes de comenzar el interrogatorio. Por eso llamaron de nuevo al camarero de la discoteca Cerebro y, gracias a él, ahora tenían la certeza de que, además de a la chica desaparecida que investigó Paco Aguilar en la primavera de 1980, Dolores Gutiérrez, en cuya agenda figuraba su nombre, aquel individuo conoció a Ana Casado, con quien estuvo en actitud cariñosa la noche en que se perdió su pista. Es decir, que existía un vínculo entre él y dos de las chicas que habían dejado de dar señales de vida tras acudir a locales de ocio de Madrid con una diferencia de algo más de año y medio.

Tras el reconocimiento por parte del camarero, Diego llamó a Nieves, la compañera de Ana Casado en los grandes almacenes Sears. Cuando el teléfono sonó a esas horas, cerca de las once de la noche, la mujer descolgó enseguida, pues vivía con sus padres, ya mayores, y podían asustarse. Al oír la voz del inspector —el joven y guapo, no el otro—, se inquietó. El policía le dijo que necesitaba que se desplazase a la brigada para reconocer a un sospechoso.

—¿Ahora? —preguntó extrañada—. ¿No podría ser mañana?

—Me temo que no, que ha de ser ahora —dijo él.

—De acuerdo. Salgo enseguida para allá.

Cogió un taxi y media hora después estaba con los cuatro inspectores y el subcomisario.

Observó al hombre a través del cristal y afirmó haberle visto esa noche, sí, aunque no con Ana. Recordaba que se cruzaron en la barra y que se fijó en él porque le pareció muy guapo, pero, como ya les dijo cuando hablaron la primera vez, hubo un momento en el que dejó de ver a su compañera de trabajo, y tal vez entonces estuvieron juntos. En todo caso, aquel era el segundo testimonio que confirmaba que el tipo se encontraba en esa discoteca aquella noche.

Diego se ofreció a llevar a la dependienta a su casa y, después de dejarla, se acercó a La Vía Láctea y dio gracias a Dios cuando vio a la dueña tras la barra. Le contó lo de la detención y le pidió que, por favor, lo acompañase a la brigada por si reconocía al sospechoso como el tipo al que vio salir de su bar con Elena Vicuña. Ella volvió a decirle que no se acordaba de su cara porque no se fijó en él, sino en la chica, y por eso creía inútil su participación, pues no les iba a resultar de ayuda. Pero Diego insistió y le garantizó que podía estar tranquila, ya que aquel individuo no la vería en ningún momento. Aunque sin demasiada convicción, la mujer terminó aceptando.

Cuando una vez en la brigada la hicieron situarse delante del vidrio polarizado, miró largamente a aquel hombre joven que, sentado en una silla con los brazos cruzados y las piernas estiradas, le recordó a un alumno que se aburre demasiado en clase. Durante aquel espacio de silencio, la tensión entre los presentes era casi palpable. Al fin, meneó la cabeza.

—No sabría decirles, la verdad —habló en plural, pero sólo miraba a Diego—. No me fijé en él; la miré a ella porque la conocía de vista. Me acuerdo, eso sí, de que su acompañante llevaba otro tipo de ropa, más informal. Una cazadora de cuero, no una americana... Pero les diré una cosa: es un chico muy guapo y no recuerdo haberlo visto antes. Estoy segura de que si lo hubiese visto, lo recordaría. Eso significa que si fue él quien acompañó a... Perdón, ¿cómo se llamaba?

—Elena —dijo Diego.

—Gracias. Pues si fue él, ya digo, quien acompañaba a Elena, era la primera vez que iba a La Vía. Eso seguro. Qué lástima que, precisamente esa noche, yo estuviera cenando con unas amigas y sólo pudiera verlos cuando salían...

—Una verdadera lástima, sí —convino Diego, que le agradeció su colaboración y le dijo que la acercaba en coche al bar.

Cuando volvió a la brigada era la una de la mañana. Carranza había ordenado que trasladaran al detenido a los calabozos y lo dejasen allí unas horas para que se fuese ablandando. Podían aprovechar para echar una cabezadita, les dijo, porque esa noche les tocaba pringar, y eso fue justo lo que él hizo. Al poco, Guzmán y García lo imitaron. Monzón y Diego optaron, en cambio, por repasar sus notas y ordenar papeles, avituallados de café y con la compañía de la radio.

Mientras escuchaba a varios analistas políticos debatir sobre el deterioro de la crisis en Polonia, en donde se había decretado la ley marcial y la población, en la víspera de Nochebuena, además de a los rigores propios del invierno en aquellas latitudes se enfrentaba a un crudo panorama de escasez de alimentos y medicinas, detenciones masivas y el temor a la fiera represión de las autoridades, Diego comenzó a revisar la copia de la declaración de Sebastián Mayoral que les había remitido el inspector Aguilar. Leyó el mismo párrafo varias veces hasta que comprendió que aquel runrún le imposibilitaba concentrarse. Se levantó y buscó en el dial algo más amable. Dio con una emisora de música clásica. No era ningún aficionado, pero le agradaba, y en ese momento le pareció el acompañamiento perfecto para no distraerse. Le preguntó a Monzón —cuya cabeza veía desde atrás, inclinado sobre su escritorio como un estudiante aplicado— si le parecía bien, y este rugió un sí.

Eran las cuatro menos cuarto de la madrugada cuando Guzmán le tocó el hombro —se había quedado dormido sobre sus papeles— para decirle que iban a sacar ya al sujeto del calabozo e iniciar el interrogatorio. La música clásica había cesado y en su lugar escuchó una voz femenina que hablaba de lo terrible que era la soledad, sobre todo en esas fechas. Se lavó la cara y se preparó un café cargadísimo que se bebió de tres tragos.

Esta vez, Guzmán optó por un calentamiento previo y quiso saber a qué se dedicaba, y el sospechoso dijo ser empresario. Había montado un par de negocios de máquinas tragaperras que arrancaron bien, pero que se fueron al traste, aseguró, por culpa de sus irresponsables socios, y ahora andaba dándole vueltas a un nuevo proyecto muy prometedor. En cuanto a la denuncia por estafa y robo que figuraba en los archivos, insistió en que la única víctima de estafa y robo fue él. Se aprovecharon de su inexperiencia y buen corazón, y le tocó pagar el pato.

A partir de ahí, el contenido del interrogatorio fue, en líneas generales, muy parecido al del anterior. Le preguntaron por sus movimientos en las fechas de las desapariciones de Elena Vicuña y Patricia Feijoo; qué vehículo tenía; si disponía de una furgoneta naranja; cómo conoció a Dolores Gutiérrez; si conocía a Elena y a Patricia —le mostraron fotos de ambas—, y, por último, adónde se dirigió con Ana Casado cuando abandonaron la discoteca Cerebro, ya que un testigo aseguró haberlos visto besándose en la barra y marcharse juntos, y un segundo testigo sostuvo que se hallaba, en efecto, en aquella sala de fiestas.

Sebastián Mayoral contestó todas aquellas cuestiones con una tranquilidad inquietante, como si, en vez de encontrarse donde se encontraba, estuviera en un café rodeado de amigos. No recordaba qué fue lo que hizo las noches señaladas, pues, dijo, habían pasado bastantes días. Hasta hacía poco más de una semana había tenido un Ford Fiesta rojo, el cual vendió, pero nunca una furgoneta naranja ni de ningún otro color. Respecto a Dolores Gutiérrez, y como ya explicó en su momento, aunque su nombre figurase en su agenda, no la conocía. Tampoco vio nunca a esas dos chicas —Elena y Patricia— cuyas fotografías le enseñaron. Sí reconoció haber estado con esa otra muchacha —Ana— en la discoteca, aunque no sabía cómo se llamaba. Tontearon y salieron juntos a la calle, cierto. Pero ahí vino lo bueno: les contó que cuando iban caminando hacia el coche, hacia su coche, apareció de pronto un tipo grande y fuerte, y que ella se echó a temblar nada más verlo. «Se conocían, estaba claro», les dijo. Se marcharon juntos y él se quedó allí, en mitad de la noche, a dos velas. Esta última revelación flotó como un cuerpo extraño en el ambiente de aquel cuarto cerca de un minuto y Diego y Guzmán, que, como con el tipo anterior, llevaron la voz cantante en todo momento, se miraron y parecieron preguntarse el uno al otro si aquello podía ser cierto o no era más que una simple y burda trola. Se intercambiaron comentarios al oído y, en vez de preguntarle directamente por aquel misterioso individuo, decidieron dejar aquello en reposo y rebobinar.

—Dolores Gutiérrez —dijo Guzmán—. Sí, ya sé: no la conoces de nada. Y yo te vuelvo a decir que tu nombre, Sebastián Mayoral, estaba bien visible en su agenda. Anda, figura, explícanos cómo coño es posible que estés en la agenda de una chica a la que nunca has visto.

Miró al inspector con desgana y se imaginó que le rompía los dedos de ambas manos con una barra de hierro y después le arrancaba la lengua con unos alicates para que se callase de una puta vez. Pero lo que hizo fue contestar sin que se le moviera un solo pelo de la cabeza:

—Ya se lo he dicho. Hablé de eso en su día con un compañero suyo y quedó claro que nada tenía que ver con esa chica. ¿Que mi número de teléfono estaba en su agenda? Enhorabuena. Lo deben de tener cientos de tías de esta ciudad, con la mitad de las cuales nunca he quedado. Ojalá. Les he dado mi número a muchas más de las que recuerdo, y de esa chica, suponiendo que alguna vez habláramos, no me acuerdo.

—Sé perfectamente que hablaste de esto con otro inspector y que le dijiste lo mismo que a nosotros, la cosa es que no te creo. Ni media palabra.

—Me temo que ahí no puedo ayudarle.

—Pues ya puedes esforzarte un poco más, listillo, porque te advierto que de aquí no vas a salir hasta que nos des motivos para soltarte.

—Oiga. Usted me pregunta y yo le contesto, pero lo que

no puedo hacer es decirle lo que quiere oír. Sobre todo porque es algo que no es cierto y, además, me perjudica.

—Te voy a decir lo que de verdad te perjudica: hacernos perder el tiempo. Estás relacionado con dos chicas que desaparecieron en circunstancias muy similares, por más que insistas en que no conoces de nada a una de ellas. Antes has dicho que era una pura coincidencia. ¿Sabes? Yo *no creo* en las coincidencias. Ni un poquito. Y menos aún cuando hablamos de chicas desaparecidas.

El tipo no se inmutó y se quedó mirando fijamente a Guzmán. Diego no vio en aquella mirada azul desafío alguno, sino un simple «esto es lo que hay, amigo, no puedo decirle otra cosa», sólo que su compañero no lo interpretó de ese modo.

—No me mires así, me cago en mis muertos, que al final vas a conseguir que te enchufe una buena hostia.

Pero en esta ocasión la cosa no pasó de la mera amenaza. Porque en ese interrogatorio, a diferencia del anterior, no iba a haber contacto físico ni Guzmán sacaría a pasear sus queridas tenazas, y había una razón de peso para ello. Aquel guaperas —«eh, Pincel, es casi tan guapo como tú», le dijo Guzmán a Diego con su habitual coña nada más verlo— era hijo de un general, y aunque su padre había acabado renegando de él, pues no hizo otra cosa que amargarles la existencia desde que vino al mundo, en este caso no se les podía ir la mano. Tener una familia fuerte detrás establecía la diferencia. Si eras un cualquiera, un pelagatos sin apellidos, estabas expuesto a todo tipo de abusos. Pero si tenías una familia con cierto poder, la cosa cambiaba. Mucho. Si eras culpable, nadie te iba a librar de cumplir con la ley, naturalmente, sólo que ellos debían andarse con mucho ojo.

Así las cosas, apostaron por la vía del desgaste. Si de entrada no colaboraba, la idea era retenerlo el mayor tiempo posible hasta que consiguieran atravesar su coraza. Hasta que se derrumbase.

Diego cruzó una mirada con su compañero y decidió abordar lo del visitante inesperado:

—Háblanos de ese hombre que afirmas que surgió de repente e intimidó a Ana Casado.

El detenido llevaba todo el interrogatorio observando que

aquel inspector joven y guapo era el que interpretaba el papel de poli bueno, y no pudo reprimirse:

—Usted es el que se encarga de las caricias y su amigo de los zarpazos, ¿eh?

Diego lo miró a los ojos unos segundos y negó con la cabeza.

—No, verás. Yo soy el que quiere averiguar si la persona que tiene enfrente, es decir, tú, es quien dice ser, uno que simplemente pasaba por allí y cuya única relación con esas dos chicas es fruto de la más pura casualidad, o bien un malnacido que nos está vacilando desde el principio.

El tipo encajó el golpe.

—Ya se lo he dicho. Íbamos hacia mi coche, muy contentos, cuando ese menda apareció de pronto y entonces, ¡zas!, mi gozo en un pozo.

—¿Cómo era ese supuesto hombre?

—No, no, de supuesto nada; era bien real. Grande, de unos treinta y tantos. Con cara de mala hostia.

—Danos más datos físicos. ¿Calvo?, ¿gordo?, ¿algún defecto evidente?

—Tenía pelo, moreno, y era de constitución fuerte. No gordo, ojo, sino cachas. Y con cara de boxeador.

—¿Nariz rota?

—Sí.

—¿Y la ropa?

—Cazadora de cuero, vaqueros, botas.

—Coño —comentó Guzmán—, ya veo que lo fichaste bien.

—Lo tuve a sólo un metro de distancia, qué quiere.

—¿Qué fue lo que dijo? —continuó Diego—. ¿De qué hablaron entre ellos?

—Yo no he dicho que lo hicieran. Al verlo, ella cambió de golpe. Me soltó la mano, la risa se le cortó y pareció asustada. Él tampoco dijo nada. Le hizo un gesto y ella se acercó a él y se marcharon juntos.

—¿Por qué no hiciste nada por evitarlo?

—¿Evitar el qué? ¿Que decidiera pirarse con otro? No era mi novia. Me quedé a verlas venir, pero ella se quiso ir con él sin que nadie la obligara. El tipo me lanzó una mirada asesina, eso es verdad, aunque a ella no le puso la mano encima. Y debo reconocer que uno de mis mayores defectos es que le tengo demasiado apego a mi salud. Con mi cara me ha ido bien, ¿saben?, y no tenía el menor interés en que un animal que me sacaba una cabeza, y al que se le adivinaban los músculos bajo la ropa, me la partiera.

—¿Viste si entraron en algún coche?

—Sí. En un Renault 12. Verde.

—¿Estás seguro de eso?

—Y tanto. Tuve uno igualito.

—¿Por qué no has empezado por ahí, contándonos lo del coche?

—Porque no me lo han preguntado. Yo me limito a responder sus preguntas. Ya les he dicho que no tengo nada que ocultar. Nada en absoluto.

—¿Recuerdas si alguien más vio a ese hombre? Alguien que pueda confirmar lo que dices.

—No. O no me fijé, al menos.

Los cuatro policías se miraron y, al cabo de un minuto de silencio, Guzmán se puso en pie y les hizo una señal para que salieran.

Se reunieron fuera con el subcomisario, que había seguido el interrogatorio a través del vidrio polarizado.

—¿Le creéis? —les preguntó.

Guzmán y Monzón suspiraron. El primero sacudió la cabeza antes de contestar:

—Yo le digo al tío ese que no me creo nada, por si acaso. Y porque en eso consiste mi trabajo. Pero no sé qué pensar, jefe, me cago en la hostia puta.

—Tampoco yo lo tengo muy claro —señaló Diego—, aunque no me gusta un pelo.

—A mí tampoco me gusta nada —dijo Carranza—, pero esa no es la cuestión.

—Lo sé, lo sé. Pero digo que no lo tengo muy claro porque, a pesar de que hay algo en él que me huele mal, que no termina de encajarme, está demasiado seguro de sí mismo, y eso me desconcierta.

—¿Creéis que esa historia del tipo que aparece y se va con la chica podría ser cierta?

Monzón se encogió nuevamente de hombros.

—Vaya usted a saber, jefe. Podría ser.

—Imposible no es, desde luego —dijo Diego—, pero... Es

que no lo sé, la verdad. El problema es que nadie puede atestiguarlo. Es lo que él afirma que pasó, nada más. Y es demasiado bonito como para creerlo.

—Por eso mismo yo no me lo creo —sentenció García—. Ni un poquito. Ese cabrón miente. Nos está mintiendo, joder. Y lo que me sorprende es que aún lo dudéis. El hijoputa miente como un cosaco.

—Como un bellaco, querrás decir —lo corrigió el subcomisario—. Se bebe como un cosaco y se miente como un bellaco, hostias. Que no se diga que los inspectores de la Brigada Regional de Policía Judicial somos un hatajo de asnos.

—Perdón, jefe. Cosaco o bellaco, lo mismo me da que me da lo mismo. El caso es que ese tío miente. Como un cabrón. Eso. Miente como un auténtico cabrón. Se lo digo yo, que con los ojos cerrados soy capaz de ver a un mentiroso a un kilómetro.

—Podría ser... —concedió Diego—. Podría ser. Lo único cierto es que, problemas de memoria aparte, conoció a las dos chicas. Y a mi modo de ver, y al margen de lo que diga, eso lo pone en una situación comprometida.

Monzón y Guzmán asintieron, y este último añadió:

—Yo le daba un par de hostias y me quedaba como nuevo. Y así veríamos de paso si oculta algo o no.

—No le podemos tocar, ya lo sabes. —El subcomisario consultó su reloj—. En fin. Así las cosas, habrá que seguir apretándole las tuercas. Llevadlo otra vez al agujero y en unas horas seguimos. A ver si se reafirma en lo dicho o le pillamos en alguna contradicción.

Mientras Guzmán y García entraron en la habitación para llevarlo de vuelta a los calabozos, Monzón salió a desayunar y Diego regresó a su mesa.

Miró su reloj de pulsera. Aún era pronto, pero le apetecía tanto oír su voz...

Tras unos segundos de duda, se decidió. Levantó el auricular y giró siete veces el disco, hasta completar el número de teléfono que se sabía de memoria.

Cuando la voz somnolienta de Mónica contestó, él experimentó esa sensación mezcla de euforia y seguridad que sólo había sentido en los mejores momentos de su vida. Tragó saliva.

—Hola, mi amor —dijo.

CAPÍTULO 32

Oyó un ruido, despegó los párpados y las vio allí. Una morena de pelo largo y rizado y hoyuelos en la cara; una rubia de melena lisa y marcas de acné; otra morena de ojos claros y tez tostada; una chica con el corte de pelo a lo *garçon* y rostro aniñado; una castaña alta y robusta; una bajita pecosa con coleta; una pelirroja muy guapa de mirada intensa... y Ana Casado, la única de ellas a la que conocía.

¿Cómo era posible? ¿Por medio de qué prodigio habían entrado en el sótano?

El caso es que estaban allí, con ella. No sonreían, no parecían felices, aunque tampoco tenían miedo. Ya no.

Al principio la ignoraron. Se comportaban como si no estuviese, como si no existiera.

Iban agarradas de la mano y caminaban en círculos, sin un propósito concreto. Ella las llamó: «¡Eh! —dijo—. ¡Eh! ¡¿Es que no me veis?! ¡¿Es que no podéis verme?!».

Entonces, la que llevaba el corte de pelo de chico y tenía cara de niña se separó del grupo y caminó hacia ella. Se fijó en que le faltaban algunos dientes. Le preguntó cómo se llamaba, pero no le contestó. Pasó de largo, se agachó y comenzó a palpar el suelo. Al poco pareció haber encontrado algo. Se levantó y volvió hacia el grupo con una mano extendida, y ella pudo ver los dientes rotos sobre su palma.

La chica alta y algo gruesa se acercó después y rebuscó entre el montón de ropa. Al cabo de un rato, dio con aquello que buscaba. Eran unas bragas; unas bragas grandes. Sus bragas.

Las otras la imitaron; pasaron por su lado sin decirle nada y se inclinaron sobre las prendas.

Todas menos una: la pelirroja guapísima y de expresión triste —más triste, quizá, que el resto—, a la que también le faltaba algún diente y que no parecía interesada en nada de lo que allí había, se detuvo delante de ella y se la quedó mirando.

No supo qué hacer. Entonces, aquella chica estiró el brazo y le acarició la mejilla. Sintió calor; un calor inequívoco que viajó del rostro al resto del cuerpo, y una sensación de bienestar la conquistó.

Cerró los ojos y creyó flotar, como si fuese ingrávida. Un ave que aleteaba apenas en aquel aire oscuro y denso. En el aire sin vida de un lugar condenado para siempre.

Cuando abrió los ojos, ya no estaban. Se habían ido.

Se tumbó en el suelo, bajo la manta, y pensó en ellas. En todas y cada una de ellas.

Y se entristeció.

Porque no podían descansar.

Porque parecían estar a la espera de algo, como incompletas.

Al poco —tiempo vaporoso y discutible que transcurría sin embargo en aquel lugar sin tiempo—, se preguntó si había sufrido una alucinación o si había ocurrido de veras. Pero fue tan real, ellas eran tan reales, que terminó por creer que sí, que aquello había sido cierto.

Y les agradeció la visita. Lo hizo en alto, de viva voz. «Gracias. Muchas gracias», dijo.

Y al hacerlo se sintió un poco menos sola. Un poco menos olvidada. Un poco más persona.

Tal vez por eso lloró.

CAPÍTULO 33

Cuando devolvieron a Sebastián Mayoral a los calabozos, sin haber sacado aún nada en claro, faltaban unos minutos para las ocho de la mañana. Aprovecharon para trabajar en el listado de las furgonetas, comer algo y, más que dormir, dormitar un rato de mala manera —sentados en una silla y con los pies en otra, o inclinados sobre sus mesas—, y hacia las cuatro de la tarde reanudaron el interrogatorio.

Estuvieron unas cuantas horas dale que te pego, con Guzmán y Diego ejerciendo, una vez más, de voces solistas, pero él se mantuvo firme en todo lo que les había dicho y no mostró la menor fisura en su relato. Si les estaba mintiendo, se dijo Diego, se encontraban ante uno de esos sujetos de sangre helada y piel de rinoceronte con los que las probabilidades de éxito resultaban escasas.

Era 24 de diciembre, Nochebuena, y aquel «mamón de mierda» —palabras textuales de Carranza— no los iba a privar de la cena familiar. Al filo de las nueve de la noche, cabreado como una mona, el temperamental subcomisario les dijo a sus hombres —quienes, como él mismo, mostraban evidentes signos de fatiga y frustración— que se marcharan cada uno a su casa y Dios a la de todos, y que se verían allí a la mañana siguiente, día de Navidad, a eso de las diez, para continuar exprimiendo al «sospechoso hijo de puta».

Se fueron, pues, a cenar y dejaron al detenido en aquella ingrata estancia. Se le presentaba una Nochebuena inolvidable, como apuntó García con una sonrisa maliciosa. En la brigada tan sólo permanecieron un par de oficiales de guardia; novatos a los que no les quedaba otra que pringar en los días clave de las fiestas navideñas y que si ocurría algo gordo tendrían que telefonear de inmediato a sus superiores para recibir ayuda. Porque, como solían repetirse entre ellos, los inspectores de la Brigada Regional de Policía Judicial siempre estaban de guardia.

Diego iba a cenar con su madre y su hermana, y para allá que se fue al volante de su Renault 5 Alpine, una flecha amarilla entre los contados coches que circulaban a esas horas de tan señalada fecha. Mónica, con la que había hablado esa mañana y cuya voz le insufló vida, tomó un vuelo a París, acompañada de su padre, que se reunió con ella en el aeropuerto recién llegado de Barcelona, para pasar unos días con su madre y sus abuelos maternos. Por el bien de su única hija, y extinguidas tantos años atrás las brasas de su amor, sus padres mantenían una relación más que cordial. Alguna vez, Mónica le había dicho que cuando los veía juntos le resultaba imposible imaginárselos enamorados. Sin embargo, prosiguió, hubo un momento, hacía ya siglos, en el que esas dos personas tan distintas y de trato correcto sintieron un flechazo poderoso —fue su madre quien se lo contó— y vivieron un romance intenso y novelesco. Diego se limitó a observar que, desde luego, para fabricarla tan bien esos dos amantes debieron de ser muy fogosos y emplearse a fondo, y ella, entre risas, exclamó «¡calla, calla, por Dios!».

Mientras conducía era consciente de lo mucho que la echaba de menos. Desde que empezaron a salir, ningún otro caso en el que hubiera trabajado, y fueron muchos, los había mantenido tan distanciados como ese. Por aquello tan judeocristiano del deber antes que el placer, ambos asumían, resignados, que eso había de ser así, y ella aprovechaba las maratonianas jornadas de trabajo de él para estudiar y prepararse a fondo en el despacho de su padre, pero ambos empezaban a acusar tantos días sin verse. Tantas noches sin tenerse.

La madre de Diego seguía viviendo en la casa en la que él se crio; en el mismo humilde piso de tres habitaciones de la Ronda de Segovia. Para su sorpresa, encontró sitio a unos pocos metros del portal.

Le abrió la puerta con el delantal puesto y le dio un abrazo fuerte y varios besos por toda la cara, como si llevaran mucho tiempo sin verse. Y lo cierto era que más de lo normal, pues, aunque solía ir a comer un día entre semana y domingos alternos, hacía más de un mes que no aparecía por allí por causa de aquella investigación.

—Tienes cara de cansado, hijo. ¿Cuántas horas duermes?

—No quieras saberlo, mamá. Digamos que todas las que puedo.

—Pues muy mal hecho. Lo primero es la salud, te lo he dicho mil veces.

—Lo sé, mamá, lo sé. Toma.

Le tendió una caja de bombones. Pensaba que esa noche la pasaría en la brigada y no fue hasta el último momento cuando supo que podría marcharse a cenar, por lo que a esas horas aquello fue lo único que encontró.

—Ay, hijo, no sé para qué te gastas el dinero. Si ya tengo de todo, caramba...

Eso también lo sabía. Su hermana y él le hacían ingresos mensuales para que no pasase apuros, ya que con la magra pensión de viudedad que recibía no le llegaba para vivir.

El belén fue lo primero que vio al entrar en el salón. No era demasiado grande, pero sí llamativo para las reducidas dimensiones de la habitación.

—Es nuevo. ¿Te gusta?

—Mucho —mintió él.

En una mesa baja había platos con turrón, mazapán, polvorones, dátiles y orejones. Su madre los señaló.

—¿Quieres?

—Preferiría una cerveza.

—Eso está hecho. Voy a por ella.

—No, mamá, ya la cojo yo.

—Ni hablar. Tú siéntate aquí tranquilamente, venga, que ahora mismo te la traigo.

Obedeció y se dejó caer en el sofá, frente al televisor. Estaban dando el telediario.

En ese momento sonó el timbre.

Se levantó y fue a abrir. Cuando recorrió el largo y estrecho pasillo y llegó al recibidor, su madre se le había adelantado y Nuria ya estaba dentro cargada de bolsas.

—Hola, McCloud. —Su hermana le llamaba como al protagonista de una serie policíaca de televisión que se hizo muy popular algunos años atrás.

—Hola, hermana mayor. Trae, anda, deja que te ayude.

—Por supuesto. ¿Para qué sirve un hombre si no? Va todo a la cocina.

—A la orden.

Cogió la mayoría de las bolsas y siguió a las dos mujeres.

—Uf, cómo está esto... —dijo mientras dejaba las bolsas y observaba aquel desorden de platos y fuentes con comida.

—Aunque no lo parezca, la cena ya casi está. Sólo me falta rematar y poner un poco de concierto. Así que, vamos —dio unas palmadas—. Cogéis algo de beber y de picar, y os vais volando al salón.

Diego se agenció una cerveza y un plato con queso y jamón, y su hermana abrió una botella de las varias que había llevado y se sirvió una copa de vino blanco. Salieron y dejaron a su madre trajinando en medio de aquel follón.

Estuvieron hablando de naderías —el estado del tiempo y la saturación de gente en el centro, donde él trabajaba y ella vivía, debido a las fiestas navideñas— hasta que en la tele sonaron los primeros compases de la Marcha real sobre el escudo de armas de Juan Carlos I de España y se anunció el mensaje de Navidad de su majestad el Rey.

—¡Mamá, ven, corre! —gritó Nuria—. ¡Que va a hablar tu querido rey!

El jefe de Estado vestía de forma sobria: un traje azul marino, corbata del mismo color y camisa azul claro. Casi parecía que estuviese de luto, pensó Diego mientras se preguntaba si las alusiones acerca del malogrado golpe de Estado perpetrado meses atrás serían veladas o explícitas. Enseguida saldría de dudas.

Su madre llegó en ese momento sujetando una bandeja con varios platos. Diego se levantó, se la quitó de las manos y la llevó a la mesa, y ambos se sentaron junto a Nuria.

Tras una breve introducción, el monarca, con semblante serio y voz monocorde, sin el más leve altibajo, fue al meollo del asunto. Apelaba al valor inigualable de la democracia y llamaba a la unión de todos los españoles por el bien común.

> ... Tenemos una Constitución que se ha dado a sí mismo la mayoría del pueblo español. Al obedecerla y respetarla, estamos ya en ese camino que hemos de recorrer sin dudas

ni vacilaciones para vivir en un Estado de derecho. No hay más alternativa válida, ni puede pensarse en otras soluciones impuestas por minorías que podrían alterar el objetivo de paz y de orden inspirador de nuestra conducta...

—Qué bien habla este hombre. Y qué buena pinta tiene.

—Por Dios, mamá... —se horrorizó Nuria—. Lo está leyendo todo y encima se lo han escrito. Y lo de que tiene buena pinta... Hombre, si te gustan los maniquís o los robots...

—Chsss, hija, que no nos estamos enterando...

... Que la verdad... prevalezca siempre, por encima de campañas calumniosas, de falsas propagandas, de rumores malintencionados... Evitemos por todos los medios crear motivos que puedan desencadenar enfrentamientos y discordias entre nosotros...

—¡Eso! ¡Muy bien dicho! ¡Así se habla! —exclamó la madre con gesto orgulloso. Los dos hermanos se miraron y sonrieron.

... Que nos respetemos mutuamente en la libertad, repudiemos la violencia y nos sintamos solidarios en la gran tarea de edificar una España próspera y en orden donde el fin supremo de su bienestar y de su grandeza se sobreponga a intereses particulares y mezquinas aspiraciones...

—«Intereses particulares y mezquinas aspiraciones». Mmmm, ¿de qué me suena eso? —preguntó, retóricamente, Nuria—. ¡Ah, sí, ya! Es la esencia misma del españolito.

Diego no se pronunció, pero habría sido incapaz de desmontar esa aseveración.

... De esta querida España a la que quiero servir con absoluta entrega porque la empresa merece los mayores sacrificios. Mi confianza en los españoles es ilimitada y la monarquía que represento quiere impulsar con el mayor afán la gran política integradora de cuantos soñamos con la grandeza de la patria bajo los pliegues de nuestra bandera...

—Amén —sentenció Nuria, y agotó el contenido de su copa de un enérgico trago.

En cuanto el discurso concluyó, la madre cogió la bandeja y volvió a la cocina para cargar más platos. Nuria la siguió para hacerse con un par de botellas de vino, que agarró como si fueran lingotes de oro.

Estaban ya sentados a la mesa cuando comenzó el programa especial de Nochebuena. Lo presentaban dos actores, Carmen Maura y Adolfo Marsillach.

—Qué extraña pareja... —comentó Nuria y, acto seguido, se llenó de nuevo la copa, le dio un trago largo y le regaló el oído a su madre—: Hay que ver, mamá, qué buena pinta tiene todo esto. Eres una artistaza.

—Gracias, hija. Pues hale, venga, al ataque. Vamos a tratar de que no sobre nada, que no están los tiempos como para andar tirando comida.

A modo de entrantes, su madre había dispuesto sobre la mesa embutidos varios, langostinos y espárragos blancos con mayonesa, y los platos principales consistían en lombarda rehogada con manzana y piñones, y pavo al horno con guarnición vegetal. Un menú muy de clase media.

Mientras comían, charlaban y veían distraídamente la tele. Uno de los primeros entrevistados fue Juan Luis Cebrián, el director del influyente diario *El País*. El periodista manifestó que le gustaría llegar a publicar en su periódico que se había retirado el poder militar en Polonia y que los sindicalistas encarcelados por el régimen del general Jaruzelski habían sido liberados; que la democracia naciente en ese país, en definitiva, había derrotado al golpismo. También expresó su deseo de que el Gobierno de España investigase la trama civil del golpismo, que alentaba a los sectores golpistas a continuar, y que actuase enérgicamente para resolver el que definió como el más grave problema de la convivencia española. Diego pensó dos cosas: que el mundo parecía haberse vuelto loco y que aquel tipo de treinta y tantos años, que lucía barba y pelo largo y se sentaba más tumbado que derecho, tenía cara de listo y desprendía una gran seguridad en sí mismo. Una seguridad, se dijo, que no sólo debía de estar cimentada en el éxito del diario que dirigía, sino también en un firme andamiaje familiar y en una infancia y juventud de buenos colegios y productivas amistades.

La voz de su madre lo devolvió al salón:

—Bueno, hijo, ¿y qué tal está Mónica?

—Muy bien. Se ha ido a París para pasar unos días con su madre y sus abuelos. La acompaña su padre.

—Qué bien. Qué familia tan moderna. ¿Y cómo lleva la carrera?

—Es de las primeras de su curso. Y por las tardes va al despacho de su padre para aprender todo lo que no enseñan en la universidad.

—Jolín, qué nivel —dijo Nuria, que trabajaba de secretaria de dirección en la multinacional de productos y sistemas informáticos NCR y fantaseaba a diario con asesinar a su jefe después de someterlo a diversas torturas—. Ya me gustaría a mí estar en su pellejo y no tener que soportar los cambios de humor del malnacido de don Juan.

—Hay que ver, hijo, qué novia te has echado. Lo que vale esa chica. Es que lo tiene todo, caray. Claro que ella se ha llevado a la joya de la corona. El más guapo y el más listo de todos.

—Que es también, casualmente, tu hijo —señaló Nuria guiñándole un ojo a su hermano.

—Sí, es mi hijo, pero las cosas como son. El que vale vale.

En ese momento entrevistaban a un obispo al que el actor le preguntó si España era un país católico o un país con católicos, y el eclesiástico, en vez de eludir la cuestión, como era habitual entre los de su gremio, afirmó que el planteamiento oficial había sido la separación entre la Iglesia y el Estado, y pese a que la mayor parte de los ciudadanos estaban bautizados en la Iglesia católica, una mayoría no era seguidora de sus pautas.

—Pues yo digo que este sigue siendo un país de meapilas —sentenció Nuria.

—Hija, por Dios, que estamos cenando.

—Y nunca mejor dicho, mamá. Meapilas, insisto. Santurrones. Temerosos de Dios.

—¿Tú crees? —comentó Diego sin que el tema le interesase gran cosa—. Porque a mí me parece que ese obispo lleva toda la razón. Cada vez hay más gente a la que la Iglesia se la trae al pairo. Desde que Franco murió, e incluso antes, se ha ido desinflando como un globo.

—Afortunadamente, McCloud. Aunque mal haríamos si subestimáramos al dragón. Parece moribundo, pero sólo está recuperando fuerzas y en cualquier momento podría escupir fuego.

—Me parece, hermana, que estás dramatizando. No entiendo ese alarmismo. La sociedad va por otro lado. No sé muy bien hacia dónde, la verdad, pero los tiempos están cambiando. Eso es obvio.

—Pues que sea para bien, hermanito. Que sea para bien. Venga —levantó su copa—, brindemos por ello.

Brindaron.

Comenzó la actuación de un trío pop. Una chica y dos chicos que parecían ir disfrazados de árabes futuristas y que derrochaban poses como si estuviesen en plena sesión fotográfica. Se hacían llamar Mecano.

—¿Te has fijado, Nuria? —dijo Diego—. ¿Ves como los tiempos están cambiando?

—Que no se pueden levantar, no te digo... —protestó su madre—. Vaya mensaje que le están enviando a la juventud. Así no me extraña nada que haya tantos chicos desocupados que lo único que quieren hacer es pasárselo bien y drogarse, y que trabaje Rita. Qué lástima.

—¡Viva la cultura del esfuerzo! —gritó Nuria levantando su copa, y la vació en su garganta. Diego se preguntó si ya estaría borracha.

—Espero que esta noche no conduzcas.

—Tranquilo, cariño. Esta noche duermo con la madre que nos parió.

La miró y pensó que aún se encontraba bajo los efectos de la separación y que a algo tenía que agarrarse. Desde que, un año atrás, Gonzalo, su novio «de toda la vida», la dejó prácticamente plantada ante el altar —apenas un mes antes de la boda— para irse con otra, una compañera de trabajo, aquellas botellas doradas y rojas se habían convertido en el amor de su vida. Llevaba fatal la soltería, cosa que no ocultaba, pues no sólo aborrecía estar sola, sino que su instinto maternal era tan poderoso como su ironía y su talante guerrero.

—Y hablando de trabajo, hijo. ¿Cómo va todo?

—Ah, pensaba que me ibas a preguntar a mí.

—A ti ya sé de sobra cómo te va, hija, que hablamos siete veces al día...

—Pues el trabajo ahí va, mamá. No tengo tiempo para aburrirme.

—Ni para dormir.

—Ni para dormir. Pero ya sabes lo mucho que me gusta lo que hago. Y sarna con gusto...

—Lo sé, hijo, lo sé, y gracias a Dios que es así. ¿Y en qué caso estás trabajando ahora? Si puede saberse, claro.

Diego pensó en Elena Vicuña —la piel nívea y esos ojos que siempre que se acordaba de ella no dejaban de gritarle— y en las otras chicas, y también en el pájaro que en ese preciso instante estaría muriéndose de asco en una celda de la brigada. Miró a su madre y se dijo que las mentiras piadosas eran a veces tan necesarias como el aire.

—Nada importante. Algún robo, algún atraco..., cosas así.

—¡Ja! —exclamó Nuria—. Seguro que andas metido en algún caso horripilante. Uno de esos casos sórdidos con asesinatos por medio.

La miró descolocado, como si lo acabara de pillar en flagrante.

—¡Que es broma, tonto! —dijo ella golpeándole el brazo—. Aunque, por la cara que has puesto, casi va a parecer verdad.

—Ay, hija, qué cosas tienes. No me gusta nada que bromees con eso, ¿estamos?

—Sí, bwana.

Diego optó por dejar ahí el tema. Joder con Nuria.

Estaban ya atacando el pavo cuando presentaron a Isabel Pantoja. Llevaba un vestido liviano, oscuro, con detalles blancos, que dejaba ver un sabroso escote, sandalias de tacón doradas y la melenaza negra suelta, derramada sobre los hombros. Pese a lo rancio de su propuesta en un momento como aquel, en el que los grupos pop de influencia anglosajona habían rediseñado y modernizado el panorama musical, aquella mujer desprendía personalidad y resultaba atractiva y exuberante. Diego pensó que los hombres de cierta edad debían de estar derritiendo con los ojos la pantalla de su televisor, para escándalo de sus santas señoras. La sevillana cantaba una pieza en la que algunos de sus versos no se habrían librado del bisturí de la censura pocos años antes:

Si al Retiro me llego
mi sangre arde
con las chispas de fuego
que hay en la tarde.

Desde Atocha a Las Vistillas
voy en busca de un amor,
y las flores de la villa
de Madrid me dan su olor.

—Pero qué buena moza esta, ¿eh? ¿No os parece mucho más bonito esto, tan español, tan nuestro, que lo que cantaban los tres vagos esos que no se podían levantar?

—Pues no, mamá, para nada —negó Nuria moviendo demasiado la cabeza: el vino había empezado a surtir efecto—. A mí esta chica me parece un espanto, tal cual. Es más antigua que mi abuela, que en paz descanse.

—Ay, hija, está claro que no entiendes...

Al terminar el programa, mientras Diego alternaba tragos de café y de vino y rechazaba los dulces que su madre le ofrecía cada medio minuto, dio comienzo la misa de Nochebuena. Nuria propuso quitar la tele y poner música, moción a la que él se sumó. Buscó en un cajón lleno de cintas casete y encontró una que les gustaba mucho a los tres (sí, también a su madre): Neil Diamond, *You don't bring me flowers.*

Cuando sonó el primer corte, «American popular song», Nuria, tras la obertura orquestal, se levantó y se puso a bailar copa en mano de forma un tanto escandalosa, como en una boda que ha entrado en su fase más disparatada. Era una mujer guapa —ojos grandes, verdes; nariz del tamaño justo, boca carnosa y pelazo castaño—, aunque corpulenta, y a pesar de que siempre decía estar a régimen —«a plan»— para combatir su natural tendencia a engordar, jamás se privaba de los placeres culinarios. Diego se había preguntado muchas veces de dónde le venía aquella poderosa constitución, pues su madre era menuda y delgada, y su padre, según acreditaban las escasas fotografías que de él conservaban, un alambre.

—Vamos, hermanito. Ven a bailar con esta loca borracha.

Lo agarró de la mano y tiró de él, y Diego se dejó llevar y bailó con ella a Neil Diamond mientras su madre los miraba hacer el indio con los ojos encendidos. Nunca llegarían a saberlo, pero en aquel preciso instante los tres fueron felices.

Cuando minutos después se sentaron, su madre le dijo:

—Ah, por cierto. Tengo que enseñarte una cosa.

Salió del salón y volvió al rato con una carpeta.

—Mira. Las encontré el otro día, haciendo limpieza, y pensé que te haría ilusión verlas. —Sacó varias fotos—. Fíjate. No me digas que no es increíble lo mucho que os parecéis.

Diego las cogió y vio a su padre, muy joven, en distintos momentos. Vaya, pues sí que se parecían. Exageradamente. De hecho, fue como verse a sí mismo en decorados anteriores a su propia vida. Como si hubiera viajado al pasado y se hubiese retratado para poder contemplarse en el futuro.

Lo invadió una sensación extrañísima. Algo así como la nostalgia de algo no vivido; de unos días que no conoció ni conocería.

De pronto, tuvo frío. ¿O era dolor? ¿Por qué todo lo que guardaba relación con su padre le seguía haciendo daño?

—Lo que es la vida, hijos... —Su madre sacudió la cabeza y suspiró—. Ahora podría estar aquí, con nosotros, y sin embargo...

Se echó a llorar. Él la abrazó y trató de calmarla en un tono cariñoso. Le seguía llamando la atención que nunca hubiera tratado de rehacer su vida. Eran ya casi veinte años los que llevaba sin él, pero siempre decía que era mujer de un solo hombre y que, para soportar ahora a alguien, con sus manías, prefería estar sola, dónde iba a parar.

Nuria, que vaciaba las copas a mayor velocidad que las llenaba y acababa de estrenar otra botella, al ver llorar a su madre se enfadó de repente. Él le hizo un gesto para que se cortase y entendiera la situación, pero ella, en vez de obedecerle, hizo algo que Diego no logró entender porque no venía a cuento. Se levantó, roja de ira, y dijo:

—Los hombres, todos, sois unos malditos egoístas. Lo único que hacéis es causarnos sufrimiento.

Acto seguido, imitó a su madre y se abandonó a un llanto que a Diego le pareció desesperado.

Y allí estaba él, con dos de las tres mujeres más importantes de su vida —las únicas— comidas por la pena. «Joder —pensó—. Menudo papelón».

Durante un momento que se le antojó demasiado largo permaneció en silencio, agarrado a la mano de su madre y mirando a Nuria: se había sentado en una silla y sollozaba como una niña a la que se le ha negado un capricho.

Se levantó con ímpetu, comenzó a dar palmas y dijo:

—¡Ya! ¡Se acabó! ¡Esto parece un velatorio, coño! Si lo llego a saber, no vengo. Que bastante presión soporto ya...

Entonces su madre se secó las lágrimas y se disculpó, y Nuria, al rato, también.

—Lo siento, Diego. —Cuando hablaban en serio siempre le llamaba por su nombre—. Supongo que he bebido demasiado y me he dejado llevar por las emociones...

—Pues procura mantener esas emociones a raya, que esta no es zona de guerra, sino de paz. Y que sepas que el bar acaba de cerrar. Como bien has dicho, ya has bebido suficiente.

Su madre propuso comer más dulces. «Hostias con los dulces», se dijo él, y comentó que con lo que había comido no necesitaría probar bocado en las dos próximas semanas.

Quitó la música y encendió la tele. Vieron acabar la misa y a continuación empezó una película musical en la que Peter O'Toole interpretaba a un profesor de una estricta escuela británica que se enamora de una artista de variedades. Una de esas películas amables para la noche familiar por excelencia.

A la media hora, Nuria se quedó dormida —se dieron cuenta por los ronquidos, tan potentes como los de un toro—, y no era de extrañar después de todo lo que había pimplado y de la pataleta que se cogió. Su madre sacó una manta y entre los dos la recostaron en el sofá y la taparon.

Luego, Diego ayudó a recoger la mesa —tuvo que insistir, porque su madre se negaba— y, una vez que lo llevaron todo a la cocina, le dijo que se marchaba ya, que estaba muy cansado y al día siguiente trabajaba. A ella le chocó que trabajase en Navidad, ¿cómo era posible?, pero él le explicó que tenían mucha tarea pendiente y eran pocos, y que, en fin, ya vendrían tiempos mejores.

En la puerta le volvió a pedir perdón por el numerito que le habían montado y él negó con la cabeza, no pasaba nada, ya se le había olvidado, y se despidió de ella prometiéndole que iría a verla sin falta en Reyes. Lo acompañaría Mónica.

Cuando llegó al coche se sentía pesadísimo; había cenado demasiado y le entró un sopor que le hizo bostezar. No veía la hora de llegar a su casa y entregarse a un sueño necesario. Tentado estuvo de reclinar el asiento y echarse a dormir allí mismo, pero logró vencer la pereza y arrancó el motor.

Subió hasta la cercana Puerta de Toledo y tiró por la gran vía de San Francisco. Dejó a la izquierda la Real Basílica de San Francisco el Grande y continuó por Bailén.

En aquel momento pensó en Mónica, en Elena Vicuña y en Sebastián Mayoral, por ese orden, y una repentina ola de rabia creció en él como un tsunami y pisó el acelerador.

El semáforo que había justo antes del cruce con la calle de Don Pedro acababa de cambiar a rojo, pero él apuró y siguió, y entonces vio que un coche se le echaba encima por la izquierda.

Hundió el pie en el pedal del freno, con fuerza, y su coche emitió un alarido y se detuvo a nada del otro vehículo, que, por suerte para él, para ambos, también frenó.

Su frente golpeó el volante y permaneció unos segundos quieto, como ido.

El pitido prolongado del otro coche retumbó en su cabeza y le descongeló los miembros. Aturdido aún, arrancó, se echó a un lado y salió.

El conductor bajó la ventanilla y le gritó que era un loco hijo de puta, y le dijo que no le daba dos hostias porque llevaba prisa, tras lo cual aceleró y desapareció de allí.

Diego se quedó unos segundos con la vista fija en el lugar en el que instantes antes se encontraba el coche con el que casi había chocado, y entonces se inclinó y vomitó cuanto llevaba dentro.

A la mierda la lombarda y el pavo que su madre había cocinado con todo su cariño esa nefasta Nochebuena.

Cuando ya no le quedaba nada dentro, tan sólo una molesta sensación de ardor, se volvió y miró hacia el tramo de calzada que recorría el viaducto y que se adivinaba al fondo.

En aquel momento no pensó en lo poco que le había faltado para tener un accidente ni en lo absurdo que era que estuviese allí parado, precisamente esa noche.

En lo que pensó —y se sorprendió por ello— fue en que tenían que encontrar cuanto antes a esas chicas, por el amor de Dios.

CAPÍTULO 34

No había vuelto a aparecer desde que a punto estuvo de estrangularla. Eso quería decir que desde entonces no había llevado comida ni agua y era la falta de esta lo que la empezaba a preocupar, y mucho. Además, el frío allí era mayor que nunca y tan sólo disponía de esa vieja manta para cubrirse.

Correr, caminar, moverse la ayudaría a combatirlo, pero tenía miedo de deshidratarse, puesto que no sabía cuándo volvería. Si es que lo hacía. Porque ¿y si había decidido no hacerlo? ¿Y si en vez de matarla con sus propias manos había optado por un método aún más cruel? Abandonarla sin más a su suerte. Dejarla allí, como a un perro moribundo, para que se fuera apagando poco a poco. Lenta, dolorosa e inexorablemente.

La cabeza, su cabeza, empezó a especular, a temer lo peor. Porque la incertidumbre genera monstruos. Y entonces se dijo que también cabía la posibilidad de que no volviese por causas ajenas a él: un accidente podría impedírselo. Sí, podría tener cualquier tipo de percance —un accidente de circulación o doméstico (una mala caída), un infarto, un viaje que se prolonga más de la cuenta, una detención policial, cualquier cosa— y no volver a asomar, y en ese caso ella moriría de sed tras largos días de agonía. ¿Cuántos?

No recordaba, si es que alguna vez había llegado a conocer ese dato, cuánto tiempo podía sobrevivir una persona sin agua. ¿Tres días? ¿Cuatro? Tal vez más. ¿Una semana? Aquel se le antojaba un tiempo excesivo. Pero fueran más o menos días —medidas humanas que ella era incapaz de determinar en aquella cápsula aislada del tiempo— ya no sabía qué era peor, si aguantar mucho o poco. Todo dependía, claro, del desenlace. De si al cabo de la resistencia llegaría la recompensa del agua o no.

La angustia. Junto con el miedo y la impotencia, la angustia era un sentimiento que no se había separado de ella desde que la llevaron a aquel sótano. La angustia que la atenazaba al preguntarse cuándo volvería a abalanzarse sobre ella como si fuese un trozo de carne sin vida. La angustia al preguntarse si la golpearía. La angustia al preguntarse cuánto tiempo la mantendría con vida. La angustia, ahora, al pensar que quizá ya no bajaría. O no antes de que fuese demasiado tarde para ella.

La angustia hacía que se estuviera consumiendo como la cera de una vela. Aunque el símil no era en absoluto acertado, ya que el fuego era justo lo opuesto al frío que penetraba en sus huesos y que no había forma de aplacar.

Mientras se mortificaba, se preguntaba si ellas la visitarían otra vez; si las volvería a ver. No hubo comunicación alguna más allá de la caricia con la que la obsequió aquella pelirroja guapa y triste, pero la ayudaron a sobrellevar mejor aquel calvario. La gigantesca cruz que soportaba.

Eran presencias y como tales abolían otro de los grandes motivos para la angustia: la soledad.

Y fue la angustia lo que hizo que en aquel momento, por vez primera, sintiera algo que le provocó un profundo asco. Porque se sorprendió deseando que el monstruo apareciera. Que llegase, por Dios, cuanto antes, de tal forma que su persona, también por primera vez, estaba asociada a la salvación y no a la condena.

«Sí, mejor su cuerpo despiadado y voraz —pensó— que la muerte. Mejor sufrir que terminar». Así, además. En aquel sitio infecto, horrendo, sin memoria. O con una memoria cruel, despiadada, indigna de la especie a la que ella pertenecía, aunque en aquellas circunstancias no lo pareciera.

Entonces rezó para que su verdugo volviese lo antes posible y la devolviera a la superficie, pues se estaba ahogando y no sabía cuánto más podría resistir.

CAPÍTULO 35

Llevaban ya unas cuantas horas en el coche y estaban más que quemados. Diego no sabía si morderse la lengua y tragársela o estrangular a Guzmán, que no hacía otra cosa que quejarse como una vieja en su lecho de muerte y tenía el reducido habitáculo que compartían igual que una chimenea: había salido varias veces a gorronear tabaco y, en vez de fumar fuera, lo hacía dentro del vehículo para estar calentito. «Aunque yo no tenga ese maldito vicio —se decía exasperado—, tenemos que fumar los dos por sus santos cojones».

Se encontraban en la calle del Pez, a unos pocos metros del portal del domicilio de Sebastián Mayoral.

Tras retenerle tres días, incluidos la Nochebuena y la Navidad, en los que trataron en vano de doblegarle psicológicamente, no tuvieron más remedio que soltarlo. Aparte de la declaración del camarero de la discoteca que dijo haberle visto dándose el lote con Ana Casado, extremo que él no negó en ningún momento, y del hecho —¿casual?— de que su nombre figurase en la agenda de una chica desaparecida casi dos años atrás, y a la que aseguró que jamás había visto, no tenían ninguna prueba concluyente contra él. Lo interrogaron, en fin, durante el tiempo límite que marcaba la ley, y a punto estuvieron de mantenerlo en dependencias policiales algún día más.

Podrían haberlo hecho aplicándole la ley antiterrorista, la cual llevaba en vigor un año, y de esa forma habrían dispuesto de otros siete días, hasta un máximo de diez, para intentar arrancarle una declaración autoinculpatoria.

Aquella era una ley controvertida desde su nacimiento, pues suspendía derechos fundamentales reconocidos por la

Constitución y, en la práctica, hacía que las tradicionales funciones garantes del juez pasaran a un segundo plano.

Según rezaba el texto, las personas a las que se les podía aplicar eran aquellas que, presuntamente relacionadas con elementos terroristas o integradas en bandas armadas que incidieran de manera grave en la seguridad ciudadana, llevaran a cabo, entre otros, delitos contra la vida y la integridad física, y detenciones ilegales bajo rescate o bajo cualquier otra condición. Pero al modo de ver de las más altas instancias policiales y políticas, que no judiciales, esas acciones justificaban también su aplicación a delincuentes comunes, ya que con la coartada de su supuesta pertenencia a peligrosos grupos criminales podían cubrirse legalmente las espaldas.

Pese a que dicha ley le otorgaba una autoridad excesiva a la Policía Judicial y abonaba el terreno para las arbitrariedades, se mostraba taxativa en cuanto a que para activarla y poder prolongar así el tiempo de la detención era imprescindible poner la propuesta en conocimiento de un juez de los juzgados centrales de instrucción, dependientes de la Audiencia Nacional, antes de transcurridas las primeras setenta y dos horas, y que este podía autorizarla o denegarla en el plazo de un día.

Era muy frecuente, sin embargo, que los miembros de la Brigada Regional de Policía Judicial pusieran a los delincuentes comunes a los que se les aplicaba a disposición del juzgado de instrucción de guardia, el ordinario, y no del juzgado central, lo cual era del todo irregular.

Para sortear aquel escollo legal, se agarraban a que el detenido era un delincuente común que, supuestamente, formaba parte de una banda armada o que era sospechoso de participar en delitos que suponían un serio peligro para la seguridad pública. Luego, confeccionaban un hábil atestado policial en el que concluían que los delitos de los que se lo acusaba no estaban incluidos en esa ley, y a correr.

Llevaban unos meses, no obstante, en los que el clima político y social no era el más propicio para cometer abusos ni andar haciendo carambolas con la ley, y todo a raíz de las dimisiones en cadena que se produjeron en el mando policial como consecuencia de las investigaciones judiciales llevadas a cabo por el caso Arregui: durante nueve días con sus noches, el miembro de ETA militar José Ignacio Arregui Izaguirre fue torturado en la DGS y murió después de ingresar en el hospital penitenciario de Carabanchel.

La Asociación Pro Derechos Humanos de España solicitó el procesamiento de una veintena de personas por aquello, y en el Congreso, socialistas y comunistas calificaron su muerte de atentado al proceso democrático. La práctica totalidad de la oposición impugnaba la ley antiterrorista, por su dudosa constitucionalidad y porque era incapaz de garantizar una lucha contra el terrorismo respetuosa con los derechos humanos, y al aparato policial que la aplicaba, ya que no siempre actuaba con esquemas éticos, jurídicos y políticos democráticos. Algunos diputados aseguraban que la violencia física en comisarías y cuartelillos era algo generalizado, por lo que pidieron la depuración de ese aparato policial por estar montado sobre el del franquismo.

Esta situación había generado un enconado debate en el propio seno de la policía, en donde los funcionarios provenientes de la etapa franquista, que lejos de constituir un porcentaje residual eran numerosos, convivían con los formados en democracia —dos polos representados a la perfección por Guzmán y Álamo—, y estos últimos entendían que era necesaria una exhaustiva reforma en su infraestructura y en la política de nombramientos. Una democratización, en suma, de la policía.

Pero que aquel siniestro suceso los obligara a extremar las precauciones y creara disensiones en el cuerpo policial no significaba que hubiesen dejado de aplicar la ley antiterrorista de forma arbitraria.

La muerte de Arregui acaeció en febrero y a lo largo de ese año, sólo en Madrid, esa demoledora ley recayó sobre cerca de doscientos delincuentes comunes. Estos no disponían de los abogados y los medios de un etarra o de alguien «de buena familia», y sus casos, siempre y cuando no se les fuera demasiado la mano, pasaban inadvertidos. Ahora bien, recurrir a *la antiterrorista* con el hijo de un general en activo, sin que existieran evidencias de peso contra él, habría sido cuando menos arriesgado.

Además, los policías dudaban de que el juez instructor, Fermín Robles, que por lo que sabían era alguien sumamente riguroso y atento al correcto cumplimiento de las leyes, llegase a autorizar aquella medida extrema. Para empezar, él no era un juez de la Audiencia Nacional. Pero es que aun en el caso de que Sebastián Mayoral tuviese algo que ver con las desapariciones de aquellas chicas, no cumplía en sentido estricto los requisitos que esa ley contemplaba para su puesta en marcha, y ellos carecían de una prueba con la suficiente entidad como para lograr persuadirlo.

Existía otra posibilidad. El ministro del Interior podía dar luz verde a su aplicación, y dado el interés que, tras los hilos movidos por Eladio Vicuña, ese ministerio había mostrado en la pronta resolución de aquel caso, no era descabellado pensar que aceptara hacerlo. No sería la primera vez. De ese trámite se ocupaba la Tepol (Terrorismo-Policía), una unidad especial de la Policía Judicial para delitos terroristas entre cuyas competencias estaba la de canalizar a ese ministerio las peticiones de la aplicación de dicha ley de todas las brigadas policiales españolas.

Y ante ese dilema se encontraban en los espartanos locales de la Puerta del Sol, deshojando la margarita de la prolongación de la detención o la puesta en libertad, cuando una llamada inesperada decidió por ellos: el general Augusto Mayoral Echenique se enteró de que su hijo se encontraba detenido y decidió intervenir. Aunque Sebastián llevaba cerca de un año sin asomar por el domicilio familiar, pues su padre le había dicho que no quería volver a saber de él, le extrañó que en Navidades no telefoneara a su madre, como siempre hacía, y temiéndose lo peor hizo algunas llamadas y supo que lo tenían retenido en la Brigada Regional de Policía Judicial en relación con una serie de desapariciones de jóvenes. En el fondo, si por él hubiese sido, le habría dejado pudrirse allí, ya no aguantaba un solo disgusto más por su parte, pero su mujer insistió en que hiciera algo, que no podía permitir aquello. Ah, las madres, siempre las madres.

Por otro lado, estaba el honor del buen nombre de la familia, y eso al militar ya le preocupaba más. Por eso, cuando tras diversas gestiones consiguió hablar con el jefe superior de

Policía, fingió un enfado monumental. Le dijo que era absurdo que alguien pensara siquiera que su hijo, que reunía incontables defectos pero que desde que era bien pequeño se tenía que sacudir de encima a las chavalas, tuviese algo que ver con aquel asunto, y exigió su inmediata puesta en libertad. En esa conversación advirtió a su interlocutor que un abogado de la familia se dirigía hacia aquellas dependencias policiales para sacarlo de allí.

Los militares aún tenían fuerza, y entre eso, que aquel hombre estaba muy bien relacionado, y el hecho de que ellos no dispusieran de nada sólido contra su vástago, cuando el abogado se personó en la brigada y le dijo a las claras al comisario Ledesma, a quien su superior ya había alertado, que si no existían cargos contra él debían liberarlo en aquel preciso instante, no les quedó otra que dejarlo marchar. El letrado aprovechó para anunciar que emprendería acciones legales contra el cuerpo de Policía por el tiempo que mantuvieron incomunicado a su cliente. Al comisario aquella amenaza le resbaló, pues, como le dijo al envarado picapleitos, lo habían detenido por el tiempo que fijaba la ley.

Una vez que soltaron a ese guaperas que se decía empresario y que tenía pinta de no haber dado palo al agua en su vida, como les olía a perro muerto, decidieron no separarse de él ni un segundo; vigilar cada uno de sus movimientos.

Y eso era justo lo que estaban haciendo, montar guardia delante de su casa.

Por otro lado, después de muchas horas de concentrado trabajo, ya tenían cerrada la lista de las furgonetas que se ajustaban a los parámetros de búsqueda. Los cuatro inspectores debían turnarse por parejas para vigilar al sospechoso y visitar a los dueños de los furgones. Monzón y García se encargaron de asignar los turnos y aquel día, mientras Guzmán y Diego languidecían dentro del coche a la espera de que el pájaro abandonara el nido, ellos trataban de dar con el propietario de la furgoneta naranja que el anciano aseguró haber visto la madrugada en que atropellaron a Elena Vicuña.

Era lunes, Día de los Santos Inocentes. Mónica acababa de volver de París y él había quedado en ir esa noche a su casa, cuando pudiera, para dormir con ella, pues su padre, según llegó, volvió a marcharse de viaje, y no veía la hora de apretarla contra sí.

Guzmán le estaba contando que su parienta y él iban a pasar la Nochevieja a todo tren en el Hotel Princesa Plaza —«un cinco estrellas, no te vayas a creer»—, con cenaza, cotillón con música en directo y alojamiento y desayuno, todo incluido, un plan que a Diego le parecía tan divertido como saltar descalzo sobre una alfombra de cristales, cuando, a través de la espesa capa de humo que flotaba en el interior del coche, vio salir del portal a su presa.

—¡Ahí está! —gritó, y Guzmán dio un respingo—. ¡Vamos!

Abandonaron el coche y, por la acera de enfrente, a una distancia prudencial, lo siguieron.

Caminó en dirección a la calle de San Bernardo y, cuando desembocó en ella, cruzó y entró en la boca de metro de Noviciado.

Tomó la línea 2 en sentido Ventas. Diego y Guzmán, que tosía como un tuberculoso, se metieron en el vagón contiguo al suyo y en cada estación se asomaban con el mayor disimulo por si salía. No lo hizo hasta la de General Mola, y ellos con él.

Nada más ascender a la calle, cogió un taxi. Los dos inspectores hicieron lo mismo y le dijeron al conductor que siguiera a aquel colega.

—No jodan —dijo el taxista—. ¿Como en las películas?

—Sí —contestó Guzmán mientras le enseñaba la placa—. Exactamente igual que en las películas. Pero, si no quieres verme enfadado, procura que el malo no se nos escabulla como suele pasar en las películas.

—Descuide, jefe, que ese no se nos escapa ni con alas. Por fin un poco de rocanrol después de la tarde tan coñazo que llevo.

Siguieron, pues, al taxi que transportaba al sospechoso entre el caos circulatorio del barrio de Salamanca. Llovía y eso provocaba que el tráfico fuese aún más lento.

Veinte minutos después, el coche se detuvo enfrente de la plaza de Las Ventas. Aquello les indicó que estaba jugando al despiste por si acaso lo seguían, ya que era de todo punto absurdo que hubiese abandonado el metro a sólo tres paradas de Ventas para luego ir hasta allí en taxi.

Entró en un bar. Ellos se resguardaron de la lluvia bajo el tejadillo de un portal y esperaron. Para su desgracia, bastante: el muy cabrón estuvo allí dentro cerca de una hora —quizá cenó—, y nada más salir, paró un taxi.

Vuelta a empezar.

Lo siguieron en otro taxi hasta la calle de Goya, donde entró, de nuevo, en el metro, en la estación del mismo nombre.

Se dirigió a la línea 4, en sentido Argüelles. Había mucha gente y él caminaba muy deprisa. Diego reparó en que a Guzmán le costaba seguir aquel ritmo.

Cuando llegó al andén, el convoy estaba allí con las puertas abiertas, a punto de marcharse. El tipo apretó el paso y logró entrar en uno de los vagones, y Diego, de un enérgico salto, se coló un vagón más allá, por los pelos, pues las puertas se cerraron en ese momento.

Guzmán apareció con el gesto descompuesto cuando el tren ya estaba en movimiento. Los dos policías se miraron a través del cristal y se lo dijeron todo sin decirse nada, y unos segundos después, Guzmán vio a Mayoral —algo de lo que Diego no pudo enterarse— observándole con una sonrisa. ¿Sabía desde el principio que lo seguían o acababa de darse cuenta?

En la estación de Bilbao se bajó e hizo transbordo: tomó la línea 1 hacia Portazgo y abandonó el vagón al cabo de dos estaciones, en José Antonio.

Una vez en la calle, en plena Gran Vía, al poco de echar a andar se volvió y miró a su alrededor, lo que obligó a Diego a ocultarse detrás de un grupo de personas con paraguas que se hallaban delante de la recién abierta hamburguesería McDonald's, donde durante años se ubicó una famosa joyería de lujo. Habría jurado que no logró verlo.

Luego torció por la calle de la Montera y bajó por ella hasta la Puerta del Sol. Diego pensó que el tío los tenía bien puestos: estaba a sólo unos metros de la brigada.

Con paso seguro, echó a andar por la calle del Arenal y se detuvo en la puerta de la discoteca Joy Eslava. Estrechó la mano del portero, un neandertal que le saludó efusivamente, y entró en aquel templo de la noche como si fuera su casa.

Cuando Diego, tras esperar un minuto, se dispuso a imitarlo, aquel mastodonte le cortó el paso y le preguntó si tenía tarjeta de socio; en caso contrario, debía abonar la entrada. La larga caminata tras los pasos de Mayoral le había agriado el humor. Sacó la placa y la colocó delante de su fea cara:

—Por supuesto, monada. Esta es maestra, además. La más exclusiva de todas: me vale para todas las discos del país.

El tipo torció el gesto y se hizo a un lado, y él bajó las escaleras que conducían al lío.

Era la segunda vez que entraba allí. Estuvo la noche de su inauguración, aquel mismo año, al día siguiente de la intentona golpista. El subcomisario les dijo a él y a otros dos compañeros que se acercaran a echar un vistazo por si se producía algún incidente. Diego nunca había visto tanta gente junta como aquel día. Hubo un momento en el que los porteros tuvieron que echar el cierre, pues el llenazo fue total. Los que se quedaron fuera con aquella promesa de placer a un palmo de las narices protestaron y armaron una gran bulla, pero de nada sirvió, porque allí no cabía nadie más, y punto.

En esta ocasión no había, claro, tanta gente, pero aun así, y para tratarse de un lunes, el sitio se veía muy animado. Estaban en Navidades y a la fauna habitual de noctámbulos y vividores varios se les había sumado una horda de estudiantes imbatibles.

Como en su primera visita, le llamó la atención aquella decoración que maridaba algunos de los atributos del teatro que había sido, tan *kitsch* —escaleras con balaustradas doradas, palcos con balconadas forradas en pan de oro, frescos que rendían homenaje al mundo de la ópera—, con detalles actuales, como la moqueta que cubría las paredes, el mobiliario moderno y el sofisticado juego de luces.

Caminó entre los cuerpos quietos o en movimiento, bajo la tenue luz y la desquiciante música disco, en busca de su hombre, mientras maldecía para sus adentros por encontrarse allí solo. Tenía cojones la cosa. Guzmán estaba hecho un asco; con ese estado de forma no iba a ninguna parte.

Se colocó a un lado de la pista de baile y aguzó la vista. Tardó un rato en localizarlo. Estaba al otro lado, justo enfrente de él, y hablaba con alguien. No fue capaz de ver con quién porque una gran columna se lo impedía, pero dedujo que era una sola persona; de lo contrario, vería algún cuerpo o, al menos, parte de él.

Dio unos pasos para tratar de ponerle rostro a su misterioso acompañante y por un segundo le sorprendió ver a Mayoral hablando solo: por el modo en que lo hacía, mirando hacia abajo, comprendió que su interlocutor debía de estar sentado, y delante de él había varias personas que le impedían verlo. Al poco, el guaperas también se sentó. Fue como si estuviera contemplando un árbol en el horizonte y, de pronto, ¡zas!, desapareciera.

Decidió cruzar la pista y situarse en el mismo lado que ellos, aunque en el extremo opuesto.

Una vez allí, se acercó un poco, no demasiado, no fuera a ser que lo sorprendieran y se le jodiera el invento, e intentó verlos.

Pero nada, no había forma. Tenían gente, sentada y de pie, justo delante, y, maldita sea, no lograba ver el blanco. De repente, alguien se movía y veía parcialmente a Mayoral, pero no a quien tenía enfrente, porque estaba más guarecido.

Estuvo tentado de volver a cruzar la pista y rodearlos, pero esa pista moría en el punto en el que ellos estaban y no había donde situarse sin quedar por completo expuesto. Así que se mantuvo quieto y cruzó los dedos para que el grupo de gente que tenía delante se dispersase o bien ellos se levantaran.

Su atención se desvió un momento hacia dos chicas muy maquilladas que iban vestidas con simple ropa de encaje negra. Llevaban unos zapatos de tacón tan exageradamente altos que pensó que debían de ser dos enanas. Aunque estaban en la pista, se movían un poco a su aire; ajenas al ritmo de la canción que sonaba, uno de esos temas de baile, cantado en inglés por una voz femenina, que uno jamás pondría en casa.

Volvió a mirar hacia donde Mayoral y su acompañante se encontraban, y entonces se fijó en que algunas personas de las que estaban delante de ellos se habían separado, formando un semicírculo, y que una chica gritaba con gesto de horror.

Se levantó de un salto y corrió hacia allí, abriéndose paso entre los cuerpos a codazos.

Cuando llegó vio a Sebastián Mayoral tendido en el suelo con la cara congestionada y sujetándose el cuello con ambas manos, que contenían apenas la sangre que escapaba de él. Miró un segundo alrededor y no vio a nadie, pero detrás, a unos pocos metros, la puerta de la salida de emergencia estaba abierta.

Se agachó y, por un momento, no supo qué hacer. Los ojos de Mayoral estaban desorbitados y emitía una especie de gruñido animal mientras la sangre no dejaba de manar.

De forma instintiva, se quitó la corbata —una corbata burdeos, como aquella sangre, que su madre le había regalado— y la apretó contra las manos ensangrentadas que cubrían el cuello.

Llegaron un *maître* y un camarero, y les dijo, a gritos, que era inspector de policía y que avisaran inmediatamente a una ambulancia y a la policía, y que preguntaran si había algún médico en la sala. Ambos salieron disparados.

—¡¿Quién te ha hecho esto?! —le preguntó—. ¡Vamos, joder! ¡Dame un nombre!

Pero Mayoral no era capaz de hablar. Lo miraba con unos ojos que empezaban a perder brillo, a claudicar.

—¡Soy médico!

Un tipo bajito, trajeado, se situó junto a él y observó al herido. Diego le dejó hacer y, tras un instante de duda, se levantó y se lanzó hacia la salida de emergencia.

Aquella puerta daba al Pasadizo de San Ginés. Si iba hacia la derecha, saldría a la concurrida calle del Arenal, donde estaba la entrada principal de la discoteca, por lo que optó por ir en sentido opuesto.

Al doblar el codo de la calleja, pasó por delante de una popular chocolatería y llegó a una breve plaza. En vez de atravesarla, decidió subir por la corta calle que se encontraba a la izquierda y enseguida alcanzó la calle Mayor, en donde, joder, había mucha gente, demasiada. En esas fechas aquella era la zona más transitada de Madrid.

Con desaliento, miró primero a la izquierda y después a la derecha.

Entonces, a este lado, en la acera de enfrente, vio —a unos setenta metros, entre las personas que caminaban en ambos sentidos— la figura huidiza de un hombre.

Corrió hacia él.

Se dio cuenta entonces de que debía tener cuidado, pues,

aunque había dejado de llover, el piso estaba mojado y podía resbalar.

De pronto, el hombre giró a la izquierda y desapareció de su campo visual.

Al poco, entró por donde lo había visto torcer y cruzó la travesía que comunicaba con el mercado de San Miguel.

Podía tomar la primera calle que se abría a la derecha, una de las que formaban la manzana que ocupaba el mercado, o bien seguir hacia abajo por la Cava de San Miguel —trataba de situarse en la mente de su perseguido: ¿por dónde iría si fuese él?—, y eligió esta última opción. Pero nada más ver la calle que daba a la espalda del mercado, enfrente, a la derecha, pensó: «Que sea lo que Dios quiera», y cruzó y corrió a través de ella.

Salió a la del Conde de Miranda y miró a la izquierda, hacia abajo, pues en sentido contrario se volvía a la calle Mayor.

Entonces lo vio al fondo, caminando muy deprisa, y enseguida se desvaneció.

De nuevo, corrió tras él.

Desembocó en una plaza amplia. No lo identificó en ninguna de las personas que vio. ¿Podía haber tirado hacia la izquierda? Él, desde luego, no lo habría hecho, ya que eso supondría volver al mismo sitio. Decidió, pues, continuar recto, seguir bajando.

Diego conocía muy bien todas esas calles del centro, pues se encontraban en las inmediaciones de la brigada y relativamente cerca de su barrio. Un área que, de niño, en las infinitas mañanas y tardes del ocioso verano, se pateó a fondo junto a sus compinches.

La primera calle que encontró, a la izquierda, era de subida. Decidió ignorarla y seguir de frente.

Salió a la plaza de Puerta Cerrada, donde comprendió que las posibilidades para su perseguido eran múltiples.

El tipo podía haber tirado hacia la derecha: continuar por la primera calle o bien bajar por la paralela, la larga arteria que cruzaba delante de él, la de Segovia. Se asomó y vio la fuente de piedra situada entre ambas.

También podía haber cruzado la calle de Segovia y haber seguido recto. O quizá lo que hizo fue girar a la izquierda en la plaza y subir. En ese caso, se abrían distintas calles en ambas aceras. En la que él se encontraba había dos y entre ellas, presidiendo la plaza, se distinguía aquella cruz de piedra que tanto le llamaba la atención de niño. En la acera de enfrente, a la derecha, estaba la Cava Baja. «Su puta madre —se dijo—. ¿Para dónde habrá tirado el muy cabrón?».

Había gente por todas partes y debía decidirse ya.

La imagen de Sebastián Mayoral con aquel profundo corte en el cuello, desangrándose, volvió a él como un fogonazo, y en su cabeza la moneda ascendió y bajó hasta su mano, mostrándole el camino.

Se lanzó al frente sin esperar a que los coches dejaran de pasar —uno tuvo que frenar y otro le dedicó una larga pitada— y entró como una flecha por la calle del Nuncio.

Al poco de avanzar por ella, después de haber rebasado el codo, se encontró en una larga recta, al final de la cual, a unos cien metros, se veía la fachada de un edificio.

Sintió tanta emoción como sorpresa cuando, cerca de esa fachada, distinguió una figura que corría. Con toda su potencia, se dirigió hacia allí.

Al llegar, y con el corazón a punto de salírsele por la boca tras el largo esprint, resbaló y rodó aparatosamente por el suelo.

Se puso en pie de inmediato, maldiciendo. Y ante la mirada sorprendida de varios viandantes, se sacudió la ropa y se vio una quemazón en la mano derecha.

Observó la fachada que había visto desde lejos —se inclinó y apoyó las manos en las rodillas para tratar de recuperar el aliento— y luego miró a ambos lados de la calle que lo separaba de ella, Costanilla de San Pedro. Justo enfrente, a la derecha, se abría otra calle y esa le pareció la mejor opción. Pues la larga subida a la izquierda habría dejado desguarnecido al hombre al que perseguía, y si tiraba hacia la derecha y bajaba, iría a parar a la de Segovia, donde, pensó, también estaría más expuesto.

Cruzó, pues, y entró en aquella calle medio iluminada por unos faroles de hierro que se hallaban incrustados en las fachadas de ambos lados.

A los pocos metros, a su izquierda, vio a una pareja besándose de forma apasionada en un portal, ella echada sobre él, comiéndoselo, y, por un momento, sintió envidia. Corrió y salió a una plaza grande, la de la Paja, donde se detuvo.

En el margen izquierdo, al otro lado de la plaza, podía ver la espalda de la iglesia de San Andrés, que contempló con fijeza unos segundos por si obraba un milagro y la figura del hombre al que perseguía se manifestaba de pronto.

Pero eso no sucedió. Mientras hacía un rápido barrido visual por aquel paisaje urbano, se mordió el labio inferior en señal de derrota.

Nada. Lo había perdido, hostia puta.

Entonces, cuando ya se disponía a regresar a la discoteca, abatido, sonó un grito a sus espaldas. Un alarido, más bien. De mujer.

Se volvió veloz.

En el otro extremo de la calle, bajo la alta torre mudéjar de la iglesia de San Pedro el Viejo, vio una figura que vociferaba y agitaba los brazos.

Corrió iluminado por la luz fantasmagórica de los faroles.

Al llegar junto a ella se identificó como policía y le preguntó qué ocurría. Con voz alterada, le contó que un hombre le había puesto una navaja en el cuello y le dijo que si quería seguir viva debía obedecerle. Luego la empujó contra el portal, donde la obligó a fingir que se besaban.

¡La pareja que parecía estar devorándose! Lo había tenido delante, maldita sea.

Le preguntó hacia dónde había ido, si a la izquierda o a la derecha, pero ella contestó que no lo sabía; que cuando salió del portal, ya no estaba.

Echó a correr. Tiró hacia la izquierda y, bajando unos metros, llegó a la calle de Segovia. Miró en derredor y no lo vio en ninguna de las varias calles que se abrían a ambos lados. Volvió, raudo, sobre sus pasos: en la cuesta de la Costanilla de San Pedro había personas que caminaban en los dos sentidos, pero no distinguió su figura entre ellas. Se asomó después a la calle del Nuncio, por donde había pasado poco antes, y tampoco.

Al fin, vencido y muy enfadado, sacudió la cabeza. «Enhorabuena, hijo de perra. Lo has conseguido», se dijo. Luego, regresó con la mujer.

Mónica tendría que esperar, pensó de pronto con disgusto. Se le presentaba una de esas noches para el recuerdo.

CAPÍTULO 36

Oyó el ruido del cerrojo, arriba, y se incorporó. Aquella era la primera vez que, en lugar de estremecerse por el miedo, se alegraba de la irrupción de ese sonido que avisaba de la presencia del monstruo.

La luz desmedida hizo que amaneciera en el sótano y, tras la ceguera momentánea, sintió sus pasos rotundos, que tan bien conocía, y le vio descender las escaleras metálicas. Iba bastante cargado: además de agua y comida, llevaba la cadena con el collar, lo que suponía una alegría añadida.

En cuanto el bidón del agua tocó el suelo, se lanzó a por él como un animal salvaje. Bebió de golpe una cuarta parte de su contenido, paró para tomar aire —respiraba con agitación— y volvió a beber a pequeños sorbos. Luego comió algo del embutido y el pan que componían su menú.

Él permaneció de pie y la observó ingerir el agua y los alimentos con un brillo de puro placer en la mirada. Cuando vio que dejaba de comer, se agachó, le colocó el collar con la cadena y la avisó: si intentaba algo, la mataría.

Subieron las escaleras, salieron al pasillo de la deshabitada vivienda —era de día— y tuvieron que sortear los dos cráteres del suelo para poder entrar en el cuarto de baño, donde todo se desarrolló de un modo muy similar a la vez anterior, salvo por un hecho nuevo y crucial.

Desde su primera visita al baño, analizó hasta la extenuación, mil veces, todo cuanto vio, cada instante que vivió. Hasta que, de pronto, algo se iluminó en su cabeza y aceleró su ritmo cardíaco. Fue como reparar en la existencia de un detalle que le había pasado inadvertido a pesar de tenerlo justo delante. Uno de esos detalles capaces de cambiarte la vida o, como en aquel caso, de devolvértela.

La repisa de ladrillos. Al recordarla, visualizó una hendidura. Entonces, se preguntó, angustiada, si de verdad la había visto o era producto de su imaginación y deseo, de su absoluta desesperación. Pero al entrar de nuevo en la bañera pudo constatar con alivio que era real y no imaginaria.

Cada vez que cogió y dejó la pastilla de jabón, aprovechó para posar un dedo en aquella preciosa grieta, observar su longitud y tratar de calcular su profundidad.

Hasta que, conteniendo el aire, con todo el disimulo que pudo, colocó la zona inferior de la palma de su mano izquierda bajo el borde del ladrillo y empujó hacia arriba con muchísimo cuidado. Y tuvo que represar la emoción cuando comprobó que aquel trozo de ladrillo, de un tamaño considerable, se despegaba.

Al terminar de ducharse, se cubrió con la toalla y le sobrevino una tiritona. Se sentía cansada, pues, pese a que el agua helada la había reactivado, tantos días de ayuno la dejaron muy debilitada.

Él entró al poco en la bañera y comenzó a violarla empujándola con fuerza contra la pared, igual que hiciera cuando la sacó por vez primera del sótano.

Con el monstruo dentro de ella, vulnerándola sin piedad, y con aquel collar que no dejaba de recordarle su condición de animal en cautiverio, de animal en el matadero, miraba el ladrillo suelto con la misma avidez e impotencia que el náufrago que divisa de pronto en el horizonte la presencia de un barco y no tiene forma de llamar su atención.

Cuando el cuerpo que tenía detrás, pegado al suyo, se agitó varias veces como si una corriente de electricidad lo hubiese atravesado y emitió un gemido animal, ella agradeció intensamente que aquel trozo de carne abandonara su sexo.

Oyó el ruido de los pantalones al abrocharse, justo antes de que él soltara la cadena de la argolla, le quitase el collar y se dispusiera a salir de la bañera.

Y entonces supo que aquel era el momento. Que había llegado, por fin, su oportunidad, y actuó sin dudarlo.

En los escasos segundos en los que él le ofreció la espalda, despegó de un seco tirón el trozo de ladrillo, llevó el brazo hacia atrás cuanto le fue posible y, con todas sus fuerzas, lo descargó en su cabeza.

Él se desplomó y chocó contra el suelo, donde quedó tumbado sin sentido.

Desnuda como estaba, salió de la bañera y se dispuso a golpearle de nuevo. Pero sus pies estaban mojados y resbaló.

Al caer, el pedazo de ladrillo se desprendió de su mano y rodó por el suelo, quedando fuera de su alcance.

Angustiada, se levantó, saltó por encima del cuerpo y echó a correr hacia la parte del pasillo por la que nunca había caminado; hacia la habitación que estaba situada justo antes de la pared del fondo.

Al entrar, comprobó que aquello era —o, mejor dicho, había sido— un salón, en el que un par de ventanas mostraban un paisaje campestre. En aquel momento llovía y fue muy emocionante volver a ver el retrato mismo de la vida.

Pero no había tiempo para la contemplación. Tenía que salir de allí como fuera. El problema era que las ventanas no sólo estaban provistas de rejas por fuera, también por dentro. Aquello era una cárcel.

Miró en derredor y no vio otra cosa que escombros y unos muebles viejos: un aparador desvencijado, el tablero de una mesa apoyado contra la pared, varias estanterías apiladas. Nada que pudiera servirle de herramienta o arma.

Salió de la habitación y tiró a la derecha, donde estaba la pared, y a la izquierda de esta vio, de frente, una cocina. Cuando iba hacia ella, el corazón le latió más deprisa al ver, primero, a su izquierda, unas escaleras que subían, y después, a su derecha, la puerta de la calle. Aquel era el recibidor.

Se lanzó hacia la puerta para abrirla, pero estaba cerrada. Tiró con fuerza del picaporte, desesperada, y gritó:

—¡Socorro! ¡Que alguien me ayude! ¡Me han secuestrado!

Presa de la agitación y el miedo, su vista trazó un círculo por si hubiera un lugar en el que pudieran encontrarse las llaves, algún escondite, pero no.

Fue a la cocina: una ventana con las mismas rejas interiores que las del salón. Y no había utensilios de ningún tipo. Ni una sola cosa que le sirviera para forzar la puerta o protegerse.

Salió y descartó subir por las escaleras. Entonces comenzó a temblar. Porque sabía que sólo le quedaba una opción, la peor de todas. Tenía que volver al cuarto de baño y quitarle las llaves, que llevaría encima.

Caminó hacia allí resignada y temerosa, aunque decidida.

Desde la puerta lo vio tendido en el suelo, tal y como lo había dejado. Tomó el trozo de ladrillo y se acercó a él con sigilo.

Se agachó y, antes de pasar a registrarle, levantó el brazo con la intención de golpearle.

Entonces vio que sus ojos se abrían. Como un reptil que acabara de despertar de su horripilante sueño.

Bajó la mano armada, pero él tuvo tiempo de protegerse con un brazo.

El trozo de ladrillo salió despedido y el monstruo le lanzó un puñetazo en el pecho. Cayó hacia atrás y notó la falta de aire.

Ambos se pusieron en pie con dificultad y ella reparó en la cadena y trató de cogerla.

Él fue más rápido.

Avanzó y le dio otro puñetazo, esta vez en el estómago, que hizo que ella se doblara sobre sí misma.

No tuvo tiempo de pensar en lo que estaba sucediendo —su tren se marchaba—, porque enseguida recibió un puñetazo en el rostro que fue definitivo, pues la condujo a la oscuridad y a la ausencia de sentido, y logró desbaratar el sueño de la huida y la salvación.

El sueño incomparable de la vida.

CAPÍTULO 37

Cuando Mónica, medio aturdida, más inmersa todavía en el mundo de los sueños que en el real, caminó descalza hacia la puerta de la calle y acercó el ojo a la mirilla, supo en el acto que lo que le había pasado a su novio era algo mucho más feo de lo que pensaba.

Al abrir, esa expresión espectral que hacía tan sólo un segundo advirtió en su rostro se hizo más patente. Jamás le había visto así. Claro que Diego nunca antes había tenido un anticipo de cadáver frente a él ni se había visto envuelto en un caso de asesinato. Aunque esto ella no lo sabía. Aún no.

Le dijo que entrara —«pasa, amor»— y, en cuanto cerró la puerta, le sujetó la cara con ambas manos y comenzó a besarle.

Lo normal, quizá, habría sido hablar con él; conducirle a un lugar cómodo para que le contase el motivo de su abatimiento. Pero en vez de eso se dejó llevar por un impulso, por lo que le dictaron el corazón y la piel. Él lo agradeció, puesto que reaccionó estrechándola fuerte contra sí.

Y enseguida estaban en el suelo. Una mujer y un hombre jóvenes y enamorados, tan necesitados el uno del otro como si en vez de días llevaran años sin verse.

Aquello fue una lucha. Las manos que se rebelaban contra la ropa, que la vencían, y los dos cuerpos que, de pronto, eran uno solo que avanzaba sin moverse del sitio. Palabras sueltas, gemidos, ruido de movimientos rápidos y secos, saliva, manos que aprietan la carne, furia.

No duró demasiado. Su avidez era tal que se rompieron al poco. Mientras permanecían tumbados, sintieron un galope bajo el pecho. El silencio se mantuvo entre ellos hasta que la intensidad de aquella doble respiración disminuyó y se hermanó con la calma que reinaba en el piso.

Ella no necesitó preguntarle qué había pasado; fue él quien, animado por su presencia, arrancó a hablar como una ametralladora. Lo hizo allí, tumbado boca arriba sobre el parqué. Le relató todo, desde que empezaron a seguir a Sebastián Mayoral cuando salió del portal de su casa hasta que perdió a su asesino tras una frenética persecución por las calles del centro de Madrid, las calles de su infancia.

Diego notó el inmenso bien que aquello le producía, pues a medida que hablaba se iba liberando de un gran peso, de la tensión acumulada en las últimas horas. Y como estaba desatado, siguió contándole sin escatimar detalles.

En el momento en que asumió que su perseguido había logrado escapar, regresó a por la mujer a la que aquel utilizó como escudo para pedirle que lo acompañara con el fin de tomarle declaración. Paró un taxi y, en los poco más de cinco minutos que tardaron en llegar a la discoteca, le contó lo que ese hombre había hecho y lo importante que resultaba por ello su testimonio. Le preguntó cómo era —su cara, que tratara de describírsela—, pero ella le confesó que no podía contestarle a eso porque había sentido tanto miedo que se bloqueó. «Fue como si estuviera borroso», dijo. Tan sólo recordaba que era «un hombre grande de voz grave». Y los ojos. De los ojos sí que se acordaba: «Eran unos ojos fríos —precisó—. Unos ojos deshumanizados, terribles».

Habían acordonado un tramo de la calle del Arenal. Un par de lecheras de la Policía Nacional y una ambulancia, los tres vehículos con las luces de las sirenas encendidas, se encontraban estacionados delante de la entrada de Joy Eslava. Al salir del taxi, vieron cómo varios agentes de policía trataban de disgregar a los numerosos curiosos que se arremolinaban alrededor de la discoteca. «¡Circulen, vamos! ¡Hagan el favor de circular!», bramaban con escaso éxito.

Diego se encaminó con decisión hacia la puerta de emergencia por la que había salido corriendo minutos antes. Al entrar con la mujer, previa identificación, vio a un par de enfermeros de la ambulancia al lado del cuerpo inerte de Mayoral. Junto a ellos estaba Guzmán acompañado de otros dos inspectores, Collado y Herrera. Roberto casi se le echó encima: «Joder, Pincel, ¿dónde coño te habías metido? Nuestro chuloputas está tieso como un garrote», dijo a modo de saludo. A continuación, el médico que se hizo cargo de aquel desdichado se le acercó para confirmarle que había fallecido al poco de marcharse él. Guzmán los interrumpió: «¿No me vas a presentar a la dama?», preguntó con cara de idiota. Diego se limitó a decirle que era una testigo, tras lo cual le indicó a la mujer que se sentara y esperase un rato, porque debía ocuparse de varios asuntos antes de tomarle declaración. Después, pasó a resumirle a su compañero la durísima escena que había tenido lugar en aquella pista, el estéril carrerón que se dio y el papel que ella había desempeñado en todo aquello por el simple hecho de haberse cruzado en el camino del homicida. Guzmán lo informó a su vez de que tras perderlo en el metro volvió a la brigada y cuando recibieron la llamada de la discoteca acudió de inmediato con refuerzos. Le contó también que habían hablado con algunos clientes, pero ninguno de ellos recordaba haber visto al «malo». Eso, que en principio podía parecer un dato desalentador, arrojaba, según el policía, algo de luz. «Vamos a ver, Pincel. ¿Aquí la gente a qué coño viene? —preguntó retóricamente—. Pues a qué va a ser: a beber, bailar y ligar, todo eso junto o por separado. Y digo yo que si nadie reparó en él sería porque no se trata de un tipo guapo ni extravagante, sino de alguien de lo más normal. Y si encima estaba con un guaperas como Mayoral, debió de ser doblemente invisible», un razonamiento que no carecía de lógica. Le dijo, por último, que llamase al subcomisario a su casa para ponerlo al día, por lo que Diego se encaminó hacia los teléfonos. En cuanto terminó de hablar con Carranza, quien les exigía que lo mantuviesen en todo momento informado, pero siempre que le llamaban cortaba enseguida porque hablar por teléfono le gustaba tanto como ir al dentista, marcó el número de Mónica: comunicaba. Aprovechó entonces para entrar en los aseos y desprenderse de los restos de sangre seca que tenía en las manos. La cara que le mostró el espejo era la de un hombre cansado, por más que él, que se encontraba todavía bajo los efectos del torrente de emociones que aquel suceso había desatado, se sintiera invadido por una gran excitación.

Cuando regresó a la pista de baile, ya se encontraba allí el médico forense; cambiaba impresiones con los enfermeros y con el colega que atendió a Mayoral hasta el momento de su muerte. Quince minutos más tarde, apareció el secretario judicial, y al poco lo hizo el juez instructor, Fermín Robles. El secretario, de unos cincuenta años, era uno de esos hombres anodinos con los que podías mantener una conversación de varios minutos y al día siguiente encontrártelo en un ascensor y no reconocerlo. En cuanto al forense y al juez, no se le ocurrían dos personas más disímiles: el primero, en la cuarentena, era alto y delgado como un mástil, llevaba el pelo cortado a cepillo, estilo militar, e iba con un traje oscuro que le daba aspecto de enterrador de película. El juez, que rondaría los treinta, era en cambio orondo y tirando a bajo, su cabeza estaba cubierta por una mata de pelo aún negro que lucía con orgullo, igual que la cuidada barba, y vestía un traje de impecable corte, confeccionado sin duda por un sastre. «Un hombre coqueto», pensó. Y ese hombre parecía estar enfadado. Se preguntó si aquel sería su estado natural o si se debía al hecho de haberse tenido que desplazar hasta allí a esas horas. Lo que no sabía era que tras cenar con su joven esposa, la cual se encontraba en su séptimo mes de embarazo, acababan de empezar a ver un episodio de una serie de televisión que les estaba gustando mucho, *Al este del Edén*, cuando sonó el teléfono y le informaron de lo sucedido. Abandonar a toda prisa el confortable calor del hogar y salir a la desabrida noche no le sentó nada bien. Sobre todo cuando el motivo era llevar a cabo lo que más le desagradaba de su, de por sí, absorbente trabajo: una diligencia de levantamiento de cadáver e inspección ocular.

Aunque esa no era la única razón de su enojo. Cuando los dos inspectores se presentaron, Robles les dirigió una mirada hostil, interrumpió bruscamente a Diego, que se disponía a contarle que había presenciado los hechos, y pasó a leerles la cartilla. Esa misma tarde había recibido la llamada del abogado del hombre por el cual se encontraba allí, quien se quejó de que hubieran retenido a su cliente en los locales de la Brigada Regional de Policía Judicial durante tres días con sus noches. El juez les afeó que no le hubieran informado de ello, así como el hecho de que hubieran estado vigilándolo porque seguían sospechando de él. Por otro lado, les dijo que cuando el sujeto al que habían interrogado unos días antes fue puesto a disposición del juzgado, tras firmar una declaración en la que se autoinculpaba de haber asaltado el domicilio de un joyero, presentaba evidentes signos de maltrato físico, como certificó el médico forense de guardia. Guzmán se limitó a decir que el detenido se puso bravo y no les quedó otra que darle unos capotazos, tal y como explicaron en el informe que le habían remitido. Robles le lanzó una mirada fulminante: «Ustedes no son toreros, sino funcionarios de la Policía Judicial —aclaró contundente—, y deben estar a la altura del Cuerpo al que pertenecen». Acto seguido, echó a andar hacia el grupo que rodeaba a Mayoral. Los dos inspectores lo siguieron y Diego pensó: «Pero mira que eres gilipollas, Robertito».

El juez saludó al secretario y al forense con un seco «buenas noches» y, tras echar un rápido vistazo al interfecto, ordenó al médico que iniciara el reconocimiento. Este, después de prestar juramento en legal forma, procedió. Mayoral estaba en posición decúbito supino y sus ojos, abiertos —lo que dotaba a su rostro de una expresión aterrada—, parecían dos canicas azules. Su cabeza reposaba sobre una espesa lámina de sangre procedente del cuello, el cual mostraba tal estropicio que costaba fijar la mirada en él. El forense confirmó que era cadáver y que presentaba una herida cortante en la región cervical que seccionaba el cuello, de quince centímetros y medio de longitud, con cola de ataque en mastoides derecha y cola de salida en la región laterocervical izquierda. «El asesino era diestro», pensó Diego. A falta de un examen más detallado, apuntó como causa de la muerte una hemorragia aguda producida por la sección de la arteria carótida primitiva derecha y de la vena yugular del mismo lado. «El degüello se realizó con un instrumento muy afilado —señaló por último—, un cuchillo o una navaja, tal vez un bisturí». En la documentación que llevaba encima se confirmaba su identidad, Sebastián Mayoral Mellado, nacido el 13 de mayo de 1956, natural de Santander, empresario y vecino de Madrid, hijo de Augusto y Azucena. Además de la cartera, portaba un juego de llaves y una pequeña agenda de bolsillo, efectos personales que se introdujeron en una bolsa y se le entregaron al juez.

Cuando el forense terminó, Robles autorizó a dos funcionarios del Gabinete Central de Identificación —la policía científica— que acababan de llegar a que tomaran fotografías y recogieran huellas. Comenzaron de inmediato la investigación técnico-pericial, para lo cual llevaban consigo un maletín con diversos instrumentos: una cámara fotográfica, luz ultravioleta portátil para la fluorescencia de las manchas y una serie de activos para el revelado de huellas dactilares latentes, los cuales aplicaron sobre la cazadora de cuero de Mayoral y a lo largo del contorno del cuerpo. Buscaban también cabellos, pues estos podían indicar el grupo sanguíneo de la persona a la que pertenecían. Después llevarían el material recabado al Laboratorio de Técnica Policial, situado en el edificio de la DGS, para analizarlo. Diego, que tuvo que explicarles que la corbata ensangrentada que se hallaba junto al cadáver era suya, pese a lo cual le fue requisada, pensó que aquello era una pérdida de tiempo, ya que al tratarse de un lugar público habría manchas, huellas y pelos de un montón de gente. Pero doctores tenía la Iglesia, qué coño, y, además, el procedimiento era el procedimiento.

Mientras los técnicos realizaban su trabajo, se acercó al juez para decirle que él se encontraba allí en el momento en el que hirieron a Mayoral de muerte. Le contó cómo se habían desarrollado los hechos, desde que tuvo lugar la agresión hasta que el asesino logró escabullirse tras una intensa persecución. Robles atendió su discurso sin dejar de mirarlo a los ojos, asintió varias veces, desvió un momento la mirada hacia la mujer cuando se la mencionó y, una vez que Diego concluyó, le dijo que esperaba «a la mayor brevedad» un informe detallado de cuanto acababa de relatarle.

Una vez que los de la científica finalizaron su tarea, el juez dispuso el levantamiento del cadáver y su traslado al depósito municipal, donde permanecería hasta que lo condujesen al Instituto Anatómico Forense para realizarle la preceptiva autopsia. Firmó, junto con el forense, la diligencia e indicó a los enfermeros de la ambulancia que ya podían llevárselo.

Estaba observando con expresión neutra cómo lo cargaban en la camilla y enfilaban hacia la salida de emergencia cuando Guzmán emitió una tosecilla para llamar su atención. «Verá, Ilustrísima. Deberíamos registrar el domicilio del finado, ya que es obvio que conocía a su asesino. Quizá demos allí con algo que nos ponga no sólo tras su pista, también tras la de las chicas desaparecidas. El caso es que necesitamos un mandamiento de entrada y registro». Fermín Robles lo observó unos segundos en silencio, como el maestro que atraviesa con la mirada a un alumno díscolo. Pensó que aquel hombre era el tipo de policía que tendría que desaparecer de una maldita vez del Cuerpo, el cual pedía a gritos savia joven y una actitud acorde con los nuevos tiempos. El otro inspector, por el contrario, le dio mejor espina —cuando le relató la agresión y posterior persecución, lo hizo con solvencia—, aunque *a priori* le desconcertó que un tío así de bien plantado se hubiese hecho policía y no actor o modelo. Que él supiera, el sueldo no era gran cosa. Al fin, afirmó con su poblada cabeza y los citó en el juzgado a primera hora del día siguiente: «Lleven el oficio con la solicitud del mandamiento para que les haga entrega del auto con la autorización», dijo. Añadió que ellos se encargarían de comunicárselo a la familia de la víctima, con la que tendrían que contactar de todos modos, por si querían estar presentes durante el registro. Por último, les advirtió que, si volvía a tener conocimiento de alguna irregularidad por su parte, habrían de atenerse a las consecuencias. «Sepan que, si me veo obligado a imponerles una corrección disciplinaria, no me va a temblar el pulso. No sería la primera vez». Diego se dijo que las explicaciones debería pedírselas, si acaso, al subcomisario, ya que ellos actuaban en todo momento bajo su supervisión, pero se cuidó mucho de verbalizarlo, porque no quería calentarlo aún más.

El juez, el secretario y el forense abandonaron juntos la discoteca. Diego le dijo entonces a la mujer, quien le había esperado pacientemente, que se iban ya a la brigada. Guzmán y los otros dos inspectores los acompañaron.

Mientras Diego redactaba el acta de declaración —la testigo seguía sin acordarse del rostro de aquel hombre; tan sólo pudo facilitarle la vaga descripción que de él hizo en el breve trayecto en taxi—, a Guzmán le tocó la parte menos grata:

llamar a los padres de Mayoral para informarles de su fallecimiento, así como del registro que iban a practicar a la mañana siguiente en el domicilio de su hijo. Antes de marcharse a dormir, después de que el inspector Collado saliera con la mujer para acercarla a su casa, Guzmán le contó a Diego que había hablado con el padre y que este mantuvo la serenidad en todo momento. Le explicó cómo se habían desarrollado los hechos sin que el general lo interrumpiera una sola vez, y al concluir no le hizo ninguna pregunta; únicamente le confirmó que iría al piso de su hijo para asistir al registro.

Ya a solas, telefoneó de nuevo a Mónica y esta vez sí tuvo suerte. Evitó entrar en detalles. Le dijo que habían surgido «complicaciones serias», que ya se lo contaría todo con calma y que, como terminaría tarde porque tenía que redactar un informe, tal vez deberían verse mejor mañana. Pero ella, que por el tono de su voz advirtió que algo grave había pasado, le dijo que no, que en cuanto acabase fuera a su casa, a la hora que fuese. Diego asintió, contento —verla era lo que más le apetecía en ese momento—, y le mandó un beso. Luego se puso manos a la obra con el atestado.

Pasaban las tres de la mañana cuando subió a su Renault 5 Alpine y lo hizo volar. Diez minutos más tarde, pulsaba el timbre de la casa de su novia con la sensación de volver del frente.

Tras escuchar su largo relato, ella se levantó del suelo en el que se habían amado como animales salvajes y le pidió que la siguiera. Entraron en su dormitorio e hicieron el amor de nuevo, esta vez sin urgencia, recreándose en cada caricia, en cada beso, en cada juego, como si se tratara de la primera noche de unas vacaciones que acababan de comenzar. Él le agradeció íntimamente que su respuesta a cuanto le había contado fuese aquella y no un largo interrogatorio que no habría conseguido más que desasosegarle.

Cuando despertó, al cabo de un sueño febril en el que el asesino de Mayoral se volvía en plena persecución y le disparaba, Mónica dormía a su lado. Se levantó con sigilo, se dio una ducha fugaz y se marchó.

A las diez en punto, pese a que la noche anterior Carranza le dijo que se tomase la mañana libre, ya estaba en la brigada con el mismo traje de la víspera, aunque no lo pareciera por el modo en que la ropa le sentaba, y una corbata sobria —verde, lisa— que le tomó prestada al padre de Mónica.

Javier García le informó de que Guzmán, Monzón y Herrera, uno de los inspectores que estuvieron en la discoteca, habían ido a registrar la vivienda de Mayoral. Diego asintió, caminó hacia el subcomisario y le resumió lo acontecido la noche anterior, sin olvidar la áspera charla con el juez.

—Vaya —observó Carranza—. Le llamaré luego para darle un poco de jabón. No nos conviene tenerlo de morros.

—No estaría de más, jefe. Le aseguro que llevaba un cabreo monumental.

Los inspectores volvieron de realizar el registro a media mañana y enseguida se reunieron con el subcomisario, Diego y García para darles el parte.

En el domicilio se encontraban el padre, el general Augusto Mayoral, y la hermana mayor del fallecido. Él, alto y delgado, con inequívoco aspecto de militar, se mostró serio y entero; ella, en cambio, estaba visiblemente afectada. Les dejaron hacer su trabajo con absoluta libertad, sin molestarlos ni darles conversación, por lo que pudieron registrar la vivienda a conciencia. Fue Herrera quien encontró, bajo unas tablillas sueltas del parqué del dormitorio, algo que con un poco de suerte podría confirmar su relación con las desapariciones de las chicas: un paño que contenía dos anillos de oro y una cadenita con una pequeña cruz, también de oro.

—Aquí están. —Guzmán puso las joyas sobre la mesa, ante los ávidos ojos de quienes las veían por vez primera. Por la cabeza de todos ellos cruzó la misma pregunta: ¿a cuál o cuáles de las chicas desaparecidas pertenecerían? Si es que eran de alguna de ellas—. Y hay otra cosa que tal vez nos pueda servir para avanzar en la investigación, jefe. Nos la entregó el juez esta mañana. Es la agenda de bolsillo que el difunto llevaba encima. —La colocó junto a las joyas—. Tiene tantos teléfonos de tías como granos de arena el desierto del Sáhara. El menda era lo que se dice un follador de primera.

—Bien —dijo Carranza frotándose las manazas—. Vamos a ir por partes. Lo primero, las joyas. Hay que telefonear a los padres de Elena Vicuña para decirles que vengan porque tenemos algo importante que enseñarles. —Todos estuvieron de acuerdo—. Llámalos tú, Álamo.

—¿Yo? ¿Por qué yo?

—Pues porque creo que les gustaste, al menos a ella. Y porque te lo digo yo, me cago en la leche puta. Que es que esto a veces parece un patio de colegio.

Diego obedeció a su pesar. Fue la mujer quien descolgó. Al identificarse y preguntarle si podían pasarse por la brigada lo antes posible porque necesitaban mostrarles algo, ella le preguntó, con una ansiedad en la voz que a él no le pasó inadvertida, de qué se trataba. Le contestó que lo sentía mucho, pero que no podía avanzarle nada. Tras una pausa, le dijo que llamaría a su marido al trabajo e irían para allá.

Eladio Vicuña y Margarita Blanco llegaron a la brigada al cabo de tres cuartos de hora. El subcomisario los hizo pasar a una habitación casi tan desnuda como esa pareja se sentía desde el día en que su hija desapareció de sus vidas para siempre. Los cuatro hombres a cargo de la investigación los siguieron.

—Ellos son los inspectores Roberto Guzmán, Ángel Monzón y Javier García —dijo Carranza, señalándolos uno a uno, mientras los policías asentían con la cabeza al escuchar sus nombres—. Al inspector Álamo ya lo conocen.

El matrimonio hizo un gesto afirmativo casi a la vez.

—¿Y bien? —dijo él abriendo los brazos—. ¿Por qué nos han hecho venir con tanta urgencia? ¿Hay, acaso, alguna novedad importante?

El subcomisario tragó saliva antes de hablar.

—Hemos encontrado algo que queremos que vean, por si lo reconocieran.

Sacó las joyas de uno de sus bolsillos y las puso sobre la mesa.

En el acto, la madre de Elena se llevó las manos a la boca para ahogar un grito. Los ojos azules de su marido se iluminaron como si acabaran de recibir un flashazo.

—Esa cadena con la cruz —dijo la mujer al cabo de unos segundos— era de mi madre... Yo se la di a mi hija...

No fue capaz de retener las lágrimas. Los policías se miraron. Diego sintió que el pecho se le llenaba de aire.

—¿Dónde la han encontrado? —preguntó Eladio Vicuña. La expresión de su rostro revelaba una clara tensión; parecía la piel tirante de un tambor. Aquel era el gesto de un hombre que trataba de mantener la compostura pese al fuego que crecía en su interior.

—Me temo que no podemos darle esa información —se excusó Carranza—. Aún no.

—Me enteraré de todas formas.

—No lo dudo. Ya me he dado cuenta de que es usted un hombre muy bien informado y de múltiples recursos. —Llevaba tiempo queriendo soltarle aquello—. Y ya que saca el tema, debería saber que estamos haciendo cuanto podemos para esclarecer este caso. Aunque no lo crea.

Hubo un silencio helador. Al fin, el padre de Elena Vicuña lo rompió.

—Al contrario, subcomisario. No me cabe la menor duda de que están poniendo los cinco sentidos en su trabajo. Pero si se encontrase en nuestro lugar, algo que por fortuna para usted no es así, no se quedaría de brazos cruzados mientras el malnacido que propició la muerte de su hija sigue suelto. Créame que no lo haría.

Se miraron muy fijo y fue el policía quien acabó claudicando.

—Vamos por el buen camino —se limitó a decir—. Cada vez estamos más cerca.

—Dios le oiga... —dijo la mujer en un suspiro. Y añadió, señalando la cadena—: ¿Me la puedo llevar?

Carranza sacudió su fenomenal cabeza.

—No, lo lamento. Es una pieza de convicción. Hablaremos con el juez, y si tras fotografiarla y elaborar la diligencia él lo aprueba, se la entregaremos.

—Muy bien —dijo Vicuña mientras se levantaba y le hacía un gesto a su mujer, que lo imitó—. Confiamos en tener noticias suyas pronto. Muchas gracias por avisarnos.

El subcomisario los acompañó hasta la salida. Cuando volvió, dejó caer su corpachón en la silla y habló sin ocultar su optimismo:

—Es una excelente noticia, sin duda. La vinculación de Mayoral con dos de las chicas desaparecidas era ya lo suficientemente llamativa, pero esto no admite dudas. Al muy mamón lo hemos terminado pillando.

—Sí —reconoció Diego—. Lástima que ya no sea posible interrogarlo.

—Es lo que hay. Aun así, es obvio que andamos muy cerca.

—Lo que está claro —añadió Guzmán— es que ese cabronazo era el conseguidor. El cebo que, valiéndose de su físico, captaba a esas pobres chicas y luego se las ponía en bandeja al otro hombre, su asesino.

—O bien las compartían —señaló García.

Todos asintieron.

—Es posible. El caso —continuó Carranza— es que ahora debemos llegar hasta ese hombre.

—Ya, claro. ¿Y cómo? —inquirió García.

—Como hasta ahora —afirmó, rotundo, el subcomisario—: siguiendo las pistas. Las pistas, García, si se observan atentamente, son un libro abierto. Nos hablan e iluminan. No lo olvides. —Miró en derredor—. No lo olvidéis.

Con la intención de identificar a la dueña o dueñas de los anillos, contactaron de inmediato con la compañera de piso de Patricia Feijoo, pues sus padres estaban en Pontevedra, y con la dependienta de los grandes almacenes Sears que trabajó con Ana Casado. Las dos llegaron a la brigada, con una diferencia de quince minutos, a primera hora de la tarde. Se los mostraron, pero ninguna de ellas los reconoció.

El subcomisario reunió de nuevo a sus hombres.

—Voy a llamar al juez para informarle del hallazgo de las joyas y de la relación de una de ellas con Elena Vicuña, para que vea que nuestro seguimiento a Mayoral estaba de sobra justificado y así se le pase un poco el cabreo. Guzmán y Monzón: vais a contactar con los familiares y conocidos de las chicas desaparecidas hace dos años por si alguien reconociera esos anillos. Además, quiero que llaméis a todas las mujeres de esa agenda por si alguna nos facilita algún dato de interés. ¿Cómo lleváis lo de las furgonetas?

—Aún nos faltan por hacer algunas visitas, jefe —respondió Monzón—. De momento, nada relevante.

—Pues venga, no perdamos un segundo. Álamo y García, a la puta calle. Hay que rematar ese listado por si damos con el sujeto al que la momia en silla de ruedas aseguró haber visto. Si es que existe, que no sé yo...

Y eso fue lo que hicieron.

Tras una tarde intensa, en la que les dio tiempo a visitar a cinco de los nombres del listado —ya les quedaba muy poco para terminarlo—, entraron en una cafetería de la zona de Carabanchel en la que se encontraban para repasar sus notas e intercambiar impresiones.

Mientras García pedía un par de cervezas y aprovechaba para hacer una llamada de teléfono, Diego reparó en los periódicos y revistas que se amontonaban sobre la barra. Cogió un ejemplar del diario *Ya* y fue directo a las páginas de sucesos. Allí estaba: «Asesinato en la discoteca Joy Eslava». Hablaban del fallecido, cuyo nombre reproducían, como de un hombre joven al que habían degollado en plena pista de baile, a la vista de otros clientes. Del homicida nada se sabía. Tomó otro diario, *Pueblo*. También se recogía en las páginas de sucesos: «Hombre degollado en una conocida discoteca madrileña». La información era sucinta, similar a la del otro periódico. Pensó que no tardaría en divulgarse que la víctima era hijo de un general, lo que haría que las presiones aumentasen. «Malditos periodistas», se dijo. Eran como aves carroñeras, no tenían piedad.

Cuando un cuarto de hora después salieron a la calle, Diego miró al frente y, casi a la vez, cruzó a la carrera en dirección a un Seat 127 blanco que estaba en segunda fila con el motor en marcha.

Al verlo, el conductor hizo amago de acelerar, pero él ya estaba encima del coche y apoyó su placa en la ventanilla. Un tipo de unos treinta años, el pelo ralo, los ojos saltones y la cara picada de viruela —una belleza, en fin—, se lo quedó mirando. Diego ya iba a abrir la portezuela cuando la ventanilla se bajó.

—Buenas tardes. Haga el favor de enseñarme su documento de identidad.

—¿Por qué razón? ¿Qué es lo que he hecho?

—Estar en todas partes, y me da que no es usted Dios.

Era la tercera vez que lo veía aquella tarde y de ningún modo podía tratarse de una casualidad. Estaban en Madrid, una ciudad en cuya capital residían más de tres millones de personas, por lo que aquello sólo podía tener una explicación. El hombre suspiró, rebuscó en su cartera y le tendió el carné. Francisco Alcántara Maldonado, nacido en Losar de la Vera, provincia de Cáceres, en 1952.

García ya estaba a su lado. Le enseñó el documento. En la profesión ponía detective privado. Los dos inspectores se miraron.

—Salga del coche.

Obedeció. Sus ojos le llegaban a Diego por la barbilla.

—Muéstreme su tarjeta de identidad profesional.

De mala gana, volvió a hurgar en su cartera y se la entregó. Había sido expedida por la Dirección General de la Policía y estaba en regla.

—¿Por qué nos está siguiendo?

—¿Qué? Yo no les estoy siguiendo.

—Si no es así, lo de que el mundo es un pañuelo se queda muy corto. Es la tercera vez que lo veo hoy, joder.

—¿Sí? Pues qué casualidad, desde luego.

—Y una mierda casualidad. No me cuesta nada imaginar quién lo ha contratado. ¿Desde cuándo trabaja para Eladio Vicuña?

—¿Qué? No sé de quién me habla.

—Sí, por supuesto que lo sabe. A ver. ¿Qué está haciendo aquí?

—Esperar a alguien.

—¿A quién?

—Oiga, no tengo por qué...

—Corta el rollo, huelebraguetas —le espetó García—. ¿No ves que somos polis? No te pases un pelo de listo si no quieres que te empapelemos.

Aquella reacción lo desconcertó. Los miró, como si calibrara sus opciones, y al fin dijo:

—Está bien: estoy trabajando. Pero nada tiene que ver con ustedes.

—Eso no te lo crees ni tú. Habla de una vez, es lo mejor.

—Estoy obligado a guardar riguroso secreto de las investigaciones que realizo...

—¡Que somos la pasma, hostias! ¿Cómo quieres que te lo expliquemos para que lo entiendas?

—Saben muy bien que esa información deben solicitarla formalmente.

—¡Vete a la mierda! Mira que te llevamos a la brigada ahora mismo, me cago en la puta de oros.

Pero no se inmutó.

—O sea, que estás en plan legalista —dijo Diego, que decidió imitar a su compañero y pasarse al tuteo—. Muy bien. Enséñanos entonces la autorización judicial.

Al tipo le cambió la cara.

—No necesito ninguna autorización. No estoy investigando ningún delito perseguible de oficio.

—Ahí te equivocas, Petete. Nos estás siguiendo, por mucho que lo niegues, y nosotros estamos llevando a cabo una investigación oficial. No puedes vigilar a la policía, coño, a ver si se te mete en la cabeza.

Notó cómo los nervios empezaban a apoderarse de aquel hombre, quien, tras lo que pareció una brevísima meditación, concedió:

—Vale. No tengo autorización judicial. Pero mi cliente me ha asegurado que me la va a conseguir.

Diego pensó en Eladio Vicuña y en Fermín Robles, y no le extrañó que eso pudiera llegar a ser así.

—Eso es un futurible, amigo. El caso es que *ahora* no la tienes, y por lo tanto no puedes investigar un caso en el que estamos trabajando. Me temo que te vas a tener que venir con nosotros a la brigada. Te adelanto que te expones a una sanción con una posible suspensión de la licencia, fíjate qué cosas.

Entonces, tras unos segundos de duda, habló. Lo hizo con la condición de que lo dejasen marchar y olvidaran aquel incidente. En efecto, trabajaba para Eladio Vicuña y les confesó que un par de semanas atrás había seguido a García y a otro policía fuerte que lo acompañaba —Monzón— cuando estos andaban recabando información acerca de varias chicas desaparecidas. El detective charló con el camarero de un bar de copas al que los dos inspectores le habían hecho una serie de preguntas y aquel, previa aceptación de un bonito billete de quinientas pesetas, le contó lo que querían saber. Fue así como trascendieron las otras desapariciones.

La buena noticia, pensó Diego, era que la filtración, al contrario de lo que sospechaba el subcomisario, no había partido de la brigada. La mala, que aquel moscón había seguido todos sus movimientos y quizá disponía de demasiada información.

—Voy a decirte una cosa —le advirtió, señalándolo con el dedo—. Si te vuelvo a ver rondándonos, te juro por mi madre que te llevo de inmediato a la brigada y tu tarjeta profesional se la echo a los patos del Retiro, que esos no le hacen ascos a nada. ¿Te ha quedado claro?

—Clarísimo.

—Pues entonces lárgate ahora mismo, caraculo —le ordenó García—. Y hasta nunca.

De camino al coche, Diego se sintió muy bien tras ejercer por unos minutos de Guzmán. Sacar a pasear de vez en cuando al león que todos llevamos dentro era el mejor modo de aplacar la tensión y volver a la normalidad.

Ya había anochecido cuando regresaron a la Puerta del Sol. Bajo el frío hiriente de finales de diciembre, la plaza más popular de Madrid era un caos de coches y personas en movimiento. Personas más o menos ajetreadas, más o menos preocupadas, más o menos felices. Si bien todas ellas respiraban y podían moverse con libertad.

«Elena Vicuña ya no —pensó Diego—. Ya nunca más». Y sus ojos implorantes surgieron del lugar que ese nombre ocupaba en su memoria y se hundieron en su conciencia como dos puñales.

Pero Patricia Feijoo y Ana Casado tal vez siguieran vivas. Por más que el sentido común y la estadística pulverizaran esa posibilidad, pues había transcurrido mucho tiempo desde que desaparecieron, necesitaban pensar que aún era posible salvarlas.

¿Necesitaban? Bueno. Al menos él, Diego Álamo, sí lo necesitaba. Y mucho.

CAPÍTULO 38

No conseguía entender por qué razón continuaba viva. Había golpeado al monstruo, tratado de escapar y, sin embargo, pese a las advertencias que él le hizo, todavía respiraba. ¿Por qué no había corrido la misma suerte que Ana? ¿Por qué no había seguido a la dueña de aquellos dientes que pisó y que le hicieron presagiar lo peor, o a las de la ropa que se amontonaba en una de las esquinas del sótano como un recordatorio constante y terrible de su paso por allí? Incomprensiblemente, deseaba mantenerla con vida. Pero ¿por qué?

Tal vez —se dijo, en un intento de hallar un motivo capaz de explicar el hecho de que no hubiese sido asesinada aún— tenía dificultades para hacerse con una nueva presa y ella seguía resultándole útil. Pero lo cierto era que la llegada de Ana al sótano no se concretó en un relevo ni supuso su fin; de hecho, logró sobrevivirle. Eso le hacía pensar que, en el caso de que apareciese otra chica, ella no tendría que ser necesariamente sacrificada. Podrían coexistir, como ya había ocurrido.

Que aún viviera no significaba que lo que había hecho no fuera a tener una respuesta, un castigo. Las acciones conllevaban consecuencias, siempre. El desacato, la desobediencia, era algo que debía pagarse, y ella lo estaba haciendo. Y de qué manera.

Para empezar, se encontraba desnuda, y la manta, su fiel compañera, había desaparecido. Sin medios para combatir el intenso frío que dominaba aquel lugar, se veía obligada a permanecer todo el rato encogida sobre sí misma como un animal.

Además, estaba encadenada: llevaba puesto el collar —que la unía a una argolla de la pared por medio de una cadena—

que Ana soportó mientras estuvo allí; el mismo que él le puso las dos únicas veces que la condujo al cuarto de baño.

Por último, no le era posible beber ni alimentarse. Aunque podía ver el agua y la comida —tenía el bidón y la bandeja justo delante—, quedaban fuera de su alcance, a poco más de dos palmos de distancia. Dos insalvables palmos, pues, por más que se estiraba, hasta el daño, no conseguía tocarlos.

Sólo el mismo demonio era capaz de hacer algo así, de llevar a cabo semejante ejercicio de crueldad. Pero es que su captor era el demonio, no le cabía duda.

Si desde que estaba allí encerrada el tiempo se había vuelto una fantasía, un imposible, el recuerdo macabro de una época remota, a partir de su fallido intento de huida, su percepción de la realidad se trastocó aún más. Las limitaciones a las que se veía sometida tenían mucha culpa de ello, ya que era inevitable que la debilidad causara mella en sus sentidos. Y en la lamentable situación en la que se hallaba empezó a recibir unas aciagas señales.

Experimentó una sensación extrañísima, nueva por completo. Fue como si esa luz —¿cósmica?— que viajaba con todos nosotros, que nacía en el interior de cada uno y tenía que ver con la propia vida, con el sendero que cada cual recorría, no estuviese ya con ella, la hubiese abandonado.

En realidad, no sabía si era esa inefable luz la que ya no le pertenecía o era ella la que no formaba parte de esa luz. De uno u otro modo, se sabía inmersa en unas tinieblas absolutas y sospechó, sospechaba, que no era posible salir de ellas.

Aquel era un sentimiento de una profundidad que nunca antes había vivido. Era algo —un vacío, una herida, un desprendimiento— que actuaba en ella igual que un potente anestésico, pues iba mermándola y terminaría, estaba segura de ello, por vencerla.

Por vez primera desde que estaba en ese sótano, ya no esperaba nada. Nada de nada. Se limitaba a respirar sabedora de que el reloj había iniciado la cuenta atrás, inapelable.

Pese a seguir allí, era como si ya se hubiera ido.

CAPÍTULO 39

Aquella mañana, la última de 1981, muchos de los que escuchaban la radio debieron de sentirse tentados de volver a la cama y no abandonarla hasta el año siguiente.

Diego tomaba café en la cocina de la casa de Mónica mientras la voz del locutor relataba una larga relación de daños. El día anterior, un temporal de viento y lluvia con algo de tormenta bíblica había causado espectaculares destrozos en Madrid. El caos en el que se sumió la ciudad, con inundaciones y cortes en las líneas telefónicas y el suministro eléctrico —algunos tramos de la vía de circunvalación M-30 quedaron anegados por completo, mientras que los semáforos dejaron de funcionar y provocaron colapsos circulatorios en diversas zonas—, obligó a intervenir a la práctica totalidad de las unidades de los cuerpos de bomberos, Policía Nacional, Municipal y Guardia Civil. Hubo un muerto, un ingeniero de treinta y tres años sobre cuyo coche se precipitó, en pleno barrio de Salamanca, la grúa de catorce pisos de un edificio en construcción.

El país amaneció con otra llamativa noticia: el secuestro del padre del cantante Julio Iglesias. Aunque llevaba tres días en paradero desconocido y todo indicaba que se trataba de un rapto —su familia presentó una denuncia—, la policía se mostró en exceso cauta y tardó en reconocer esa posibilidad ante la ausencia de mensajes o reivindicaciones de autoría. Pero esa mañana se divulgaron a través de la prensa los retratos robot de dos sospechosos, al parecer sudamericanos, quienes se habían presentado en su domicilio haciéndose pasar por reporteros de una cadena de televisión interesados en hacerle una entrevista. Diego ya lo sabía porque de aquella investigación se estaba ocupando otro grupo de la brigada.

Los secuestros de celebridades —o de alguien de su círculo familiar, como en ese caso— generaban una importante conmoción social. Sucedió unos meses atrás con el del futbolista Quini, con feliz desenlace tras permanecer veinticinco días encerrado en el sótano de un taller de Zaragoza. Los policías responsables de la liberación del deportista manifestaron que, de no haber sido por la interferencia de la prensa, que publicó información confidencial e incluso captó las emisoras policiales, aquel secuestro se podría haber resuelto en apenas seis días. De ahí que Diego recelase de los medios de comunicación y temiera que acabasen metiendo su desaprensivo hocico en el delicado caso que investigaban, lo cual no los iba a beneficiar de ninguna manera. Y la existencia de un detective privado, sumada a la amenaza de Eladio Vicuña de acudir a un periódico, hacía que la posibilidad del soplo a un periodista fuese sólo una cuestión de tiempo. De poco tiempo.

Mónica entró en la cocina entre bostezos y se besaron.

—Esta noche es lo de Carmen —dijo mientras se servía café y le añadía tres generosas cucharadas de azúcar. Su amiga daba un fiestón en su espectacular casa. En la espectacular casa de sus padres, para ser exactos.

—Lo sé.

—Ya sé que lo sabes. Te lo digo para que, por tratarse del día que es, Nochevieja, podamos cenar sin prisas y luego ir para allá. ¿Crees que eso será posible?

No había el menor asomo de reproche en aquellas palabras, tan sólo deseo.

—Hoy acabaré pronto. Por la tarde, pero pronto.

—¿Me lo prometes?

—Te lo prometo.

—Te tomo la palabra. Si no la cumples, me vengaré.

—¿Ah, sí? Entonces creo que me lo voy a pensar: me gustas mucho más cuando eres mala. —La atrajo hacia sí agarrándola por la cintura.

—Puedo ser malísima.

Se besaron. Al poco, él sintió que comenzaba a excitarse y, haciendo un esfuerzo, tuvo que despegarse de sus brazos porque no quería llegar tarde.

—Si te parece —propuso ella—, continuamos luego. Y así empezamos el año bien relajados.

—Claro que me parece.

—Cuanto antes vengas, más tiempo tendremos. —Le guiñó un ojo.

—Lo tendré en cuenta —dijo—. Muy en cuenta. —Y, tras lanzarle un último beso con la mano, salió del piso.

Al entrar en la brigada, vio a García y a Monzón en sus respectivos sitios. El primero le dijo que Guzmán acababa de llamar para avisar de que se había torcido un tobillo mientras hacía una chapuza en casa y no podría ir. Echaba humo, pues iba a tener que cancelar la reserva de hotel que tenía para esa noche y que tanta ilusión les hacía a él y a su parienta. Por si eso fuera poco, lo más seguro era que perdiese el dinero de la señal. El subcomisario tampoco iría: su mujer se había levantado con fiebre y debía llevarla al médico y ocuparse de ella.

Los tres inspectores repasaron las últimas gestiones sobre el caso con el fin de analizar en qué punto se encontraban.

Para empezar, los anillos seguían sin dueñas. Ninguno de los familiares y amigos a los que Guzmán y Monzón visitaron los reconocieron.

Respecto a la agenda de bolsillo de Mayoral, el gozo de los investigadores cayó en un pozo, porque apenas arrojó datos de interés. La mayoría de las mujeres a las que llamaron eran casadas y se negaban a admitir que lo conocieran. No lograban entender por qué razón su nombre y su teléfono se encontraban en esa agenda. Hubo alguna que dijo que sí, que tal vez, que el nombre le sonaba vagamente de algún negocio en el que participó hacía ya tiempo. Tan sólo una, ya divorciada, confesó conocerlo y haber mantenido encuentros íntimos con él. Aseguró que era un psicópata, un desalmado al que únicamente le interesaba el dinero, y contó que en una ocasión a punto estuvo de estrangularla en la habitación de un hotel, en pleno acto sexual, y que a raíz de aquello dejó de verlo.

Por último, habían visitado los domicilios de los propietarios de las furgonetas seleccionadas: treinta y siete en total. Consiguieron hablar con treinta y seis de ellos, pues en una de las viviendas no había nadie. Descartaron a seis. A tres, porque en esas fechas sus furgonetas se encontraban en el taller —se personaron en dichos talleres y desecharon a su vez a los mecánicos como sospechosos—; a otros dos, porque sus furgonetas estaban para el desguace y era evidente que llevaban bastante tiempo en fase terminal, y a uno porque se trataba de un anciano incapaz de conducir y sin familia conocida. De las treinta personas restantes, a pesar de no tener antecedentes policiales ni penales, cualquiera de ellas entraba en la categoría de sospechoso. Por su trabajo, transportistas en su mayoría, salían de casa en plena madrugada, y esa era precisamente la coartada que alegaban para el día en que Elena Vicuña murió atropellada. Aunque todos aseguraron que aquella calle por la que los policías sostenían que la furgoneta había pasado no formaba parte de su ruta habitual.

En cuanto a la persona a la que no lograron localizar, Diego y García fueron en dos ocasiones a su domicilio, un piso bajo en Carabanchel que estaba muy cerca del lugar del atropello, y allí no había nadie. Preguntaron a los vecinos y uno de ellos aseguró haber visto varias veces a un hombre alto, grande, moreno, de unos treinta y tantos años, entrar en ese piso. Lo vio siempre a cierta distancia —no sabía qué cara tenía— y siempre solo. Al preguntarle cuándo fue la primera y la última vez que lo vio, les contestó que la primera haría cosa de un par de años, tal vez algo menos, y la última como un mes atrás. Añadió que antes vivía allí un hombre mayor que debía de haber muerto ya y que aquel tipo quizá fuera un familiar, un sobrino o un nieto. En el buzón figuraba el nombre de Ernesto Salazar Cárdenas. Los policías consultaron en el Registro de la Propiedad y aquella finca estaba registrada a ese mismo nombre. Preguntaron si ese individuo tenía alguna propiedad más y, ¡bingo!: aparecía también como propietario de una casa en Valdemorillo, un pueblo de dos mil habitantes situado a cuarenta kilómetros de Madrid.

Tras la recapitulación de los últimos pasos dados, los tres inspectores se miraron y guardaron silencio unos segundos.

—¿Qué os parece si nos acercamos a ese pueblo y le echamos un vistazo a la casa? —propuso Diego—. Quién sabe. A lo mejor tenemos suerte y ese sujeto está allí.

—¿Creéis que merece la pena hacerse ese viaje? —inquirió Monzón—. Precisamente hoy, además. No sé yo...

—¿Acaso tienes otra cosa que hacer o alguna idea mejor?

—Venga. —García se levantó de la silla—. Vámonos *p'allá*. Así podremos tacharlo de la lista.

Se dirigieron, pues, a Valdemorillo. Su ánimo era tranquilo. Suponían que, aunque dieran con la persona que buscaban, sería un encuentro rutinario más, otra vía muerta, por lo que condujeron el Seat 131 de la brigada —pilotaba García— sin prisa.

Llegaron algo más de una hora después. Tardaron bastante en encontrar el sitio, ya que estaba a las afueras del pueblo y en una zona apartada.

Aparcaron junto a la carretera y caminaron por entre encinares, respirando el aire cortante y puro de la mañana, que allí, en la sierra, era varios grados más frío que en la capital. Sobre sus cabezas, un cielo malencarado amenazaba con romperse de un momento a otro.

La casa era blanca, de dos alturas, y era evidente que había vivido días mejores. De hecho, parecía abandonada. Se acercaron a la puerta y llamaron varias veces, pero nadie contestó. Miraron alrededor. No había otras casas a la vista.

De pronto, un hombre surgió de algún lugar de detrás de la vivienda.

Los tres inspectores se miraron y, tras reponerse de la sorpresa que aquella inesperada presencia les causó, echaron a andar hacia él con pasos lentos.

Llevaba puesta una bolsa de plástico en la cabeza para protegerse de la lluvia —le había practicado un agujero que dejaba al descubierto una parte del rostro, a modo de pasamontañas—. Era una bolsa de los grandes almacenes Galerías Preciados. García tuvo que contener la risa.

—Buenos días —saludó Diego.

El tipo se detuvo y los miró con gesto desconfiado. Diego escudriñó la parte visible de su rostro, que no era mucha, y le calculó unos treinta y tantos. Era algo más alto que él y más corpulento.

—¿Sería tan amable de decirnos de dónde viene? ¿Qué es lo que hacía ahí detrás?

—¿Quién lo pregunta?

—Somos policías. —Diego se identificó.

—Estaba orinando —dijo.

—Ya. ¿Es usted de por aquí?

—Tengo una casa por aquí cerca.

—Perfecto. Necesitamos saber si vive alguien en esta casa o si viene de vez en cuando.

—No tengo idea. Yo voy a lo mío y no me meto en la vida de nadie.

—¿Puede decirnos qué anda haciendo por aquí? —preguntó García.

—Pasear.

—¿Pasear? ¿Con este día?

—Sí. Me gusta caminar.

—Me parece estupendo, pero no es este el mejor día para hacerlo. Ayer diluvió y hoy tiene toda la pinta de que también va a caer una buena tromba.

—Yo lo hago siempre, camino cada día. Con frío o calor. Con lluvia, nieve o sol abrasador. Me da igual.

Los tres policías asintieron a la vez; parecía que reflexionaban.

—¿Y suele venir por aquí? —preguntó Monzón.

—Por aquí y por otros sitios. Depende del día.

—¿Y no recuerda haber visto entonces a nadie últimamente por esta zona? Con una furgoneta naranja, quizá.

El hombre negó con la cabeza.

—No.

García chasqueó la lengua antes de decir:

—¿Podría enseñarnos su documentación?

—No veo por qué. Simplemente estoy caminando.

—Porque se lo digo yo —dijo tajante.

Los tres policías lo rodeaban. Inconscientemente, se sentían muy seguros y ejercían, en su calidad de agentes de la ley, una sutil coacción sobre aquel hombre solo de aspecto ridículo, que sacudió la cabeza y hurgó bajo el chubasquero que lo cubría. Sacó una cartera muy vieja con una goma elástica alrededor. Le tendió su documento de identidad a García, quien leyó en voz alta:

—Serafín Millares Hermoso. Natural de Benavente, provincia de Zamora. —La mirada del inspector saltó del carné al rostro del paseante—. Está un poco lejos de su lugar de origen... ¿Desde cuándo vive aquí?

—He vivido en muchas partes. Aquí vine hace un par de años.

—¿Por trabajo?

—No exactamente.

—¿A qué se dedica?

—Ahora mismo a nada. —Ante el gesto de sorpresa del inspector, añadió—: Tengo unos pequeños ahorros.

—Vaya, qué suerte... —García miró a sus compañeros. Hubo un silencio, hasta que Monzón movió levemente la cabeza de un lado a otro; Diego lo secundó—. Muy bien, gracias. —Le devolvió el documento—. Tenga cuidado, Serafín. Como le he dicho, parece que va a caer una buena.

—Voy bien pertrechado.

—Ya veo, ya... —comentó García con una medio sonrisa—. Bonito sombrero, por cierto. Que pase usted un buen día.

El hombre hizo una inclinación con la cabeza y se alejó de ellos. Lo vieron dirigirse hacia la carretera, el paso firme.

—Lo dicho: un día cojonudo para pasear —comentó García.

—Hay gente *pa tó* —apuntó Monzón.

—En fin —remató Diego—. Curioso personaje.

Se quedaron unos segundos pensativos mientras admiraban el paisaje que los rodeaba. La sensación de paz era absoluta. Diego aspiró el olor a romero y a tomillo, tan distinto al de Madrid, tan purificador.

—Bueno. ¿Qué hacemos? —preguntó.

—Pues ya que estamos aquí —dijo García—, creo que voy a echar un vistazo alrededor de la casa a ver si encuentro algo.

Monzón miró a Diego.

—Podríamos acercarnos al cuartel de la Guardia Civil por si pueden facilitarnos alguna información.

Diego paseó la mirada en derredor y vio una pequeña nave.

—Ve tú, yo voy a mirar ahí. —La señaló—. Me da una pereza tremenda hablar con los picoletos, la verdad. Luego vienes a por nosotros.

Monzón se encogió de hombros.

—Como quieras.

Volvió al coche, lo puso en marcha y enfiló en dirección al pueblo.

García ya se había encaminado a la parte trasera de la vivienda. Había una puerta, pero estaba cerrada, anunció a gritos. Iba a seguir mirando por si daba con algún otro sitio por el que poder entrar.

Diego avanzó a su vez hacia la nave. En aquel momento comenzó a llover; una lluvia fina, tímida.

Llegó a la puerta y movió el picaporte, pero estaba cerrada. Buscó algún otro acceso.

En la parte de atrás había una pequeña ventana, semioculta. Apartar unos maderos y unos grandes rollos de alambre que se encontraban delante de ella le llevó varios minutos. Trató de ver algo, pero el cristal tenía una espesa capa de polvo que se lo impedía. Extendió las manos y formó con ellas una suerte de cuenco; cuando el agua de la lluvia lo llenó, la lanzó sobre el vidrio y lo frotó con la palma de la mano.

Volvió a mirar.

En el interior reinaba el desorden: cajas, muebles viejos, útiles de labranza, sacos de cemento. Y a la izquierda, a un lado, pudo ver una furgoneta. Era naranja.

Tragó saliva y, en ese momento, sintió algo a sus espaldas, un ruido leve.

Se giró, veloz, y la barra de hierro que cayó sobre él, y que iba dirigida a su cabeza, golpeó con fuerza el brazo derecho, que subió igual que un resorte.

El golpe fue tan potente que lo lanzó al suelo con un grito de dolor.

Su atacante volvió a descargar la barra sobre él, que se protegió con el brazo herido. El trozo de hierro bajó, inapelable, una, dos, tres, cuatro veces. Mientras Diego frenaba a duras penas aquella tormenta de golpes, su mano izquierda trataba de sacar la pistola que llevaba en la zona lumbar.

Al fin, los dedos consiguieron tocar el arma y esta salió de su funda de un enérgico tirón.

Levantó la pistola y disparó a ciegas dos veces.

No logró alcanzar a su agresor, quien, al ver el arma, tuvo tiempo de apartarse, pero al menos los golpes cesaron.

Con un dolor intensísimo en el brazo, medio aturdido, vio

alejarse a la carrera, bajo la lluvia de repente embravecida, una bolsa de Galerías Preciados.

La imagen fue surrealista. Le pareció estar soñando.

—¡Javier! ¡Javier! —gritó tan alto como pudo y disparó al aire tres veces.

Pero su compañero no dio señales de vida.

Se levantó, mareado, y caminó tambaleándose. El brazo lastimado le caía a un lado del cuerpo, inerme, mientras avanzaba hacia donde había visto alejarse la bolsa.

Distinguió el cuerpo de Javier García al poco, a varios metros de distancia. Estaba tendido en el suelo, boca abajo.

Al llegar a su lado vio cómo parte de la masa encefálica asomaba, como una desagradable pasta blancuzca, de la cabeza, debajo de la cual había un charco de sangre que lo hipnotizó por unos segundos.

La arcada fue igual que un latigazo. Lo sacó de golpe de su ensimismamiento y precedió al vómito.

Nada más reponerse, se agachó y le colocó los dedos índice, corazón y pulgar en el cuello. No había pulso.

Alzó la vista y miró hacia la casa. Tenía dos opciones: esperar a que Monzón volviera, solo o tal vez acompañado de algún agente de la Guardia Civil, o bien entrar ya.

Se levantó y, tras unos segundos de vacilación, soltó un gruñido de dolor y echó a andar al frente mientras apretaba la pistola.

La puerta estaba abierta. Entró.

De pronto, reparó en que allí no sólo estaría el hombre que lo acababa de golpear y que había asesinado a García; el hombre al que habían tenido delante y con el que habían hablado —quizá el mismo que degolló a Mayoral y al que persiguió vanamente por las calles del centro de Madrid—, sino que era posible que también se encontrara alguna de las chicas desaparecidas. Y esa idea despejó de golpe sus embotados sentidos y generó en él una enorme responsabilidad.

Avanzó por el recibidor, contuvo el aire y, con la pistola al frente, se asomó a la primera habitación que había, a su derecha.

Era la cocina, que estaba vacía.

Salió, alerta.

Pasada la cocina, unas escaleras ascendían al piso superior. Las observó unos segundos, en el transcurso de los cuales se preguntó si debía subir por ellas o bien seguir avanzando por la planta baja. Optó por la segunda opción.

Caminó, pues, hacia la pared que se encontraba enfrente de la cocina, donde estaba el codo del pasillo.

Se detuvo allí un momento, con la pistola en alto. Giró la cabeza hacia atrás para ver de nuevo la cocina y volvió a mirar al frente.

Su corazón parecía el tambor de un percusionista furibundo. Llenó los pulmones, contó hasta tres y torció a la derecha con ímpetu.

Ante él se abrió un pasillo con habitaciones a ambos lados, al final del cual había una última estancia que, a diferencia de las demás, estaba cerrada.

Apuntaba al frente, como en la sala de tiro de la que fue su academia, mientras hacía saltar la mirada de una habitación a la otra (dos en el lado izquierdo, una a la derecha, más la del fondo). Sólo que esta vez la mano que empuñaba el arma era la izquierda, la mala, ya que su brazo hábil se encontraba inutilizado. Solía practicar también con esa mano, pero con ella su puntería era mucho menos precisa.

Entró en la primera habitación, a su izquierda. Aquello era el salón y estaba vacío. Salió y continuó adelante.

Llegó a la mitad del pasillo, donde un par de habitaciones quedaban una enfrente de la otra. Se metió en la de la derecha, la pistola siempre por delante, presta para actuar. Era un dormitorio, también vacío. Salió y entró en la otra, un cuarto de baño cochambroso.

Cuando volvió al pasillo vio, unos metros antes de la puerta cerrada del fondo, que atraía poderosamente su atención, dos grandes cráteres en el piso. Los sorteó, uno detrás del otro, con sumo cuidado, y se situó delante de la puerta.

Para poder agarrar el picaporte debía soltar la pistola y eso era algo que no pensaba hacer de ningún modo. Con el arma en la mano, probó a moverlo. Pero estaba cerrada. Se fijó en que tenía una cerradura.

Levantó el brazo y golpeó varias veces la puerta con la culata, mientras decía:

—¿Hola? ¿Hay alguien ahí?

Silencio.

Volvió a golpear la puerta, esta vez con el pie, con fuerza, y a preguntar en alto. No obtuvo respuesta.

Miró hacia atrás, tenso como un gato. Nada.

Iba a golpear de nuevo la puerta cuando los gritos le sobresaltaron:

—¡Socorro! ¡Ayuda! ¡Estoy aquí!

Apretó la pistola y tragó saliva.

—¿Quién eres?

—¡Soy Patricia! ¡Patricia Feijoo! ¡Sáqueme de aquí, por favor!

«Patricia Feijoo —se dijo—. Virgen Santa».

—Escúchame, Patricia. Soy el inspector de policía Diego Álamo y voy a sacarte de ahí, tranquila. Pero tienes que ayudarme. ¿Cuántos son?

—¡¿Qué?!

—Necesito que me digas cuántos hombres te tienen encerrada.

—¡Uno! ¡Es sólo uno! ¡Sáqueme de aquí, por Dios! ¡Se lo suplico!

—Bien. Muy bien. Ahora vas a...

El sonido del disparo le llegó al mismo tiempo que sentía volar sobre la cabeza un trozo de madera.

Saltó hacia atrás y, antes de caer al suelo, su pistola habló dos veces.

Apoyado en la pared, junto a la puerta que lo separaba de una de las jóvenes a las que buscaba y que, contra toda lógica, seguía viva, se dio cuenta de que se hallaba en un callejón sin salida, en la misma boca del lobo. ¿Cómo había podido ser tan estúpido, tan irreflexivo? Había sido tal su avidez, su cólera, que actuó de la peor forma posible: sin cubrirse las espaldas ni asegurar la posición. Y además, solo, sin cobertura alguna, vulnerando así una de las reglas sagradas de su profesión. Se sintió como al borde de un precipicio mientras un rinoceronte avanzaba hacia él a la carrera.

El profundo dolor del brazo —jamás había padecido un dolor físico semejante— empeoraba las cosas, pues le impedía pensar con claridad.

Había disparado su pistola siete veces, por lo que únicamente le quedaban seis balas. Disponía de otro cargador en la cartuchera, pero dado que sólo tenía un brazo útil, era como si no existiera. Con la misma mano tendría que coger el cargador, soltar el que llevaba en la pistola e introducir el nuevo. Demasiado arriesgado.

Entonces sintió miedo. Un miedo en estado puro. Pero no por él. Lo que le aterró, en primer lugar, fue la posibilidad de no volver a ver nunca más a Mónica. Después, no poder sacar a aquella chica, Patricia, Patricia Feijoo, de allí. Por último, no vengar la memoria de Elena Vicuña, cuyos ojos formaban ya parte de su equipaje vital, de su lista de asuntos pendientes. Esos fueron, por ese orden, los pensamientos que, como ráfagas cegadoras, lo invadieron.

Y a continuación se acordó de su padre. De los dos únicos momentos que conservaba de él: el hombre sonriente que lo subía al caballo de un tiovivo y aquel otro, tan distinto, cubierto con una gabardina, que entraba en casa como quien se dirige al campo de batalla. Con la misma expresión en la mirada que él debía de tener en ese momento, entre peligrosa y asustada. Luego visualizó las fotografías que su madre le había enseñado en Nochebuena y recordó lo que experimentó al ver lo muchísimo que se parecía a él. Esa extraña sensación de sorpresa y orfandad al mismo tiempo, de tristeza.

Pensó de nuevo en Mónica, en la conversación que mantuvieron aquella mañana y en los suculentos planes que habían hecho para el resto del día. «Voy a salir de aquí y voy a ir a su casa —se dijo—. Vamos a hacer el amor hasta hartarnos y vamos a ir a la fiesta de su amiga. Se lo he prometido y no pienso incumplir mi palabra. Y voy a sacar de ahí a Patricia y a vengar la memoria de Elena».

Se sintió, de pronto, como si tuviera fiebre: pese al frío que allí hacía, sudaba.

Pero la adrenalina ya había tomado el control. Aspiró una bocanada de aire y se preparó para actuar.

Tenía que levantarse y tratar de llegar a una de las dos habitaciones que se encontraban más cerca, el cuarto de baño o el dormitorio, donde estaría momentáneamente a salvo y, quizá, podría sustituir el cargador.

Comenzaba a levantarse cuando vio asomar por el codo del pasillo un brazo armado.

Apuntó y disparó tres veces.

El brazo armado también lo hizo y dos balas se estrellaron muy cerca de él.

Estaba otra vez en el suelo, respirando de manera agitada. La voz de Patricia atronó a sus espaldas:

—¡Por Dios, sáqueme de aquí!

La mirada de Diego se afiló como nunca antes. Tenía que hacerlo. Ya.

Tres balas. Tan sólo tres balas y un suelo por el que no podía avanzar de forma normal, sino que debía pegarse a la pared como una ventosa y caminar despacio para evitar precipitarse por uno de esos dos grandes agujeros.

Se puso en pie, levantó la pistola y echó a andar hacia el baño.

Logró rebasar el primer obstáculo. Estaba muy cerca ya de su objetivo.

Dio otro paso al frente y entonces la pistola apareció de nuevo.

Los disparos volvieron a cruzarse y, como un mordisco o un picotazo, notó el impacto de bala en el cuerpo.

Chocó con violencia contra la pared, rebotó en ella y uno de sus pies penetró fatalmente en la oquedad del suelo.

Fue algo instantáneo, visto y no visto. Como si hubiese sido aspirado o engullido, el cuerpo desapareció. Y a esa repentina ausencia le sucedió un ruido sordo.

Los gritos de ella, de Patricia, que había oído, impotente, sobrecogida por el miedo, la balacera, no obtuvieron respuesta.

La imagen del pasillo desierto desmentía la realidad de lo que acababa de ocurrir. Como si un segundo antes un hombre, un inspector de policía que buscaba el rastro de un secuestrador de muchachas, de un asesino, no hubiese estado allí.

Pero esa imagen mendaz duró poco.

Un hombre apareció entonces en el pasillo y avanzó decidido por él. Su cabeza ya no iba cubierta.

Cuando llegó hasta el primero de los dos agujeros, se tumbó en el suelo y se asomó cuanto le fue posible. Sólo acertaba a ver una pierna. Apuntó, apretó el gatillo y la bala entró en ella limpiamente, aunque no se movió. Luego, desvió apenas la muñeca, calculó a ciegas y disparó tres veces más.

Satisfecho, se puso en pie, sacó unas llaves del bolsillo y se dirigió a la puerta al otro lado de la cual Patricia Feijoo seguía gritando para nadie.

CAPÍTULO 40

Patricia despertó a una oscuridad absoluta. Quiso gritar, pero su boca no se abría: un trozo de esparadrapo la tapaba. Quiso mover las manos, tantear el aire, ubicarse, pero las tenía atadas a la espalda. Sus piernas también se hallaban inmovilizadas, sujetas por los tobillos, aunque eso no le impidió golpear con las plantas de los pies, menos furiosa que asustada, la pared.

«No —pensó—, aquello no era una pared»: podía notar el movimiento, las sacudidas. ¡El maletero de un coche! Recordó entonces la presencia del monstruo en el sótano, con una pistola en la mano, y nada más. Debió de perder el sentido. Y allí estaba, camino de sólo Dios y él sabían dónde.

En aquel negror traqueteante, desnuda e inútil, vencida, volvió a echar de menos, más que nunca, la luz que guiaba los pasos y daba aliento. La luz que ya no caminaba con ella, de la que ya no formaba parte.

Rememoró una vez más, dentro de ese constante ejercicio de arrepentimiento que había arrancado el mismo día en que la encerraron, la noche fatídica. La maldita noche en la que aquel chico tan guapo la abordó y ella, que se desplazó a ese bar con el único propósito de ver a Álvaro, se dejó mecer por la música de sus palabras, por el imán de su sonrisa ganadora. Porque llevaba meses sufriendo y, como en aquella canción de los Beatles que tanto le gustaba porque no era triste, sólo necesitaba amor, mucho amor.

Su lamento era un grito en el desierto mientras el vehículo avanzaba como avanzan todas las cosas adversas. Igual que esa noticia inesperada que, en un instante, lo cambia todo para siempre.

El monstruo había ganado. Otra vez.

«Maldito seas —se dijo—. Maldito seas mil veces. Ojalá exista una justicia divina que te aplaste. Que caigan sobre ti todos los rayos del cielo y ardas eternamente en el infierno o en donde quiera que habiten los hombres sin corazón, las más oscuras bestias. Y que mi agonía termine cuanto antes. Mamá, papá, os quiero. Vuestra hija Patricia os quiere».

Su cabeza se movió y golpeó algo. Junto a ella había un bulto y era blando. Aquello hizo que se asustara aún más.

Entonces, sumida de pronto en un viaje interior, hondísimo, visualizó a la pelirroja guapa de ojos tristes que la visitó junto a otras chicas y que le acarició la mejilla. Se encontraba allí, con ella. En mitad de la noche sin fin en la que estaba inmersa, se le apareció para aliviar su soledad y su miedo. Para hacerle compañía en aquel lugar antónimo de la vida.

Porque la vida no era eso, claro que no. La vida estaba fuera.

Lejos, muy lejos de su alcance.

SEGUNDA PARTE

LO QUE ES EL MIEDO (JUNIO-AGOSTO DE 2002)

Y paso largas horas preguntándole a Dios,
[preguntándole
por qué se pudre lentamente mi alma...

Dámaso Alonso

Pero la muerte, desde dentro, ve.
Pero la muerte, desde dentro, vela.
Pero la muerte, desde dentro, mata.

Blas de Otero

CAPÍTULO 41

El chico tenía el gesto concentrado y se esforzaba al máximo mientras empujaba su coche, aunque aquello resultaba inútil porque el vehículo apenas se movía. Desde la acera de enfrente, ella lo miró con disimulo. Hacía calor. Mucho. No llevaba reloj y su teléfono móvil se había quedado sin batería, pero calculó que debían de ser alrededor de las tres de la tarde. Salvo por ellos dos, la calle se veía tan desierta como lo estaría en plena madrugada.

Estaba loca porque apareciera el autobús; quería llegar cuanto antes a casa para derrumbarse en la cama y no levantarse hasta el día siguiente. Sus padres pensaban que había dormido con Paloma, porque ese era el plan, pero ella les diría nada más llegar que se acostaron tarde y que no se encontraba bien, y que se iba a echar otro rato. Fueron ellos quienes la animaron a salir la noche anterior. Se había pasado dos meses más muerta que viva, en los que sólo abandonó su habitación para comer apenas e ir al cuarto de baño, en un estricto luto que se impuso después de que Jacobo, tras año y medio de relación, la dejara inesperadamente por una ex. Pese a todo, logró sacar adelante los exámenes y, teniendo en cuenta las circunstancias, sus padres lo consideraron poco menos que una hazaña. Aquella había sido su primera salida desde la ruptura y lo estaba pasando tan bien con sus amigas que decidieron prolongar la fiesta más allá de la noche en el mejor *after* de la ciudad. Bailó como nunca, se rio hasta atragantarse, sobre todo con la pirada de Alicia, que, como siempre que salían de marcha, se entregó a fondo, pero un chico que estaba en la pista le recordó demasiado a él —maldito Jacobo— y se empezó a agobiar muchísimo. Le dijo entonces a Paloma que había cambiado de opinión y que se iba a casa, y esta se sorprendió. Le insistió para que se quedase un rato más, que no fuese tonta, pero abandonar la sala y respirar el aire no tan puro del exterior se convirtió para ella en una cuestión vital. Nada más pisar la calle, la energía desplegada en las horas precedentes se disipó cual vapor de agua. Y ahora se sentía igual que una vampira a la que el sol estaba aniquilando sin piedad.

Oyó un gruñido y miró al frente: el chico apretaba los dientes y estiraba los brazos cuanto podía, pero nada. Aquella máquina era demasiado pesada para él y para cualquiera.

De pronto, una de las puertas traseras se abrió y una chica menuda en la que no se había fijado o a la que no era capaz de ver desde donde se encontraba salió con un bebé envuelto en ropa. El bebé lloraba y la chica, que se movía con dificultad, como si hiciera poco que había dado a luz —llevaba un vestido ligero y aún se le notaba la barriga—, le habló con voz cariñosa, lo meció unos segundos y luego lo devolvió de nuevo al interior del coche. Después caminó hacia él, que le dijo algo mientras sacudía la cabeza, y le ayudó a empujar.

Fue entonces cuando se decidió a actuar: cruzó la calle y les dijo que les iba a echar una mano. La pareja le dio las gracias —«vienes como caída del cielo», comentó ella— y, por indicación de él, la madre del bebé se sentó en el asiento del conductor y ellos dos empujaron con todas sus fuerzas.

Al poco, el coche tosió varias veces y, milagrosamente, arrancó. Ese sonido, el del motor resucitado, la puso de buen humor mientras se detenía y, con la respiración agitada y las manos apoyadas en las caderas, veía cómo el vehículo avanzaba. Se despidió de ellos y regresó a la parada del autobús.

No había pasado un minuto cuando el coche dio un giro y se plantó delante de ella, que era la única persona que había en ese momento en la parada. La ventanilla trasera se bajó y la joven madre le dijo que la acercaban donde quisiera; era lo mínimo que podían hacer por la inestimable ayuda que les había prestado. Se lo agradeció con una sonrisa sincera, pero declinó la invitación: no era necesario, pues su autobús estaría a punto de llegar. Aquella muchacha de gesto dulce no se dio por vencida; le aseguró que no llevaban prisa, que acababan de comer y que se sentirían mucho mejor si podían devolverle el favor.

Ella la miró a los ojos un par de segundos. Luego su vista se fijó en el bebé envuelto en ropa que tenía pegado al cuerpo y, por último, recorrió el costado del vehículo hasta detenerse en el rostro amigable del chico, que la observaba expectante.

«Está bien», dijo. Se subió al asiento del copiloto y el coche comenzó a circular.

Casi enseguida, dobló una esquina y desapareció.

La calle quedó entonces por completo desierta. Como si la ciudad acabara de sufrir algún tipo de ataque nuclear y todos sus habitantes hubiesen sido borrados de la faz de la Tierra.

CAPÍTULO 42

—

Sonó el timbre y uno de los tres hombres, el más grande y musculoso, bajó la música, le quitó el seguro a la pistola —una fiable semiautomática Glock 19— y se dirigió a la puerta con pasos sigilosos. Colocó el ojo en la mirilla y vio a la chica vestida de rojo. Volvió a poner el seguro al arma, la guardó entre la piel de su zona lumbar y los vaqueros, bajo la festiva y cara camisa de Versace, y abrió.

A pesar de la gorra y el uniforme, observó que era muy guapa. Tenía la voluminosa bolsa de plástico rojo con las tres pizzas familiares delante.

—Qué hambre, hostias. Me comería un toro. —Le guiñó un ojo—. O una gacela.

Ella sonrió.

—Pues, si no te importa, guapo, podrías empezar por cogerlas, que pesan lo suyo.

—Claro, eso está hecho. *Guapa.*

Las pizzas pasaron de unas manos a otras.

—Son cuarenta y cuatro euros.

El hombre llevó una mano a uno de los bolsillos del pantalón y sacó un buen fajo. Su dedo pulgar se movió con destreza sobre los billetes y seleccionó uno de cincuenta y otro de veinte, los cuales le tendió.

—Quédate con las vueltas.

—Oh, muchas gracias. Y encima acabo ya mi jornada. Soy una chica con suerte.

—¿No me digas que ya estás libre? —Ella asintió—. ¿Qué te parece una pizza, una copa y la música más cojonuda que hayas escuchado en tu vida?

Abrió más la puerta para que ella pudiera contemplar el

salón. Además de los muebles de diseño y la pantalla de televisión gigantesca que mostraba un vídeo musical, vio a dos hombres calvos con camisetas negras ajustadas y a un par de chicas guapas, muy maquilladas y arregladas, con pinta de extranjeras. Se preguntó si habrían cumplido la mayoría de edad.

—Suena tentador —dijo.

—Pues es gratis —volvió a guiñarle un ojo—, así que hay poco que pensarse. Y te aseguro que no vas a encontrar un tío tan guapo como yo en las próximas cien casas que visites. O doscientas.

El comentario sonó más simpático que vanidoso, por más que aquel elemento, aquel derroche de músculos, fuese la pura imagen de la vanidad. Ella se mordió el labio inferior y lo miró con gesto valorativo.

—Venga, qué coño —dijo al fin—. Sólo se vive una vez.

—Una sabia decisión, cariño.

Se hizo a un lado y ella entró y caminó hacia donde se encontraban las chicas y los otros dos hombres, cuyos cuerpos delataban que el gimnasio era su segunda casa. O primera. Ellos la saludaron con una leve inclinación de la cabeza; ellas la ignoraron.

El tipo dejó las pizzas en la mesa y le preguntó qué bebía.

—Vodka con naranja estaría bien.

—Marchando. Ponte cómoda mientras te lo preparo.

Obedeció y se dejó caer en aquel sofá de piel beis que no habría cabido en el salón de su apartamento. El vídeo era de Enrique Iglesias, que cantaba:

> Si pudiera ser tu héroe...
> Si pudiera ser tu dios...
> Que salvarte a ti mil veces
> puede ser mi salvación.

La canción se interrumpió abruptamente y atronó en el ambiente música de baile. El hombre con pinta de narco latino de película acababa de regresar con la copa de vodka y había accionado un aparato de música que, como todo lo que contenía esa estancia, tenía pinta de ser muy caro.

—Si me dices que has escuchado un *house* mejor que este, te doy ahora mismo un bonito billete de quinientos.

—Te advierto que si hay un billete de quinientos en juego puedo ser muy mentirosa. Sobre todo, porque nunca he visto uno.

Él sonrió.

—Sí, puedes mentirme, pero de todas formas no te creería. ¡No existe mejor música que esta en todo el puto planeta!

Tras emitir ese rugido se puso a mover sus cien kilos de puro músculo al ritmo de aquel estruendo.

«La verdad es que suena bien —pensó ella—. Muy bien». Tomó la copa y se mojó los labios mientras los Zipi y Zape alopécicos y anabolizados atacaban las pizzas, y las dos chicas peligrosamente jóvenes se levantaban y comenzaban a bailar.

El tipo grande tomó una porción de pizza y la devoró sin dejar de moverse.

—¿No comes? —preguntó con la boca llena.

—Las pizzas y yo hace tiempo que rompimos para siempre. Si llevaras dos años trabajando en una pizzería, lo entenderías. Pero tranquilo: este vodka está que alimenta.

—Me alegro, rubia —dijo, y cogió otro trozo que hizo desaparecer de tan sólo tres bocados.

Los calvos se pusieron en pie, pizza en mano, y se arrimaron a las dos jóvenes, quienes permitieron que las agarraran por la cintura y se restregaran contra sus cuerpos sin dejar de moverse. A ella le dio un poco de asco, pero trató de disimularlo.

Al poco, los dos bailarines rijosos les susurraron algo al oído y los cuatro echaron a andar y se perdieron por un pasillo.

La repartidora de pizzas se quedó a solas con aquel titán, que extendió un brazo hacia ella y la reclamó.

Se levantó y comenzó a bailar. Llevaba una coleta, y él le acercó las manos a la nuca y le retiró la goma elástica. Ella sonrió y agitó la cabeza para que la melena se abriera.

—Ya sé que te lo habrán dicho mil veces, pero eres preciosa.

—Muchas gracias —dijo ella con gesto coqueto—. Llevaba mucho tiempo sin oírlo y no te imaginas lo bien que sienta.

Notó aquellas manos grandes y fuertes alrededor de las caderas y el rostro bajó hacia el suyo y la besó en los labios. Fue un beso leve, de tanteo.

Ella volvió a sonreír y dio un paso hacia atrás. Cogió su copa y bebió sin dejar de mirarlo. Él la agarró de una mano y tiró de ella hacia sí. Le acercó la cara y dijo:

—Cómo me pones, rubia. Cómo me pones...

—Ya lo veo, ya —dijo bajando la mirada. Él soltó una carcajada, halagado—. ¿Dónde está el cuarto de baño? Tengo una urgencia.

—Por ese pasillo. Tercera puerta.

—Gracias.

—No tardes.

—No lo haré —dijo, ya de espaldas a él.

Caminó por el pasillo y entró en el cuarto indicado. Echó el cerrojo y abrió el grifo del agua fría. Se lavó la cara con energía y se contempló en el espejo. Por más que lo intentó, no logró disimular del todo las ojeras. Las últimas cuarenta y ocho horas habían sido muy duras, pero lo importante era que aún se tenía en pie.

Abrió la puerta y volvió la cara hacia el salón. No lo vio. Entonces, oyó algo a su izquierda; un ruido procedente de una habitación situada justo al fondo del pasillo.

Tras un par de segundos de duda, tragó saliva y fue hacia allí.

La puerta tenía una cerradura, pero decidió probar suerte por si la llave no estuviera echada. Agarró el picaporte y lo movió hacia abajo lo más despacio que pudo. Bingo. Entró y cerró tras de sí.

La habitación se encontraba en penumbra, pues a través de la persiana, que no estaba bajada del todo, se filtraba algo de luz.

El ruido volvió, más nítido esta vez.

Avanzó y sintió un estremecimiento cuando atisbó los bultos en el suelo y, al poco, distinguió sin asomo de duda las formas. Acurrucadas en el suelo, pegadas las unas a las otras, seis chicas desnudas sollozaban. Estaban sujetas a la pared por medio de cadenas. Dos de ellas eran negras; otras tres, caucásicas con aspecto de provenir de algún país de Europa del

Este. Y luego había otra, de pelo moreno y piel muy blanca, que podría pasar perfectamente por española. Esta última la miró y, con gesto suplicante, le imploró:

—Por favor..., ayúdanos a salir de aquí...

Ella se quedó un momento paralizada ante aquella visión y enseguida la pena y la ira pugnaron en su interior por ver cuál de los dos sentimientos ganaba la batalla.

Fue a decir algo mientras trataba de sacar el móvil, pero el ruido de la puerta al abrirse la frenó y se volvió.

Su hercúleo pretendiente estaba en el umbral y la expresión de su rostro era la de alguien a punto de estallar. Como la de un marido que acabara de sorprender a su mujer en la cama con otro hombre.

—¡Pero qué cojones...! —bramó.

Avanzó furioso, levantó su imponente brazo y cuando fue a descargarlo sobre ella, la chica se movió a una velocidad extraordinaria y lo golpeó con fuerza en la nuez.

Fue un golpe ejecutado con suma pericia. Profesional, preciso, casi definitivo.

El coloso se llevó ambas manos al cuello y la observó con el rostro congestionado y un brillo de incredulidad en la mirada, pero ella no había terminado aún.

Sus músculos se tensaron y le lanzó una certera patada a la rodilla.

El ruido del hueso al quebrarse precedió a la caída del cuerpo, que se desplomó igual que si sus funciones vitales hubieran cesado de golpe. Como un edificio dinamitado.

Se agachó y de la cartuchera que llevaba sujeta al tobillo extrajo su pistola semiautomática Star 28 PK. Quitó el seguro con un golpe seco del pulgar y se irguió justo en el momento en que la figura de uno de los dos secuaces calvos aparecía en la puerta. Estaba en calzoncillos y sostenía una escopeta.

—Suelta el arma —ordenó ella, apuntándole.

El traficante de mujeres sonrió y ella leyó en sus ojos la decisión equivocada. Por eso se anticipó y disparó dos veces, en el hombro y en el muslo derechos. Aquello hizo que el arma se desprendiera de las manos del hombre y que este cayera con un gruñido.

Del otro lado del pasillo le llegó un ruido atronador: la puerta de la vivienda se abrió con estrépito.

Mientras cacheaba al primer hombre al que derribó, el cual yacía inconsciente, sin dejar de apuntar al calvo, oyó ruido de voces y golpes e imaginó lo que sucedía: sus compañeros habían reducido al tercer traficante entre los gritos histéricos de la chica que lo acompañaba.

Con su pistola en la mano derecha y la Glock que acababa de requisar en la izquierda, se volvió hacia las chicas y le preguntó a la que le había hablado:

—¿Eres Ángela?

La miró y asintió con la cabeza. Y, con un hilo de voz, dijo:

—Sácame de aquí...

—Tranquila. Ya estás a salvo.

—¡Eh! ¿Estás bien? ¡Joder, nos tenías acojonados...!

Allí estaba el inspector Agustín Ramos, el jefe de su grupo en la sección de delitos contra las personas. A su lado, el inspector Fernando Magallanes de la Unidad contra las Redes de Inmigración y Falsedades Documentales. Después entraron otra inspectora, un subinspector y dos oficiales de policía. Todos iban provistos de chalecos antibalas y llevaban sus armas reglamentarias —pistolas Star y revólveres Astra— desenfundadas.

Ella asintió.

—Mucho mejor que estos. —Dirigió una mirada despectiva a los dos hombres a los que había neutralizado—. Y que ellas. Aunque por fortuna hemos llegado a tiempo. ¡Es ella, Roble! —Aquel era el alias de Ramos—. Es Ángela.

Su superior creyó ver un asomo de sonrisa en su cara, algo que no era habitual. Él sí sintió el deseo de lanzar un grito de alegría, porque aquello era un notición que sólo admitía la euforia, pero los galones y el estricto cumplimiento del reglamento se lo impidieron y lo único que le salió fue una reprimenda.

—¿Cómo cojones se te ha ocurrido iniciar la guerra tú solita, sin la menor cobertura, a la buena de Dios?

—¿Sin la menor cobertura? Venga, hombre. Si estabais ahí fuera...

—Exacto. Fuera, no dentro, y no sabíamos qué coño sucedía aquí, si estabas bien o no. Quedaste en marcar mi número, pero en vez de eso te lías a repartir hostias como si fueras Van Damme hasta arriba de coca. Te has expuesto demasiado, Migala, me cago en la puta. Tu improvisada idea de vestirte de repartidora de pizzas podría habernos dado un buen disgusto. No debí permitirlo.

—Aproveché la ocasión, eso es todo. Teníamos que asegurarnos al cien por cien de que las chicas se encontraban aquí. Pensaba llamarte, tal y como acordamos, pero créeme que la cosa se complicó y no tuve tiempo.

Ramos observó a los dos hombres, el que estaba sin sentido y el que gemía de dolor como una parturienta, y sacudió varias veces la cabeza.

—Ya veo, ya. Recuérdame que no discuta nunca contigo, la hostia puta...

Se agachó y le colocó las esposas al de la camisa de fantasía. Magallanes lo imitó y esposó al calvo. Ella cruzó el cuarto y se asomó al pasillo. En ese preciso instante, una subinspectora y un agente de policía salían de una de las habitaciones con el tercer hombre esposado y con las dos chicas, que estaban visiblemente alteradas. La miraron y ella levantó el rostro en señal de asentimiento.

La música *house* seguía sonando y, por un segundo, sintió la tentación de ir a apagar el equipo. Pero, en vez de eso, entró de nuevo en la habitación y, mientras caminaba hacia las chicas con la intención de liberarlas de sus cadenas, preguntó:

—¿Y los sanitarios?

—Deben de estar al caer —contestó la otra inspectora.

—Cojonudo.

—Cojonudo, sí —añadió Ramos, que aún seguía mosqueado por la machada de la rubia de hielo—. Al menos, es viernes.

Una hora después, la inspectora Sara Segura, alias Migala, estaba de regreso en la brigada. Mientras avanzaba por el pasillo de Homicidios, en la segunda planta, de camino al despacho del inspector jefe, se cruzó con varios compañeros que la felicitaron con expresión ambigua. Allí, las noticias, buenas y malas —sobre todo estas últimas—, llegaban a la velocidad de la luz.

Aunque su rostro no translucía la menor emoción, dentro de ella se estaba celebrando una fiesta rica en confeti y champán. Sentía un gran orgullo y unas ganas inmensas de gritar, pues el operativo se había resuelto con éxito y no era en absoluto fácil.

En aquella compleja operación, que se llevó a cabo contra reloj, la sección de delitos contra las personas —Homicidios—, que dependía de la UDEV (Unidad de Delincuencia Especializada y Violenta) de la Brigada Provincial de Policía Judicial de Madrid, trabajó mano a mano con la Unidad contra las Redes de Inmigración y Falsedades Documentales, dependiente de la Comisaría General de Extranjería y Documentación.

En julio del 2000, la Dirección General de la Policía adaptó su estructura, por medio de un real decreto, al desarrollo del Programa Policía 2000, proyecto estrella en materia de seguridad de la primera legislatura del Gobierno del Partido Popular que perseguía la reconversión y modernización del Cuerpo Nacional de Policía. Aunque ese ambicioso programa estaba básicamente dirigido a la labor de las comisarías de distrito con el fin de reducir lo máximo posible los pequeños delitos, que eran los que en realidad mayor preocupación generaban entre los ciudadanos de a pie, un año más tarde se puso en marcha una nueva fase especializada en la lucha contra los grandes delitos —crimen organizado, tráfico de drogas, redes de inmigración ilegal y falsedades documentales, delitos contra las personas, contra la libertad sexual y contra los menores, entre otros—, para lo cual se potenciaron las unidades especializadas ya existentes y se crearon otras.

Respecto a las redes que traficaban con personas y a las mafias que explotaban sexualmente a inmigrantes, habían crecido como setas en España en los últimos años, y a mujeres procedentes de países como Ucrania, Lituania, Rumanía, Brasil, Colombia, Ecuador, Argentina y República Dominicana se las obligaba a ejercer la prostitución bajo amenazas de muerte, tanto a ellas como a sus familiares. Para intimidarlas utilizaban perros de presa o armas de fuego, amén de propinarles brutales palizas y violarlas de forma sistemática. Los dueños de los locales de alterne, que las tenían alojadas en infraviviendas de su propiedad, contaban con fieros controladores que ejercían de porteros y matones y que se las beneficiaban cuando les venía en gana. Algunos, incluso, las obligaban a robar a sus clientes y ellos se quedaban con la mayor parte del botín. La vida, para todas ellas, transcurría en el rincón más profundo del infierno.

El piso al que Sara había accedido haciéndose pasar por una inocente repartidora de pizza —necesitaron una orden judicial para intervenir las líneas telefónicas e interceptar la llamada que propició su entrada en la casa, para la cual disponían de otra orden— servía como lugar de tránsito y «sala de entrenamiento»: allí recibían a las mujeres recién llegadas del extranjero y las preparaban para la trágica vida que les esperaba en puticlubs de mala muerte de toda la geografía española. Pero la intervención de la sección de delitos contra las personas, que además de los homicidios investigaba casos de desaparecidos y delitos contra la libertad sexual, estaba motivada por la posible presencia en esa vivienda de una ciudadana española, Ángela Adánez Barrio, cuyo rastro se perdió en Madrid un par de semanas atrás. Aquello, secuestrar a una chica española para explotarla sexualmente, era por completo inusual, por arriesgado, pero alguno de los tipos debió de encapricharse con ella y se pasó de listo.

A Sara no se le escapaba que el golpe ejecutado a aquella organización era sólo un grano de arena en la inmensidad del desierto. Aunque esa certeza no evitó que se sintiera satisfecha al pensar que cuando esos tres malnacidos volvieran a pisar la calle, tendrían como mínimo diez años más y ya estarían acabados. Aquel hortera que soñó con llevársela al huerto se iba a hartar a escuchar *house* en su preciosa celda con vistas al puto patio de la prisión y se iba a tener que conformar con matarse a pajas.

La puerta del despacho del inspector jefe estaba abierta y él leía unos documentos sentado a su mesa con el gesto concentrado. Ella se detuvo en el umbral y se le quedó mirando en silencio unos segundos, indecisa, hasta que levantó el rostro y la vio allí plantada.

—Pasa, pasa, Sara.

Entró y él le pidió que se sentara.

—Enhorabuena, inspectora.

—Enhorabuena a ti también, jefe. La mayor parte del mérito es tuyo. Ideaste el operativo junto con Ramos.

Era cierto que, desde su mismo inicio, él estuvo detrás de cada paso y decisión crucial de la denominada Operación Ángela y Demonios —en el fondo, los muchachos de esa sección eran unos cachondos—, pero sería injusto no reconocer que ella se había dejado la piel y muchas horas de su tiempo libre en su desarrollo y que aportó ideas valiosas. Sin olvidar que había resuelto la situación con valor y eficacia, aunque asumiendo un riesgo innecesario que él, como responsable de todos los miembros del equipo, no podía pasar por alto.

—No debes subestimarte. Has realizado un trabajo espléndido desde el principio y has aportado datos de gran valor. Pero, del mismo modo que te digo esto, es mi deber reconvenirte por habértela jugado con unos peligrosos delincuentes que no habrían dudado en matarte. Ramos me ha llamado mientras venías hacia aquí.

Se miraron con mayor intensidad y, mientras ella se acordaba de todo el árbol genealógico de su jefe de grupo, él dejó que el silencio se instalase entre ellos unos segundos, al cabo de los cuales dijo:

—No sabes cómo me arrepiento de no haberle pedido al comisario que solicitase al subdirector general operativo la intervención del GEO.

La autorización para el despliegue del Grupo Especial de Operaciones partía de un comisario principal que, después del director general de la Policía, que era un cargo político, ostentaba la máxima autoridad dentro del cuerpo policial.

—No era necesario, jefe, créeme.

—Claro que lo era. Se trata de hombres muy peligrosos, y aunque Ramos insistió en que no hacía falta porque vosotros os bastabais, ahora me doy cuenta de que no debí hacerle caso. No volverá a ocurrir, eso tenlo por seguro. La próxima vez, os quedaréis en la retaguardia y que sea el GEO el que se ocupe del trabajo duro, que para eso está. —Hizo una pequeña pausa—. Eres una buena policía, Sara: perspicaz, meticulosa, entregada. Pero tienes que aprender a refrenar tus impulsos. No es la primera vez que atraviesas esa línea que nunca debe cruzarse. Aprovecho esta charla, pues, para pedirte, para exigirte, más bien, que nunca, jamás, vuelvas a exponerte de ese modo. Eres demasiado valiosa y no hay caso que merezca semejante riesgo. No es bueno para ti ni para el Cuerpo.

Aunque sabía que su jefe tenía toda la razón, aquellas palabras le dolieron en el alma. Le dolieron por el gran respeto que aquel hombre, dada su apabullante hoja de servicios, le imponía y por la constante necesidad que ella tenía de demostrarle su valía. ¿Qué podía decirle? ¿Que no debió arriesgarse tanto, de acuerdo, pero que a pesar de ello todo había salido bien, que era lo que en verdad importaba? No, no podía decirle eso porque el final, debido a su actuación, podría haber sido muy distinto. Porque ahora podría estar muerta. Para colmo, como siempre que se encontraba a solas con él, notó una sensación harto incómoda: su presencia la ponía nerviosa. Mucho. A sus cuarenta y pocos era un hombre muy atractivo —los otros inspectores jefes parecían su padre— y, desde luego, un jefe atípico, con el pelo más largo de lo normal, barba de varios días y ropa informal. Esto último disgustaba a sus superiores, ya que como jefe de sección debía cuidar la imagen. Ella no terminaba de entender cómo años atrás le apodaron el Pincel.

—Gracias, jefe —dijo tragándose el orgullo y desconectando del todo las luces y la música que un minuto antes reinaban en su interior—. Tomo nota.

Diego Álamo asintió.

—Eso espero, inspectora. Por tu bien y por el de todos.

Sara Segura se levantó y salió del despacho. Fuera esperaba un inspector joven y rubio, atractivo, que acababa de incorporarse al grupo y con el que nunca había trabajado. Ambos se lanzaron una rápida mirada de curiosidad y ella se alejó con paso firme. Diego lo vio en la puerta y le dijo que pasara.

—¿Qué se te ofrece?

Mateo Suárez Zúñiga tragó saliva antes de hablar.

—Estaba realizando la ronda de llamadas a las comisarías y acabo de enterarme de que ha desaparecido otra chica que fue vista por última vez en una discoteca.

La expresión del rostro de Diego cambió de súbito. Los tenía avisados: en cuanto supieran de la desaparición de una chica cuya pista se hubiera perdido en algún local de copas, debían informarle de inmediato.

—Haz el favor de cerrar la puerta y toma asiento —ordenó. El joven obedeció—. Continúa.

—La desaparición se produjo el pasado domingo. Curiosamente, el lugar en el que se la vio por última vez es el mismo en el que también se vio por última vez a la chica desaparecida el pasado 19 de mayo, hace justo un mes. La discoteca esa de la estación de Chamartín que abre los domingos por la mañana.

El inspector no lo notó —¿cómo demonios iba a hacerlo?—, pero Diego sintió una sacudida en el pecho.

—¿Puedes darme más detalles?

—Nada relevante. Tras una noche de marcha, acabó la fiesta sobre las tres de la tarde en la citada discoteca. Sus amigas, que aguantaron un poco más, la vieron salir, y hasta hoy. Sus padres pusieron la denuncia ese mismo día por la noche. Los acompañó a la comisaría una de las amigas que habían salido con ella.

Diego Álamo concentró la mirada en un punto de la mesa y se mantuvo en silencio unos segundos. Luego levantó la vista y dijo:

—Muchas gracias, Mateo. Puedes irte.

Asintió, se puso en pie y, cuando ya iba a salir, Diego le llamó.

—¿Sí? —dijo volviéndose.

—Una cosa más, inspector. ¿Alguien más de aquí sabe esto?

—No.

—Perfecto. Te voy a pedir entonces que seas discreto. Por favor.

—Claro. Dalo por hecho.

—Gracias otra vez.

Cuando se quedó a solas, miró las fotos que tenía sobre la mesa: dos retratos enmarcados de Mónica y de su hijo Daniel. Un escalofrío se inmiscuyó sin avisar.

Se levantó, fue hasta la ventana y, mientras asimilaba las recientes noticias, contempló el gran tobogán de asfalto que se formaba en aquel tramo de la avenida de Pablo Iglesias, junto al acueducto de Amaniel.

El instinto. Aquella palabra retumbó de pronto en su cabeza. A pesar de que los policías más jóvenes relativizaban su importancia y se encomendaban por entero al análisis y al estudio de las pruebas, indiscutiblemente fundamental, Diego Álamo era de los que opinaban que el instinto era algo crucial en su profesión. Pensó que en realidad era como un dolor. No un dolor exagerado, insoportable, sino leve, pero del cual eras consciente en todo momento. Y en los años que llevaba en el Cuerpo, había desarrollado el suficiente como para saber, sin lugar a dudas, cuándo lo que tenía delante era algo consistente y no un mero espejismo.

El caso era que el instinto, su instinto —esa china en el zapato, ese dispositivo de alarma—, acababa de activarse, con todo lo que ello comportaba.

De no ser porque la información que acababan de darle era terrible, hasta se habría permitido el lujo de sonreír.

CAPÍTULO 43

El secreto consistía en tener paciencia. No precipitarse, embridar los nervios, actuar sólo cuando la posibilidad de error fuese nula. Lo había escuchado una vez y no lo había olvidado. Había que moverse lo justo, lo estrictamente necesario, y tratar de ser tan silencioso como una serpiente para, como ella, resultar letal.

La espera no suponía ningún problema para él. Había convivido con ella desde siempre. De algún modo, el tiempo, en su cabeza, discurría a un ritmo distinto al del resto de los mortales. La luz y la oscuridad eran su reloj, y entre una y otra existía todo un universo de sensaciones visuales que él percibía como lo haría un animal salvaje.

En verano, en los meses más calurosos, podía estar a la intemperie y aguantar sobre sí el puñal inclemente del sol largas horas. Si hacía falta, sin cambiar de postura ni beber. En esa situación era capaz de sentir la picadura de un mosquito y no hacer absolutamente nada salvo observar cómo ese diminuto vampiro le sacaba con delectación la sangre.

Pero si, de pronto, tenía que moverse, podía hacerlo a una velocidad sobrehumana. Aterradora.

Llevaba allí quieto, estático, no sabía cuánto tiempo. Y entonces los vio llegar.

A la madre y a los tres cachorros. Ella, la gata, era grisácea con manchas listadas, y los gatitos, preciosos, tenían el pelaje algo más claro y los anillos oscuros sobre la peluda y gruesa cola de punta negra y redondeada. Se desplazaban con elegancia; parecían tigres en miniatura.

Junto al grueso tronco de un árbol, agachado, disfrutó del espectáculo de aquel desfile felino.

Aquella familia de gatos monteses avanzaba casi en fila india y él se puso en pie lentamente y comenzó a moverse tras ellos, muy despacio.

No había nadie a la vista. Sólo estaban él y los gatos.

Caminó unos minutos, hasta que apareció la caseta derruida y comprendió que era allí adonde se dirigían.

No corría ni un soplo de aire. Era uno de esos días de bochorno atroz en los que la atmósfera parecía pegamento.

Sacó las cuatro flechas de aluminio del carcaj de piel y las puso sobre el suelo de agujas de pino, una al lado de la otra, en perfecto orden.

Cogió la primera y la colocó en el arco. Los gatos estaban ya muy cerca de su objetivo y él sonrió al tiempo que tensaba la cuerda.

La primera flecha voló y alcanzó de lleno en el blanco.

Un segundo después, la segunda flecha estaba ya en el arco, entre sus fuertes dedos, y enseguida surcó el aire caliente como un pequeño misil y se hundió en la carne.

Cayeron la madre y uno de los gatitos.

Hubo un momento de desconcierto, en el que los otros dos cachorros no sabían muy bien qué estaba ocurriendo, aunque su instinto les decía que nada bueno.

La tercera flecha atravesó a uno de ellos, inapelable, y ahora sólo quedaba un cachorro en pie, el cual se lanzó a toda velocidad hacia la aparente seguridad de las ruinas de piedra.

Cogió la cuarta flecha del suelo, se levantó y echó a andar con calma.

Cuando llegó adonde se encontraban los cuerpos sin vida, extrajo un largo y afiladísimo machete y se inclinó sobre ellos. Actuó con movimientos precisos, propios de alguien que sabe bien lo que hace, y concluyó la tarea en apenas un par de minutos. Limpió el machete, lo guardó en su funda y acto seguido hizo lo mismo con las flechas. Luego se quitó la mochila e introdujo en ella todos los pedazos. Y se dirigió hacia la caseta.

No le costó demasiado dar con él.

Estaba acurrucado en una esquina, detrás de un trozo de madera de lo que debió de haber sido una mesa. Lo observó con interés, como un zoólogo, y se preguntó qué posibilidades tendría de sobrevivir. Tan pequeño y solo.

Acarició el arco y meditó unos segundos.

Finalmente, dio media vuelta y se marchó. No le daba más de una semana de vida. Y si se equivocaba... Bueno. En ese caso, aquel cachorro quizá mereciese vivir. Siempre y cuando, claro, él no decidiera regresar.

Mientras se alejaba de allí, sintió un pinchazo en el estómago.

Cazar siempre le despertaba el hambre.

CAPÍTULO 44

Durante años, todos aquellos papeles que ahora contemplaba en las paredes y sobre las dos grandes mesas de su cuarto de trabajo estuvieron sepultados en cajas. En las sucesivas casas que Mónica y él, y más tarde también Daniel, habitaron, tres, siempre hubo una habitación en la que esa ingente documentación estaba a la vista y en la que Diego pasaba demasiadas horas de su tiempo libre. Hasta que ella le sugirió que quizá había llegado el momento de guardar ese memorial de dolor y enterrar los fantasmas del pasado, pasar página. Él no dijo nada, pero a los pocos días Mónica entró allí y vio que las paredes estaban limpias y las mesas, despejadas. Y nunca más hablaron de ello.

Volver a colocar, ordenados de forma cronológica, los informes, los atestados y las notas de las entrevistas y de los interrogatorios le llevó el fin de semana entero. Y al verlos experimentó una sensación de *déjà vu*.

Resultaba extraño leer otra vez esos nombres de personas y de calles, y viajar con ellos a unos días emocionantes, plenos de cambios y promesas, en los que él era desmedidamente joven. Tanto como para pensar que la vieja y romántica aspiración de cambiar el mundo no era ningún imposible, sino algo que, pese a su complejidad, podría llegar a realizarse siempre que uno dispusiera de una meta y del suficiente empeño. Los años, claro, terminarían desengañándolo.

Entre aquellos nombres había uno subrayado en rojo y al lado del cual trazó mucho tiempo atrás un gran signo de interrogación: Serafín Millares Hermoso. ¿Cómo olvidar ese nombre? Cuando pensaba en él, lo único que le venía a la mente eran unos ojos inexpresivos, neutros, pero el resto estaba borroso en su memoria. Por más que lo intentaba, y pese a que se tenía por un excelente fisonomista, aquel día de lluvia, tan gris, y el hecho de que su rostro se atisbara apenas bajo la bolsa que cubría su cabeza —esa ridícula bolsa de unos grandes almacenes ya extintos— le impedían recuperar sus rasgos. Monzón, que quizá se libró de la muerte por puro azar, tampoco logró recordar esa cara semioculta.

Después de que la Guardia Civil acudiera a «la casa del horror», tras la huida del secuestrador y asesino, se acordonó la propiedad, se llevaron excavadoras y se procedió a la búsqueda de restos humanos alrededor de la casa: encontraron nada menos que ocho cuerpos, siete de mujeres y uno de hombre. Todos ellos estaban muy deteriorados; no sólo por el tiempo transcurrido —alguno, de hecho, había sido enterrado recientemente—, sino porque los quemaron antes de inhumarlos. Entonces, las pruebas de ADN aún no se utilizaban en España y lograron identificar la mitad de los cadáveres gracias a sus dentaduras. Dos de los cuerpos femeninos eran de algunas de las chicas desaparecidas dos años antes e investigadas por los inspectores Ojeda y Valladares —volvieron a hablar con ellos, pero no pudieron aportar nada más aparte de lo recogido en sus escuetos informes—, y también se pudo identificar el de Ana Casado, aquella joven que se había trasladado desde Salamanca a Madrid para optar a una vida mejor y que trabajaba como dependienta en unos grandes almacenes. El cuerpo masculino era el del dueño de la casa, un anciano. En el sótano dieron con piezas dentales sin identificar y con distintas prendas de ropa femenina.

No fue esa la única vivienda que registraron. Entraron también en el piso de Carabanchel que los llevó hasta Valdemorillo: allí se toparon con una habitación acondicionada como sala de tortura, con distintos utensilios para ese fin, y en la que hallaron numerosos restos de sangre seca. La habían insonorizado de forma casera, con una capa de moqueta en paredes, suelo y techo, y la puerta también estaba forrada con moqueta y se había reforzado con una gruesa plancha de hierro. No encontraron ningún cadáver, pero, en el cuarto en el que se llevaban a cabo las sesiones de sadismo, aparecieron las tres piezas dentales que le faltaban a Elena Vicuña —un odontólogo forense dictaminó que eran suyas sin lugar a dudas— y su ropa, que reconoció su madre. Años después, cuando el ADN se convirtió en una herramienta fundamental para la medicina forense, consiguieron identificar el resto de los cuerpos. Tres pertenecían a las otras chicas que investigaron los dos policías jubilados, y el cuarto, a Dolores Gutiérrez, de cuya desaparición se ocupó el inspector Aguilar antes de que lo trasladaran a Sevilla.

Naturalmente, aquellos asesinatos trascendieron a los medios de comunicación y generaron un circo mediático que le dio bastantes quebraderos de cabeza al Cuerpo Superior de Policía. El comisario Ledesma tuvo que dimitir y el subcomisario Carranza conservó el puesto de milagro. Y aunque ese incendio se fue extinguiendo poco a poco, al cumplirse los cinco, los diez, los quince y los veinte años de aquellos hechos, la noticia saltaba de nuevo a las televisiones y los diarios, y a la policía no le quedaba otra que envainársela.

Diego tardó más de un año en recuperarse de las múltiples lesiones sufridas. Aparte de la bala que le entró en el costado y que milagrosamente no dañó ningún órgano vital, y del brazo machacado por la barra de hierro, del que tuvieron que operarle hasta en cuatro ocasiones —después del tiempo transcurrido aún le dolía a veces, sobre todo en los meses fríos—, cuando cayó al sótano se fracturó un tobillo y, tras golpearse la cabeza y perder el sentido, recibió dos disparos de los cuatro efectuados. Una de las balas pasó a escasos centímetros de un pulmón y la otra le entró en un muslo sin mayores consecuencias. Pero si Monzón no hubiera llegado acompañado de la Benemérita al poco de que él resultase herido, con toda seguridad habría muerto desangrado. Sospechaban que la pistola con la que habían hecho esos disparos era la de Javier García, pues nunca llegó a aparecer y los cartuchos se correspondían con el calibre de esa arma.

En ese año interminable en el que Diego estuvo de baja, 1982, más allá del Mundial de fútbol, que se convirtió en el tema estrella de las conversaciones de bar y sobremesa durante meses y que ganó Italia, ocurrieron cosas importantes en España.

En el plano general, la mayor noticia fue la victoria superlativa del PSOE en las elecciones generales que se celebraron el 28 de octubre y en las que el partido liderado por un abogado sevillano de cuarenta años llamado Felipe González, que se presentó bajo el lema «Por el cambio», obtuvo más de diez millones de votos. Aquella fue la primera vez desde la Segunda República que el partido socialista ganaba unas elecciones generales y la primera también en su historia que lograba la mayoría absoluta a nivel nacional.

En cuanto al ámbito policial, se llevó a cabo un cambio que iba a afectar de manera directa a Diego: la creación de los grupos especializados. Hasta entonces, los distintos grupos de la Brigada Regional de Policía Judicial se organizaban por turnos. De este modo, cuando les llegaba el aviso de un asesinato, asalto a una sucursal bancaria o comercio, violación o algún asunto relacionado con drogas, se ocupaba indistintamente de él aquel que lo había recibido. Pero ese año se les asignaron especialidades a cada uno de ellos, aunque en el caso de los homicidios y los atracos, dado que exigían un mayor personal, les correspondió a varios.

Respecto a la investigación del caso que casi le costó la vida, en los meses en los que Diego estuvo convaleciente, y a partir de la información que Monzón y él facilitaron, la policía, con el inspector de primera Guzmán al frente, pudo comprobar que aquel hombre, Serafín Millares Hermoso, tenía una casa alquilada en Valdemorillo, en el mismo pueblo, desde dos años antes del fatídico encuentro con los inspectores de la brigada. Y a partir de ese día ya no se volvió a saber de él. Los vecinos a los que preguntaron afirmaron que rehuía el trato y que nunca lo vieron acompañado. En su domicilio no encontraron nada sospechoso ni tampoco documentación alguna que pudiera aportar más pistas sobre él. Trataron de rastrear en su pasado: no tenía familia o, al menos, no lograron dar con ella. Se desplazaron hasta su localidad natal, Benavente, en la provincia de Zamora, pues ni Monzón ni Diego olvidaron ese dato, pero nadie le conocía y ni siquiera les sonaban esos apellidos. Tal vez, pensaron, se marchó de allí siendo muy pequeño. O quizá el documento de identidad que les mostró era falso. Sea como fuere, las lagunas en torno a su persona, como en qué otros lugares había residido, qué trabajos había desarrollado o si tenía familia, eran numerosas. Y ahí se quedó la cosa.

Por ello, Diego, nada más reincorporarse al trabajo, les pidió a sus superiores que le permitieran investigar al hombre que estaba detrás de aquellos horripilantes asesinatos que conmocionaron al país. Sólo tres personas vieron su rostro y una de ellas, García, estaba muerta. Accedieron a su petición y se puso enseguida a ello.

Para entonces, Monzón formaba parte del grupo de estupefacientes y permaneció en él por deseo expreso, pues dijo estar a gusto allí y no tener ganas de remover el pasado, y Guzmán se encontraba de baja por una operación de tobillo —su dichoso tobillo—, por lo que Diego trabajó junto a otro inspector de la brigada, Martín Temprano, un joven parco en palabras, pero bastante despierto y diligente. Ambos volvieron a los lugares que ya habían investigado sus colegas; los únicos, que ellos supieran, que tenían vinculación con él, Valdemorillo y Benavente, y hablaron con decenas de personas. Pero los resultados de sus pesquisas fueron igual de estériles que los que obtuvieron sus predecesores. Se podía afirmar sin temor al yerro que aquel hombre cuya cabeza iba cubierta con una bolsa publicitaria era un fantasma.

Debido a la falta de avances significativos, sus superiores le comunicaron su decisión de aparcar por el momento esa investigación y le dijeron que debía centrarse en alguna de las muchas que se hallaban en curso, puesto que andaban escasos de personal y no podían permitirse perder más tiempo con un caso que había entrado en vía muerta, por muy mediático y escandaloso que fuera.

A la manifiesta falta de interés por ahondar en la Operación Copas contribuyó, además, el ambiente enrarecido que se respiraba en la brigada en 1983, cuando los altos mandos tuvieron que enfrentarse a un problema que en los sucesivos años iba a copar las páginas de sucesos de los principales diarios nacionales.

Varios inspectores que gozaban de gran prestigio y atesoraban múltiples reconocimientos, y a los cuales Diego conocía —con algunos, incluso, llegó a tomar café—, empezaron a estar bajo sospecha. Hasta que cayeron finalmente en desgracia, y con ellos una buena parte del crédito que la policía les merecía a los ciudadanos. Un crédito que costó tiempo y esfuerzo restablecer.

Aquello fue lo que desembocó en lo que se vino a llamar la *mafia policial*, la mayor afrenta que esa institución vivió desde la llegada de la democracia. El caso Nani y el caso Corroto fueron los más sonados dentro de esa red de corrupción.

La desaparición del delincuente común Santiago Corella, alias el Nani, en noviembre de 1983, se destapó a raíz del soplo de un confidente de los grupos antiatracos de Madrid, un joyero santanderino que, siempre bajo la dirección de los policías a quienes informaba, facilitaba armas a delincuentes para la comisión de atracos y luego les compraba el botín obtenido. Tras aplicarle la ley antiterrorista, al Nani lo torturaron en los calabozos de la brigada —todo parecía indicar que hasta la muerte, aunque su cuerpo jamás apareció— con el objeto de que revelase dónde ocultaba una gran cantidad de oro en lingotes producto de uno de sus muchos robos. A tres de los siete policías procesados por aquel caso los condenaron a penas cercanas a los treinta años de cárcel para cada uno de ellos. Eran un comisario, un inspector de primera y un inspector de segunda. El primero ostentaba la Cruz con Distintivo Rojo, la tercera más alta distinción de la Orden del Mérito Policial tras las medallas de oro y plata, y entre los tres sumaban cerca de cuatrocientas felicitaciones públicas, casi una cuarta parte de ellas con premio.

En cuanto al caso Corroto, en 1984 tres delincuentes habituales que asaltaron un taller de joyería en el centro de la capital fueron asesinados por los policías con los que uno de ellos, José Luis Fernández Corroto, planeó el atraco. A dos los abatieron a balazos el mismo día del robo, y el que dio nombre al caso murió un mes y medio después de un disparo en la cabeza. La razón de aquellos crímenes no fue otra que la de quedarse con la mayor parte de un botín en joyas valorado en más de treinta millones de pesetas y eliminar de paso a unos testigos en exceso incómodos. A los cuatro funcionarios implicados, entre ellos el comisario condenado por el caso Nani, les impusieron penas que superaron los trescientos cincuenta años de cárcel en total.

Por estos hechos y algún otro, como el superatraco perpetrado el 31 de enero de 1985 en la sucursal del Banesto de la madrileña plaza de la Lealtad, en el que los atracadores se llevaron mil doscientos millones de pesetas y por el que dos policías fueron procesados y más tarde absueltos, dimitió, en 1986, el jefe de la Brigada Regional de Policía Judicial de Madrid, y aquello hizo que Diego Álamo perdiera definitivamente la inocencia.

Durante mucho tiempo se resistió a creer que existieran manzanas podridas en el lugar en donde debían regir, más que en ningún otro, la decencia y la honradez, y ello pese a que había oído cosas e incluso las veía a diario: relojes de lujo y joyas ostentosas en la muñeca, los dedos y el cuello de algunos miembros de la brigada que con sus sueldos nunca habrían podido hacerse con semejantes alhajas. Pero las evidencias fueron tales que, al final, hubo de rendirse a ellas.

Fue también en ese año, en el ecuador de una década en la que la actividad desaforada de ETA era uno de los grandes males del país —en los seis primeros años de los ochenta, la banda terrorista cometió trescientos veintiún asesinatos, un genocidio—, cuando se llevó a cabo la integración de los dos cuerpos de policía en uno. El Cuerpo Superior de Policía y el Cuerpo de Policía Nacional se convirtieron así en el Cuerpo Nacional de Policía (CNP), lo que supuso el primer paso para la tan anhelada por muchos democratización de la policía española.

Desde su reincorporación, tras su baja forzosa, Diego entró por voluntad propia en Homicidios y allí se quedó. En esa sección aprendió mucho, todo, tanto de la mecánica interna de su trabajo como de las profundidades abisales de la condición humana. Aunque su atención siempre estuvo puesta, no podía evitarlo, en los casos de desaparecidos. Por los muertos ya nada se podía hacer, eran irrecuperables, mientras que de las muertes de las personas a las que buscaban aún no tenían constancia, y eso significaba que cabía la posibilidad de encontrarlas, de salvarlas.

Ya en los noventa, a raíz de un crimen que conmocionó al país, el de Alcàsser, en el que tres adolescentes fueron secuestradas, violadas, torturadas y asesinadas de un inapelable tiro en la cabeza, y gracias también a un espacio televisivo, *Quién sabe dónde*, que ayudó a esclarecer muchos casos de personas desaparecidas que llevaban largo tiempo en el limbo, aquel mal cobró un enorme interés por parte de la ciudadanía y se generó una gran concienciación social. Sobre todo, cuando los protagonistas eran mujeres y niños.

Tal vez debido a ello, en 1995, en los estertores del Gobierno socialista, la ya entonces Brigada Provincial de Policía Judicial —dejó de ser «regional» después de la configuración de Madrid como comunidad autónoma uniprovincial— creó el primer grupo especial para la búsqueda de personas desaparecidas, del que Diego formó parte.

El objetivo de aquel equipo, que dependía del jefe del área de Homicidios y Delitos Sexuales, era el de iniciar las pesquisas desde el momento en el que se presentaban las denuncias para poder determinar su causa —secuestro, fuga, muerte...— y derivar el caso al correspondiente grupo especializado. Realizaban, además, retratos de las víctimas y de su entorno, que servían de soporte para posteriores investigaciones. Solamente en Madrid, donde tenía su base, las denuncias rondaban el centenar al mes. En sus dos primeros meses de vida, y pese a tratarse de un departamento en fase de desarrollo, se resolvieron cerca de ochenta casos.

Mientras muchos de sus compañeros acababan quemados y solicitaban destinos más amables, Diego decidió permanecer en la brigada. Bautizada por los propios policías como la Pringue, puesto que allí sabías a qué hora entrabas pero no cuándo saldrías, aquel no era sitio para los chupatintas. Quienes fuesen alérgicos a las emociones fuertes y buscaran aguas mansas, nada pintaban en ella. En esas dependencias trabajaba gente aventurera, de acción, adicta al campo de batalla. Románticos, en fin, en estado puro. Y él la conoció desde sus inicios y vivió todos los cambios que se produjeron en su seno en el transcurso de los años.

De la sede del antiguo edificio de Correos de la Puerta del Sol se trasladó, ya en los noventa, al Cuartel de Zaragoza de la plaza de Pontejos, y a partir del 2000 ocupaba un feo edificio de ladrillo visto en la avenida del Doctor Federico Rubio y Galí, donde se encontraba también la Jefatura Superior de Policía.

Y allí seguía él, al mando de la sección de delitos contra las personas —Homicidios— de la UDEV, una de las dos divisiones, junto con la UDYCO (Unidad de Drogas y Crimen Organizado), que conformaban la brigada.

Aquella no era una unidad que se dedicara en exclusiva a la búsqueda de desaparecidos, puesto que en 2002, y al margen de puntuales departamentos experimentales como aquel en el que trabajó siete años antes, no existía tal cosa, pese a que distintas asociaciones llevaban tiempo reclamándolo a voz en grito.

Aunque contaba con muchas limitaciones, hacía lo que buenamente podía. Además de la escasez de medios, la coordinación entre las fuerzas de seguridad del Estado dejaba mucho que desear. Los de Homicidios no mantenían malas relaciones con la Guardia Civil y, de vez en cuando, se echaban algún cable, pero en general, y para desgracia de los ciudadanos, entre los azules y los verdes no fluía el suficiente intercambio de saliva.

Por otro lado, y a pesar de que ese mismo año se puso en marcha un necesario plan de coordinación entre la Pringue y las comisarías de la región de Madrid para concertar las actuaciones en materia de investigación de distintos delitos, Diego tenía que telefonear todos los meses a las comisarías, ya que eran estas las que en verdad llevaban el peso de las investigaciones de desaparecidos, para interesarse por el estado de las denuncias y tratar de que se movieran. Sólo en el año anterior, el 2001, recibieron casi quince mil por ese motivo, una avalancha de expedientes capaz de aplastar cualquier departamento. Y si bien era cierto que el noventa y nueve por ciento de ellas eran voluntarias y las personas terminaban apareciendo, siempre surgían casos complejos que exigían una mayor dedicación.

A veces, cuando veía que se atascaba y precisaba de mayores medios, recurría a un par de buenos colegas de la UDEV Central, dependiente de la Comisaría General de Policía Judicial, que tenía su sede en el complejo policial de Canillas. Pero en última instancia debía ser él quien se sacara las castañas de la sartén.

Inmerso en esa vorágine, el tiempo era un bien escasísimo. No obstante, hasta aquel día en que Mónica le aconsejó enterrar todo aquello, siempre se las arregló para investigar por su cuenta, en sus contados ratos libres, la Operación Copas, que fue, con diferencia, la más sangrienta y mediática de cuantas vivió a lo largo de su ya dilatada carrera profesional.

Y no fue el único. El padre de Elena Vicuña, que nunca olvidó ni perdonó, continuó contratando detectives, aunque ninguno consiguió averiguar nada relevante.

Él, en cambio, había llegado más lejos y creía estar seguro de una cosa: el piso de Carabanchel era la primera parada para las chicas secuestradas. Sebastián Mayoral las captaba en locales de copas y quedaba con el hombre que lo acabaría matando para trasladarlas a ese piso. El viaje a Valdemorillo era más largo y, por lo tanto, más arriesgado, y sólo lo realizaban al cabo de unos días de encierro, cuando ellas estaban más debilitadas y anuladas y no representaban ningún peligro. Pero al saltar de la furgoneta en marcha, Elena Vicuña les chafó el negocio. Todo hacía pensar que ella fue la única que no llegó a estar nunca en la casa de Valdemorillo, pues se zafó de sus raptores en plena mudanza.

De igual forma, Diego estaba convencido de que las dos jóvenes que sucedieron a Elena —Ana Casado y Patricia Feijoo, con la que habló a través de la puerta del sótano y cuyo cuerpo nunca fue encontrado— no pisaron jamás el piso de Carabanchel. A raíz del grave descuido cometido, los secuestradores debieron de descartar de forma definitiva aquel lugar y llevar a las chicas directamente a Valdemorillo.

La relación entre el asesino y el anciano propietario de ambas casas seguía siendo otro de los enigmas por resolver. Investigaron al hombre en cuestión, Ernesto Salazar Cárdenas, y no encontraron nada sospechoso en su biografía. Carecía de antecedentes policiales y penales; había tenido un par de negocios bien distintos entre sí, de importación de maquinaria agrícola y de exportación de carne; estuvo casado y su mujer falleció bastantes años atrás, y se desconocía el paradero de su única hija.

Diego echó un último vistazo a todos aquellos papeles, se levantó, apagó la luz y caminó hasta la ventana.

La calle se veía desierta. Sin darse cuenta estaba pensando en Mónica. Quizá porque a la vuelta de casi todo siempre estaba ella. Fue con quien más habló de aquel caso, y en el tiempo transcurrido desde su muerte, cuatro años ya, no hubo un solo día en el que no echase en falta su voz, sus consejos. La seguridad que le transmitían su sentido común y su sensatez.

El año en el que estuvo destrozado por fuera y por dentro, tras salvar la vida contra todo pronóstico, el papel de ella fue decisivo para que pudiera recuperarse del choque psicológico que aquello le supuso. Fueron meses en los que analizaron aquel caso al milímetro y en los que Mónica se ocupó de que él no se sintiera culpable por no haber logrado arrebatar a Patricia Feijoo de las garras de aquel monstruo, algo que le atormentaba y le provocaba unas espantosas pesadillas, y no sólo de noche.

En realidad, la promesa que le hizo a Patricia a través de una puerta viajó los últimos veinte años con él como una insufrible úlcera. De la misma manera, no había día que no se acordase de Elena Vicuña. De sus ojos dislocados y de su piel tan blanca como la que, de existir, tendría un ángel.

Apartó de un manotazo mental aquellos recuerdos y volvió a Mónica y a su vida juntos, que tanto, tantísimo, extrañaba. Pues era esa injusta pérdida —ni siquiera había cumplido los cuarenta, por el amor de Dios— la gran tragedia de su existencia.

Se casaron en cuanto ella terminó la carrera. La suya fue una boda elegante y bonita, aunque, para su gusto, demasiado multitudinaria: Ignacio Téllez tenía demasiados compromisos y no todos los días casaba uno a su querida hija del alma. El enlace se celebró en la iglesia de San Manuel y San Benito, en la calle de Alcalá, frente al parque del Retiro, a dos pasos de la casa de Mónica, y el banquete tuvo lugar en una impresionante finca cercana a El Escorial propiedad de un íntimo amigo de su suegro. Su suegra y los abuelos maternos de Mónica viajaron desde París, y la madre y la hermana de Diego vivieron aquel día igual que si fuesen ellas las que subían al altar. La luna de miel, deliciosa, la pasaron entre San Sebastián y Roma, e hicieron el amor cada uno de los días varias veces, con la misma sed del otro que al inicio de su noviazgo.

Al regresar a Madrid estuvieron viviendo un par de meses en la caja de cerillas que él tenía alquilada en Argüelles, hasta que se instalaron en un precioso piso de dos dormitorios y una gran terraza en la calle de Zurbano, un más que generoso regalo de boda del padre de Mónica. A Diego no le hizo demasiada gracia aquello, pues le hacía sentirse «medio mantenido», como le dijo a ella más en serio que en broma. Pero Mónica objetó que no debía tomárselo así, ya que a su padre le hacía una tremenda ilusión contribuir a la causa de aquella manera. Y añadió que qué coño; que aquel era un pisazo que ellos nunca podrían pagar y que debían disfrutarlo al máximo.

Y eso hicieron. Tanto lo disfrutaron que enseguida vino Daniel, y su idílica vida de eternos novios despreocupados de todo lo que no fuesen ellos dos cambió forzosamente. Aunque al mismo tiempo sentían que eran poseedores del mayor tesoro del mundo y esa poderosa sensación justificaba todos los sacrificios que acarreaba la paternidad.

Un año y medio después de que Daniel naciera, Mónica volvió a quedarse embarazada. Pero a los tres meses sufrió un aborto a causa de un desprendimiento de placenta. Se llevaron un gran disgusto, aunque lo extinguieron metiéndose de nuevo en faena en cuanto ella se recuperó. Al cabo de ocho meses volvía a estar embarazada y al cuarto mes tuvo un nuevo aborto por el mismo motivo. Consultaron a varios especialistas y tras diversas pruebas le aconsejaron que desistiera: el primer embarazo se resolvió con éxito prácticamente de milagro, ya que tenía una malformación genética en el útero que hacía que sus partos fuesen de alto riesgo, y no sólo para el bebé.

Aquello sumió a Mónica en un estado de profunda tristeza, porque siempre fantaseó con tener tres hijos, y la idea de que Daniel creciera sin un hermano, como le ocurrió a ella, le producía una gran desazón. Diego se tuvo que emplear a fondo durante meses para conseguir que su ánimo volviera a la superficie. Le juró que a él le daba igual, lo cual era verdad; que el hijo que tenían valía por tres, o por trescientos, y que ellos y el resto de su familia le darían todo el amor del mundo. Y de ese modo consiguió que ella lo terminara por asumir y remontase aquel escollo.

A partir de ahí, sus vidas discurrieron sin grandes contratiempos: mientras Daniel crecía, él trabajaba en la brigada y ella, en el despacho de su padre. Vinieron más viajes, éxitos profesionales, ascensos, nuevas casas (el primer piso pronto se les quedó pequeño y el segundo se les acabó atragantando por causa de un matrimonio de lunáticos que no había noche que no iniciara la tercera guerra mundial). Eran felices, se amaban. El niño estaba sano y era un estudiante sobresaliente, y su vida les llenaba.

Así caminaba todo hasta la mañana en la que Mónica se notó aquel bulto en el pecho y, paulatinamente, los días empezaron a perder luz y a poblarse de sombras. Y llegó un momento en el que la oscuridad fue total y Diego sintió que las paredes de la vida se achataban hasta volverse por completo asfixiante. Los colores de antaño dieron paso a un sepia omnipresente y demoledor que no era capaz de combatir, que lo aplastaba. De no ser por Daniel y por la enorme responsabilidad que recayó sobre sus hombros, no lo habría superado.

Su hijo tenía ya diecinueve años y, recién terminados los exámenes, se había ido a pasar unas semanas a París, a casa de su abuela. Estudiaba Derecho y en un futuro cercano trabajaría, al igual que hiciera su madre, en el prestigioso despacho de su abuelo, quien aún seguía en activo y no parecía que se fuera a jubilar nunca.

Y ahora Diego estaba allí solo, en aquella bonita casa que Mónica decoró con gusto e ilusión; con ese entusiasmo que le ponía a todo cuanto hacía. En esa habitación que volvía a estar empapelada con unos documentos que eran la metáfora misma del dolor y la impotencia, y, junto a las muertes de Mónica y de su padre, una de las tres heridas sin cicatrizar de su vida.

Bostezó, cansado, y salió con la intención de acostarse.

Aquella noche volvió a tener aquel sueño opresivo que llevaba largo tiempo sin visitarle. Una oscuridad sólida, pesadísima, como una ancha capa, se abalanzaba sobre él y sentía que la vida se le iba. Era como si se encontrara bajo el agua y supiese con absoluta certeza que no conseguiría sacar la cabeza, que se ahogaría sin remedio. Pero justo en el momento en el que notaba que todo llegaba a su fin, la sensación de aplastamiento se desvanecía y la oscuridad era derrotada por un fogonazo de luz. Y entonces, en el sueño, sus ojos se abrían.

Cuando se levantó para ir a la brigada, se encontraba mal

por culpa de aquella pesadilla. Pero el vacío que sentía, como si le faltara el corazón, nada tenía que ver con eso.

Era el mismo vacío de cada mañana desde hacía cuatro años. Desde que ella desapareció de todo lugar salvo de la cabeza de quienes la quisieron, de quienes aún la querían. Y nadie tanto, tan hondamente, como él.

CAPÍTULO 45

Le gustaba tanto mirarlas... Pasar largo rato en silencio, observándolas sin más.

Sabía del terror que eso les producía. Estaban frente a su verdugo y él permanecía callado y las miraba, simplemente las miraba, lo cual era, lo sabía bien, mucho peor que gritarles o mostrarse enfurecido.

Podía imaginar lo que ellas pensaban en ese preciso instante, lo que ellas temían: «¿En qué momento se levantará y vendrá hacia mí?, ¿qué me hará?, ¿cuánto durará todo?». Y aunque eso era lo que casi siempre sucedía —que él iba, que él hacía, que él se entretenía largo tiempo—, algunas veces, en cambio, después de contemplarlas, se levantaba y se marchaba.

No obstante, le gustaba demorar lo máximo posible el momento del contacto, ya que de esa forma estarían más dóciles cuando sucediera lo irremediable, más aterradas y, por lo tanto, bloqueadas. A su entera merced.

Era como cazar: una simple cuestión de paciencia y estrategia, de hermanamiento con la naturaleza. Y así se obtenía una mayor recompensa, además del placer, del enorme placer, del intensísimo placer que producía la espera en sí, pues le permitía recrearse y fantasear, preparar aviesamente el terreno.

Llevaba, pues, un rato así, y aquel cuerpo encadenado y desnudo se había orinado encima.

Esas cosas le hacían tanta gracia... No era necesario hacer nada, tan sólo estar presente, estar allí, y aquello —¿hasta qué punto podía considerársele a eso un estímulo, si no había hecho ni dicho nada?— provocaba una reacción fisiológica claramente visible.

Se levantó y se acercó. Notó el terror, el espanto, la congelación de los miembros.

La miró a los ojos muy fijo y aguardó aún unos segundos.

Luego se agachó y comenzó a lamer el muslo por el que había descendido la orina.

Ella empezó a gemir, a temblar, a moverse espasmódicamente.

Y él siguió lamiendo su pierna como un perro ansioso, llenándola de saliva y mordiéndola apenas.

Hasta que, con un rápido movimiento, se puso en pie.

Y esta vez no se marchó.

CAPÍTULO 46

¿Se había arreglado en exceso? ¿Demasiado maquillaje? En el momento en el que cruzó el *hall* del hotel y se dirigió a la cafetería, volvió a hacerse las mismas dos preguntas que se había hecho ya varias veces desde que salió de casa.

Se observó unos segundos en un gran espejo y se vio guapa. La melena suelta, la blusa de flores, la falda azul —¿era demasiado corta?—, el bolso de piel marrón y las sandalias (¿llevaba mucho tacón? Quizá debería haber optado por un calzado plano...).

Cuando entró en la cafetería, la curiosidad la aguijoneó de nuevo. ¿Por qué la habría citado allí? Y a esa hora, además, las nueve de la noche. Era algo inusual, desde luego. ¿Acaso querría...? «No, no, por Dios, qué tontería —se dijo—. Eso no, de ninguna manera». Pero entonces, ¿para qué?

Miró alrededor. Dos parejas, hombre y mujer, en mesas separadas. Un sesentón con pinta de alemán bebiendo cerveza en la barra solo. Y un hombre, también solo, sentado a una mesa del fondo.

Aguzó la vista. No, no podía ser. Avanzó y se plantó delante de él.

—¿Se puede saber qué haces tú aquí?

Él la miró con gesto tranquilo y continuó sentado. Antes de hablar, le dio un trago a su agua mineral.

—Bueno, lo mismo podría preguntarte yo. ¿No crees?

—¿Que por qué estoy yo aquí? Pues mira, te lo voy a decir. Estoy aquí porque...

—Buenas noches. Disculpad la demora. Justo cuando iba a salir, me han entretenido con un asunto de última hora.

La voz sonó a sus espaldas. Se volvió y se encontró con el inspector jefe. Camisa blanca y vaqueros. Estaba guapo, pensó.

—Lleváis poco tiempo trabajando juntos, pero imagino que habíais hablado antes.

—No, nunca —dijo ella.

Él negó con la cabeza.

—Bien. Inspectora Sara Segura, inspector Mateo Suárez. Ya está. Ya os he presentado formalmente. Toma asiento, por favor —le pidió a ella.

Desconcertada aún, obedeció y se sentó frente al inspector. Diego Álamo lo hizo en un sillón que estaba en el centro, entre ambos.

—Veo que ya estás servido —dijo señalando el agua de Mateo. Este asintió—. ¿Qué vas a tomar? —le preguntó a ella mientras levantaba una mano en dirección al barman.

—Pues no lo sé... —contestó al tiempo que observaba la triste bebida de su colega.

—Yo voy a pedir una cerveza —dijo Diego.

Aquello resultaba más raro a cada momento, pensó. Se encogió de hombros.

—Pues otra para mí.

Llegó el camarero y Diego ordenó.

—En fin. Me imagino que os estaréis preguntando por qué razón estáis aquí.

—Sí.

—Sí.

Fue un doble «sí», que salió al unísono de ambas bocas. Los dos inspectores se miraron.

—¿Os dice algo el nombre de Elena Vicuña? ¿Y el de Patricia Feijoo?

Ambos permanecieron en silencio unos segundos. Estaba claro que ninguno de ellos se esperaba algo así.

—El caso de las chicas secuestradas. —Mateo decidió arrancarse—. Las casas de los horrores —remarcó esa última palabra—, en Valdemorillo y en Carabanchel.

—El caso no resuelto —añadió Sara—. En el que participaste y resultaste gravemente herido.

Diego la miró a los ojos y asintió.

—Veo que estáis bien informados. A pesar de que entonces erais dos críos.

—Es un caso famoso, jefe —dijo él.

—Mucho —añadió ella.

Llegaron sus bebidas. Sara lanzó una mirada a su cerveza, rebosante de espuma, apetitosa, pero no la tocó. Diego, en cambio, se llevó la copa a los labios y bebió. Un buen trago.

—¿Qué más sabéis de aquello?

Los dos inspectores volvieron a mirarse. Mateo movió la cabeza y le cedió el testigo a su colega.

—Supongo que debió de ser terrible aquel caso —señaló Sara—. Todas esas chicas desaparecidas..., enterradas después de que las hubieran quemado. La sala de tortura del piso de Carabanchel. Los esfuerzos sin recompensa. Las lesiones que te provocaron. Y aquel inspector...

—García. Javier García —completó Diego.

Ella asintió.

—Un policía joven muerto en combate. Sí, debió de ser duro. Mucho.

Diego volvió a beber.

—Lo fue. Bueno, aún lo es.

Ellos lo miraron con fijeza. De pronto, ella trató de imaginarle veinte años atrás, cuando era el Pincel. «Debió de ser un verdadero cañón este hombre», pensó. Aún estaba bien potable, qué coño. Pero con veinte años menos...

—¿Os gustan las historias policíacas? —Fue una pregunta retórica—. Porque voy a contaros una. Y sólo os pido que estéis muy atentos.

Entonces comenzó a relatarles, de forma cronológica, el desarrollo de la Operación Copas. Empezó por Elena Vicuña, por la investigación que el subcomisario Carranza les asignó a él y al inspector de primera Guzmán. Les habló de las conversaciones con el círculo íntimo de la chica, de la furgoneta naranja, de las nuevas desapariciones, las de Patricia Feijoo y Ana Casado, de los dos inspectores que a partir de ahí se sumaron a la investigación, García y Monzón, de los interrogatorios, de Sebastián Mayoral, del asesinato de este en la discoteca Joy Eslava y de su fallida persecución del asesino por las calles del centro de Madrid; de cómo fueron a parar al piso de

Carabanchel y a la casa de Valdemorillo, y lo que ocurrió en ese lugar la última mañana de 1981, cuando hablaron con aquel extraño hombre que llevaba una bolsa de plástico en la cabeza, Serafín Millares Hermoso, y el momento en el que vio el cuerpo sin vida de García y decidió entrar, solo y herido, a la casa.

Terminó el relato y los tres permanecieron en silencio cerca de un minuto. Una eternidad. Los dos inspectores estaban digiriendo toda aquella información mientras una pregunta no dejaba de acuciarlos: «¿Por qué nos cuenta todo esto?». Mateo, que disponía de más datos que ella, ya había empezado a atar cabos, pero aun así no terminaba de entenderlo.

—¿Por qué nos cuentas esto? —Sara se animó a hacer la pregunta—. ¿Acaso ha ocurrido algo relacionado con aquello, algo que haga pensar que...? ¿Hay novedades sobre ese caso?

—Quizá el inspector Suárez pueda explicártelo.

Ella miró a su colega con una expresión indiscernible y Mateo miró a su vez a Diego con gesto de sorpresa. Pero como el rostro del inspector jefe era el de una esfinge, comenzó a hablar.

—A ver. El viernes de la semana pasada le conté al jefe que había desaparecido una chica que fue vista por última vez en la discoteca esa para vampiros que hay en la estación de Chamartín.

—¿El Space? —dijo ella con naturalidad.

—Exacto.

—Conozco el sitio.

—¿En serio? Pues no te pega mucho, la verdad...

—Ah, ¿no? ¿Y qué me pega entonces, los bailes de salón?

—Qué tal si nos centramos en el tema que nos ocupa... —intervino Diego.

Mateo sacudió la cabeza y prosiguió:

—La cosa es que hace un mes desapareció otra que también había estado en esa discoteca. Supongo que el jefe también te dijo en su día —habló de pronto como si Diego no estuviera allí—, como a todos, que si tenías conocimiento de la desaparición de alguna chica a la que se hubiera visto por última vez en algún local de copas, le informaras de ello. —Ella asintió—. Bien. Pues eso es todo lo que puedo decirte. —Entonces miró al inspector jefe y le preguntó—: ¿De verdad crees que esas dos desapariciones tienen algo que ver con aquel caso?

Durante más de dos décadas, Diego Álamo había estado muy pendiente de si se producían desapariciones de jóvenes en idénticas circunstancias a las de aquel caso no resuelto que comenzó con un fatal atropello, pero nada.

Hasta ahora. La desaparición de la primera chica, hacía poco más de un mes, podía no guardar relación con la investigación más importante de su vida, pero una segunda desaparición, con la misma discoteca de por medio, y de la que tuvo conocimiento unos días atrás por aquel inspector, eran, a su modo de ver, palabras mayores.

Siempre podía equivocarse y tratarse de una mera coincidencia, por supuesto. E incluso podía suceder que ambas desapariciones guardasen relación entre ellas pero nada tuvieran que ver con el caso que investigó veinte años atrás. Sólo que su instinto le decía —le gritaba, más bien, como una sirena loca— que ahí, en esas dos recientes desapariciones, podía haber una siniestra conexión con el pasado, un nuevo brote del mismo virus. Y si eso era así, debía desenterrar el hacha de guerra y atajarlo. O, al menos, intentarlo.

—Veréis. Es la primera vez, después de veinte años, que sucede. La primera vez, y como sabéis llevo mucho tiempo dedicado de forma exclusiva a los casos de personas desaparecidas, en la que desaparecen dos jóvenes, de edades similares a las de aquellas otras chicas del pasado, tras haber estado en la misma discoteca. Y eso es algo que no puedo pasar por alto.

—Ha transcurrido mucho tiempo —sentenció Mateo—. ¿Qué edad tendría ahora ese hombre?

—Como os he dicho, llevaba una bolsa en la cabeza y apenas se le veía la cara. No obstante, recuerdo haberle calculado en ese momento unos treinta y tantos años. Por lo que ahora tendría cincuenta y tantos. Aún sería joven. Y fuerte.

—Pero eso significaría —razonó Sara— que el asesino ha estado todos estos años hibernando y que ahora, por algún motivo, ha despertado y ha vuelto a la carga.

—No necesariamente.

Lo miraron, expectantes.

—No hay que pensar que aquel asesino que se nos escabulló no haya vuelto a secuestrar y a matar en todo este tiempo. Es más, estoy convencido de que lo ha hecho. Ambas cosas. Puesto que alguien con esas pulsiones no cesa de pronto su actividad.

—¿Entonces? —preguntó Mateo.

—Cambió su *modus operandi*, eso es todo. Las circunstancias lo obligaron a ello. Sebastián Mayoral era el imán que atraía a las chicas, el que le procuraba el material, pero algo debió de suceder entre ellos y decidió eliminarlo. De ese modo, la manera de acercar a las mujeres a su tela de araña varió.

—Ya —observó Sara—. El caso es que ahora, para cazar, habría vuelto a los orígenes, a los locales de copas. ¿Por qué?

—No tengo ni idea —reconoció Diego—. No lo sé, la verdad. Pero la cuestión no es esa, por qué ha vuelto a frecuentar ese terreno, sino que, al hacerlo, ha asomado de nuevo, se ha expuesto, y eso significa que podemos tratar de seguirle la pista.

—¿Podemos? —dijo Sara.

—Así es. No estáis aquí por casualidad. Ninguno de los dos. Llevo tiempo observándoos. Los dos sois buenos policías. Estudiosos, perfeccionistas, imaginativos. Y discretos. Quiero que trabajéis en este caso como un binomio. Creo que formaréis un buen tándem.

Sara Segura sintió un cosquilleo interior. De pronto, acababa de darse cuenta de que el inspector jefe, al que tanto hizo por demostrarle su valía y con el que siempre tenía la sensación de no dar la talla, la valoraba, la tenía en cuenta. Tanto como para pedirle que trabajaran juntos en un caso que podría guardar relación —¿en serio?— con uno de los más célebres de la crónica negra española.

Por su parte, Mateo se preguntó si no sería que no había logrado superar aquello —algo que hasta cierto punto podía llegar a entender, e incluso justificar—, y que esa obsesión le hacía ver gigantes donde tan sólo había molinos de viento. Por ello, tomó aire y se atrevió a inquirir:

—Jefe, ¿puedo decir algo?

—Claro.

—Dime que no ha sido tu instinto lo que te ha llevado a pensar que estas últimas desapariciones están relacionadas con aquellas.

Diego Álamo lo miró, y pareció meditar antes de contestar.

—Acabo de decirte que me pareces un policía imaginativo. No me obligues a cambiar de opinión en un segundo. —El rostro del inspector se encendió como una brasa—. Creo haberos dado argumentos sólidos como para que, al menos, les otorguéis a mis sospechas el beneficio de la duda.

—Disculpa, tienes razón.

—No tienes por qué disculparte. Eres muy libre de pensar lo que quieras. Pero si de verdad crees que me he vuelto loco y que actúo movido por algún tipo de obsesión, te agradecería que me lo dijeras para que te descarte y busque a otro.

Se miraron unos segundos.

—Puedes contar conmigo.

Diego leyó en sus ojos y, al poco, asintió.

—Perfecto. Trabajaremos a partir de las denuncias que presentaron los familiares de las dos chicas a las que se vio por última vez en esa discoteca de la estación de Chamartín.

Los dos inspectores asintieron.

—¿Alguna cosa más que debamos saber? —preguntó ella.

—Sí, hay algo más. Tenemos que tratar esas dos desapariciones como si no guardaran ninguna relación entre sí, como casos independientes. Que es, en principio, lo que son. Y si a medida que avanzamos en la investigación descubrimos que la tienen, nos lanzamos. Ahora bien, nadie puede saber, ni siquiera sospechar, que pensamos que pueden tener alguna vinculación con aquellas de hace dos décadas. Para empezar, porque no podemos demostrarlo. Aún no —miró con intención a Mateo—. Y porque si esa sospecha llegara a oídos de los medios de comunicación, estaríamos perdidos.

—Es perfectamente comprensible —dijo ella. Su compañero asintió.

—Ya sólo me queda desearos suerte. Si de verdad estoy en lo cierto, nos enfrentamos a alguien muy peligroso. Doy fe de ello —sonrió—. Y hasta que demos con él, si es que eso llega a suceder, nos espera una larga escalada. Así que os aconsejo que esta noche os relajéis y os toméis unas copas, porque tal vez no tengáis ocasión de hacerlo en mucho tiempo. Tú —miró a Sara— podrías empezar por esa cerveza que aún no has tocado y a la que se le ha ido toda la presión.

Ella enrojeció, tomó la copa y le dio el primer trago.

—Está buena —dijo. Y añadió—: Estaba tan atenta a tus palabras que me olvidé de ella.

—Bueno. Eso significa que habrás memorizado de cabo a rabo la historia que os he contado, de lo cual me alegro, porque no os la pienso repetir. No por nada, sino porque odio tener que repasar cada uno de esos momentos. Al menos, de viva voz. Y tú —miró al inspector— pídete algo decente, hazme caso. La noche es joven y a partir de mañana todos los días van a ser lunes. —Se puso en pie—. Buenas noches. Confío en vosotros. Espero que no me defraudéis.

Y se marchó.

Los dos inspectores se quedaron uno frente al otro y permanecieron unos segundos en silencio. No sabían qué decir. Ella le dio varios tragos a la cerveza y él soltó:

—¿Qué opinas?

—¿Que qué opino? Pues que, si te paras a pensarlo, es un disparate. Un asesino que desaparece durante más de veinte años y que ahora vuelve al ataque. Es como de novela. O de película.

—¿Y por qué no has dicho nada entonces?

—Porque, al mismo tiempo, lo que nos ha contado tiene sentido. Es decir, no es ilógico. Por eso. Y porque creo que Diego Álamo es un gran policía y que más allá de que pueda tener esa espina clavada, lo cual sería hasta cierto punto comprensible, es ante todo un profesional y no antepondría sus fijaciones personales, si es que se pueden llamar así, a su trabajo. Es decir, que de verdad cree que estas dos desapariciones guardan relación con el caso que investigó hace dos décadas, está convencido de ello. Y no perdemos nada por intentarlo. Por intentar saber si está o no en lo cierto.

Mateo la miró y asintió. Buen discurso. Y no le faltaba razón.

—¿Sabes? Creo que voy a hacer caso al jefe y me voy a pedir una copa.

Ella le dio un último trago a su cerveza, se levantó y dijo:

—Pues que la disfrutes. ¿Me doy por invitada?

—Claro.

—Gracias y buenas noches. Mañana nos vemos en el tajo.

La vio caminar hacia la salida hasta desaparecer. Caramba con la niña, menudo carácter. Empezaba a entender por qué algunos compañeros de la brigada se referían a ella como las SS y la Sorra Muy Segura. Iba a ser emocionante trabajar con semejante dulzura, seguro que sí.

Levantó una mano en dirección al camarero. Aquella cafetería de hotel no era el lugar que él habría elegido ni loco para ir a tomar una copa. Pero, como había dicho el inspector jefe con toda la razón del mundo, la noche era joven y, ya que estaba allí, por qué no empezarla en ese mismo momento.

Luego quizá cayese alguna más, pero eso ya sería en otro sitio muy distinto.

CAPÍTULO 47

Concentración. Método. Paciencia. Aquella era la fórmula sagrada, de la que no había que apartarse nunca. Las flechas debían ser todas exactamente iguales, tanto de longitud como de peso. Iba introduciendo las largas tiras de aluminio en la cortadora, las medía, se cercioraba de que no se había excedido ni quedado corto siquiera medio milímetro y luego procedía a realizar los cortes. Más tarde les daba forma y después podía rellenarlas con arena, o incluso con agua, y las sellaba. Era imprescindible que fuesen ligeras y consistentes al mismo tiempo, por lo que había que ser muy cuidadoso con las medidas. Por último, fabricaba las puntas, que afilaba a conciencia y las soldaba al cuerpo con sumo cuidado.

Las probaba allí mismo, en el taller, en una tabla que tenía para ese fin, y también al aire libre, sobre troncos de árbol. Se aseguraba así de que habían quedado en su punto justo, como si se tratara de un chuletón, y verificaba su elasticidad y resistencia. Si entraban con facilidad en un buen tronco, atravesarían la carne y romperían los huesos sin problemas.

Del mismo modo, le dedicaba tiempo, mucho, a comprobar el estado del arco, que mimaba como a una mascota. De hecho, le había puesto un nombre: *Voraz*.

Tuvo unos cuantos arcos de fibra, no estaban mal, pero *Voraz* era de madera —lo talló él mismo—, una madera fuerte y delicada al tacto, espléndida, y no tenía igual.

Le aplicaba aceite con regularidad, para hidratarlo, y lo conservaba en un sitio fresco. También revisaba la cuerda: en cuanto notaba que había perdido efectividad, por sutil que fuese esa pérdida, la sustituía.

No le gustaba nada el desorden; lo odiaba, de hecho. Por

eso, en aquel lugar todo estaba en el sitio preciso, de tal forma que sabía a la perfección dónde se encontraba cada herramienta, cada pieza, cada accesorio que necesitaba para construir su instrumental de guerra.

Cuánto disfrutaba de esos momentos. Allí solo, en el más absoluto silencio, con los cinco sentidos puestos en la tarea que realizaba, la cual lo relajaba enormemente. Aquel era un trabajo maravilloso. Por el placer en sí que le provocaba y porque le permitía pensar en el uso que iba a hacer de aquello que acababa de crear. Y eso era tan excitante...

Cuando estaba allí no existía nada más. Sólo lo que tenía entre las manos y las imágenes que se formaban en su cabeza.

Y estas eran todo un espectáculo de bocas que se abrían hasta el límite, de ojos desorbitados, de extremidades tronchadas, de ruidos inenarrables. De destrucción y poder y sometimiento. De deseo, de conquista, de muerte.

Observó todas las flechas: eran preciosas, auténticas obras de arte. Y letales. Tomó una como si cogiera una flor y la acarició, cuerpo y cabeza. Y mientras lo hacía, su mente empezó a imaginar cosas, situaciones, experimentos.

La boca empezó a humedecérsele.

Contempló la cabeza de uno de los gatitos, que, sobre la mesa, como un tétrico pisapapeles, parecía mirarle. Junto a ella había unas bragas rotas que le gustaba tocar y oler.

Volvió a la flecha que tenía entre las manos. Pensó, de pronto, que existía otra forma de testarla. Y aquel pensamiento se transformó en una urgencia, en un deseo que debía satisfacerse cuanto antes.

Salió de allí embargado por la emoción, con ella en la mano, y caminó hasta una puerta, que abrió.

Alguien se sorprendió al verlo avanzar en su dirección.

La sonrisa de él contrastaba con el gesto de terror de quien ya lo tenía casi encima.

CAPÍTULO 48

Aparte de su juventud, Sara Segura y Mateo Suárez tenían algunas cosas en común. Ambos se esforzaron mucho para entrar en el Cuerpo y siguieron haciéndolo una vez dentro, y ninguno de los dos destacaba por su capacidad para socializar más allá de lo estrictamente necesario. En el caso de ella, porque era un hueso y porque estaba empeñada en demostrar que era tan competente como el mejor de los hombres, si no más, y en el de él, por exceso de timidez. Pero también había diferencias de peso entre ellos.

Sara era una chica de barrio, de Moratalaz, hija de un electricista y un ama de casa, la menor de tres hermanos, y desde muy pequeña se empleó a fondo para que su belleza —porque era muy guapa— no eclipsara su talento. Fue, por ello, una alumna modelo. Aunque era inteligente, sus resultados académicos eran el fruto de su esfuerzo y tesón. Estudió en un colegio e instituto públicos, y en la Universidad Complutense

Mateo, hijo único, también fue un estudiante sobresaliente, pero su entorno social era otro. Su padre convirtió las dos pequeñas tiendas de alimentación que heredó en una importante cadena de supermercados (tenía cerca de treinta establecimientos). Desde niño, disfrutó de una existencia con todas las comodidades que la posición económica de sus padres permitía. Hasta que se independizó, vivió en una impresionante casa en una de las zonas más exclusivas de las afueras de Madrid con todo lo necesario para que cualquiera se considerase afortunado. Y a diferencia de Sara, Mateo era producto de exclusivos colegios privados, veranos en el extranjero y de una universidad también privada y carísima.

Por otro lado, ambos descolocaron a sus familias cuando

les anunciaron su deseo de hacerse policías. En el caso de Sara, la sorpresa fue breve, ya que sus padres asimilaron enseguida su decisión, aunque nunca dejaron de temer por su seguridad.

Pero lo de Mateo fue distinto. Su padre daba por hecho que se incorporaría al negocio familiar y en un futuro tomaría el control —lo había proyectado desde que su hijo era niño y habían hablado de ello en numerosas ocasiones—, y cuando les contó su decisión de hacerse policía, la cosa acabó con una tremenda discusión entre ellos. Él, que siempre se mostró dócil y nunca se rebeló contra la autoridad paterna, pronunció por vez primera un rotundo aquí estoy yo. Cuando ingresó en la Escuela de Policía, su padre trató de disuadirlo —en el fondo, pensaba que aquella rocambolesca idea se le acabaría pasando como una mala fiebre—, pero no lo logró y la relación entre ambos se rompió. De hecho, el día que juró el cargo de inspector su padre no estuvo presente; acudió únicamente su madre, con la que nunca había dejado de mantener contacto y en la que tenía todo el apoyo que necesitaba para no saberse solo.

Aquellos dos policías que hasta entonces se conocían tan sólo de vista y que nunca habían intercambiado una sola frase, trabajaban ahora de forma conjunta a partir de las denuncias que habían puesto las familias de las dos chicas a las que se había visto por última vez en la discoteca de la estación de Chamartín. Decidieron que ella se ocuparía de entrevistarse con los familiares de ambas, y él, con sus mejores amigos, y juntos visitarían la sala de baile.

Cuando se encontraban en la brigada apenas hablaban. Cada uno estaba concentrado en sus papeles, en sus notas, en sus teléfonos. Entre el «buenos días» de primera hora de la mañana y el «adiós» de bien entrada la noche sólo se dirigían la palabra casi al final de la jornada, y lo hacían para ponerse al día sobre los avances y las gestiones emprendidas.

Sara y Mateo eran ordenados, discretos, eficaces. Y ninguno tenía una vida privada que le exigiese regarla con frecuencia y podar las plantas salvajes, por lo que su media de trabajo diaria podía alcanzar las doce horas. A veces más.

Aquellos dos rubios —esa era otra similitud— tenían una

prioridad: estar a la altura de la misión encomendada —porque esa era la sensación que tenían, la de que no se trataba de un caso como los anteriores en los que habían trabajado, sino de una misión— y tratar de no pifiarla. Ya que ambos —una semejanza más— eran ambiciosos y sabían que si aquello que tenían entre manos llegaba a buen puerto, su suerte cambiaría.

Mateo levantó la cabeza un segundo y vio a su compañera escribiendo algo, muy concentrada en la tarea. Bebió un sorbo de agua y siguió con lo suyo.

De fondo sonaba la radio, un noticiario, pues a la mayoría de los inspectores les gustaba estar pendiente de la actualidad mientras trabajaban. El Gobierno podría instar ya la semana próxima a la ilegalización de Batasuna. La policía tendría autorización para actuar en los centros de internamiento de menores. Uno de cada cuatro adolescentes españoles dedicaba más de dos horas diarias a los videojuegos. En el Mundial de fútbol —Sara y Mateo detestaban ese deporte—, Alemania venció a Corea y jugaría la final contra Brasil o Turquía.

Al poco, Sara levantó la cabeza y vio a su compañero enfrascado en sus papeles. Bebió un sorbo de agua y siguió con lo suyo.

Acababa de anochecer y aún tardarían un par de horas en marcharse a casa.

Pero la vida, allí, parecía detenida.

CAPÍTULO 49

Llegaba un momento en el que te acostumbrabas a los gritos. De alguna manera, aquello era como tener música de fondo.

Al principio, las primeras veces —hacía ya siglos de eso—, le irritaban profundamente y tenía que acallarlos por la fuerza, con ferocidad, pero al cabo del tiempo se fue haciendo a ellos y ahora ya le daban igual, los ignoraba. Sólo había que esperar a que cesaran. Se iban apagando de un modo paulatino, gradual, como si se les estuvieran gastando las pilas, y, de golpe, quienes los proferían se sumían en un completo silencio; estrangulados por la fatiga y la certeza de que de nada servía gritar, pues la suerte estaba echada.

Él había pensado más de una vez en ello. Los gritos eran algo instintivo, natural, en absoluto forzado. La respuesta espontánea del cuerpo —del cerebro— a una impresión muy intensa a la que no estaba acostumbrado. Lo había visto en muchas ocasiones en los animales, en los momentos previos a su muerte o cuando les infligía dolor. ¿Y qué eran aquellas chicas sino animales? Animales que podían provocar placer más allá de la tortura a la que se los sometía —un placer físico, sexual, aunque también mental—, pero animales temerosos y sin capacidad de respuesta, al fin y al cabo.

Los gritos, esta vez, habían durado, sin embargo, demasiado. Más de lo habitual. Aquella chica se debió de destrozar las cuerdas vocales. Y total, ¿para qué? ¿Qué había logrado con ello, qué había evitado?

Nada. Nada en absoluto. Puesto que él no dejó de hacer lo que quería hacer, lo que podía hacer y disfrutaba haciendo, y aquellos gritos no consiguieron abortar ese deseo.

Nada ni nadie había detenido su voluntad. Como nada ni

nadie logró detenerla las veces anteriores y nada ni nadie —de eso ya se encargaría él— lo detendría en adelante.

El silencio, repentino, superlativo, era en cualquier caso un regalo. Porque, como la paciencia, era su aliado, su amigo. Estaba hecho a convivir con él, a esperar, en su presencia, el momento en el que debía actuar, y por eso le agradecía que se hubiese instalado ya y reinase.

Lo que él hacía en ese instante era algo mecánico, igual que cazar o fabricar flechas o comer cuando el estómago avisaba. Y hacerlo en silencio distraía menos, por más que el resultado siguiera siendo el mismo.

El silencio, sí, ese escenario perfecto.

CAPÍTULO 50

Se encontraban sentados frente a Diego. Los dos inspectores llevaban sendas carpetillas con el resultado del trabajo realizado hasta el momento. Aquella era su primera reunión, apenas cuatro días después de la conversación en el hotel, donde los tres se dijeron, sin hacerlo, que uno (o una) para todos y todos para uno (o una).

Comenzaron por la segunda de las jóvenes desaparecidas. Ainhoa Rojas Martínez. Veintiún años. Estudiante de veterinaria. Sara se había entrevistado con sus padres.

—Están deshechos —dijo—. Me describieron a su hija como una chica estudiosa y responsable. Parece ser que lo ha pasado muy mal por la ruptura unos meses atrás con su novio, un tal Jacobo, compañero en la facultad. Aquella fue la primera vez que salía con sus amigas desde que lo dejaron y ellos la animaron a hacerlo porque la veían destrozada y lo único que querían era que se divirtiera y se olvidara cuanto antes de ese chico. Les dijo que se quedaba a dormir en casa de su mejor amiga. Pusieron la denuncia el domingo por la noche. Unas horas antes, su padre la telefoneó, pero estaba fuera de cobertura. Llamó entonces a casa de su amiga y contestó su madre, que acababa de volver de viaje: Ainhoa no se encontraba allí. El padre se sorprendió mucho y, al ver lo preocupado que estaba, la mujer despertó a su hija y esta les acabó contando la verdad: no se acostaron en toda la noche, fueron a una discoteca que abría por las mañanas y se despidieron allí a la hora de comer. Eso hizo que saltaran las alarmas, y esa amiga se ofreció a acompañar a los padres a la comisaría. Mateo —dijo, mirando a su compañero— ha hablado con ella.

—Así es. Se llama Paloma y me confirmó lo que acaba de

contar Sara. Se despidieron en la discoteca sobre las tres de la tarde. No recuerda ningún incidente ni nada anormal en el tiempo que estuvieron con ella. Al contrario, me aseguró que lo pasaron como nunca, Ainhoa también. Sólo le cambió la cara justo antes de irse.

—¿Cómo se supone que volvía a casa? —preguntó Diego—. ¿En coche propio, en taxi, en metro...?

—No tiene coche —contestó Mateo—. Su amiga cree que iba a coger el autobús, pero no está segura.

—Averiguad cuál es el autobús que debía coger para ir a su casa y dónde se encuentra la parada más cercana desde la discoteca. Id allí y fijaos si hay algún bar o cafetería desde donde se vea esa parada: era domingo y los comercios estarían cerrados, pero no los establecimientos de hostelería. En el caso de que lo hubiera, preguntad por si alguien recordara haberla visto. Contactad también con algún responsable del Consorcio Regional de Transportes, a ver si fuera posible revisar las imágenes de la estación de metro. Tenemos a nuestro favor una franja horaria concreta, entre las tres y las cuatro de la tarde, con lo cual no debería tardarse mucho en realizar una comprobación.

—Ya tenemos todas esas gestiones previstas —dijo Sara.

—Perfecto.

Pasaron luego a la primera de las chicas desaparecidas, Verónica Salcedo Flórez, que estuvo el pasado 19 de mayo en la fiesta de celebración del octavo aniversario del Space of Sound, que era el nombre de esa sala. Sara quedó con su madre, una administrativa, en una cafetería.

—Esa pobre mujer no dejó de llorar en todo el tiempo que estuvimos juntas —explicó—. Tras separarse de su marido, se quedó con las dos hijas del matrimonio, Véronica, o Vero, como la llama su círculo íntimo, y una hermana pequeña. Verónica, de diecinueve años, ni estudia ni trabaja y es bastante problemática. No se deja gobernar y le hace la vida imposible a su madre, a quien trata como si fuera una basura. Cuando cumplió los dieciséis dejó de estudiar y se pasa el día escuchando música y viendo la televisión. Se hizo dos grandes tatuajes y lleva *piercings,* uno en la lengua, y sale prácticamente todas las noches. A veces vuelve varios días después sin dar ningún tipo de explicación y se pasa otros dos días durmiendo. Por eso su madre tardó tres días en poner la denuncia: pensó que era una de sus escapadas y ahora se arrepiente enormemente de ello.

—Hablé con una de las amigas que estuvo con ella en la discoteca poco antes de que se perdiera su pista —intervino Mateo—. Tampoco recordaba nada extraño de aquel día. Me dijo que Verónica está un poco loca y que es bastante fantasiosa, y que alguna vez le había hablado de irse de España, a Estados Unidos o a Australia, para no volver nunca a esta «mierda de país». Las palabras son textuales. No tenía novio, pero su amiga no descarta que pudiera haberse ido con algún chico: hubo un momento en el que se separaron y la discoteca es grande. Verónica no es precisamente de las que se hacen de rogar cuando se siente atraída por alguien. Su amiga me contó que se va con el primero que la invita, siempre y cuando no sea Nosferatu. Lo de Nosferatu no son palabras textuales, sino una licencia mía, aunque se aproxima bastante a lo que ella me dijo. —Sara contuvo una sonrisa—. También localizaremos la parada de autobús que habría cogido en el caso de que no se hubiese ido con alguien y hubiera optado por dirigirse a su casa por ese medio, y pediremos el visionado de la grabación de ese día en la estación de metro más cercana, la misma por la que pudo entrar la otra chica, Ainhoa, aunque con Verónica no disponemos de una franja horaria precisa.

Diego tomó algunas notas en un cuaderno.

—¿Habéis visitado la discoteca?

—Por supuesto —contestó Sara—. Hablamos con el gerente. Lo informamos de la desaparición de las dos chicas después de haber estado allí y le mostramos fotografías de ellas, facilitadas por sus familias. Aseguró no haberlas visto nunca. No obstante, se ha comprometido a enseñárselas a todo el equipo de la sala, camareros, relaciones públicas, bailarines, por si alguien las conociera o le sonaran. Le hemos pedido también las grabaciones de ambos días de la cámara de seguridad que tienen en la puerta de acceso y ha quedado en avisarnos en cuanto las tenga. A ver si así podemos saber al menos si abandonaron la discoteca solas o acompañadas.

Mateo aprovechó la ocasión para impartir un curso acelerado sobre los llamados *after hours* o discotecas matinales, una moda que llegó a España, importada de Londres, a finales de los ochenta: se había pegado una buena empollada al respecto y quería que el jefe lo supiera.

—En Madrid, ahora mismo, hay algo menos de cuarenta, que se reparten una decena de personas, y algunos de los cuales pueden llegar a recaudar más de doce mil euros cada fin de semana. En teoría son ilegales, ya que su actividad no está regulada de forma expresa por la Ley de Espectáculos Públicos y Actividades Recreativas. Los *after hours*, pues, *no* existen. Pero, para no existir, la verdad es que están muy vivos y cuentan con un público fiel de diversas edades, entre los dieciocho y los cuarenta y tantos, que se mueve por el boca a boca.

»Los horarios que la ley contempla son de hasta las tres y media de la mañana para los bares de copas y las seis para las discotecas. Los *afters* abren a las siete u ocho de la mañana y cierran después del mediodía. La mayoría de los establecimientos que funcionan con ese fin poseen licencia, pero, claro, no para esa actividad ni para esos horarios. Lo que ocurre, jefe, es que algunos se saltan ambas cosas a la torera. Hay gente que dispone de un bar con licencia, como una cafetería, y lo usa como *after*, y quienes alquilan discotecas para explotarlas después del cierre. Y eso no es nada. En los últimos tiempos, algunos espabilados que han visto un buen negocio en ellos están yendo aún más lejos y los montan en locales comerciales y hasta en viviendas: hace unos meses, varios vecinos del distrito de Salamanca denunciaron la existencia de un piso con licencia para gimnasio que durante los fines de semana funcionaba como *after*.

—Vaya, qué cosas —comentó Diego.

—Imagínate. Y claro, en esos casos ya te puedes olvidar de los requisitos obligatorios que esos locales deben reunir para garantizar la seguridad del público y la higiene de las instalaciones. Hablo de cosas tan básicas como los sistemas de prevención y protección de incendios, las salidas de emergencia, las condiciones de insonorización y un seguro que cubra los riesgos de incendio y la responsabilidad civil por daños a los concurrentes y a terceros.

—¿Y cómo es que no se cierran sin más?

—Cerrarse se cierran, jefe. De hecho, el año pasado los agentes de la Policía Municipal cerraron cerca de sesenta, la mitad de ellos en el distrito Centro. Pero me han asegurado que clausurar esos locales supone un proceso dilatado. Por supuesto, hay una serie de infracciones muy graves que exigen la inmediata adopción de medidas cautelares y que conllevan la suspensión de la licencia o la actividad y la clausura del local. Por ejemplo, la superación del aforo máximo permitido cuando comporte un grave riesgo para la seguridad, y la tolerancia de consumo y tráfico de drogas por parte de los propietarios de los locales. Ahí, en fin, no hay tu tía: se cierran y sanseacabó. Y con multas importantes, tanto económicas como del tiempo de clausura del local.

»Sin embargo, cuando en una inspección se detecta la existencia de irregularidades que no afectan a la seguridad de las personas, como rebasar el horario permitido, realizar una actividad distinta a la especificada en la licencia o por exceso de ruidos, se les concede un plazo adecuado para su subsanación. Si se incumple, se procede a la apertura de un expediente sancionador. La policía solicita ante la junta municipal de distrito una orden de cese de actividad, pero los empresarios las recurren una y otra vez. Y para que se precinte el local han de acumularse hasta cinco informes por incumplimiento de la orden de cese. El caso es que para evitar las sanciones, quienes ponen en marcha los *afters*, que son unos linces, han encontrado un método infalible: disuelven las sociedades con las que alquilan las salas y dan nombres y direcciones ficticios. Es decir, que abren y cierran las discotecas para los que no se quieren acostar nunca como si fueran puestos callejeros. Un cachondeo.

—Todo eso está muy bien. Mi más sincera enhorabuena por la tesis, deberías publicarla. —Mateo se sonrojó—. Pero sospecho que la discoteca que nos ocupa poco o nada tiene que ver con esos *afters* de quita y pon. ¿O sí?

—Sospechas bien, jefe —dijo Sara, que le tomó el testigo a su azorado compañero y metió el turbo—. El Space of Sound arrancó como *after* en 1994, sobre la antigua discoteca Macumba, una sala mítica de los setenta. —Diego asintió: la conoció en su tiempo, aunque sólo de oídas—. A diferencia de la mayor parte de los *afters*, que como ha quedado de manifiesto en el pormenorizado relato de Mateo —compuso una leve sonrisa— buscan dinero rápido y van de flor en flor, el Space tiene vocación de permanencia, lo que confirma el tiempo que lleva funcionando. Abre los domingos de nueve de la mañana a seis de la tarde. Dispone de licencia, por supuesto, y cuenta con todos los permisos en regla. Parece ser que su propietario mantiene una buena relación con el Ayuntamiento, aunque eso no lo ha librado de la apertura de algún que otro expediente por rebasar ampliamente el aforo permitido: en cierta ocasión metieron a dos mil vampiros en lugar de las ochocientas personas que tienen como tope, lo que en teoría se consideraría una infracción muy grave.

De pronto, el móvil de Diego sonó. Tras comprobar quién llamaba, contestó. Mantuvo una breve conversación con el gesto serio. Cuando cortó, les dijo que tenía que marcharse y que continuarían a la tarde.

El lugar al que se dirigía no estaba lejos. Condujo el Citroën Xsara gris oscuro de la brigada hasta la avenida de la Reina Victoria, tomó el *scalextric* de Cuatro Caminos y salió a Raimundo Fernández Villaverde. Continuó por esa calle hasta cruzar el paseo de la Castellana y entró por el paseo de La Habana.

Al poco, estaba en la exclusiva colonia de El Viso y aparcó muy cerca de la casa a la que había ido varias veces hacía ya bastante.

Llamó al timbre y la puerta tardó más de un minuto en abrirse.

Verla le impactó. Tenía el rímel corrido por causa del llanto, y unas marcadas ojeras. Desde la muerte de Mónica sólo habían coincidido una vez, en una pequeña fiesta que ella organizó y a la que él asistió porque le insistió sobremanera.

—Menos mal que has venido... —Se echó en sus brazos.

—¿Dónde está?

—Arriba, en el dormitorio. Está hecho una furia. No se quiere marchar.

—¿Te ha pegado?

Ella calló.

Diego entró en la vivienda. Cuando caminaba hacia las escaleras, el sujeto apareció ante él. Era joven, unos veintitantos, y fuerte. Estaba en calzoncillos y lucía varios tatuajes en los brazos.

—¿Tú quién eres, gilipollas? ¿Su chulo?

—Vístete y sal de aquí ahora mismo.

—¿Y si no qué? ¿Me vas a castigar sin postre? Quítate de mi vista, capullo, si no quieres que te arranque la cabeza de cuajo.

—Sólo te lo voy a decir una vez más: vístete y márchate.

El tipo compuso una media sonrisa con la que pareció decir: «pero ¿y este tío?».

Entonces, en un segundo, la expresión de su rostro se endureció y le lanzó un puñetazo, pero Diego se echó a un lado con un movimiento rapidísimo y le propinó un gancho en el hígado.

Soltó un bufido y se dobló sobre sí mismo.

Diego apoyó un pie en uno de sus hombros y lo empujó. Cayó como un mueble.

Se giró. Ella estaba allí, con las manos en la boca. Le dijo:

—Ve a por su ropa.

Obedeció. Cuando bajó, Diego se la quitó de las manos y la arrojó sobre él:

—Vístete, venga.

Con gesto de dolor, comenzó a vestirse con movimientos lentos. Diego se agachó, sacó su placa y se la puso delante de la cara:

—¿Ves esto? No es de un «todo a un euro», es de verdad. ¿Y sabes qué significa? Que si vuelves a venir por aquí, o incluso a llamarla por teléfono, voy a ir a buscarte y te voy a llevar a la brigada por maltratar a una mujer. Y eso te supondría un problema serio. ¿Te ha quedado claro?

Asintió, el dolor aún visible en la faz.

—Muy bien. Ahora, lárgate.

Se levantó y Diego caminó detrás de él hasta que salió y cerró la puerta. Volvió al salón.

Allí estaba Carmen, quien fuera la mejor amiga de Mónica. Se casó con Nacho, un buen tipo; a Diego le gustaba. Pero se separaron unos años atrás, algo que se veía venir desde hacía mucho porque Carmen era una de esas mujeres que se empeñaba en seguir viviendo como cuando tenía veinte años.

Ella se quedó con la custodia de los dos hijos en común, y él, que fue un buen marido y era un buen padre, corría, por supuesto, con todos los gastos. El dinero, para alguien que provenía de familia de banqueros y lo era a su vez, no suponía ningún problema. El problema siempre fue Carmen y ese fuego interior tan difícil de aplacar. Desde la separación, salía demasiado —más aún de lo que lo hacía cuando estaba casada con Nacho, que era mucho— y se liaba con tipos jóvenes que la chuleaban. Como aquel al que Diego acababa de espantar. Observó su rostro y reparó en sus evidentes operaciones de cirugía estética. Por empeñarse en ser la que fue, ahora era otra muy distinta.

Estaban sentados en aquel salonazo con vistas a un precioso jardín.

—Supongo que estarás pensando que qué desastre, y tienes motivos de sobra para ello. Pero te agradecería que no me juzgases. La vida, a veces, no me resulta fácil.

—Carmen, por Dios, lo tienes todo. Unos hijos preciosos, esta casa, dinero... Aún eres una mujer atractiva, y lo único que tienes que hacer es quererte un poco más y evitar ciertas compañías que lo único que hacen es dañarte.

—¿En serio te parezco atractiva? Tú sí que estás guapo, Diego, igual de guapo que siempre. Es increíble. El tiempo se ha detenido en tu puerta.

—No es cierto, pero te lo agradezco.

Se hizo el silencio entre ellos. Tras unos segundos, Carmen dijo:

—¿Qué tal lo llevas? Ya sabes...

Él se encogió de hombros.

—Bueno, según el día. Pero la vida sigue... Supongo. Y luego está Daniel, claro.

—Ya debe de estar hecho un tiarrón.

—Sí, es más alto que yo. Se parece cada día más a Mónica. En todo. Es un estudiante excelente y un buen hijo. Siempre lo fue.

Se hizo de nuevo el silencio.

—¿No has pensado en rehacer tu vida? —Diego la miró, pero no dijo nada—. Ya ha pasado tiempo y, como acabas de decir, la vida sigue. Hay muchas mujeres que se volverían locas con un hombre como tú. Cualquiera, en realidad. —Él siguió callado—. Bueno, a lo mejor te estás viendo con alguien y te lo tienes bien calladito.

—No. No hay nadie.

—Ya. —Dejó pasar unos segundos y dijo, como quien no quería la cosa—: Por cierto: nunca me la enseñaste.

El gesto de él fue de absoluta sorpresa.

—¿Cómo?

Ella soltó una carcajada.

—La pistola, tonto. Anda, que menuda cara has puesto...

Pero, de pronto, posó una mano en el muslo que tenía más cerca. La risa se disipó y clavó la mirada en él con intensidad.

—Me encantaría verla, Diego. Siempre me quedé con ganas de verla.

Estuvieron así unos segundos eternos, hasta que él tragó saliva, le cogió la mano, la retiró con delicadeza y dijo:

—Con las armas no se juega, Carmen. Las carga el diablo. Ya deberías saberlo. —Luego se puso en pie y añadió—: No dejes de llamarme si ese imbécil vuelve a molestarte. Lo que le dije iba completamente en serio.

—Lo sé —dijo ella en tono desganado, mientras se levantaba.

Caminaron hasta la puerta.

—Cuídate, Carmen. Vales demasiado como para tener que verte en situaciones como esta, te lo digo muy en serio. E insisto: quiérete más.

—Gracias, Diego. Muchas gracias. Por todo. Tendré en cuenta tus consejos, te lo aseguro. Cuídate tú también.

Él asintió y echó a andar hacia su coche. Ella lo llamó.

—¿Sí?

—Qué suerte tuvo Mónica —dijo.

Diego sacudió la cabeza.

—No, Carmen. Qué suerte tuve yo. Ella no tuvo tanta.

Se quedaron mirando en silencio, pero él compuso una sonrisa para deshacer aquella corriente de tristeza y después continuó su camino.

CAPÍTULO 51

Había trepado por aquella soga veinte veces. A pulso. Lo hacía lentamente: un brazo, el otro, un brazo, el otro..., y cuando llegaba al final, arriba del todo, aguantaba unos segundos —unos segundos de pura tensión, eléctricos— y luego se deslizaba hacia el suelo.

Y vuelta a empezar.

Era importante, vital, mantener el cuerpo en un estado óptimo, fortalecerlo para que resultase un arma más. De igual modo que cuidaba su arco —*Voraz*— como si fuera una prolongación de sí mismo, debía cuidar su cuerpo, mimarlo, tenerlo siempre a punto. Presto para entrar en acción en cualquier momento y no fallar.

Un látigo. Una flecha. Una bala. Eso era lo que él tenía que ser. Y para ello era necesario entrenarse y llevarse al límite, hasta la misma línea del dolor, y traspasarla.

Eso tampoco era algo nuevo para él. Cada uno de sus músculos atesoraba cientos, miles de horas de trabajo, de sacrificio. De la rutina, siempre fructífera, del ejercicio, la resistencia y la voluntad.

Fondos, flexiones, carreras. Todo lo que podía hacer para forjar el metal de su carne, la espada de su constitución, era bueno. De esa forma, si se veía en peligro tendría más opciones de responder. De presentar batalla y de pasar por encima de quien fuese. De quienquiera que osara desafiarlo.

Un hacha. Una lanza. Una sierra.

Un sable. Un martillo. Un huracán.

Sintió cómo su fuerza iba mermando; cómo le costaba, cada vez más, subir.

En el último ascenso se detuvo en lo alto y trató de vencer

el dolor, ya ubicuo. Sus brazos, delgados pero poderosos como cables de acero, estaban dando cuanto podían dar, estaban acatando su deseo, su empeño. Estaban respondiendo.

Resistió unos segundos más.

Y entonces pasaron por su cabeza imágenes en rojo —imágenes espantosas: ojos que gritaban, bocas al límite, cabezas cortadas, sangre, mucha sangre— y, al fin, su resistencia se quebró y cayó al suelo.

Se dio un buen golpe.

Y su reacción fue echarse a reír. A carcajadas.

CAPÍTULO 52

Sara y Mateo estaban de nuevo en las inmediaciones del Space. Llevaban consigo las fotografías de las dos chicas, Ainhoa y Verónica, o Vero. Entraron en la estación de Chamartín, de cuyo complejo formaba parte la discoteca, y preguntaron en todos los bares y restaurantes, tiendas de prensa, de regalos y hasta en una juguetería enorme que estaba pensada para aquellos padres que tras volver de viaje de trabajo habían olvidado los juguetes para sus pequeños, pero ninguno de los camareros y dependientes recordaba haberlas visto.

Por más que aquella fuese una tarea básica en su oficio, resultaba en exceso agotadora y frustrante. A pesar de la autoridad que les conferían sus placas, los dos inspectores no podían evitar sentirse igual que simples —y aborrecibles— vendedores a domicilio. Era como si trataran de seducir a una serie de personas que parecían negar, antes siquiera de haber mirado las fotografías, lo que se les preguntaba. Aquello no dejaba de sonar a un «lo siento, gracias, pero no me interesa», y eso terminaba mellando la paciencia del más templado.

Era verano y la estación parecía el Rastro de tanta gente como había. Gente con maletas y bolsos de viaje que caminaba en todas direcciones, que comía y bebía, que esperaba sentada en sillas y en el suelo, o dando paseos interminables, a que su tren llegara de una maldita vez, o que había ido a buscar a algún familiar, novio o amigo. Muchos jóvenes. Muchos jubilados. Bastantes guiris.

Mateo propuso tomar un café; Sara aceptó.

Se sentaron en una cafetería —en realidad, un montón de sillas y mesas en torno a una barra circular—, uno enfrente del otro, junto a una de las escaleras mecánicas que comunicaban con las vías desde las que salían y llegaban los trenes de media y larga distancia. Mientras esperaban los cafés, pasearon la mirada alrededor como aburridos pacientes en la salita de espera de la consulta de un médico, y se lanzaron algún vistazo de soslayo, con disimulo.

Cualquiera que los estuviera observando pensaría que eran pareja: jóvenes, rubios, guapos. Desde luego, no parecían policías. Y menos aún inspectores de una unidad dedicada a buscar personas desaparecidas que en ese momento iban tras la pista de un posible secuestrador. De un violador. De un asesino.

Cuando llegaron sus cafés, y mientras removían la sacarina —ella— y el azúcar —él—, Sara lanzó un inesperado misil que llevaba días reconcomiéndole:

—Eres gay, ¿verdad?

Mateo detuvo el movimiento de la mano y alzó la vista. La miró con expresión congelada. Estaba atónito.

—Tranquilo —añadió enseguida—: no se te nota nada.

Siguió mirándola unos segundos. Su incomodidad era patente. Al fin, dijo:

—¿Por qué..., cómo te has dado cuenta entonces?

—Te repito que no se te nota nada, de verdad, créeme. Lo cual, por cierto, me resulta curioso. El caso es que, aparte del jefe, que parece de piedra, eres el único policía de todo el edificio que cuando me mira no lo hace con cara de capullo o de sátiro. Ya ves. Simple deducción.

Él guardó silencio unos segundos y luego dijo:

—Bueno, es que tú eres una mujer muy guapa...

—Sí, vale, muchas gracias. Pero no soy tu tipo. Ni yo ni ninguna otra, vamos.

¿Y qué podía decir él ante aquello? Poca cosa. Nada. Dejó pasar unos segundos y habló de nuevo:

—De todas formas —dijo azorado, mirando al suelo—, te agradecería que...

—Descuida —le cortó—, seré una tumba. Palabra de honor. Aunque estemos en el siglo veintiuno, me consta que en el lugar en el que trabajamos más de uno no se lo iba a tomar muy bien. Sé de lo que hablo: soy una tía. —Y le guiñó un ojo.

Él fue a añadir algo, pero se lo pensó mejor y optó por asentir en silencio. Volvió a remover su café y le dio un sorbo.

Sara se fijó en cómo cogía la taza y se la llevaba a los labios, y sonrió para sí. Igual que detectó su condición sexual, no le habían pasado inadvertidas, desde que empezaron a trabajar juntos, su manera de expresarse, de moverse, de sentarse, de actuar. Estaba claro que Mateo era un niño bien, una anomalía dentro de la policía. Sus modales refinados, que no afeminados, porque no tenía nada de pluma, delataban sus orígenes pijos, y se preguntó qué coño hacía alguien como él en el Cuerpo Nacional de Policía en vez de trabajar en alguna importante entidad financiera o en la directiva de una multinacional. Joder, pensó, si hasta su ironía, un poco inglesa, chocaba con el sentido del humor de garrafón que se respiraba en la brigada.

Ella, como es lógico, lo desconocía todo de él. Tal vez pertenecía a la aristocracia —tenía unos apellidos que favorecían la duda, Suárez Zúñiga—, o quizá su familia poseía una fortuna que se remontaba a varias generaciones atrás. No sabía que su padre era un nuevo rico; un empresario listo y esforzado al que la suerte lo sorprendió trabajando. Pero aun así, la educación que Mateo recibió, los lugares en los que estudió y la gente con la que trató desde niño, muchos de ellos —esos sí— ligados a la nobleza y a la burguesía de larga tradición, habían dejado en él ese poso de distinción que Sara, como buena policía que era, supo ver.

Si existía algo que ella de verdad envidiase era ese saber estar. Esa elegancia de la gente que, como Mateo, se había criado en ambientes exclusivos, había viajado desde muy temprano para aprender idiomas o perfeccionarlos, y residía en zonas en donde todo, hasta el menor detalle, tenía un color y un aroma distintos.

Sara se imaginó a un Mateo niño que jugaba al tenis y esquiaba con solvencia, y a un Mateo que recién estrenada la mayoría de edad se movía con total familiaridad por ciudades como Londres, París y Nueva York.

Ella, en cambio, era una chica de barrio que no subió a un avión hasta cumplidos los veinte —y fue un vuelo nacional— y que leía con avidez revistas de moda y de decoración para fijarse en qué era elegante y qué no, pues buscaba con anhelo esa piedra filosofal llamada *buen gusto*; algo que, al igual que la salud, el dinero no era capaz de comprar. Incluso atesoraba libros sobre protocolo y buenas maneras. Libros que explicaban cómo había que vestirse en según qué tipo de eventos y cómo no había que ir jamás, bajo ningún concepto; libros que enseñaban a poner la mesa y adornarla cuando se ofrecía una comida o una cena y en los que podías encontrar distintas formas de sorprender a tus invitados.

Sin embargo, en las ocasiones en las que acudió a fiestas de pijos de verdad, de pura raza, no de pelanas que tenían cuatro perras y se creían los reyes del mambo, se había dado cuenta de que a pesar de todos sus esfuerzos, de todas las revistas y libros atesorados, no era como ellos, y lo peor de todo era que ellos también lo notaban.

A eso había que añadirle su particular temperamento: cuando alguien trataba de pisarla, sobre todo si era un hombre, saltaba como una leona, como la hoja impaciente de una navaja automática, y su vena macarra salía a la luz.

Mateo, por el contrario, rezumaba una tranquilidad asiática. Era el tío más templado que ella había visto nunca. Por más que lo intentó, no se lo podía imaginar enfurecido o perdiendo los papeles. Qué envidia.

Tomaron sus cafés en silencio. Él no sabía qué decir, aún estaba noqueado por el inesperado comentario de su compañera, y ella se preguntaba si había hecho bien al adentrarse en un territorio que excedía los límites de lo estrictamente profesional. Porque ¿quién era ella para meter la nariz ahí? Pero hecho estaba y de nada serviría lamentarse.

Sara pagó y, cuando se dirigían hacia el coche, Mateo propuso pasar de nuevo por delante del Space. Ella curvó la boca hacia abajo y se encogió de hombros.

A plena luz del día, el aspecto de aquella discoteca era deprimente. Como casi todas las discotecas cuando están cerradas. Pero esta recordaba a un hangar, a una nave de un polígono industrial.

Sobre la puerta había un cartel en el que se anunciaba una fiesta para el siguiente domingo, «Fiesta Matinal Oficial Orgullo 2002», con la que se cerraban los actos del orgullo gay.

Entonces, los dos inspectores tuvieron una revelación. Se miraron y sonrieron.

CAPÍTULO 53

Aunque exigieran una gran concentración, los días previos a la acción eran excitantes. La inminencia de lo que iba a suceder era un estímulo y espoleaba la imaginación —¿qué tesoro le depararía esta vez la calle?—, pero conllevaba, al mismo tiempo, una considerable dosis de calma.

Esos días trataba de mantener la mente ocupada, distraída, y la mejor forma de hacerlo era encerrarse en su taller.

Allí, repasó los listones de aluminio por si necesitara más —tenía de sobra—, comprobó si disponía de flechas suficientes —sí, de sobra también— y le dedicó más amor que nunca a *Voraz*, que, como toda arma, poseía una belleza diabólica, irresistible, por la que él se sentía fascinado.

Sujetar su cuerpo, estirar la cuerda y soltarla era como tocar un arpa. De aquella acción emanaba música celestial. ¿Celestial? Se echó a reír. Lo hizo igual que lo haría un monstruo, el coco, el hombre del saco. Con una risa temible, que helaba la sangre de quien la presenciaba. Y muchas lo habían hecho.

Colocó las flechas sobre la mesa, junto a él, y cogió la primera de ellas.

Apuntó a la tabla: sus dedos índice y corazón se contrajeron, y la flecha se hundió en el centro mismo de la diana. Imposible una mayor precisión.

La segunda flecha aterrizó a la derecha de la anterior, justo al lado. La tercera, a la izquierda, en el lado opuesto.

Aún hubo una cuarta y hasta una quinta, que se clavaron arriba y abajo de las tres flechas en línea.

Estaba en forma. Más que nunca. Era infalible.

Dejó el arco y tomó el machete. Era grande. Con un soplete calentó la hoja. Luego la apoyó sobre su antebrazo izquierdo y cerró los ojos.

Había que estar muy entrenado para no retirar el brazo en el acto, y aun así era difícil no hacerlo. Él no lo hizo; pese a que el dolor era intensísimo, aguantó. Unos pocos segundos. Después, observó la quemadura.

Salió de allí y entró en un cuarto de baño. Situó el brazo bajo el grifo y dejó que el agua golpeara la zona herida. El dolor seguía ahí, formaba parte de él. Retiró el brazo del agua, se aplicó una pomada y volvió al taller.

Tras unos instantes de duda, cogió a *Voraz* y el carcaj con las flechas, y salió.

Cazar le reconfortaría.

Cazar le ayudaría a dejar de pensar.

Cazar le confirmaría, una vez más, que aquel era el único camino posible.

CAPÍTULO 54

Aquello era una locura. Nada más entrar en la discoteca, a Diego le vino a la cabeza la imagen de la tabla central del tríptico *El jardín de las delicias,* de El Bosco, en donde se representaban los placeres carnales desenfrenados que conducirían de manera irremediable al infierno (la tabla de la derecha). Había visto esa obra años atrás en el Museo del Prado, con Mónica, y quedó tan impresionado por la minuciosidad con que estaba realizada y por el exceso de argumento que contenía que se compró un libro sobre ella, que devoró.

Y ahora la tenía delante. O casi. El Space of Sound no era exactamente una versión siglo XXI de esa pintura, pero se le aproximaba bastante. Cierto que lo que estaba contemplando no era una orgía multitudinaria, pero en el ambiente sí se respiraba esa suerte de liberación de los sentidos, esa explosión física.

Además, esa discoteca tenía algo que la paranoia artística del pintor flamenco, pese a su intensidad y precisión, no lograba alcanzar: era real, las figuras eran animadas y tangibles, y contaba con el añadido de las luces estroboscópicas, que ralentizaban cuanto se tenía delante, y una música electrónica —machacona y reiterativa, aunque poderosa— que entraba en la cabeza como un machete. En la suya, al menos.

Habían planificado aquel «desembarco» en muy poco tiempo. Sara y Mateo lo informaron con tan sólo dos días de antelación acerca de la fiesta que se iba a celebrar allí y, dada su importancia —los actos del Orgullo Gay arrastraban cada año a más gente—, de la posibilidad de que su hombre, aquel fantasma del pasado, se sintiera tentado de hacer acto de presencia provisto de su tridente y su red a través, claro, de un nuevo Sebastián Mayoral. Pues un hombre de cincuenta y tantos habría destacado allí como un fuego en mitad de la noche y resultaría igual de seductor que un lunes. No era más que una corazonada, pero quién sabía. Tal vez diera frutos.

Diego les dijo que muy bien, que adelante, sólo que él se sumaría a la fiesta. Aquello les extrañó, ya que los inspectores jefes delegaban en su grupo y rara vez participaban en la labor de campo y se manchaban los zapatos, pero contestaron que por supuesto. Asignó otros dos inspectores a esa misión, Trini Sáez y Jesús Corrochano, a quienes les dijeron que andaban tras la pista de un sospechoso, sin entrar en más detalles.

Sara observó que el jefe iba vestido con una gastada camiseta blanca de los Jam, vaqueros y camperas, y que se había peinado el pelo —su abundante melena— hacia atrás con gomina. Eso no lo hacía pasar por uno de los muchos veinteañeros que los rodeaban, pero sí le daba un aspecto más juvenil y le pareció que estaba increíble. Ella y el resto de los inspectores vestían también con camisetas y vaqueros, y aunque llevaban los hierros en la zona lumbar, dentro de sus correspondientes cartucheras, no se les notaban.

La idea era detectar a un sujeto que estuviera rondando a una chica; que pretendiera ligársela y marcharse con ella. Diego les pidió que se fijaran en tipos bien parecidos, atractivos, que dieran la impresión de estar iniciando un tonteo, y que prestaran especial atención a las barras y a los márgenes de la pista de baile, que en aquel lugar era como un río inmenso.

No era esa una tarea sencilla. Y no sólo por las grandes dimensiones de la sala, sino porque se encontraban en una discoteca y ligar era una moneda corriente en ellas. De todos modos, en esa en concreto la gente iba sobre todo a bailar y a volar, y aunque los había que entraban solos y salían acompañados, no era el mejor sitio para los ligones. Por lo que pensaban que uno de esa estirpe debería poseer a su alrededor un halo luminoso.

Los cuatro inspectores y Diego, que cerraba el grupo, avanzaron entre la masa humana para dirigirse a las distintas barras, cinco en total.

En la primera de ellas, al poco de entrar, no vieron a nadie que se ajustara a las características del hombre al que buscaban.

Un poco más allá, en la barra que se hallaba en el centro de la sala, tras mucho mirar, tampoco dieron con su casanova.

Fueron entonces hacia la primera barra de la derecha, pero era tal el caos circulatorio que apenas conseguían avanzar.

Mientras caminaba a paso de caracol y se cruzaba con hombres con el torso desnudo, con hombres con plataformas, peluca y maquillados hasta donde la imaginación tocaba fondo, con mujeres disfrazadas de bailarinas futuristas —ligeras y exageradas a un tiempo— y con muchachos con gafas de lentes oscuras —qué bárbaro—, Diego no podía dejar de pensar que al otro lado de esas paredes el sol calentaba las calles.

Eso era lo que más marciano le resultaba de todo: se encontraban en una noche artificial, impostada, lo que suponía, pensó, el mayor corte de mangas que podía dársele al reloj, a la tiranía de los horarios que marcaban la vida de hombres y mujeres. De alguna manera, todos los allí presentes estaban impugnando, aunque fuera momentáneamente, el orden natural de las cosas. Y eso no le pareció nada mal, no. Incluso le gustó. Y pensó, de pronto, que a Mónica también le habría gustado.

Al llegar a la barra activaron los radares. Había numerosos chicos con chicas que se reían, bailaban y se besaban, pero ninguno era el bello hombre lobo que estaban seguros se distinguiría del resto.

Decidieron separarse. Sáez y Corrochano cruzarían la pista para dirigirse hacia la barra del fondo, la que se encontraba al costado izquierdo del escenario, mientras que Sara, Mateo y Diego seguirían adelante con la intención de llegar a la del lado derecho.

Entre las múltiples especies que allí convivían, había una clara mayoría de transexuales, travestis y gais a pecho descubierto —aquella era su fiesta, qué coño—, a los que se sumaban jóvenes con la cabeza rapada que se movían como lavadoras en plena centrifugación, chicas muy arregladas y maquilladas, otras jovencísimas y con aspecto de haberse dado un madrugón para ir allí, y los despistados cuarentones de última hora que se negaban a marcharse a casa sin emborracharse un poco más.

Destacaba un videomuro en el que se alternaban imágenes de los animadores y del público, y colgada del techo, en el centro mismo de la sala, había una gran bola de espejos rodeada de un ejército de focos y luces de colores que, sujetos a una estructura metálica, iluminaban menos que aturdían.

Al alzar la vista vio a un cachas que únicamente llevaba un taparrabos negro y que bailaba con una enorme serpiente amarilla enroscada al cuello. «Joder», pensó.

El sonido era atronador, brutal. Aquello, se dijo, era una mezcla de un concierto de *rock* y un desfile de moda, con los bailarines y las gogós en el escenario y sobre una pasarela, y todas aquellas personas enfebrecidas que no paraban de gritar y de dar botes. Y hubo de reconocer que encontrar en medio de ese caos a un guaperas con ganas de mambo les iba a resultar complicado.

Aquella euforia general tenía su explicación. Allí, como en la inmensa mayoría de los *afters*, las drogas de diseño —*pirulas*, en el argot— eran un invitado más a la fiesta, pues ayudaban a mantenerse despierto y a prolongar la actividad durante días. Aunque el organismo terminaba acusando por fuerza el largo tiempo sin dormir.

El día anterior, Diego se había informado bien sobre el tema: las pastillas de éxtasis (MDMA), que se conseguían por unos seis euros, eran las más solicitadas. Quienes las consumían se mostraban enseguida exultantes y desinhibidos: la visión del mundo se sublimaba y se sentían como habitantes del cielo. Aunque había quienes lo hacían, porque había gente para todo, no era aconsejable mezclarlas con alcohol, porque este era un depresor del sistema nervioso central y amortiguaba su efecto, mientras que el agua ayudaba a disolver mejor la sustancia química en el organismo y facilitaba su absorción. Los consumidores, al aumentar la actividad física, debían beber más para evitar la deshidratación. Eso hacía que los botellines de agua mineral costasen más que una copa y que en muchos *afters* se cortara el agua de los aseos para que la gente no los pudiera rellenar y tuviera que pasar por caja. Se veía, de igual modo, mucha bebida energética. En cualquier caso, la euforia inicial era sustituida, horas después, por una sensación de fatiga y, en muchos casos, un estado depresivo. Y aunque era infrecuente, pues las venas y las arterias del cerebro de los jóvenes eran fuertes, el aumento de la tensión circulatoria podía llegar a generar infartos o hemorragias cerebrales.

Leyó también que había crecido el consumo de GHB o éxtasis líquido, una droga que llegó a Madrid a mediados de los noventa importada de las islas Baleares. La gente que la consumía buscaba relajación, euforia y desinhibición, pero su uso conllevaba un efecto sedante y amnésico, justo lo contrario que el éxtasis en pastillas. Podía producir vómitos y convulsiones, e incluso inducir un coma reversible. Se vendía en unos botecitos color marrón y se bebía. El «chupito» costaba alrededor de diez euros.

Iba deteniendo la mirada en distintos rostros mientras se preguntaba qué habría consumido cada uno de ellos. Esa duda no existía en el caso de tres treintañeros que estaban frente a él: se los veía excitadísimos, con las caras tensas como las de una manada de atletas en la línea de salida. Como si quisieran, en fin, escapar de sus cuerpos. Aquello era cocaína, un clásico de la noche. Uno de ellos lo miraba sin dejar de mover la mandíbula y le sonreía. Parecía hacerle mucha gracia su presencia allí. Diego desvió la mirada en el acto. No quería que un patoso malograra la operación.

Los dos inspectores se abrían paso entre la gente casi a codazos, por delante de él, y Diego se dio cuenta de que se estaba quedando algo rezagado.

En ese momento, de golpe, la música se interrumpió.

Fueron sólo unos segundos, en los que se oyeron gritos y risas de los asistentes. Pitidos. Exabruptos.

Entonces, el ruido enloquecedor de una sirena se apoderó del lugar y la gente lo recibió elevando los brazos y gritando como una garganta única.

Aquello parecía una multitudinaria congregación de devotos que habían ido a adorar a su dios. Un dios, como todos, invisible pero omnipresente, y que reclamaba una entrega absoluta.

En cuanto cesó el ruido de la sirena, como el de una fábrica que anunciaba el final de la jornada, comenzó a sonar un ritmo de batería. Solamente una batería, pero poderosa.

Tutu-tara, tutu-tara, tutu-tara, tutu-tara...

El bosque de torsos desnudos que lo rodeaba, hombres en su mayoría, se agitó, vibró, acató, en bloque, lo que ese sonido rítmico ordenaba. También se agitaron los bailarines y las gogós allá arriba, en su atalaya.

Apenas audible, brotó una melodía de teclado. Sintetizada.

El volumen y la intensidad de la batería seguían siendo los mismos, no decrecieron: tutu-tara, tutu-tara, tutu-tara, tutu-tara...

Pero el de la melodía iba subiendo de forma gradual, inexorable.

En los rostros del bosque de torsos desnudos se advertía una gran concentración. Como si hubieran puesto sus cinco sentidos en seguir aquel ritmo, que era un tirano al que resultaba imposible desobedecer.

La melodía era ya una ola que ascendía imparable, un tsunami.

Fue entonces cuando la batería se detuvo y la dejó sola, la abandonó a su suerte.

Por un momento, pareció que la música perdía fuelle, agonizaba, anunciaba su extinción. Parecía, sí, que había llegado al límite.

Y fue ahí cuando otro teclado emergió y acudió en su auxilio, la salvó. La puso de nuevo en pie.

Y ahora eran dos las melodías. Se nutrían la una de la otra. Se complementaban y potenciaban. Crecían.

Y la primigenia, que unos segundos antes parecía moribunda, se elevó sobre la gente como un chorro acústico.

Y la batería regresó, poderosa, inapelable: tutu-tara, tutu-tara, tutu-tara, tutu-tara...

Y los bailarines y las gogós volvieron a activarse como muñecos articulados que acabaran de recibir un mandato que exigía una respuesta fulminante.

Y el bosque de torsos desnudos era un río de felicidad, una corriente de delirio, una explosión de éxtasis.

Entonces, el disyóquey gritó:

—¡Arrrrrriba Space!

Y como en un aquelarre colectivo, el público coreó lo que parecía ser un grito de guerra.

Y por increíble que pudiera parecer, el volumen de la

música subió un peldaño. Era una bomba que acababa de explotar.

Y allí estaba Diego, un hombre de otro tiempo, con su vieja camiseta de los Jam, su pelo engominado, sus fuertes brazos y su pistola semiautomática Star 28 PK en la parte inferior de la espalda, en el mismo corazón de *El jardín de las delicias*.

Alzó la vista y vio que el techo era una suerte de puzle. Y temió de pronto que todas esas piezas —que vibraban, joder, vibraban— cayeran sobre él.

Y supo —se dio cuenta en ese preciso instante— que no iba a ser capaz de ver a ningún sospechoso porque aquello era el océano y él no era más que un hombre.

Así estaba, totalmente perdido, desubicado, un simple náufrago a merced de la tormenta musical, cuando notó una mano en el antebrazo, bajó la vista y se encontró frente a la inspectora Sara Segura.

Fue como si la viera por vez primera. Como si no estuviera contemplando a una subalterna, sino a una mujer. Una mujer muy hermosa.

Y esa mujer le estaba diciendo algo que él, naturalmente, no era capaz de oír; tan sólo veía su bonito rostro gesticulante. Pero asintió y empezó a caminar detrás de ella entre los cuerpos en movimiento, aplastado por el chaparrón de decibelios, hasta que salieron a una orilla de la pista y, a voz en grito, ella dijo:

—Estamos de suerte, jefe. Mateo ha visto a un sospechoso. Un tío joven, moreno, delgado. Y guapo. Un tío que no pega en este sitio ni con *superglú*. Y me ha dicho que si lo que está haciendo con esa chica no es ligar, entonces no sabe qué coño es. Con perdón.

—Vamos —dijo él.

Echaron a andar. Sara iba delante y Diego la seguía.

Al rato, junto a la barra que se encontraba a la derecha del escenario, vieron a los inspectores Sáez y Corrochano, que habían ido hasta allí después de que Mateo los avisara. Y este, que estaba situado un poco más allá, al ver aparecer al inspector jefe le hizo un gesto con la cabeza.

Diego avanzó y miró adonde el inspector le señalaba. Y vio a una chica, en la veintena, con un individuo que debía de rondar los treinta y que, en efecto, desentonaba en aquel lugar como un tanque en la puerta de un colegio. Pelo moreno, algo largo. Camisa blanca con lunares oscuros. Guaperas. Y se acordó en el acto de Sebastián Mayoral y de una noche de invierno en otra discoteca, hacía ya muchos años. Y ese recuerdo le aceleró el pulso.

Pero se ordenó mentalmente calma. Porque debían actuar con mucha calma.

Permanecieron allí, alrededor de la pareja, camuflados entre la gente, quizá diez minutos, tal vez veinte. Una eternidad. Hasta que vieron que dejaban la barra y echaban a andar a través de la pista en dirección a la salida.

Los siguieron.

Los vieron abandonar la pista y fueron tras ellos.

Llegaron a la puerta. La cruzaron.

Cuando ya estaban en la calle —todos, el objetivo, su acompañante y los cinco policías—, a plena luz del día, y la pareja había avanzado unos metros y el tipo de la camisa de lunares pasó un brazo sobre el hombro de la chica y la besó, el inspector jefe dio una orden y Mateo y Corrochano echaron a correr, cayeron sobre él y lo redujeron.

Entretanto, Sara y la inspectora Sáez llevaron a la chica —que empezó a gritar, histérica— a un lado y le hablaron para tratar de calmarla.

Diego observó aquella escena como si estuviera dentro de un televisor.

Le habría encantado pulsar un botón y cambiar de canal, pero no era posible.

CAPÍTULO 55

El coche llegó al sitio previsto y se detuvo.

Al cabo de veinte minutos de espera, la buena noticia surgió de pronto como un conejo de la fértil chistera de un mago.

Esa noticia era rubia, bajita, iba vestida de negro y muy maquillada.

El conductor tragó saliva y clavó la mirada en el retrovisor interior, donde un par de ojos asintieron.

Abrió la portezuela, salió y comenzó a empujar el coche.

Poco después, estalló el llanto de un bebé.

Era la hora de comer, el sol se hundía en la piel como una aguja de fuego y, salvo por el chico que trataba de mover en vano su vehículo y por la figura menuda que desde la parada del autobús lo observaba hacer, la calle era un perfecto cadáver.

CAPÍTULO 56

Sara llevaba media hora corriendo en la cinta a buen ritmo y en todo ese tiempo no había dejado de pensar en el patinazo del Space. Aquel chuleta no era el hombre al que buscaban. Si es que, claro, tal hombre existía. Porque tal vez Mateo hizo bien al recelar de aquella historia y esta no fuese más que una fantasía o paranoia creada por una mente torturada y obsesionada con el pasado; la fantasía o paranoia de alguien con ansias de venganza que quizá había perdido la perspectiva, que era algo que un policía no podía permitirse perder.

El tipo al que llevaron a la brigada e interrogaron durante horas trabajaba de comercial para una mayorista de muebles de oficina y pudo demostrar que en las fechas en las que habían desaparecido las dos chicas no se encontraba en Madrid. A veces, tenía que visitar a los clientes los sábados por la mañana y, dependiendo del lugar en el que estuviera, pasaba el fin de semana allí y buscaba los placeres que ofrecía la noche. El domingo 19 de mayo, fecha de la desaparición de Verónica Salcedo, estaba en Sevilla, y el domingo 16 de junio, cuando Ainhoa Rojas fue vista por última vez, se hallaba en Valencia. No era más que un ligón de tres al cuarto a la caza de carne joven, pero carne que ya había cumplido los dieciocho —al menos, la chica con la que lo sorprendieron sí los tenía— y con la que sólo pretendía pasar un buen rato.

Abandonó la cinta y caminó hacia la zona de las colchonetas para hacer estiramientos. Se cruzó con un tío guapo y fuerte, más joven que ella, que estaba levantando pesas. Él le dedicó una sonrisa que fingió no ver. Desde la ruptura con Toño había evitado toda relación que fuese más allá de una noche. Cuando el cuerpo se lo pedía, salía y se liaba con alguien —los únicos requisitos que debía cumplir el elegido era estar potable y que su conversación fuera banal, pues para profundidades ya estaba ella—, y una vez saciada, si te he visto no me acuerdo. Adiós, muy buenas. Cada mochuelo a su olivo.

Maldito Toño. Cuatro años juntos. Cuatro años en los que Sara pensaba que era feliz, que ambos lo eran. Habían hecho planes de boda. Habían estado viendo pisos con la intención de comprar su «nidito». Habían mirado a veces a los niños en silencio, en cafeterías o en la calle, y se habían sonreído sin el valor suficiente como para verbalizar un sentimiento que —por lo menos en su caso— estaba ahí, que palpitaba en su interior. Y entonces se enteró de que el muy cabrón se había acostado con la muy cabrona de Ruth, su mejor amiga. Ocurrió un fin de semana en el que ella tuvo que viajar para hacer un curso. Al volver, le notó raro. Y en los días posteriores lo estuvo aún más. Hasta que tras insistirle sobremanera, preguntándole una y otra vez qué demonios era lo que le pasaba —ella era policía, joder, y la policía no es tonta—, consiguió arrinconarle y se lo contó. Y habría resultado menos doloroso si le hubiese clavado un cuchillo en el pecho. El palo fue tan gordo, por inesperado, que tardó varios meses en asimilarlo y en empezar a vivir con cierta normalidad. Es decir, recuperar el apetito, concentrarse en el trabajo, dormir sin llorar. De aquello habían pasado ya más de dos años y hacía poco que había sabido por una amiga en común que ellos seguían juntos; que tenían una niña y que su examiga —con la que nunca quiso hablar y a la que no volvió a ver— estaba de nuevo embarazada. Perra vida esta. Qué vueltas daba. Qué sorpresas deparaba.

Ya en los vestuarios, se desnudó y se contempló en un espejo de pie. Estaba a punto de cumplir los treinta y tenía un cuerpo envidiable: generoso en curvas, pero atlético. Un cuerpo capaz de intimidar a cualquier hombre, de desarmarlo. Quizá ya no tenía la piel de una década atrás, esa pureza sin mácula, pero ahora era mil veces más atractiva y sexual.

Entró en las duchas y abrió el grifo del agua caliente. Pese a estar en verano, el aire acondicionado mantenía aquel lugar refrigerado y lo que el cuerpo le pedía era una ducha caliente.

Comenzó a enjabonarse y, al poco, tomó el teléfono de la ducha y apuntó el chorro caliente hacia su sexo mientras con la otra mano lo acariciaba. En su cabeza apareció el chico que estaba entrenando ahí fuera, tan cerca. Fantaseó con que salía desnuda —o mejor aún, con uno de sus pequeños tangas— y le decía: «¿Vienes?». Y entonces empezaban a follar como locos. A follar, sí, porque ella no hacía el amor, eso formaba parte del pasado. Utilizaba a los hombres para procurarse placer, en su propio beneficio, como ellos siempre habían hecho con las mujeres. Como siempre hacían y harían, por los siglos de los siglos.

Enseguida, aquel cachas de gimnasio, uno más entre un millón, fue sustituido por el inspector jefe, Diego Álamo, con su vieja camiseta de los Jam, sus vaqueros, sus botas camperas y su pelo engominado.

Mientras el teléfono de la ducha le irrigaba la vagina y se estimulaba el clítoris con dedos expertos, le vino a la cabeza el momento en el que fue a avisarlo de que Mateo acababa de ver a un individuo cuyas características físicas coincidían con las que se habían fijado para la búsqueda. Lo vio allí detenido, en medio de aquel bosque de torsos desnudos, bajo el sonido atronador de la música electrónica, y le pareció del todo indefenso, como perdido. Aunque, eso sí, guapo. Un rato guapo.

Su mano aumentó la cadencia del frotamiento y cuando por fin llegó la explosión, tuvo que soltar el teléfono de la ducha y sujetarse a una barra atornillada a la pared para no caerse.

Durante todo el tiempo que duró el orgasmo, esa corriente eléctrica que la elevó, la sacó de allí y la llevó muy lejos, no dejó de pensar en Diego.

Hacía mucho calor y Mateo decidió sentarse en una terraza a tomar una cerveza.

Pensó por enésima vez en el chasco del Space. Tremenda cagada. Pero llevaba el suficiente tiempo en el Cuerpo como para saber que esas cosas pasaban. Que las sospechas, las corazonadas, no desembocaban siempre —casi nunca, de hecho— en la resolución de un caso. Por eso manifestó su escepticismo cuando el inspector jefe les relató los pormenores de aquel célebre suceso de dos décadas atrás y su creencia de que ese hombre, el hombre que se les escapó, había vuelto a la acción igual que los asesinos inmortales de *Halloween* y *Viernes 13*. Y esas dudas seguían vivas en él, no lo podía remediar.

Joder, estaba pensando como un poli. Y, en el acto, se hizo una pregunta que era un clásico en su vida, pues se la había hecho un millón de veces: ¿cómo era posible que hubiera acabado haciéndose policía? Conocía la respuesta, la conocía muy bien, pero la evitaba. Y el mero hecho de pensar en ello hizo que, inevitablemente, aquella puerta se abriera y su cabeza viajara muy atrás en el tiempo, a unos días que llevaba años tratando de desterrar, sin éxito, de su memoria.

Recordó entonces los abusos a los que lo sometían en el colegio por ser distinto. Porque no jugaba al fútbol y prefería leer o dibujar, y no encontraba su sitio entre los machotes de la clase. Porque no tenía el carácter suficiente —ni el físico, ni el valor— para plantarles cara y revertir la situación. Recordó al peor de todos ellos, Tomás, que desde el momento en que lo vio se obsesionó con él y lo convirtió en el blanco de su ira, de su sadismo. Las torturas que le infligió, las palizas, fueron constantes. Y la peor de todas: aquel día en el que lo estaba esperando en los aseos con sus dos secuaces, Julián y Alfonso, y le arrancaron la ropa, le echaron pegamento en el pelo, le orinaron encima entre carcajadas y burlas, y se llevaron sus zapatos. Jamás les había contado nada de aquello a sus padres; le daba tanta vergüenza que habría preferido morirse antes que decírselo. Sólo que esa vez no hubo forma de ocultarlo. La directora los llamó y se reunieron. Intentaron por todos los medios que les revelase las identidades de sus agresores, pues debían recibir un «castigo ejemplarizante», pero él no dijo una palabra. Se volvió una roca. Lo cambiaron de colegio y todo aquello quedó atrás, jamás volvió a darse. Pero en su cabeza siempre estuvo vivo. Hacía un par de años, en un restaurante, el corazón se le aceleró cuando vio a Tomás. No lo había vuelto a ver desde entonces. Estaba con una chica y un niño pequeño, que él supuso que eran su mujer y su hijo. Se miraron un segundo a los ojos y, aunque Tomás desvió la mirada como si no lo hubiera reconocido, Mateo supo sin género de duda que sí lo había hecho. Fue al cuarto de baño y se mojó la cara. Y mientras se observaba en el espejo, se preguntó cómo iba a hacerlo; si esperaría a que salieran del establecimiento y los seguiría hasta su casa para volver allí otro día y aguardar el momento en el que saliera o entrara solo para poder consumar su venganza. Él ya no era el niño enclenque y temeroso al que aquel hijo de puta convirtió en su saco de los golpes. Era fuerte, había aprendido a luchar en un gimnasio y en la academia, y Tomás no tenía ni media hostia. Era un tipo fofo al que habría tumbado de un solo guantazo. Al salir del baño y pasar otra vez por delante de él, observó a la mujer y al niño, que estaban riéndose, contentos, y luego lo miró a él fijamente. Lo hizo durante unos segundos. Y en ese lapso de tiempo tuvo una revelación y tomó una de las decisiones más importantes de toda su vida: no haría nada, lo dejaría estar. Pisotear a aquella cucaracha no iba a borrar el pasado, no lo corregiría, no cambiaría nada. Y esa mujer y ese niño no tenían ninguna culpa. No. Él era policía, inspector de policía, y los malos, los malos de verdad, eran otros, no aquella escoria que fingía no reconocerlo porque en el fondo sabía que había sido un mierda, que aún lo era y que seguiría siéndolo siempre.

Pagó la cerveza y abandonó la terraza. Deambuló sin rumbo por las calles de Chueca, que tan bien conocía, y al cabo de un rato entró en un bar, donde pidió una copa. Un ron añejo —Matusalem Gran Reserva— con un poco de limón.

Se acordó de pronto de su padre, aquel hombre distante y serio, siempre concentrado en el trabajo, en sus malditas tiendas, siempre ausente. Un padre que nunca tuvo un gesto cariñoso con él, al contrario que su madre, que era dulce y sensible, una de esas personas carentes de maldad, químicamente buena, y que en la lucha que él mantuvo con su padre le apoyó, aunque al hacerlo saliese escaldada. Aquel hombre, tan desconocido en el fondo para él, jamás entendió por qué no se había echado una novia «como todos los chicos del mundo». Y Mateo a punto estuvo de decírselo en una ocasión, de gritárselo a la cara, en plena comida, pero se contuvo y siguió masticando y bebiendo como si nada.

Su padre se disipó en su cabeza cuando cruzó una mirada larga con un chico mulato, muy guapo, que bebía de pie en la barra. Al rato, ese chico se levantó y se encaminó al fondo del local, y entró en una habitación que no era ni el aseo de hombres ni el almacén.

Mateo siguió sentado a la barra, saboreando su copa unos minutos más —joder, qué bueno estaba ese ron, era un regalo para el paladar—, hasta que se puso en pie y echó a andar hacia al fondo del local.

Entró en la misma habitación en la que había entrado el mulato guapísimo y la oscuridad, al poco, lo engulló.

Diego estaba sentado en el salón con música de fondo, un libro entre las manos en el que no conseguía concentrarse y un whisky en la mesilla que aún no había probado. No lograba quitarse de la cabeza la mañana en la que fueron a la discoteca y el palo de ciego que supuso la detención de aquel tipo. Y la imagen de la inspectora Segura agarrando su antebrazo en mitad del caos, como un ángel salvador, regresó a su cabeza otra vez. Una vez más de las muchas que lo había hecho desde entonces.

¿Por qué pensaba en ella? ¿Quizá porque era una mujer muy guapa y él aún estaba vivo?

Desde el momento en el que conoció a Mónica, no volvió a estar con ninguna otra, y eso era mucho tiempo. Diego era consciente de que gustaba a las mujeres, quizá demasiado, y no pocas veces le tiraron los tejos y él no se dio por enterado, no entró al trapo. Porque Mónica era todas las mujeres, con ella no necesitaba nada más.

Sí, pero Mónica ya no estaba. Se había ido. Y de eso habían transcurrido ya cuatro años.

Cuatro años desde aquel día. Desde el fatídico día.

Mónica llevaba varias semanas instalada en casa; en una cama especial, de hospital. Porque un día, en la clínica, cuando ya habían agotado todas las posibilidades —después de visitar a los mejores especialistas tanto en España como en Estados Unidos, después de la cirugía y de la quimio, de las esperanzas de recuperación que pronto embarrancaron y de las nuevas pruebas que confirmaron los peores augurios—, ella lo miró y le dijo que quería irse a casa, que no pensaba morirse allí. Se lo dijo muy seria, con el aplomo acostumbrado y la determinación de quien ya ha quemado las naves y se siente con la lucidez suficiente para decidir cómo quiere pasar los últimos momentos de su vida, y Diego supo que ese no iba a ser un tema discutible. Así que acató su deseo y lo dispuso todo para que estuviese en casa casi igual que en la clínica, y contrató a dos enfermeras que se turnaban para cuidar de ella cuando él estaba fuera. Y una tarde en la que fingía leer un libro junto a ella, que miraba sin verla una película en la enorme pantalla de televisión que le había puesto frente a la cama, Mónica le preguntó: «¿Hemos sido felices, cielo? ¿Lo hemos sido? Yo creo que sí, ¿verdad? Dime que sí, que lo hemos sido...», y él contestó, sin necesidad de mentir: «Sí, mi amor, lo hemos sido. Muy felices». Y añadió, esta vez mintiendo: «Aún lo somos». Entonces ella le pidió que pusiera *su* canción y la sacara a bailar. En principio, se sorprendió ante aquella petición, y luego se resistió. Pero ella, como siempre, lo terminó convenciendo. Mientras se levantaba e iba a por el disco, se preguntó: «¿Acaso se puede negociar con la vida, es eso posible, o la vida es dictatorial y nos impone su voluntad, independientemente de nuestras acciones?». Sacó el disco —un *single*— de su pequeña funda y lo colocó en el plato. Liberó la aguja y la apoyó con suavidad en el vinilo. Las primeras notas de «Here comes the sun» inundaron la estancia y sintió que un estremecimiento le recorría el cuerpo como un animal vivo; hacía mucho tiempo que no la escuchaba. Luego fue hacia su mujer, la levantó —era tan ligera como una pluma— y comenzó a moverse, despacio, con su cuerpo sobre los brazos. Ella se puso a cantar la canción, pero al poco se limitó a tararearla (tal vez había olvidado la letra o quizá no tenía fuerzas para cantarla). De pronto, acercó la boca a su oreja y le dijo lo mucho que los quería, a él y a Daniel, y le juró que si alguna vez se encontraban en peligro, volvería de dondequiera que estuviese para salvarlos. Diego retiró el rostro y le pidió con un hilo de voz que por favor dejara de decir tonterías, pero Mónica le retuvo la cara con ambas manos y le dijo que hablaba muy en serio, que siempre estaría pendiente de ellos, y lo besó. Fue un beso apasionado; un beso que hacía mucho que no se daban. Después, siguió tarareando la canción, cada vez más bajito, hasta que su voz dejó de sonar, simplemente se apagó. Él obvió ese detalle y siguió moviéndose como si nada, mientras a través de los bafles George Harrison celebraba la llegada del sol, la llegada de la vida. Continuó moviéndose incluso cuando la música cesó (la canción había terminado y la aguja se replegó). Era increíble lo poco que pesaba su amor, el amor de su vida. Y en aquel preciso instante, experimentó una sensación extrañísima, nueva por completo. Fue como si esa luz —¿cósmica?— que viajaba con todos nosotros, que nacía en el interior de cada uno y tenía que ver con la propia vida, con el sendero que cada cual recorría, no estuviese ya con él, lo hubiese abandonado. En realidad, no sabía si era esa inefable luz la que ya no le pertenecía o era él el que no formaba parte de ella. De uno u otro modo, se supo inmerso en unas tinieblas absolutas y temió que no le fuera posible salir de ellas. Aquel fue un sentimiento de una profundidad que nunca antes había vivido. Era algo —un vacío, una herida, un desprendimiento— que actuó en él igual que un potente anestésico, pues mermó de golpe sus fuerzas. Aun así, estuvo un tiempo con ella en brazos —¿unos minutos, una hora?—, hasta que la tendió en la cama y la besó, y luego ya hizo la llamada.

Aquel recuerdo, que ocupaba el primer puesto en su particular *ranking* de los recuerdos terribles, le dio sed, y la aplacó estrenando el whisky. El líquido de aquel excelente Macallan Gran Reserva atenuó el sabor amargo que se le había instalado en la boca, y se levantó.

Caminó hasta la ventana y contempló la calle. Estaba desierta.

Los nombres de Verónica Salcedo y Ainhoa Rojas ocuparon entonces su cabeza como muchos años atrás lo hiciera el de Elena Vicuña.

Y entonces renovó un viejo juramento. Se juró que si estaba en lo cierto y esa bestia había vuelto, él la atraparía. Podía cometer errores, tropezar, equivocarse de persona en el trayecto de esa aventura —lo que quizá acentuaría el escepticismo en los dos inspectores a los que había embarcado en ella, aunque poco podía hacer al respecto salvo seguir trabajando—, pero, al final, la atraparía.

Lo haría por Elena. Por Patricia. Por todas esas chicas que

tuvieron la desdicha de cruzarse con el mismísimo diablo disfrazado de hombre.

Y por sus derrotadas familias, a las que ya sólo les quedaba el triste consuelo de aferrarse a una hipotética justicia divina que siempre se hacía de rogar demasiado y que rara vez se materializaba.

Y lo haría también por sí mismo. Porque si no, nunca descansaría. Jamás.

CAPÍTULO 57

Cuando abandonó la habitación se sentía pletórico. Se había divertido y había disfrutado mucho, lo cual se reflejaba en su rostro. ¿Era aquello la felicidad? Estaba saciado, satisfecho, y eso no era poco. Porque lo ponía de buen humor. Y la idea de cazar mejoró aún más la cosa.

Cogió el arco —*Voraz*— y el carcaj, y salió.

Caminó durante media hora y en ese tiempo, como siempre, no se acordó de nada de lo que había sucedido en las últimas horas. ¿Para qué? Ya estaba hecho, era pasado. Ahora tenía toda su atención puesta en otro asunto. En algo que también le producía un intenso placer.

Entonces los vio.

Una pareja, jóvenes de aspecto saludable, deportistas sin duda, paseando con un hermoso pastor alemán de pelaje clásico, oscuro y rojizo con un manto negro.

Los observó oculto tras un árbol. Ella era morena, el pelo muy largo; él, rubio con el pelo corto y una camiseta de tirantes que mostraba una poderosa musculatura. Caminaron un rato más y luego se sentaron.

El chico sacó una pelota amarilla y la lanzó lejos, y el perro salió tras ella con el ímpetu del atleta en cuya cabeza acaba de retumbar el pistoletazo de salida. Acto seguido, la pareja comenzó a besarse.

El perro regresó al poco y depositó la pelota a los pies de él, que volvió a lanzarla con fuerza.

Aquello se repitió varias veces. Él los observaba con la seguridad que le otorgaban el árbol y la distancia, y su deseo fue creciendo.

El chico se volvió y en esta ocasión arrojó la pelota en dirección opuesta, justo hacia el lugar en el que él esperaba, encogido como una alimaña, a que llegase su momento.

Cuando el perro saltó en su busca, la pareja siguió besándose y se tumbó.

Tras golpear el suelo, la pelota rebotó y rodó hasta detenerse a una decena de metros de donde él se escondía, y en el momento en que el perro la alcanzó, reparó en su presencia.

Le enseñó los colmillos y comenzó a gruñir, pero no tuvo tiempo de ladrar porque una flecha de aluminio le atravesó el cuello y se derrumbó.

Sin perder la calma, lo agarró de una de las patas y lo arrastró hacia sí.

Vio que aún vivía, por lo que cerró sus fuertes manos en torno a su hocico y apretó durante cerca de un minuto.

Notó que la vida decrecía entre sus implacables brazos e imprimió una mayor fuerza para acelerar el proceso.

Cuando los ojos del animal, abiertos pero congelados, le indicaron que ya estaba, lo cargó sobre los hombros y se alejó de allí con paso firme.

Aunque la chica y el chico se hallaban muy cerca de él y del ya inerte perro, parecían a años luz: sus sentidos estaban concentrados en ellos, sólo en ellos.

Se besaban, se tocaban, reían.

Vivían, como cualquier pareja joven y enamorada, ajenos a la muerte.

CAPÍTULO 58

—Si todavía albergabais alguna reserva, espero que se haya disipado. Tres chicas desaparecidas en siete semanas, a las que se vio por última vez en el mismo sitio, no puede ser fruto de la casualidad. Es, de hecho, todo menos eso.

Frente a Diego, los dos inspectores asintieron. Ahí había, no podían negarlo, un patrón, una relación inequívoca.

Teresa Valverde García. Veintidós años. Peluquera. Como Verónica y Ainhoa, estuvo en la discoteca de la estación de Chamartín y su pista se perdió tras abandonarla. Fue el domingo siguiente al desembarco fallido de Diego y su equipo. La denuncia la presentó su compañera de piso un día después. La noche del domingo no fue a dormir a casa, y el lunes llamó su jefa en la peluquería para saber por qué no había ido a trabajar. Su móvil estaba fuera de cobertura.

—Sí, todo hace pensar que ahí existe una relación causal —concedió Mateo—. Pero, francamente, jefe, visto lo visto no creo que rastrear *chicos guapos* en una discoteca sea la solución. No parece que eso sea muy efectivo.

Diego lo miró como lo habría hecho una esfinge. De fondo, en un volumen bajo pero audible, un noticiario radiofónico hablaba de la remodelación del Gobierno de José María Aznar con ocho nuevos ministros. El PSOE e Izquierda Unida exigían la inmediata comparecencia del presidente en el Congreso para que informara sobre los motivos de la grave crisis de Gobierno.

—La idea de ir a la discoteca fue vuestra —aclaró— y a mí me pareció bien. Tenía sentido. A partir de ahí, se trataba de buscar a una persona con el gancho suficiente como para seducir a una chica en tiempo récord y desaparecer con ella.

—Pero tú lo dijiste —terció Sara—. Que ese hombre, seguramente, no ha dejado de actuar en todos estos años, sólo que después de asesinar a su compinche y conseguidor de carne fresca se vio obligado a cambiar su *modus operandi*... En el supuesto, claro, de que sea él el responsable de estas desapariciones.

—Exacto —refrendó Mateo—. Y lo de buscar adonis cachondos, con perdón, fue el método que seguisteis hace veinte años, pero no necesariamente el que debemos poner en práctica ahora.

A Diego no se le escapó que el recelo de los dos inspectores respecto a la conexión con los crímenes del pasado no sólo seguía vivo, sino que en cuanto tenían ocasión lo manifestaban. Se tomó unos segundos antes de contestar. Hacían un buen equipo esos dos. Quién lo iba a decir.

—Como bien has apuntado —miró a Sara—, os dije que sospecho que en estos años ese sujeto no ha dejado de actuar, de matar, y que es muy posible..., *casi seguro*, que se vio obligado a modificar sus métodos. Pero las desapariciones de estas tres chicas, cuyo rastro se perdió después de que hubieran acudido a la misma discoteca, hacen pensar que ha podido volver a los orígenes. Y eso es lo que nos ha puesto de nuevo tras su pista.

—Eso es sólo una conjetura.

—Por supuesto. Pero es lo único con lo que contamos. Y las desapariciones sí son un hecho —ambos asintieron—. A ver. ¿De qué forma se os ocurre que alguien puede atraer a una presa en una discoteca? —Los dos inspectores guardaron silencio a la espera de que fuese él quien aportara la respuesta—. Bien. A mí, de entrada, se me ocurren tres. La primera, por medio de la atracción física. Y por ahí es por donde hemos empezado.

—Con no muy buenos resultados —apostilló Mateo.

—Había que intentarlo. Nos equivocamos de persona, eso es todo. Tal vez ese día nuestro hombre no estaba allí, o quizá sí, pero ni lo vimos ni le fue posible actuar. Ahora bien: pensad que si hubiéramos vuelto a la discoteca el domingo siguiente, a lo mejor no nos encontraríamos ahora ante una tercera desaparición.

Los dos inspectores guardaron silencio. Pasados unos segundos, Sara lo rompió:

—Has dicho que se te ocurren tres formas posibles de atraer a una presa en una discoteca —señaló.

—Sí, eso he dicho.

—¿Y cuáles serían las otras dos?

—La segunda, a través del poder.

—¿Dinero?

—Así es. O drogas.

—Lo de las drogas tiene todo el sentido, desde luego —reconoció Mateo.

—Y lo del dinero —dijo Sara—. He visto a chicas que por ir con un tipo con un cochazo que las invita a todo y las lleva a los sitios de moda son capaces de cualquier cosa. Es una forma de prostitución encubierta. ¿Y la tercera?

—La tercera es igual de obvia. —Los miró a la espera de que disparasen, pero permanecieron en silencio. En la radio, el locutor hablaba del hallazgo en África de los restos del antepasado más lejano del hombre, Toumaï, con aproximadamente siete millones de años—. Cabe la posibilidad de que las chicas conociesen al secuestrador y que al acceder a ellas no despertara su desconfianza.

Los dos inspectores se miraron.

—Sí, eso tiene aún más sentido —dijo Sara—. Podría tratarse de algún amigo o conocido que hubiese salido de allí, de esa misma discoteca, que hubiera pasado en coche junto a ellas y se hubiera ofrecido a acercarlas a casa.

—Si así fuera —intervino Mateo—, y suponiendo, y sólo suponiendo, que estas desapariciones estén conectadas con el célebre caso de los ochenta, ese amigo o conocido sería el gancho. El nuevo Sebastián Mayoral.

—Es posible. —Diego movió la cabeza hacia delante un par de veces—. Ahora bien, lo que está claro es que, como siempre, donde debemos poner el foco es en el círculo íntimo de las tres chicas. Familia. Novios y ex. Amigos. Ahí es donde hay que concentrarse.

—Hoy mismo voy a hablar con sus padres —dijo Sara.

—Yo he quedado en verme esta tarde con su compañera de piso, la que puso la denuncia, y con una amiga con la que estuvo en la discoteca.

—Perfecto. ¿Algún avance en relación con las grabaciones?

Sara compuso un gesto afirmativo.

—Las de la puerta de la discoteca muestran a Verónica y a Ainhoa saliendo solas, lo cual confirma que, de ser interceptadas, ocurrió ya en la calle. Y en la entrada del metro no aparecen en ninguna de esas dos fechas. No lo tomaron.

—Hay que centrarse entonces en las paradas de autobús. No obstante, deberíais solicitar imágenes, tanto de la discoteca como del metro, de la fecha de la desaparición de la tercera chica.

—Por supuesto —dijo Sara.

—Muy bien. Pues venga, a trabajar. El tiempo es oro puro.

Los dos inspectores asintieron a la vez mientras se levantaban.

Sabían que era así; que cada día que pasaba la posibilidad de hallar con vida a aquellas chicas se reducía.

Por ello, en sus caras había preocupación. Y cabreo.

CAPÍTULO 59

Qué hermosa era aquella cabeza. Podría pasarse horas contemplándola, admirándola. Le había grapado los párpados y sus ojos abiertos miraban al infinito. Toda la fuerza de aquel animal, toda su grandeza, estaba concentrada en esa pieza fascinante, con sus orejas erectas y su hocico alargado.

Al placer que le producía observarla se unía el de imaginar a sus dueños, aquella pareja tan guapa y saludable, preguntándose cómo había podido ocurrir. Cómo era posible que aquel perrazo adiestrado, obediente, listo, hubiese desaparecido sin más. «Se lo ha tragado la tierra», se dirían. No existía otra explicación.

Pero mientras la miraba, negó con una sonrisa. Claro que sí. La explicación era que él estaba allí, que él se había cruzado en su camino. Y cuando eso ocurría, ese solía ser el resultado. Hizo lo que tantas otras veces, lo que mejor sabía hacer: detener el palpitar de un corazón.

Alzó la vista: el cuerpo decapitado del animal colgaba de una viga de madera sin la menor dignidad y lo había adornado con varias flechas que formaban una uve. La uve de *Voraz*.

Tomó de nuevo el arco y una flecha, y observó el cuerpo con calma.

Buscaba el sitio perfecto en donde colocar una marca más. Y así estuvo varios minutos, indeciso.

Entonces, como si acabara de recibir una iluminación, levantó el arco, tensó la cuerda y apuntó.

En ese momento, su figura, su estampa, era de una gran belleza.

Parecía un guerrero clásico, recto como una lanza y con los músculos, su impresionante musculatura, en tensión.

Cuando los dedos índice y corazón de su mano derecha se contrajeron, como si apretara un gatillo, la afiladísima varilla de aluminio no penetró en aquel cuerpo, sino en la cabeza que estaba sobre la mesa. Y lo hizo justo entre los ojos.

Fue un tiro perfecto.

Pero pensó que todavía podía mejorarlo, por lo que cogió dos nuevas flechas y las disparó.

Entraron en sendos ojos.

«Ahora sí», se dijo. Ahora estaba mucho mejor.

Dejó el arco, agarró la cabeza y se encaminó a la habitación.

Una vez dentro, y tras encender la potente luz, la colocó en el suelo, apuntando hacia ellas.

Cuando se giró para salir, los gritos ya llenaban la estancia y la sensación de placer que le recorría el cuerpo se intensificó aún más.

Volvería más tarde, como cada día. Y les hablaría de aquel perro.

CAPÍTULO 60

Estar allí, en aquel lugar en donde le resultaba tan fácil evadirse pese al ruido de fondo —el ruido de las suelas de goma en constante movimiento, el de los mullidos guantes al alcanzar su objetivo, el de las voces imperativas que corregían las posturas y los golpes de los luchadores que se enfrentaban en el cuadrilátero—, suponía un pequeño oasis en el desierto de su rutina diaria. Con cada puñetazo que lanzaba al saco, colocaba una nueva pieza en el puzle de sus pensamientos. No conocía mejor forma de relajarse y ordenar sus ideas que aquella.

Esa mañana, Diego había asistido a una reunión sobre un ambicioso proyecto que, dentro del Plan de Lucha contra la Delincuencia diseñado por el Gobierno, iba a activarse el próximo otoño en la región de Madrid. Se llamaría Plan Focus y uno de sus objetivos afectaba de manera directa a la sección que dirigía: intensificar el plan de coordinación entre la Brigada Provincial de Policía Judicial y las comisarías de distrito iniciado unos meses atrás. A pesar de lo importante que era esa reunión para él, pues el puente con las comisarías era fundamental para el seguimiento de los casos de desaparecidos, le resultó tan larga y tediosa que nada más terminar declinó la invitación para comer con otros colegas y se escapó a su particular templo de meditación.

Comenzó a ir a ese gimnasio por recomendación de un joven subinspector; le dijo que estaba muy cerca de la brigada y que, si lo que buscaba era un sitio tranquilo en el que entrenar y no perder el tiempo, le gustaría. Y vaya si le gustó. Sobre todo, porque ese ambiente de barrio, la atmósfera de humildad y esfuerzo que allí se respiraba, le recordaba poderosamente a su infancia.

A diferencia de la mayoría de los gimnasios de musculación o de artes marciales, al Metropolitano la gente no iba con el objeto de afianzar sus relaciones sociales ni a presumir. Allí no existían poses ni tonterías. Era un lugar feo, sobrio, funcional, alejado de cualquier atisbo de diseño, pero con un encanto difícil de igualar. Un lugar concebido para los amantes del boxeo, bien fueran profesionales o simples aficionados con ganas de aprender la técnica de ese deporte y aspirar su aroma.

Diego pertenecía a estos últimos, y a pesar del año y medio que llevaba frecuentándolo no se había animado aún a hacer guantes con otros boxeadores. Prefería limitarse a verlos como parte de un decorado de película mientras se entrenaba a su aire; mientras descargaba el estrés y la ansiedad acumulados en el trabajo sobre aquel saco que todo lo aguantaba y jamás se quejaba. Además, saltaba a la comba y hacía algo de pesas. Aquello se apreciaba, como era lógico, en su cuerpo, que a sus cuarenta y pocos no albergaba un gramo de grasa de más y lucía una musculatura definida y dura como el pedernal. En realidad, no aparentaba la edad que tenía. Se le veía en forma.

A su manera, se había convertido en parte de ese paisaje que tanto le atraía. Cierto que no se trataba del único policía de la brigada que iba allí y que todos los habituales sabían perfectamente quiénes eran, pero él tenía algo que lo hacía especial: solitario y tenaz, educado y discreto, llegaba, cumplía en silencio con su disciplina diaria y se marchaba tras una ducha rápida.

Ese día golpeaba el saco con mayor intensidad de la acostumbrada, como si de esa forma pudiera alejar a los demonios que lo acechaban.

Estaba nervioso; llevaba así toda la semana. Su hijo volvía de París a la mañana siguiente y había quedado en ir a buscarlo al aeropuerto. Aunque le apetecía mucho verlo, al mismo tiempo la idea lo alteraba. Y creía conocer el motivo.

Aquellas tres chicas desaparecidas le habían dado un nuevo curso —y sentido— a su existencia. Pero la sospecha de que el asesino en el que no dejó de pensar en los últimos veinte años estaba de vuelta le producía una gran inquietud. Mónica, cuando sólo eran novios y Daniel no era más que un deseo por concretarse, vivió la investigación que arrancó a partir del atropello fatal de Elena Vicuña y acusó sus consecuencias a través de las heridas que él sufrió y que casi acabaron con su vida. Y el hecho de pensar que a su hijo pudiera salpicarle este nuevo caso, aunque fuese indirectamente, le preocupaba.

Por otro lado, aquella noche había vuelto a tener ese sueño. El sueño claustrofóbico y heridor del aplastamiento y la liberación, de la oscuridad asesina y la luz auxiliadora. Un sueño cuyo significado desconocía, pero que se reproducía siempre de la misma manera, lo cual era de por sí inaudito, y cuyo grado de realismo era superior al de cualquier otro sueño que hubiera tenido nunca. Y como siempre que recibía su visita, se pasaba el resto del día torcido.

Gruesas gotas de sudor le resbalaban rostro abajo y su camiseta era un trozo de tela mojada que se le adhería al cuerpo como una pegatina. Llevaba más tiempo frente al saco del que solía estar. Pero sólo se decidió a dejarlo cuando los brazos y la mandíbula, que no había dejado de apretar desde que se enfundó los guantes, empezaron a dolerle.

La ducha fue resucitadora, y mientras sus músculos se destensaban se sorprendió pensando otra vez en la inspectora Segura. En el momento en que le agarró el antebrazo en la pista de la discoteca y lo devolvió a la realidad.

De forma instintiva, cerró el grifo y la imagen de ella se desintegró como una pompa de jabón al chocar con algo sólido.

De regreso a la brigada, la vio sentada a su mesa, hablando por teléfono, y cuando ella levantó la vista y lo miró, se sintió raro, como pillado en falta. Como si en sus ojos hubiera detectado que ella lo sabía; que sabía que la había pensado.

Mateo entró entonces en su plano visual y cercenó de raíz su paranoia.

—Hay novedades —le anunció—. Un ex de Teresa Valverde, un tal Fabio Olivera, argentino, con antecedentes por tráfico de drogas, estuvo en la discoteca de Chamartín el día de su desaparición.

—¿Cómo lo habéis sabido?

—La amiga que la acompañó a la discoteca, Tania, me ha contado que se lo encontraron y que, aunque él se puso a darle palique nada más verla, ella lo rehuyó. Parece ser que cuando en su día se enteró de que se dedicaba a trapichear encontró la excusa perfecta para cortar definitivamente la relación, pues le parecía alguien peligroso y conflictivo. Me ha dicho que una noche que salieron en grupo, el sujeto en cuestión provocó una pelea en un bar e hirió a un par de clientes, y que Teresa le llegó a confesar que una vez la abofeteó.

—¿Lo tenéis localizado?

—Estamos en ello. Tenemos la última dirección que figura en su ficha policial, pero imaginamos que ya no vivirá allí.

—Comprobadlo. Y encontradle.

—Lo haremos, jefe, descuida.

—He podido hablar con sus padres —intervino Sara—. Viven en Albacete. No la han visto desde la pasada Semana Santa, pero mantienen un contacto regular. De hecho, su madre charló por teléfono con ella un par de días antes de su desaparición y no notó nada raro. Me habló de su hija como de una chica con mucha cabeza, muy madura para su edad. No le conocen novios ni amigos íntimos.

—¿Algo más?

—He solicitado las imágenes de la discoteca y del metro por si hubiera suerte y pudieran aportar algo.

—Insísteles para que te las entreguen cuanto antes. Tenemos a tres chicas en paradero desconocido y muy poco donde agarrar.

La inspectora asintió. Aquel comentario podía parecer una obviedad, pero no lo era. Era un mensaje inequívoco. Con él les decía que pisaran el acelerador a fondo porque iban a llegar tarde a su propia boda. Tampoco era necesario que ella le dijese que estaban dando de sí cuanto podían, que comenzaban todos los días muy temprano y se marchaban bien entrada la noche, porque eso era algo que el inspector jefe ya sabía. Se lo advirtió, de hecho, la noche en que los citó en el hotel, cuando los animó a tomarse unas copas porque a partir de la mañana siguiente todos los días iban a ser lunes. Aquello era lo normal en su trabajo y por lo que Diego había pasado muchas veces en sus primeros años en el Cuerpo. Sara sabía que el voto de confianza que les había dado a Mateo y a ella demostraba sin lugar a dudas que creía en sus capacidades, pero debían encontrar algo antes de que fuese tarde. Demasiado tarde.

—Te avisaremos en cuanto tengamos cualquier noticia —se limitó a decir, y cruzó una mirada sombría con su compañero.

Diego asintió y se encerró en su despacho, algo que rara vez hacía. Lanzó la bolsa de deporte sobre una silla y fue directo a la ventana.

La luz de aquel viernes de julio era tan intensa que aturdía. Sin otra intención que la de pensar, paseó la vista por aquel pedazo de Madrid que, pese a ser siempre el mismo, se mostraba como una pintura que cada día ofrecía un matiz distinto. Aún sentía en la piel el frescor de la reciente ducha; una agradable sensación en los músculos que unos pocos minutos antes había llevado hasta el límite.

Pero en su interior continuaban vivas las turbulencias, reinaba la borrasca.

Le habría gustado tanto poder encarar aquel nuevo panorama con Mónica, escucharla, contar con su inteligencia y criterio, con su sensibilidad...

La labor de los dos inspectores a quienes había asignado esa investigación era muy importante; sus pesquisas y capacidad de análisis podían resultar de gran ayuda. Pero sentía que era él quien, pertrechado de su experiencia e instinto, debía resolver el enigma. Que, de alguna forma, estaba solo.

Ojalá, se dijo, toda investigación policial fuera como un saco. Algo que podías sacudir a placer y que nunca te iba a devolver los golpes.

Sin embargo, era justo lo contrario. Él, Sara y Mateo eran el saco, el sufrido saco, y cada nueva actuación de aquel emisario del Mal, cada nueva chica que se desvanecía como una sombra ante la repentina ausencia de luz, era un puñetazo que les era propinado con fuerza.

Ser buenos encajadores era algo obligado en su profesión. Los policías debían desarrollar una gran resistencia a los embates. Pero los momentos más felices llegaban cuando después de mantener una actitud defensiva y de recibir una buena paliza, les sobrevenía un segundo aliento y pasaban al ataque.

Y Diego empezaba a impacientarse. Anhelaba que eso se produjera cuanto antes.

CAPÍTULO 61

En el sueño, la mujer sin rostro aparecía de pronto ante él y acto seguido, mientras el pánico lo paralizaba, sentía una fuerte sacudida en la cabeza. A partir de ahí, todo resultaba muy extraño. Pues era como si sus pensamientos se apagaran. Como si abandonara el mundo de los sentidos y se adentrase en los dominios de la nada.

Y era en ese preciso instante cuando se despertaba. Lo hacía aterrorizado y empapado en sudor, cual superviviente de sí mismo.

Aquel era un sueño recurrente, que recordaba desde siempre, y era la única cosa en el mundo capaz de asustarle. Esa maldita secuencia —la mujer desprovista de facciones, el miedo súbito y el impacto en la cabeza— era su bestia negra, su talón de Aquiles.

Cuando esa pesadilla lo visitaba, pasaba el resto del día taciturno y desubicado. Tenía entonces que obligarse a hacer algo que le ayudara a alejar aquella imagen de sí, aunque no tuviera la menor apetencia por nada.

Lo que solía hacer era ir a verlas y volcar sobre ellas su malestar y su rabia. Su miedo.

El sueño, aquel día, pese a ser idéntico en su trama, había tenido, sin embargo, una consistencia casi física. Había sido más real de lo acostumbrado. Y él, a cambio, debía provocar el mismo terror del que había sido presa, el mismo espanto.

Al colocar a la muchacha temblorosa sobre el tablón y ponerle las correas para inmovilizarla, la ira guiaba cada uno de sus movimientos. Con chinchetas, clavó pequeñas fotos alrededor de la parte superior de su silueta, de la cintura para arriba, y luego se alejó todo lo que pudo.

Las flechas que se hundieron en la madera junto a su cadera o a lo largo de los brazos provocaron gritos espantosos. Pero no fue hasta que se dispuso a atacar a las imágenes que había situado en torno a la cabeza cuando los alaridos que salieron de la garganta de la chica sonaron más a alguna especie de animal salvaje que a un ser humano.

Lo dijo una sola vez: si se movía, le haría fallar. Ella, al cabo de unos segundos, pareció captar el mensaje, puesto que, a pesar del terror que sus ojos seguían transmitiendo, interrumpió los gritos.

Él mantuvo la posición del cazador, erguido y concentrado, y los segundos pasaron lentos, heridores, en una atmósfera de hielo.

La primera flecha aterrizó a un centímetro de la sien derecha y el grito explotó en el acto.

Cuando colocó otra flecha en el arco y tensó la cuerda, los gritos se apagaron de golpe.

Y volvió la terrible espera.

Mayor que la anterior. Porque él disfrutaba al ver esos ojos aterrados; ese cuerpo rígido que había contenido la respiración porque ni a respirar se atrevía.

La segunda flecha marcó una simetría perfecta con la precedente: se hundió a nada de la sien izquierda y provocó un nuevo grito.

Y aún quedaba lo más difícil: la fotografía que clavó justo encima de la cabeza, a sólo dos dedos de distancia.

Aquella espera fue la peor de todas. La más terrible.

La chica cerró los ojos.

Él, que apuntaba a la cabeza y se mantenía silente como un reptil, bajó de pronto el arco y liberó la flecha, que se hundió entre sus muslos. Justo debajo de la vagina.

Ella lanzó un alarido y lloró, y él, en cambio, rio con ganas.

Eran dos sentimientos opuestos que cohabitaban en la misma estancia.

Pero él había conseguido su propósito: el peso del sueño, del ominoso sueño, se desvaneció.

CAPÍTULO 62

Como siempre que volvía a verlo tras unos días o semanas de separación, Diego sintió que en vez de a su hijo era a Mónica a quien contemplaba; a una versión masculina de la chica a la que conoció en la facultad de Derecho tantos años atrás. Y también como siempre se quedó unos segundos noqueado ante aquel impacto visual. Pensó que si el parecido entre ellos fue notorio desde que era muy pequeño, ahora resultaba en verdad asombroso.

Daniel lo distinguió enseguida entre la gente que esperaba. Levantó un brazo y compuso una sonrisa franca, que era la sonrisa exacta de Mónica, y aquello lo reactivó. Fue a su encuentro y se dieron un fuerte abrazo.

Echaron a caminar hacia el aparcamiento. Diego le cogió la mochila mientras su hijo arrastraba una pequeña maleta con ruedas.

—¿Qué tal París? ¿La Torre Eiffel sigue en su sitio?

—Ahí sigue, tan pagada de sí misma como siempre. Y en cuanto a la ciudad, ya sabes. Sería perfecta si no fuese porque tiene demasiados franceses... —Le guiñó un ojo.

Aquella era una vieja broma con la que Mónica solía pinchar a su madre, la abuela de Daniel. Pero cuando una vez lo dijo en presencia de su padre, Ignacio Téllez, el ilustre abogado no perdió la ocasión para señalar que esa era la más certera definición de la capital francesa.

—¿Margot bien?

—Sí. Guapa, fuerte y cariñosa. Me ha dicho que le dé muchos besos al «guapo policía español».

Diego asintió con una sonrisa. Su exsuegra era una gran mujer.

—¿Y Alain?

—A él lo he notado mayor. Muy agradable y atento, como él es, pero más lento y torpe.

—A eso se le llama envejecer, hijo, y poco puede hacerse al respecto.

Cargaron el equipaje en el maletero del Xsara y Diego enfiló hacia la Ronda de Segovia, a casa de su madre. Le había insistido mucho en que fuesen a comer el mismo día en que su nieto llegaba de París, y cuando se empeñaba en algo, era imposible zafarse.

Durante el trayecto, Daniel lo puso al día sobre la situación política del país al que tan ligado estaba por la que había sido la mujer más importante en la vida de ambos. La política le interesaba, y unos pocos meses atrás padre e hijo siguieron con atención e inquietud las elecciones presidenciales celebradas allí; cuando el fantasma del fascismo, encarnado en la figura de Jean-Marie Le Pen y el partido ultraconservador que presidía, el Frente Nacional, sobrevoló el país de la libertad, la igualdad y la fraternidad. Y los dos respiraron aliviados al ver que una ciudadanía comprometida, que tomó las calles y las urnas consciente de lo mucho que se jugaba, había logrado conjurar aquel peligro.

Su hijo le dio datos y argumentos e hizo comentarios inteligentes, y Diego pensó lo que otras muchas veces: que Mónica y él no lo habían hecho tan mal. A sus diecinueve años, aquel muchacho se expresaba como un hombre. Como un hombre lúcido y reflexivo, y eso le hizo sentirse muy orgulloso.

Cuando pulsaron el timbre, Nuria les abrió:

—¡Ya están aquí! —gritó—. Dadme un beso ahora mismo.

Hacía tiempo que su hermana había tirado la toalla con las dietas y se dedicaba a disfrutar, sin el menor sentimiento de culpa, de los placeres culinarios que tan feliz la hacían, y su colosal presencia daba fe de ello. Parecía una luchadora de sumo, aunque detrás de aquel exceso de carne se adivinaba aún un rostro bonito. Porque, sobrepeso aparte, los años habían sido benévolos con ella y no tenía una sola arruga.

Mientras avanzaban por el angosto pasillo, su madre salió de la cocina con un trapo en la mano y su gesto se iluminó al ver a Daniel.

—¡Cielo mío! ¡Qué guapísimo estás!

Lo abrazó y le dio varios besos sonoros mientras el chico se reía. Ella pensó en lo mucho que se parecía a su madre, pero no dijo nada porque no quería que aquel encuentro se viera empañado por el más leve signo de nostalgia o tristeza.

—Hola, mamá. Yo también he venido —bromeó Diego.

—Hola, amor mío. —Lo abrazó y besó con energía—. Qué ganas tenía de veros. Venga. Coged algo de beber y pasad al salón, que termino enseguida.

La obedecieron.

En el salón, atacando ya los aperitivos que ocupaban la mesa de centro, estaba Antonio, el marido de Nuria, que en cuanto entraron se levantó del sofá pesadamente y les estrechó la mano con una sonrisa de Papá Noel. Era grandote, de mejillas sonrosadas, y lucía una barba canosa que le daba aspecto de intelectual. Trabajaba de profesor de matemáticas en un instituto y llevaba ya una década con la hermana de Diego, con quien, a la vista estaba, compartía el amor a la comida y al buen vino. Aquella pareja desafiaba la resistencia de cualquier báscula.

—Bueno, ¿y qué tal se han portado los franchutes contigo? —le preguntó Nuria—. Espero que bien, porque si no me cojo un avión ahora mismo y se enteran.

Diego y Daniel se miraron y sonrieron.

—Pues, por increíble que parezca, han sido buenos chicos. No me han pateado el culo ni nada por el estilo.

—Me alegra saberlo. ¿Y cómo andan las cosas por allí? ¿Se siguen creyendo el ombligo del mundo?

—Ya sabes, tía. Ellos son el símbolo cultural de Occidente. Hay muchas cosas que no les gustan de sí mismos, muchas más de las que la gente cree, pero nunca lo reconocerían ante alguien de fuera.

Nuria, que acababa de engullir una croqueta, terminó de masticar y dijo:

—Pues no sé si son el símbolo cultural de Occidente, sobrino, pero las raciones que ponen me siguen pareciendo minúsculas. —Todos rieron—. Y si me dan a elegir entre el fuagrás y el chorizo de Cantimpalos, lo tengo clarísimo. Ahora, igual que te digo eso no te oculto... —se llevó otra croqueta a la boca— que los cruasanes me chiflan. ¡Son el mayor invento que ha dado ese país! Es que me gustan de todo tipo, salados y dulces. ¿Verdad, cari?

—Verdad —confirmó Antonio—. Salados y dulces. Lo importante es que el relleno sea abundante.

—Eso, eso.

—Ya estoy aquí, chicos. —La madre de Diego apareció con otra bandeja de canapés. Antes de que la posara en la mesa, Nuria ya se había hecho con uno de tortilla de patatas—. ¿Se puede saber de qué os reíais?

—Nada —dijo Antonio—. Que tu hija acaba de impartir una clase magistral sobre la superioridad de España sobre Francia.

—Conociéndola, seguro que ha dicho cualquier barbaridad.

—Parece mentira que digas eso, mamá. Con lo moderada que yo soy para todo... —Guiñó un ojo a su sobrino, que sonrió.

Tras tomar el aperitivo, se sentaron a la mesa. Fue una comida agradable, familiar, típicamente española. Se despacharon a gusto contra los políticos y hablaron de las inminentes vacaciones. En unos días, Nuria, su madre y Antonio se irían a Benicasim, donde habían alquilado un apartamento. Y luego tenían previsto hacer una ruta por Asturias. Madre e hija siempre veraneaban juntas, y a Antonio le parecía bien porque no había nada que le pareciera mal. Mientras hubiera buena comida y mejor vino, él era feliz. Daniel se marcharía en un par de semanas con unos amigos a la zona costera de California —San Diego, Los Ángeles y San Francisco— por cortesía de su abuelo materno, que lo premiaba así por sus excelentes notas. Y Diego se limitó a decir que estaba muy liado y que no tendría vacaciones, y su madre no quiso saber más. Desde que años atrás ocurrió aquello y casi no lo cuenta, optó por no volver a preguntarle nunca por su trabajo. Prefería no saber, porque nada le aportaba, salvo desasosiego. Ojos que no ven...

Entre él y Nuria todo discurrió con absoluta normalidad, igual que las últimas veces que se vieron, como si no hubieran estado varios años sin hablarse. Si se arreglaron fue porque Mónica, cuando su enfermedad estaba ya muy avanzada, lo instó a que la llamara e hicieran las paces. El motivo de su distanciamiento fue la demoledora revelación que su hermana le hizo en un mal momento personal para ella: su padre, su apenas recordado y sin embargo idolatrado padre, no murió de una neumonía, como le habían hecho creer toda la vida, sino que se suicidó. «¿Qué clase de padre es aquel que hace algo así? —le dijo—. ¿Merece ser recordado con amor? Tu padre, nuestro padre, no era ningún héroe, entérate de una maldita vez; era un cobarde. Un cobarde al que le dio igual que sus dos hijos se quedaran en una situación de indefensión». Él la miró horrorizado, no la creyó y salió de casa de su madre, que lloraba sin parar, como si escapara de un toro que quisiera embestirlo. Cuando se lo contó a Mónica, estaba fuera de sí, y ella lo abrazó, lo calmó, le dio todo su calor. Pero él tardó mucho en asimilar aquello —¿lo había asimilado ya?—; en recomponer la figura de su padre y seguir adelante como si nada, pese al espanto que la verdad encerraba. A raíz de ese episodio rememoró una cena de Nochebuena de muchos años atrás, en la que su hermana, cuando vio a su madre llorar por su padre, le dijo que los hombres eran todos iguales, unos egoístas, tras lo cual también cedió al llanto. Él, en ese momento, no supo explicarse la causa de semejante reacción, por qué Nuria se irritó tanto aquella noche. Lo atribuyó a la ruptura con su novio de entonces y a que había bebido demasiado, pero luego lo entendió todo. Vaya si lo entendió.

Desde que conoció a Antonio, Nuria era otra mujer. Su mala suerte con los hombres, que tanto pesar le causó en distintos tramos de su vida, se compensó con creces con aquel, en quien encontró un igual, algo de lo que muy pocos podían presumir. Incluso superó el hecho de no tener hijos, un tema que la tuvo obsesionada durante años. Eran, como ella decía, «moderadamente felices» así, el uno para el otro, y no necesitaban ningún complemento.

En cuanto a su madre, había envejecido, claro, pero, en esencia, continuaba siendo la misma mujer pragmática que se negaba a vivir del recuerdo a pesar de mantenerse firme en su decisión de no rehacer su vida sentimental. Y no lo hizo porque no lo necesitaba. Tenía amigas y aficiones suficientes —la cocina, la lectura, el cine, los viajes— como para no echar de menos la presencia de un hombre. Ya tuvo al suyo, fue feliz con él casi todo el tiempo y aquello duró lo que duró. Y ahora era ella quien llevaba las riendas de su vida.

Estaban dando cuenta del postre, una deliciosa tarta de manzana especialidad de Nuria, cuando sonó el móvil de Diego. Era Mateo.

—Disculpadme un minuto.

Se levantó y echó a andar por el pasillo.

—Dime, Mateo.

—Disculpa que te moleste, jefe. ¿Te pillo en buen momento?

—Sí, tranquilo. ¿Hay alguna novedad?

—Bueno, sí. Es en relación con Fabio Olivera, el exnovio de Teresa Valverde. Sara y yo fuimos a la dirección que figura en nuestros archivos y ya no vive allí. Un vecino nos dijo que hace lo menos un año que dejó ese piso. Hablé con Tania, la amiga de Teresa. Ella no sabe dónde vive exactamente, le suena que por La Latina, pero nos ha asegurado que la plaza del Dos de Mayo y alrededores son un poco como su cuartel general. Y hemos pensado en pasarnos por allí esta noche a ver si suena la flauta.

—Perfecto. Contad conmigo.

—¿Estás seguro? A lo mejor no lo vemos...

—Pero lo intentaremos, al menos. ¿A qué hora tenéis pensado ir?

—Sobre las diez. Tania ha accedido a acompañarnos para ayudarnos a identificarlo. Tenemos una foto, pero es más que probable que esté cambiado.

—Bien. Podemos quedar a las diez menos cuarto en la puerta del Café de Ruiz y bajamos juntos a la plaza.

—Muy bien, jefe. Pues hasta la noche entonces.

Colgó y se quedó unos segundos pensativo. Volvía a la acción y le apetecía. Sólo de esa forma tenía la sensación de estar haciendo algo útil respecto a aquellas desapariciones.

Cuando caminaba de vuelta al salón, vio a su hijo riéndose entre su madre, su hermana y Antonio. Se detuvo para observarlo y sintió un pinchazo de emoción. Daniel estudió en colegios exclusivos e iba a una universidad privada y muy cara. Sus mejores amigos pertenecían a familias adineradas y, pese a su juventud, había viajado ya a las principales ciudades europeas y un par de veces a Nueva York. Y el piso en el que vivían, y en el que Mónica vivió hasta el final, se encontraba en la zona noble del barrio de Chamberí. Tuvo y tenía todo aquello de lo que él careció. Sin embargo, se le notaba a gusto allí. En aquella casa tan humilde, la casa de su infancia, y con esos comensales campechanos, despojados de la menor afectación. Sí, volvió a decirse. Mónica y él no lo habían hecho tan mal con aquel muchacho.

Y pensó que a veces hacía falta muy poco para sentirse bien. Para disfrutar el momento exacto que uno vivía y no el que ansiaba que llegase y que quizá jamás tuviera lugar.

Pero las personas siempre encontraban la manera de complicarse la existencia. Y él no era ninguna excepción.

CAPÍTULO 63

De vez en cuando, le gustaba cubrirse la cabeza. Nada de sombreros, gorras, cascos o máscaras. Lo hacía con las prendas de ellas, una camiseta o una blusa. Practicaba un par de orificios para los ojos y otro para la boca, se colocaba la improvisada capucha y luego la ceñía al cuello con un tosco trozo de cuerda.

Entraba en la habitación con la cabeza cubierta con aquella pieza que ellas reconocían enseguida y con la que tan sólo se le veían los ojos —dos puntos brillantes—, se sentaba, apoyaba el arco sobre su regazo y permanecía largo tiempo allí, observándolas sin hacer nada, como si fuera un maniquí.

Ellas veían aquella figura estática, con la cabeza oculta bajo su propia ropa, y sentían terror en estado puro.

Porque era terrorífico. Psicológicamente, la mera visión de aquello era una tortura difícil de soportar.

Y, sin embargo, eso no era nada. Lo peor llegaba después, cuando se ponía en movimiento.

Disfrutaba de cada paso que daba, de todo lo que hacía. Ya fuera atarlas, entrar en ellas o realizar experimentos con distintas partes de su cuerpo. Experimentos a los que rara vez asistían, pues al poco de comenzar se desmayaban.

Y era insaciable. Podía permanecer allí dentro horas, y durante todo ese tiempo las tomaba sin parar, con pequeñas pausas en las cuales lanzaba flechas o pronunciaba monólogos acerca de algo que había hecho o pensaba hacer. Y cuando menos lo esperaban, volvía al ataque.

Aquel fue uno de esos días. Lo único que llevaba puesto cuando irrumpió en la habitación era una camiseta negra sobre la cabeza.

Su miembro ya estaba erecto y tardó en decidir por dónde entraría. Cuando lo hizo, se movió despacio pero profundo, y como siempre no sólo ignoró los lamentos y las súplicas, el dolor y el miedo, sino que todo ello incrementó su placer y reafirmó su sensación de poder.

Mientras movía la cadera como si golpeara un martillo, la única cosa que le ocupaba la cabeza y que parecía importarle eran sus propias palabras, que repetía en voz alta una y otra vez como un mantra: «¿Te había follado alguna vez la muerte?».

CAPÍTULO 64

Aquella noche de sábado, la plaza del Dos de Mayo era una explosión de vida. Además de quienes la cruzaban desde los cuatro puntos cardinales, porque era un lugar de paso que conectaba cinco calles, había gente por todas partes, ya fuera sentada en los muchos bancos y en los pasamanos y las escaleras de piedra, o en las terrazas de los distintos bares, cafés y restaurantes que la circundaban. Numerosas personas aguardaban de pie a que alguna de las mesas quedara libre para caer sobre ella como un depredador sobre su presa, y no era infrecuente que se produjeran disputas por ese motivo.

Ellos habían tenido suerte. Al poco de llegar, encontraron sitio en la terraza de una pizzería desde la que podían ver casi toda la plaza, incluido el arco de ladrillo y la escultura en honor de dos héroes de la guerra de la Independencia española.

No parecían policías. Los dos treintañeros rubios y guapos, el hombre moreno y atractivo, y la veinteañera delgada como un lápiz y demasiado maquillada que de tímida no tenía ni la te.

—Hacía tiempo que no venía por aquí —observó Sara—, pero juraría que solía haber un montón de niñatos haciendo botellón y hoy no veo ni uno.

Tania, la amiga de Teresa, no se dio por aludida. Mateo, que vivía en la zona, asintió.

—Pues sí. El *presi* Gallardón se ha puesto las pilas y se ha dignado atender, por fin, las quejas de los vecinos, que ya habíamos tocado fondo con el follón permanente y la suciedad. No os podéis imaginar el infierno que ha sido esto... Pero la tan esperada ley entrará en funcionamiento en sólo dos semanas y por fortuna ya se deja notar.

La inminente entrada en vigor de la Ley sobre Drogodependencias y otros Trastornos Adictivos, más conocida como *ley antibotellón* o *ley seca*, iba a prohibir la venta de bebidas alcohólicas después de las diez de la noche y su consumo en la calle. Si los infractores eran menores, la sanción consistiría en realizar trabajos para la comunidad, como barrer las calles, colocar papeleras o cuidar ancianos, y quizá de ese modo los chavales se lo pensarían dos veces antes de cogerse una cogorza al aire libre. En el mes transcurrido desde su aprobación, los comas etílicos descendieron. Y aunque según datos del SAMUR (Servicio de Asistencia Municipal de Urgencia y Rescate) entre enero y julio sus actuaciones bajaron un veinte por ciento respecto al mismo período del año anterior, lo cierto era que atendieron a más de cuatro mil personas con intoxicaciones etílicas graves. Aquella cifra no era ninguna broma, como tampoco lo era el resultado de una encuesta llevada a cabo por la Agencia Antidroga de la Comunidad de Madrid: el ochenta por ciento de los madrileños de entre catorce y dieciocho años consumía alcohol de forma regular. Un porcentaje altísimo que suponía un retrato perfecto del descontento de la juventud y de lo rematadamente mal que lo estaban haciendo los políticos, pues era obvio que la información era deficiente y que se imponían toneladas de pedagogía, y cabía pensar que ese no era un problema exclusivo de esa comunidad.

—Y por lo que veo —dijo Sara—, el alcalde también ha arrimado el hombro ampliando los efectivos policiales. No sé si así se conseguirá acabar para siempre con el insufrible botellón, pero al menos a esta plaza la van a dejar en paz. Y me alegro mucho, porque me encanta.

Tal y como había anunciado José María Álvarez del Manzano unos meses atrás, la vigilancia policial aumentó de forma considerable en la zona. Había un coche de los municipales estacionado junto al monumento central de la plaza y se veían parejas de agentes recorriéndola de punta a punta.

—Pues yo sólo espero que la presencia policial no disuada a nuestro amigo de seguir luciendo el palmito por aquí —dijo Diego, que les recordó así que no habían ido allí a tomar una copa y a pegar la hebra, sino a tratar de dar con un presunto secuestrador en serie.

Llevaban ya dos rondas de refrescos cuando Tania exclamó:
—¡Allí! ¡Esos son amigos suyos!
La mirada de Diego siguió la dirección de su dedo y se fijó en un par de jóvenes con el pelo teñido y vestidos con ropa deportiva. Miró después a los inspectores.
—Vamos —dijo.
Se pusieron en pie y caminaron tras ellos. Se sentaron en un largo banco de piedra que rodeaba, formando un semicírculo, uno de los extremos del foso de la plaza, cuya parte central semejaba la pista de un circo romano.
Diego le hizo una señal a Mateo, quien se presentó:
—Buenas noches, caballeros. Tomando un poco el fresco, ¿eh?
Levantaron la vista y los vieron allí delante. Uno de ellos escupió al suelo y soltó:
—¿Fresco? Mis cojones. ¿Quieres freír un *güevo*? Tíralo al suelo y listo.
Y volvió a escupir.
Mateo miró el escupitajo con aprensión y dijo:
—Gracias por el consejo, pero no hemos venido a cocinar. Buscamos a un amigo vuestro. Fabio.
Se miraron y sonrieron. El mismo que había hablado antes dijo:
—*Pa'mí* que os habéis equivocao. No conocemos a ningún Flavio.
—Fabio, no Flavio.
—Da igual, tío. Con ese nombre de julái, mejor preguntáis en la floristería. Hala, suerte y con Dios.
El inspector miró a su jefe, que le indicó que siguiera.
—Veréis, chicos —dijo al tiempo que sacaba la placa con todo el disimulo que pudo—. Necesitamos saber dónde está vuestro amigo y no disponemos de toda la noche.
Si pensaba que así iba a amedrentar a aquellos dos, no podía estar más equivocado.
—Ya *tedicho*, madero, que no conocemos al Flavio ese. Ni puta idea, tío.
Mateo movió varias veces la cabeza. Iba a decir algo, pero Sara se le adelantó:
—Eh, payaso. Cuidado con esa lengua, no vaya a ser que te

pase una lija por ella. Mi compañero te ha avisado, con toda la educación del mundo, de que no tenemos toda la noche, y eso significa que queremos saber, ya mismo, dónde coño está vuestro amigo Fabio.

Diego la miró y se acordó en el acto de Guzmán, y pensó a su vez que el consejo que le dio en su despacho acerca de refrenar sus impulsos no había calado muy hondo en ella. Estaba claro cuál de los dos inspectores era el poli malo.

—¿Y tú quién eres? —dijo el otro, rompiendo su silencio—. ¿Miss agente de policía?

Su amigo rio.

—Documentación, venga —ordenó ella.

—No la llevamos puesta.

—En ese caso, levantad el culo porque nos vamos ahora mismo a la brigada.

—¡Eh, *oyes,* joder! ¿*Quemos* hecho nosotros? Estamos aquí de buen rollito y nos pedís la papela sin venir a cuento. Pero qué *putamierda* de país es este...

—Uno que dudo mucho que os merezcáis —dijo Sara—. Os lo voy a poner muy fácil. O nos decís dónde podemos encontrar a Fabio u os venís con nosotros.

Los dos amigos se miraron unos segundos, al cabo de los cuales el más hablador escupió por tercera vez al suelo y contestó:

—Me suena que un pavo con un nombre parecío a ese se mueve por un bareto que hay por *ahi* arriba.

—¿Dónde coño es por ahí arriba?

Nuevo lapo.

—En la calle Ruiz.

—¿Y cómo se llama?

Se encogió de hombros.

—Ni zorra, tía. Es un bar mazo cutre.

—¿Y cómo sé que no me estás mintiendo y que según vayamos para allá no os dais el piro y le avisáis?

Chasqueó la lengua.

—No nos vamos a mover *daquí.* De momento.

—Vale, listillo, haremos una cosa. Si me habéis mentido, pienso venir todos los días por aquí, a cualquier hora, hasta que dé con vosotros. Y te juro que os vais a acordar de mí.

El otro compuso un gesto de vale, rubia, pues muy bien.

—Yo que tú me lo tomaría en serio —le advirtió Mateo—. Mi compañera tiene memoria de elefante y nunca incumple su palabra.

—Claro, tío. La palabra es lo primero. —Y sonrió.

Su chulería resultaba irritante. De no ser porque se encontraban allí para otra cosa, a Sara le habría encantado darle un escarmiento. Dudó unos segundos y luego miró a su superior, que con los ojos le dijo que fin de la historia.

Echaron a andar hacia la calle de Ruiz. Cuando salieron de su ángulo de visión, Diego miró a Sara y dijo:

—No le habrás creído, ¿verdad?

—Ni loca, jefe.

—Vamos a esperar aquí —propuso Mateo— y enseguida los veremos pasar.

Se ocultaron detrás de un grupo de jóvenes y esperaron.

En efecto, al poco los dos macarrillas subieron las escaleras hacia la calle de San Andrés, la cruzaron y continuaron por Velarde.

Los siguieron a una distancia prudencial. Al ser sábado, y en esas fechas, mediados de julio, la calle rebosaba gente.

Al pasar por delante de la puerta de La Vía Láctea, a Diego le asaltaron recuerdos imposibles de borrar. Recuerdos íntimamente ligados, además, a ese presente. ¿Casualidades?

La pareja entró en un bar que había un poco más arriba. Los tres policías y la amiga de la tercera chica desaparecida se detuvieron y aguardaron delante de un portal.

No había pasado un minuto cuando un joven apareció en la puerta del bar y se detuvo unos segundos. Llevaba la cabeza rapada, una camiseta de tirantes blanca, pantalones vaqueros cortos y deportivas.

—¡Es él! —gritó Tania—. ¡Es Fabio!

El interfecto se volvió, alertado por las voces, los vio y, en el acto, echó a correr.

Los tres policías corrieron a su vez.

El tipo cruzó la Corredera Alta de San Pablo y dobló a la derecha al llegar a la calle de Fuencarral, momento en el que desapareció de la vista de sus perseguidores.

Cuando segundos después desembocaron en esa calle, corrieron unos metros, hasta la esquina con Barceló, pero estaba muy transitada y no distinguieron su figura.

Resoplaban mientras miraban alrededor, desconcertados. «Ese mamonazo se ha desvanecido en nuestras propias narices», pensó Diego.

Entonces ella se fijó en un portal que acababa de cerrarse y se lo indicó a sus compañeros.

Se acercó al telefonillo y pulsó un botón al azar. Contestaron y, tras identificarse como policía, pidió que le abrieran. Pero debieron de pensar que era una broma, porque la mandaron a la mierda y cortaron.

Les abrieron al cuarto intento y se internaron en el portal.

—Mateo, tú quédate aquí y vigila el ascensor. Sara y yo vamos para arriba.

El inspector asintió.

Comenzaron a ascender.

En el primer piso, nada; en el segundo, lo mismo.

En el rellano del tercero, entre las puertas de dos viviendas había un armario grande y, nada más verlo, Diego le hizo una señal a Sara, que se encontraba dos peldaños por debajo de él.

Avanzó casi de puntillas, rodeó el mueble, presto para actuar, pero detrás de él no había nada. Falsa alarma.

Se preguntó entonces si habían hecho bien al seguir la corazonada de ella y entrar en aquel portal, sólo que ya era demasiado tarde para eso.

Continuó hacia el cuarto piso.

Cuando dejó atrás el descansillo y comenzó a subir el segundo tramo de escaleras, recibió un fuerte empujón que lo desequilibró y lo lanzó contra la pared.

Vio, de refilón, el cuerpo que volaba escaleras abajo y, al poco, oyó el golpetazo.

Sara había tenido los reflejos suficientes como para esquivarlo y ponerle la zancadilla.

Cuando Diego bajó los peldaños vio al tal Fabio tumbado, cuan largo era, en el rellano. Emitía un sonido lastimero.

«Vaya hostión que se ha dado», pensó. Ella lo verbalizó:

—Tremenda hostia, ¿eh? Eso le pasa por resistirse a la autoridad.

Mateo estaba delante del ascensor cuando la puerta se abrió. Su superior y su compañera salieron tirando del argentino, al que se le veía medio grogui.

—¿Qué? ¿Ha pisado una piel de plátano?

—Eso parece —contestó Sara—. Eso parece.

Veinte minutos después, estaban en la brigada.

Recostado en la silla, las piernas muy abiertas y expresión de sumo aburrimiento, Fabio Olivera, ya recuperado del trastazo y con todos los huesos intactos, esperaba a que le tomaran declaración mientras su mirada llevaba ya unos minutos haciendo el mismo recorrido: saltaba de la fotografía del rey Juan Carlos a la bandera de España, de esta a una pizarra con unas anotaciones que para él eran chino mandarín y, por último, a la ventana, que debido a la iluminación interior —blanca, espantosa— mostraba una oscuridad total. Y vuelta a empezar.

Había aceptado acudir de forma voluntaria en calidad de testigo. Ellos lo preferían así, pues si lo hubieran llevado detenido, habría podido acogerse a su derecho a no declarar o a no contestar cuantas preguntas considerase y, por supuesto, a no declarar contra sí mismo. En ese caso, habría contado además con la asistencia de un letrado, designado por él o bien de turno de oficio, quien estaría presente durante la declaración para asegurarse de que sus derechos constitucionales se respetaban en todo momento y de que no se ejercía ningún tipo de coacción sobre él. Por ese motivo muchos delincuentes comunes elegían ir detenidos, ya que si lo hacían como testigos tenían la obligación legal de decir la verdad y en caso contrario podían incurrir en una posible responsabilidad penal.

Pero, por la razón que fuese, aquel individuo no quiso que lo detuvieran. Tal vez porque, a pesar del numerito de la huida y de los trapicheos en los que sabían que andaba metido, no tenía gran cosa que esconder (si llevaba material, se deshizo de él en cuanto sus compinches le dieron el agua, porque cuando lo cogieron estaba limpio).

Lo iban a comprobar enseguida, no obstante. Mateo, como era su deber, lo informó de que estaba obligado a no faltar a la verdad en su testimonio y el otro dijo que vale, que amén. Sabían que el valor de la palabra de esa joya se situaba por debajo del cero; debía de llevar sin jugar limpio desde su más tierna infancia y de cada cuatro cosas que decía, cinco serían mentira. Pero, aun así, había que intentarlo. El reloj no se detenía y necesitaban saber cuanto antes si tenía alguna vinculación con las chicas desaparecidas.

A Mateo lo separaba del testigo el ordenador en el que iba a redactar su declaración, y Sara se apoyó en otra mesa y cruzó los brazos.

La habitación estaba abierta. Diego entró y se sentó en una silla junto a la pared, a espaldas del visitante.

Antes de empezar, el inspector le pidió al argentino que hiciera el favor de incorporarse, porque no estaba en su casa, y aunque le obedeció, lo hizo a regañadientes y con extremada lentitud.

—¿Por qué has salido corriendo cuando nos has visto?

Guardó silencio. Mateo miró a Sara, tragó saliva y repitió la pregunta.

—No sabía que eran tiras.

—¿Tiras?

—Tiras, sí. Agentes de paisano. Los vi ahí, en la vereda, y pensé que eran otra gente.

—¿Sí? ¿Qué gente?

—Unos chabones a los que les debo plata.

Los inspectores volvieron a mirarse. Se les presentaba una noche de sábado deliciosa.

—Mal empezamos, Fabio. —Mateo sacudió la cabeza—. Muy mal. Sabes bien que eso no es cierto. Seguimos a tus amigos. Ellos fueron a alertarte de nuestra presencia.

Se produjo un nuevo silencio, hasta que chasqueó la lengua y claudicó:

—Mis *broders* me dijeron que tres tiras y una nena me andaban buscando, y no quise comerme este garrón. No me gustan los canas. Si acaso, algunas inspectoras... —Y miró a Sara, que le sostuvo la mirada con expresión impasible y continuó en silencio.

—Muy bonito eso de tirarle los tejos a una inspectora de policía... —dijo Mateo—. O sea, que te largaste a toda mecha porque no te apetecía hablar con la policía.

—¡Eco! Sos un genio. No sé qué hacés de cana, deberías laburar en la NASA.

—A ver, graciosillo. Si no has hecho nada malo, ¿por qué razón huir de la policía? Sabes que eso no está bien, que da que pensar. Que te convierte en sospechoso...

—¡Che, pará, pará! ¡Pero qué mierda de sospechoso...! ¿Me querés romper las bolas o qué? Estoy limpio. No hice nada malo. Pensé que venían a joder sin más.

—Eh, no te excites, haz el favor, que es malo para la salud. A ver. Cuéntanos qué hiciste el domingo pasado.

—¿El domingo?

—Sí, eso he dicho.

—Uf, qué atrás quedó eso... El domingo... No recuerdo.

—Esfuérzate, venga. Ya verás como lo consigues.

—El domingo... Mmmm... Ah, *sha.* Estuve en un boliche, el Space. ¿Sabés dónde queda?

Mateo y Sara se miraron. Y ella intercambió a su vez una mirada con Diego, que permaneció en silencio.

—¿A quién te encontraste allí?

—¿Qué?

—Que a quién viste en el Space.

—Pero qué boludez... A muchos locos.

—Chicas.

—¿Chicas?

—Exacto. ¿Viste a alguna conocida?

Rio.

—No entiendo nada. Me volviste colifa.

—Teresa Valverde —dijo Mateo—. ¿Esas dos palabras las has entendido o te las deletreo?

Los miró con gesto de sorpresa.

—¿Cómo?

—La conoces, ¿no?

—¿A Teresita? Claro. ¿Le pasó algo?

—Tú sabrás.

—*¿Sho?* ¿Y por qué iba *sho* a saberlo? No sé nada de *esha.*

—¿Desde cuándo?

—Pero... no entiendo. ¿Le pasó algo a Teresita?

—¿Por qué crees que le ha pasado algo?

—¿Me tomás el pelo? Me preguntaste por *esha* y pensé que algo le pasó... ¿Sí?

—¿Cuándo la viste por última vez?

—¿A Teresita?

—No, a Michelle Pfeiffer —dijo Sara, que intervino por vez primera—. A *Teresita*, sí. Teresa Valverde.

—¿Qué te parece? Si la rubia tiene lengua...

—Lo que la rubia tiene es nombre —dijo ella.

—¿Y es?

—Para ti, inspectora.

—Oká. Inspectora.

—No te noto preocupado por tu ex —dijo Mateo—. En lo más mínimo.

—¿Y por qué carajo iba a estarlo? ¿Le pasó algo?

—Venga, Fabio, anda. Sé bueno y échanos una mano. Pónnoslo fácil por tu propio bien.

—Pues decime qué tengo que hacer, porque no sé de qué va esta mierda...

—Sigues sin contestar a la pregunta que te ha hecho mi compañero: ¿cuándo la viste por última vez?

—El domingo. En el Space. *Chamushamos* un rato y ya.

—¿Perdón?

—Conversamos, tonteamos un poco...

—¡Ja! Di mejor que lo intentaste —soltó Sara—, pero ella no quiso saber nada de ti.

—Ah, que hicieron los deberes... La nena esa con la que andaban...

—Exacto. Tania —dijo Mateo tras cruzar una mirada con su compañera—. La viste con nosotros, luego sabías perfectamente por qué te estábamos buscando.

—Sé que es boluda de Teresita, pero no pensé en eso cuando la vi. Recién caí.

—Ya, fíjate tú qué cosas —dijo Sara—. ¿Qué hiciste ese domingo?

—Estuve en el Space.

—Esa parte ya nos la sabemos. ¿Y después?

—Seguí de joda.

Ella levantó una ceja.

—De fiesta, che.

—Dónde.

—Qué sé *sho*. Por ahí.

—Esa es una respuesta muy vaga. Tienes que hacer un esfuerzo y ser más concreto. Precisa, Fabio, precisa.

—¿Qué le pasó a Teresita? Ni en pedo le haría daño a esa pibita...

—No es eso lo que tenemos entendido. —Sara apretó en el cardenal.

—¿Qué?

—Un pajarito nos ha contado que una vez se te fue la mano con ella...

—Sos una bolacera. No te creo.

—... Una vez, que sepamos.

—Estás de la gorra, rubia. Qué bolazo.

—Ya. ¿Se te fue o no se te fue la mano con *Teresita*?

La miró muy fijo y tardó unos segundos en contestar.

—Discutíamos, vos sabés...

—Yo no sé nada. O sea, que sí que se te fue la mano... ¿Y a eso le llamas tú discutir? ¿A pegar a una chica? Qué valiente —pinchó ella—. Ya puedes sentirte orgulloso.

—Vos no sabés una mierda de mí... —En su mirada se apreciaba una ira creciente.

—Sé lo suficiente —continuó ella—. Que pegas a las chicas que dices querer... y que Teresa Valverde lleva desaparecida desde el domingo.

—¿Teresita? ¿Desde el domingo...?

—¿Tienes coche? —preguntó Mateo.

—¿Qué?

—Que si tienes coche.

—No. No tengo auto.

—¿Y cómo te mueves?

—Manejaba una motocicleta, pero choqué y *sha* no hay motocicleta.

—¿Cuándo fue eso?

—Pfff... ¿Un mes?

—Volvamos al domingo. —Sara lo miró muy fijo—. Seguiste de fiesta. Vale. Dónde.

—En el departamento de unos *broders*.

—Dónde.

—Por el paseo de las Delicias.

—Dónde.

—En la calle Ferrocarril.

—¿Ves? Vas mejorando.

—Un momento —pidió Mateo mientras le daba a la tecla.

—¿Y alguno de esos... *broders* —continuó ella— lo puede corroborar?

—¿Charlar con un cana? Ni en pedo, rubia.

—A ver cómo te lo explico para que lo entiendas. Necesitas una coartada. ¿Sabes lo que es eso?

—Muy graciosa.

—Bien. ¿Cuál es tu coartada, Fabio? Porque si no la tienes, las noticias no son buenas para ti. Si estás limpio como dices y no tienes nada que ocultar, es mucho mejor que nos pongas las cosas fáciles para que podamos encontrar a esa chica que tanto parece importarte.

Los dos inspectores clavaron la mirada en él, que al cabo de unos segundos espetó:

—Estuve cogiendo con una mina. —Miró con intención a Sara, que le sostuvo la mirada.

—¿Ves qué bien? Eso es una coartada, claro que sí. ¿Y qué mina es esa?

—La hermana de un *broder.*

—¿Cuánto tiempo estuviste con ella?

—Qué sé *sho*... Una bocha.

—En román paladino, si no te importa.

—Mucho.

—Precisa, Fabio, precisa. ¿Desde y hasta qué hora?

—Mmmm... Desde las dos hasta las seis.

—De la tarde.

—¡Eco!

—Vaya, pues sí que os empleasteis... ¿Y cómo se llama esa chica con tan buen gusto?

Él sonrió.

—Qué, inspectora. ¿Querés probar?

Ella lo miró. Si se obviaba el corte de pelo estilo campo de concentración y aquella ropa tan sumamente hortera, el muchacho no era feo. Pero tampoco tan guapo como él se creía.

Pensó que muy mal tendrían que ponérsele las cosas para que se fijase en alguien así.

—Sí, me muero de ganas. Como de tirarme por un puente, vamos. Te lo vuelvo a preguntar: ¿cómo se llama esa chica?

—Podemos salir de gira, inspectora. Los vas a pasar rebién con Fabio.

Sara desvió la vista hacia Mateo, que meneó la cabeza con incredulidad.

—¿Es cosa mía o este tío es idiota profundo? —Volvió a fijar la mirada en él, que se limitó a sonreír—. ¿Sabes? Estás agotando mi paciencia, te lo digo muy en serio. Te recuerdo que has aceptado venir como testigo y que sabes lo que eso significa: la obligación que tienes de no contarnos trolas, y llevas ya unas cuantas. Mi compañero te ha informado de ello al principio de la declaración con una claridad meridiana. Te podemos meter un buen paquete, listillo, o algo peor. Así que venga, deja de vacilarnos y dinos de una maldita vez cómo se llama esa chica.

Tras un pulso visual de varios segundos, habló:

—Eva. La mina se *shama* Eva.

Sara se quedó pensativa. Luego fue hasta Diego y le dijo algo al oído, y este, tras meditar unos segundos, asintió. Sara volvió a la mesa.

—Saca tu móvil y llámala.

—¿Qué?

—Ya me has oído. Llama a la tal Eva.

Sabían que llevaba teléfono porque se lo habían visto al cachearle en el portal en el que se escondió.

—¿Vos sos cola? ¿Por qué iba a hacer eso?

—¿Que por qué ibas a hacer eso? —dijo Sara—. Es bien sencillo de entender. Pero como veo que eres durito de mollera, te lo voy a explicar. Verás. Estamos hablando de algo muy muy grave. De una chica que está en paradero desconocido desde hace una semana. Una chica con la que hace tiempo estuviste saliendo, a la que viste el domingo pasado en un *after* y con la que intentaste entablar conversación. Por eso vas a llamar a tu amiguita. ¿O aún necesitas más razones? —La miró y no emitió sonido alguno, pero por vez primera ella notó que su gesto había cambiado. Que se estaba ablandando—. Ya me figuraba. Danos esa coartada, Fabio. Hazte un favor y llama a esa chica.

Diego asintió. «Bien hecho —se dijo—. Bien jugado».

Pasaron unos segundos sin que nadie dijera nada. Al fin, el argentino habló:

—No puedo hacer eso.

—Sí —rebatió ella—, claro que puedes. Y lo vas a hacer.

—Está casada.

—¿Eva?

—Sí. Está casada con un chabón que conozco.

—¿Otro *broder*? —Sonrió—. Menudo granuja estás hecho, Fabio. Hay que ver. Con la de tías que hay, y tú vas y te tiras a la mujer de un amigo.

—Ese no es un *broder*, sólo es alguien a quien conozco.

La sonrisa de Sara se mantuvo inalterable.

—Escúchame —intervino Mateo—. Si me dieran a elegir entre pasar por ese trance o ser detenido en relación con la desaparición de una chica, yo desde luego no me lo pensaría.

El aludido se quedó un rato en silencio mientras movía la cabeza. Lo estaba sopesando.

—¡Pucha! —exclamó con gesto contrariado—. ¡Qué bronca!

Sacó el teléfono de un bolsillo de sus vaqueros, buscó en la agenda y marcó. Pasó el tiempo equivalente a unos cinco timbrazos.

—¿Eva? Sí..., soy Fabio... —Hizo una pausa—. Escuchame un momento, Eva. Tengo un problema... Sí, sí, *sha* te oí que no podés hablar, pero verás... Este... *Sho*... Eva...

Sara dio un profundo suspiro y le arrebató el teléfono.

—¿Eva? Buenas noches. Soy la inspectora Segura, de la sección de delitos contra las personas de la UDEV de la Brigada Provincial de Policía Judicial. Tu amigo Fabio está en un aprieto y quizá tú puedas ayudarle... —Se detuvo un momento y afirmó varias veces con la cabeza—. Lo sé, lo sé, y lo entiendo perfectamente. Pero es importante que me escuches, Eva. Estamos investigando la desaparición de una chica. Una exnovia de Fabio a la que no sé si conoces. Teresa. Teresa Valverde... ¿No? Bien, da igual. El caso es que Teresa estuvo el domingo pasado en la discoteca Space, en la estación de

Chamartín, y Fabio también. Necesitamos..., para poder descartarlo como sospechoso, es necesario que nos pueda demostrar que esa tarde, a la hora en que Teresa fue vista por última vez, él estaba en otro sitio... ¿Me sigues, Eva? —Guardó silencio y volvió a asentir—. Sí, sí, sabemos que estás casada, pero esto es muy serio. A ver, Eva. Tu marido no tiene por qué enterarse de nada. Nosotros no vamos a entrar ahí, no nos interesa. Lo único que necesito es que me confirmes lo que Fabio nos ha contado... Que me digas si el domingo pasado, entre las dos y las seis de la tarde, estuvisteis juntos o no. ¿Me lo puedes confirmar?

El rostro del argentino tenía el color de la cera; Mateo miraba a su compañera con el gesto concentrado y Diego observaba la escena expectante.

—¿Estás segura? —la oyeron decir, al fin—. Bien. ¿Te importaría venir el lunes a hacer una declaración formal? No te llevaría mucho tiempo. —Tras asentir, le indicó la dirección—. Muchas gracias. Lamento mucho todo esto, créeme, pero era algo necesario.

Cortó la comunicación y los miró.

—¿Qué? ¿Qué fue lo que dijo? —inquirió el argentino, nervioso.

Ella miró a Diego y le hizo una señal para que salieran.

—La chica lo ha confirmado. Por increíble que parezca, estuvo con esa cosa de ahí en la franja horaria en la que Teresa desapareció.

Se miraron unos segundos. Él se cruzó de brazos, torció la boca y se mordió ligeramente la parte interior de la comisura. No estaban allí para perder el tiempo. Debían encontrar cuanto antes a tres chicas desaparecidas y aquel pintamonas tenía una coartada. Una cortada que habían podido comprobar de un modo más que discutible desde un punto de vista legal, aunque él, como la máxima autoridad en aquel momento, entendió que la causa lo justificaba. Por lo demás, y aunque eso era algo que nunca se podía saber con total certeza, pues muchas veces las apariencias engañaban, a Diego el tipo no le encajaba en el papel de secuestrador. Era un camello de tres al cuarto, además de un bocazas, pero no se lo imaginaba excediendo esos límites. Sara tampoco.

—Dejad que se marche.

Ella asintió. Entró en la habitación y dio la noticia, la cual, como era lógico, acogió con alborozo el argentino, quien se permitió el lujo de levantar un brazo en señal de triunfo. A Mateo, en cambio, no le alegró en absoluto, aunque al igual que sus compañeros aquel sujeto le olía a muchas cosas, pero no a secuestrador. Y mucho menos a algo peor.

Poco después le hicieron firmar el acta de la declaración, en la que los dos inspectores firmaron a su vez como instructor y secretaria. Luego, aquel individuo les dijo adiós con una sonrisa y comenzó a silbar una melodía mientras lo veían alejarse.

Los tres policías bajaron juntos y se despidieron en la zona del aparcamiento.

Diego estaba muy cansado y no tenía ganas de conducir, por lo que decidió coger un taxi.

Estaba allí en la calle, de pie, a la espera de que apareciese un taxi libre y pensando en la infructuosa noche, cuando uno de los Renault Mégane de la brigada se detuvo delante de él y la cara de la inspectora Segura asomó por la ventanilla:

—¿Te llevo?

Él pareció sorprendido.

—¿Hoy no vas en moto?

Sara tenía una Kawasaki negra de gran cilindrada que era como un trueno que avisaba de su llegada a la brigada y del momento en el que se iba, pues le gustaba darle caña.

—Está en el taller y no puedo echarla más de menos.

—Te agradezco el ofrecimiento, pero no hace falta que te desvíes de tu ruta. No creo que tarde mucho en pasar un taxi.

—Mi sábado ya está roto, jefe, como los anteriores desde que me embarqué en este caso, y me da igual llegar a casa veinte minutos más tarde. Venga, así cambiamos impresiones sobre esta nochecita para enmarcar.

Lo miró y él movió afirmativamente la cabeza.

—De acuerdo.

Diego vivía en la glorieta de Rubén Darío y Sara condujo sin prisa. El tráfico era intenso. Madrid, en sábado noche, era hora punta. Por el paseo de la Castellana los coches pasaban junto a ellos como estrellas fugaces.

Hablaron del interrogatorio, por el que Diego la felicitó, y también de la posibilidad de que aquellas tres chicas siguieran con vida. El paso de los días afilaba de manera inevitable su pesimismo, sobre todo respecto a las dos primeras.

Cuando llegaron, detuvo el coche donde él le indicó y continuaron hablando.

Y entonces sucedió algo extraño.

Las luces de las farolas se apagaron y la calle quedó por completo a oscuras. Se acababa de producir un corte de luz y tan sólo se veía la débil iluminación del salpicadero.

Se miraron muy fijo mientras los segundos transcurrían y ellos se sentían incapaces de quebrar ese momento. En la radio, con el volumen bajo, sonaba una canción de Bruce Springsteen, «I'm on fire». ¿Casualidades?

Sara no llegó a pensar lo que hizo, lo que su cuerpo empezó a hacer como si actuase al dictado de una cabeza que no era la suya.

En el reducido interior del coche, acercó el rostro al de él y sólo dejó de mirarlo cuando su boca se posó en esa otra boca entreabierta que, pese a estar en silencio, parecía decir su nombre.

Siendo estrictos, aquello no fue exactamente un beso. Fue más bien un aterrizaje, aunque muy muy suave. Los labios de ambos notaron la caricia y entonces uno de los dos, ella o él —o quizá los dos a la vez—, buscó la lengua de esa otra boca que en lugar de resistirse y venderse cara se entregó como quien entrega una ofrenda.

Y lo que empezó siendo algo levísimo, unos trazos difuminados, un contacto de tanteo, devino en cuestión de segundos en una furia irrefrenable.

Era algo extraordinario en todos los sentidos. Sus mentes no habían procesado aún lo que sus bocas y sus manos ya estaban llevando a cabo, y se cumplió así un principio que sólo conocían quienes lo habían vivido, que el imperio del deseo es omnipotente.

Ella se colocó con agilidad sobre él y, mientras se besaban, sus sexos se buscaron, se frotaron, se reclamaron igual que si tuviesen vida propia.

Antes de que pudieran darse cuenta, se habían desabrochado los pantalones y donde unos segundos antes había dos cuerpos ya sólo existía uno.

Qué dicha la de los corazones ávidos, voraces. Qué magia la de la sed que comienza a ser aplacada.

De pronto, mirándolo a los ojos, ella sintió que un tsunami empezaba a nacer en su interior, en el lugar en el que parecían confluir todos los fuegos, y no pudo sujetar el grito que salió de sí como un líquido a presión al tiempo que le agarraba el pelo y leía en sus ojos que no la había dejado sola. Que ese viaje lo estaban haciendo juntos.

Pero nada más cruzar la línea de meta, la realidad aplastante los sacudió con crueldad.

¿Qué había ocurrido, cómo era posible? Y los ojos que instantes antes no podían dejar de mirarse no encontraban ahora un sitio al que apuntar.

Él acertó a decir «buenas noches», abrió la puerta y se deslizó hacia fuera, y ella se alejó de allí como si llegara tarde a una importante cita.

Solamente conservaban del otro el olor que no podrían quitarse hasta que se dieran una larga ducha, puesto que un molesto mecanismo de defensa les impedía visualizar las imágenes de cuanto acababa de suceder.

Las imágenes de lo que nunca debió haber sucedido.

CAPÍTULO 65

El viejo advirtió de pronto que había caminado más de la cuenta y que se había alejado demasiado, más que nunca. Iba pensando en sus cosas, ensimismado, y se le fue el santo al cielo. Apoyado en su bastón, miró en derredor y sacudió la cabeza.

El sol empezaba a golpear con fuerza y, pese a llevar una gorra, pensó que le convendría buscar protección. Decidió entonces abandonar el sendero y situarse bajo alguno de los muchos pinos enormes que se sucedían a ambos lados del camino.

Tiró hacia la derecha.

Cuando se situó bajo el árbol, miró al frente, al lugar de donde venía, y comenzó a calcular cuánto tardaría en volver.

Fue en ese momento cuando su cabeza se torció bruscamente y se desplomó como si el cuerpo acabara de perder toda su energía.

Quedó boca arriba, cara al sol, con la cabeza un poco ladeada, y debajo de ella empezó a formarse un charco de sangre cada vez mayor.

Sus ojos entreabiertos vieron unas zapatillas de deporte que se acercaban hacia él, hasta que se detuvieron a dos palmos de su rostro.

Trató de hablar, lo intentó con todas sus fuerzas, pero le resultaba imposible.

Las zapatillas seguían allí, quietas. Junto a ellas había una piedra manchada de sangre.

Entonces, el viejo notó que una mano le levantaba la cabeza y la volvía a posar tras colocar debajo de ella una piedra grande. Y vio cómo esa mano cogía la pequeña piedra ensangrentada que lo había derribado.

Luego, las zapatillas se giraron y se alejaron. Y enseguida volvió a verlas de frente, pero unos metros más allá, así como una parte de las piernas desnudas, con vello, de hombre.

El dueño de esas piernas se acababa de sentar y desde donde él estaba no podía verle la cara, tan sólo la zona inferior del cuerpo.

«Ayuda —quiso decir—. Ayúdeme, por el amor de Dios. Tenga piedad de mí». Pero las palabras se negaban a salir de su boca. Únicamente era capaz de emitir una especie de sonido ininteligible, como un lamento.

El caso es que quien lo observaba se limitó a esperar, paciente.

Y el viejo, cada vez más débil —se estaba desangrando—, fue apagándose poco a poco.

Debió de haber sido un hombre muy fuerte, porque aguantó cerca de media hora.

Cuando su mirada se congeló y el jadeo, primero, y después la respiración cesaron, las zapatillas se pusieron en movimiento y quien las llevaba puestas se marchó de allí.

Cruzaban su espalda el arco y la aljaba con las flechas y él caminaba con la agilidad de un felino. De un demonio.

CAPÍTULO 66

—¿Papá?

Diego notó como si tirasen de él.

—Sí, hijo, perdona. Me he puesto a pensar en algo del trabajo y me he abstraído —mintió.

Estaban sentados delante de la biblioteca de Ignacio Téllez y su visión le había trasladado a los días en los que iba a dormir a aquella casa con Mónica. En concreto, a la madrugada en la que, después de que asesinaran a Sebastián Mayoral, hicieron el amor en el pasillo como dos salvajes necesitados de calor.

Comieron en un restaurante cercano y luego subieron a tomar café. La relación entre nieto y abuelo era excelente; el abogado sufrió la pérdida de Mónica igual que si le hubiesen amputado un miembro, y se volcó en aquel chico inteligente y esbelto que había sacado la percha de su padre y el rostro y el carácter de su madre. Daniel, de hecho, se había convertido en el centro de su vida, y en un futuro su despacho pasaría a ser suyo, al igual que la totalidad de su patrimonio, ya que no tenía pareja: desde la ruptura con Margot, la madre de Mónica, conoció a varias mujeres, pero con ninguna aguantó demasiado. «No tengo tiempo para eso», solía decir. Diego siempre mantuvo con él una relación cordial, pese a que no se le escapaba que el gran Ignacio Téllez habría deseado para su amadísima hija algo más que un simple funcionario de policía, por muy inspector jefe que fuera. Un hombre distinto, de otra posición, de la élite a la que ellos pertenecían. Y era cierto. A pesar de ello, Téllez nunca dudó de la valía de su yerno y jamás mostró el menor signo de rechazo hacia él. Al contrario. Le constaba lo mucho que había querido a su hija, antes de su enfermedad y en el duro transcurso de esta, y lo feliz que la hizo, pues ella era transparente y en caso contrario lo habría percibido. Y sólo por eso contaría con su afecto eterno.

Durante la comida hablaron de las espléndidas notas de Daniel y del curso que empezaría a la vuelta del verano. También, del regalo que le había hecho: el viaje a Estados Unidos que realizaría en breve. Y ya en su casa, en aquel señorial piso de la calle de Velázquez que Diego conocía tan bien, Daniel continuó siendo el centro de atención.

—Hay que ver —dijo Téllez, que últimamente tendía a la melancolía—. Jamás olvidaré la primera vez que te vi. Estabas entre los brazos de tu madre y me pareció increíble que esa criatura tan fea —rio— hubiese salido de ella. Y mírate ahora, caramba. Todo un hombre.

Siguieron charlando un rato hasta que Daniel anunció que se marchaba porque había quedado con unos amigos y Diego dijo que él también debía irse.

—¿Te importaría quedarte un momento? —le pidió su exsuegro—. Me gustaría comentarte algo.

Aquello le chocó, pero asintió.

—Sí, claro.

Cuando Daniel se fue, el anfitrión se acercó al mueble bar y tomó una de las muchas botellas de whisky.

—¿Quieres?

—No, gracias. Debo ir a trabajar.

—Yo también, pero este es un digestivo cojonudo.

Tal vez fuera ese el secreto, pensó Diego. Había cumplido los setenta y su aspecto era envidiable, se mantenía en forma. Se sirvió un par de dedos con hielo y se sentó frente a él.

—Tú y yo tenemos más cosas en común de las que crees —dijo—, empezando por el gen luchador. Pero, por sobre todas las demás, una: hemos querido y queremos, más que a nada en el mundo, a las dos mismas personas, Mónica y Daniel. Y eso une a la fuerza. —Hizo una larga pausa—. Siempre te estaré agradecido por lo buen marido y lo buen padre que has sido y eres.

Diego tragó saliva.

—He hecho lo que he podido, Ignacio. Y sigo haciéndolo. No he buscado medallas por ello ni las busco. Era y es mi responsabilidad y mi deseo. —La pausa larga la hizo ahora él—. Tu hija era mi vida, aún lo sigue siendo. Porque ella sigue ahí. Y Daniel... Qué te voy a decir de mi hijo... ¿Es posible no adorarle?

Téllez sonrió y se llevó el vaso a los labios. Diego habría jurado que no llegó a beber.

—Verás. Llevo tiempo queriendo decirte esto... —Dio varias vueltas al vaso entre las manos y su mirada se perdió en aquella biblioteca hipnótica—. Sé muy bien que amaste a mi hija, lo veía en tus ojos cada vez que estabais juntos. Por el desarrollo de mi profesión, he aprendido que los ojos de un hombre no engañan. El caso es que creo que ya ha pasado el tiempo suficiente, que aún eres joven y que deberías plantearte seriamente rehacer tu vida.

Diego lo miró. No se esperaba para nada aquello y no supo qué decir. Y entonces le vino, como un flechazo, el recuerdo de lo que había pasado un par de noches atrás en el coche de la guapa y enérgica inspectora Sara Segura, y esa imagen le provocó una sensación extraña. Desde que ocurrió, todas las veces que había pensado en ello, y habían sido unas cuantas, se sintió mal. Se arrepentía de haber sido tan débil. Pero al mismo tiempo notaba un terremoto interior al pensar en ella. Fue algo muy intenso. Aunque odiara reconocerlo, aquella mujer le gustaba, le gustaba mucho, y eso ponía las cosas más difíciles.

—Yo... Verás, Ignacio. Te agradezco mucho tus palabras y tu interés, de verdad. Pero, por otro lado, no creo que nadie deba... conceder permiso para hacer algo así...

—No, Diego, por Dios, entiéndeme bien. No he pretendido...

—Te he entendido perfectamente. Y como te he dicho, te lo agradezco. Igual que siempre te estaré inmensamente agradecido por lo buen abuelo que eres. Daniel te quiere mucho y eso no es más que la respuesta natural a lo que ha recibido de ti. Pero respecto a lo otro... En fin. Esas cosas, y bien lo sabes tú, que sigues solo después de todos los años que hace que te separaste de Margot, son... tremendamente personales. No me siento cómodo hablando de esto, vaya. No ya contigo, sino con cualquiera.

—Lamento de veras si has podido pensar que trato de entrometerme en...

—No, Ignacio, no es eso, créeme. Es sólo que... —Se acordó de pronto de Mónica y sintió un pinchazo en el estómago—. Es que, joder, aquello no debió haber ocurrido nunca. Tu hija debería estar ahora mismo con nosotros, en este instante.

—Y lo está —dijo Téllez con un brillo repentino en los ojos—. Lo está. Porque yo siempre la llevo conmigo. Y sé que tú también. Y su madre. Y Daniel. —Volvió a hacer una pausa larga—. Pero hazme caso y, en cuanto tengas ocasión, quítate la camisa negra y abre las ventanas de par en par. Deja que corra el aire y lo limpie todo. Sigue viviendo.

«Que el aire lo limpie todo». ¿Era Sara Segura ese vendaval que precedía a la reconstrucción de una parte de su vida o tan sólo una brisa efímera? Se levantó.

—He de marcharme. Ha sido una comida agradable. Estamos en contacto, como siempre.

El abogado lo acompañó a la salida y se estrecharon la mano.

—Por cierto. El otro día, en una comida con unos clientes, salió, no recuerdo bien por qué, el tema aquel... El de Elena Vicuña y las otras chicas. Nunca te lo he preguntado, pero ¿habéis seguido investigando?

Diego dudó unos segundos y luego negó con la cabeza antes de decir:

—Aquel es un caso cerrado.

—Ya. En fin. Era simple curiosidad.

—Claro. Hasta pronto, Ignacio.

—Cuídate, Diego.

Ya en el coche, enfiló hacia la brigada, pero algo le hizo cambiar de opinión y tomar una ruta distinta.

Veinte minutos después aparcó en el paseo del Pintor Rosales y echó a andar hacia el Templo de Debod. Pasó junto al monumento egipcio y siguió de frente hasta llegar al mirador, donde se agarró a la barandilla, inspiró aire y claudicó ante aquellas vistas.

A la izquierda, al fondo, sobre una hilera de árboles, destacaba, como en un promontorio, el conjunto del Palacio Real y la Catedral de la Almudena, y a su derecha, como hermanas pequeñas, podían verse la Real Basílica de San Francisco el Grande y la iglesia de San Andrés.

Desvió la vista y miró al frente: en el horizonte, entre más árboles, se atisbaba una tira con edificios y más zonas verdes, y todo aquel paisaje estaba gobernado por una extensión de cielo que inoculaba una impagable sensación de libertad en quien lo contemplaba.

Muchos años atrás estuvo allí con Mónica, un día de verano como aquel. Tras salir de un restaurante, pasearon por el parque, retozaron un rato en el césped, se besaron como novios adolescentes y luego caminaron hasta el mirador, donde se quedaron mudos durante más de un minuto. Pasado ese tiempo, ella lo miró y, con una sonrisa, le anunció que creía que estaba embarazada.

Cerró los ojos y recuperó una imagen que superó en belleza a aquel paisaje: el rostro de Mónica justo antes de besarlo. Cuando estaban juntos y parecía que aquella unión era indestructible y duraría siempre. Y acto seguido ese rostro desapareció y en su lugar vio el de Sara mirándolo muy fijo mientras se movía encima de él.

Se dio la vuelta, el gesto grave, y echó a andar de regreso al coche.

Cuando salía del parque, un viejo tocaba en su acordeón «La Bohème», de Charles Aznavour. Sintió un arañazo en el alma y creyó que todo el peso del mundo acababa de caer sobre él.

Metió una mano trémula en uno de los bolsillos del pantalón, sacó todas las monedas que llevaba y las depositó en el interior de la funda del instrumento.

Luego se alejó de allí a buen paso, a pesar de que era consciente de que por más que lo intentase no podría huir de sí mismo. De sus fantasmas.

CAPÍTULO 67

A pesar de lo agotador que resultaba, de que lo llevaba hasta el límite de sus fuerzas, ese día el entrenamiento no terminó con la sesión de cuerda, pues se dio cuenta de que necesitaba algo más para eliminar su malestar. Por eso salió a correr.

Iba con el torso desnudo y unos pantalones cortos. El pelo, en la parte que cubría la nuca y bajaba por ella, estaba mojado, y se sintió como un animal salvaje que acabara de regresar a su hábitat después de un largo encierro.

Correr por el bosque era duro, mucho más que sobre el asfalto, y había que estar muy bien entrenado y poseer una gran fortaleza física para mantener un ritmo como el que él llevaba.

No evitaba las pendientes, no buscaba el atajo ni el camino más cómodo, avanzaba sin más; corría y no se detenía a pensar en las dificultades que pudiera presentar el terreno. Corría como si huyera, como si tuviera que llegar cuanto antes a algún lugar, cuando no se daban ninguna de esas dos circunstancias.

Había vuelto a tener ese sueño. Y como la vez anterior, su grado de realidad fue tan intenso que le pareció mentira despertar y comprender que aquello no estaba ocurriendo, que sólo era una nueva visita de ese viejo enemigo invencible que se negaba a desaparecer.

No quiso entrar a verlas; esta vez prefirió machacarse primero. Más tarde iría, claro. Más tarde pagarían por ello. Por esa pesadilla, por su dolor y su miedo. Como siempre.

Había aumentado aún más la velocidad y acababa de remontar un cambio de rasante cuando la pelota chocó contra él.

Se detuvo en seco.

La niña se acercó y lo miró de abajo arriba, fascinada. Él cogió la pelota y le dirigió una sonrisa.

Una voz infantil sonó muy cerca. Llamaba a la niña.

Ella se quedó ahí, delante de él, paralizada ante la visión de aquel hombre sudoroso y lleno de músculos que iba vestido con un pequeño pantalón como uno de esos superhéroes de la tele.

Entonces ese hombre se llevó la pelota a la cara, la lamió lentamente y se la ofreció.

Cuando el niño llegó, su hermana estaba allí con la pelota entre las manos. Sola.

Y cuando le tocó un hombro y le preguntó qué hacía, por qué estaba allí parada, ella salió en el acto de la burbuja de abstracción en la que había entrado, de su parálisis, y comenzó a llorar y a gritar. Eran gritos agudos, histéricos. Espeluznantes.

Al poco, una pareja de treintañeros apareció a la carrera y él la levantó, la apretó contra su pecho y trató de calmarla. Pero la niña estaba fuera de sí y su hermano no supo decirles qué era lo que había pasado.

Cuando por fin dejó de gritar y le preguntaron, habló de forma confusa y señaló al frente. Sus padres se miraron y ascendieron la pequeña cuesta.

Pero lo único que vieron fue bosque. Nada más que una gran extensión de tupido bosque.

CAPÍTULO 68

Teresa Valverde tampoco entró en el metro el día de su desaparición: la cámara no la registró. Y la de la discoteca acreditaba que aquella tarde salió de allí sola. Esa información estrechaba un poco más el círculo, ayudaba a descartar posibles escenarios, pero no clarificaba gran cosa.

Sin embargo, Sara y Mateo creían haber encontrado algo.

Tras cotejar las direcciones de Verónica, Ainhoa y Teresa, los inspectores cayeron en la cuenta de que los domicilios de las tres chicas estaban situados en la misma zona, en el distrito de Chamberí, en un área comprendida entre las calles de Viriato y de Ríos Rosas. Por lo tanto, cabía la posibilidad de que las tardes del 19 de mayo, 16 de junio y 7 de julio, cuando sus pistas se perdieron, se hubiesen dirigido a la misma parada de autobús (rechazaron la idea de que pudieran haber cogido un taxi, puesto que para la economía de una desocupada, una estudiante y una peluquera resultaba caro).

La línea 5, que era la que habrían tomado, tenía una parada en la estación de Chamartín, en la calle de la Hiedra, y hasta allí se habían desplazado de nuevo.

Llevaban consigo las fotos de las chicas y se las mostraron por segunda vez a los empleados de un par de establecimientos de comida rápida y a los del mostrador del aparcamiento, pero ese intento resultó igual de infructuoso que el anterior.

Volvieron a la discoteca y emprendieron los distintos trayectos que podían hacerse desde allí. La sala se hallaba en la planta superior de la estación, aunque segregada de esta. Quienes salían por esa puerta tenían tres opciones: descender por unas escaleras mecánicas que se encontraban justo a la derecha y que llevaban al aparcamiento, en la planta baja del complejo; caminar de frente un corto trecho y acceder directamente a la estación por unas escaleras de piedra, o bien tirar a la izquierda y recorrer una galería cubierta que conducía a unas escaleras mecánicas desde las que se veían las torres inclinadas de la plaza de Castilla, las torres KIO, y que desembocaban en la calle de Rodríguez Jaén, que confluía con la de Agustín de Foxá.

—Si esas chicas vinieron hasta aquí —razonó Mateo desde la parada de autobús—, lo hicieron a través de las escaleras mecánicas que parten de la puerta de la discoteca o por el acceso que se encuentra enfrente. La opción de la galería bajo techo te lleva fuera del complejo y, por lo tanto, te aleja de esta parada.

Sara asintió.

Pero dado que en esa parada nadie parecía haberlas visto, a Mateo se le ocurrió que podían ir hasta la siguiente, en Agustín de Foxá.

Y eso hicieron. Fueron dando un paseo y, al llegar, él dijo:

—Imagínate por un momento que en vez de esperar al autobús en la parada de la estación, que es un rato deprimente, tras salir de la discoteca hubieran decidido caminar un poco para que les diera el aire y coger el autobús en esta, a plena luz del día. Y si no lo hicieron todas, al menos alguna de ellas.

Sara lo miró, pensativa, y luego llevó la vista en derredor, a los edificios de viviendas que había a ambos lados y a los dos negocios situados justo detrás, un bar y una farmacia.

—Si así fue, sí que podrían haber venido caminando por esa galería cubierta —dijo ella señalando a la estación— y bajar por las escaleras mecánicas que podemos ver desde aquí.

—Así es. En ese caso, y conste que esto no es más que una mera hipótesis, el tramo que llegaron a recorrer solas desde la puerta de la discoteca sería la pregunta del millón. Es decir, pudieron hablar con alguien en la misma galería. O ya en las escaleras mecánicas. O al pie de ellas. O bajo el tramo elevado de carretera que conecta esta calle con la estación. O ya de camino aquí o incluso aquí. Todas estas posibilidades están ahí y a cada una de las chicas pudieron interceptarlas en lugares distintos de ese trayecto o en el mismo.

—Tendríamos que empezar a llamar puerta por puerta por si algún vecino las hubiera visto.

Mateo afirmó con la cabeza varias veces.

—Sólo de pensarlo me tiemblan las piernas, pero sí.

—Bueno. —Se encogió de hombros—. Pues cuanto antes empecemos, mejor. Pero ya que estamos aquí, deberíamos preguntar en ese bar y en la farmacia. Aunque esta estaría cerrada los días de las desapariciones por ser domingo, siempre cabe la posibilidad de que en alguna de esas tres fechas se encontrase de guardia.

Entraron en ella, donde se identificaron y explicaron lo que querían. La propietaria, una mujer en la sesentena, de gesto grave y fuerte personalidad, comprobó las fechas en un cuaderno y, al rato, les dijo que no, que no abrieron ninguno de esos días.

Salieron y probaron suerte en el bar. Mateo se identificó y le mostró a la camarera las fotografías de las chicas. No le sonaban, dijo. Llamó a su compañero, quien tras observarlas negó con la cabeza.

—¿Este bar abre los domingos? —preguntó Sara.

—Sí.

—¿Y cuántos camareros trabajan aquí aparte de ustedes?

—Dos más.

—Entiendo entonces que se turnan.

—Sí, claro.

—¿Qué día les toca a los otros?

—Uno de ellos tiene que estar al caer porque me tiene que sustituir para que pueda irme al médico, y al otro no le toca hasta pasado mañana.

Sara y Mateo se miraron. Ya que estaban allí, no perdían nada por esperar a ese hombre. Pidieron dos cafés con leche y aguardaron a que llegara.

En la televisión hablaban de la invasión de la isla de Perejil, un peñón deshabitado al noroeste de Ceuta, por una patrullera de la Armada marroquí, y del envío a la zona de una fragata y dos corbetas españolas.

—Putos moros... —dijo un tipo vestido con un mono azul, que estaba acodado en la barra y bebía una copa—. Yo soltaba ahí un tercio de la Legión, cabra incluida, y se iba a cagar la perra. Se les iban a quitar las ganas de jugar a los soldaditos, ¿no te jode?

—Ya te digo —secundó otro currante que estaba su lado y que se hurgaba entre los dientes con un palillo—. Ya te digo.

Tomaron los cafés en silencio. Sara no conseguía quitarse de la cabeza lo sucedido en el coche la noche del sábado y el sentimiento que la invadía era ambivalente.

Por un lado, el traspasar aquel umbral, liarse con el jefe, era una cagada de bulto, eso no tenía discusión. Cualquiera sabía, en cualquier ámbito, que esa era una línea que nunca debía cruzarse, y por ello no dejaba de repetirse que en qué hora había ocurrido. Era, además, impropio de ella, tan cabal, tan profesional, y pensó que tampoco encajaba con la forma de ser del inspector jefe. Se sabía que su mujer falleció de cáncer hacía unos años y que tenía un hijo, y aunque era muy reservado y trataba de mantener su vida personal blindada, si estuviera con alguien, se sabría. En ese sentido, aquel hombre era una anomalía dentro de la brigada. Mientras que muchos de los policías de aquel destino estaban separados o divorciados, él mantuvo su matrimonio en pie a pesar de los horarios imposibles y la tensión casi permanente. Y cuando su mujer enfermó, no la engañó, que se supiera, jamás. Al menos, no con nadie de allí, y no sería por falta de candidatas. Trabajar en la Pringue y llevar una vida de pareja y familiar convencional era una gesta, y pocas veces, a la hora de sopesar entre la profesión y la vida personal, sacrificaban la primera. Eran muchas horas fuera de casa, con momentos de altísimo estrés, jugándose la vida en no pocas ocasiones y asomándose cada día a un balcón desde el que contemplaban lo más abyecto de la condición humana: asesinos, violadores, traficantes de personas, pederastas, secuestradores, atracadores violentos, narcos. Que en el corazón de semejante selva hombres y mujeres se dejasen llevar de vez en cuando por la llamada de la carne, por la sangre que ardía, ¿hasta qué punto podía censurarse? Quizá aquel fuese el antídoto contra su, en el fondo, falta de adaptación y una forma de combatir el dolor que observaban alrededor y que, aunque se creyeran inmunes a él, los acababa traspasando. Porque las llamas del infierno no calientan, abrasan. ¿Y no era eso lo que les había ocurrido a ellos dos? Un par de náufragos que, en mitad de un mar iracundo, se encuentran y se agarran el uno al otro para no hundirse.

Por esa razón, Sara, en el lado opuesto al de su malestar, no lograba evitar estremecerse al recordar lo que pasó. No había sentido nada igual, en intensidad, desde sus mejores días con Toño, y de eso hacía ya siglos. Aquel hombre le gustaba, le gustaba mucho, y eso ponía las cosas más difíciles. No se habían visto desde aquella noche y el solo hecho de pensar que tenían que encontrarse en la brigada la llenaba de inquietud. Se maldijo de nuevo por ser tan estúpida.

—¿Te ocurre algo? —preguntó Mateo—. Llevas toda la mañana como ida.

Ella negó con la cabeza.

—He pasado una mala noche. Apenas he pegado ojo.

—¿Hay algo que..., tienes algún problema?

—Ninguno —contestó con sequedad.

El inspector asintió. Su aviso de que ahí estaba por si necesitaba hablar ya había sido hecho.

El camarero al que esperaban llegó un cuarto de hora después. Entró en la barra y su compañera le contó. Le mostraron las fotos.

—Yo he visto a esta chica —dijo señalando la fotografía de Ainhoa Rojas.

Sara sintió que el corazón le daba un vuelco.

—¿Está usted seguro? —preguntó Mateo.

—Y tanto que sí. Estaba ahí enfrente, en esa parada de autobús. Recuerdo perfectamente que era domingo, sobre la hora de comer, y esto estaba más muerto que Franco. El caso es que para matar el aburrimiento me dio por limpiar justo aquí, delante de la ventana, y me fijé en ella porque estaba sola.

—¿Y qué más recuerda?

—Bueno, de pronto cruzó la calle. Me asomé un poco y la vi hablar con una pareja que estaba empujando su coche.

—¿Con una pareja? —inquirió Mateo tras intercambiar una mirada con su compañera.

—Sí, un chico y una chica.

—¿Cómo eran?

—Jóvenes. Unos veinte años. Puede que menos. No sé..., normales.

—¿Y qué fue lo que ocurrió?

—Pues que la otra chica se puso al volante y el chico y la chica de esta foto —clavó en ella un dedo gordo con una uña muy estropeada— empezaron a empujar, y el coche arrancó.

—¿Arrancó? —Más que una pregunta, lo que salió de la boca de Sara fue una exclamación de asombro—. ¿Al poco?

—Sí, al poquito el coche se puso en marcha. Está claro que la chica les dio suerte.

—¿Y eso usted lo vio? Que el coche arrancaba, quiero decir.

Afirmó con la cabeza.

—Sí, sí, ya le digo. Igual que si estuviera en el cine.

—¿Y qué fue lo que pasó? —retomó Mateo.

—La chica se despidió de ellos y se vino otra vez para acá.

—¿Para acá?

—Sí, hombre, a la parada.

—Ya. ¿Entonces la vio coger el autobús?

—No, no, yo no he dicho eso. Al ratito, el coche apareció otra vez y se plantó ahí delante. Ella habló con ellos, se subió y se marcharon. Fin de la historia.

Sara y Mateo volvieron a mirarse.

—¿Recuerda qué coche era? —preguntó ella.

—Lo recuerdo perfectamente porque era igualito al que tiene el imbécil de mi cuñado. Un Ford Orion azul.

CAPÍTULO 69

Podría estar así, acariciando aquel pelo, mucho tiempo, horas. Acariciando aquella cabeza tan frágil. Más frágil aún entre sus manos, entre sus fuertes dedos acostumbrados a tronchar cosas.

Ella lloraba, lloraba sin parar, lloraba todo el rato. Y ese llanto lo único que conseguía era activar su deseo, su excitación, su necesidad casi constante.

En su mundo, en su complejo universo interior, lleno de galerías y recovecos, de pasadizos, de laberintos, la piedad no tenía lugar. Era tan inmune a ella como al agua de la lluvia. Y se preguntaba cómo era posible que aún no se hubieran dado cuenta. Que no hubiesen entendido todavía que no existía otra salvación posible que el camino que les aguardaba, que la suerte que les había tocado.

Una de sus manos se despegó del cráneo y tomó el machete, que refulgió.

Entonces, el volumen del llanto aumentó. Y con él, su excitación.

Comenzó a hacerlo.

Al cabo de la primera incisión, ella ya había perdido el sentido.

CAPÍTULO 70

—

Sara se asomó y vio a aquel a quien buscaba sentado a su mesa, concentrado en el ordenador. Saludó con un gesto de la cabeza a otras dos personas que había allí, un subinspector y una oficial de policía, y dijo:

—Hola, Álex. ¿Estás haciendo un crucigrama o viendo páginas porno?

Levantó la mirada y, al verla, su rostro se iluminó.

—¡Coño, Sarita! ¡Mi rubia preferida! —Se levantó y se dieron dos besos—. Qué, ¿por fin te has decidido a invitarme a cenar?

—Me encantaría, Álex, créeme, pero me da que a tu mujer no tanto.

—Bueeeno. Te advierto que ella no tiene por qué enterarse. Somos polis, ¿recuerdas? Sabemos cómo borrar nuestras huellas.

—Eso es verdad. Aunque también lo es que si quedáramos, como me conozco, me enamoraría perdidamente de ti y te aseguro que no soportaría compartirte con otra.

Él soltó una carcajada.

—Está bien, rubia. Olvidémonos por el momento de esa cena.

—Con todo el dolor de mi corazón, pero hecho.

Le señaló una silla junto a su mesa y se sentaron.

—¿Y a qué debo el honor de tu visita?

—Necesito información sobre un coche. Es un Ford Orion azul, sólo que no tengo la matrícula.

—Cojonudo —dijo él mientras escribía en un bloc—. Pues empezamos bien.

—Me jugaría algo a que fue chorado. Y lo que sí puedo

darte es una fecha aproximada: entre el 10 y el 20 del pasado junio.

Ainhoa Rojas desapareció el 16 de ese mes.

—Vale. Te lo miro.

—Álex.

—Dime.

—Me urge bastante. Mucho.

—Entendido. Me pongo a ello enseguida, pero no te garantizo nada.

Ella se levantó.

—Eres un cielo.

Él le guiñó un ojo.

—Lo dicho, rubia.

Cuando salió de allí estaba en estado de efervescencia. Como una botella de Coca-Cola que hubieran agitado con fuerza. El testimonio del camarero del bar que se encontraba frente a la parada de autobús los había dejado descolocados. Una pareja. Jóvenes. Un coche averiado que de pronto arranca. Joder. Cuando se lo dijeron al inspector jefe, este se mantuvo en silencio más rato de lo normal y la expresión de su cara mereció una foto. ¿Podría tratarse de amigos o conocidos de la chica? No tenía pinta, por cómo aseguró el camarero que se había desarrollado todo. Pero habría que comprobarlo igualmente, rastrear su entorno a conciencia. Y, por supuesto, seguir la pista del coche. Ese coche era lo mejor que tenían desde que empezaron a investigar aquel caso.

Por eso contactó con aquel colega de Robos, Alejandro Paredes, que fue su compañero en la Escuela de Policía y uno de los pocos con los que sintonizó.

Y ahora tocaba esperar. Y no se sentía capaz de ello, estaba demasiado ansiosa. Decidió salir un momento para dar un paseo y despejarse.

En la calle caminó sin rumbo y su cabeza volvió a la reunión que mantuvieron con el jefe, en la que ambos se comportaron como si nada; es decir, como si el episodio del coche de hacía unos días no hubiese tenido lugar. Y vaya si lo tuvo.

Desde el momento en el que lo dejó en la glorieta de Rubén Darío, donde ocurrió, junto a su casa, no había logrado sacárselo de la cabeza. Para lo malo y lo bueno. Para lo malo, porque maldita la hora en que se dejó llevar por aquel impulso. Para lo bueno, porque al pensar en ello notaba un estremecimiento que llevaba largo tiempo sin sentir y que le producía un estado de bienestar impagable, por más que enseguida quedara sepultado por la inflexible voz de la conciencia. Y se martirizó preguntándose qué estaría pensando él, cómo habría asimilado aquello. A tenor de lo visto, debía de estar tan arrepentido como ella. Aunque quizá, también como ella, recordase al mismo tiempo esa noche como algo especial. Porque lo cierto era que, cuando ella se colocó sobre su cuerpo y él la tomó, sintió que se entregaba por completo, y ahí creía estar segura de no equivocarse.

Qué complicado era todo, maldita sea. Qué difícil era agarrarse a lo bueno y obviar todo lo demás. Lo que producía dolor. Lo que sobraba. Lo que no importaba. O, al menos, qué difícil le resultaba a ella, que tendía a recrearse más de la cuenta en los tropiezos, en los errores, en el aspecto negativo de las cosas. Conocía a personas eminentemente pragmáticas que no permitían que el desasosiego se instalase en su vida ni un segundo, que la erosionara. Pero por más que lo intentaba, ella no conseguía actuar así. Si tenía una inmensa pared blanca delante y en una esquina había una mota negra, sus ojos se concentraban en ella y todo el blanco de alrededor era como si no existiese. Así era Sara Segura, muy a su pesar.

Cuando tres cuartos de hora más tarde regresó a la brigada, tenía una nota sobre su mesa: «Ven a verme. Álex».

Salió a la carrera. Robos estaba en la misma planta que Homicidios, la segunda, pero en el pasillo opuesto.

—¡Hola! —dijo al entrar.

—Hey, rubia. Te has dado prisa, ¿eh?

—¿Has encontrado algo?

—Te cuento. El 17 de junio alguien llamó a una comisaría para avisar del incendio de un coche en un descampado de Vicálvaro. Era un Ford Orion. Y aunque estaba negro como una cucaracha, antes de aquello había sido azul. Ese mes choraron cuatro bugas de ese modelo en la capital, de los cuales uno, que desapareció el 14 de junio, era azul. Ese.

—Eres un genio.

—Bah. Estaba chupado. Nada que ver con los exámenes

de medicina legal que nos comimos en Ávila. ¿Sabes? Aún sueño algunas veces con ellos.

—Sí, eran duritos. Pero los vencimos.

—Sí, joder.

—¿Y dónde dices que está ese descampado?

Dos horas después, Sara y Mateo, que esa mañana se había reunido con otra amiga de Ainhoa Rojas, se encontraban en Vicálvaro, al sureste de Madrid, en el descampado que Alejandro Paredes le había indicado.

Estaba extremadamente seria, tensa, y Mateo se lo hizo notar. Pero ella, cortante, le dijo que hiciera el favor de meterse en sus asuntos, ante lo que él se limitó a asentir y guardó silencio.

Caminaron por aquel desolado lugar durante un cuarto de hora, hasta que vieron a un individuo que buscaba un improbable tesoro con un detector de metales.

Mateo se acercó a él y se puso a darle palique. Su forma de vencer su natural timidez era dando un paso al frente en el campo de batalla.

—Hola, jefe, ¿qué tal se le está dando la pesca? ¿Ha encontrado algo de valor?

El viejo los miró de arriba abajo. Cuando concluyó que no era gente indeseable, dijo:

—Nada. Hoy no hay suerte.

—¿Viene mucho por aquí? —Le mostró su placa.

—Sí, suelo venir a menudo.

—¿Y no estaría por casualidad el día en que ardió un coche? Fue el mes pasado.

Guardó silencio unos segundos, como si no estuviera seguro de lo que tenía que decir, hasta que se decidió:

—Pues sí, sí que estaba. Menudas llamas... Subieron lo menos hasta la altura de un segundo piso.

Les contó que andaba por allí con su detector y que, de pronto, vio el fuego.

—¿Y recuerda haber visto algo más? ¿A alguien?

—Bueno, sí. Vi a ese muchacho. Estoy seguro de que fue él quien quemó el coche, porque estaba muy cerca y ni se inmutó.

Los dos inspectores se miraron.

—¿Había un chico cerca del coche?

—Sí. El coche estaba allí —señaló un punto— y él se encontraba enfrente, donde esos dos tristes árboles de ahí. Era un tipo raro. Llevaba un arco y unas flechas, y empezó a disparar al árbol. Y el coche en llamas, tan cerca de él... No me pareció muy normal, qué quieren que les diga.

Los inspectores guardaron silencio.

—¿Fue usted quien llamó a la policía? —preguntó Sara.

El viejo bajó la vista y luego miró a un lado.

—¿Saben? Yo voy a lo mío y no quiero complicaciones. Tengo una mujer que está muy enferma y un par de hijos a los que no vemos desde hace más de diez años. No, no quiero complicaciones. Bastante tengo ya.

—Descuide, le aseguro que nadie va a complicarle la vida —lo tranquilizó ella—. Pero le estaríamos enormemente agradecidos si pudiera contarnos algo más sobre ese chico. Estamos investigando un caso importante y es posible que tenga conexión con él.

—¿Ah, sí? Vaya. Pues poco más puedo decirles, la verdad. Estuvo así unos pocos minutos y después guardó el arco y las flechas en una bolsa grande, deportiva, y se marchó a pie.

—¿Y cómo era físicamente? —preguntó Mateo.

—No le vi la cara, no estuve tan cerca de él. No me atreví. Me oculté tras esa caseta. —Indicó un centro de transformación—. Pero me fijé en que era delgado, aunque fuerte. El pelo largo, moreno. Y nada más.

En el coche, de vuelta a la brigada, ambos inspectores iban en silencio.

Mateo encendió la radio. Varios contertulios debatían sobre el anuncio que había hecho el presidente del Gobierno de un plan de choque contra la delincuencia y la inmigración ilegal que incluiría la creación en los próximos dos años de veinte mil nuevas plazas de Policía Nacional y Guardia Civil, y de la integración en esa lucha de las infrautilizadas policías locales. La inseguridad ciudadana había crecido —figuraba en el cuarto puesto de las preocupaciones de los españoles en el último barómetro del Centro de Investigaciones Sociológicas (CIS), por detrás del paro, el terrorismo y la inmigración— y las mafias extranjeras se estaban instalando en la capital con demasiada facilidad. En lo que iba de año, sólo en la Comunidad de Madrid se habían contabilizado treinta y dos muertes violentas, por lo que la promesa de Aznar tenía mucho de mensaje de esperanza para los quemados cuerpos policiales. Uno de los periodistas habló de la exigencia del líder de la oposición, Rodríguez Zapatero, de que se repusieran de forma inmediata los siete mil policías que se habían perdido en los últimos siete años.

«Palabras», pensó el inspector mientras resoplaba, hastiado. Todo aquello no eran más que palabras.

Cambió de emisora y sonó el «Aserejé» de Las Ketchup, la canción que estaba arrasando ese verano. Mateo no dejó que pasara de las primeras notas y activó el CD que llevaba puesto.

Una canción guitarrera inundó el habitáculo. El vocalista tenía una voz sugerente con unos agudos increíbles.

Al poco, Sara dijo:

—Oye, qué bien suena esto... —Él permaneció en silencio, pero entendió aquello como un acercamiento después del corte que le había dado cuando se interesó por ella—. ¿Quiénes son?

—Muse.

—Pues molan mucho, tú. ¿Cómo se titula esta canción?

—«Plug in baby».

—A ver si tengo un minuto y me hago con el disco.

Ante el silencio de él, añadió:

—Te pido que me disculpes por lo de antes. He sido una borde, lo sé. Pero es que llevo unos días un poco raros. No es nada serio, sólo que..., en fin. Que te agradezco mucho tu interés y que me perdones.

«Caramba», pensó. Aquello, viniendo del ciclón Segura, era una disculpa en toda regla.

—No pasa nada —dijo él en tono conciliador—. Todos tenemos días malos. Incluso semanas. Te reitero lo que ya te dije: que aquí me tienes para lo que necesites.

—Gracias. Otra vez. —Dejó que pasaran unos segundos y preguntó—: ¿Qué te parece lo que nos ha contado el viejo?

—Interesante. Y extraño.

—¿Crees que...? —Se interrumpió, cauta—. Si es que era ese el coche, claro. Porque no lo sabemos a ciencia cierta.

—No, no lo sabemos. Tal vez el coche que vio el camarero no era robado. Tal vez era otro.

—Sí, tal vez.

Hicieron el resto del trayecto en silencio. Era posible que el coche no hubiera sido robado, en efecto, se dijeron cada uno para sus adentros.

Sin embargo, ninguno de los dos fue capaz de aplacar una voz interior que les decía, insistentemente, que aquel vehículo que ardió era el mismo que transportó a Ainhoa Rojas la tarde en la que desapareció. Y que ese muchacho delgado y de pelo largo que lanzaba flechas a un árbol era demasiado llamativo e inquietante como para pasarlo por alto.

En la mente de Mateo se dibujó la palabra *corazonada* y se maldijo por ello.

CAPÍTULO 71

La felicidad era ese rostro que admiraba aquel artefacto mortal salido de su imaginación. De una cabeza que no dejaba de buscar la perfección en los instrumentos de guerra. La mayor efectividad y, también, el mayor dolor.

Se trataba de unas puntas con forma de tridente, tan hermosas como —estaba seguro de ello— eficaces.

Trabajó el aluminio y lo soldó con más paciencia que nunca, con todo el mimo del que fue capaz, y allí estaba el resultado.

Eran seis. Las había unido ya a los cuerpos cilíndricos, sólidos y livianos a un tiempo, y ahora sopesaba una de las flechas entre las manos.

Impresionaba.

Y la urgencia por probarla era ya incontenible.

Se acercó a una pequeña jaula y la abrió. Luego se alejó de ella y, con toda la calma, descolgó a *Voraz* del gancho en el que dormía y tomó uno de aquellos juguetes nuevos.

Y esperó.

Al poco, la pequeña cabeza asomó. Cauta, la ardilla miró a su alrededor antes de abandonar aquella cárcel.

Él estaba al fondo, de pie, quieto como una estatua. La observaba, paciente.

El animal comenzó a moverse. Dio un salto, y luego otro. Parecía que buscaba algo, un sitio en el cual resguardarse, pero allí no había donde ocultarse. Ya se ocupó él de eso.

Tras correr de un lado al otro por medio de breves saltos, de manera un tanto anárquica, se dirigió de nuevo a la jaula y se quedó detenida junto a ella.

Semioculto por las sombras, un hombre tensaba en ese momento la cuerda de un arco y apenas respiraba.

Si un fotógrafo profesional lo hubiera captado en ese preciso instante, el cuerpo desnudo, tenso, perfecto, y el arco listo para matar —sus brazos como el dedo que acariciaba el gatillo de un arma de fuego ante su blanco—, aquel retrato podría haber ganado un certamen importante. Porque reflejaba al hombre a punto de matar. Al animal erguido, pero tan salvaje como las bestias que se deslizaban a cuatro patas. Como las bestias a las que aniquilaba una bestia aún mayor.

Los dedos se contrajeron y el pequeño tridente voló.

En la expresión de su rostro palpitaron la fascinación y el placer.

No necesitó acercarse para comprobar cuán letal era. Mucho más, pensó, de lo que él creía. Muchísimo más.

CAPÍTULO 72

Aquella fue una semana de gran agitación. Una semana en la que durmieron apenas, comieron mal y pasaron de la euforia al abatimiento demasiadas veces.

Mateo logró entrevistarse con todos los íntimos de Ainhoa Rojas, chicas y chicos, pero no detectó nada extraño en sus declaraciones. Nada que pudiera llevarlos a sitio alguno.

Sara volvió a visitar a su colega de Robos y le pidió que comprobase si había habido otros casos de vehículos calcinados en fechas recientes. Para afinar lo más posible y delimitar las búsquedas, le indicó, sin por supuesto mencionarlas, los días en los que desaparecieron la primera y la tercera chicas, Verónica Salcedo y Teresa Valverde, y le dijo que debía seguir el rastro de esos posibles incendios a partir de ahí. Podría tratarse de turismos o furgonetas, aunque teniendo en cuenta lo que les había relatado el camarero, se inclinaban más por los primeros: empujar una furgoneta, si es que ese era el *modus operandi* del secuestrador o secuestradores, el señuelo, no parecía muy creíble. No disponían, en fin, de modelos, colores ni, por supuesto, matrículas. El único dato que tenían era ese: vehículos de cuatro ruedas, seguramente coches, que en una horquilla temporal concreta hubiesen ardido como madera seca.

Y la suerte se puso de su lado.

El inspector Alejandro Paredes dio con dos coches quemados en sendos descampados. El primero, un Volkswagen Polo rojo, se encontró en Villaverde el 19 de mayo, el mismo día en que desapareció Verónica, y el segundo, un Peugeot 205 blanco, en Hortaleza el 8 de julio, al día siguiente de que se perdiera el rastro de Teresa. Ambos fueron sustraídos la fecha anterior a cada una de esas desapariciones.

Diego, Sara y Mateo se desplazaron hasta esos lugares, los recorrieron y preguntaron a las personas con las que se cruzaron —paseantes de perros, buscadores de chatarra y vigilantes de naves industriales y desguaces— si recordaban haber visto esos coches en llamas. Negativo.

A partir de la información que les dio el viejo del detector de metales, contactaron con las comisarías más cercanas a los tres puntos en donde quemaron los vehículos con el fin de saber si habían recibido alguna llamada o denuncia en relación con un hombre que hubiese estado practicando tiro con arco por la zona, y la respuesta fue también negativa.

Ante la sospecha de que era poco probable que aquel al que buscaban residiera a poca distancia de los sitios en los que se habían quemado los coches, ampliaron el perímetro de búsqueda y llamaron a otras comisarías por si en alguna de ellas tuvieran constancia de algún ciudadano que hubiese alertado de la presencia de una suerte de Robin Hood en un descampado o zona arbolada.

Eso les llevó su tiempo.

Dentro del municipio de Madrid descartaron los siete distritos de la almendra central, ya que pasearse con un arco por el centro de la ciudad como un vikingo habría provocado una considerable alarma, y se concentraron en las comisarías de la periferia. Aquello tenía sentido, ya que en tres de sus cuatro sectores —sureste, suroeste y noreste— se encontraban los distritos en los que aparecieron los coches calcinados.

Pero no se detuvieron ahí. Rebasaron el municipio madrileño y marcaron, en función de su extensión y población, otros de la corona metropolitana de la Comunidad, de norte a sur —desde Alcobendas a Pinto—, y también algunos que la excedían —diversos pueblos de la sierra—, y contactaron tanto con comisarías de la Policía Nacional como con la Policía Local.

Y quedaron a la espera.

Sabían que era muy poco probable que esa flauta sonara, pero no imposible. Lo único imposible era revivir a los muertos.

De hecho, a Diego la experiencia le había enseñado que algunas veces un caso se resolvía por un pequeño detalle.

Y por su propia higiene mental tenían que agarrarse a esa débil luz. A esa tenue esperanza.

Tenían que pensar, sí, que todavía estaban a tiempo.

CAPÍTULO 73

Le gustaba recordar la primera vez. Quizá porque le daba sentido a todo.

Nada más verla, experimentó una emoción nueva. Una mezcla de calor y frío, de desasosiego y excitación.

Esa mujer, sentada allí, en su propia casa, alteraba por completo el decorado de siempre.

Tenía unos pechos demasiado grandes, desbordantes, pues más de la mitad iban descubiertos, y una falda corta y apretada sobre un culo también considerable.

Estaba borracha. Olía a alcohol y a tabaco y a sudor, y hablaba muy mal: decía palabrotas todo el rato y, de pronto, estallaba en una carcajada espantosa.

Pidió más bebida agitando su vaso e inopinadamente le sonrió. Lo hizo de forma obscena.

Él notaba el corazón desbocado, la angustia creciente. Sentía unas ganas enormes de besarla, de introducirle la lengua en aquella boca grosera y pintarrajeada a la que le faltaban varios dientes. Pero al mismo tiempo tenía ganas de coger aquel cenicero de cristal, grande y pesado, y estrellárselo en la cabeza con todas sus fuerzas.

Aquellos dos sentimientos encontrados pugnaban en su interior con oscilaciones constantes hacia uno y otro lado, sin decidirse aún por ninguno.

Entonces ella dijo algo que él no entendió y acto seguido le puso la mano encima de la bragueta. Sonrió mientras lo miraba y comenzó a mover esa mano arriba y abajo, frotándola sobre la tela vaquera del pantalón con un ritmo mecánico.

Él no aguantó apenas, se rompió enseguida. Su rostro se congestionó y se dobló sobre sí mismo.

Ella, tras un breve estupor, se rio con aquella risa de loca y le dijo que era el más rápido que había conocido, y habían sido unos cuantos.

Empezó a abrasarse en aquel fuego que crecía en él sin remedio, que elevaba la temperatura de sus miembros y exigía una reacción, un movimiento, una respuesta.

Y llegó.

Habría jurado que, un instante antes de que ocurriera, ella leyó en sus ojos lo que iba a suceder, porque la risa cesó de golpe y el gesto se volvió turbio.

Mientras le practicaba aquella incisión a la número dos, que se había desmayado, le gustó recordar aquel día y a aquella mujer. Su bautismo de fuego, su primera misión, que ejecutó con nota.

Observó el filo del machete, el color carmesí que bañaba la hoja, y rememoró la sangre de aquella otra mujer tan grande y ordinaria. Toda aquella sangre. Parecía que no tenía fin.

Se vio a sí mismo aquel día, jadeando; atravesado, como por una fuerte corriente eléctrica, de un sentimiento de poder desconocido y enormemente placentero.

Y se acordó también de cómo su deseo revivió y de lo que tuvo que hacer para aplacarlo.

Miró la hoja del machete y, al tiempo que volvía al presente, sacudió con fuerza a la número dos.

Tenía que estar despierta, joder. Si no, no era lo mismo.

CAPÍTULO 74

El hombre, de unos cuarenta años, llevaba una gorra negra con la palabra NIKE escrita en blanco, una camiseta de un amarillo fosforito que se abultaba a la altura de la tripa, mallas cortas y unas gastadas zapatillas de corredor.

—Yo iba caminando. —Imitó con los brazos la acción de andar—. Trabajo de administrativo y llevo una vida bastante sedentaria, por lo que me viene muy bien caminar, ¿saben? Bueno. El caso es que pasé por aquí, como otras muchas veces, y lo vi. El muy cabrón lo hizo sin inmutarse. Como si se estuviera tomando un helado.

Los dos inspectores estaban reunidos con el jefe en su despacho, dándole vueltas al rompecabezas, cuando Mateo recibió una llamada en el móvil: era de la Policía Local de Navacerrada, con la que, al igual que otras de la zona, contactaron. Al parecer, unos días atrás un senderista vio a un tipo armado con un arco en una zona boscosa de la sierra de Guadarrama y aquello le chocó. Pero más le chocó cuando le vio dispararle una flecha a un gato, matarlo y guardarlo en una bolsa. El policía le facilitó el teléfono del hombre, al que llamaron y con el que quedaron en verse esa misma tarde.

—¿Y qué hizo usted cuando le vio matar al gato? —preguntó Sara.

—Joder, pues le lancé una voz. «¡Eh!», le grité. Me miró, se giró y echó a correr. Y hostias, el tío corría que se las pelaba. Porque traté de seguirlo y el cabrón desapareció de mi vista como en las películas. Claro, que ya ven cómo es esto... Es un bosque, y si alguien se quiere esconder lo tiene muy fácil.

Ellos observaron los altísimos pinos que los rodeaban. Sí, ocultarse allí no era en absoluto complicado.

—¿Qué más puede contarnos de él? —preguntó Diego.

—Era joven, unos veinte años. Delgado. El pelo largo. Llevaba una camiseta roja y unos pantalones cortos... Y no sé qué más decirles, la verdad. Que era un hijoputa de tomo y lomo.

—¿Le vio la cara, sabría describirla?

—No, no lo pude ver bien.

—¿Y no vio a más gente por aquí?

Negó con la cabeza.

—Sólo estábamos ese malnacido y un servidor.

Cuando se despidieron del hombre, se desplazaron al pueblo y entraron en un bar.

—Hay que llamar hoy mismo a la federación de tiro con arco para que nos faciliten un listado con los nombres de los federados de entre dieciocho y treinta años, y una vez que lo tengamos, comprobar si alguno tiene antecedentes de cualquier tipo —dijo Diego.

Los dos inspectores asintieron.

Mateo desvió un momento la mirada al televisor, donde un presentador informaba de que el Tribunal Constitucional había confirmado las condenas impuestas a un ex gobernador civil y a cuatro exmiembros de la Guardia Civil —un general, un teniente coronel y dos agentes— como autores del secuestro y posterior asesinato de los presuntos etarras José Antonio Lasa y José Ignacio Zabala en 1983. Cada uno de ellos fue condenado a más de setenta años de cárcel.

—Por lo demás —prosiguió Diego, ajeno al noticiario—, dado que por aquí no se ha quemado ningún coche, que sepamos, cabe pensar que se trata de una zona cercana a su domicilio. Podría vivir aquí mismo, de hecho. Aunque también es posible que resida en cualquiera de los municipios cercanos y que venga hasta aquí en un vehículo de motor.

—Eso significa que deberíamos visitar a la policía de las localidades colindantes —señaló Mateo.

—Así es.

—Creo —añadió Mateo— que tendríamos que repasar además las fichas policiales de quienes hayan ejercido algún tipo de violencia contra los animales, a ver si por ahí damos con alguien que se asemeje a él.

—Es una buena idea.

—También habría que visitar a la policía de aquí, por si les constan denuncias por maltrato animal —propuso Sara— y por si las características físicas que nos ha descrito ese hombre coincidieran con las de algún energúmeno local.

Diego movió la cabeza afirmativamente.

—Eso es, de hecho, lo que vamos a hacer ahora mismo.

En las dependencias de la Policía Local se reunieron con el joven cabo que llamó a Mateo aquella mañana. Le agradecieron en persona su llamada y le dijeron que ya se habían visto con el hombre cuyo teléfono les facilitó, y a continuación le explicaron lo que necesitaban. El agente tomó nota del aspecto físico del presunto asesino de gatos y les dijo que preguntaría por ahí por si a alguien le sonara algún individuo semejante. De igual modo, se comprometió a revisar sus archivos por si aparecían denuncias por maltrato animal, aunque les advirtió que eso les llevaría tiempo, porque no los tenían informatizados, y quedó en llamarlos si obtenía algún dato de interés.

Al salir regresaron al sitio en el que se habían citado con el testigo y caminaron por allí durante otra hora. En ese tiempo sólo se cruzaron con tres personas, un hombre que buscaba setas y una pareja de senderistas, ninguno de los cuales había visto a un lanzador de flechas ni a nadie que se asemejara a la descripción física que los inspectores les dieron.

Volvieron a la brigada y continuaron con las gestiones.

No emitieron queja alguna, pero los tres se sentían igual de impotentes que si estuvieran en el corazón de un huracán.

Como simples marionetas en manos de un ser despiadado e imprevisible.

CAPÍTULO 75

Si apretaba mucho era peor, porque perdían el conocimiento enseguida y tenía que despertarlas. Convenía, por ello, ejercer una presión menor, pero constante. Debía perfeccionar el método, lo sabía. Encontrar el punto justo entre el dolor intenso aunque soportable y el que conducía de forma inexorable al desmayo. Cuanto más se prolongase, mayor sería el placer.

Aquel día, con aquella blusa de flores cubriéndole la cabeza, mientras sus fuertes manos —demasiado fuertes, ese era un problema añadido— apretaban el cuello de la número tres, notaba sobre él las miradas aterradas de sus compañeras. Y eso le gustaba. Eso le excitaba. Porque contribuía a que su ya maltrecha voluntad se resintiera aún más y su capacidad de resistencia quedara prácticamente extinguida.

En algunos casos podía llevarle más tiempo —las había realmente duras, capaces de soportar largas sesiones y aun así mantener una parte de su orgullo en pie—, pero al final todas sucumbían.

O dicho de otro modo: él siempre vencía.

Tras el segundo desmayo de la número tres, pasó a la número uno, con quien empleó algo más de tiempo, y cuando esta también perdió el sentido un par de veces, comenzó con la número dos.

En el momento en el que entró en su cuarto de trabajo, una hora después, notó el cansancio como un peso extra en la cabeza. Al estar tan concentrado en lo que hacía, no reparaba en nada más. Pero muchas veces, después de una larga sesión, su cuerpo no daba más de sí. Tampoco su capacidad de atención.

Se arrancó la blusa y se observó un momento en el espejo. Su poderosa musculatura reflejaba la tensión acumulada. Las venas se le marcaban como si se las hubieran dibujado sobre la piel con tinta china.

En vez de ir a su habitación, optó por derrumbarse sobre el catre que tenía allí.

Se quedó dormido en el acto en medio de las herramientas y las armas. En aquel universo concebido para la práctica del dolor y el miedo.

CAPÍTULO 76

Mateo y Sara volvieron en los días subsiguientes al lugar en el que el senderista avistó al asesino de gatos, y allí se encontraban otra vez. No tenían nada más, por triste que resultase, que aquella pista, y estaban obligados a perseverar en ella con la esperanza de que les terminara por deparar algo sólido.

Caminaron por allí cerca de dos horas. Preguntaron, como en las anteriores ocasiones, a las pocas personas con las que se cruzaron, pero nadie había visto a un tipo provisto de arco y flechas ni a ningún joven delgado y de pelo largo.

En cada una de sus visitas aprovecharon para trasladarse a los tres municipios colindantes, Cercedilla, Collado Mediano y Becerril de la Sierra, y reunirse con agentes de la Policía Local, quienes tomaron nota de cuanto les relataron y quedaron en avisarlos si se enteraban de algo.

Desde el episodio del coche, Diego y Sara mantuvieron un trato correcto pero distante, estrictamente profesional, y Mateo, que para esas cosas tenía un radar infalible, detectó un comportamiento un tanto extraño.

El día en que lo llamó el cabo de la Policía Local de Navacerrada, mientras él hablaba por teléfono, notó que entre ellos se instalaba un silencio atronador y se dio cuenta de que ahí pasaba algo. O, mejor dicho, de que algo había pasado.

Nada más entrar en el coche, dijo:

—Ah, tengo una cosa para ti. —Metió la mano bajo el asiento y sacó un objeto cuadrado envuelto en papel de regalo, que le tendió.

—¿Y esto? —El gesto de ella fue de absoluta sorpresa.

—No sé cuándo es tu cumpleaños, pero considéralo eso: un regalo de cumpleaños a toro pasado o con antelación.

Lo cogió y lo abrió con cuidado para no romper el papel. Era un disco. *Origin of Symmetry*. Muse.

—Vaya, Mateo. No sé qué decir, la verdad... No tenías por qué. Es todo un detallazo, muchísimas gracias.

—No hay de qué. Me encanta convertir a la causa de la buena música a los amigos. —Al decir eso, tragó saliva y añadió—: Y a los conocidos.

A ella no se le escapó aquello y sonrió.

—Y ya que nos encontramos en un momento feliz —dijo él—, ¿me vas a contar qué es lo que te pasa con el jefe?

—¿Cómo? —dijo ella con gesto de no haber entendido la pregunta.

—Lo que has oído. Lo he notado, Sara. He visto la tensión que se respira entre vosotros desde hace unos días, la poca naturalidad con la que os comportáis. He visto que evitáis miraros a los ojos. Y después de darle unas cuantas vueltas, me he dicho que eso sólo puede tener una explicación. Me he dicho, exactamente: «Joder, vaya huevos que tiene esta tía. Se ha tirado al jefe».

Por primera vez en mucho tiempo, ella se quedó sin palabras. No se esperaba una observación semejante por parte de su compañero y no supo qué decir.

—Tú ya conoces mi secreto —dijo él—. Te invitaste sola a esa fiesta y te abrí la puerta. Creo que ahora soy yo quien merece entrar en la tuya. No porque sea algo que me ataña, ojo, porque allá tú y allá él. Ya sois mayorcitos, qué coño. Pero dado que estamos inmersos en un caso complejísimo y muy delicado, me quedaría bastante más tranquilo si supiese que la investigación no se está viendo perjudicada por algún aspecto puramente personal.

Ella lo miró, guardó silencio unos segundos y, al fin, dijo:

—Con este calor no nos irá mal una cerveza, ¿te parece?

—Hecho —contestó él mientras encendía el motor.

CAPÍTULO 77

Otra vez ese sueño con su angustiosa carga de vértigo, de miedo paralizante.

La mujer sin rostro. El impacto en la cabeza. La nada.

Se despertó empapado, le faltaba el aire. Caminó hasta el grifo, bebió y se mojó la cara y el cabello.

Luego, desnudo como estaba, salió al exterior. El frescor de la madrugada y el fuerte olor a pino, con el que llenó sus pulmones, actuaron en él como una medicina.

Pero el runrún interior seguía ahí; la impotencia que le generaba no saber la razón de su existencia. ¿Por qué?

Entró en la casa y bajó a la habitación de las «invitadas».

Encendió la potentísima luz. Seguía desnudo.

Fue hacia una de ellas y la liberó de sus cadenas. La chica, que estaba semidesnuda, temblaba y evitaba mirarlo a los ojos.

Entonces, él le dijo que se marchase. Que le dejaba irse.

Ella tembló aún más y comenzó a sollozar. También lo hicieron las otras.

Él se lo repitió. Había decidido soltarla. Lo único que le pedía a cambio era que no contase nada de aquel sitio. Era libre. Pero si no se levantaba enseguida y subía esas escaleras, se arrepentiría de aquella decisión y volvería a ponerle las cadenas.

Ella lo miró. Observó sus ojos y calibró sus palabras. Dudó unos segundos y después se puso en pie despacio, venciendo el dolor y el miedo que sentía, y echó a andar hacia las escaleras.

Consiguió subirlas y, una vez arriba, se volvió.

Él sonreía. Levantó un brazo y le indicó que siguiera, que se marchara. Era libre.

Ella miró un segundo a las otras chicas, vio la tristeza en sus ojos y, acto seguido, las sombras que se abrían más allá la engulleron.

Caminó en la penumbra de la vivienda; avanzó con tanta inseguridad como temor.

Salió a un pasillo, continuó por él y llegó hasta la cocina. Apretó el paso y agarró el picaporte de la puerta de salida.

Estaba abierta.

La cruzó y el aire del exterior le golpeó el rostro como una brisa de vida.

Atravesó un jardín salvaje y se plantó delante de la puerta de hierro.

Pensaba que los latidos de su corazón tenían que oírse por fuerza mientras se volvía, aterrada.

Detrás no había nadie.

Devolvió la vista al frente y la puerta cedió al impulso de su mano.

¡Estaba fuera!

Vio todos aquellos árboles altísimos y echó a correr, pero tropezó.

Se encontraba demasiado débil y dolorida. Había pasado mucho tiempo inactiva y sus músculos habían perdido casi todo el vigor.

Miró hacia atrás: nada.

Se levantó y caminó todo lo deprisa que pudo. Luego comenzó a correr de nuevo.

Se internó entre los árboles.

Los ruidos de la naturaleza la envolvieron. La oscuridad era total, sólo que después del prolongado cautiverio en el sótano sus ojos se habían acostumbrado a ver en ella.

Avanzó.

No podía creerlo. La había liberado. Aquel monstruo, aquel demonio, el ser más maligno y depravado que conociera nunca, el más cruel, decidió soltarla.

Y era tal su emoción que, mientras caminaba sin rumbo, gemía.

Continuó así un rato. Caminaba, corría, caminaba.

Y entonces oyó la voz que la llamaba. Aquella voz inconfundible.

Notó, antes que nada, el líquido caliente que empezó a bajarle por los muslos. Y, lentamente, se volvió.

Allí estaba él, frente a ella, a varios metros de distancia.

En ese momento, sintió el golpe en la cabeza y todo se apagó.

Se acercó al cuerpo, que yacía inconsciente, y cogió la flecha con la bola de billar en uno de los extremos. Luego la levantó, se la echó sobre los hombros y caminó de vuelta a la casa.

Qué estúpidas eran, fue lo primero que pensó. Lo segundo, que había conseguido su propósito: vencer el malestar que le provocaba la recurrente pesadilla.

CAPÍTULO 78

Allí solo, de nuevo en la zona boscosa en la que el caminante se topó con el arquero cruel, Mateo echó de menos a su compañera. Era sábado y Sara, a su pesar, tuvo que asistir a la boda de una prima hermana porque la eligió como testigo y no había excusa que valiera. Diego lo llamó la noche anterior para decirle que por la mañana debía llevar a su hijo al aeropuerto, pero que se verían en la brigada a la hora de comer.

Había llegado temprano. Caminó durante algo más de dos horas, en el transcurso de las cuales no se cruzó con nadie, y cuando el calor empezó a apretar se sentó bajo un pino colosal y miró a su alrededor.

En aquel espacio la luz se fragmentaba como si fuera sólida. Como si la hubiesen cortado en finos hilos con un cuchillo superlativo e invisible, por lo que el sol no suponía ninguna amenaza. Los espléndidos árboles formaban una suerte de filtro y eso le permitió descansar sin que las ideas se le derritiesen.

Aquella paz era un milagro, un regalo para los sentidos. En ese lugar era posible evadirse del todo; aislarse por un momento de los problemas y hermanarse con el entorno, que era un gigante lleno de vida en estado de reposo.

Pensó en lo que estaban haciendo, en el caso en el que llevaban más de un mes trabajando sin que por el momento tuvieran nada, y pensó también en todo lo que había dejado de hacer desde que aquello comenzó.

Llevaba sin ver a su madre semanas, y sin quedar con amigos. Tampoco tuvo, salvo algún episodio de breve ejecución, tiempo para el sexo. Por no hablar ya de otras actividades, como leer, ir al cine o salir de compras (a él le gustaba mucho ir a comprar o simplemente a mirar, aunque luego no pasara por caja).

Pero no podía quejarse porque ese era el camino que había elegido sin que nadie lo obligara a ello, al contrario. De haberlo querido, dispondría de un gran despacho en la planta del céntrico edificio en donde su padre tenía las oficinas de su empresa. Dirigiría a muchos empleados y ganaría un montón de pasta. Trabajaría bastante, claro, tendría una gran responsabilidad, pero también horarios sensatos y tiempo para él. Y su vida no se vería amenazada.

Ser inspector de policía era como ser cirujano: ambos se debían por entero a la gente, a su bienestar, aun a costa de sacrificar el propio. Porque el tiempo era, tras la salud, el más preciado tesoro de los hombres, y los más ricos eran sin lugar a dudas quienes mayor cantidad de él poseían para sí mismos.

Sólo que si comparaba su situación con la de aquellas chicas... En fin. ¿De qué coño se estaba quejando, por el amor de Dios? Entonces, las preguntas que en los últimos días no dejaron de acuciarle volvieron al ataque con mayor fuerza: ¿vivirían aún? Y si era así, ¿por cuánto tiempo? ¿Conseguirían dar con el responsable o responsables antes de que fuese demasiado tarde?

Volvió a pensar en Sara. Quién le iba a decir a él que terminaría simpatizando con ella. Cierto era que tuvo que poner mucho de su parte, porque la inspectora Segura no era alguien fácil. Pero él supo ver que aquello no era más que una coraza bajo la cual se escondía una mujer sensible y tan necesitada de amor como cualquier otra persona. Lo supo porque él era igual, y los iguales acababan encontrándose, temprano o tarde, en algún punto del camino.

La propia Sara se lo confirmó cuando un par de días antes le hizo un somero repaso de su vida. Cuando le habló de sus orígenes humildes, de su necesidad de destacar y de esforzarse desde niña para demostrar su valía. Cuando le habló de su exnovio y de la puñalada traicionera que él y su mejor amiga le dieron. Y cuando, por último, le habló de Diego Álamo, el jefe de ambos.

Tal y como él sospechaba, se habían acostado. Bueno, no, lo habían hecho en un coche, en uno de los coches de la brigada, aunque el lugar era lo de menos. Lo que importaba era el hecho. Le dijo que se arrepentía, que sabía muy bien que había sido un error que no debió suceder, pero le confesó que, pese a tener esa certeza, no podía evitar que esa atracción siguiera viva. El inspector jefe le gustaba, le gustaba mucho, y aquello era una verdadera putada, afirmó. Hasta el punto de que se había empezado a plantear que si llegaban a resolver ese caso tal vez pediría un traslado. Y entonces él le dijo que un traslado adónde, si era allí, en la Pringue, donde una policía como ella, de raza, debía estar. En el campo de batalla; en el lugar donde sucedían las cosas. Y le aconsejó que no tomase decisiones precipitadas, de las cuales se pudiera arrepentir, y que se limitara a dejar que las cosas siguieran su curso. Quién sabía. No era la primera vez, ni sería la última, que dos policías, de la misma categoría o distinta, se sentían atraídos el uno por el otro y cruzaban esa línea que en teoría no debía traspasarse. Y en ocasiones, le dijo, salía bien. Aquellas palabras actuaron en ella como una medicina, pues la expresión de su rostro cambió, se iluminó, y se lo agradeció.

No sólo fue Sara quien habló; él también le relató cosas de su vida. No todas, claro, porque algunas no se las contaría jamás a nadie, morirían con él, pero sí episodios relevantes, como el enfrentamiento con su padre, con el que seguía sin hablarse debido a su decisión de hacerse policía y su consiguiente renuncia a formar parte de un próspero negocio familiar que se detendría ahí, porque él era hijo único. Y también la hizo partícipe de algunos detalles de su compleja vida sentimental, como su dificultad para mantener relaciones estables. Hasta el punto de que no había estado más de un mes, le confesó, con un mismo amante. Y sin ser conscientes de ello, aquel momento de confidencias y desahogos los acercó más de lo que habían estado nunca con cualquier otro compañero desde que ingresaron en la Policía. Quizá fue porque ambos eran muy parecidos, dos inadaptados en estado puro. Dos seres emocionalmente vulnerables —y vulnerados— que si un día decidieron dejar de mostrarse confiados fue por miedo a sufrir un nuevo revés, una decepción más.

Sentado en aquella alfombra de agujas de pino, sus ojos comenzaron a cerrarse y se quedó dormido.

Al despertar, tras un sueño horrendo en el que se ahogaba en una playa a la vista de mucha gente y nadie hacía nada por ayudarle, lanzó una maldición y se levantó con ímpetu.

Miró la hora y se tranquilizó: a pesar de que no tenía esa percepción, sólo había dormido durante quince minutos.

Echó a andar y, cuando apenas había dado unos pasos, el corazón se le aceleró de golpe.

Porque allí estaba él. El joven con el arco.

Se encontraba a unos cincuenta metros, de pie entre los árboles.

De forma instintiva, sacó el móvil, pero allí no había cobertura. «Mierda», se dijo.

Tragó saliva, desenfundó la pistola y avanzó hacia él muy muy despacio, tratando de no hacer ruido y ocultándose detrás de los árboles.

Pero aquel no era un suelo que pusiera las cosas fáciles en ese sentido.

Cuando ya estaba muy cerca de su presa, apretó entre las manos la Star 28 PK y la levantó. Y justo en ese momento pisó una rama, cuyo crujido se le antojó el estruendo de una bomba. Y no fue al único.

El chico se volvió, veloz, y se miraron con fijeza.

Diego sintió que aquellos ojos profundos emanaban una gran fuerza y durante unos segundos se sintió incapaz de actuar. Pero enseguida recobró el dominio de sí mismo.

—¡No des un solo paso! —ordenó—. ¡Y arroja el arco al suelo!

Mateo habría jurado que, justo antes de salir propulsado hacia delante como empujado por un resorte, le sonrió.

Vio su figura pasar entre dos grandes árboles, a la carrera, y se lanzó a por él.

El corazón le latía con fuerza mientras corría e intentaba darle caza.

Tenía razón el caminante que los puso tras su pista: era rápido, el muy cabrón. Corría como un animal, como un animal salvaje, no como una persona.

Entonces dejó de verlo. Desaceleró y pasó de correr a caminar, en un intento de ponerlo otra vez en su punto de mira.

De pronto, el sonido de los pájaros y el del rumor de la

vegetación que lo envolvía adquirieron un cariz distinto, casi místico.

Y allí, en medio de la nada, se sintió tremendamente frágil, terriblemente expuesto, inmensamente solo.

Agarraba la pistola como si fuera un salvavidas y notó que los nervios habían actuado ya sobre sus manos, pegajosas y trémulas.

El silbido llegó una décima de segundo antes de que la flecha le rozara la mejilla y se hundiese en el pino que tenía a su izquierda.

Obvió la sangre que empezó a deslizársele por la cara y disparó en aquella dirección dos veces. Y acto seguido trotó hacia allí.

Los árboles pasaban a toda velocidad a su lado, a ambos lados de su cuerpo, mientras corría con la esperanza de verlo.

Fue entonces cuando apareció esa casa en ruinas. En realidad, parte de dos muros que hacía muchos años habían sido blancos y los restos de un tejado, todo ello comido por una vegetación caníbal.

Frenó en seco y la observó. No le gustó nada esa sorpresa. Y no le gustó porque él, a diferencia de su perseguido, no la conocía, no dominaba ese sitio, y eso lo ponía en una situación de franca desventaja.

Y notó que había llegado. El miedo. Y aunque lo supo, que estaba ahí, en su cabeza agitada y temerosa, en sus miembros inseguros, hizo un esfuerzo por apartar ese pensamiento de sí, por negar lo que en modo alguno podía negarse. Por no ceder al desaliento y a la debilidad. Porque tenía que salir de allí. Porque tenía que vivir.

Eligió el flanco izquierdo. Con la pistola al frente, dio un paso hacia aquella deformidad de piedra. Sus sentidos nunca habían estado tan vivos como en ese momento.

Cuando casi había alcanzado su objetivo, notó el golpe en el pecho y, con una furia inédita en él, se sacudió aquello de encima y su dedo índice dejó salir una bala.

Observó la cabeza de gato que le habían arrojado y el miedo se intensificó.

«Hijo de puta», se dijo. Dejó escapar un grito de rabia y se lanzó hacia delante mientras disparaba una, dos, tres, cuatro veces, fuera de sí.

Se detuvo, dentro ya de lo que había sido una casa. Y en ese instante cayó en la cuenta de su error, de su tremendo error. Porque se hallaba justo donde él quería que estuviese.

Y comprendió que ya era tarde para rectificar.

Aquello le entró por la espalda y le salió por el pecho, y mientras sentía el desgarro interior, observó, con un asomo de pánico, la punta con forma de tridente.

La pistola escapó de su mano, pues los dedos perdieron todo el vigor. Se dobló y quedó de rodillas, vencido.

La sangre le manaba de la boca cuando oyó el ruido a sus espaldas, los pasos decididos.

Mateo Suárez Zúñiga reunió las escasas fuerzas que le quedaban y se volvió, y al hacerlo contempló el rostro nítido de la muerte.

Y lo último que pensó —porque tuvo tiempo para pensar en lo que sucedía, en lo que iba a suceder— fue que no era justo.

CAPÍTULO 79

¿Cómo había podido ocurrir? ¿De qué forma había llegado hasta aquel lugar?

Lo pensaba y se maldecía, no lograba entenderlo. Tenía que encontrar la conexión, el suceso que condujo a ese policía hasta sus dominios.

¿Sería por aquel viejo? No, eso era imposible. Tal y como vistió después la escena, un accidente era la única causa lógica.

Pero ¿qué otra acción podía haber provocado su presencia en el bosque?

Entonces se acordó. Aquel hombre que le gritó cuando ensartó al gato.

La sangre le hirvió y se arrepintió de no haberlo eliminado. Fue un error. Y él no podía permitirse ese tipo de errores.

Tuvo que caminar un buen trecho con aquel cuerpo encima, con mucho cuidado de que nadie —las pocas personas que podía haber por allí— lo viera. Mientras lo hacía, sus sentidos se afilaron: su oído y su olfato pendientes del menor ruido, de la más pequeña alteración en el ambiente.

Antes de transportarlo le registró los bolsillos, cogió las llaves del coche y fue en su busca. No podía ser difícil encontrarlo. Lo más seguro era que lo hubiese dejado en el límite entre la carretera y el bosque.

Y, en efecto, allí estaba.

Cuando volvió con el cuerpo, se aseguró de que no había nadie alrededor. Entonces lo introdujo en el maletero y, tras arrancar la emisora de un fuerte tirón, puso el coche en marcha y condujo hasta casa.

Recostado en el suelo, apoyado contra la pared, con ese

agujero en el centro del pecho y la sangre seca por toda la camisa y parte de los pantalones, los ojos abiertos de Mateo parecían mirarlo, observar sus movimientos. Sólo que eso no era posible, puesto que aquellos eran los ojos de un muerto.

Destruyó el teléfono móvil y la emisora a martillazos, con tanta rabia que apenas quedó gran cosa de ellos, y metió todos los pedazos en una bolsa de basura que más tarde enterraría. Las esposas las dejó sobre la mesa —las probaría en breve— y guardó en un cajón la pistola con el cargador extra.

Luego cogió la cartera donde estaba su carné profesional del Cuerpo Nacional de Policía con la placa-emblema. Leyó: «Inspector. Activo». Y un número de identificación: «9767», el mismo que figuraba en la base de la placa. Pero ningún nombre. Algo que él ya sabía.

«Muy bien, señor inspector —se dijo—. Esto te ha pasado por cruzar una línea que no debiste cruzar. Por jugar con la persona equivocada. Por eso estás ahora ahí. Aquí».

Caminó por la habitación, por aquel taller-sala de pruebas, dando pequeños círculos. Reflexionaba.

Después, se sentó en el suelo, frente a él, y lo observó. Estuvo así varios minutos.

—Inspector nueve-siete-seis-siete —dijo—. ¿Qué es lo que voy a hacer contigo?

CAPÍTULO 80

Sara sintió un peso tan grande sobre la cabeza que pensó que si conseguía levantarse sería poco menos que un milagro. La noche anterior había bebido mucho, demasiado. No solía hacerlo, pero el ambiente festivo de la boda ayudó lo suyo. Casi tanto como lo hizo la necesidad de liberar la presión que llevaba dentro, que era como una molesta piedra que tenía alojada en el centro del pecho. La presión por el caso que investigaban y en el que seguían sin ver la luz tras semanas de duro, intensísimo trabajo, y la presión por lo sucedido con el inspector jefe. Dos cosas de las que no lograba evadirse ni un solo segundo del día. Dos cruces que soportaba con todo el estoicismo del que era capaz.

Extendió los brazos, los estiró al máximo y tensó la musculatura del abdomen. Luego contó hasta tres y, como si estuviera levantando unas pesas, con sumo esfuerzo, se incorporó.

En la cabeza seguía sintiendo un puñal, un taladro implacable. Se tocó las sienes y apretó la mandíbula. Dios Santo. Después se apoyó en la mesilla y logró ponerse en pie.

Caminó hacia el baño manteniendo a duras penas el equilibrio y a punto estuvo de no llegar a tiempo. Se lanzó sobre el inodoro y vomitó profusamente. Cuando ya no le quedó nada que expulsar, sintió un alivio físico instantáneo. Sólo físico, puesto que en su interior se seguía librando una batalla emocional en la que rodaban cabezas.

En ese momento oyó la llamada. Estaba de rodillas, en una posición innoble, agarrada a la taza del váter como a una tabla de salvación, y antes de que pudiera hacer amago de levantarse la melodía se interrumpió.

Pero enseguida volvió a sonar. Se levantó y entró de nuevo

en el dormitorio. El teléfono estaba allí, en algún sitio, puesto que la música no cesaba, sólo que no conseguía verlo, maldita sea. Se preguntó dónde coño lo habría arrojado antes de tirarse a la cama medio vestida en plena madrugada. La llamada volvió a cortarse. Decidió entonces buscarlo a conciencia, para lo cual tuvo que marcar su número desde el fijo.

Cuando al fin dio con él, vio que tenía varias llamadas perdidas. Aparte de la que ella acababa de hacerse, todas las demás eran del jefe; de aquella mañana y de la tarde y la noche anteriores. «Diego», leyó en la pantalla. Y se preguntó entonces por qué lo tenía como «Diego» y no como «Jefe» o «Álamo». «Diego». Sonaba demasiado personal, íntimo. Era como escribir «Él». Pero ¿acaso lo que sucedió en el coche no le otorgaba a su relación un carácter personalísimo? No, se respondió en el acto, si la cosa se quedaba ahí. No, si se reducía a un único polvo producto de un desliz. De un instinto que no pudo contenerse.

Lo llamó.

—Hola, jefe. Acabo de ver tus llamadas perdidas. Ya sabes que ayer tuve una boda y...

—Es Mateo, Sara —la interrumpió—. No consigo dar con él desde ayer.

Tardó un par de segundos en digerir aquella frase.

—¿Qué?

—Que no sé dónde coño se ha metido. ¿Tú sabes dónde puede andar? ¿Has tenido noticias suyas?

—No... No he hablado con él desde la noche del viernes.

—Joder. ¿Sabes si tenía algún problema o si le había surgido algún asunto familiar?

—No..., que yo sepa. Cuando hablé con él se encontraba bien. Me comentó que a lo mejor se acercaba a Navacerrada a la mañana siguiente, aunque yo le dije que no se le ocurriera ir allí solo y le hice que me lo prometiera...

—Cuando ayer volví de dejar a mi hijo en el aeropuerto, lo llamé, porque habíamos quedado en vernos a la hora de comer en la brigada y no apareció, pero su móvil estaba apagado. Esperé un rato, volví a marcar y nada. Lo intenté varias veces más a lo largo del día. Entonces te llamé a ti, con el mismo éxito. Luego decidí ir a su casa y allí no estaba. Y después me acerqué a Navacerrada, y lo mismo. Ni rastro de él. Llamé a los picos por si hubiera tenido un accidente, y no.

Guardaron silencio. Un silencio que les hizo sentir mal a ambos.

—¿Dónde estás?

—En la brigada. Iba a salir ahora mismo para su casa. Y si no está allí, iré de nuevo a Navacerrada.

—Por favor, dame veinte minutos y te acompaño.

Dieciocho minutos después, Sara llegó a la brigada. La precedió el ruido de su Kawasaki, un trueno en la calma vespertina de aquel domingo de finales de julio.

Diego estaba en la puerta. Antes de que pudiese decir nada, le tendió un casco rojo. Ella llevaba uno negro.

—Nos moveremos más rápido así. Si es que no tienes inconveniente en ir de paquete.

—En absoluto.

Se puso el casco y se sentó detrás. No era motero e instintivamente se agarró a su cintura. Ella no le corrigió. Le gustó sentir aquellas manos en su cuerpo.

Cinco minutos después estaban delante del portal de Mateo, junto a la glorieta de Bilbao.

Estaba abierto y subieron. Pulsaron el timbre. Nada. Le llamaron una vez más al móvil. Seguía apagado.

Bajaron y Diego hizo sonar el timbre del conserje. Ya había hablado con él la víspera, cuando se presentó y le preguntó por Mateo y el empleado le dijo que lo vio salir temprano y que ya no lo había vuelto a ver.

La puerta de la vivienda se abrió. Un cuarentón calvo y orondo los miró con cara de recién levantado. De fondo sonaba la tele, una película.

—Ah, es usted... —dijo frotándose los ojos.

—Buenas tardes —saludó Diego—. ¿Ha visto hoy al señor Suárez?

—No, señor. Hoy tampoco lo he visto.

—¿Tiene usted llave de su casa?

No necesitó mostrarle la placa porque ya lo había hecho el día anterior.

—Sí, tengo las de todos los vecinos del edificio.

—Pues haga el favor de dejárnosla.

El hombre los miró y notaron inquietud en su rostro.

—¿Ocurre algo?

—No, nada, estese tranquilo. Sólo queremos asegurarnos de que todo está en orden.

Asintió, cogió las llaves de un panel de madera con pequeños ganchos que tenía junto a la puerta y se las entregó. Volvieron a subir en ascensor al cuarto piso.

La casa, decorada con gusto y mobiliario caro, estaba ordenada. En el armario del dormitorio que Mateo ocupaba —había otras dos habitaciones con diversos muebles, pero ninguna cama— se encontraba su ropa, mucha ropa, y en el cuarto de baño vieron el cepillo de dientes.

Tenía cinco mensajes en el contestador automático: los escucharon. El primero era de su madre, que le decía que a ver si quedaban pronto porque llevaban mucho tiempo sin verse. Le mandaba un beso y terminaba con un «te quiero». Los otros cuatro eran de Diego, del día anterior y de aquella mañana.

Los dos policías se miraron con gesto preocupado.

—Vamos a Navacerrada —dijo él.

Llegaron en tan sólo media hora. La muñeca derecha de la inspectora tuvo mucho que ver en ello.

En el lugar en el que Sara y Mateo aparcaban siempre, no había rastro del Renault Mégane azul eléctrico de la brigada. No obstante, caminaron durante más de dos horas por aquel bosque.

Se cruzaron con varios excursionistas y les preguntaron tanto por Mateo como por el arquero, pero no habían visto a ninguno de ellos.

Después bajaron al pueblo y, en primer lugar, fueron a la Policía Local. Y no, Mateo no había ido por allí en todo el fin de semana. Luego hicieron un recorrido por distintos bares y comercios; se acercaron, incluso, hasta la gasolinera, y nadie lo había visto.

Decidieron volver al bosque, en donde estuvieron otra hora. Hasta que se les hizo de noche y se vieron obligados a dejarlo.

Bajaron de nuevo al pueblo. Se encontraban cansados y hambrientos, y preocupados. Sobre todo, preocupados.

Entraron en un bar y consumieron en silencio un par de bocadillos de jamón y Coca-Cola. Cuando terminaron, ella le preguntó:

—¿Crees que le ha pasado algo? ¿Que... ha podido toparse con el hombre al que buscamos?

Diego miró unos segundos a la puerta del bar. Estaban sentados frente a la barra en sendos taburetes. Su mirada volvió a dirigirse a la inspectora, en cuyos bonitos ojos había una angustia verdadera.

—Lo único que sé es que desde el viernes por la noche, que es cuando los dos hablamos por última vez con él, Mateo no ha vuelto a dar señales de vida. Y eso es algo tremendamente extraño. Y preocupante.

—¿Y qué es lo que vamos a hacer?

Él dio un profundo suspiro.

—Voy a tener que llamar a Manrique...

Ella notó la preocupación y el malestar en su rostro. En ese momento no se habría cambiado por él por nada del mundo, porque aquello era un marronazo.

—¿Cuándo?

—Pues cuanto antes, mejor.

Sacó el móvil y marcó el número del jefe de la brigada, el comisario Celedonio Manrique.

Contestó al sexto timbrazo. Le sorprendió en plena cena, en un restaurante al que había ido con su mujer y unos amigos. Diego le dijo sin rodeos que un inspector a su cargo llevaba dos días en paradero desconocido y que se temía lo peor. A continuación, le explicó por encima el caso en el que estaban trabajando y sus sospechas de que su desaparición estuviera relacionada con él. Su superior le preguntó si estaba «completamente seguro» de lo que le estaba contando, y le contestó que al cien por cien. Entonces, después de una pausa larga, en la que Diego supo que se estaba cagando en todo lo cagable, le dijo que se verían en la brigada como en media hora. Le explicó que estaba aún en Navacerrada acompañado de una inspectora y que lo que tardasen en llegar.

Debido al tráfico que había hacia Madrid por la gente que volvía de pasar el fin de semana fuera o que adelantaba el regreso de las vacaciones de la segunda quincena de julio, tardaron el doble de tiempo del que emplearon en la ida.

Diego le pidió a Sara que lo esperase fuera y entró al despacho del comisario, que tenía ese careto de mala hostia que él tan bien conocía. Celedonio Manrique era puro carácter en un cuerpo de metro sesenta y cinco. Alguien capaz de soltar más tacos por minuto que el más curtido de los presidiarios, pero era un buen policía y él sabía que tras sus explosivos arranques siempre obraba con sentido común y pensando en el bien del Cuerpo.

—Hola, jefe.

—Diego, Diego, Diego. Me cago en la hostia puta. Vaya regalito que me haces cuando me quedan tres putos días para irme de vacaciones... Siéntate, joder. —Tomó asiento—. ¿Sabes que me voy de crucero con Maribel por las islas griegas? Ella está como si tuviera quince años, te lo juro por Dios. Hacía tiempo que no la veía tan emocionada. Te cuento esto, mi querido Diego, porque espero de verdad no tener que cancelarlo, ya que eso me podría suponer el divorcio, y no es broma. A ver. Te lo voy a repetir: ¿estás *segurísimo* de que ese inspector al que no localizas no se ha ido de fiesta y está durmiendo la mona por ahí, en el piso de algún rollete?

Diego tragó saliva antes de hablar:

—Creo tener elementos de juicio suficientes como para sospechar que puede encontrarse en peligro, si es que no está ya... En fin. Sí, jefe. Descarto esa posibilidad que apunta.

El comisario abrió un cajón y sacó una bonita caja de madera, de la cual extrajo un puro.

—Llevaba unos meses sin fumar. Muchas gracias por ayudarme a dejarlo. Cuando Maribel me ladre, le diré que te llame a ti para que se lo expliques, conque ya te puedes ir preparando porque cuando se pone los guantes de boxeo es el puto Mike Tyson. ¿Quién es el inspector?

—Mateo Suárez Zúñiga. Lleva poco tiempo con nosotros.

Al comisario le cambió la cara.

—Hostias, Pedrín. Pero ¿tú sabes quién es el padre de ese chico? —Diego asintió—. El puto Avelino Suárez. Un pez gordo, dueño de la cadena de supermercados Suárez. Ese tío está cojonudamente relacionado con políticos de primera línea.

Esto complica aún más las cosas... —Movió la cabeza a un lado y a otro con el puro en la mano, aún apagado, y dijo en tono dramático—: Si al inspector Suárez le ha pasado algo, más allá de que la baja de un compañero es lo peor que nos puede pasar en este puto trabajo, como bien sabes, vamos a tener un problema de tres pares de cojones. ¿Es necesario que te ilustre acerca de cómo están las cosas, de la caña que nos están dando desde arriba? Y ahora esto, joder...

No estaba siendo aquel un buen año para ellos, no. El número de homicidios había aumentado casi en un setenta por ciento con respecto al mismo período del año anterior. Un incremento que ellos atribuían al asentamiento en la Comunidad de Madrid de grupos delictivos internacionales que se dedicaban al control de las redes de inmigración ilegal y de prostitución, y al tráfico de estupefacientes. Como consecuencia de la llegada de esos delincuentes, se estaban produciendo demasiados ajustes de cuentas entre bandas rivales, sobre todo latinoamericanas, y la oposición utilizaba aquel argumento, por lo demás incontestable, para atacar al Gobierno. Eso hacía que sus superiores los estuvieran presionando día sí y día también. Y si encima era un policía quien caía, los medios de comunicación iban a armar tremendo escándalo y los socialistas se iban a emplear a fondo contra los populares, y serían ellos, la policía, que era el saco de los golpes, quienes pagarían las consecuencias.

—Soy muy consciente de que atravesamos un momento difícil, jefe. Pero es lo que hay. Esto es fuerza mayor, caramba. Con todos mis respetos, que se jodan los de arriba.

—Claro, claro, muy bonito. Que se jodan los de arriba. Qué bien te ha quedado, di que sí. Lo voy a mandar imprimir y lo voy a colgar en esa puta pared. —Negó con la cabeza—. Eso es muy fácil decirlo, Diego, hostias, porque los capones me los llevo yo, no tú. —Prendió, por fin, el puro—. A ver. Háblame otra vez de la investigación en la que andáis metidos.

Diego le hizo un resumen al que su jefe asistió atento y sin interrumpirlo una sola vez, mientras expulsaba el humo con gesto de placer. Cuando concluyó, lo miró muy serio antes de decir:

—¿Y me puedes explicar por qué cojones no has puesto a

más gente a trabajar en un caso en el que tres muchachas desaparecidas en días distintos parecen guardar relación entre sí?

—Eché mano de otros inspectores en momentos puntuales, pero siempre he creído que el binomio que he puesto al frente de la investigación está de sobra capacitado, bajo mi supervisión, para resolver ese caso. Además, usted lo acaba de decir: este es un año crítico y hay otros asuntos que ocupan su cabeza en estos momentos. Y encima no andamos precisamente sobrados de personal...

Mientras lo decía, Diego se dio cuenta de que quizá tendría que haber solicitado más ayuda. Sin embargo, sabía muy bien cuál había sido el motivo de no hacerlo, motivo que por supuesto omitió porque eso sólo habría conseguido empeorar las cosas: su creencia de que esas desapariciones estaban conectadas con la Operación Copas de hacía más de dos décadas.

—No, si ahora va a resultar que lo has hecho pensando en mí y en mis preocupaciones, ¿no te jode?... ¿Sabes si Suárez tiene mujer e hijos?

—No.

—¿No lo sabes o no los tiene?

—No los tiene.

—¿Y pareja, al menos?

—Lo desconozco. Pero eso quizá lo sepa la inspectora Segura, que es quien más tiempo ha pasado con él y puede que esté al corriente de más detalles sobre su vida privada. Está ahí fuera.

—Hazla pasar.

Diego salió y al rato entró con ella.

—Buenas noches, comisario.

—Siéntese, inspectora.

Sara le obedeció y se lo quedó mirando expectante.

—¿Sabe usted si su compañero tiene pareja estable, si vive con alguien?

—Vive solo. Y no, no tiene pareja.

—¿Está segura de eso?

—Totalmente.

—Bien. Esa es la primera buena noticia que recibo esta noche —dijo mirándolo a él—, porque eso nos da algo más de margen. Una pareja acusaría enseguida la ausencia del novio. Tenemos que tratar de encontrar al inspector Suárez como sea y no disponemos de mucho tiempo. Puedo aguantar un par de días, quizá alguno más, sin informar a su familia, pero en cualquier momento alguien de su entorno puede acusar su ausencia y se jodió.

Volvió a mirar a Sara.

—¿Notó usted algo raro en su comportamiento de los últimos días?

—No. Hablé con él, de hecho, el viernes por la noche y estaba como siempre. Tan bien como siempre, quiero decir. Mateo es una persona muy templada, muy centrada y equilibrada, y un excelente policía.

—No me cabe ninguna duda. Gracias, inspectora. Si es usted tan amable, déjenos a solas un momento. Y créame que lamento lo de su compañero. Ya verá como acaba apareciendo.

Ella asintió y salió de la habitación.

—Llámate a Ramos —dijo el comisario—. Y a los otros inspectores y subinspectores a tu cargo. Corrochano, Sáez, Prieto y Atienza. Y algún otro que seguro he olvidado.

—Ramos y Sáez están de vacaciones.

—Si no se encuentran fuera de España, que se vengan para acá cagando hostias. Esto es un aviso de incendio, coño, y si a mí se me jode la fiesta, se le jode a todo dios. Te voy a asignar más hombres de otros grupos. Y apoyo logístico desde la UDEV Central. Y tendré que llamar a nuestros amigos los verdes, me cago en la hostia puta. Por mucho que nos pese, ellos conocerán la zona de puta madre. Ese es su terreno.

»Ponte a llamar ya mismo, yo voy a hacerlo también. Ahora es de noche y doy por hecho que no se podrá reiniciar la búsqueda hasta el amanecer, pero hay que estar preparados. Y es muy importante que les digas a los chicos que guarden la máxima discreción. Nadie puede saber nada, ni siquiera su pareja o amantes o mejores amigos. Nadie. No quiero que la prensa se nos eche encima antes siquiera de habernos sacado la chorra. ¿Entendido?

—Claro, jefe.

—Pues venga, hala, a trabajar.

Aquello se había convertido en una prioridad. Y lo que empezó siendo un trío, en cosa de un par de horas era un equipo de quince personas entre inspectores, subinspectores, oficiales y agentes de policía. Ramos y Sáez se agarraron tremendo cabreo en un principio, pero cuando conocieron el motivo por el cual tenían que suspender sus vacaciones —por fortuna, ambos se encontraban cerca de Madrid—, accedieron sin rechistar.

Manrique le asignó también a varios hombres del grupo XII de Atracos a Bancos, Secuestros y Extorsiones. Colegas de la brigada que, como el nombre de su grupo indicaba, tenían mucho callo con el tema de los secuestros.

Antes del amanecer estaban ya en Navacerrada. Allí habían quedado con efectivos de la Guardia Civil para peinar bien la zona en la que creían que podía haberse producido la desaparición.

Mientras la mitad de los policías allí desplazados y los guardias civiles estuvieron mañana y tarde rastreando el terreno con la ayuda de perros adiestrados, después de seguir las indicaciones de Diego y Sara, que eran quienes sabían por dónde se había podido mover su compañero, la otra mitad recorrió el pueblo y preguntó en bares, hoteles y comercios por el inspector Mateo Suárez y por el Renault Mégane azul que conducía. Debían ser discretos y exigir discreción, pero eran muy conscientes de que iban a llamar la atención y de que la gente empezaría a hacerse preguntas.

A las nueve de la noche, después de un día agotador e infructuoso, el teléfono de Diego sonó. Era Manrique. Aquella sería la sexta vez que hablaban.

—¿Novedades?

—Nada, jefe. Seguimos igual.

—Me cago en todos mis muertos.

—No creo que eso vaya a cambiar las cosas.

—¿Cuántas horas lleváis la rubia y tú sin sobar?

—Uf. Ya he perdido la cuenta.

—Pues así no me servís de mucho. Largaos ahora mismo a dormir un poco, no más de cinco horas. Luego os espabiláis con una buena ducha y un litro de café, y volvéis al lío. Dile a Ramos que me llame si tienen la más mínima novedad. Y díselo también a Santos, de Atracos.

—Muy bien, jefe.

Diego le dijo a Sara que se marchaban a dormir unas pocas horas por orden del comisario. Habló con sus colegas y con los picoletos, quienes le dijeron que interrumpirían la búsqueda en breve, en cuanto anocheciera, y que la reanudarían al amanecer.

En el viaje a Madrid, Sara tuvo que hacer verdaderos esfuerzos para no cerrar los ojos. Aunque los cafés y los varios botes de Coca-Cola con los que llevaba todo el día alimentándose contribuyeron a que llegasen intactos.

Cuando se detuvo en la glorieta de Rubén Darío para dejar a Diego en su casa, este bajó de la moto, se quitó el casco y le dijo:

—¿Te apetece subir?

Ella se quitó el casco y lo miró del mismo modo que lo hizo la noche en que estuvieron allí dentro de un coche.

—¿Estás seguro?

—Vamos —dijo él—. Aparca esa moto.

Ella le puso el candado y entraron en el portal.

El suyo era el piso más alto de un edificio señorial. Sara pensó que una vivienda en aquella zona debía de costar una fortuna.

Al entrar, Diego fue encendiendo las luces.

—Tienes una casa preciosa.

Una de esas casas, pensó, que ella veía en las revistas de decoración que compraba y que le parecían tan inalcanzables como Marte.

—Gracias, pero el mérito no es mío. La decoró... —Se detuvo—. Da igual.

—En cualquier caso, es preciosa.

Él asintió.

—¿Te apetece darte una ducha?

—Me encantaría.

La guio hasta el baño y le dejó varias toallas. Cuando iba a salir, ella lo sujetó de un brazo:

—Quédate, por favor.

Diego la miró y, mientras se acercaba a ella y le daba un beso, comenzó a desabotonarle la blusa. Sara le empezó a desabrochar a su vez los pantalones.

Entraron en la bañera y él abrió el grifo.

El agua caliente cayó sobre ellos y Sara tomó la botella de gel y se puso a enjabonarle el pecho; él la imitó. Lo hicieron despacio, con ternura, al tiempo que se daban besos suaves y cortos.

Se lavaron el uno al otro con mimo, se aclararon y se secaron también mutuamente.

Luego él la llevó de la mano hasta el dormitorio. La luz de las farolas entraba en la estancia y le daba la iluminación justa.

—Sé cariñoso conmigo. Hoy soy una mujer herida.

La besó y en aquel momento sintió algo muy fuerte. Algo en lo que no se atrevió a pensar.

Ya en la cama, se acariciaron durante un rato. Hasta que ella le pidió que entrara.

Se movió en su interior muy despacio, pero profundo. Ella, abajo, le agarraba los fuertes hombros y él le envolvía las nalgas, duras y perfectas, con las manos.

Arribaron juntos, como la vez anterior, y ese torrente de placer los redimió por un momento del peso que habían soportado durante día y medio de búsqueda desesperada.

Se tumbó boca arriba junto a ella.

—Es curioso cómo se crean los vínculos —dijo Sara después de un rato de silencio—. ¿Sabes? Al principio, Mateo no me cayó bien. Y no fue culpa suya, sino mía, por mis putos prejuicios. Porque él es, en muchos aspectos, todo lo que a mí me habría gustado ser. Sin embargo, enseguida congeniamos. Fue fácil, el mérito es todo suyo.

Diego calló. Ella volvió a hablar al poco:

—Te juro por Dios que si le ha pasado algo... Esto ya es personal.

Él la miró y levantó una ceja que decía «¿cómo?».

—El caso en el que trabajamos. Ya no es sólo trabajo, es algo personal.

Diego afirmó con la cabeza y luego dijo:

—Para mí siempre lo fue.

—Ya, bueno. Tu experiencia del pasado. Tus heridas de guerra. El caso sin resolver.

—No —señaló él, muy serio—, no es eso. Cuando digo que para mí siempre lo fue, me refiero a que, desde que me hice policía, todos los casos en los que he trabajado han sido algo personal. No era simple trabajo, no. No lo hacía porque me pagaran... Lo hacía porque... porque me iba la vida en ello.

Ella guardó silencio y pensó en lo que le acababa de decir. Y él le preguntó:

—Dime una cosa. Cuando se trata de atrapar a los malos, ¿sientes que estás trabajando, que lo haces porque cobras por ello?

Ella negó con la cabeza sin pensarlo.

—No, para nada.

—¿Has visto? Es a eso a lo que me refiero. Y eso significa que para ti también es *siempre* personal. Que pertenecemos al mismo club.

Se hizo un silencio, que ella rompió.

—Háblame del Pincel. Dime cómo era.

Él la miró con gesto de sorpresa. El Pincel. Joder. Entonces se acordó de sí mismo entrando en la brigada, en la Puerta del Sol, con la sensación de poderío, de seguridad, que le otorgaban su juventud, sus ganas, su aspecto. Veía a sus compañeros, ojerosos, malencarados, fondones, y se sentía todo un triunfador. Pensaba que tenía el mundo en sus manos. A sus pies.

Sacudió la cabeza.

—El Pincel era un muchacho que conseguía ver el sol todos los días, aunque el cielo estuviese encapotado. Aunque lloviera a cántaros. Hasta los domingos por la tarde eran hermosos para él... El Pincel era un ingenuo. Un pardillo.

—Tal vez —razonó ella— aquel muchacho veía el sol todos los días porque tenía un don. Y porque, aunque no lo podamos ver, el sol está ahí, siempre está ahí.

Guardó silencio unos segundos y luego añadió:

—A lo mejor el Pincel no era un ingenuo ni un pardillo. A lo mejor era la persona que todos deseamos ser. Que todos deberíamos ser.

—Es posible —dijo él—. Aunque ¿sabes qué? Prefiero no pensar mucho en ello.

Sara asintió y durante un rato se miraron, pero enseguida el sueño los venció.

Aquella fue la primera vez en un cuarto de siglo que Diego dormía con una mujer que no era Mónica. Y en su propia casa.

CAPÍTULO 81

No le sorprendió nada verlos. De hecho, casi estaba esperando su llegada. Oculto como una comadreja, vio a todos esos policías, los azules, los verdes y los de paisano, con sus armas como de juguete y sus perros entrenados.

Se fijó en el hombre alto, moreno, fuerte, y en la mujer rubia y bonita. Los vio hacer una serie de gestos e indicaciones al resto del grupo y supo qué era lo que andaban buscando.

Buscaban lo que él tenía. Lo que él había atrapado. Lo que él se había ganado por medio de sus habilidades. Buscaban su botín, pero no pensaba soltarlo.

Con su arco y su machete, igual que un cazador de la antigüedad, un guerrero de un tiempo remoto, se deslizó furtivamente por el suelo como una serpiente en dirección contraria a la de ellos.

La ira le invadía por entero la cabeza. A pesar de que sabía que no tardarían en aparecer, no pudo evitar sentir aquella rabia, aquel odio.

Esos invasores... ¡Cómo se atrevían! ¿Quiénes se creían que eran para moverse con semejante libertad por allí, por su territorio, con el fin de arrebatarle lo que era suyo?

Poco a poco los fue dejando atrás.

Después de un rato de caminata, llegó hasta donde habían aparcado sus vehículos. Contó diez.

En su cabeza, la imagen se concretó: todos esos coches y furgonetas ardiendo.

Aquel sería un espectáculo maravilloso, sublime. Pero, aunque hubiese llevado consigo lo necesario para hacerlo y lo deseara intensamente, sabía que no era una buena idea. No debía exponerse más, darles más pistas.

Ahora tocaba batirse en retirada, replegarse. Y esperar. Si era cauteloso, jamás darían con él.

Las circunstancias mandaban, siempre era así, y parecía que para él el invierno acababa de llegar con algunos meses de adelanto.

Le tocaría hibernar, sí. Qué se le iba a hacer.

Alerta, por si se cruzaba con algún policía más, emprendió el camino de vuelta al nido, a su guarida, mientras con un repentino sentimiento de malestar observaba la vegetación que lo rodeaba.

Inspiró hondo. La echaría de menos.

CAPÍTULO 82

Cuando entró en el restaurante en el que se iba a celebrar la cena de despedida a un comisario recién jubilado, un viejo compañero de la Brigada Regional de Policía Judicial, y de la cual no se pudo zafar, Diego tenía la cabeza como un bombo. Acababa de volver de Navacerrada, donde, con la colaboración de la Guardia Civil, varios miembros de la brigada habían seguido buscando a Mateo una jornada más con la misma avidez que el primer día y con el mismo escaso éxito.

Sara volvió a su piso únicamente para recoger ropa; aquella noche dormiría otra vez en casa de él. Diego reparó en que no le estaba costando adaptarse al cambio, pasar de dormir solo a hacerlo de nuevo con una mujer. Empezaba a sentir algo muy fuerte por ella, muy intenso, y creía que era —y lo deseaba— un sentimiento mutuo. No: volver a la «rutina» de amar y ser amado, de acostarse con una mujer por la que se sentía enormemente atraído y levantarse con ella, no iba a suponer ningún problema. El problema era la situación en la que se encontraban, la búsqueda desesperada de un joven inspector. Pues la posibilidad de que continuara con vida se reducía a cada minuto que pasaba.

En el restaurante, los asistentes, en su mayoría comisarios, inspectores jefe e inspectores, aunque también acudieron expolicías, tanto jubilados como otros que tiempo atrás decidieron abandonar el Cuerpo e iniciar distintas actividades, no habían accedido aún a la zona del comedor. Estaban tomando un aperitivo en un espacio diáfano y aquel follón de voces y risas le aturdió por un momento porque venía de la paz de la sierra de Guadarrama y el contraste era notorio.

Se encontró con su jefe y Diego le dijo:

—No me ha quedado más remedio que venir.

—Lo sé, tranquilo —contestó Celedonio Manrique—. Pero tampoco hace falta que te quedes a los postres, ya me entiendes. Hasta que demos con el inspector Suárez, estamos bien jodidos. Supongo que seguimos igual, ¿no?

Diego asintió.

—Pues venga. Bebe, come, soporta los putos chistes de siempre y te vuelves para la brigada cagando hostias.

El comisario se apartó de él y saludó, con una sonrisa digna de un actor de Hollywood, a otro colega.

Mientras estrechaba manos y levantaba la barbilla en señal de saludo, Diego avanzó entre los cuerpos hasta que llegó adonde se encontraba el homenajeado, Domingo Parada, un hombre recio de cabeza plateada con el que se fundió en un abrazo. Apenas pudieron cruzar tres frases porque enseguida al protagonista de la velada lo reclamaron otros policías, y Diego se dirigió entonces a la barra en busca de una cerveza.

Su expresión cambió de pronto al ver allí a Ángel Monzón, quien nada más reparar en su presencia compuso una sonrisa tan grande como la suya.

—Dichosos los ojos, Pincel. Joder.

—Ángel, amigo.

Se abrazaron con fuerza. Llevaban años sin verse, pero él nunca le estaría lo suficientemente agradecido. Fue Monzón quien, al llegar con la Guardia Civil a la casa de Valdemorillo —«la casa del horror», como la bautizaron los periodistas—, bajó al sótano, se lo echó encima y lo sacó de allí. Aquel hombre le salvó la vida.

—Estás igual, cabronazo. Has pactado con el diablo.

—Tú también estás en forma —dijo Diego, aunque no era del todo cierto. Tenía menos pelo y algo más de cintura, pero en conjunto no se mantenía mal—. ¿Cómo te va en la empresa privada?

Dejó la policía hacía unos años y montó una agencia de seguridad con un socio.

—De lujo. Fueron demasiados años de estupa, Pincel. Acabé quemadísimo. Ahora gano el triple y trabajo tres veces menos. Me he vuelto un burgués, lo reconozco, pero cero estrés.

—Joder, cuánto me alegro. ¿Y qué haces exactamente?

—Labores de escolta. Jueces, empresarios, deportistas, cantantes... Lo bueno es que ya apenas frecuento la primera línea. Mi socio y yo tenemos a varios muchachos en nómina, gente que estuvo en cuerpos especiales del ejército y expertos en defensa personal, y son ellos los que pringan. Y hablando de pringar, ¿sigues en la Pringue?

—Allí sigo.

—Vaya tela, macho. Imagino que el ambiente debe de estar caldeado con los mesecitos que llevamos... Te aseguro que no la echo nada de menos.

—Es un momento delicado, sí. A los malos les ha dado por matarse entre ellos y nosotros, la santa pasma, somos los daños colaterales.

—Bueno, mientras esos cabrones se maten entre ellos y nos dejen en paz al resto...

Por un segundo, Diego estuvo tentado de contarle lo de las nuevas chicas desaparecidas. Sus sospechas de que detrás de aquello se encontraba el mismo hombre que veinte años atrás asesinó a su compañero Javier García y casi acaba con él, pero se contuvo. Durante un tiempo le achacaron el estar obsesionado con aquel caso e implicarse emocionalmente en él más allá de lo que un policía debía hacerlo, y hasta que no tuviera todo bien atado optó por ser prudente.

—Por cierto, Guzmán anda por aquí.

—No jodas. —Diego se volvió y lo buscó sin éxito entre todos aquellos cuerpos.

—Hacía siglos que no nos veíamos y le he notado bastante machacado. Me acabo de enterar de lo de su «parienta».

—¿Qué le pasa?

—Le pasaba. Murió hace unos meses. Cáncer. Era una de esas parejas mal avenidas que luego no pueden mear el uno sin el otro, conque imagínate qué putada... —Según lo dijo, cayó en la cuenta. Él estuvo en el funeral de Mónica. Debió de ser esa la última vez que se vieron—. Coño, Pincel, discúlpame. Mira que soy gilipollas. Olvidé que...

—No, no, tranquilo. No pasa nada. Vaya —añadió volviendo a Guzmán—, pues qué lástima. No sabía nada.

—Yo tampoco, ya te digo. Me lo acaba de decir Pereda...,

le conoces, ¿verdad? —Diego asintió—. Al parecer, optó por una ceremonia íntima. En fin. ¿Tú qué tal lo llevas?

—Ahí voy. La vida sigue, ya sabes.

—Claro. ¿Y el chaval?

—Bien. En la universidad. Ya es un hombre.

—Pues eso es lo que importa, joder.

Se miraron y asintieron. La vida seguía y uno no podía detenerse. Nunca.

—Bueno, Pincel. Me alegro mucho de verte, chico.

—Lo mismo digo, Ángel. Ya sabes que aquí me tienes para lo que necesites. Siempre.

Se dieron otro abrazo.

—Cualquier día de estos te llamo a la brigada y comemos.

—Me encantaría.

Diego lo dejó en la barra, se olvidó de la cerveza y avanzó hacia el fondo del local en busca de su antiguo compañero.

Dio con él al poco. Estaba apoyado en una columna y hablaba con un hombre al que no conocía.

Cuando Guzmán lo vio, sonrió y levantó la copa:

—Señoras y señores: con todos ustedes, el Pincel. El hombre que renunció a una prometedora carrera de modelo y actor por la más ingrata profesión del mundo.

Diego rio y se abrazaron. Monzón tenía razón: estaba muy envejecido.

—Hola, Roberto. ¿Qué tal estás?

—Aquí, reencontrándome con el pasado. ¿Os conocéis? —Ambos negaron con la cabeza—. Diego Álamo, Juanjo Núñez.

Diego estrechó la mano de aquel hombre alto y delgado que les dijo que le disculparan porque iba a pedir algo.

—Bueno bueno, Pincel. Veo que la vida te trata bien. Estás idéntico, hijoputa.

—Ahí vamos, Roberto. Oye..., me acabo de enterar de lo de tu mujer. Lo siento muchísimo...

Guzmán sacudió la cabeza.

—La vida, Pincel, la vida. Qué te voy a contar que tú no sepas...

Esa era una verdad como un castillo de grande, pensó mientras asentía.

—¿Estabas en...?

—Vallecas. —Era comisario allí—. En el Valle del Kas. La *crème de la crème.*

—¿Y qué tal?

—Si te digo la verdad, ni bien ni mal ni mediopensionista. En algún sitio hay que estar, Pincel. Cumplo y luego me voy cagando leches a casa con mis discos y mis novelas, que es donde me gusta estar. El resto es sólo trabajo y a estas alturas del partido me la sopla bastante. Mis ambiciones, en ese sentido, hace tiempo que están colmadas. Mi mayor aspiración ahora es que me dejen en paz. ¿Y tú? Sigues en la Pringue, ¿no?

—Sí.

—Pues qué quieres que te diga, no te envidio ni un poquito. Y menos este año de mierda, en el que a los chungos les ha dado por matarse delante de nuestras narices.

Siguieron hablando un rato de pie hasta que todos pasaron al salón-comedor y allí se sentaron juntos. Guzmán se sinceró con él: su parienta, Socorro, le tuvo ahogado durante años con tanto trajín de espectáculos, cines y cenas —Diego recordaba bien sus quejas al respecto—, algo que continuó hasta que le diagnosticaron la enfermedad y tuvieron que pisar el freno y tomarse las cosas con más calma. Sin embargo, ahora que no estaba, extrañaba terriblemente esa vida y se sentía muy solo. Mientras se lo contaba, chupaba con avidez un cigarrillo mentolado. Esa era otra cosa, no fumar, que llevaba fatal, le dijo, pero los médicos se mostraron taxativos. Sus pulmones no tenían muy buena cara y, si no quería irse al hoyo en breve, debía decir adiós al tabaco para siempre. Diego se preguntó qué habría sido de su mechero de oro.

Después pasaron a hablar de los días en los que trabajaron juntos en la brigada, cuando se encontraba ubicada en el antiguo edificio de Correos de la Puerta del Sol, y a Diego, de pronto, le vino a la cabeza una imagen: el día en que estaban interrogando a un sospechoso dentro de la Operación Copas y Roberto apareció en el cuarto con unas tenazas enormes. Cómo habían cambiado las cosas en sólo dos décadas. Por fortuna.

—¿Y sabes qué ha sido de Carranza? —preguntó Diego. Fue el entonces subcomisario Carranza quien les asignó el caso de Elena Vicuña que desembocaría en todo aquel horror.

—Se jubiló y desapareció del mapa. Nadie lo ha vuelto a ver, ¿te lo puedes creer? A lo mejor está en Alaska, el muy cabrón, buscándose a sí mismo en una puta cabaña. No lo descartes.

En aquel momento uno de los presentes se puso en pie, dio unas palmadas y anunció que iban a entregarle al homenajeado un «modesto presente». Un camarero apareció con una caja de cartón grande y alargada, que Parada cogió y, después de sopesarla, comentó:

—No me lo digáis: es un árbol de Navidad.

Aquello provocó una risotada general. No era un árbol de Navidad, sino una preciosa escopeta italiana Fabarm, semiautomática, con la carcasa gris con motivos de caza y florales, y madera de nogal. El mismo policía que había anunciado la entrega del regalo dijo:

—Ahora vas a poder cazar más, Domingo. Y cada vez que te cobres una pieza, te acordarás de nosotros. De tus compañeros. De tus hermanos.

El viejo policía se emocionó y estalló un aplauso general.

Diego no pudo evitar pensar que esa era la minúscula gloria a la que estaban abocados todos ellos. Después de una buena parte de su existencia dedicada a combatir el Mal, les quedaba el triste consuelo de una cena numerosa, un regalo caro y unas cuantas copas mezcladas con recuerdos de días irrecuperables que dieron sentido a lo que hacían. Y a la mañana siguiente, a mirar los toros desde la barrera como un ciudadano de a pie más.

Tras el segundo plato, Guzmán pidió un whisky y siguió chupando su cigarrillo mentolado. Diego continuó con agua, pues tenía que volver a la brigada. A Navacerrada tan sólo podían ir con luz solar.

Su excompañero le preguntó si andaba en algún caso potente y pese a que se prometió guardárselo, no soltar prenda, ante él no fue capaz de silenciarlo y le relató la investigación en la que se hallaba inmerso. No entró en detalles, pero sí le reveló lo fundamental: que había una serie de chicas desaparecidas y que estaba convencido de que, de alguna manera, guardaba relación con el caso de dos décadas atrás que a él casi le costó la vida.

Le escuchó con suma atención cuando le habló de las coincidencias y similitudes. Al fin, incrédulo, negó con la cabeza:

—¿Sabes? Creo que ese caso se te metió en el cuerpo como un veneno, Pincel. Lo que me cuentas... Puede ser que haya parecidos razonables, pero ¿por qué ese hijo de puta iba a tardar más de veinte años en volver a actuar? ¿Y qué coño ha hecho en todo este tiempo, dedicarse a la meditación en un puto monasterio?

—Nadie dice que en estos años haya estado inactivo, sólo que debió de cambiar el *modus operandi* por una cuestión de necesidad. Porque le desmontamos el chiringuito, joder. Y ahora lo ha recuperado porque, quizá, ha encontrado a la persona idónea para ayudarle, como hizo en su día con Mayoral. —Guardó silencio y al rato dijo—: Y uno de los hijos de puta supuestamente implicados va por ahí armado con arco y flechas, matando gatitos. ¿Te lo puedes creer?

Guzmán lo miró.

—¿Con arco y flechas? —Diego asintió—. Curioso, sí. Muy curioso.

Alguien propuso un brindis, tras el cual la gente empezó a pedir copas. Diego consultó el reloj y le dijo a su compañero que tenía que marcharse «a pringar».

—Me ha alegrado mucho verte, Roberto. ¿Nos llamamos un día de estos y nos vemos para comer?

—Claro —contestó Guzmán. Se estrecharon la mano.

Diego se levantó y fue hasta Domingo Parada. Cruzaron unas palabras, le deseó una feliz jubilación y se dieron un abrazo.

Luego salió del restaurante dejando tras de sí aquella explosión de voces y risas, y se dispuso a reemprender la búsqueda de tres chicas y de un inspector de policía, pero también la caza de la bestia. Del ogro. Del hombre del saco.

CAPÍTULO 83

Aquel encierro lo estaba matando. No poder salir a cazar, a correr, por miedo a que lo interceptaran, era lo peor que le había pasado en mucho tiempo.

La muerte de aquel policía lo cambió todo, lo desbarató todo. Lo convirtió en un prisionero. Y eso lo obligaba a visitarlas con mayor frecuencia.

Si era objetivo, las tres presentaban mucho peor aspecto que el día en que llegaron. Que el día en que las metió allí.

Siempre ocurría lo mismo. Eran como preciosas flores recién cortadas que se iban consumiendo hora a hora, día a día, hasta que, ya marchitas, inservibles y despojadas de toda su belleza, lo único que podía hacerse con ellas era tirarlas a la basura.

Las tenía sujetas de tal forma que no les era posible tocarse, aunque sí hablar. Ese era un regalo que les hacía, no incomunicarlas. A no ser, claro, que se portaran mal, en cuyo caso las amordazaba.

Se acercó a las tres una por una. Las acarició como si fuesen muñecas y las besó lascivamente en la boca pese a su resistencia. Luego se alejó lo más que pudo, echó un último vistazo para memorizar su posición exacta y apagó la luz.

Los gritos brotaron en el acto, fue una explosión de terror.

Porque ya habían vivido eso antes. Aquel infierno.

Entonces, comenzó la fiesta. Para él.

Iba a practicar tiro a ciegas. A ponerse a prueba.

El juego consistía en no acertar. En disparar lo más cerca de donde se encontraban, pero tratando de no herirlas.

Las flechas que atravesaban la habitación y los gritos agudos se sucedieron durante unos minutos delirantes.

Fue un momento de pura locura. De caos. Un ataque entre tinieblas.

Cuando encendió la luz, echó un rápido vistazo para comprobar el resultado.

Una flecha en el muslo derecho de la número uno, que gritaba histérica.

Otra en la mano izquierda de la número tres —que también gritaba mucho—, además de un rasguño en el hombro de ese lado.

La número dos se encontraba ilesa, aunque había perdido la consciencia.

«Vaya —pensó—. Qué estropicio». No había estado muy fino, la verdad. Quizá la próxima vez tuviese más suerte. Quizá.

CAPÍTULO 84

Diego salió de la brigada y caminó pensativo hasta la cercana avenida de la Reina Victoria. Hacía un calor homicida. Si pudiera, bromeó amargamente consigo mismo, le pondría las esposas y se lo llevaría detenido. Al calor. Vio una terraza agradable y decidió sentarse. Pidió un café.

Habían recibido los datos de la federación de tiro con arco y ninguno de los nombres que figuraban en la lista tenía antecedentes. Tampoco encontraron coincidencias físicas entre los maltratadores de animales fichados y el joven al que buscaban.

Por otro lado, los policías recién incorporados a la investigación revisaron en tiempo récord todo el trabajo que él, Sara y Mateo habían realizado. Se estaban entrevistando de nuevo con los familiares y amigos de Verónica, Ainhoa y Teresa sin que por el momento hubiesen aportado nada de interés.

Fueron también a la estación de Chamartín para hablar con los responsables de la discoteca Space y preguntaron de paso en los comercios del complejo por las tres chicas, cuyas fotografías mostraron de manera mecánica sin que nadie las reconociera.

Hablaron de igual modo con el camarero del bar de la calle de Agustín de Foxá que aseguró haber visto a Ainhoa Rojas subir a un Ford Orion azul con dos jóvenes, chica y chico, y mantuvo hasta la última coma de su relato inicial.

Volvieron a su vez a los descampados donde ardieron los coches y preguntaron a una veintena de personas, ninguna de las cuales vio nada.

En cuanto a Navacerrada, la búsqueda continuaba y esa misma tarde le llamaron para decirle que los perros se excitaron mucho cuando dieron con los restos de una pequeña casa en mitad del bosque. La policía científica iba de camino para llevar a cabo una inspección ocular y él estaba a la espera de los resultados.

Todo aquel movimiento no podía pasarles inadvertido a los habitantes de aquella localidad. Un periodista de un diario local se presentó en el cuartel de la Guardia Civil y preguntó a los agentes a qué se debía semejante despliegue en la montaña, y les dijo que le había llegado el rumor de que andaban buscando a un «policía secreta» de Madrid. Le contestaron que aún faltaban unos cuantos meses para el Día de los Inocentes y que por lo tanto no entendían la broma, y que lo que estaban haciendo en el bosque eran simples maniobras de entrenamiento, algo nada infrecuente.

Pasaban las horas y los días, pensó Diego sentado en aquella terraza con la intención de airearse un poco tras horas de encierro, y, pese al incremento de efectivos en las labores de investigación, no se producían avances.

En el televisor que el establecimiento tenía mirando a la calle anunciaron que el Tribunal Supremo había doblado la condena que la Audiencia Nacional le impuso a Mario Conde por el caso Banesto y tendría que cumplir veinte años de cárcel por delitos de apropiación indebida, falsedad documental y estafa. El exbanquero ingresó esa misma tarde en la prisión madrileña de Alcalá-Meco.

La mesa de al lado estaba ocupada por un viejo y un niño. Eran abuelo y nieto. Al pequeño se le veía muy concentrado en el juego de construcción que parecía que acababa de estrenar; había un papel de regalo y una bolsa de El Corte Inglés en una silla, junto a ellos. Levantaba una torre, que se desplomó de pronto con el consiguiente disgusto.

El viejo le ayudó a recoger las piezas y le dijo que no se preocupase, que la iban a volver a poner en pie juntos, y le explicó que eso le había pasado porque no había hecho una buena base. «Si la base es sólida, la torre no se caerá —le oyó decir. Y aún añadió—: Cuando algo falla, Rodrigo, hay que volver al principio. Si la torre se ha caído es porque la base no era robusta. Y eso lo hemos sabido porque hemos ido al origen y lo hemos visto».

Diego se llevó la taza a los labios y, mientras bebía, masticó aquellas palabras lentamente. «La torre se ha caído porque la base no era robusta». «Hemos ido al origen y lo hemos visto».

Y enseguida sintió que un escalofrío lo atravesaba.

Porque aquel viejo no sólo le acababa de dar una lección a su nieto que más le valdría no olvidar, también a todo un inspector jefe de la Policía Nacional.

CAPÍTULO 85

Al recordar aquellos días se excitaba casi tanto como cuando ocurrió.

Mientras él conducía aparentando normalidad, simulando ser lo que no era, y miraba de reojo su perfil, pensaba que estaba a punto de suceder. Que el momento tan esperado iba a llegar en breve.

Y así era. Ese momento llegaba. Como una explosión.

Las manos surgían del asiento trasero como dos garras y cogían la cabeza de la chica; le colocaban el paño con el cloroformo sobre el rostro y, tras un corto forcejeo, se desvanecía.

En ese instante, él sentía una emoción muy fuerte. Era como atrapar moscas con un vaso y observarlas después a través del cristal, desubicadas, desnortadas, condenadas ya a su extinción.

El resto del viaje transcurría en silencio. Había que descargar el bulto cuanto antes, llevarlo a un lugar seguro.

Después tenía que deshacerse del coche. Abandonarlo en un descampado lejano y prenderle fuego.

A veces, tras quemarlo, mientras ardía y las llamas se elevaban, majestuosas, fascinantes, sentía la necesidad de sacar a pasear el arco. Aún tenía esa subida de adrenalina que la caza le provocaba, esa sensación de poder y victoria, de felicidad, y necesitaba más ejercicio, más acción. Buscaba un blanco, el que fuera, y disparaba.

Durante aquel encierro forzoso pensaba mucho en ello. Era como viajar a un lugar en donde el placer estaba garantizado.

Pensar en la convincente representación que llevaba a cabo también era excitante. Empujar el coche a pocos metros de la inocente presa, que lo veía hacer y se resistía a actuar. Hasta que ella salía y todo cambiaba. ¿Cómo no iba a echar una mano entonces? Cualquiera en su lugar lo haría. Cualquiera con corazón, claro.

«La bondad —se dijo—. La bondad las condenaba. La bondad era su maldición, su lastre».

Si hubiesen sido insensibles a aquello, seguirían libres. No estarían allí con él y sus vidas no correrían peligro.

Pero sabía bien que la bondad habitaba en casi todas ellas y que por esa razón era lo que había que activar, el sentimiento que debía estimular, porque resultaba infalible.

Y cuando menos se lo esperaban, ya era demasiado tarde. Cuando menos se lo esperaban, ya estaban en sus manos.

Y nadie, nunca, había logrado escapar de esas manos. Nadie, nunca, regresó al mundo de la luz y la esperanza, a la vida, después de haber estado con él.

CAPÍTULO 86

Aparcó en una calle cercana a la casa. Estaba en Becerril de la Sierra y, mientras caminaba hacia su destino, en su cabeza se habían declarado dos incendios. El primero era una certeza: se encontraba a muy poca distancia de Navacerrada. El segundo, una pregunta: ¿por qué nunca hizo lo que estaba haciendo en ese momento, ir allí en persona en vez de dar por bueno lo que otros inspectores le contaron?

Fue la eficaz secretaria de la brigada, Amparo, quien le facilitó la dirección de Baltasar Ojeda, el inspector de primera que, junto al también inspector de primera Guillermo Valladares, llevó veintitrés años atrás la investigación de cinco chicas desaparecidas con las que Javier García y Ángel Monzón dieron en los archivos de la brigada; cuando investigaban, con Guzmán y con él, la extraña muerte de Elena Vicuña y la reciente desaparición de Patricia Feijoo y Ana Casado. Valladares, le dijo Amparo, murió hacía años en un accidente de coche, pero Ojeda aún vivía. Tenía ochenta y seis años, y desconocía cuál era su estado de salud, pero estaba vivo.

Llamó al timbre. Esperó. Al cabo de un minuto, volvió a llamar.

Pasó otro minuto y, cuando iba a pulsar de nuevo el timbre, una puerta lateral se abrió y un viejo corpulento y bastante alto asomó. Llevaba una camiseta de tirantes que años atrás debió de haber sido blanca y que en ese momento lucía llena de manchas de grasa.

—¿Sí? ¿Qué quiere?

—Buenas tardes, Ojeda.

—¿Nos conocemos?

—Sí, aunque llevamos muchos años sin vernos. Yo era un

recién llegado al Cuerpo Superior de Policía y usted se jubiló al poco junto con Valladares. —Remarcó con intención aquel apellido, pero su interlocutor no se inmutó—. Soy Diego Álamo.

El viejo aguzó la mirada, le observó unos segundos y dijo:

—Sí, sí, ya sé. Te recuerdo. Ibas siempre vestido como si fueras a ir a una boda.

Diego asintió.

—¿Puedo? —preguntó señalando la cancela.

—Claro —contestó el viejo—. Aquí un policía es siempre bienvenido. Con la condición de que hagas el favor de tutearme.

Se estrecharon la mano. Luego entró en la casa detrás del dueño.

Allí olía a rancio, a falta de ventilación. Olía a viejo y a medicinas.

—Siéntate donde puedas. Y perdona el desorden, pero cuando llegas a mi edad y no estás acostumbrado a recibir visitas, te relajas. Si mi mujer viviera, esto estaría impoluto. Se pasaba el día limpiando, era una cosa exagerada. Hace cinco años ya que murió, y desde entonces no he conseguido hacerme con las riendas de esta casa.

No necesitaba jurarlo. Aquello era una pocilga. Platos con restos de comida en la mesa y en las sillas. Prendas de ropa aquí y allá, tiradas de cualquier manera. Cajas de fármacos abiertas. Periódicos viejos por todas partes. Un par de botellas de whisky mediadas. Diego se sentó en la única silla que vio libre.

—¿Quieres beber algo?

Sólo de pensar en el estado en el que estarían los vasos se le revolvió el estómago.

—No, muchas gracias. Estoy bien. Acabo de tomarme un café.

—Pues yo, si no te importa, sí voy a beber. —El viejo pareció buscar algo—. Enseguida vuelvo.

Diego se quedó a solas y paseó la vista alrededor. Vio un pasillo oscuro y una puerta cerrada en el mismo salón. Clavó la mirada en ella.

El viejo reapareció. Llevaba un vaso en la mano. Cogió una

de las botellas de whisky y lo llenó. Luego se dejó caer en el sofá, sucio y con ropa encima. Bebió un trago y dijo:

—¿Y a qué debo el honor? Se me ocurren planes mucho mejores en pleno verano que venir hasta aquí para ver a un viejo que lleva ya demasiados años fuera del mundo.

Diego se inclinó en la silla y tragó saliva. Decidió ir al grano.

—Sé que te va a costar entenderlo, pero he venido a preguntarte por algo que sucedió hace bastantes años. La desaparición de cinco chicas. Tú y Valladares os ocupasteis de aquella investigación. El caso es que cuando dos inspectores de la brigada dieron un par de años después con vuestros informes, eran muy escuetos y apenas había nada de valor en ellos. Contactaron con vosotros y volvieron a hacerlo cuando salieron a la superficie esas chicas a las que enterraron en la «casa del horror» de Valdemorillo, y en ninguna de las dos ocasiones fuisteis capaces de aportar ninguna información nueva. Os limitasteis a decir que todo estaba en aquellos informes. Y el caso es que, de pronto, me he puesto a pensar en ello y me ha resultado muy extraño que no dierais con una sola pista de la cual tirar. Con nada. Te diré que tú y tu compañero teníais fama de no mataros en el trabajo, pero erais policías veteranos y conocíais por fuerza vuestro oficio. A poco que os hubierais empleado, algo habríais encontrado.

El viejo lo miró fijamente. Le dio otro trago al whisky y suspiró.

—Hay que tener los cojones muy bien plantados para venir a mi casa y llamarme vago a la jeta. O no estar muy bien de la azotea. Pero se ve que tú de ahí no andas mal, luego lo voy a achacar a lo primero, a tu buen par de pelotas. —Diego le aguantó la mirada sin pestañear—. Ahora te recuerdo mejor, mi amigo. Tú investigaste a las chicas de aquella casa de Valdemorillo y casi te sale caro. Vi tu fotografía en periódicos y revistas. Una especie de héroe, aunque vapuleado. Y, por lo que veo, no lo has conseguido superar. ¿Aún sigues en la brigada? —Asintió—. Pues entonces son ya unos añitos. Y por eso mismo deberías saber que en este trabajo no hay que tomarse ningún caso como una cuestión personal, obsesionarse. No, ese es un error de principiantes. Y tú ya eres un veterano. ¿Inspector jefe?

Asintió de nuevo y dijo:

—Muchas gracias por tus consejos. Pero no estoy aquí por causa de ninguna obsesión, sino porque las cuentas, de pronto, no me salen.

—A lo mejor es que te has equivocado en las sumas. O en las restas. A veces pasa, mi amigo. Hay que repasarlas bien.

—Vuestros informes eran tan esqueléticos que cuesta creérselos.

—¿Y por qué no los discutisteis entonces?

—Eso mismo es lo que me estoy preguntando ahora. Por qué. Pero si nos atenemos a vuestras notas, una de dos: o no hicisteis absolutamente nada, es decir, os cruzasteis de brazos y lo dejasteis correr, o bien tapabais algo o a alguien. Lo primero sería censurable, pero lo segundo incurriría directamente en lo delictivo.

—¿Has venido a ponerme unas esposas? Fíjate, tampoco iba a estar tan mal entre rejas. Ni siquiera tendría que cocinar, que lo odio.

—Podrías evitarte el cinismo.

—Y tú podrías dejar de decir tonterías, muchacho. Vienes a mi casa veinte años después de mi jubilación para preguntarme por un caso de... ¿Qué año? ¿Finales de los setenta? Joder. ¿Sabes? Veo la tele. De hecho, paso demasiadas horas delante de ella, y como he sido poli hay cosas que me llaman más la atención que otras. Y una de ellas es el alto índice de homicidios que hay ahora mismo en Madrid. Por eso me choca bastante que en vez de estar investigando crímenes actuales, que falta hace, me preguntes por algo que ocurrió hace un siglo y que a nadie le importa una mierda.

—¿Que a nadie le importa una mierda? ¿Cómo que a nadie le importa una mierda? Eran cinco chicas, por el amor de Dios. Y desaparecieron sin más, como si se las hubiera tragado la tierra...

—No fueron las únicas que desaparecieron en aquellos años. Había un montón de muchachas descarriadas que no venían de ningún sitio ni iban a ninguna parte, y entre esos dos lugares su rastro se perdía.

—Eso que dices me está resultando fascinante. Continúa, por favor.

—No te equivoques, Sherlock Holmes. Yo no me alegraba de esas desapariciones, como tú comprenderás, pero la mayoría de las chicas que corrían esa suerte se exponían demasiado. Y lo sabes bien porque aunque entonces eras muy joven ya estabas allí y conocías el percal. Habitaban en el lado oscuro, se juntaban con gente que convertía a Drácula y al hombre lobo en simples hermanas clarisas, y lo raro en esos casos era salir bien parado. Nadie las puso en ese lugar, sino que lo hicieron ellas solitas.

—Vuestros informes eran una puta mierda, Baltasar.

Era la primera vez que pronunciaba su nombre de pila, y a sus propios oídos les sonó raro.

—Entérate de una maldita vez: no encontramos una mierda y eso fue exactamente lo que recogimos en esos informes. ¿Crees además que esas jóvenes eran tan importantes como aquella que luego investigasteis, a la que atropellaron? No estoy al cabo de los pormenores de ese caso, aunque me apuesto mis inservibles pelotas a que os lo asignaron porque su padre estaba muy bien relacionado. Y seguro que os metieron bastante caña para que obtuvierais resultados, que conozco a los clásicos. Pero si su hija hubiera sido carne de cañón no habríais avanzado nada porque a tus jefes, que fueron también los míos, les habría dado igual, eso tenlo por seguro.

—¿Tienes hijos, Baltasar?

—¿Que si tengo hijos? ¿Y eso a cuento de qué viene? ¿Estás pensando en organizarme una fiesta de cumpleaños?

—Es sólo una pregunta. ¿Los tienes?

—Dos hijas.

—¿De qué edades?

—Las dos han cumplido los cincuenta. Y ya que te interesas tanto, no recuerdo cuándo fue la última vez que las vi. Están convencidas de que no he sido un buen padre y quizá no les falte razón. Una es farmacéutica y la otra es señora de su casa. Su marido tiene un par de concesionarios de coches y nadan en la abundancia. Y tengo nietos también. Cinco, si la memoria no me falla. A los cuales tampoco veo. ¿Qué quieres saber ahora, mi horóscopo y mi color favorito?

Diego lo miró. ¿La desesperación le estaba jugando una mala pasada? ¿Había cometido un error yendo allí?

—De todos modos —dijo el viejo—, me cuesta mucho creer que hayas venido hasta aquí por aquello. ¿Por qué no me cuentas qué coño ocurre?

—Estamos investigando las desapariciones de otras chicas y el caso presenta bastantes similitudes con el de la casa de Valdemorillo. Y en el transcurso de aquella investigación fue cuando dimos con los expedientes de las jóvenes desaparecidas de las que os ocupasteis tú y Valladares.

—No me jodas. ¿Y eso es lo que te ha traído hasta aquí?

—Lo que me ha traído hasta aquí ha sido una buena base. Una base robusta.

—¿Cómo?

—Nada, da igual. ¿Hay algo que puedas contarme de aquella investigación?

—Y dale, joder. Ya te lo he dicho. Nada. Nada que no estuviera en esos informes.

—Pero es que en esos informes no había nada a lo que agarrarse, joder. Los hechos, sus nombres y poco más.

—¡Porque no encontramos un carajo, hostias!

Diego se sobresaltó. El rostro del viejo estaba como si se hubiera metido una bombilla encendida en la boca. Tras unos segundos de silencio, se disculpó.

—Lo siento, muchacho. Pero es que todo esto me está resultando bastante engorroso... Escúchame una cosa. Si estáis buscando a mujeres desaparecidas, esta puerta no es la correcta. Habrás oído muchas veces lo de que todos los caminos conducen a Roma, ¿verdad? Pues ¿sabes qué? Es una gilipollez. No todos los putos caminos llevan a Roma. Ni en sueños.

—¿Vas alguna vez por Navacerrada?

—¿Qué?

—¿Que si vas por Navacerrada?

—Pero ¿qué mierda de pregunta es esa? La verdad es que hace siglos que no. Ni a Navacerrada ni a ninguna parte, en realidad. Desde hace ya tiempo todo mi mundo gira entre estas paredes. —Se levantó—. Voy a vaciar la vejiga.

Nada más quedarse solo, Diego meditó un rato y, al fin, se puso en pie y caminó hasta la puerta cerrada.

Mientras una de sus manos iba hacia la espalda y se posaba sobre la pistola, la otra envolvió el picaporte.

Respiró hondo. Luego trató de girarlo, pero estaba cerrada.

—¿Puedo ayudarte?

Se giró, veloz, y vio al viejo frente a él. No lo había oído. Seguía tocando la pistola con una de las manos, pero la otra se había desprendido de la puerta.

Los latidos de su corazón eran como un martillo que golpeara un clavo.

—Pensé que era un aseo.

—No lo es. Pero si quieres que te lo enseñe de todos modos —añadió el viejo sin ocultar una pátina de ironía, mientras cogía unas llaves que estaban colgadas de un gancho—, no tengo inconveniente.

Fue hacia la puerta y la abrió. Era un cuarto lleno de trastos viejos.

Diego respiró aliviado.

—Si te vas a quedar más tranquilo, puedo enseñarte el resto de la casa.

—No, verás... No es lo que parece...

—¿Qué es lo que parece?

Diego lo miró y sacudió la cabeza.

—Tengo que irme ya.

—¿Sin echar una meada? Pensé que querías ir al aseo.

Diego asintió. Tocado.

—Sí, claro, pero no quería molestar más.

—No es ninguna molestia. Por ese pasillo. La segunda puerta.

Se adentró en el oscuro pasillo y se detuvo delante de la puerta indicada. Miró un momento más allá. Había otra puerta y estaba abierta. Fue hasta ella y se asomó. Un dormitorio con una cama, un armario de doble hoja, una mesa y un escritorio. Todos los muebles eran antiguos.

Volvió con sigilo sobre sus pasos y entró en el baño. Echó el pestillo, abrió el grifo y se humedeció el rostro.

Se contempló en el espejo unos segundos. Joder. La hostia puta. Debía calmarse; estaba demasiado paranoico. Respiró profundamente. Luego, tiró de la cadena y salió.

Caminó por el pasillo de vuelta al salón y, justo antes de entrar en él, vio la escopeta. Sobre la mesa.

El viejo estaba allí sentado y Diego lo miró. Levantó la vista y se observaron. En aquel instante le pareció un hombre triste. Un pobre viejo.

—Voy a limpiarla —dijo—. Una vez al mes, pongo a punto todas las armas.

—¿Todas?

—Bueno, unas pocas.

—Ya. En fin. Muchas gracias por tu tiempo. He de irme ya.

—Te acompaño.

—No te molestes.

—Qué menos.

Se levantó pesadamente y echó a andar con él.

Diego le estrechó la mano, se despidió y cuando se dirigía a la calle, el viejo dijo:

—Siento no haberte sido de utilidad. Pero ya sabes: no todos los caminos conducen a Roma.

Se volvió.

—Procuraré no olvidarlo.

—Es extraño, de todas formas.

Dudó unos segundos.

—¿El qué?

—Pues joder. Me paso un montón de años sin noticias vuestras y en un par de días me visitáis dos viejos compañeros para lo mismo.

Diego notó esa sensación, aquel calor. La bombilla que comenzaba a encenderse.

—¿Cómo has dicho?

—Pues eso, que qué cosa más rara, ¿no te parece?

—¿Quién... quién te ha visitado aparte de mí?

—Joder, todo un veterano. Un antiguo compañero de la Brigada de Investigación Criminal.

»Guzmán. Roberto Guzmán.

CAPÍTULO 87

Desde que la flecha le atravesó la pierna, la número uno había ido a peor. Aquella herida tenía una pinta muy fea. Parecía infectada. Y eso se trasladaba a su cara, que se veía demacrada y pálida. Sudaba, estaba ardiendo y como ida. Deliraba.

La mano de la número tres, en cambio, curaba bien.

Las observó a través del agujero: la dos y la tres tratando de animar a su compañera enferma, pidiéndole que aguantara, que no se preocupase, porque se iba a poner buena pronto.

Disfrutaba mucho con aquellos momentos de absurda solidaridad. Esa hermandad que se establecía entre los condenados, entre los enfermos, le parecía tan patética...

Lo había visto otras veces y nunca lo entendió. Porque ¿de qué servía? Al final, pasaba lo que tenía que pasar y esos ánimos sólo eran una manera de postergar lo ineludible.

Se acordó de aquella rubia a la que la herida en el costado la fue mermando cada vez más y de cómo su compañera la animaba todo el rato. Pero ocurrió lo que él ya sabía, lo que llevaba viendo desde hacía varios días. Y al ver a la número uno entendió que se trataba del mismo caso.

Abrió la puerta y encendió la luz. Caminó hasta ella y le preguntó qué tal se encontraba. Lo miró como si lo viera doble y lo único que salió de su boca fue un balbuceo ininteligible.

Se fijó en el ombligo, donde estaba la herida del *piercing* que le arrancó con los dientes. Luego caminó alrededor de ella y observó sus dos grandes tatuajes: aquella serpiente oriental que ocupaba el hombro y una buena parte del brazo, y la calavera envuelta en fuego que se encontraba en el centro de su espalda.

Se preguntó de qué forma podría conservarlos. Conservar esas zonas de su piel como recuerdo.

Ya lo pensaría.

Se alejó de ella, apagó la luz y el ruido de la puerta al cerrarse sonó como un trueno.

Al poco, la dos y la tres oyeron un ruido extraño y le preguntaron a la número uno cómo se encontraba, pero no les contestó. Insistieron.

Y entonces las dos creyeron que el corazón les estallaba en el pecho: la luz de un mechero iluminó el rostro de él y vieron que su otra mano agarraba el cuello de la chica, cuya cabeza inerte estaba caída a un lado.

No se había ido, las había engañado. Y su compañera...

Mientras sonreía, habría jurado que los alaridos fueron mayores que nunca. Aunque eso era mucho decir.

La liberó de sus cadenas, se la echó encima y, esta vez sí, se marchó.

Pero el llanto sonoro de la dos y la tres continuó hasta mucho después.

CAPÍTULO 88

Llevaba tan sólo dos años viviendo allí. Cuando le diagnosticaron el cáncer a su parienta, vendieron el piso de Madrid y se mudaron a ese chalé para huir de la contaminación y los atascos, en busca de aire limpio y tranquilidad. Aquel adosado en Las Rozas estaba bien. No era demasiado grande, aunque tampoco pequeño. El jardín tenía el tamaño justo para disfrutar de él sin que diera excesivo trabajo y la casa era luminosa y contaba con una amplia escalera interior, no una de esas que para subirla necesitabas hacerlo de perfil o con la ayuda de una piqueta y varios metros de cuerda de escalada. Pero Socorro se empeñó en morirse y ahora él se sentía igual de solo entre esas paredes que Robinson Crusoe en su isla antes de la aparición de Viernes.

Aquello fue lo que Guzmán le contó, más o menos con esas mismas palabras, la noche anterior, durante la cena de despedida a Domingo Parada. Y cuando Diego se plantó frente a la vivienda, le vino a la cabeza. La dirección se la indicó la secretaria de la brigada.

Miró primero a ambos lados de la calle. La calma era absoluta. Algo a lo que contribuían las fechas: faltaba un día para que julio cediera el testigo a agosto y la mayoría de los vecinos se había marchado de vacaciones. Esa era una cosa que él no lograba entender de quienes habitaban un chalé con piscina, que en verano tuvieran la misma necesidad de abandonarlo que los que vivían en un piso en la ciudad.

Llamó al timbre. Esperó.

Volvió a pulsar el timbre. Dos veces. Y nada.

Empujó la verja: estaba abierta.

Cruzó un breve camino arbolado y se plantó delante de la puerta. Vio que se encontraba entornada.

Miró tras de sí en busca de algún rastro de vida, pero aquello tenía la misma actividad que un desierto.

Entró en la vivienda y cerró la puerta con el codo.

Desde el recibidor se veía parte del salón. La luz declinante del jardín interior, al fondo, le permitió ver algunos muebles.

Justo a su derecha estaba la cocina, a la que se asomó. Había un paquete de pan de molde abierto, un tarro de mostaza también abierto y una fiambrera con varias lonchas de salami a la vista. El grifo goteaba de forma impertinente.

Fue al salón: vacío. Salió y caminó por el pasillo. Vio un cuarto de baño y dos habitaciones aparentemente ordenadas. Al fondo había otra.

Nada más entrar, lo vio sentado en una butaca de piel, de espaldas a la puerta. Tenía los cascos medio puestos y se encontraba frente a un equipo de música. Una gran librería preñada de libros y discos presidía la estancia. También se veían libros y discos sobre la mesa, encima de la cadena de música, en una mesita junto a la butaca y en varias pilas en el suelo.

Guzmán estaba ladeado a la izquierda —el brazo de la butaca lo sujetaba e impedía que se fuera al suelo— y su cabeza presentaba un orificio de entrada con forma de estrella en la sien derecha y uno de salida en la zona del hueso temporal izquierdo. El destrozo en el cráneo era considerable. La sangre le había teñido la camisa y llegaba hasta el parqué, donde había formado un charco. Allí, en el suelo, a poca distancia de su mano derecha, que colgaba como una rama solitaria, estaba la pistola. Diego vio que era el arma reglamentaria.

Se quedó mirándolo un rato: los ojos desorbitados, la expresión aterrada. Él no era creyente, pero instintivamente se persignó. Lo hizo en señal de respeto.

Y entonces se fijó en aquel detalle. Su mano izquierda contenía un papel arrugado. Tiró de él con mucho cuidado de no tocarle.

Era un viejo recorte de periódico. Lo abrió. Vio las caras de Elena Vicuña y de Ana Casado, dos fotos en blanco y negro en las que ambas sonreían. Y el titular: «Los macabros hallazgos de las "casas del horror" conmocionan al país». Sabía que en algún lugar de aquel texto figuraba su nombre, pero no lo buscó. Se limitó a guardarse el papel en el bolsillo y, acto seguido, miró alrededor.

Sobre la mesa vio un CD abierto: *Lucho Gatica. 50 canciones inmortales.* Junto a él había un libro: *Los mejores cuentos policiales. Selección de Adolfo Bioy Casares y Jorge Luis Borges.*

Hizo un rápido barrido con la mirada por la habitación.

Luego caminó por el pasillo y entró de nuevo a la cocina. Vio aquel par de paños colgados y los cogió.

Volvió al despacho y comenzó a abrir los cajones de la mesa con las manos dentro de los trapos. Material de escritorio, un viejo reloj de pulsera, pilas gastadas, una navaja multiusos roja y monedas españolas ya sin curso legal.

Salió del despacho y entró en uno de los dormitorios. Abrió los cajones de una cómoda. Buscó entre las mudas, los pijamas y los jerséis. Miró también en el armario y en la mesilla de noche.

Fue a la otra habitación y abrió todos los cajones en busca de cualquier cosa que pudiera llamar su atención.

Caminó hasta el salón. Siguió buscando en un chifonier y en los cajones inferiores de un par de estanterías.

Regresó a la cocina y revisó los cajones, los armarios, incluso el congelador.

Sacudió la cabeza y se quedó pensativo. Debía marcharse cuanto antes. Ya.

Pero, en vez de hacerlo, volvió al despacho y evitó posar la vista en el cuerpo de su antiguo compañero. Se limitó a recorrer la librería con los ojos.

Reparó en tres altos lomos de símil piel marrón, tres álbumes de fotos.

Abrió uno de ellos. Fotografías con su mujer en Madrid y en distintas capitales europeas. Había también algunas fotos con un par de críos —debían de ser sus sobrinos— en diversos lugares.

Saltó al segundo álbum. Más fotos con su mujer, más monumentos, un crucero y varias celebraciones. Evidenció en ellas el implacable paso del tiempo.

Abrió el último. Contenía fotos más antiguas. Roberto Guzmán en sus años del servicio militar. Socorro y él agarrados en la Gran Vía de Madrid, sonrientes, jovencísimos, irreconocibles. Socorro y él en una barca en el Retiro, con aspecto feliz.

Se dijo que tenía que marcharse ya, no podía permitirse seguir allí ni un minuto más. Alguien podría entrar en cualquier momento y sorprenderle. Y en ese caso, ¿qué? ¿Qué sería lo que diría para justificar su presencia en una casa cuyo dueño había muerto por causa de un disparo?

Entonces la vio. Aquella foto. Se quedó como si acabaran de darle un susto.

Recorrió con mirada atónita todos aquellos rostros y, de golpe, fue como si la luz acabara de entrar en una gruta milenaria, en una fosa abisal, en la zona más recóndita de su cerebro.

Y tuvo que contenerse para no salir de allí corriendo.

CAPÍTULO 89

¿Qué es lo que él era? ¿Un soldado? ¿Un guerrero? Desde luego que sí. Pero también algo más. Y sabía que si hacía bien las cosas, si se contenía, la guerra estaba lejos. Pero, por si acaso, convenía estar preparado y poner a punto sus armas.

El arco y las flechas.

El machete.

Su cuerpo.

Dejó a *Voraz* en mejor estado que nunca. Le cambió la cuerda por otra aún más resistente e hidrató el cuerpo de madera para dotarlo de una mayor elasticidad. Fabricó flechas nuevas, con la punta tan afilada como la lengua del diablo, y disparó a la diana cien veces. No falló una sola.

Afiló a su vez el filo del machete hasta que adquirió la efectividad cortante de un bisturí. Un bisturí enorme, imponente. Con él cortó distintos animales que había colgado previamente. Lo hizo con tajos rápidos, enérgicos. También lo lanzó: la hoja se hundía en ellos con la misma limpieza con la que una mano entraba en el agua.

Y se machacó al máximo. Trepó por la cuerda, levantó una pesada viga de madera y corrió por aquella estancia con movimientos eléctricos, rapidísimos, como los que habría hecho un saltimbanqui lunático o un bufón de cuya velocidad dependiese su vida.

Hasta que el dolor extremo le impidió continuar.

Después, se laceró distintas partes del cuerpo para comprobar su resistencia. Su respuesta ante el dolor.

Al fin, exhausto, dolorido, se contempló en un espejo.

Se vio hermoso. Delgado pero fuerte. Como uno de esos soldados griegos del libro que tanto le gustaba ojear.

De pronto, su cabeza viajó en el tiempo y sintió de nuevo los golpes —patadas y puñetazos— mientras aquella voz perentoria, que lo urgía a actuar, resonó en sus tímpanos igual que una bomba, apoderándose de todo. Y él obedeció.

Cuando volvió al presente, se vio en el espejo en posición de combate. Sus músculos palpitaban, parecían estar vivos.

La guerra quedaba lejos, sí. Pero si contra toda lógica estallaba, a aquel luchador resplandeciente no lo pillaría desprevenido.

Él sabría cómo enfrentar al enemigo.

Si iban a por él, conocerían su poder. Y su ira.

Si iban a por él, la luz sería una ilusión, un vano recuerdo, y la noche se volvería eterna.

CAPÍTULO 90

Era noche cerrada cuando detuvo el coche bajo un par de árboles que durante el día eran capaces de dar sombra a un camión. Lo hizo a unos cien metros de la casa a la que se dirigía. Sacó la pistola y comprobó su estado. Volvió a guardarla en su funda y cogió el móvil. Sin cobertura, como se temía. Echó a andar con paso firme mientras respiraba hondo y trataba en vano de embridar los nervios.

Pensó de pronto en el olor tan penetrante que allí había. No recordaba cuántas veces se había desplazado a Navacerrada en la última semana, pero esa noche el olor era otro. Más intenso. Quizá porque en ese momento sus sentidos estaban especialmente alerta.

Al salir de la casa de Guzmán hizo tres llamadas. La primera desde un teléfono público: avisó al 112, a Emergencias, de que un hombre estaba muerto en su domicilio y les indicó los datos, tras lo cual colgó. La segunda, ya desde su móvil, a Amparo, a quien le dio un nombre completo y le pidió, por tercera vez ese día, que le localizase con urgencia una dirección. La secretaria de la brigada le dijo que la pillaba por los pelos, que iba a marcharse ya, pero él le insistió, asegurándole que se trataba de algo muy importante, y como aquel inspector jefe era una de sus debilidades —no había otro tan guapo ni tan educado como él—, accedió. La tercera llamada fue para Sara. Saltó el buzón de voz y tuvo que dejarle un mensaje.

Allí no había farolas, por lo que cuando llegó a la entrada la oscuridad era tal que pensó en ella como en una aliada. Miró a través de una rendija y no vio luces en el interior. Saltó la valla de hierro y cruzó un jardín mediano y tan salvaje como la naturaleza de fuera.

Ante la puerta, con una de las manos sacó la pistola y con la otra agarró el picaporte y trató de girarlo. Estaba cerrada.

Suspiró. Podría intentar abrirla, pero eso le llevaría tiempo y temía hacer demasiado ruido. Decidió entonces rodear la casa y buscar otro modo de entrar.

Lo encontró. Otra puerta de acceso. Y estaba abierta.

La oscuridad de la casa lo paralizó. Era una oscuridad completa, mayor aún que la del exterior, y sus ojos necesitaron varios segundos para adaptarse a aquella total falta de luz y poder distinguir los contornos. Cuando por fin lo hicieron, supo que estaba en la cocina.

Avanzó, cauteloso, y sintió de pronto un leve golpe en el hombro izquierdo que le hizo volverse con ímpetu. A un palmo de su cara, una lámpara de mimbre oscilaba como un péndulo. Detuvo su movimiento con un dedo. Después contó hasta diez y siguió adelante. Salió a un pasillo y una débil luz, al fondo, se convirtió en su objetivo.

Mientras caminaba, muy despacio, sus manos se aferraban a la pistola. Un olor penetrante, desagradable, el propio de aquellos lugares que no se han ventilado en mucho tiempo, lo invadía todo.

Le llegó un sonido que parecía provenir de un televisor o un aparato de radio, y creyó distinguir voces infantiles.

Cuando alcanzó la puerta en cuyo interior estaba la luz, tomó aire y la cruzó.

La figura que se abalanzó sobre él blandía una barra de hierro.

Disparó.

Su atacante se desplomó y, por un momento, con el estampido retumbando en su cabeza, tuvo la sensación de que la imagen se congelaba. De que todo aquello que tenía ante sí —el cuerpo en el suelo, que resultó ser el de una mujer joven, y la sala de estar con sus muebles— era una simple fotografía, algo irreal.

Fueron apenas unos segundos. El tiempo que transcurrió hasta que la puerta que se encontraba en el extremo opuesto de la habitación se abrió de golpe y de ella surgió un hombre con el torso desnudo y una escopeta entre las manos.

Se miraron a los ojos durante una décima de segundo que

lo contuvo todo. Pero antes de que aquel en cuyo rostro creyó detectar el principio de una sonrisa pudiera abrir fuego, él volvió a disparar. Le acertó de lleno en el corazón y murió en el acto.

La joven emitió un grito estridente y monocorde, un aullido de rabia y dolor. Sin dejar de tocarse la pierna herida, le lanzó una mirada cargada de odio.

Apartó la vista de ella y contempló al hombre. A pesar de haberlo sospechado, aún le costaba creerlo.

Reparó entonces en el televisor, que reproducía una película en blanco y negro, muy antigua, que no supo identificar.

Miró de nuevo a la muchacha, que, con gesto retador, dijo:

—Estás muerto.

Le sostuvo la mirada y acudió a su archivo mental. Sí, el parecido era notable. Aquello era increíble.

Volvió a fijarse en el cuerpo tendido en el suelo. Ahí estaba; había neutralizado, al fin, la amenaza. ¿Por qué lo gobernaba entonces semejante desasosiego?

Receloso, alerta, repasó otra vez cada detalle de la habitación. Sus manos, sudorosas, calientes, vivas, apretaban la pistola; sus ojos se empeñaban en encontrar *algo.* Era como un lobo acorralado.

Se observó un segundo en el espejo de cuerpo entero del armario empotrado que tenía justo enfrente: se vio extraño. Barrió de nuevo la habitación con la mirada y se detuvo una vez más en la chica, y después en el hombre al que acababa de matar.

Y algo ocurrió, en su interior, en ese preciso instante. Un clic que se encendió con resonancia de trueno.

Mientras su cabeza giraba hacia el frente, sus manos comenzaron a ascender. Y con ellas, la pistola.

Pero fue demasiado tarde.

El espejo del armario se rompió en mil pedazos y Diego sintió un dolor súbito en el abdomen.

Salió despedido hacia atrás con gran violencia y, al tiempo que caía, apretó el gatillo con el dedo índice y una bala se estrelló en el techo.

Su gesto de sorpresa al ver la varilla metálica que tenía

clavada no impidió que levantara la pistola. Una segunda flecha le atravesó la mano y, tras el aguijonazo, el arma se desprendió de ella.

Donde antes estaba el espejo, cuyos restos se hallaban esparcidos por el suelo como las tristes piezas de un puzle irresoluble, apareció, delante de una estancia que había permanecido oculta, una figura semidesnuda con la cabeza cubierta con un trozo de tela negra.

Y esa figura avanzó hacia él.

Desde el suelo, Diego sintió la corriente de fuerza que emanaba de ese cuerpo. Se fijó en sus ojos, dos canicas incrustadas en aquella suerte de pasamontañas, y estos le apuntaron unos segundos.

Tras detenerse, miró a su derecha y observó el cadáver, y después a la joven, que gritó:

—¡Venga, a qué esperas! ¡Mátalo!

La ignoró y permaneció quieto delante del policía, que con la mano ilesa agarraba la flecha de acero que le abrasaba las entrañas como si de esa forma pudiera aliviar su dolor.

Se arrancó la tela que llevaba en la cabeza y lo miró. Diego contempló el rostro de aquel joven de pelo largo y ojos grandes y negros, profundos como un abismo.

—Es increíble lo mucho que te pareces... al hijo de puta de tu padre... —Al hablar el dolor se intensificó—. Pero él ya no podrá seguir haciendo daño... Mira en qué estado ha quedado.

A modo de respuesta, le pisó la mano atravesada por la flecha y Diego lanzó un grito horrendo.

—¡Mátalo, joder! ¡Cárgatelo de una puta vez!

El arquero miró a la joven que se apretaba la pierna. Ella recibió la intensidad de aquellos ojos como si se tratara de una de sus flechas, y cerró la boca en el acto.

—Las tenéis ahí dentro..., ¿verdad? —Diego señaló con un gesto la habitación que se encontraba detrás de él. Una habitación que, casi con toda seguridad, conduciría a un sótano—. ¿Aún queda alguna con vida...? —Y tras una pausa, añadió—: Mi compañero... ¿sigue vivo?

No obtuvo respuesta. Pero pasados unos segundos, aquel ser habló:

—Fui cuidadoso. Mucho. —Su voz era cavernosa, impropia de su edad. Parecía tener algún tipo de lesión en las cuerdas vocales—. ¿Cómo lo has sabido? ¿Cómo has conseguido llegar hasta aquí?

Diego lo miró, pero lo que en realidad veía, lo que ocupaba todo su pensamiento, era la foto del álbum de Guzmán. Y eso hizo que su cabeza retrocediera en el tiempo. Concretamente a una mañana de invierno de veintiún años atrás.

31 de diciembre de 1981

—Tenga cuidado, Serafín. Como le he dicho, parece que va a caer una buena.

—Voy bien pertrechado.

—Ya veo, ya... —comentó García con una medio sonrisa—. Bonito sombrero, por cierto. Que pase usted un buen día.

El hombre hizo una inclinación con la cabeza y se alejó de ellos. Lo vieron dirigirse hacia la carretera, el paso firme.

—Lo dicho: un día cojonudo para pasear —comentó García.

—Hay gente *pa tó* —apuntó Monzón.

—En fin —remató Diego—. Curioso personaje.

Se quedaron unos segundos pensativos mientras admiraban el paisaje que los rodeaba. La sensación de paz era absoluta. Diego aspiró el olor a romero y a tomillo, tan distinto al de Madrid, tan purificador.

—Bueno. ¿Qué hacemos? —preguntó.

—Pues ya que estamos aquí —dijo García—, creo que voy a echar un vistazo alrededor de la casa a ver si encuentro algo.

Monzón miró a Diego.

—Podríamos acercarnos al cuartel de la Guardia Civil por si pueden facilitarnos alguna información.

Diego paseó la mirada en derredor y vio una pequeña nave.

—Ve tú, yo voy a mirar ahí. —La señaló—. Me da una pereza tremenda hablar con los picoletos, la verdad. Luego vienes a por nosotros.

Monzón se encogió de hombros.

—Como quieras.

Volvió al coche, lo puso en marcha y enfiló en dirección al pueblo.

Al poco, se encontró al tipo con la bolsa de plástico en la cabeza. Iba caminando por un lado de la carretera. Acababa de comenzar a llover.

Se detuvo junto a él, bajó la ventanilla y le preguntó si lo acercaba. Le contestó que no era necesario, que le gustaba caminar. Monzón replicó que estaba lloviendo y que iba a llegar calado a pesar de su «sombrero». El hombre lo miró, resopló y subió.

Llegaron a un cambio de rasante y el coche desapareció.

Unos minutos después, el vehículo apareció otra vez en lo alto del cambio de rasante, pero esta vez en sentido contrario. Se dirigía hacia el lugar en el que estaban los dos inspectores.

Aparcó un poco antes, para no hacer ruido, y cuando bajó del coche no dejó de repetirse que debía actuar con rapidez.

Salió con la barra de hierro, la ocultó tras la espalda y se encaminó a la parte trasera de la casa. Pero en ese momento el inspector García apareció y comenzó a andar hacia él.

Al principio, el policía torció el gesto y se llevó la mano a la pistola. Pero al acercarse más, su expresión cambió. Se relajó, soltó el arma y, con una sonrisa, dijo:

—Pero ¿se puede saber qué coño haces con ese chubasquero y esa bol...?

La barra cayó sobre su cabeza con extraordinaria fuerza. Dos veces.

Después, sin perder un segundo, aquel hombre fue hacia la nave.

Lo sorprendió de espaldas, mirando por la pequeña ventana, y se felicitó por su exceso de suerte. Pero cuando la barra ya estaba en alto, a punto del golpe fatal, el inspector Diego Álamo se volvió y levantó el brazo.

El fuerte impacto lo lanzó al suelo y, una vez en él, recibió varios golpes más en el mismo sitio.

Sin embargo, inexplicablemente, consiguió sacar su arma y abrir fuego. Dos disparos. Por lo que tuvo que huir.

Decidió entrar en la casa. Era arriesgado, pero se la jugó. Y la apuesta le salió bien. Porque Diego, al ver a García sin vida, en vez de ir a buscar ayuda se internó en la casa invadido por un sentimiento de venganza y justicia ciegas.

También fue una buena elección esconderse en el piso superior. Cuando oyó que Diego caminaba por la planta baja en dirección a la puerta del sótano, esperó.

Y una vez que lo sintió avanzar por aquel pasillo sin salida, supo que lo había acorralado, que lo tenía a su merced. Entonces se descalzó y bajó las escaleras sin hacer ruido.

Tras un tiroteo, lo alcanzó. Lo supo al oír cómo caía por uno de los grandes agujeros y se estrellaba en el suelo del sótano contiguo al de su cautiva.

Ya sin aquella ridícula bolsa, caminó por el pasillo, se asomó todo lo que pudo por aquel cráter e hizo un total de cuatro disparos. Satisfecho, abrió la puerta del sótano, golpeó con fuerza a Patricia Feijoo, que estaba histérica, y una vez que perdió el sentido, la ató de pies y manos, le puso esparadrapo en la boca y la dejó un momento allí.

Fue a por el coche y lo acercó a la casa. La sacó en brazos y la metió en el maletero, junto al cuerpo sin vida.

Después, condujo hasta el cuartel de la Guardia Civil.

—Buenos días —saludó al entrar—. Dos de mis compañeros están ahora mismo en una casa a las afueras del pueblo. Buscamos a un sospechoso de secuestro y tal vez podáis echarnos una mano. —Mostró su placa—. Mi nombre es Ángel Monzón. Inspector Ángel Monzón, del Cuerpo Superior de Policía.

30 de julio de 2002

Diego y el joven tenebroso se miraban fijamente. Y entonces él dijo:

—En casa de Guzmán... una foto de una cacería... hace muchos años..., todos llevaban escopetas o rifles... menos tu padre, que empuñaba un arco... Cuando fuimos a Valdemorillo y ocurrió aquello..., cuando tú, hijo de puta, ni siquiera habías nacido..., él fue el único que no estaba allí... porque se había ido al cuartel de la Guardia Civil... Mi salvador... era en realidad mi asesino.

El joven asintió.

—Tendría que haberse llevado esas fotos cuando visitó al policía —dijo con aquel susurro bronco—. O quemar la casa. Fue un error no hacerlo.

—¿Sabes? Por un momento pensé... que Guzmán y tu padre podrían estar compinchados... Pero luego me acordé de que aquella pobre chica... —su mirada se afiló— a quien nunca llegué a ver pero sí a escuchar..., Patricia, Patricia Feijoo..., me dijo que era un solo hombre..., sólo un hombre... Ojeda me mintió cuando me contó... que Guzmán había ido a verle..., lo hizo para que sospechara de él... Quisisteis cargarle el muerto... ¿Por qué...? ¿Y qué es lo que pinta Ojeda en todo esto...?

Diego habría jurado que sus ojos sonrieron antes de decir:

—El abuelo.

—¿El abuelo...? ¿Ojeda...?

Pensó en Monzón y en el viejo inspector jubilado. Comparó sus rostros. Dios Santo. Nunca lo habría imaginado.

—Tu padre era un psicópata..., pero ¿tu hermana y tú...? ¿Qué clase de aberración es esta...? ¿Cómo puede ser...? Se me hace imposible entenderlo...

El joven permaneció en silencio sin dejar de mirarlo.

—¡Habla, joder! —gritó Diego—. ¡Dime algo...! ¡Me debes una explicación...!

—¿Te debo?

—Sí, por supuesto que sí... Dame algún argumento..., algo que me ayude a entender todo esto...

—¿Entender? ¿Entender el qué? —Sacudió la cabeza—. Yo estoy de pie y tú estás tumbado. Y vas a morir. Eso es todo, policía. Eso es lo único que tienes que entender.

—¡No hables más con él y cárgatelo de una vez! —gritó la muchacha mientras se agarraba la maltrecha pierna—. ¡Tienes que ayudarme, joder! ¡Estoy herida!

—Espera. No te vas a morir. Tú no. —Miró a Diego—. La charla ha terminado. Has cometido el error de venir aquí solo creyendo que ibas a vencer. En cuanto me ocupe de ti, nadie te encontrará. Nunca.

Se agachó y se colocó encima de él.

Diego pensó que aquel malnacido tenía razón. Había cometido el mismo error de hacía dos décadas: ir hasta allí solo. Y ahora estaba atrapado en su insalvable telaraña. Pero, como la otra vez, no pudo resistirse a aquel impulso. No pudo contenerse.

—Espera..., espera un momento... Concédele un último deseo a un moribundo... Patricia..., Patricia Feijoo es vuestra madre, ¿verdad?... Ella —torció la cabeza en dirección a la joven herida— es su vivo retrato... Por favor, dime qué ha sido de ella...

Dentro de aquellos ojos negros, las pupilas se dilataron de golpe. Fue como un fogonazo. Tardó unos segundos en hablar, como si dudara en responder.

—Vivió con nosotros ahí abajo. Hace mucho. Hace ya tanto que ni me acuerdo. Eso es todo.

Diego observó con horror a aquella encarnación del Mal. Y pensó en Patricia Feijoo. La imaginó dando a luz a los hijos de la bestia que la tenía enjaulada. Le pareció increíble que hubiera conseguido sobrevivir al encierro, soportar aquella vida que no era tal. Debió de ser una mujer extraordinaria, única. Monzón lo advirtió y por eso la eligió. «Cuánto debió de sufrir —pensó—. Y yo que pude haberlo evitado... "Escúchame, Patricia. Voy a sacarte de ahí, tranquila...". Pero no fui capaz de hacerlo».

—Dios la bendiga... Dios las bendiga a todas... —dijo.

—¿Dios? —El brillo de sus ojos se volvió de pronto más intenso. Era un brillo demente—. Dios no existe, policía. Sólo existimos nosotros. Pero aquí, y ahora, soy yo quien tiene el poder. Soy yo quien decide. Sobre otras vidas. Sobre la de esas chicas. Sobre la de tu compañero, con el que tanto disfruté... —El gesto de Diego se contrajo al escuchar eso—. Sobre la tuya. Yo decido sobre la vida de todos vosotros. Yo estoy al mando.

Diego negó con la cabeza.

—Tú no eres más que un loco asesino hijo de puta..., igual que tu padre.

El muchacho agarró la flecha que atravesaba su mano y la movió con fuerza dentro de la herida. Diego soltó un alarido y lo miró con ojos espantados.

—Esos ojos, policía. Conozco esa mirada. La conozco muy bien. Se llama miedo.

«¿Miedo?», se dijo él. Entonces los recuerdos pasaron a toda velocidad por su cabeza como fotogramas enloquecidos. Y en ellos estaba Mónica suspendida en sus brazos, liviana como una pluma, en pleno tránsito, mientras de fondo sonaba «Here comes the sun». Y su hijo Daniel riéndose en la casa de su infancia, entre su madre y su hermana, como cuando él era niño. Y su padre entrando por la puerta de casa con una gabardina y el gesto serio, igual que un policía o un agente secreto, quién sabe si consciente ya de que su vida se acercaba a su fin. Y Sara desnuda en su cama, bellísima, iluminada por la luz que llegaba de la calle y que le permitía ver sus ojos ávidos de él.

Aquellas imágenes y lo que significaban era lo que de verdad importaba. Esas personas, el peso que tuvieron y tenían en su biografía, eran las únicas que lograron despertar su miedo. El miedo a decepcionarlas o a perderlas, y el miedo a tener que seguir encarando la vida tras su pérdida.

Y recordó unas palabras que Mónica pronunció unos días antes de morir: «¿Sabes? La vida no es más que un período entreguerras. Algo que sucede entre dos grandes agonías. Pero ya no me asusta, Diego. Ya no me asusta. Estoy preparada para enfrentarme a lo que venga, para adentrarme en el fin. Que quizá sea de nuevo el principio».

«¿Miedo? —volvió a preguntarse Diego—. ¿Miedo por este hijo de la gran puta? Tú no sabes lo que es el miedo, cabrón».

Entonces se echó a reír. Se rio casi a carcajadas. A pesar del hondo dolor que sentía, se rio.

Y el joven se desconcertó y, de forma inconsciente, aflojó ligeramente la presión.

Diego aprovechó esa circunstancia para zafarse y, con las pocas fuerzas que le quedaban, le lanzó un directo perfecto a las costillas.

Su opresor se dobló por el dolor y él supo, por el ruido, que había dañado una costilla.

Pese a ello, logró rehacerse, lo sujetó de nuevo por las muñecas —Diego era muy fuerte, pero estaba malherido y aquellos brazos que apresaban los suyos eran como cepos de hierro— y lo inmovilizó. Luego le agarró el cuello y empezó a cerrar las manos, las garras, alrededor de él con fuerza.

Sin apenas darse cuenta, Diego acababa de entrar en su sueño.

Notó aquella oscuridad pesadísima sobre él, aplastándolo más y más y más. Hasta que supo que todo se acababa. Que había llegado su momento.

Fue entonces cuando, también como en su sueño, el peso insoportable desapareció y una explosión de luz venció la oscuridad.

Justo unos segundos antes de la llegada de aquel resplandor, el joven —el asesino, el secuestrador, el violador, el sádico— alzó el rostro y vio en el umbral a la mujer sin facciones, y comprendió que estaba en el interior de su sueño.

Y como en él, sintió un terror creciente e ingobernable.

Por puro instinto, soltó el cuello del policía, se incorporó y llevó una de las manos atrás, en busca del machete.

Y aquello bastó para que la mujer sin rostro, que empuñaba una pistola, efectuara un único disparo.

El joven —el asesino, el secuestrador, el violador, el sádico— sintió una fuerte sacudida en la cabeza y notó que sus pensamientos se apagaban. Que abandonaba el mundo de los sentidos y se adentraba en los dominios de la nada.

Diego, cuyos ojos estaban abiertos, vio cómo su cabeza estallaba y la sangre y los sesos salían disparados, y cómo su cuerpo caía igual que un árbol recién talado.

Después vio a Sara, que tras quitarse el casco de moto echó un rápido vistazo alrededor y luego le dijo algo que él no fue capaz de entender.

Comenzaba a marcharse.

Ella —que había visto al otro hombre abatido y a la chica— se agachó y siguió hablándole. Y Diego, que tenía la cabeza ladeada, pudo ver cómo la joven, que reptó igual que una serpiente, estaba a punto de coger la escopeta de su padre.

No podía hablar. Era incapaz de articular una sola palabra.

Por lo que, con un último esfuerzo, un esfuerzo sobrehumano, pues la vida se le estaba yendo por causa de aquella flecha, flexionó la pierna izquierda y la llevó hacia el pecho.

Fueron sólo dos segundos.

Los que necesitó para extraer el revólver Astra del 38 Special de la funda que tenía sujeta al tobillo —gracias, Guzmán— y apuntar hacia ella.

La miró fijamente, y en aquella mirada el mensaje era inequívoco.

Sara, alertada por la acción de Diego, volvió en ese momento la cabeza hacia ella y, mientras comenzaba a girar el resto del cuerpo, empezó a levantar a su vez la mano que empuñaba la pistola.

Pero iba con demasiado retraso, porque, para entonces, la joven ya sostenía la escopeta y sonreía.

Y lo último que Diego hizo antes de ingresar en la oscuridad más absoluta, tras apretar una sola vez el gatillo del revólver, fue preguntarse por qué había tenido que hacerlo, joder. Por qué había tenido que sonreír.

CAPÍTULO 91

Mónica llevaba el mismo vestido del primer día que la vio. Aquel vestido verde. Y estaba igual de guapa que entonces. Quizá más, porque tenía una mirada distinta. A diferencia de aquella vez, no vio en ella rastro alguno de desafío ni de provocación. Vio avidez, emoción, aunque también otra cosa... ¿Inquietud?

Desde el momento en el que caminó hacia él, lo único que Diego quería era tocarla, abrazarla, besarla. Pero eso no era posible, porque entre ambos se levantaba un muro de cristal.

Ese cristal tenía una puerta con una única manija, la cual estaba del lado de Mónica.

Diego posó las manos sobre el cristal, la acarició sobre él como si tocara a una mujer pintada o una fotografía, a una visión que lo llenaba de excitación y de dicha, y le imploró con los ojos desde su lado de aquel muro transparente.

Entonces, ante su inacción, hizo un gesto. Movió la mano derecha hacia abajo. Un movimiento rápido, seco.

«Abre —le decía—. Abre, mi amor. Venga».

Mónica asintió y llevó la mano izquierda a la manija, la envolvió.

Sólo los separaba una pared de cristal —nada, en realidad— y ella tenía en su mano —sí, en su mano— que cayera, que se desplomara. Y todo volvería a ser como antes.

No habían dejado de mirarse a los ojos ni un instante.

El gesto imperativo de la mano de él —«abre, vamos»— y la mano de ella: quieta, clavada en la pequeña palanca.

Los dos, ellos dos. Casi juntos, pero separados aún.

Dos, todavía. No uno. Dos.

Y los ojos que no se cansaban de mirarse.

«Abre, mi amor. Abre y abrázame, a qué esperas».

Y la mano de ella, anhelante. La mano que tan sólo tenía que hacer un simple movimiento para que dos volvieran a ser uno.

Todo su cuerpo lo deseaba. Deseaba mover esa mano, neutralizar aquel cristal, fundirse con él en un abrazo largo tiempo esperado.

Era el deseo superlativo de tenerlo otra vez frente al instinto natural de protegerlo. Dos extremos. Dos contrarios.

La mano, ya palpitante, sobre la manija, a poco más de un segundo de su piel.

«Diego, mi amor. Diego, mi vida...».

TODOS NOSOTROS
(EPÍLOGO)

Hola, papá. He sentido la necesidad de escribirte. Ha sido un impulso, algo muy fuerte. Como una llamada. Pero ¿te puedes creer que llevo más de diez minutos frente al ordenador de un cibercafé y no sé por dónde empezar?

La verdad es que estoy un poco excitado, no voy a engañarte. Ha sido todo tan... En fin. Voy a dejar ya de darle vueltas y voy a intentar escribir como si te hablara, como si te tuviese ahora mismo delante. A ver si de esa forma soy capaz de arrancar.

Sé que ya estás fuera de peligro. Me lo han dicho la abuela y tu compañera Sara, a quien he quedado en enviarle este email para que lo imprima y te lo dé. Por cierto, me ha parecido muy simpática y se ve que es espabilada. ¿Es guapa? Ya me contarás, ya...

Lo primero que quiero decirte, papá, es lo orgulloso que me siento de ti y lo orgullosa que se sentiría también mamá. Es increíble lo que has hecho. Como de película.

Cuando me enteré, no porque me llamara la abuela o el abuelo, sino porque ha salido en la tele y TODO el mundo ha estado hablando de ello, incluso aquí, me fui corriendo al aeropuerto para cambiar la fecha del billete de vuelta. Pero ha habido una huelga de pilotos y esto es un caos. Al final, después de dos días eternos de espera, si nada se tuerce podré coger un vuelo de regreso a Madrid en sólo unas horas.

Los amigos con los que he venido aquí no han dejado de hablar de ti ni un segundo. Están alucinados. Igual que una chica a la que he conocido, Susan, de San Francisco, que me recuerda un poco a mamá (tiene el mismo pelo y una mirada parecida, de chica lista) y que se ha quedado impresionada con la historia y, sobre todo, contigo.

Me preguntó si sabía por qué decidiste hacerte policía y le conté lo que tú me dijiste una vez, hace muchos años, cuando te hice esa misma pregunta. ¿Te acuerdas? A mí nunca se me olvidará.

Me dijiste que era como si todos los seres humanos formáramos parte de un mismo cuerpo y que cuando alguien era asesinado, violado, secuestrado, una parte minúscula de nosotros lo notaba, se resentía. Y que tú, aunque sabías que esa era una misión imposible, te hiciste policía para tratar de protegerlo. Para tratar de proteger ese cuerpo.

Me dijiste también que no sabías si el cielo y el infierno existían, pero que había algo de lo que sí estabas seguro: que el Mal, con mayúscula, sí, y que tu misión, y la de otros como tú, era la de cerrarle el paso o por lo menos intentarlo.

Susan se volvió loca con esa explicación, y ¿sabes lo que me dijo? Que ella sí tiene claro que tú eres un ángel y que el mundo necesita muchos otros como tú, porque con ellos nuestra vida sería infinitamente mejor.

Te he escrito, papá, porque quería que supieras esto. Que supieras lo que, estoy convencido de ello, mucha gente está pensando ahora mismo de ti, de tu actuación...

—¡Hola! ¿Interrumpo algo?

Cuando Sara se asomó a la habitación, Diego estrujó la carta y la ocultó bajo la sábana. Se la había entregado unos días antes y desde entonces la había leído muchas veces. Y todas ellas había acabado emocionándose.

Se besaron.

—¿Qué tal has pasado la noche?

—Cojonudamente. Es decir, todo lo bien que se puede pasar aquí y en mi estado.

Ella asintió con una sonrisa. Verla, tan guapa, lo llenó de alegría. En su situación, tumbado en aquella estrecha cama y con los puntos aún tiernos, su presencia era como lluvia en el desierto.

Estaba vivo, por increíble que resultara. Aunque todavía se

encontraba muy débil. Cuando ingresó en el hospital, inconsciente, lo operaron de urgencia. Al cabo de varias horas interminables, un cirujano con cara de circunstancias se plantó delante de Sara y de Celedonio Manrique, que al final se quedó sin crucero por las islas griegas, y les dijo que el paciente había perdido mucha sangre y que la intervención había sido compleja y laboriosa. Pese a que Diego tenía a su favor que era un hombre fuerte, su pronóstico era crítico. Las siguientes veinticuatro horas eran fundamentales para ver cómo respondía a los antibióticos y valorar su evolución, ya que existía un alto riesgo de peritonitis aguda y septicemia. Sara sintió una bola de fuego en el pecho y creyó que se iba a desmayar. Le habría gustado que alguien le diera un fuerte abrazo, pero tuvo que conformarse con los golpecitos en el hombro y las frases de condolencia que le dedicó el pequeño comisario. Y en cuanto pudo, se escapó a tomarse un whisky que la ayudó a lidiar con el dolor.

Diego permaneció dos días en la UCI, donde se debatió entre la vida y la muerte. Y en la madrugada del sábado 3 de agosto, una fecha que no olvidaría jamás, abrió los ojos. En cuanto pudo articular palabra, lo primero que hizo fue pedir ver a Sara; debía decirle algo de suma importancia. Los médicos trataron de tranquilizarlo. No existía urgencia mayor que su recuperación, para lo cual debía descansar y evitar alterarse. Pero él insistió tanto que, por temor a que empeorase, terminaron cediendo. Al verlo allí tumbado, conectado a todas aquellas máquinas, ella no pudo sujetar las lágrimas. Él le pidió que prestara atención y, con voz entrecortada, esforzándose en cada palabra que salía de su boca, le habló tanto del falso suicidio de Guzmán como del parentesco entre Monzón e hijos y Baltasar Ojeda. Sara asintió, lo besó y, tras rogarle que fuera fuerte, que resistiera, abandonó el hospital y contactó de inmediato con el jefe de la brigada.

A partir de ahí, los días parecieron transcurrir a una mayor velocidad y sucedieron muchas cosas.

En el complejo policial de Canillas se instaló la capilla ardiente con los restos mortales de Mateo y de Guzmán. En presencia del delegado del Gobierno, el alcalde, el presidente de la Comunidad de Madrid y de toda la cúpula policial, se ofició un emotivo funeral en el que el ministro del Interior les impuso la Medalla de Oro de la Orden del Mérito Policial a título póstumo. Más tarde, el ministro, acompañado del director general de la Policía y del jefe de la brigada, se desplazó hasta el hospital y, en una ceremonia íntima, les hizo entrega a Sara y a Diego de la Cruz con Distintivo Rojo, al tiempo que les expresaba su admiración y gratitud por su actuación ejemplar y el enorme valor demostrado. Cuando se quedaron solos, ella le contó lo emocionante que había sido el funeral y lo orgullosa que en aquel momento se sintió de ser policía. También, que se acercó a los padres de Mateo para darles el pésame en nombre de ambos. Lo que omitió fue que al padre, Avelino Suárez, le dijo que para ella había supuesto un honor trabajar con su hijo, un excelente policía, y que nunca había conocido a nadie con tantos cojones como él.

Diego ya sabía para entonces que, cuando los miembros de la Policía Nacional y de la Guardia Civil acudieron a la casa de Navacerrada alertados por Sara, encontraron, además de los cuerpos sin vida de los asesinos, a dos chicas que resultaron ser las desaparecidas Ainhoa Rojas y Teresa Valverde. Se hallaban encadenadas en una sala de tortura salida de la mente más enferma que pudiera imaginarse —ninguno de los policías presentes había visto nunca nada igual— y en un estado lamentable: desnutridas, con cortes y contusiones por todo el cuerpo, y mentalmente machacadas. Les esperaba una larga y compleja recuperación, y era muy posible que les quedasen secuelas psicológicas de por vida. Pero seguían respirando y estaban fuera de peligro, lo cual era una gran noticia. Tras un primer registro dieron con el Renault Mégane de la brigada medio desguazado y con Mateo, envuelto en un trozo de plástico, dentro de un refrigerador industrial. Junto a él había otro cuerpo, el de Verónica Salcedo, la primera de las chicas secuestradas. A lo largo de ese día, en el jardín de la casa aparecieron restos óseos humanos que la policía científica ya estaba analizando. Las labores de excavación continuaban y con toda seguridad excederían los límites de la propiedad. Diego estaba convencido de que esa búsqueda depararía nuevas sorpresas en los próximos días.

Para los medios de comunicación aquella historia fue puro

maná. Unos inspectores de Homicidios de la UDEV de la Brigada Provincial de Policía Judicial de Madrid no sólo habían logrado liberar a dos jóvenes recientemente secuestradas, sino que resolvieron el misterio de las desapariciones y asesinatos que más de dos décadas atrás conmocionaron a la opinión pública. El apunte trágico fue el de la chica de diecinueve años a la que encontraron sin vida. Aquella noticia abrió los telediarios, fue primera plana en todos los periódicos nacionales y dio la vuelta al mundo. Las distintas televisiones pusieron en marcha especiales en los que enlazaban los crímenes del pasado con los del presente, y en los que expertos en la materia mezclaban información pura y dura con simple especulación y morbo. «La historia de siempre», pensó Diego al ver en la tele de su habitación de hospital fragmentos de algunos de esos programas.

Fue gracias a la confesión de Baltasar Ojeda que consiguieron alumbrar las zonas en sombra y desvelar la mayor parte de los interrogantes que existían en torno a ese caso. Cuando Sara se presentó en la vivienda de Becerril de la Sierra acompañada de un grupo de policías, el viejo accedió a hablar con ellos. Tan sólo les puso una condición: que le permitieran hacerlo allí, en su casa. No quería ir de ninguna de las maneras a la brigada como uno de los incontables delincuentes a los que detuvo en sus años en activo. Era lo menos que podían hacer por él, dijo, después de todo lo que le había dado al Cuerpo. Aceptaron. Si estaba dispuesto a hablar, no se la iban a jugar por una cuestión de procedimiento.

La larga y macabra historia que les relató provocó el asombro de todos.

El origen de aquellos sangrientos hechos se remontaba a muchos años atrás. Ojeda engendró a Ángel Monzón con una prostituta a la que detuvo y con la que empezó a verse. Monzón pasó su infancia con ella, que lo tenía prácticamente abandonado. No iba al colegio y andaba todo el día golfeando en la calle con niños, como él, de familias rotas. La mujer se subía a los clientes a casa, una vivienda miserable en Carabanchel Bajo, y a veces lo obligaba a mirar. Uno de esos clientes solía abusar de él en presencia de ella, que se reía y lo animaba. Hasta que Monzón no pudo más y la asesinó empujándola por una ventana del cuarto piso en el que vivían. Cuando los policías llegaron, se encontraron ante un niño de doce años que, con el gesto serio y sin lágrimas, se limitó a decirles que su madre había saltado a la calle. A nadie se le ocurrió pensar que ese crío pudiera ser el causante de su muerte y menos aún dada la vida disoluta que, según el testimonio de varios vecinos, llevaba esa mujer. Le preguntaron si tenía más familia y contestó que no, por lo que lo ingresaron en el colegio-hospicio de San Fernando, en la carretera de Colmenar, dependiente de la Diputación Provincial de Madrid, el cual estaba regentado por los salesianos. Allí, las palizas y los abusos sexuales fueron su pan de cada día durante tres eternos años. Ojeda, impulsado quizá por los remordimientos, por su mala conciencia, se presentó una mañana y pactó su salida con el director a cambio de una cantidad de dinero, y desde entonces se hizo cargo de él, aunque mantuvo su existencia en secreto. Su familia, mujer y dos hijas, nunca lo supo. Cuando cumplió la mayoría de edad, le proporcionó una nueva identidad: según constaba en aquellos documentos, él era Ángel Monzón Estrada, y su verdadero nombre, Juan Salazar Arroyo, desapareció para siempre. De esa manera quedaba por completo desvinculado de su madre, una ramera estigmatizada.

Nadie sabía de su parentesco, pues tenían apellidos distintos. Ojeda lo vendió como un chico muy prometedor y, a finales de los sesenta, consiguió que ingresara en el Cuerpo General de Policía. Al enterarse tiempo después de su afición a torturar mujeres —los secuestros y asesinatos llegarían más tarde— trató de pararle los pies, porque él era un policía corrupto, pero no un violador ni un sádico. Entonces su hijo le recriminó que estaba en deuda con él por el abandono al que lo había sometido durante años y por todo lo que consintió, y lo amenazó con revelar el vínculo que los unía si interfería en sus asuntos. A Ojeda, que no quería que ni su familia ni su profesión se vieran en peligro, no le quedó más remedio que protegerlo, lo cual era una forma de protegerse a sí mismo. Desde el principio eliminó pruebas por él, y aunque nunca participó en sus salvajes actos, los encubrió.

Cuando a finales de los setenta investigó junto al inspector Guillermo Valladares una serie de desapariciones de chicas y encontraron una conexión entre ellas y Monzón, Ojeda le pidió a su compañero que guardara el secreto y se mantuviese al margen: él se ocuparía de elaborar los informes. Valladares no sabía que eran padre e hijo, pero sí le constaba que tenían una buena relación, que venían a ser como un mentor y su protegido. Para que no se sintiera tentado a irse de la lengua, Ojeda lo amenazó veladamente con contar que para pagar sus deudas de juego solía quedarse con una parte del dinero que requisaban de los robos y las aprehensiones de droga. Esas chicas, le dijo, no eran nada, simple escoria, y nadie las echaría de menos. Valladares, que no era el mejor de los hombres, tragó. Pero dado que tras su jubilación sus deudas crecieron, y una vez fuera de la policía poco le importaba lo que dijeran de él, la situación dio un giro y comenzó a pedirle dinero a Ojeda cada vez con mayor frecuencia bajo la amenaza de que disponía de aquella información y podía delatarlo en cualquier momento. Por eso, Monzón decidió hacerle unos retoques a su coche y luego Ojeda lo citó en su casa de Becerril con el señuelo de que le iba a entregar una cantidad de dinero. Fue así como murió, al salirse su vehículo de la carretera. Y ahí sí confesó el viejo expolicía su complicidad en uno de los asesinatos.

Pero la cosa no acababa ahí. Ernesto Salazar Cárdenas, el propietario del piso de Carabanchel y de la casa derruida de Valdemorillo, los escenarios del horror de dos décadas atrás, era el abuelo materno de Monzón. Él oyó quejarse a su madre cientos de veces de que su maldito padre era el causante de su ruina de vida: era hija única y había abusado de ella desde niña; y cuando la madre murió, la echó de casa. De alguna manera, aquel sujeto era el responsable de la niñez y adolescencia terribles que Monzón padeció, por lo que fue a su encuentro y lo asesinó. Se quedó con sus propiedades y las convirtió en sus salas de operaciones. Y como aquel viejo no tenía más familia, nadie reparó en ello.

Ojeda confesó también lo que su hijo le contó del día en que fue con otros dos inspectores de la brigada a Valdemorillo. Aunque no le fue posible eliminar la dirección del piso de Carabanchel que los condujo a ese lugar, porque el listado con los propietarios de las furgonetas naranjas que les remitió la Jefatura Central de Tráfico lo repasaron entre todos, se las ingenió para no tener que visitarlo y que lo hicieran sus compañeros, ya que algún vecino habría podido reconocerlo. Debido al trajín que tuvieron esa semana, no pudo sacar a la chica que tenía allí encerrada y no imaginó que tardarían tan poco tiempo en localizar la casa. Por esa razón, cuando el último día del año ambos inspectores se empeñaron en ir a ese pueblo, Monzón, ya en el coche, de camino hacia allí, decidió que tenía que matarlos. Se provocaría una herida e inventaría la historia de un ataque sorpresa, de un hombre que apareció de pronto y los atacó. Y entonces, como caído del cielo, se encontraron con aquel extraño tipo que llevaba una bolsa de unos grandes almacenes a modo de sombrero. Un pobre diablo cuyo único error fue el de estar en el sitio equivocado en el momento justo. Monzón le propuso a uno de los inspectores que le acompañase al cuartel de la Guardia Civil, pues pensaba acabar con él en el coche, pero el policía le dijo que no, que prefería quedarse a inspeccionar la casa, y se vio obligado a actuar sobre la marcha. Eliminó a ese hombre y volvió a por ellos con su chubasquero y aquella ridícula bolsa en la cabeza, haciéndose pasar por él, por si la cosa se torcía y alguno se libraba de la muerte, como finalmente ocurrió.

Respecto a los hermanos asesinos, sus nietos, el viejo confirmó que su hijo los tuvo con Patricia Feijoo, y les contó que la primera vez que los vio se asustó, porque parecían dos bestias salvajes. Monzón los tenía recluidos en aquella casa apartada del mundo y él fue testigo de la violencia que ejercía sobre ellos. En cierta ocasión, se atrevió a decirle que no podía mantenerlos en semejante estado, que deberían llevar una vida distinta, normal. Su reacción fue agarrarlo del cuello y jurarle que si se entrometía en ese asunto no dudaría en matar a su mujer y a sus hijas, sus hermanastras. Y él, una vez más, calló. No obstante, consiguió que le permitiera enseñarles a leer y a escribir. Llevaban un retraso evidente y al principio tenían serias dificultades para hablar y expresarse, pero eran muy inteligentes, aseguró, y aprendían rápido. Monzón se ocupó de adiestrarlos en el manejo de distintas armas y salía a cazar con ellos. Ojeda los acompañó alguna vez y quedó impresionado por la crueldad que ambos hermanos demostraron. Superior, incluso, a la de su padre. Disfrutaban torturando a los animales que atrapaban y parecían inmunes al cansancio y a las temperaturas extremas. El chico era muy rápido y fuerte, y su habilidad en el uso del arco y el machete era extraordinaria. Además, se le daba bien fabricar todo tipo de artilugios. Ojeda les confesó a los policías que, por increíble que pudiera parecer, desconocía cuáles eran sus nombres. Que su hijo mencionó que su madre les puso unos que él jamás utilizaba y entonces se limitó a llamarlos *nieto* y *nieta*. Pero a medida que fueron creciendo, dejó de verlos, pues decidió no ir más a esa casa para evitar presenciar las palizas que su padre les propinaba por no hacer las cosas como él quería o, simplemente, porque estaba alterado por algo y necesitaba descargar su ira. Cuando se enteró por el telediario de que habían muerto, lo lamentó de veras. Mucho más que la muerte de su propio hijo.

En cuanto a la madre, Patricia, les juró que sólo la vio un par de veces en el sótano que habitaba. Sospechaba que murió cuando los niños eran todavía pequeños, puesto que su hijo empezó a referirse a ella en pasado y nunca más la volvió a ver. En ese punto, los policías le preguntaron si hubo otras mujeres secuestradas y él se limitó a encogerse de hombros y respondió que lo desconocía.

Por último, Ojeda reconoció que fue él quien dirigió a Diego hasta Roberto Guzmán al hacerle creer que se hallaba implicado en aquellas desapariciones. Estaba al tanto de que el exmiembro de la Brigada de Investigación Criminal había llamado a su hijo para decirle que sabía que un hombre con un arco era sospechoso de la desaparición de una serie de chicas y que quería verlo para que le aclarase algunas cosas (en la cena de despedida de un compañero a la que ambos asistieron, lo buscó para hablar con él, pero ya se había marchado). Monzón le contestó que no sabía de qué diablos le estaba hablando, que nada tenía que ver con eso, pero ante su insistencia accedió a quedar con él un par de días después. Guzmán, claro, ya estaba sentenciado. Pero resultó que el mismo día en que hablaron, Ojeda recibió la inesperada visita del inspector jefe Diego Álamo y eso hizo que todo se precipitara: contactó enseguida con su hijo y este se desplazó hasta el chalé de su antiguo compañero; lo asesinó e hizo que pareciera que se trataba de un suicidio. Guzmán andaba muy deprimido desde la muerte de su mujer, ¿a quién le iba a extrañar, por lo tanto, que se hubiera quitado la vida con su propia pistola? Lo de colocarle en la mano el recorte de prensa sobre los crímenes del pasado —algo de lo que Sara tuvo conocimiento por Diego, pues este se llevó aquel trozo de periódico de la escena del crimen— no tenía otro objeto que el de desviar todas las sospechas hacia él y justificar así la mentira que el viejo le había contado al inspector jefe, que Guzmán le había ido a ver. La versión del suicidio cobraría de ese modo una mayor consistencia.

Cuando los policías le dijeron a Ojeda que los acompañase porque debía declarar ante el juez todo lo que les acababa de contar, les pidió que lo dejaran asearse un poco y ponerse algo decente. Lo registraron, fueron al cuarto de baño e hicieron a su vez un registro, y tras comprobar que no había armas, lo dejaron pasar. Los engañó. Oyeron el disparo al poco, y cuando irrumpieron en el baño, ya era demasiado tarde.

Diego interpretó aquello como un acto de contrición. Podría haberse inmolado antes, no haber contado nada y haberse llevado esos terribles secretos con él, pero decidió confesarlo todo y abandonar este mundo sin aquel oneroso equipaje. Fue, pensó, el último rasgo humano, de puro arrepentimiento, de alguien que durante años perdió toda humanidad.

Había algún cabo suelto, cosas que Diego no sabía a ciencia cierta, pero que eran fáciles de deducir. Monzón se apropió de la cartera y las llaves del desgraciado que llevaba una bolsa de plástico en la cabeza y entró en su casa antes de que lo hiciera la policía. Aquello pudo encerrar un doble propósito: llevarse sus documentos, números de teléfono y fotos para evitar que siguieran su rastro, y reforzar de paso la idea de su fuga, ya que habría resultado muy extraño que desapareciese de forma voluntaria dejando en su domicilio tantas huellas de su existencia. Y así fue como hizo de él un fantasma. Por otro lado, el origen de la relación entre Sebastián Mayoral y Monzón seguía siendo un misterio. Pero cabía pensar que pudieron coincidir en la brigada durante alguna de sus detenciones. O quizá Monzón se fijó en él a través de su ficha policial, reparó en su atractivo físico y le propuso aquel oscuro negocio. ¿Por qué lo asesinó? Seguramente, porque sabía demasiadas cosas de él y temía que lo delatase. Y más aún cuando ellos ya estaban tras sus pasos. Prefirió matarlo a correr ese riesgo.

—¿Se puede?

Era una de las chicas de la limpieza. Sara salió para dejarle hacer su trabajo. Luego entró una enfermera que le tomó la temperatura a Diego y le administró la medicación pautada, y al poco apareció el cirujano que lo había operado. Se mostró muy optimista. Si todo seguía así, dijo, en breve recibiría el alta. Aunque tendría que guardar reposo durante semanas, llevar una rigurosa dieta y someterse a nuevas pruebas.

Nada más marcharse el doctor, entró otra enfermera y le entregó un sobre.

—Lo acaba de traer una señora —dijo.

Diego lo sostuvo entre las manos. Era pequeño, beis. Leyó el remite y sintió un escalofrío instantáneo. Margarita Blanco, la madre de Elena Vicuña. Sara notó la alteración en su rostro.

—¿Ocurre algo?

Le explicó.

—Bueno. Pues yo me voy ya —dijo para dejarle a solas con la carta.

—No, por favor, quédate.

Ella le miró y asintió. Él rompió el sobre y sacó una cuartilla. Había una única palabra escrita a mano, pero penetró en lo más hondo de sí como un disparo: «Gracias». Tragó saliva y le tendió el papel a Sara, que movió la cabeza con gesto afirmativo. Entonces recordó la carta que había ocultado bajo la sábana cuando ella llegó, la carta de su hijo, y, con una sonrisa, dijo:

—Que sepas que todos, todos, estamos muy orgullosos de ti. —Diego entornó los ojos, visiblemente emocionado aún—. Y ahora sí que tengo que irme a la brigada. Nos vemos luego. Procura descansar. Eso es lo único que tienes que hacer: descansar para recuperar fuerzas. Ahí fuera nos aguardan muchas cosas que merecen la pena, y cuanto antes vayamos a por ellas, mejor.

Él asintió y se besaron. Y en cuestión de segundos estaba de nuevo solo en aquella aséptica habitación de hospital con la pesada carga de todo cuanto había sucedido no ya en los últimos meses, sino a lo largo de veintiún años.

Esos días le estaban sirviendo también como terapia. Aquel era un modo obligado de estar consigo mismo como no lo había estado en bastante tiempo y poder reflexionar.

En esos momentos de convalecencia pensó mucho y en muchas cosas. Pensó en Elena Vicuña, en Patricia Feijoo, en Ana Casado, en Verónica Salcedo y en el resto de las jóvenes asesinadas. Se preguntó si estarían en alguna parte; si habitarían, juntas, un lugar más amable, más acogedor que el que conocieron en sus últimos días, y les pidió perdón por no haber conseguido salvarlas. Sobre todo, a Patricia. No sólo porque estuvo muy cerca de conseguirlo —una maldita puerta se lo impidió—, también porque, de todas ellas, fue la que peor parada salió con diferencia.

El instinto de supervivencia de las personas, su resiliencia, podía llegar a ser sorprendente. A veces, situaciones *a priori* irreversibles terminaban dando un giro de ciento ochenta grados. Y la adaptación de Patricia a una situación tan hostil como la que vivió era la mejor prueba de ello y no dejaba de maravillarle.

El calvario que debió de padecer se le antojaba de las peores cosas que podían sucederle a alguien, y sin embargo resistió. ¿De qué pasta tan especial estaría hecha para renunciar a la muerte y concebir dos hijos con su feroz secuestrador?

Tampoco dejaba de pensar en su final. En lo que le dijo su propio hijo, aquel asesino despiadado: «Vivió con nosotros ahí abajo. Hace mucho. Hace ya tanto que ni me acuerdo. Eso es todo». No conseguía sacarse esas demoledoras palabras de la cabeza.

Y se empeñó en repetirse, echándose aún más peso encima, que dispuso de algunos años para haberla liberado y no lo logró. Que cuando llegó a esa casa, la nueva casa de los horrores, cuando completó, por fin, el puzle, ella ya no estaba, hacía años que se había ido para siempre. Y lo sentía tanto, tantísimo... Trató de consolarse pensando que, en el terror casi constante de su cautiverio, sus dos hijos, cuando todavía eran pequeños y carecían de voluntad, le proporcionaron sin duda momentos de felicidad, una ilusión a la que agarrarse. La dosis suficiente de dicha y de instinto protector como para poder soportar lo insoportable y no dejarse ir sin más como el agua que es succionada por un sumidero.

Ainhoa Rojas y Teresa Valverde también demostraron poseer un poderoso instinto de supervivencia, ya que, a pesar de las torturas a las que las sometieron —Sara le dio detalles y se le revolvieron las tripas—, se negaron a sucumbir. Ainhoa no había pronunciado una sola palabra desde que la liberaron; se encontraba sumida en algún oscuro rincón de sí misma. Le diagnosticaron un trastorno por estrés postraumático y estaba recibiendo diversos tratamientos. Pero Teresa, en cambio, evolucionaba muy bien y les contó muchas cosas interesantes a los psicólogos que la estaban tratando. Aparte de relatarles las barbaridades que les hicieron, les aclaró que cuando vio a la joven pareja empujando el coche frente a la parada de autobús, lo que la animó a ayudarlos fue que iban con un bebé. En la casa de Navacerrada la policía no encontró bebé alguno, pero sí un muñeco, envuelto en sábanas, que disponía de un botón que al pulsarlo reproducía el llanto de un recién nacido. Y eso les hizo entender el exceso de confianza de todas ellas.

En aquellos días pensó también en Javier García, Mateo Suárez Zúñiga y Roberto Guzmán. Tres buenos policías asesinados. Tres piedras más para su pesada mochila. Su recuerdo siempre viajaría con él.

Y aunque le habría gustado no hacerlo, pensó, claro, en Monzón y en sus letales hijos. ¿Con cuántas vidas habrían acabado? A pesar de que Ojeda dijo desconocer la existencia de otras mujeres secuestradas, él estaba convencido de que mintió en ese punto, tal vez para no salir demasiado feo en su última gran foto, y de que durante años, como vampiros sedientos, debieron de nutrirse de prostitutas y yonquis; de mujeres que moraban en las orillas de la sociedad y cuya ausencia no llamaría la atención porque a nadie le importaban. Aparte de los huesos encontrados, que las pruebas de ADN se encargarían de determinar si eran o no de Patricia, ¿darían con más restos humanos que confirmasen sus sospechas de otros asesinatos? No le cabía duda de que sí.

Debido al desempeño de su profesión, Diego conoció de

cerca el lado más oscuro de las personas, el más inhumano. Pero aquello con lo que se topó en la casa de Navacerrada rebasaba con mucho cuanto hubiera visto anteriormente.

Eso lo llevaba de forma ineludible a lo que su hijo, que ya estaba en Madrid y fue a visitarle, le señaló en su carta: el porqué de su decisión de hacerse policía. Lo extraño era que, por más que lo intentaba, no conseguía recordar haberle dicho eso. Ni siquiera que hubiese hecho semejante reflexión. Sin embargo, estuvo de acuerdo con ello. Estuvo de acuerdo consigo mismo. Todos. Un único cuerpo. Que había que proteger del Mal.

Cuando supo por boca de Sara de los pormenores de la existencia de Monzón, de su durísima infancia, de los graves abusos que sufrió, intentó que la aversión que sentía por él, por el dolor que infligió a todas aquellas muchachas inocentes que nada le habían hecho, se atenuara. Para ello, se dijo que si hubiese nacido en otro entorno, en el seno de una familia normal, era muy posible que nada de eso hubiera ocurrido. Consiguió experimentar una lástima real por el niño Monzón, por la víctima indefensa, pero al mismo tiempo sentía una honda repugnancia por el verdugo implacable que, además de torturar y acabar con esas jóvenes, mató sin dudarlo a sus compañeros Javier García y Roberto Guzmán y trató de asesinarlo a él. No existía argumento capaz de defender o justificar hechos tan ominosos, ni siquiera el de la brutalidad y el maltrato padecidos durante años.

En cuanto a sus hijos, ¿hasta qué punto eran responsables de los crímenes cometidos si desde niños fueron instruidos en la práctica del mal? ¿Qué ambiente de pesadilla, qué tipo de hogar infernal fue aquel en el que crecieron? Sara le contó la conversación que mantuvo con los psicólogos acerca de lo que Ojeda les relató sobre sus nietos, sobre su salvaje infancia sin apenas contacto con el mundo exterior y en donde la violencia física y psicológica estuvo tan presente como el aire que respiraban. A partir de esa información, los especialistas concluyeron que esa devastadora experiencia generó un hábitat disfuncional y patológico que hizo que el desarrollo y funcionamiento cerebral de los hermanos se alterase de forma grave. Al igual que le ocurrió a su padre, el maltrato y la depravación constantes los convirtieron en psicópatas asesinos. Una vez que crecieron, no sólo reprodujeron todos los horrores por los que habían pasado, sino que desencadenaron una violencia aún mayor. Una violencia perfeccionada, diabólica, llevada al extremo. La diferencia estaba en que mientras que Monzón no tuvo a nadie que lo alentara a hacer lo que hizo —actuó en todo momento movido por sus instintos, por su propia voz interior—, sus hijos, aquel tándem letal, recibieron el estímulo paterno y continuaron la labor iniciada por él. A modo de vigilante y guía, de mentor, los incitó desde muy pequeños a seguir sus pasos. Y una vez que se valieron por sí mismos y resolvieron con éxito los objetivos perfectamente planificados, el maestro se deleitó con las presas humanas que sus discípulos le procuraban.

Quedaba, sin embargo, un interrogante que a su juicio resultaba capital: ¿cuándo murió Patricia? Su hijo le dijo que hacía tanto que ni siquiera se acordaba, pero ¿qué crédito merecían aquellas palabras? De una cosa sí creía estar seguro: en el tiempo que estuvo con ellos, les entregó todo su amor. Por ese motivo, y al cabo de mucho meditarlo, se dijo que el asesino no mintió y que Ojeda estaba en lo cierto al sospechar que ella debió de morir —nunca sabrían si por causa de alguna enfermedad o asesinada— cuando sus hijos aún eran pequeños. Puesto que de haber seguido viva, ese caudal de amor habría logrado neutralizar la semilla del mal que su padre les inoculó y esos dos seres innominados, en vez de por el castigo, la tortura y la muerte, se habrían inclinado por el perdón y la empatía, por la piedad y la vida.

Como le pasaba con Monzón, era inevitable compadecerse de aquellos niños, lamentar su malísima suerte, pero al pensar en sus actos de adultos, el sentimiento de conmiseración se desvanecía de golpe. Él sabía que el placer —porque era indudable que los tres obtuvieron un alto placer de cuanto hicieron— sólo era uno de sus propósitos, aunque no el principal. El verdadero motor de sus acciones era el odio. Un odio poderosísimo, colosal, hacia el mundo. Y únicamente por medio del sufrimiento ajeno y de la destrucción hallaban cierto consuelo. Nadie que estuviera fuera de esas mentes enfermas podría llegar a entenderlo, pero para ellos era algo natural, incluso necesario. Tanto como alimentarse. Por lo que no le costó convencerse de que su extinción fue el justo pago por todo el dolor que causaron.

No dejaba de ser un acto de justicia poética que hubiese sido una mujer quien acabara con aquel hijo de Satanás. Pero aunque fue Sara, sí, quien apretó el gatillo, ¿por qué razón no pensar que, pese a que ella lo hiciera físicamente, quienes dirigieron en realidad ese proyectil, así como los que salieron de su pistola y su revólver, fueron todas las mujeres a las que Monzón y sus descendientes violaron, torturaron y asesinaron? Y puestos a fantasear, ¿por qué no pensar también que fue Mónica quien puso su mano sobre la de la inspectora para cumplir la promesa que le hizo instantes antes de morir, que volvería de dondequiera que estuviese si él o Daniel se encontraban en peligro?

Lo cierto era que, con la ayuda de Sara y Mateo, había logrado resolver el caso que marcó su trayectoria profesional y vital, y acabado para siempre con tres aviesos seres que merecían estar donde en ese momento estaban, en ninguna parte, y en vez de alegrarse por ello sentía un malestar que no terminaba de entender.

Miró a la ventana. Un cielo azulísimo reinaba fuera, donde, pensó, la vida seguía adelante a pesar de la vida. De los muchos obstáculos que esta ponía a diario. Porque la vida, muchas veces, era el principal problema. La vida, muchas veces, no dejaba vivir.

La vida podía sembrar un hondo dolor temprano y originar un cráter de tal magnitud que nunca pudiera ser rellenado, como ese padre que decide terminar con todo demasiado pronto y cuyos motivos para ello nunca son aclarados. Podía ser despiadada y clavar con saña sus uñas en el cuerpo y en el alma; una herida que, aunque sanase, dejaría su firma indeleble en forma de cicatriz, como esa investigación inconclusa cuyos interrogantes persisten durante más de dos décadas igual que una migraña que no cesa. O podía romper sin previo aviso el hilo que unía a seres queridos y propiciar una debacle emocional que atenuara al máximo los colores, la luz, como esa enfermedad incurable cuya onda expansiva es tan letal como aquella.

Pero la vida también podía sorprender con un rayo de sol inesperado —una boca que se arriesga a besar a otra en el oscuro interior de un coche—, tender su mano cuando alguien se precipitaba al vacío —una mujer sin facciones que aparece como en un sueño y efectúa un único y definitivo disparo— o anunciar, contra toda lógica, que aún no era el momento de partir —unos ojos que se abren en una sala de hospital como esa cabeza que emerge del agua en busca de aire— y que había que ponerse en pie y echar a andar. Ya. Sin demora.

Diego nunca supo que en el preciso instante en el que se despertó en la UCI, en otra planta de ese mismo hospital abrió por vez primera los ojos David, un sano bebé de tres kilos y medio que lloró mientras sus padres lo hacían con él, y que en otra los cerró para siempre Iván, un chico de veintidós años al que el cáncer le ganó una guerra demasiado corta pero muy dolorosa, mientras sus familiares y amigos se abrazaban entre lágrimas.

Aunque no necesitaba tener conocimiento de ello para saber que aquella era la única verdad incontrovertible. El principio y el fin. Nada más. Lo importante era el tiempo que transcurría entre ambos extremos.

De pronto, con la vista clavada en ese cielo tan azul, entendió sin asomo de duda el motivo de su desazón: había llegado el momento de la despedida. Por primera vez desde que Mónica se fue, debía decirle adiós. Y una voz interior lo hizo por él. «Adiós, Mónica, mi amor —dijo—. Adiós, Mónica, mi vida».

Una lágrima rodó por su mejilla y luego otra y otra más. No recordaba cuándo fue la última vez que lloró, pero hacerlo le sentaba bien. Muy bien. Sentía que algo muy pesado se desprendía de él. Como en su sueño recurrente. El sueño que no volvió a tener.

Pensó en los momentos felices que vivieron, en los baches que superaron juntos. En lo importante que fue su recuerdo para poder seguir, para no claudicar, para continuar en pie.

Pero había llegado la hora de emprender una nueva vida. Y tenía que empezar a recuperar las sensaciones que durante tanto tiempo permanecieron dormidas, anestesiadas. Todos los olores. Todos los sabores. Todos los colores.

Y lo haría, claro que lo haría. Porque quería hacerlo y porque sabía que Mónica también lo habría querido así. Sabía que, si hubiera estado en su mano, ella habría cambiado sin dudarlo el curso de su vida para bien, salvándolo de cualquier situación adversa, del tipo que fuera, y que del mismo modo no habría dudado en alentarlo a seguir adelante con todo y darle su bendición. En decirle que se entregara una vez más a la vida sin condiciones ni frenos. Por él y por el hijo de ambos.

El azul del cielo acarició sus ojos y se dejó seducir por el sueño. Y soñó que Sara y él estaban en una playa acompañados de Elena Vicuña, Patricia Feijoo y el resto de las chicas. Y que todas se reían, se reían mucho, y él con ellas.

Y hubo un momento en el que experimentó una felicidad tan honda, tan extrema, que temió que aquello no fuese más que un sueño. Y por si acaso lo era, se limitó a disfrutar de aquel instante de vida sin nada más que vida en toda su extensión. Y se alegró de su suerte, de lo afortunado que era.

En algún lugar entre la realidad y el sueño, entre el mundo sin rastro de dolor y el mundo en carne viva, Diego Álamo fue capaz de tocar el pelo rojo como el fuego de Elena y mirar de frente sus ojos con vida. Y pudo abrirle esa puerta a Patricia que jamás le abrió y ver cómo la cruzaba. Ver cómo abandonaba la oscuridad y se hermanaba con la luz para siempre.

Y sintió a su corazón bombear, como nunca antes lo hiciera, la sangre que nos hace únicos y que fluye, tenaz, infatigable, dentro de cada uno de nosotros. De todos nosotros.

AGRADECIMIENTOS

Además del río de enciclopedias y documentos consultados, el archivo de imágenes de RTVE y las hemerotecas de los diarios *ABC* y *El País* han supuesto una ayuda inestimable para la elaboración de aquellos pasajes de esta novela que beben de hechos históricos acaecidos, tanto en España como en distintas partes del mundo, durante las dos últimas décadas del siglo XX y principios del presente.

Es justo señalar que el entusiasmo y buen criterio de Margarita Bañón contribuyeron a que la primera parte de esta historia transcurra en los mágicos ochenta, y que sugirió a su vez la inclusión de algún personaje de la segunda. Por lo demás, sus atinados consejos, tras una lectura atentísima, han enriquecido sin duda el resultado. No necesito expresarle el alcance de mi gratitud, pues lo conoce de sobra.

La sabiduría discotequera de Armando y Sonsoles me ha sido de gran utilidad para ponerle ritmo y sustancia a uno de los capítulos. Bailaremos juntos hasta el amanecer como malditos, prometido queda.

Las editoras Belén López Celada y Raquel Gisbert leyeron un avance de esta novela y apostaron con entusiasmo por ella. La editora Zoa Caravaca acertó con sus observaciones. Ojalá esta «hija» crezca sana y fuerte y los cuatro podamos descorchar champán a su costa.

De ningún modo puedo dejar de citar a un inspector de policía, cuyo nombre omito porque es su deseo permanecer en el anonimato, que no sólo me ilustró acerca del funcionamiento del Cuerpo Nacional de Policía, sino que se tomó la molestia de consultar a antiguos miembros de la Brigada Regional de Policía Judicial de Madrid —la Pringue— con el objeto de aclarar mis dudas sobre diversos aspectos de la estructura interna de dicha sección desde su nacimiento hasta los primeros años de este siglo. Ese inspector me presentó a su vez a un colega que pasó varios años en la citada brigada y que allí, en sus dependencias, le puso nombre a cuanto mis ojos vieron. Sin esa generosa información mi caminar habría sido mucho más lento y accidentado, por lo que mi deuda para con él, para con todos ellos, carece de caducidad.

A propósito de esto último, debo decir que *Todos nosotros* tiene mucho de elogio del policía vocacional (aunque huelgue decirlo, no todos lo son). De aquellos policías que, independientemente de su categoría, velan por los ciudadanos, los protegen, aun a costa de sacrificar el tiempo con su familia y, lo que es todavía más importante, su propia vida. Hombres y mujeres, en fin, que, a cambio de sueldos que no están ni estarán nunca a la altura del trabajo que desarrollan ni de los riesgos que corren, se enfrentan cada día a temibles dragones con simples espadas de madera. ¿Héroes? ¿Y qué otra cosa si no?

De alguna manera, los personajes de Diego Álamo, Sara Segura y Mateo Suárez Zúñiga, tan fieramente humanos, son un homenaje a todos ellos.

Madrid, noviembre de 2019

ÍNDICE